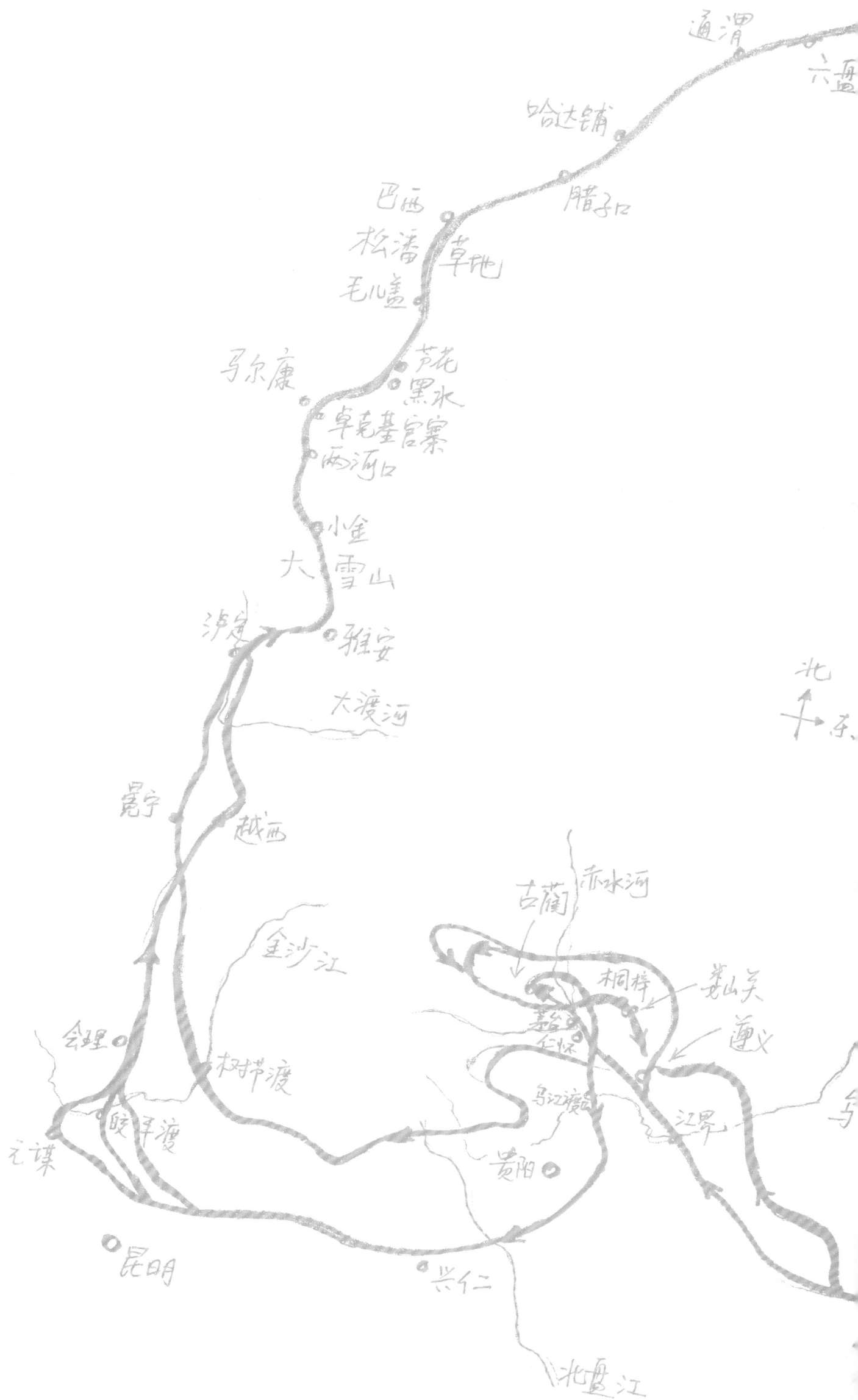

通渭
六盘

哈达铺
腊子口
巴西
松潘 草地
毛儿盖
芦花
黑水
马尔康
卓克基 官寨
两河口
小金
大雪山
沙窝
雅安
大渡河
北

冕宁
越西
赤水河
古蔺
桐梓
娄山关
遵义
金沙江
会理
树节渡
乌江渡
江界
皎平渡
仁怀
茅台
元谋
贵阳
昆明
兴仁
北盘江

长征史诗

何 辉 著

THE EPIC OF THE LONG MARCH

人民出版社

插图典藏版

中央红军长征路线示意图（1）
何辉手绘2006.
说明：图中江河只画出局部示意
路线未严格按照比例尺绘制

吴起

湘江

道

全州

道县

宜章

蓝山

汝城

于都

瑞金

仁化

英魂不朽 精神永存

谨以此书献给英勇的红军——一群永不言败的勇士

此书也献给我敬爱的父亲、母亲：**何炳良**和**徐银贞**

目　录

插图典藏版序

拙作《长征史诗》初版于 2006 年 8 月。我用了 6 年多时间完成了这部作品的创作。8 年后，这部作品节选(约全书的三分之一) 被译为日文，以节译本的形式在日本出版。日本节译本的译者是渡边明次、续三义两位先生。此后，国内又出版了这部作品的普及版（名为"普及版"是因为该版本以附录形式收入了关于这部作品的诸多重要书评，以增进读者对作品的理解）。

目前这个由人民出版社出版的插图典藏版，可以说是这部史诗作品的第四个版本。作为作者，看到自己的作品能够多次再版，真是倍感欣慰。因为我知道，这意味着，有更多的人能够通过我创作的这部史诗去体验长征、了解长征、回忆长征、记住英雄、传扬英雄。这也是我创作《长征史诗》的初衷，正如我在这部作品中写道：

如果问走这漫漫长征路究竟为何？
勇士们会用有翼飞翔的话语相告：

为了国家独立富强和人民的幸福，
为了让人人能够沐浴太阳的光辉，
英雄的儿郎不畏牺牲征战于远方。
这群勇士就这样怀抱必胜的信念，
一步一步走完了两万五千里长征。
他们创造了一段波澜壮阔的历史，
也在谱写着一部惊心动魄的史诗，
滚烫的鲜血一路抛洒在征途长长。

风雨沧桑很容易湮没他们的足迹，
后世的人们可能淡忘他们的名字，
然而大地山河却将是永远的丰碑。

如今我用文字把他们的事迹歌颂，
记述他们的故事让人们反复颂扬。
因为英雄们无私忘我勇敢而高贵，
令人类精神永不言败与日月争光。

中国工农红军的长征，发生在 20 世纪 30 年代。在当时，长征便是震惊中外的大事。长征，保存了中华民族的精英，深刻影响了中国的命运。长征精神，多年来不断激励着中国人民在革命和建设的道路上，披荆斩棘，攻坚克难，取得一个又一个的成就。长征，已经成为中国人民族记忆和国家记忆最重要的部分之一。长征，无疑是最值得讲的中国故事之一。文学是保存民族记忆、国家记忆的一种重要方式。在诸多的文学体裁中，我选择了真正的史诗体裁来讲述长征的故事、记述长征的整个历程。我很荣幸，能够成为第一个以真正的史诗形式来讲述长征故事的人。我也很荣幸，这部作品自首版以来，获得了越来越多的读者的喜爱，"翻越夹金山"等经典片段已被许多诗歌爱好者所熟悉并传唱。

2014 年 10 月，中共中央总书记、国家主席、中央军委主席习近平在文艺工作座谈会上指出，推动文艺繁荣发展，最根本的是要创作生产出无愧于我们这个伟大民族、伟大时代的优秀作品。2016 年 11 月，习近平在中国文学艺术界联合会第十次全国代表大会、中国作家协会第九次全国代表大会开幕式讲话中指出，"中国不乏生动的故事，关键要有讲好故事的能力；中国不乏史诗

般的实践，关键要有创作史诗的雄心"。这些讲话，是对文艺工作者的巨大鼓舞和激励。听到这些讲话，我备受鼓舞，激动万分。我真诚地希望，拙作《长征史诗》能够无愧于时代，无愧于人民。

这部插图典藏版《长征史诗》收入了插图艺术家为这部作品专门创作的插图。这些精美插图，以高超的绘画技巧，再现了诗歌中描写的重要场景。在此，我要对插画师表示特别感谢。希望这个插图典藏版《长征史诗》，能够带给读者更丰富、更震撼的文学体验。

这部插图典藏版《长征史诗》的出版①，我还要特别感谢中共北京市委宣传部和北京外国语大学党委宣传部的鼎力支持，正是他们的支持，才使得拙著《长征史诗》有了这一更加庄重精美的版本。

是为序。

何 辉

2018 年 7 月 28 日

---

① 此项目已获得北京市宣传文化高层次人才培养资助。

初版序言

人类历史的长河中，有许多值得歌颂的传奇，中国工农红军的长征，就是其中之一。举世闻名的长征，本身就是一部惊心动魄的史诗。长征，是中国共产党领导中国革命的一次伟大胜利，也是无私奉献、不畏艰险、永不言败的精神的胜利。

从1934年10月到1936年10月，中国共产党领导下的中国工农红军进行了大规模的战略转移。这一前后历时两年的、史无前例的伟大军事行动后来就被称为"长征"。

人们最常说的"二万五千里长征"是指中央红军（后称为"中国工农红军第一方面军"）的战略转移。中央红军的长征从1934年10月离开江西于都河开始，以1935年10月19日到达陕西北部的保安县吴起镇为结束的标志。

进行长征的还有红军的其他几支部队。红二十五军于1934年11月离开鄂豫皖根据地向西转移，开始长征。红四方面军于1935年3月离开川陕根据地，发起嘉陵江战役，随后向西开始了长征。1935年11月，红二、六军团（后改编为红二方面军）也离开湘鄂川黔根据地开始长征。红二十五军最先结束长征，这支红军于1935年9月15日到达陕北延川县永坪镇，同陕甘红军会师，历时10个月，转战4个省，行程近1万里。1936年7月，红四方面军和红二方面军在甘孜会师后分路北上。1936年10月9日，红四方面军到达甘肃会宁，同红一方面军会师，历时1年又7个月，转战了4个省。1936年10月22日，红二方面军到达甘肃的将台堡，同红一方面军会师，历时近1年，转战9个省，行程近2万里。1936年10月中国工农红军三大主力的会师，标志红军长征的胜利结束。

埃德加·斯诺曾写道："总有一天会有人写出这一惊心动魄的远征的全部史诗。"这句话给我的印象非常深刻。哈里森·索尔兹伯里后来亲走长征路，写作了 *The Long March：The Untold*

Story（《长征——前所未闻的故事》）一书，可以说是实现了斯诺的愿望。除了以上两人，时至今日，已经有很多关于长征的著作了。但是，据我所知，直到目前为止还没有人用真正的史诗体裁来写过长征。我想，大概是因为那并不是一件容易的事吧。

我创作这部史诗的主要动机之一，就是想以真正的史诗形式来向红军勇士们表示敬意，因为庄严、质朴、优雅的史诗对于波澜壮阔的长征和那些质朴豪壮的、精神高贵的红色勇士而言，是最合适不过的。我将自己创作的这部《长征史诗》首先看作是一部文学作品。当然，我也努力使它成为一部真正意义上的具有历史价值的"史"诗。因此，在创作过程中，我主要以大量的长征回忆录、长征日记作为创作的参考素材，不论大事还是小事，都尽量追求具有历史真实的元素；同时也尽量争取使那些人们熟悉的或不熟悉的长征故事以史诗这一新的形式再现。我相信，在史诗的创作中，艺术想象力和对历史真实性的追求是可以在一定程度上加以协调的，甚至是可以相得益彰的。

我希望能够通过真正的史诗形式来展现红军长征波澜壮阔的全景画面。我在这部《长征史诗》中，主要记述了中央红军"二万五千里长征"的英雄故事，其中也偶尔提到其他几支红军部队。

在这部长达近两万个诗行的史诗中，不仅仅写到毛泽东、周恩来等伟大的革命领袖，也以非常多的笔墨写到普通的红军战士。我把红军作为一个整体加以看待。我认为，正是因为伟大的领袖和千千万万普通的战士无私地团结在一起，为了共同美好的理想而奋斗，才汇聚成了勇往直前、坚忍卓绝的红色铁流，才凝聚起了无私奉献、永不言败的集体主义精神。

红军的精神，并不会因为长征的结束而逝去。红军的精神是一种人在艰难困苦中永不言败的精神，是人类精神中稀有的、高贵的牺牲精神。正是这种牺牲精神使普通的、脆弱的人变成无所畏惧的勇士，激励着平凡的、渺小的个人超越"小我"，成就"大我"。因此，红军的精神，不仅仅是我们国家、人民的精神财富，也可以说是全人类的一种精神财富。

这部《长征史诗》，不仅仅是对英勇红军的歌颂，也是对人类所能拥有的高贵精神的歌颂。

何　辉
2006 年 3 月

楔　子

"告诉我的亲人，我——死——了——"
又一个英勇的魂魄离开了血肉的躯体，
躯体跌倒在吞食生命的黑色泥沼。
他的嘴边，伸着旁边战友的一只手，
手心里是一把炒青稞，可他已不能再咀嚼，
他的魂魄，已在那风中徘徊飘渺。　　　　　　6

他的双手依然把步枪紧紧攥牢，
心里默默念叨故乡和亲人的名字：
"离开光荣的红都，十个月的时光飞逝，①
我是一个转战万里的红军战士，
怀着理想和英勇的战友一起远征，
我们翻过了大山，闯过了江潮浩浩。
如今我来到这片茫茫的绿色大草地，
告诉我的亲人，我倒在了光荣的长征道。"　　　14

---

① 中央红军从 1934 年 10 月 14 日离开红都瑞金开始长
征。1935 年 8 月底，中央红军经过艰苦卓绝的行军穿
越大草地。

第一卷

长征的序幕

一九三四年十月的那个明媚清晨，
金色阳光弥漫在一个洁白的病房。
一个豪壮的勇士如今面容憔悴，
左腿打着笨重的石膏静静养伤。
忽然口令声、军号声嘈杂地响成一片，
在院外阔叶成荫的樟树下喧嚣飞扬。
床上的勇士吃惊地坐起，不安地张望，
"外面出了什么事？"他问门外的护士，
心中惴惴不安，觉出有些不祥。

"无人告诉我们将有什么行动。"
护士回答这位名叫陈毅的指挥官。
指挥官这年三十三，天生乐观开朗，
此刻却是忧心忡忡烦躁难安。
"一定有什么事情，可恨我的负伤，
令我虎困平阳，无法亲查细看。"
伤口得自于六周前苦斗中的兴国战场，
指挥官已愤愤然千百次将这伤口咒骂，
骨头碎片却仍令善战的他起坐艰难。

年轻的护士几分钟后回到陈毅身旁，
告诉他有尊贵的老友前来将他探望。
来者乃是鞠躬尽瘁的战士周恩来，
他带来了后来被称为长征的消息，
这天是十月九日，陈毅永不会淡忘。

赣南于都河畔有一个寂静的小城，
多年来静静地卧躺，远离尘世喧嚣。
如今也仿佛不会有任何大事发生，
白日暖和夜晚凉爽，一切平和，
勤劳的人们已经把庄稼大多收割，
只剩下晚稻荞麦和红薯秋实夭夭。
豆秸晾晒在青瓦上，也有的耷拉在屋檐下，

豆瓣酱装在红陶罐齐齐依靠在院墙，
绿皮红籽的苦瓜乱乱地堆在院角，
橘黄的南瓜依伴着串串鲜红的干辣椒。
丰足的粮食足够享用到下一个金秋，
可是此刻煦暖的空气中却弥漫着不安，
人们心情如同涌动的滚滚暗潮：
"英勇的红军从夏天就开始征购稻米，
伟大的部队扩招一直在四处进行，
难道他们有什么大行动发起于明朝？"

年轻的刘英来于都扩红已经几周，
她身材娇小意志却坚硬如铁。
伟大的战士毛泽东此刻突然来到，
悄悄告诉这位娇小的扩红队员，
飞速归赴瑞金接受任务卓绝。
"我还没有完成艰巨的扩红任务，
我不离开于都小城态度坚决。"
多智的伟大战士毛泽东严肃说告：
"每个革命战士都是擎天的巨柱，
无论何处都可为革命抛洒热血。"
荡气回肠的说告激起战士澎湃的心潮，
她缠好绑腿，捷足赶赴光荣的红都，
心中还没有想到未来长征的伟烈。

江西南昌一幢高大森严的楼中，
一个男人正襟危坐光头濯耀。
精美的红木桌上摆着《民国日报》，
薄薄的嘴唇闪过一丝得意的微笑。
报上社论要人们相信局势改观，
"共匪"即将土崩瓦解形势大妙。
光头的男人轻舐一下薄薄的嘴唇，
品味报上的言辞心中颇感满意，
其实那些都是他自己的亲笔"下诏"。

心如城府的蒋介石四十八岁正当年壮，
亲临南昌指挥"剿匪"要青天普照。
只是心如城府的他远远没有想到，
65　英勇卓绝的红军即将万里呼啸。

红军三军团驻扎在红都北边的石城，
军团的侦察分队长姓孔，这年二十三，
连日的恶战未把他的斗志削减半分。
秘密指令要求他们加速休整，
英勇的侦察兵接受了任务鼓舞欢欣。
坚忍的孔队长知晓即将展开的行动，
72　为保密只字未提波澜已暗涌于红军。

身材修长谈吐文雅的战士伍修权，
是共产国际代表的翻译消息更灵通。
他深知巨大的行动正在酝酿，
所以瑞金的人们神秘地行色匆匆。
毛泽东和朱德五年前创建了根据地瑞金，
一个指点江山，一个心志豪雄。
英勇的红军奔袭千里转战山林，
在朱毛领导下誓将白日变红。
心如城府的蒋介石发动了五次围剿，
为了保卫苏区粉碎"围剿"阴谋，
红军正酝酿着放弃瑞金——他们的故乡，
84　要去闯前途千难万险迷雾蒙蒙。

红军的领袖们知晓即将开始的转移，
但是前往何处谁都心中迷惘。
去往江西的他处，还是去湖南的某地？
奔袭贵州还是转战云南四川？
经略沙场的领袖们个个心情激荡。
为了躲避蒋介石飞机的狂轰滥炸，
红军总司令部迁往了瑞金西边的云石山，
谁去谁留的问题如同皮影摇晃。
不久，走留人员的名单开列流传，
带着柜子箱子的人们开始来来往往。
伟大的战士毛泽东也拿到了那份名单：
他的弟弟毛泽覃及其弟媳贺怡，
他的忠诚战友共产党创始人何叔衡，
已被免职的伟大革命战士瞿秋白，

驰骋战场的伟大革命战士陈毅，
共产党早期党员、他的支持者贺昌，
宁都起义部队后来的领导者刘伯坚，
诸多伟大的革命战士都名列其上。
所有这些人由于和毛泽东关系密切，
被要求留守光荣的瑞金继续战斗，
他们大多将英勇地牺牲于故乡的山野，
106　但是他们的事迹一样令后人景仰。

这一年伟大的战士毛泽东年当不惑，
复发的疟疾却憔悴了他的魁伟身躯，
险恶的形势无奈的境地令他神伤。
如今毛泽东双颊深陷黑发齐肩，
洞若观火的双眼却依然炯炯发光。
共产国际的代表李德专横乏谋，
却是得到总书记博古的拥护赞赏，
周恩来孤掌难鸣只能弥短扬长。
雄才大略的毛泽东只剩无权的头衔①，
被要求主持一个有名无实的调查，
若是说决策排他在外，毫不夸张。
依照安排毛泽东来到小城于都，
落脚于小巷深处一座灰色的砖房。
他的妻子贺子珍已是第四次怀孕，
预产期是明年的二月，将会是身在他乡。
置身于都已使毛泽东远离中央，
军事指挥机关将他排除在外，
政治局和中央委员会将他冷落一旁。
雄才大略的毛泽东表面平静依然，
内心却是心急如焚倒海翻江。
毛泽东知晓还有支持他的力量，
只是认为还没有到那时机佳良。
所以当林彪偕同忠诚的聂荣臻前来，
向他小心探询红军未来的去向，
雄才大略的毛泽东平静地告诉他们，
暂且依令行事无须惊惶迷茫。
为了避免被猜忌有子虚乌有的密谋，
134　他建议两个将军去参观图书馆的收藏。

---

① 时任中央苏区政府主席。

十月十日的午后阳光照耀着田垅，
人群从四方向着梅坑①的村外汇聚，
像是泉水汩汩穿流于岩石罅隙，
慢慢慢慢汇流成数条奔流小溪，
小溪汇成大河纷纷奔涌流向大海。
男人女人就这样飞快地聚集起来，
他们是老人、病人、伤员还有妇女，
他们如江河般聚集将那命令期待。
每人领到了一袋干粮还有十斤米，
这些都是为无法欺骗的肚皮而准备，
凡人要依靠它们打败饥饿与倦怠。
每人还领到一条毯子一包衣服，
一支梳子、一把刷子和一个本子，
此外还有搪瓷杯子，牙刷与毛巾，
所有这些粗陋简单的大小物品，
150　预示他们将面临未知命运的主宰。

人群中一位牵马的老人白发苍苍，
那是年过六十的政府秘书长谢觉哉，
在他旁边站立着长须精瘦的徐特立，
共产党创始人董必武亦在人群中间。
英勇无畏的蔡畅还有怀孕的贺子珍，
这些看似羸弱的人不畏前路的苦艰。
他们每人还都分到了一支红缨枪，
朵朵红缨在秋风之中欢快地飘舞，
映照着男人女人坚毅不屈的容颜。
那个非战斗部队的指挥员黑脸邓发，
曾执掌船舵冲破海浪的英勇水手，
挥动着青筋暴露的粗壮大手笑言：
"这是一支多么了不起的神奇部队，
部队当中有着音乐家剧作家和作家，
开演一台好戏丝毫不在话下，
来吧，让我们同往突破万水千关。"
男人女人爆发出轰天的开怀大笑，
队伍于是滚滚开往小城于都，
169　千千万万的脚步声如同江水潺潺。

秋日夜晚的月亮掩映于飘渺的云团，

一支又一支的队伍纷纷涌进于都，
不及停留又匆匆离开月色中的小城。
队伍像是泉水穿流于岩石罅隙，
慢慢慢慢汇流成数条奔流的小溪，
小溪汇成大河奔向大海轰鸣。
雄才大略的毛泽东这时还未离开，
身负一项艰巨的任务有待完成。
他还要给那些留在根据地的干部讲话，
告诉他们红军主力撤出后的工作，
激励他们保持革命的斗志旺盛。
就在雄才大略的毛泽东讲话之时②，
红军的中央机关已经上路多日，
三天前就趁着朦胧月色穿过于都，
开始了后来被称为二万五千里的长征。
十月十八日的傍晚天色依然朦胧，
指点江山的毛泽东偕同警卫随从，
就在于都北门的一个小院里集中，
等着会合中央纵队踏上征程。
毛泽东带了一袋书本一把破伞，
两条旧毯、一件旧衣和一块油布，
留下了他那九个口袋的心爱旅行包，
勇敢地踏上征程，将艰难的命运相迎。　192

---

① 当时中央红军总司令部正设在此处。

② 1934 年 10 月 15 日。

第二卷

出　发

彭加仑想起那天是一个晴天的下午，
太阳斜挂天边，人们劳作在田间。
这是他们自己的土地，肥沃宽广，
他们快乐于心头，唱着动人的山歌，
他们耕作于田野，人人带着笑颜。
妇女们成群地坐在门前摆弄着针线，
用心地为红军编织远征的坚韧草鞋，
期盼着勇士们能够穿着它早日返还。
活泼的孩子们在那一群群欢乐地玩耍，
10　红旗卷着阳光辉映着纯真的笑颜。

嘹亮的号角剧烈地拨动了战士的心弦，
往日的这个声音再也平常不过，
今天却是意味着要离别热恋的乡土，
召唤着红色的健儿勇敢地走向远方。
出发的部队于是从各个村庄涌现，
像是涓涓泉水穿流于岩石罅隙，
慢慢慢慢汇流成数条奔流的小溪，
小溪汇成大河奔向大海苍茫。
于都河畔沸腾着红色的英勇战士，
马声、担子声、步伐声与歌声交互错杂，
仿佛乐团凑起了豪壮的乐曲铿锵。
战士们装备齐整那同样的衣服背包，
十天的粮食有的挑着，有的肩扛，
两个或四个手榴弹挂在每人胸前，
两双或三双草鞋扎在每人的腰间，
背包上捆着树枝做成的防空伪装帽，
队伍像是移动的森林浩浩汤汤。
渡口船儿穿梭于清澈开阔的河面，
船夫粗壮的胳膊摇着巨大的木橹，
红色的勇士们迈开捷足飞跃登岸，
31　飞奔着随大队踏上卓越的征途漫长。

亲人们一堆堆站在长长的路上相送，
有的拿着草鞋，有的捧着食物，
有的拿着银钱，有的捧着衣裳。
那是送给远征战士的告别礼物，
战士是他们的儿子、丈夫、哥哥和兄弟，
他们让语重心长的叮咛长上了翅膀，
飞翔在每个远征的红色勇士的耳旁，
"去往外边一定要千万谨慎当心啊，
要听负责同志的指挥英勇杀敌，
多捉几个师长要让英名远扬。"
红色的勇士们一个个飞奔走向远方，
亲人们挥着手，含着泪光久久眺望。　43

普照万物的太阳西沉入逶迤的远山，
统辖夜晚的黑幕笼罩了宽广的大地。
起着晚烟的村落，早已黄透的田野，
重重苍翠的山林，长长蜿蜒的队列，
都这样慢慢、慢慢隐入夜神的巨翅。
黑色的夜幕中红色勇士说笑着前进，
穿过高低的田垄和松密的大小树林，
有时脚下渐高，有时脚下渐低，
勇士们知道那是上山又是下山，
彼此催促着，丝毫不减革命的意志。
不知过了多久，听到了流水哗哗，
那是已经到了山脚溪流的近旁，
远处声声犬吠断续飘荡过来，
伴着山野草落中秋虫吱吱鸣叫，
睡神用丝丝倦意放松了战士们的心思。
忽然前面远远闪烁起点点灯光，
像是茫茫沙漠中久行的饥渴行者，
看到了清澈甘甜的泉水喷涌眼前，
战士们于是彼此催促加快了步伐，

飞速奔向灯光寻找宿营的位置。
英勇的战士各自找到合适的地方，
严守纪律并不进行任何骚扰，
不久大地一切复又归于沉寂，
红色健儿进入了梦乡静静地熟睡。
67

出发已经两天，接近了根据地的边界，
红色健儿心头翻起了千百样的滋味，
因为今天真正要走出故乡的乐土，
离开父老乡亲们告别自由的家园。
然而为着实现新的伟大战略，
为着反攻敌人深入敌人后方，
为着保存力量北上进行抗日，
豪壮的勇士们义无反顾毫无怨言。
为了躲避敌机沿路疯狂的轰炸，
红军趁着夜幕连夜飞速行军，
走了夜路的战士上午依然在酣睡，
直到袅袅的营地炊烟升起于黄昏。
吃完饭食，集合号四处陆续吹响，
战士抖擞起疲惫身躯迅速集结，
当地的百姓一群群站在路旁相送，
期盼红军有一天荡涤黑色的乾坤。
83

红一军团政治部秘书童小鹏听见，
身旁一连指导员对着战士们讲说：
"今天我们继续前进快马加鞭，
为了避免轰炸，我们趁着夜色，
虽然没有月亮，行军不得放松。
革命战士人人跟紧大步向前，
千万不要掉队令那敌人逞凶。
'铲共团'隐藏在那黑色罪恶的角落，
豺狼般残暴随时可能袭击跟从。
明天双脚就将走在根据地之外，
我们定要反对个别怯懦者逃跑，
要把豪壮的勇气灌输到每人的胸膛，
迈步前去翻越前路那高山重重。
大家应该知道我们离开故乡，
不是软弱放弃革命的自由家园，
相反正是为了保卫革命果实，
为了工农民主政府挺过寒冬。

我们将要深入敌人堡垒的后方，
吸引敌人远离我们的父老乡亲，
我们将会消灭那些豺狼恶虎，
收复被占领土唤醒沉睡的巨龙。
此时逃跑如同帮助敌人进攻，
此时放弃如同伤害革命战友，
红色勇士们，大伙一起拍拍胸膛，
劈开岩石与骇浪共同奋勇前冲。"
108

指导员话音落下伴着晚风阵阵，
勇士们异口同声掀起声浪滔滔。
"我们都是红色的战士英勇顽强，
决不做那可耻的懦夫偷偷窜逃。"
远处司令部前进号角呜呜吹响，
战士整整那行装展现心志壮豪。
行军之中歌声响起激昂雄壮，
百余战士嘹亮高唱热情如涛，
红一军团政治部秘书童小鹏听着，
心中回忆起根据地点点滴滴的时光，
心潮翻滚如同那大海波浪滔滔。
119

红色健儿们已经离家越来越远，
西边红霞开始显露玫瑰的绚烂。
再行五里迎来漆黑的铁色天空，
沉着前进的战士丝毫未曾涣散。
他们一个接一个，脚尖跟着脚跟，
前面走了，后面跟着迈步就走，
前面停了，便知前面遇着了障碍，
于是驻足准备着过那难走的路段。
前面战士如果提起了脚步来跳，
后边便知遇到了沟渠或者土堆，
于是提起脚依样跳过丝毫不乱。
有个战士，战友亲切地唤他"老曹"，
五大三粗却是天生最喜逗乐，
明知前面有个石头突出路面，
这老曹却是故意慢慢低脚跨过，
骗得后面的平地跌跤样子难看。
大笑的老曹假做人情扶起战友，
跌跤的战友才知他是为了好玩。
征途只是开始，战情还不算严峻，

许多战士还未想到长征的艰难。

漫长残酷的征程缓缓展开画卷，

141　勇士的鲜血将要洒遍征途漫漫。

第三卷

突破第一道封锁线

白天睡觉黑夜里行军颠倒了昼夜，
开始几天豪壮的勇士们感到吃力。
他们常常半夜出发带着瞌睡，
骑马走路一样都会睡虫难抑；
过了几日想来身体已经适应，
个个不畏夜行如同插上了双翼。
夏秋的夜晚趁着月色倒也畅快，
那苍穹闪烁着星辰混着清风的气息。
草中虫声唧唧，岩罅流水潺潺，
时闻犬吠数里，野花争香在侧。
经过一个村落但见灯火灿灿，
原来是全村老幼站在道路两边，
一个个带着诧异和快乐顾盼红军，
14   看见铁流豪壮他们心喜至极。

如果没有月亮敌人距离也远，
队伍总会打起火把穿行于黑夜。
火把全部都是战士自己制作，
有的使用竹筒钻空罐上洋油，
有的则用松枝利用松香燃烧，
最好的火把是用几根竹片捆扎，
21   它们易燃耐烧连那大风也不怕①。

点起火把行军，红军气势豪壮，
平坦大道光照十里犹如火龙。
穿过森林火光闪耀若隐若现，
仿佛火蛇出洞形迹却难跟从。
翻越山岭如同金龙蜿蜒舞动，
27   鳞甲闪耀豪情气贯万里群峰。

---

① 红军经过江西、广东、广西、湖南、贵州时常常夜行军，找竹子做火把也很方便。进入云南后，夜行军少了，竹子也少了。

登上峰顶回望来路山脚四处，
火光之中部队如同波浪滚滚，
又像金色泉水穿流岩石罅隙，
一线一股汇成数条闪烁小溪，
小溪汇成大河涌起金浪重重。   32

有时途中没有敌情值得顾虑，
乐观的勇士们并肩而行谈天说地。
有的整队放声高歌豪气飞扬，
都把生死置于脑后尽显壮志。
在那总政治部行列之中更是有趣，
潘汉年会同邓小平等诸多豪壮的勇士，
竟然组成"牛皮公司"纵论古今，
忘了疲倦忘了骑马也忘了劳累。   40

长途行军更多是那艰难与困苦，
它将无情夺去许多勇士的生命。
艰险的隘路常常使得部队停滞，
过桥涉水上山下坡路途难行。
战士最是讨厌前进歇歇停停，
因为进退不得损耗精气的旺盛。
但是英勇的红军从来没有退缩，
翻山涉水如同有着使不完的劲。
受伤、体弱、生病的战士有时掉队，
有的躺倒在路上再也没有起来，
也有历尽艰险赶上了部队同行。   51

太阳快要西下，光芒笼罩大地，
第六个夜晚即将来临多难的人间。
红色英雄为了躲避敌机轰炸，
意志坚定双脚不息地越岭翻山。
斜阳的光芒忽然消失没了踪影，
队伍也奇怪地忽然停在山的半弯。

"这是吗格①，是宿营还是遇到敌人？"
年轻的通讯员大声发问带着笑颜。
豪壮的红色战士艰苦中更显乐观，
万水千山豺狼虎豹只做等闲。
机关枪声砰砰、砰砰突然响起，
如同连环的雷声从天上带来祸患。

灰色的铁流快速奔涌冲往前方，
人们的双脚更加起劲迎向了杀阵。
捷足的谢团长带了通讯员率先前去，
英勇的红军奋勇冲杀，如同天神。
几百民团守着前方的一个高地，
妄图遏制红色铁流往前延伸。
光荣的十团②吹起冲锋的号角嘹亮，
手握钢枪高呼杀敌势如千钧。
对方如同草草堆砌的松散泥墙，
被那大雨一冲瞬间坍塌跑人。
又如同无知自大的螳螂举臂阻挡，
眨眼被轰轰前进的车轮碾为粉尘。
光荣的十团像是猛虎追猎残食，
向着白石圩追击个个奋不顾身。

后续部队跟着十团继续前进，
此时一支敌军正从左侧袭来。
英勇的师长洪超③知道战情的严峻，
察觉出敌人妄图把红军截断分开。
他于是站上高地呼喊着鼓舞士气，
神样的声音隆隆地在山谷如雷般徘徊。
敌人惊诧于这位红色勇士的模样，
震惊于从他口中发出的震地的响雷。
光荣的十一团依照英勇师长的指挥，
迅速将那左侧来袭的敌人杀回。
这时忽然射来一发致命的冷枪，
子弹飞射击穿师长洪超的胸膛，
师长低哼一声仰面倒下大地，
鲜血汩汩涌出染红大片尘埃。

① 江西方言，即"怎么"。
② 红三军团第四师十团。
③ 洪超（1909—1934），湖北黄梅人，当时任红三军团
第四师师长。

师长再也无法说出如雷的话语，
眼睛却能依稀看到战士在冲杀，
生命正在迅速从他的身躯离去，
因为看到了胜利他没有丝毫悲哀。
即使让他生命重新再来一次，
他仍愿为了胜利埋骨在荒野的土堆。

任参谋将师长牺牲的消息传告，
悲愤充塞红色战士们豪壮的心房。
"坚决勇敢地杀敌呀，誓为师长报仇！"
声浪有如暴风卷过大海汪洋。
犹如层叠的骇浪惊涛，跌宕回旋，
就连高处的天空也仿佛一同发狂。
忽然一个通讯员汗流满面地跑来，
说出师政委④的紧急命令话语飞翔：
"队伍跟随司令部继续连夜前进，
勇敢杀敌呀，要把牺牲精神发扬！"
铁流在那流泻的月华下继续涌动，
战后的空气紧张得如同冷凝的冰霜。
脚下的道路高高低低崎岖不平，
战士的双脚上上下下意志如钢。
道路旁边的流水声伴着杂沓的脚步声，
显出黑夜的寂静行军的道路漫长。

"那边躺着的英勇牺牲的同志是哪一个？"
"这是师长——我们的师长伟大的战友。"
一个勤务员同志流着热泪回答，
此时他正负责把牺牲的师长看守，
行进的队伍如同听到向右看的口令，
齐齐扭头望向师长洪超的尸首。
"坚决勇敢地杀敌呀，誓为师长报仇！"
声浪有如愤怒的天神于大海奔走，
掀起层层骇浪惊涛跌宕回旋，
如同从高空泼下祭奠英雄的烈酒。

"救救我，救救我，好心的战士无敌的红军——"
左边小溪里发出鬼叫一般的哀鸣。

④ 师政委黄克诚（1902—1986），湖南永兴人，时任红
三军团第四师政委。

"我去补他一枪，了结法西斯蒂的狗命！"
一个顽皮的红小鬼愤恨的话语铿铿。
"子弹节省着明天杀那顽抗的敌人，
我们应该争取悔改的白军士兵。"
行军战士的话匣一下子全都打开，
整个通讯排都被卷入旋涡般的纷争。
"缴枪不杀善待俘虏是红军的政策，
我们是人民的军队应该立场鲜明。"
首长如雷的话语照亮战士们的心房，
雄壮的杀敌歌声代替了无秩序的纷争；
红色的铁流加速了黑夜行军的速度，
137　悲愤与激情弥漫着漫长光荣的征程。

四师的黄政委鼻梁上架着近视眼镜，
一只脚踏在竹制的板凳上向干部们讲话：
"白石圩已经被我英勇的红军占领，
一个营的广东军阀被我彻底击败。
英勇豪壮的战士们缴获几十条大枪，
突破了广东军阀堵截我军的关隘，"
他的声音沙哑低沉涌起了悲愤，
豪壮的心房中想起了师长，心潮澎湃，
"可是我们英勇的师长献出了生命，
我们应该永远牢记他的英勇豪迈。"
悲愤充塞红军干部们豪壮的心房，
"誓为师长报仇！坚决突破封锁界！"
声浪有如万千铁锤敲击巨鼓，
151　轰轰隆隆层层叠叠跌宕澎湃。

玫瑰色的晨曦悄悄渲染了东方的天空，
昨日白石圩的胜利充溢着战士的心房。
红色的铁流奉命继续向古陂圩挺进，
前方第一道封锁线就是勇士们的战场。
先头十一团① 唱着胜利反攻的新歌，
歌声洪亮在那玫瑰色的天空飞翔。
广东军阀的一个团扼守古陂圩于前方，
那是热闹的市镇，敌人层层驻防。
红色的勇士飞速走过五十里的行程，
在落日之前迫近了古陂圩，群情激昂。

——————————
① 此时十一团是红军三军团的"先头团"。

敌人一个营叫嚣着阻击红色的铁流，
转眼被十一团的勇士们击溃遭受重创。
英勇的红军占据了古陂河左岸的街道，
敌人与红色的勇士们对峙着隔河相望。　165

夜幕渐渐垂下，黑沉沉有如墨色，
山间吹起凉风听得见竹叶萧萧。
大的战斗并没有发生在黑沉的夜晚，
因为地形不熟红军埋伏了通宵。
敌人的冷枪流弹偶尔零星地响起，
妄图夺回失去的阵地于夜的寂寥。
午夜的星光闪烁刺破漆黑的天穹，
空气死一般寂静令人黯然魂销。
红色的勇士们一部分还在与敌对峙，
其余的都在草地山坡上向梦乡飘摇。
寒风阵阵袭来穿透勇士们的单衣，
豪壮的身躯也不禁战抖于寒风的萧萧。
群星的光耀渐渐隐没在变亮的天空，
只有一个最亮的高悬，超出云霄。
红色的勇士们苏醒于玫瑰色的寂静黎明，
摧枯拉朽的进攻就要发起于今朝。　181

心志豪壮的战士们满山遍野地集合，
战前五分钟的动员以连为单位展开。
战士们坚定了信念，勇气充满胸怀，
钢枪将给敌人带去灭亡的悲哀。
拂晓的总攻随着号令雷霆般开始，
步枪声机枪声手榴弹声在那天地间徘徊。
十一团的勇士们从正面向着敌人猛扑，
犹如猛虎自高山将杀气如风般卷来。
被惊吓的猎物只能如疯如狂地逃窜，
不走运的便在猛虎利爪下扑倒尘埃。
战斗在十一团左侧的是那十团的勇士，
他们配合正面的攻击把朽木拉摧；
犹如雄鹰盘旋腾扑于草原的天空，
巨大的翅膀掠过猎物，卷起惊雷。
敌人在猛烈的攻击下迅速狼狈溃退，
丢下军服和弹药武器到处成堆。
古陂圩转眼被无敌的红军全部占领，

199　第一道封锁线在勇士面前化为飞灰。①

　　溃败的敌人向着安息圩仓皇退走，
　　十二团率先向那逃窜的残敌猛追。
　　犹如胫骨强壮的猎豹腾越奔驰，
　　令那前面的羚羊感到境遇的哀悲。
　　狼狈的敌人变成惊慌的四脚野兽，
　　连滚带爬也没能逃脱猎豹的跟随。
　　筋疲力尽的敌人成堆坐在路旁，
　　高举枪械发出悲哀可怜的说辞：
　　"老表老表，请你接受我们缴枪，
　　我们耗尽了逃跑的力气充满伤悲。
　　即使还有力气我们也不愿再跑，
　　因为你们是为穷人才举起红旗。
　　我们都是穷人，没法子才来当兵，
　　我们在残酷压迫下都是那样的微卑。"
　　红色的勇士们听到哀求不禁感伤，
　　个个发出飞翔的话语大声告知：
　　"受苦的士兵兄弟们你们不要害怕，
　　缴枪不杀善待俘虏是红军的军规。"
　　投降的士兵中间有一个年轻的连长，
　　掏出驳壳枪上缴后说出飞翔的话词：
　　"我们的师长一打起来就脚底抹油，
　　丢下我们可怜的士兵沙场陈尸。
　　红军如果不会嫌弃我们的过往，
　　我愿跟随你们战斗于海角天涯。"
　　他的话语像那春雷隆隆炸响，
225　激起响应的浪花于那死寂的水池。

---

① 关于突破敌人封锁线的历史可参见：聂荣臻《红一方面军的长征》，文见《万里长征亲历记》，中共中央党校出版社，2005，第64页："10月21、22日，一军团、三军团先后袭占赣南新田、古陂，迫使粤敌两个多师退守信丰、安西、安远三点，红军在王母渡到新田之间突破了敌人的第一道封锁线，25日全军渡过信丰河（今桃江）。"另见李聚奎《突破敌人四道封锁线》，载《万里长征亲历记》，中共中央党校出版社，2005，第138页："10月24日，红一、三军团的前锋部队占领了桃江东岸，控制了渡口，粤军全线崩溃。第2天，中央红军全部顺利渡过桃江。国民党军的第一道封锁线就这样被我们突破了。"

第四卷

突破第二道封锁线

无星的天穹黑沉沉连着墨色的大地，
山间卷起寒风听得见竹叶萧萧。
凌晨三点，红色的勇士们迈开捷足，
向着九峰圩刮去摧枯拉朽的狂飙。
为了突破汝城城口的第二道封锁线，
捷足的勇士们日行百里犹如大雕。
夜色再次从四处袭来染黑了天穹，
空气死一般寂静令人黯然魂销。
毛毛雨不知何时开始纷然洒落，
战士们毛发上挂起细小的珍珠飘摇。
战斗使得许多战士失去了雨具，
只好光着头皮行那路途迢迢。
有的头顶高高罩上一蓬稻草，
像是吓麻雀的草人变成精灵小妖。
有的罩上布单，有的罩上铁锅，
和那无情的冷雨斗争，各出奇招。

黑色夜神无声吞没了所有光亮，
大雨越下越大，飘洒着犹如长鞭。
行进的队伍突然停住了难以前进，
战士们困在凄风冷雨中好似熬煎。
时间不停流逝队伍却仍然不动，
嘈杂声渐起如那波浪始自于漪涟。
"前面的队伍为何停下许久不走，
风雨里站着过夜岂非度日如年？"
"不知我们还要行走多少苦路，
肚中饥饿身上寒冷真是可怜。"
寒风冷雨使得不坚定的个别人动摇，
不起眼的蚁穴可能毁败千里堤坚。
共产党员青年团员意志如钢，
马上发出飞箭般的话语将坏话击穿：
"前面正在爬山所以行进缓慢，
有谁愿意故意和这大雨纠缠。

革命同志吃苦耐劳不怕牺牲，
怎能遇到困难就这样抱怨连篇。"
话语飞翔在豪壮勇士们的耳边与心头，
犹如荡涤黑色污秽的明澈大川。
许多动摇的心灵重新获得力量，
犹如即将枯萎的鲜花再度争妍。

大雨渐小前面传来点火的命令，
火光闪烁星星点点亮了起来。
有的打起手电犹如闪电摇曳，
有的每走两步燃起火柴一枚。
有的把身上带的纸张拿出烧着，
有的发明白纸"反光灯"将日记簿打开。
更有古怪机灵的战士截断蜡烛，
放在茶缸内提着茶缸柄做成灯杯。
灯杯口朝前、底向后还能挡风，
大伙都夸机灵鬼真是聪明的人才。

燃起火来行军红军气势豪壮，
翻山越岭队伍盘旋犹如火龙。
穿过森林火光闪耀若隐若现，
一圈一层又如灯塔矗立山峰。
登上峰顶回望来路山脚四处，
火光之中，部队如同波浪滚滚，
又像金色泉水穿流岩石罅隙，
一线一股汇成数条闪烁小溪，
小溪汇成大河涌起金浪重重。
昂头往上看那行进队列悠长，
犹如穿行黑色天空从从容容。
走得最远的几点火光，行迹飘渺，
仿佛点点散乱的星辰刺破了雾浓。

山路更加崎岖队伍渐渐零乱，

身体孱弱的战士许多开始掉队。
山间寒气穿透勇士们单薄的军衣，
有的点起火堆来把寒冷逼退。
炊事员和那些挑担的同志更加疲惫，
有的路旁一坐便跌入梦乡之内。
政治工作人员发出飞翔的话语，
69　激励疲惫的勇士们重新赶上部队。

二三十里的上山路途被征服在脚下，
下山的险途露出更为崎岖的面容。
勇士们脚下，雨后的污泥淤积过尺，
路边悬崖阴气森森，迷雾浓浓。
人人提心吊胆支着树枝手杖，
一步一步把那前者小心跟从。
有的踏上溜滑的山石站立不住，
污泥之中一溜几丈满身泥容。
后面打趣的战士张口正要取笑，
自己便如西瓜滚落污泥中滑冲。
有时情形险恶带给勇士们灾祸，
即使乐观的战士也难露打趣的笑容。
不少豪壮的红色英雄跌落悬崖，
没有失去性命的发出呻吟重重。
胫骨强健的骡马也有的滑落山谷，
85　抛下饲养员怒骂山崖的无情逞凶。

前方远远升起火光一堆一堆，
战士们心情振奋加速迈步前行。
拼命赶到火光处不禁大失所望——
原来是前队的火把搞得四处通明。
这里有个小庙引来战士们休息，
有人将火把放在门外进庙烤火，
后面捣蛋的战士便将那火把相争。
庙里的赶出来不见火把不禁大骂：
"哪个大胆家伙偷了我的火把？"
95　偷了火把的埋头前奔哪敢做声。

彭加伦也是偷偷拿了一支火把，
拔腿就走埋头狂奔不敢停留。
他心中害怕后面的追来抓住质问，
同时也为偷拿火把满心愧羞；

暗暗发誓以后不能如此做事，
要以光荣战士的标准把自己要求。
又行十多里来到一个小小村庄，
两三间茅屋中挤满疲惫的战士在停留。
预定宿营地还有二三十里路途，
商量后决定就地休息把体力积筹。
有个连队架起铜锅煮饭飘香，
饭香窜入众人鼻中口水直流。
饥饿的战士瞬间把那铜锅包围，
眼巴巴望着锅内狠狠把那鼻抽。
一等饭熟战士们立即展开了围攻，
将那米饭统统消灭才算甘休。
炊事员手忙脚乱叫骂着匆忙应付，
可是哪里快得过这样一群"饥猴"。　　113

冰冷的大雨又是不停地纷纷落下，
找不到房子休息的战士继续前行。
茅屋内的人们已经围着火堆睡着，
梦中仍和战友们行那征途悠长。　　117

从那热水直到益将与那汝城，
第二道封锁线试图阻止红军的脚步。
这日午后时分，勇士们行至热水，
他们迅速登上高地将阵地稳固。
热水正在大山脚下，尽收在眼底，
它的背后还有一道河沟显露。
红色勇士占据着居高临下的地形，
个个摩拳擦掌要学老鹰捉兔。
敌人麻痹大意没有设下瞭望哨，
又逢人们嘈杂将这集市赶赴。
捷足的勇士如同山鹰飞速扑下，
径直突入街头引起了敌人的惊怖。　　129

此处敌人只是民团将近百人，
听到枪声立刻如同獬狲四散；
有的中枪丧命，有的淹死在河沟，
就在红军的攻击之下完全混乱。
英勇的红军如同山鹰追猎野兔，
迅速击溃残敌进入了热水防驻。
四师前卫团十一团政治委员王平，

利用电话给愚蠢的敌人设置迷雾：
"我是热水，谨遵严密防守的命令，
没有'共匪'来到一切正常如故。"
飞翔的话语将那益将的敌人迷惑，
141　捷足的红军迅速朝着益将奔赴。

玫瑰色的晨曦悄悄渲染了东方的天空，
攻城拔地的胜利充溢着战士的心房。
红色的铁流奉命继续向泰来圩①挺进，
前方敌人的堡垒就是勇士们的战场。
先头十一团②唱着胜利反攻的新歌，
歌声洪亮在那玫瑰色的天空飞翔。
勇士们下定决心要将堡垒攻克，
子弹已经上膛刺刀闪着光芒。
炮弹呼啸轰轰飞向敌人的堡垒，
硝烟散去堡垒竟然毫无损伤。
等待冲锋的豪壮勇士心焦如焚，
153　低声咒骂炮兵射击手空炮眼盲。

军团长彭德怀亲临前线督察战况，
见到炮击落空焦急得心如火烧。
豪壮直言的军团长发出飞翔的话语：
"为什么将这火炮架得如此之远，
距离太远怎么可能命中目标？"
军团长猫下身体迅疾地往前运动，
炮手慌忙跟上，心中突突狂跳。
大炮移到距敌四百米的一个山头，
轰隆隆射出四炮仍然打了水漂。
刚烈豪勇的军团长眼见炮击落空，
亲自上阵瞄准发出话语飞翔：
"想做优秀的炮手一定要眼到手到，
偏差这么老大怎能打中目标。
现在请让战士们等候炮击命中，
168　马上冲锋别让敌人逃之夭夭。"

轰然一声炮响如同山崩地裂，
军团长彭德怀开炮正中了敌人堡垒。

———————————

① 湖南汝城泰来圩。
② 长征右路军红三军团先锋第四师十一团。

隆隆炮声接二连三震耳欲聋，
人呀，枪呀，烟尘呀直往天空腾起。
高高挥起他那破了的红军军帽，
军团长豪壮的呼喊鼓舞着英勇的战士：
"前进！前进！前进！把敌人消灭干净！
战士们冲啊，快快将那敌人摧毁。"
军团长炮轰赣州的雄风再现当前③，
激励起勇敢的战士冲杀声不绝于耳。
呼啸的子弹穿透许多勇士的胸膛，
他们扑倒在泥尘英勇无畏地战死。
勇士们呼喊着跃过死去的战友的尸身，
前赴后继如同猛虎将敌人驱驰。　　182

第二道"乌龟壳"又被英勇的红军敲碎，④
血色的红旗漫山遍野快乐地飞扬。
红色英雄唱起胜利杀敌的战歌，
歌声洪亮在那高阔的天空翱翔。　　186

———————————

③ 1932年在江西中央革命根据地红三军团攻赣州的战斗中，彭德怀亲自炮击轰塌南门城楼。
④ 关于突破敌人封锁线的历史可参见：聂荣臻《红一方面军的长征》，载《万里长征亲历记》，中共中央党校出版社2005年版，第64页："11月2日，一军团六团智取了粤北城口。稍后，三军团围困了湖南汝城守敌1个师。11月8日，红军大部队于城口到汝城之间，顺利突破了敌人第二道封锁线。"另见李聚奎《突破敌人四道封锁线》，载《万里长征亲历记》，中共中央党校出版社2005年版，第139页："突破敌人的第二道封锁线，是从红二师六团袭占广东仁化县的城口开始的。城口是仁化县北部山区的一个城镇，位于湘粤两省的交界处，是敌人第二道封锁线的一个山隘口，地理位置十分重要。11月2日，红二师六团用奇袭的方式占领了城口，歼灭了守敌1个营。3日，红三军团的部队包围了汝城，监视守敌。之后，中央红军分3路由汝城、城口之间陆续向西挺进。11月8日，全部通过了敌人的第二道封锁线。至此，军委大概鉴于红军主力无密可保，才正式通知我们说，中央红军这次进行转移，是为了到湘西去同红二、六军团会合，在那里建立新的革命根据地。"

第五卷

突破第三道封锁线

天空黑色沉沉，漫天的大雨瓢泼，
红色的勇士们冒雨向着宜章前进。
三军团第六师昨日行了一百二十里，
今日毫不叫累真可谓个个杰俊。
午后三时队伍到达宜章附近，
战斗的风云卷向这个平静的市镇。
二百多人的民团拦住了勇士们的去路，
前卫十六团上起了刺刀杀向战阵。

红色勇士们的刺刀在雨中闪烁着冷光，
恐惧让那对阵的敌人心中打鼓。
红色勇士们端着刺刀往前直冲，
冲锋声卷着刺刀的光芒在雨中飞舞。
红色战士的刺刀穿透敌人胸膛，
被刺者大声惨叫痛苦地扑倒在泥土。
红色勇士们也有的被敌人刺刀刺中，
致命的创伤也将他们的生命夺取。

惨烈的冲杀使得敌人土崩瓦解，
像是泄气的皮球迅速缩向宜章。
勇猛的十六团向着溃退的敌人猛扑，
犹如猛虎自高山将杀气卷向豺狼。
又如雄鹰盘旋腾扑于草原的天空，
巨大的翅膀掠过猎物卷起惊惶。
被惊吓的猎物只能如疯如狂地逃窜，
不走运的便在虎与鹰的利爪下痛苦遭殃。
勇猛的十六团一口气追到宜章城下，
敌人紧闭城门挡住了进攻的大浪。

高大的城墙冷然伫立在道路的前方，
为了减少伤亡，红军暂停了进攻。
大雨已经停止，天空依然阴沉，
如同酝酿着战斗于那昏晦的苍穹。

红色的勇士占领各个城门的外围，
把那宜章城池围得水泄不通。
劳苦的工农群众从周围四处赶来，
热烈地帮助红军准备展开进攻。
其中有城外三百余名修路工人，
他们被残暴的军阀强迫在此做工。
看到红军来到便纷纷前来帮忙，
有的挖坑，有的架梯，一心向红。

夜幕渐渐垂下，黑沉沉有如墨色，
山间吹起凉风听得见竹叶萧萧。
攻城战斗并没有发生在黑沉的夜晚，
因为炮兵未来，红军埋伏了通宵。
敌人的冷枪流弹偶尔零星地响起，
妄图射杀红色的勇士于夜的寂寥。
午夜的星光突然出现在漆黑的天穹，
空气死一般寂静令人黯然魂销。
红色的勇士们一部分忙着赶做工事，
其余的都在草地山坡上向梦乡飘摇。
寒风阵阵袭来穿透勇士们的单衣，
豪壮的身躯也不禁战抖于寒风的萧萧。
群星的光耀渐渐隐没在变亮的天空，
只有一个最亮的高悬超出云霄。
红色的勇士们苏醒于玫瑰色的寂静黎明，
摧枯拉朽的进攻就要发起于今朝。
当那红日缓缓升起射出光芒，
宜章的城门竟然打开将红军相邀。
城内群众成群结队地出来欢迎，
他们说出飞翔的话语于空中飘摇：
"白匪昨天已经悄悄连夜逃跑，
你们红军吓得他们上蹿下跳。
他们平日压迫我们穷凶极恶，
昨夜逃跑时还将我们搜刮和索要。

感谢红军进城驱逐了恶狗豺狼，
64 　就如太阳的光芒将那夜雾全消。"

无私的红军进城没收了土豪劣绅，
财物堆积得如同大山难以尽数。
红军召集了三千余人的群众大会，
劳苦大众纷纷将心中的苦水倾吐。
没收的财物尽数分给了困苦的人们，
红军的无私感动了千万百姓的肺腑。
有人跪下磕头讲出激动的话语，
话语和着热泪在那空气中飞舞：
"红军真好，一心为着我们穷人，
我们感激不尽，真是感激不尽啊——
如同久旱的贫瘠土地逢着春雨。
是英勇的红军让我们穷人重见天日，
我们愿意跟随着红军扬眉气吐。"
宜章城池就是这样不攻自破，①
79 　深坑厚墙挡不住人民拥护的队伍。

英勇的红军三军团进入宜章的时候，
左翼的一军团翻过五王山奔向白石渡。
白石渡隶属宜章是一个小小市镇，
粤汉铁路由此经过带来了财路。
听说今日要向粤汉铁路进发，
战士们兴高采烈急切地加快脚步。
走下崎岖大山来到了宽阔田野，
疲惫的双脚踏上平地舒服了许多，
战士们高兴地唱起歌谣向前方奔赴。

------

① 　关于突破敌人封锁线的历史可参见聂荣臻：《红一方面军的长征》，载《万里长征亲历记》，中共中央党校出版社 2005 年版，第 64 页："11 月 6 日至 11 日，一军团抢占九峰山，保障了左翼安全，三军团先后攻占良田、宜章，打开了红军前进的道路，至 15 日，全军由良田到宜章之间突破了敌人的第三道封锁线。"另见：李聚奎《突破敌人四道封锁线》，载《万里长征亲历记》，中共中央党校出版社 2005 年版，第 139 页："接着，军委命令中央红军从良田、宜章之间通过敌人的第三道封锁线。在这条封锁线上，有湘军第十五师和粤军两个团驻守。中央红军以红一军团为左纵队，经宜章以南前进，红三军团为右纵队，经宜章以北前进。军委纵队、五军团、八军团和九军团分别随后跟进。"

"铁道是铁的？泥的？还是石头的呢？"
有的年轻战士从未见过铁路，
发出询问的话语飞翔，颇为有趣。
红一军团政治部秘书童小鹏看见，
许多修路工人站在铁道旁边，
他们个个热切期盼红军的到来，
因为有着满肚子苦水想要倾诉。 　　　95

铁路开工已经有了好几个月，
有的地方高高的地基早已辟好，
有的地方施工却只是刚刚开始。
工人一群一群站在铁路旁边，
个个衣衫褴褛面色漆黑如铁，
艰苦的劳作将许多工人的身体败毁。
修路工人大约有着三四千人，
大多来自湘南，都是受苦的百姓，
抛家弃子外出做工被军阀驱使。
可怜的工人们被分成若干篷子管理，
每篷有一个工头，二三十人不等，
工头包来路段，工人做工劳累。
修路工人每天工资只有三毛，
天亮起床一直做到天黑收工，
整整二十个钟头的劳作生不如死。
生病的工人没有工资，医药费自理，
工人们流血流汗整日艰辛劳作，
无钱寄回家乡，也无钱回往故里。
他们住在松树架成的篷子里面，
晚上睡在松枝搭成的大铺之上，
夜晚防寒只有一条破烂的棉被。
他们的锅灶是在篷口地上挖就，
吃的只是粗菜淡饭很少有肉，
死了也只是路边的一个无名土垒。 　　　119

无私的红军进城召开了工人大会，
发放谷米、猪肉和衣物难以尽数。
修路工人们个个欢笑心中高兴，
红军的无私感动了工人兄弟的肺腑。
有人跪下磕头，说出激动的话语，
话语和着热泪在那空气中飞舞：
"红军真好，一心解放我们穷人，

我们感激不尽，真是感激不尽啊——
如同久旱的贫瘠土地逢着春雨。
无敌的红军让我们穷人重见天日，
我们愿意跟随着红军扬眉气吐。"
许多修路工人愿意加入红军，
人民的力量汇入了人民拥护的队伍。 132

再走十里，松山包围的白石渡显现，
许多房屋立在三里方圆的田间。
防守白石渡的是两个高高耸立的碉堡，
守卫碉堡的民团已逃得一去不还。
市镇里面有几条热闹的巷子与小街，
挤满了欢迎的人群个个绽放着笑颜。
红色的战士打土豪发财物四处奔忙，

还有的忙着扩红招新毫不偷闲。
煮饭的炊事员老黄也带着一个工人，
兴高采烈发出得意的话语连环：
"同志们，同志们你们快快来看我老黄，
我也招了个红军战士加入了炊事班。" 144

红色的战士就在白石渡休整了一天，
趁着难得的天晴搞了一次大清洁。
衣服帽子鞋子，羊毯包袱干粮袋，
里里外外清洗干净心中真喜悦。
心志豪壮的战士们此刻没有想到，
不久的前路马上会有战斗惨烈。
恐怖的战争乌云正从四处聚拢，
勇士们将要在那山冈与江水中流血。 152

第六卷

从临武至道州

夜幕渐渐垂下，黑沉沉有如墨色，
山间吹起凉风听得见竹叶萧萧。
雨后的午夜星光闪烁在漆黑的天穹，
空气死一般寂静令人黯然魂销。
寒风阵阵袭来穿透勇士们的单衣，
豪壮的身躯也不禁战抖于寒风的萧萧。
群星的光耀渐渐隐没在变亮的天空，
只有一个最亮的高悬超出云霄。
红色的勇士们苏醒于玫瑰色的寂静黎明，
10 新的前进命令已经下达于今朝。

这是十六日① 的清晨，雨后红日初升，
青草叶子上面的露珠闪耀着亮光。
心志豪壮的红色勇士们重新集结，
根据师部的命令向着道州出发，
暖和的阳光带给勇士们新的力量，
一天走了八十里到达宿营的村庄。
忽然通讯员匆匆送来总部的急令，
战士们根据命令赶紧重整行装。
原来为了能迅速占领道州要地，
上级要求部队于本日继续前行，
并于明日五时继续前往祠堂圩，
22 到达之后原地待命无须惊慌。

足智多谋的参谋长② 耿飚传达了命令，
红色的健儿们迈开捷足重新开拔。
昨日夜晚的一场大雨泥泞了路面，
战士双脚沾满黄泥不停地打滑。
行不多时忽遇前方树林一片，
众人顿时哄然而上你折我拔。

① 1934 年 11 月 16 日。
② 红一军团第二师参谋长。

共产党员发出飞翔的话语空中飘荡：
"不能弄死了群众的树苗做棍子防滑。"　　　30

飞翔的话语制止了战士们嘈杂的抢夺，
众人小心攀折树枝做成了手杖。
转眼之间夜色沉沉漆黑如墨，
仿佛故意要衬托道路的狭窄悠长。
第二师③ 行至一个山坳，顺路拐了弯，
和一队友军合路而行向前奔往。
天黑人多山路上顿时拥挤不堪，
口令声、互相催促声嘈杂地在黑夜中飘荡。
红色的健儿们继续行了四里左右，
前方远远出现点点火光摇晃。
参谋长耿飚举起望远镜仔细观望，
才知是一个村庄，正好宿营休养。
两个钟头后到达了闪现火光的村庄，
疲惫的战士终于可以进入梦乡。　　　44

第二师宿营的村庄名字叫作雷家祠，
距离祠堂圩只有三十里路程不远。
次日战士们一早起程赶到祠堂圩，
按照计划待命休息起灶吃饭。
午后师部的命令到达了耿飚的先锋团，
参谋长细读了文字，一如往常的沉稳。　　　50

"薛岳之敌五师之众正尾随我后，
湘桂两敌正向道县、蒋家岭奔行。
三股敌人三面截击英勇的红军，
企图于天堂圩与道县之间将我灭亡。
道县没有大敌防备，空虚易取，
我军即刻出发向着天堂圩奔往。

③ 红一军团第二师。

命令限明日拂晓之前占领道县，
58 并要拒止湘敌自零陵杀来张狂。"

举止沉稳的参谋长仔细阅毕命令，
立即召集各级干部认真传达，
他用飞翔的话语讲说任务的伟大，
激荡起红色勇士们胸中豪壮的激情。
如同东南风将那海浪吹向海岩，
浪花打击在那巨大的石头之上，
溅起无数的水珠飞向开阔的天空，
66 发出惊天动地的响声不绝地轰鸣。

英勇的将领们走在先头部队的前面，
睁着机警的双眼观察敌情与地形。
他们像是在那山野穿行的猛虎，
70 嗅觉灵敏、行动迅捷暗藏着雷霆。

先头将士们转眼行进了五六十里，
他们健壮的双足登上了一座小山。
只听得远远叮叮琅琅的响声嘈杂，
一群人正从另一侧的山路向上登攀。
来人穿着长衫或短衫，挑着担、担着篮，
看见戎装的战士们便露出惊恐的容颜。
他们像是受了猛虎惊吓的山羊，
78 随时准备夺路窜入那野径弯弯。

红色的勇士们说出温和的飞翔话语，
它们钻进人们的耳朵抚慰了心灵。
战士们还掏出卷烟递给能吸烟的山民，
讲说红军的伟大使命引起聆听。
那些山民像是小兽找到了母亲，
最初的疑惧融化后就是平静与安宁；
久已离群的小兽心中充满激动，
86 开始争着向母亲诉说遭遇与情形。

等到这群百姓将要离去的时候，
心志豪壮的战士们把深深的谢意倾吐。
人们依依不舍迈开双足远离，
像是小羊羔离开母亲温情的哺乳。
有两个心志缜密的山民没走多远，

突然想起了什么，心中仿佛打起鼓。
他们掉转身子重新走向战士，
说出有翼飞翔的话语于空中飞舞。 94

"年轻的勇士们我们还有事情诉说，
进入道州要走一个船做的浮桥，
浮桥乃是用那坚固的铁链连好，
敌人知道你们要来夺取道州，
已经将那船做的浮桥拉到了对岸。
你们必须夜晚悄悄泅水过去，
学那鱼儿潜行于深深的河水悄然，
不能掀起波澜翻卷起哗哗的浪花，
要把浮桥重新拉回这边的河岸，
否则更多的勇士将要流血流汗。" 104

胸怀豪气的红色健儿听了话语，
心中感激两个心思缜密的山民。
战士们用热烈的话语赞美和鼓励他们，
并且取出银圆接济他们的清贫。
心地淳朴的山民不住摆手摇头，
勉强收下告别，如同对待亲人。 110

捷足的尖兵连扎紧绑腿拿起了钢枪，
一个一个加速向着道州城奔袭。
将近头顶的太阳发出耀眼的光芒，
反光如鱼鳞闪烁，刺刀支支林立。 114

红色的勇士们下了山路奔上平地，
看到夹道的群众欢迎的笑容飞扬。
一盆盆一缸缸的开水泡上了浓浓的茶，
带给口中干渴的战士阵阵清凉。
就在这样夹道欢迎的悠长道路上，
红色勇士们转眼翻过了几个小山坡，
个个脚步如飞，战斗的情绪高昂。 121

战士行走在那养育众生的大地上，
很快走出了将近五十里的坎坷路程。
许多战士脚板底下磨出了血泡，
咬着牙关不顾伤痛艰难地前行。
有个战士脚下的血泡已经溃烂，

行走的时候忍不住发出的痛苦呻吟声。
连队的政治指导员留心到战士的痛苦，
129　说出让战士脱掉破烂草鞋的命令。

他看到那个年轻人的脚板血迹斑斑，
说出激动的话语在众人胸中轰鸣：
"勇敢的年轻人呀，你是铁流红军的骄傲，
溃烂的伤口展现了你钢铁般的意志。
你的心中牢记着光荣艰巨的任务，
大地在你的脚下知晓了勇士的含义。
你的精神将会激励其他的勇士，
137　足以让所有困难与敌人一败涂地。"

政治指导员长翼的话语在空中飞翔，
勇气充塞红色战士们豪壮的心房。
"坚决勇敢地前进呀，坚决夺取道州！"
声浪有如暴风卷过大海汪洋；
卷起无边的骇浪惊涛跌宕回旋，
就连高处的天空也仿佛意气飞扬。
勇士们握紧钢枪，激情鼓荡于心间，
背上的鬼头大刀闪着森然的寒光。
大刀刀柄上跳动着火红色的飘带，
147　像是勇士们的热血在写就一路的华章。

尖兵连捷足的勇士们行走在部队的前方，
行动迅捷犹如草原上空的飞雕。
巨大的翅膀舒展张开借助着气流，
扶摇直上乘风而行飞翔在云霄。
先锋的侦察兵忽然看见远远有人，
那人脚步飞快犹如奔跑的野猫。
沉着冷静的侦察兵举起望远镜张望，
发现那人手中有封书信在招摇。
机智的战士知道来人必有蹊跷，
示意队伍隐蔽将手向下一招。
全队的战士转眼之间隐蔽妥当，
如同飞雕隐没身影于飞速的狂飙。
待得那个送信之人自远跑近，
勇士们猛然跃出吓得那人心跳。
如同野兔见到钩爪如铁的大雕，
那人脸色惨白发出颤抖的话语：

"长官们不要不分黑白把我乱抓，
我是奉了县长之命来递送机要。"
红色的健儿怒目圆睁话语如雷，
鬼头大刀的铁环哐啷啷不停作响：
"你要把那事情说得清清楚楚，
你是为了何事奔跑在路途迢迢？"
那人神色惊疑不定颤抖着问道：
"你们又是哪个部队如此雄枭？"
红色的健儿机智巧妙地大声回答：
"我们是蒋司令派来的中央军所以雄枭。"　173

那人听了话语面上露出喜色，
递过书信说出话语有翼飞翔：
"我是从那道州奉命前往天堂圩，
招集救兵赶赴道州参加城防。
城内原先只有四十名老弱团丁，
前天还花了万元大洋找援兵救场。
那些援兵都是从邻省广西找来，
可惜只有一个连队，还缺弹少枪。"　181

红色的健儿们听了心里觉得好笑，
于是这样向着那人大声说告：
"你可知道我们到底是啥部队！
我们正是红军要去道州除暴。"
那人脸色由红变青，牙齿打磕，
样子可怜又好笑，仿佛就要跌倒。　187

红色的健儿们决定把那人送往师部，
然后继续加速向前直奔道州。
当普照万物的太阳将要在西方落下时，
捷足的尖兵已经来到了道州城的外头。
如同迅捷的猎鹰扑向蠢笨的猎物，
尖兵占领了城南的街道以备图谋。
正如两个淳朴山民所说的那样，
敌人已把浮桥拉走令红军发愁。
尖兵隔着河流向城内敌人射击，
配合队伍布置警戒于河的上下游。
英勇的红军一部分开始做饭休息，
一部分开始做架桥攻城的各种备筹。
捷足战士们胜利结束了两百里急行军，

201　队伍不断到达如同奔涌的铁流。

　　血色的夕阳渐渐在西边的山后落下，
　　黑色的夜幕缓缓于无垠的天空舒展。
　　道州城上隐隐有头颅一伸一缩，
205　不断窥探却难以将失败的命运翻转。

　　冷枪断断续续射向红军的营地，
　　英勇的红军沉住气并不展开进攻。
　　宣传员对着敌人说出飞翔的话语：
　　"中国人不打中国人，不要让心灵被蒙。"
　　城外的老百姓却是欢迎红军的到来，
211　成群结队在河边观看红军英雄。

　　血色的夕阳终于在西边的山后落下，
　　黑色的夜幕已经于无垠的天空舒展。
　　红色的战士们擦着枪支和锋利的刺刀，
215　要将敌人变成残云用狂飙飞卷。

　　足智多谋的参谋长耿飚举着望远镜，
　　双眼盯着城头观察敌人的举动。
　　此时一轮明月照耀着奔流的河水，
219　点点白色的光华跟随着波涛奔涌。

　　忽然耿飚的耳畔响起了通讯员的声音，
　　年轻人带来了政委请他去开会的邀请。
　　耿飚迈开捷足赶回司令部驻地，
　　将那侦察的情况向政委详细报禀。
　　心志沉稳的指挥员们彼此交换了看法，
225　通过电话向师部请示何时开打。

　　耿飚在电话中听到陈师长飞翔的话语：
　　"城内只有敌人一个连和数十个民团，
　　我们的攻击将给他们带去灾难。
　　怯懦的敌人今晚或拂晓前可能窜逃，
　　我们可以在蒋家岭令那逃敌溃乱。
　　在夜幕刚刚降临时分，我已经命令
　　第五团在大河上游三里处北渡对岸。
　　明日玫瑰色的黎明悄悄来临之前，
　　英勇的第五团将会把道州西北门打烂。

　　你们立即带领尖刀般的第四团行动，
　　可以先派善游的勇士凫水先过，
　　让他们架好可以承载人马的浮桥，
　　或是放过船只增加渡河的胜算。
　　你们的任务是偷渡或强渡道河佯攻，
240　配合第五团实现攻城的胜利璀璨。"

　　参谋长耿飚将师长的指示转告给政委，
　　共同部署了作战计划细致周详。
　　部署完毕后耿飚吃了几个柑子，
244　立即拔足奔向那河岸弯曲悠长。

　　架桥修路的工兵排早已到了岸边，
　　攻城突击队第一营也配备了火力周全。
　　英勇的工兵排长王友才脱去衣裳，
　　露出扎实的肌肉、宽阔伟岸的双肩。
　　身先士卒的王友才准备凫水过河，
　　他的行动激起年轻勇士们的豪情，
　　工兵一班副班长和两名战士站出来，
　　要求一同凫水偷渡那长河当前。
　　四个勇士跃入了川流不息的河水，
　　像是大鱼潜行在暗流汹涌的长川。
　　岸上的战士们看不见四个泅水的勇士，
　　心中焦急不安如同绷起了长弦。
　　忽然道州宽广的城头火光一冒，
　　敌人射出枪弹激起了水花飞溅。
　　时间在红色战士们焦急的心间流过，
　　许久才在河中间看见四个勇士，
　　湍急的河水像恶魔的大手将他们纠缠。
　　其中一名战士忽然沉入了水面，
　　往上冲了几下再也不见踪影，
　　冰冷的河水冷酷无情奔涌不息，
265　将他拉入了黑色无边的深渊。

　　月亮的光华渐渐隐没在变亮的天空，
　　太阳慢慢升起高悬超出那云霄。
　　凫水渡河的勇士们爬上了对岸的木船，
　　船夫匆忙拿来衣裳给他们披上，
　　希望帮助勇士们赶紧把那寒气消。
　　这时附近的人们很快跑来帮忙，

帮助红军的工兵架设浮桥和撑船，
转眼架起了可走四路纵队的大浮桥，
而那城中的敌人慌忙逃之夭夭。
突击部队的一个营开始迅速过桥，
276　登上南门城墙插起了红旗飘飘。

警戒部队由南门城墙上往东西而去，
两边各是一个连沿城捷足而行，
其余一个连和营部向前直出北门，
迅速占领东门北门之外的堡垒，
向着零陵方向警戒，战术有方。
英勇的第五团这时也已经从上游渡河，
占领了道州西门和门外的一片阵地，
向着蒋家岭方向警戒稳固设防。
第五团主力入城搜索后派出二连，
向零陵方向进行一日行程的侦察，
在那行动机敏的侦察部队派出后，
各个部队开始了宿营政策的宣传，
向当地群众说出有翼的话语飞翔。
红色铁流陆续不断地进入道州城，
像是泉水汨汨穿流于岩石罅隙，
慢慢慢慢汇流成数条奔流的小溪，
小溪汇成大河纷纷奔涌流向大海。
忽然沉闷的轰鸣声自远处天空传来，
尖利的防空警报驱走了所有的倦怠。
红色战士们迅速开始四处隐蔽，
在那树下、草中和屋内隐匿形迹，
像是机灵的野兔迅速藏匿身体，
299　巧妙躲过了残暴的秃鹫，安然存在。

飞机忽高忽低盘旋侦察了许久，
像是秃鹫没有找到合适的食物，
恼怒而又无奈地往远处灰溜溜地飞开。
集合前进的号声清脆嘹亮地响起，

红色勇士们如同天兵天将降临，
从四处倏忽现出敏捷矫健的身形，
帽上的红星如同朵朵绽开的红梅。　306

红色的旗帜在道州城头高高飘扬，
人们欢天喜地欢迎红军的到来，
围绕在年轻战士们的周围高声欢唱。
人们大声惊叹这些年轻人的英勇，
勇士高昂的精神感染了每个人的心怀，
激励起人们胸中层层热情的波浪。　312

一个年轻的学徒指着一武器说道：
"瞧那机关炮，威风凛凛风头好盛。"
旁边的店伙计哈哈大声讥笑起来：
"你这蠢东西怎错把机关枪来叫机关炮，
难怪入不了红军还是乖乖地认命。"
年轻的学徒听了心中不禁赌气：
"你这个家伙怎瞎说红军不想要我，
有种就过来比比谁的拳头更硬。"　320

另有一个人说出惊讶的话语飞翔：
"这是哪里来的，真是神奇的军队，
子弹不多、武器又差却总打胜仗，
难道真是天兵天将来将咱解放？"
旁边的老人摸着长长的胡须答道：
"这些年轻人日行千里夜行八百，
不怕刀枪火海不光靠那枪弹，
只因个个英勇无畏心志豪壮。"　328

红军向贫穷的人们发放了接济的财物，
感激的话语欢乐的声音在天空荡漾。
当队伍在月光下陆续开拔离开道州时，
千万百姓的心中翻腾着依恋的波浪。　332

第七卷

血战湘江

红二师四团占领潇水西岸道州后，
九军团的勇士占领了另一个渡口江华，
一军团第一师也抵达了滔滔的潇水之旁。
这时红一师右边是三军团，左边是五军团，
三支队伍如同滚滚不息的铁流，
6　横贯逶迤的五岭山地如奔腾的沧浪。

红一师师长李聚奎拨通了五军团的电话，
告诉他们第一师将要进击湘江，
请五军团的部队向潇水西岸尽快前进。
电话的另一头传来一个沉稳的声音，
五军团的参谋长刘伯承说着有翼的话语：
"英勇的同志们你们现在不能离开，
我们的军团短时间还无法赶到潇水，
西岸若被追击的敌人乘隙占领，
15　潇水将成为屠杀红军的残酷杀阵。"

红一师的李聚奎赶忙前往附近的村子，
那里驻扎着红三军团英勇的将士。
李聚奎向勇猛率直的彭德怀汇报了战况，
19　指出了潇水西岸接防困难的形势。

勇猛率直的彭德怀于是这样说道：
"我非常赞同伯承同志对形势的看法，
披坚执锐的红一师现在还不能离开，
你们面临消灭追敌的任务严峻。
西岸若被追击的敌人乘隙占领，
潇水将成为屠杀红军的残酷杀阵。
因为阻敌的重要性你们需要帮手，
三军团六师将暂时交给你来指挥，
他们的师长曹德卿正经受重病折磨，
那病痛来袭仿佛冰冷无情的刀刃。
至于一军团要求继续前进的命令，

我将亲自向你们的军团长把情况说明，
敌人正从北面南面和东面围堵，
他们拥有足足三四十万的将士，
红军尽管英勇也不可能突围于一瞬。"　　　34

红一师的李聚奎知道彭德怀说得没错，
他曾在平江起义后在将军的指挥下工作，
知道将军烈火般的脾气和钢铁般的决断。
李聚奎听了将军斩钉截铁的话语，
决心带领留下的一师一团和三团，
会同三军团六师防守潇水西岸。　　　40

三四年十一月二十五日的清晨，
渡船如过江之鲫行驶在潇水中央。
船上敌人的兵士如同麦秆成簇，
人数众多装备精良，气焰张狂。
英勇的红军在潇水西岸设好了阵地，
用猛烈的射击杀敌奋战，士气高昂。
敌人的渡船在凶猛的攻击下难以靠岸，
许多兵士被子弹击中丧命于沧浪。
如此的激战一直持续了整整两天，
潇水成了追敌伤心落泪的战场。
红一师和红六师在这里迟滞敌人两天后，
撤出了战斗，踏上西进的征途漫长。
英勇的战士们现在也许还不知道，
不远的湘江，可怕的杀机已然暗藏。　　　54

英勇的红军通过第三道封锁线之后，
蒋介石已然察觉红军西进的意图，
他心头的恐慌如同乌云越来越浓。
这位光头的将军急忙调兵遣将，
用他"追剿军"总司令的头衔为何键加封。
"追剿军"有十五个师一共七十七个团的兵力，

61　他们从各方聚拢卷起杀气重重。

"追剿军"总司令部成立后由长沙移驻衡阳，
所属十五个师分为五路军向红军进攻。
一路军司令刘建绪统领四个师的兵士，
人数众多如同乌鸦盘旋于天空。
二路军司令薛岳统领四个师的兵士，
兵多将广如同原野草木葱葱。
三路军司令周浑元统领四个师的兵士，
杀气腾腾令千里山岭一片蒙蒙。
四路军司令李云杰统领两个师的兵士，
气焰嚣张如同穿越山谷的疾风。
另有一个师由五路军司令李韫珩率领，
由东向西紧紧追击西进的红军，
74　如同黑沉沉的乌云从东遮蔽了苍穹。

善于谋略的蒋介石仔细地盘算千遍，
准备安排下可怕的杀阵于红军的路途。
他一边布置"追剿军"，一边紧急地电令，
命令广东军阀陈济棠进兵湘粤边，
命令广西军阀白崇禧进兵湘桂边，
命令贵州军阀王家烈派兵到湘黔边，
81　力图在湘江之滨的三角地将红军杀屠。

就在敌军如同乌云会聚的时刻，
英勇的红军加速朝着湘江奔行。
红一师和红六师在潇水西岸阻敌的当日，
红军的三个领导部门① 分别发出命令：
"突破敌人第四道封锁线渡过湘江"，
作战命令和政治训令如同钢铁，
冰冷坚硬不容任何人随意地变更。
英勇忠诚的红军指战员们虽有异议，
90　却仍然奋勇无畏地奔向血色的征程。

英勇的红军分为四路纵队前进，
第一纵队由勇猛的一军团主力组成，
沿着蒋家岭、文市向全州以南前进，
如同激越的飞流穿越高山峡谷，

———————
① 中共中央、中革军委和总政治部。

激荡起震耳欲聋的响声令敌胆寒。
第二纵队由红一、红五军团各一部，
混同军委第一纵队共同组成，
经雷口关向着文市以南快速前进，
如同下山的猛虎奔袭莽莽丛林，
卷起呼啸的风声令敌人难以心安。
第三纵队由攻城拔地的红三军团
和军委第二纵队、五军团一部组成，
经由小坪、郑家园向着灌阳前进，
如同长翼的雄鹰划破长空飞翔，
发出尖利的啸声震惊了敌人的心肝。
第四纵队由八军团、九军团共同组成，
经由永明灌阳向着兴安前进，
如同隆隆的机车行驶在宽广大地，
巨大的力量在地面制造了震颤的波澜。
奋勇无畏的红军怀着牺牲的决心，
准备从广西境内的兴安至全州之间，
在那百余华里的区域内抢渡湘江，
哪怕要洒尽鲜血遍染那江水漫漫。　113

为了加快行军速度和分散追敌，
红军除了先锋部队径直前进，
后面的部队分成多路往前行军，
有的在田埂上，有的在山坡上，有的在大道上，
漫山遍野的红军战士进逼湘江。　118

这时天气正在一天天变得寒冷，
天公像故意刁难，下起了大雨连绵，
战士身上的衣服似乎从没干过，
忍受着大雨从天洒落犹如长鞭。
行进的红军队伍没有停止前进，
年轻的战士们经受着凄风冷雨的熬煎。
许多生病的战士病死在野草丛中，
嘈杂声渐起如那波浪始自于漪涟。
"不知我们将会葬身于怎样的山野，
肚中饥饿，身上寒冷，真是可怜。"
寒风冷雨使得不坚定的个别人动摇，
不起眼的蚁穴可能毁败千里的堤坚。
共产党员、青年团员意志如钢，
发出飞箭一般的话语将坏话击穿：

"如想突破第四道封锁线渡过湘江，
不怕牺牲才能摆脱敌人纠缠。
革命同志吃苦耐劳不怕牺牲，
怎能一遇困难马上就抱怨连篇。"
话语飞翔在豪壮勇士们的耳边心头，
犹如荡涤黑色污秽的明澈大川。
许多动摇的心灵重新获得力量，
140　犹如即将枯萎的鲜花再度争妍。

正当中央红军向着湘江挺进时，
工于心计的蒋介石的第一路"追剿军"四个师
和第二路"追剿军"四个师连同一个支队，
正在分别由黄沙河、东安及零陵地区，
急赴全州地区沿着湘江布防，
如同黑沉沉的乌云从北方压向红军。
敌人的第三、第四路和第五路"追剿军"，
分别从道县、宁远出发向西进逼，
如同正从东边卷向西边的乌云。
桂系军阀的五个师以及两万多民团，
也于兴安、灌阳一带重重布防，
如同黑色的乌鸦层层聚拢成群。
敌人就这样在湘江东面和南北两头，
154　集中了二十个师团的兵力追堵红军。

战云从东面和南北两头快速聚拢，
156　在红军的西边是那滚滚奔流的湘江。

行进的红军队伍没有停止前进，
个个抱着死也要渡过湘江的决心，
159　日夜不停地行进在广阔逶迤的山野。

红三军团肩负左翼进攻的任务，
红一军团肩负右翼进攻的任务，
两军分别进至广西灌阳和全州地区，
红军和阻截之敌在南北两处相遇，
如同闪电刺入迎面而来的乌云。
十一月二十七日红三军团两个师，
会同五军团的三十四师阻击桂军。
战斗在灌阳附近的新圩、古岭展开，
枪弹射穿双方无数战士的身体，

山野之间展开了残酷的杀戮纷纷。　169

在灌阳山野的猛烈厮杀开始的同一天，
披坚执锐的一军团先头部队第二师
乘着占领全州之敌尚未布防之际，
顺利地迅速渡过滚滚奔流的湘江，
迈开捷足控制了从界首到脚山铺①的渡河点。
二十八日，攻城拔地的三军团第四师
也渡江进至界首，一路鲜血尽染。　176

英勇捷足的红一、三军团占据了要点，
如同撕开乌云带来一线光明。
就在界首以北，六十里长的江面上，
红军浴血抢渡，迈向新的征程。　180

前锋部队渡过湘江占领要点后，
潇水阻敌的将士奉命撤离西岸，
于三十日凌晨赶到了全州脚山铺地区，
捷足的勇士一路遭遇着可怕的死亡。
桂系军阀李宗仁白崇禧心中忧虑，
担心勇猛的红军南下深入广西，
百转的心机使他们做出了怯懦的行动，
放弃了兴安、灌阳一带，撤退慌张。
他们的兵力南移到富川、贺县、恭城，
红军中央纵队得以接近湘江，
准备抢渡哪怕鲜血染红沧浪。　191

驻守全州之敌刘建绪部人数众多，
如同那黑色乌鸦盘旋于灰色天空，
眼见红军主力抢渡滚滚湘江，
如同猎人看到笼中的猎物逃跑，
急红双眼采取了可怕的疯狂行动。
他们从全州倾巢而出向西南猛攻，
红军脚山铺阵地变成了惨烈的战场。
脚山铺北距全州三十余里路途，
南面离界首五十多里山路悠长。
敌人企图凭借杀戮攻占脚山铺，
然后夺回红军湘江西岸渡河点，

_____

①　又称"觉山铺"。

他们如蚁群密密麻麻涌上山冈，
射出致命的枪弹发出尖厉的声音，
205　带给许多英勇的红军可怕的死亡。

勇猛的红一师到达脚山铺阵地之时，
坚毅的红二师已经在这里血战一天。
红一师年轻的儿郎忘却了急行军的疲劳，
209　来到了他们英勇卓绝的战友们身边。

敌人如蚁群密密麻麻遍布山冈，
射出致命的枪弹发出猖狂的呼啸，
带给许多英勇的红军可怕的死亡。
火红的枪弹在阵地上射起泥土飞溅，
其中有一些击中勇士们宽广的胸膛。
还有一些碎裂的弹片四处散开，
216　带给许多勇士们可怕的痛苦创伤。

敌人如乌群重重叠叠扑往山冈，
发出致命的炮击响着尖利的呼啸，
带给许多英勇的红军黑色的死亡。
阵地上浓烟滚滚升腾，掩盖了天空，
红色火苗卷过冬日半枯的灌木，
仿佛把那阵地推入炼狱的中央。
年轻的红军战士一个接一个倒下，
永远安息在那养育万物的宽广大地，
225　战友迈过了他们的尸体冲向豺狼。

红军在敌人疯狂的进攻下失去了阵地，
次日拂晓玫瑰色的黎明还没有来临时，
红军猛烈地反击又将阵地夺回，
一直战至白刃拼杀，奋勇卓绝。

敌人三个师很快在六七架飞机的掩护下，
发出疯狂的吼叫再次发起冲击，
两军交兵的地带血光四处飞溅，
长长的阵地仿佛大地的伤口撕裂。　233

红一师第三团在下坡田附近阻击敌人，
先后击退对方五六次疯狂冲锋。
当阵地迎来第三个玫瑰色的黎明之时，
敌人使用了狡猾的战术暗藏险凶。
他们仍然加强着正面进攻的火力，
主力却是悄悄地迂回到红军侧翼，
如潮水绕过礁石激起了恶浪重重。　240

红色的勇士们已经连续四夜未眠，
疲劳的身体一天多没有接触食物，
每个人心中却是记挂着渡江的战友，
决心用生命保护党中央安全渡江。　244

正当一军团于脚山铺同敌人进行血战时，
在湘江东岸，红军同追敌也进行着激战。
那是红三军团、红五军团的儿郎，
他们也用鲜血谱写着长征的英雄传。　248

在几个血色的白天与悠长的黑夜中，
五万多名心志豪壮的红军战士，
沉入了千万年川流不息的湘江水下，
或是扑倒在养育众生的宽广大地。
三万多红色勇士在血泊中渡过大江，
迈着坚定的双足进入西延的大山，
心里充溢着对死去战友的深深思念，
希望那长河和大地将勇士们永远铭记。　256

第八卷

老山界

在广西、贵州、湖南三省交界的地区，
山岭仿佛从天边汹涌澎湃而来，
重重叠叠如同那大海酒蓝色的波涛，
一直延伸到眼力难及的灰白色的天涯。
才思敏捷的红军宣传干事陆定一
站在山岩上看着奔涌的巍峨群山，
豪壮的胸中火热的心脏激越地跳动，
8　渡过湘江的热烈情绪充溢着胸怀。

前方伫立着三十里高的巍峨大山，
地图上面它名叫越城岭，土名老山界。
苗民在很久很久以前迁居此处，
12　聚居在这难以翻越的关山险隘。

红色勇士沿着山沟蜿蜒向上，
多日的长途行军疲惫了战士们的身体，
残酷的浴血激战给许多人制造了创伤，
队伍走走停停，艰难地行进于山间。
当夜神垂下它那巨大的黑色双翼，
把长河高山与宽广的大地笼罩，
有许多年轻战士感到了睡意袭来，
却无法找到合适的地方安睡于大山。
也有许多战士几日来忍受着饥饿，
辘辘饥肠终于放松了他们的膝盖，
生命气息偷偷游走出他们的咽喉，
24　于是无声无息地扑倒在山路弯弯。

脚下地势渐渐更加倾斜起来，
才思敏捷的陆定一和他英勇的伙伴们，
迈着强健的捷足飞快地往上攀登。
他们很快地超过自己的所属纵队，

跑到光荣的"红星"①纵队队列的尾部，
抬头看见上面仍是人影层层。　　　30

一路飞快地攀登并非轻松的闲步，
几个捷足的伙伴终于也觉得劳累，
正巧在山路拐弯的地方有间房子，
于是他们决定休息一下让气力重振。
屋子里面住着瑶族的母子二人，
儿子年纪还小瘦弱得如同干柴，
母亲同样干瘦，已经是霜染双鬓。　　37

当家的男人因为听到马上要打仗，
害怕被拉夫将那残酷的战场奔赴，
早已经按照旧例藏匿于山野莽莽。
几个伙伴于是说出有翼的话语：
"尊敬的大嫂您不用这般满脸慌张，
我们红军是人民的军队纪律严明，
不知能否允许我们进入您家，
让我们消失的气力能够重新增长？"
听了年轻勇士们温和的话语飞翔，
女人脸上散去了一些惊惶的神情，
犹如乌云渐渐被温暖的阳光驱散，
光芒四射，神圣的天空中重现明朗。　　49

外边的队伍还是缓慢地向上蠕动，
才思敏捷的陆定一和他卓越的伙伴们
向瑶民打开话匣说着话语飞翔。
他们心中记着一路上的许多经验，
知道无论谁开始怎样害怕红军，
只要对他们说清楚红军的光荣与伟大，
人们都会转忧为喜不再惊惶。　　56

---

① "红星"是当时中央一级机关纵队的代号。

才思敏捷的陆定一和他卓越的伙伴们
就是这样用有翼的话语打动着心灵：
"光荣的红军是人民自己的伟大军队，
不会像军阀征收残酷的苛捐杂税，
不会像军阀禁止你们神圣的信仰，
瑶民与汉民同是大地养育的儿女，
灿烂如星辰一样闪烁在宽广的天空，
也如那鲜花共同绽放在民族的院庭。
你们好像有很多痛苦深藏在内心，
如同那大海即使表面平静像镜子，
下面却仍有股股巨大汹涌的洋流；
如同那绿色湿地露出一块块斑驳，
暴露了下面日久经年的可怕泥沼，
假如你们愿意敞开久闭的心扉，
我们将乐意将你们的痛苦仔细聆听。"

那女人听到勇士们温和的飞扬话语，
大滴的眼泪突然从红色的眼眶滚落，
如同冬日的岩石罅隙许久干涸，
红日消融了冻结的寒冰形成山泉，
山泉欢畅涌出犹如那脱缰的马驹，
听凭自由意愿奔跑向宽广的平原。
女人就是这样流泪说着话语：
"好心的人儿呀，你们听我慢慢诉说，
我也曾有过宽广丰饶的肥沃田地，
可是有些黑心的地主恶霸逞凶，
就如那些狂暴的野兽吞食绵羊，
獠牙狰狞吓得绵羊浑身战抖，
离开丰饶草场四处胡乱逃奔。
就这样我们住到贫瘠险恶的荒山，
一日日辛苦耕种别人拥有的土地，
每一年缴纳沉重租税多样而频繁。
军阀对瑶民更加是征收特别的重税，
如同那乌云从高空压向低矮的山头，
抬头张望天空只见天地昏昏。
也如那昆仑翻倒压向小块的山石，
让那可怜的石块永远痛苦而无言。
英勇的儿郎们，我们想不到你们会来，
就像那昆仑山下的石块已经僵死，
想不到天神会轰然将那昆仑搬开，

替我们穷困的人儿扭转颠倒的乾坤。
你们红军如果早些来那该多好，
很多穷人就不会成为受苦的冤魂。
你们显然经过艰苦的行军和战斗，
要不怎会满身是鲜血，满脸是霜尘，
我想你们正在经受着饥饿的煎熬，
我将用白白的米粥盛满这粗陋的碗盆。"
白鬈女人拿出仅有的一点大米，
放在房子中间木头架成的灰堆上，
那是瑶民用来烧火的简单的炉灶，
女人就这样煮着粥，挨近那破败的柴门。

白鬈女人向战士们说出道歉的话语，
说是没有多少米，也没有合适的大锅，
否则真是愿意煮出香甜的米饭，
来给更多神样的红军勇士充饥。
过了片刻锅里飘出诱人的香气，
激发了勇士们辘辘饥肠的强烈食欲，
因为疲惫的身躯早已饿了许久，
稀汤见底的米粥喝起来也格外香甜，
如同荒芜的沙漠瞬间遍布了芳菲。
红色的勇士们也盛粥给那瑶民母子，
香甜的米粥带给每个人新的气力，
大家彼此说着有翼的温暖话语，
如同久久离家的人儿难得的回归。
瑶民母子告诉心志豪壮的勇士，
前面有一个高高的大山名叫雷公岩，
陡峭的山峰如同石柱插向云霄，
上山三十里险途，下山十五里曲径，
勇士们笑笑说他们有翅膀可以高飞。
被善待的人儿馈赠给主人闪光的银圆，
白鬈的母亲连连摇头决不接受，
虽然身上穿的是勉强遮体的破衣。
过了许久来了一个年轻的战友，
宽阔的肩膀上背着长长的布做的米袋，
装着三天的粮食如今还是满满，
明知前面路途艰难、粮食稀缺，
心志豪壮的勇士们仍把米袋捧上，
决意送给那瑶族慈爱的白鬈母亲，
然后重踏上征途怀着如铁的决心，

135   留下那白鬓母亲在柴门前挥手依依。

普照万物的太阳西沉入逶迤的远山，
统辖夜晚的黑幕笼罩了宽广的大地。
起着晚烟的村落，早已黄透的田野，
重重苍翠的山林，长长蜿蜒的队列，
140   全都慢慢慢慢隐入夜神的巨翅。

墨色的夜晚降临时部队才到山脚，
满天闪烁起点点灿烂的银色星光。
火把也繁星般在黑色的山路上亮了起来，
这些火把不是拆自瑶民的篱笆，
而是战士们从近旁的竹林砍伐竹子，
自己做火把照亮那黑色的夜路长长。
豪壮的勇士们从山脚昂起头往上望去，
看见闪耀的火把排成"之"字弯弯，
一直到天上与那星光连接起来，
难分是跳跃的火焰还是闪烁的星光。
才思敏捷的陆定一和他卓越的伙伴们
152   惊叹奇观平生未见，忘情地凝望。

脚下的大山如同鬼斧制造的险峻，
捷足的勇士们绷紧心弦浑身紧张，
队列中处处发出有翼飞翔的话语，
激荡起许多战士胸中的勇气和斗志，
如同滚烫的熔岩喷出火山的巨口，
带着无比的炙热呼啸着冲下山坡，
一路融化坚硬的树木、冰冷的岩石；
勇士们胸中的火热激情就是这样，
如同熔岩瞬间消融了紧张与胆怯，
纷纷振奋起力气，迈开了捷足攀登。
豪壮的勇士们不时昂起头往上张望，
看见闪耀的火把排成"之"字弯弯，
一直到天上与那星光交融在一起，
难分是跳跃的火焰还是闪烁的星光，
于是他们说出话语把勇气振兴：
"勇敢的战友们，一起加油往上攀登呀，
不要让那胆怯溜入豪壮的心胸，
不要掉队落后如同那乌龟慢爬，
我们正去往繁星灿烂的辽阔天空，

让我们盘旋于星辰之间做翱翔的雄鹰。"
飞翔的话语激起勇士们心中的勇气，
众人发出洪亮的笑声如浪花翻腾。   174

豪壮的勇士们沿着"之"字形山路攀登，
看见闪耀的火把跳跃着奔往夜空，
火把一直到天上与星光交融在一起，
难分是跳跃的火焰还是闪烁的星光。
往下看去那山体如同绝壁仁立，
跃动的光焰仿佛在风中蜿蜒舞动
火把的亮光照着下面战士的脸，
就在脚底下个个激动而又紧张。   182

长长的队列突然走不动停了下来，
传来的话说前面有一段险路崎岖，
在那峭壁上犹如又加了层层冰霜，
连勇士也从心中冒起了丝丝凉气。
时间飞快地流逝让人感到心焦，
午夜过后从前面传下休息的命令，
战士们于是就地躺卧在窄窄的山路，
等待天空最亮的一个星辰的召唤，
等待玫瑰色的黎明带来清晨的气味。   191

才思敏捷的陆定一和他卓越的伙伴们
也和众多的勇士一样躺倒在路上，
在他们旁边就是那陡峭嶙峋的绝壁，
绝壁表面突出许多锋利的岩石，
如果他们在梦中跌落旁边的山崖，
那些岩石将很快把他们的生命吞噬。
但是可恶的睡意使他们没法多想，
每个人裹了条薄毡，便将双眼合闭。
疲倦如同狂暴大海黑色的巨涛，
转瞬之间向他们卷来无边的黑色，
使他们沉沉坠入睡眠任时间流逝。   202

半夜陆定一和他的伙伴突然醒来，
清醒的头脑使身体顿感寒气凛冽，
如同根根冰锥深深扎入肌骨，
冷得他们每人浑身打着寒战。
陆定一用毡子把蜷曲的身体卷得更紧，

可是寒冷已经让他无法入睡，
他看着星光闪烁的夜空辽远一片。
星辰如同黑色大幕上缀着的宝石，
光华闪耀让众多瞻仰者陶醉于目眩。
陆定一感到星辰仿佛并不遥远，
却不知死去的战友们现在究竟在何方，
他默默数着天上的星辰心潮涌动，
215　不知星辰是否看到了长征的英雄传。

夜色中的山峰犹如黑色的巍峨巨人，
它们矗立在四周形成了一个山谷，
山上山下有点点寂寥的火光闪耀，
那是没有熄灭的几堆火把在燃烧。
许多被冻醒的红军战士围绕着火堆，
发出有翼的话语幽幽在空气中浮漂。
除了这些声音，山间四处寂然，
静寂得使人的耳朵里也仿佛出现了嘈杂，
声响难以捉摸，很远又好像很近，
有时极其洪大如同大海汹涌，
有时又是极细切像春蚕咀嚼桑叶，
有时犹如山泉在岩石罅隙鸣咽，
228　有时如同马儿在平原飞奔如飙。

夜神不知何时又发出催眠的利箭，
远远射中了正在数着星辰的陆定一，
让他在不知不觉中又坠入黑色的梦乡。
群星的光耀渐渐隐没在变亮的天空，
只有一个最亮的，高悬超出云霄，
昭示着玫瑰色的黎明将要携来光芒。
红色的勇士们苏醒于玫瑰色的寂静黎明，
陆定一和他的伙伴们也被人于梦中推醒，
飞翔的话语说是马上准备出发，
令他们收拾简陋的行装也感匆忙。
此时山下有年轻的战士上来送饭，
香甜的米饭驱走勇士们的寒冷与饥饿，
241　力量重新汇聚到宽广豪壮的胸膛。

有翼飞翔的话语传来如铁的命令，
要求队伍当天越过这座大山，
脚下的大山如同鬼斧制造的险峻，

捷足的勇士们绷紧心弦浑身紧张，
队列中处处发出有翼飞翔的话语，
激荡起许多伙伴胸中的勇气和斗志，
如同滚烫的熔岩喷出火山的巨口，
带着无比的炙热呼啸着冲下山坡，
一路融化坚硬的树木、冰冷的岩石，
勇士们胸中的火热激情就是这样，
如同熔岩瞬间消融了胆怯与紧张。　252

为了把勇气源源不断输送给战友，
才思敏捷的陆定一和他卓越的伙伴们
停下来写出标语分配给嗓音洪亮者，
然后分散到队伍各段讲说着话语，
激荡起许多战士胸中的勇气和斗志。
当伤员和运输员组成的笨重的纵队过山时，
勇气和斗志显得比黄金还要珍贵，
幸好有那些有翼的话语高高飞翔，
如同雄鹰扇动巨大如铁的翅膀，
击退痛楚与怯懦，将勇敢和力量送至。　262

红色勇士们迈着捷足行走在征程，
前面一堵峭壁仿佛从地下冒起，
犹如黑色的铁墙坚硬难以经过。
才思敏捷的陆定一和他卓越的伙伴们
知道那就是瑶民昨夜所说的"雷公岩"，
它决不是那可以轻松翻越的矮山坡。　268

黑色峭壁上有一条几乎垂直的石梯，
量一量宽度顶多就只有可怜的几尺，
石梯旁边就是可吞噬生命的悬崖。
悬崖下面已经聚集着很多的马匹，
它们昨晚无法爬上这铁色的峭壁，
只能等战士过去后再度进行尝试，
哪怕如同伙伴在崖下尸骨堆埋。
有几匹马儿曾从崖上悲惨地跌下，
锋利的岩石，划裂了它们的脊背和肚皮，
猛烈的摔落，击碎了它们那强健的脚骨，
伤心的战士将受伤的马儿拥抱在怀。　279

红色勇士们很小心爬过灰铁的峭壁，

登上一片稍显平缓的赭色山坡，
踏在丛丛暗绿或土黄的杂草之中，
绑腿很快湿透，由于那清晨的寒霜。
才思敏捷的陆定一和他卓越的伙伴们
一边行走一边检查山壁上的标语，
慢慢地掉队，却不断发出飞翔的口号，
287　激荡起许多伙伴胸中的激情飞扬。

浩浩荡荡的队伍爬完了陡峭的路段，
继续向着前方耸立的山顶进发，
昨日的晚饭、今日的早饭战士们都没吃，
饥饿刺激着他们早已空空的肚肠，
气力正在慢慢从他们的身体离去。
才思敏捷的陆定一和他卓越的伙伴们
知道必须鼓起余勇继续前进，
一路上看见以前的标语已经用完，
就写出新的张贴在沿途的山崖四处。
当疲劳如同风暴卷过宽广草原，
卷走草原上正在吃草的肥美羊群，
勇士们全身的力气也离开他们的躯体，
于是索性躺倒在养育万物的大地，
许多生命本想从大地获得气力，
302　却在沉睡中从此被黑色的死神驾驭。

陆定一心中悲伤，看到很多战友
在那疲惫的沉睡中再也没有被摇醒。
才思敏捷的陆定一和他卓越的伙伴们
因为一路张贴鼓舞人心的标语，
不知不觉落到了长长的队伍的后面。
308　前方的部队却是快要到达了山顶。

许多运输员也都走到了队伍的前头，
落在后面的是那医院的伤员和医生，
坚忍善战的勇士们掩护着他们前行。
山势陡峭仿佛故意和伤者为难，
艰苦的行军增加了伤病员彻骨的痛楚，
可是坚忍的儿郎并没有屈服于创伤。
医院中工作的女人们也显出英勇的气魄，
她们处处照料与慰问，不知道疲倦，
她们的脸上没有红妆只有风霜，

但是却让伤病员感到了春天的芬芳。　318

陆定一极目向着逶迤的来路远望，
看见许多陡立的山头都跑到了脚下，
犹如许多矮子站立在巨人周围，
被巨人顶天立地的气势深深震撼，
不敢再将以往狂傲的头颅高昂。
山峦之间升起一团金色的云雾，
景色如同太阳照耀红都的山岭，
陆定一感到勇气和气力充满胸怀，
仿佛死去的战友再次回到身旁。
忽然远远传来密集的机枪声不断，
那是陆定一和他战友昨天出发的地方，
坚韧的五军团和八军团正与敌人交火，
他们将凶悍的敌人堵在了队伍后方，
在高山峻岭之间，敌人的飞机在叹息，
大概在叹息自己的命运可悲而无奈，
无法展开铁翅飞往那抗日的战场。　334

陆定一和他卓越的战友们到了山顶，
时间大约已是下午两点多钟，
红色的勇士登上了山岭凭借刚强。
回望来路重重山岭逶迤苍莽，
那里沉睡着万千心志豪壮的儿郎。
陆定一心中的情绪如同潮水涌起，
飞快地奔涌向着长长的海岸推进，
它们撞击着岸边灰色的山崖与礁石，
溅起飞沫四散，发出巨大的轰鸣，
陆定一心中的情绪就是这样激烈，
他想着将来要在这里立个纪念碑，
写着某年某日红军北上抗日①，

---

① 1934 年 7 月 15 日，由毛泽东、朱德等署名发表的《中
　华苏维埃共和国中央政府、中国工农红军革命军事委
　员会为中国工农红军北上抗日宣言》第一次提出"北
　上抗日"。见《红色中华》第 221 期第 1 版，1934 年
　8 月 1 日出版。毛泽东时任中华苏维埃共和国中央政
　府主席，朱德时任中国工农红军革命军事委员会主
　席。1934 年 7 月 26 日，中央向各级党部发《中央秘
　密通知（不列号）——关于红军北上抗日行动对各级
　党部的工作指示》，见《中共中央文件选集》第 10 册，
　中共中央党校出版社 1991 年版，第 375—379 页。

347　许多亲爱的战友倒在这道路悠长。

红色的勇士们休息片刻便开始下山，
十五里的山路仍然倾斜却不再险峻，
捷足的战士们一口气飞快跑下山去，
他们路过浓密的树林清澈的山泉，
清澈的泉水汩汩穿流于岩石鳞隙，
犹如银子似得飞快奔流跳跃，
慢慢慢慢汇流成数条闪亮的山涧。
在每条闪亮的山涧旁边有很多战士，

他们用脸盆、饭盒和口杯煮起稀饭，
以满足各自饥饿肚肠的苦苦期盼。
心志豪壮的红色儿郎们就是这样子，
用各色的脸盆、饭盒和口杯煮出饭吃，
这成了很久很久也无法除去的习惯。
老山界是红军翻越的第一个难走的大山，
但当红色的勇士踏上前方的征程，
过了水流奔涌的金沙江和那大渡河，
过了吞噬生命的大雪山和茫茫大草地，
老山界就如同轻松度过的山野梦幻。365

第九卷

神秘的大火和毒水

心志豪壮的红色健儿们越过了老山界，
部队如同灰色大江中奔涌的沧浪。
越过高耸的老山界已经过了很久，
当那第四个黄金的傍晚① 来到的时候，
红军中央纵队到了一个山坳，
干部团还要前进五里在那里宿营，
7　那儿是一个叫作"尖顶"的苗人的村庄。

年轻的陈明② 和他卓越的伙伴们是后卫，
那天他们不停地奔走了一百里路程。
黄金的傍晚很快淹没在黑色的夜，
当他们走到苗人名叫"尖顶"的村庄时，
黑色已经笼罩了胸怀宽广的大地，
捷足的儿郎们没有停住前行的脚步。
他们爬上了山顶又沿着山坡往下走，
在黑暗中又走了半里才算进入村庄，
16　村庄安宁而平静，只因有大山的保护。

村庄坐落在山坡，四周树木繁茂，
所有的屋子是用坚实的木板修建，
它们一个挨着一个布满了山梁。
陈明所在团的团部住进村口的房子，
其余各营继续沿山而下驻扎，
红色儿郎们军纪严明得如同钢铁，
很快消除了苗族村民的惶恐与慌张。
疲劳麻痹了红色儿郎们紧张的神经，
许多人打好铺盖很快便坠入梦乡。
年轻的陈明和他卓越的伙伴们一样，
合上眼皮任由梦神把躯体舒松，
28　准备着迎接明天新的道路悠长。

---

① 这里指过了老山界后的第四个傍晚。
② 陈明（1907—1941），在反"扫荡"战斗中牺牲。

无边的夜晚笼罩着胸怀宽广的大地，
一切都坠入了梦乡，于这黑色的夜晚。
不知过了多久陈明忽然惊醒，
耳边听见惊慌的呼声在黑夜中飞翔：
"失火！失火！赶快起来扑灭这大火，
肆虐的大火正在烧毁乡亲们的田苑！"　34

年轻的陈明和他的伙伴们闻声惊起，
纷纷跑到屋外张目往四处望去，
只见不远处一个房子正在冒火，
火光冲天于黑色夜空中翻滚腾越，
如同巨兽骤然张开血盆大口，
正在将周围的一切当作猎物吞咽，
在那疯狂的吞咽中发出可怕的声响。
巨大的火浪照亮了黑夜中的整个村庄，
着火的房子正好在长长的山坡的低处，
火浪迎风呼喇喇直往高处烧去，
给年轻的陈明心中带来了巨大的恐慌，
可是这恐慌并非出于对自己的担心，
而是另有问题让他心神摇晃。
"如果村庄被可恶的大火全部吞没，
我们将怎样赔偿他们巨大的损失，
这些木头的房子可是他们的家园。
如果村庄被可恶的大火全部吞没，
一定会有很多年轻的生命被夺走，
他们将再也看不见明天玫瑰色的黎明。
如果村庄被可恶的大火全部吞没，
敌人就可以四处散布卑鄙的谣言，
诬蔑红军杀人放火危害百姓。"
陈明心中这样子飞快地思想。　57

火浪卷过黑色夜空翻滚腾越，
如同巨兽骤然张开了血盆大口，

欲将周围一切当作猎物吞咽，
在它疯狂吞咽中发出可怕的声响，
年轻的陈明和他卓越的伙伴们一起，
四处喊醒众人投入了救火的行动。
木头的房子从山脚一直接连到高处，
一经着火燃烧简直无法挽救，
巨大的火浪让所有人感到命运的难控。
年轻的陈明和他勇敢的战友一起，
在离着火屋子不远处发现了一个水池，
他们分头找来十几个挑水的木桶，
排成几个纵队将水往火房子输送。
许多勇敢的捷足战士赶往火场，
他们机智地截断了大火蔓延的要害，
经过一个多钟头和火浪激烈地战斗，
英勇的儿郎们扑灭了可怕的神秘大火，
75　带着对火的恐惧再次坠入睡梦。

大火发生之前没有任何迹象，
它是如此突然，犹如从天而降，
显然是某些卑鄙的小丑暗中作祟，
"谁是放火者制造了可怕的神秘大火？"
疑团如同深山峡谷中浓厚的迷雾，
81　在许多战士心头升起，难以驱散。

大火发生之前没有任何迹象，
犹如恐怖的幽灵突然从地下冒出，
无疑是有狡猾的敌人暗中作怪。
红色的勇士们发誓找出卑鄙的放火者，
这些小丑们的纵火行动暗藏着险恶，
企图嫁祸于人将红军的声誉败坏。
黑色的流言可能笼罩无瑕的心灵，
如同从山峰高处压下的黑色乌云，
它们会四处弥漫充满宽广的山谷，
流言也能带给红军可怕的毁败。
红色的勇士们发誓找出卑鄙的放火者，
他们睁大眼睛加紧了四处的戒备，
如同牧者为了提防豺狼的偷袭，
擦亮手中的钢枪备足了可怕的弹药，
让勇气涌动在胸膛，精神毫不怠懈。
红色的勇士们组编起专门的救火组织，

在每个班中组织了多个运水组和挖拔组，
每连成立了救火排，个个反应飞快。
每营组织强悍机敏者建立了救火队，
还以营为单位组织了捷足的巡查消防队，
他们就是这样子提防着纵火的阴谋，
用飞翔的话语在内心时时将自己告诫。
许多人肩上不仅背着闪亮的钢枪，
还背着救火的工具——一个长长的水龙，
他们就是这样子随时准备抗争，
大火并没有挫败他们心中的豪迈。　　107

红色铁流离开尖顶奔往龙坪，
那里住着壮族人民数百人家。
花岗岩石铺就了龙坪的道路条条，
岁月风霜磨平了它们的粗糙表面，
当阳光照着它们就会闪出光华。
进村的道路两旁，人们正在忙碌，
许多水车在欢快地磨面或者碾谷子，
有的墙角绽放着簇簇宁静的小野花。
村里的房子一样都是木头建造，
四处可以看见灰色的屋顶斜斜。
据说这里的壮民来自江西吉安，
也许是在久远的明代迁到这天涯。　　119

年轻的陈明带着一个突击队前进，
他们去往第三营突击整顿纪律，
在太阳刚刚行过头顶时到了龙坪。
他们住进村口的几排木头大屋，
不远的镇上住着团部和军委直属队，
战士们纷纷宿营休整静候着命令。
当黄金的傍晚迟迟降临宽广的大地，
陈明和他的伙伴方开始生火吃饭，
等着食物使力量在身体内重新充盈。　　128

忽然听到外面传来救火的呼声，
陈明和他的伙伴跑到外面一看，
但见左边镇上烟焰冲天而起，
火光耀眼映红了胸怀宽广的天空。
陈明呼喊三连战士留下一部警戒，
自己带着一部前去帮助救火，

他们个个迈开捷足奔跑如风。
然而当他们尽力赶到镇口城门边，
大火的巨舌已经卷到城门附近，
全镇四五处同时燃起神秘大火，
火势比那"尖顶"更加凶猛肆虐，
140　几百座木房淹没在疯狂的烈火熊熊。

火势如此猛烈已经无法扑灭，
许多战士心中充满对火的恐惧，
更对神秘大火的起因感到迷茫。
有个目击者说出有翼飞翔的话语：
"神秘大火起自于一所无人的草房，
接着其他几处也冒出红色的火光，
当这些地方燃起熊熊大火的时候，
有人从火内跳出来神色鬼祟慌张。"
红色的健儿根据目击者提供的线索，
飞速行动抓到了三个卑鄙的纵火者，
他们个个凶悍，不是寻常的百姓，
因为受了广西敌人的收买派遣，
153　暗中有计划地给红军带来了恐怖的火浪。

第二天伟大的战士朱德听到这事，
怒发冲冠说出如雷轰鸣的话语：
"这些恶贼丧心病狂甘受利用，
胆敢到处放火嫁祸英勇的红军，
宽广的大地、辽阔的长天自然有眼，
定会让这些无耻的恶贼彻底毁败。"
英勇的红军战士加紧了四处的戒备，
如同牧者为了提防豺狼的偷袭，
擦亮手中的钢枪，备足了可怕的弹药，
163　让勇气涌动在胸膛，精神毫不怠懈。

这日红色的铁流又奔流在一座山中，
为了急于赶路到达新的地区，
英勇的儿郎们已经急行军两个整天。
夜神正在悄悄将黑色的斗篷展开，
战士们空着肚子拖着疲惫的身躯，
咬着牙继续前进翻越高高的山巅。
他们尽量不在大山上停止宿营，
因为山上没有房子也没有粮食，

冬夜的寒冷还会招来死神的纠缠。　172

当夜神黑色的斗篷笼罩了宽广的天空，
弯弯的月亮偷偷掀开斗篷的一角，
童小鹏和他的伙伴方才到达宿营地。
整个直属部队只有十几座房子，
经过主人同意借了锅灶煮饭，
队伍却在河对岸冬闲的稻田内露营，
许多人没有吃饭便已经沉沉入睡。　179

童小鹏第二天起来正在席坐用餐，
忽然有人从司令部送来紧急的通报。
据说前面行军的大山密林深处，
充溢着可以夺取生命的可怕瘴气，
山涧的流水也是有毒无法饮用，
战士们心中吃惊彼此互相转告。
有人将信将疑说出有翼的话语：
"所谓的瘴气究竟是什么神秘的东西？
我们已经爬过比这更高的大山，
走过比这更浓更密的宽广树林，
从未听说什么山上有杀人的瘴气，
什么水中有夺取生命的可怕剧毒，
有什么会比敌人的枪弹还要凶暴。"
有人这样子回答说出心中疑虑：
"《三国演义》的小说中曾经提到瘴气，
孔明率兵南征时经过宽宽的泸水，
许多士兵因为瘴气失去了生命。
在这深山密林中空气无法流通，
也许真能产生夺人生命的毒气，
大伙还是小心，免得不幸病倒。"
众人议论纷纷心中充满疑虑，
部队因此禁止战士在途中喝冷水，
各部纷纷备了开水等途中饮用，
警告大家不要无谓地将险来冒。　203

许多战士听到命令万分惊奇，
于是纷纷用水壶和葫芦匆忙灌水，
很多平时惯于喝冷水的也不例外，
开水没了，便将河里的冷水灌上，
因为这里的河水尚不在禁忌之列，

209　部队就这样开始向那密林进发。

红色健儿脚下的大山越走越高，
虽是寒气逼人，身上却汗流浃背，
嗓子又干又燥如同火焰烧燎，
许多人只得开始喝起带来的冷水。
但是今天和以前却是如此的不同，
因为一壶喝完将再也没有补充，
童小鹏和许多战士一样不忍多喝，
只是用舌头舔舔，稍微润润口唇，
218　如同点滴露水滋润干燥的花蕊。

艰难的攀登渐渐消耗了战士们的体力，
力量如同土地里面蕴藏的水汽，
在那烈日暴晒下慢慢蒸发离去。
有些战士禁不住开始不停喝水，
带来的冷水很快喝得一滴不剩，
然而山路仍是那样悠悠漫长，
225　仿佛一直延伸，通往天神的住处。

多智的童小鹏想起望梅止渴的办法，
说出有翼的话语飞翔鼓舞人心：
"前面大休息，喝开水的地方已经不远，
勇敢的儿郎们，振奋起胸中的力量和勇气吧，
听说前面山上有许多好吃的杨梅，
正等着我们前去享受它们的美味。"
战士们听了飞翔的话语哈哈大笑，
明知是假话却也引起口水津津，
234　如同受伤的心灵得到温情的安慰。

忽然有人放声高叫引起了骚动，
原来前面发现一弯清澈的山泉，
犹如在无边沙漠中突然出现绿洲，
给面临死亡的旅客带来了生的希望。

有些战士忍耐不住干渴的折磨，
不顾禁令，不听劝阻，俯身在山泉，
如同奔跑多时未曾饮水的战马，
忘情啜饮不顾危险就在近旁。　　　242

大多数战士意志坚定严守禁令，
忍着干渴继续迈步奔往前方。
他们穿过阴森浓密的宽广山林，
终于到达休息补给的临时营房。
房子里树荫下处处是身疲口渴的战士，
房前房后行军锅升起了火气腾腾，
煮起开水如同为战士带来琼浆。
许多战士都像饿鬼拾到馒头，
对于送来的开水不问是冷是热，
用碗用瓢舀着，大口大口喝着，
又如已经几日没有饮水的耕牛，
一口一口、一碗一碗灌个不停，
许多人舌头烙痛了、烫麻了还不停下，
似乎要将明天的饮水事先收藏。　　　256

童小鹏和伙伴们正在喝得高兴的时候，
忽然听得有人说出话语飞翔：
"听说前边有一个喝了毒水的战士，
肚子胀得很大过了许久才好。"
这一消息如同天空中四射的火花，
迅速在行军的队列里面传散开去，
路上喝过毒水的战士又惊又喜，
惊的是可能也会经受胀肚的煎熬，
喜的是不会被那可怕的死神击倒。　　　265

红军就是这样子经历了大火和毒水，
翻过无数陡峭高耸的西延大山，
穿越片片阴森浓密的神秘山林，
继续怀着坚定的信念艰难地前进。　　　269

第十卷

黎平前后

自从离开了于都河踏上漫长的征途，
红军指挥部内部就有着微妙的变化，
五万红军战士血染湘江之后，
指挥员之间的争论就变得越来越激烈，
如同深广的大海之下波涛涌动，
来自北方的洋流和来自南方的洋流
各自奔涌过辽远的海域终于相遇，
它们带着巨大的力量撞在一起，
引起的震动一直传到大海表面，
掀起了滔天海浪，可怕地喷薄汹涌。
伟大的战士毛泽东也终于无法平静，
经常会同王稼祥和洛甫讨论问题，
有些红军将领也悄悄找到毛泽东，
向他说出心中压抑难解的苦闷，
15 惨重的伤亡和失败令他们心头沉重。

伟大的战士周恩来这几天沉默不语，
几天前他几乎丧生于苗族县城的大火，
当时他住宿的房子燃起了大火熊熊，
火焰发出哔哔吧吧可怕的声响，
是机敏的警卫员魏国禄从梦中被呼声惊醒，
帮助他离开了那个熊熊燃烧的房屋，
然而并非大火和遇险令他沉默，
是英勇红军巨大的伤亡令他心痛，
他默默思索着未来红军前进的方向，
如同一棵粗壮的大树立在风中，
挺拔的枝干经受着大风巨大的冲击，
却仍然蕴涵着不断生长的坚强力量。
征途中过往的情景一幕幕叠映重现，
如同飓风吹过大海宽广的水面，
卷起波涛涌动，轰鸣震动长天，
周恩来心中也是这样难以平静，
心潮翻腾并不逊于大海的惊涛骇浪。

"自从第五次反围剿以来战情严峻，
五万多红军战士在湘江失去生命，
作为红军主要军事负责人之一，
我——如何对得起那些死去的战士，
可是共产国际的军事顾问李德，
一直如此固执地坚持死板的策略，
博古对他言听计从一和一唱，
我的心如同刀绞，思绪纷乱如麻，
疲惫的红军依照什么样的路线前进，
如今到了该做出抉择的生死时刻，
红军需要新的战略指明方向，
就如大海行船需要正确的导航。" 44

瘦削的博古变得越来越沉默消沉，
湘江大战的惨重损失如同铅球，
压在他的心头令他难以喘息，
不断的挫折无情地将他的神经击毁。
军事顾问李德脾气越来越暴躁，
明显感到了红军中的暗潮涌动，
他如同一只受到威胁的庞然巨兽，
不断四处腾越发出可怖的咆哮。 52

红军渡过湘江进入莽莽深山，
广东广西的敌军便调头返回离开，
湖南的敌军仿佛庆幸红军的西行，
如同胆怯的猎狗跟在猛虎后面，
只是虚张声势，狂吠着眦目獠牙。
刚猛好战的薛岳率领国民党中央军，
却继续紧追红军，裹胁着可怕的威胁，
如同群狼想要吞食受伤的猎物，
穷追不舍舞动着令人战栗的利爪。 61

敌人的军队就是这样子追着红军，

数不清的士兵在山道和公路上喧嚣着行进，
呼喝声脚步声钢枪撞击声零碎的枪声，
无数车轮滚动和大炮碾地的轧轧声，
种种声音混合在一起发出巨响，
滚滚声浪直达高远辽阔的天空。
士兵一个挨着一个密密匝匝，
如同围着甜点的千千万万蚂蚁，
许多枪刺在冬日的阳光下闪着寒光，
炫耀着可以夺取脆弱生命的力量，
他们想要把红军绞杀于艰难的征途，
73　阵阵杀气充溢着灰色无垠的苍穹。

红军进入湖南贵州多山的高原，
这片大地上山峦河流错杂密布，
仿佛同红军的敌人共谋着险诈的阴谋，
要将红军绞杀在西南的穷山恶水。
红色的健儿们经过数千里艰苦转战，
极度的疲劳开始侵蚀每个人的身躯，
可以给人力量的食物极度匮乏，
可是坚定的信念从来未曾被摧毁。
在西南崇山峻岭蔼蔼密林之中，
生活着许许多多少数民族的兄弟，
这些与外界少有往来的贫苦百姓，
对从远方而来的红军心存戒惧，
86　和险山恶水一起将路途的凶险积累。

伟大的革命战士周恩来眉头紧锁，
红军的电台截获雪上加霜的情报。
如果中央红军马上挥师北上，
去同贺龙和萧克的红军队伍会合，
就要与二十万或者更多的敌人作战，
92　敌人已在湖南等候红军的来到。

三万多中央红军在困境中艰难行进，
山峦河流处处隐藏着可怕的危险。
一九三四年十二月红军到达通道，
小小的县城位于湖南和贵州的边界，
十二月十一日红军领袖们在此开会，
98　将红军的军事路线仔细讨论与核检。

许多年以后周恩来回忆当年的场景，
记得会议在一家农民的厢房里举行，
当时这家农民正在举行婚礼，
仿佛命运之神给红军显示了吉兆，
虽然未来征途还有那万水千山。
通道会议由军事委员会紧急召开，
两年多以前毛泽东曾被军委撤职，
这天他又被请回来参加这个会议，
107　许多指挥员听到消息露出了笑颜。

红军领袖们个个放声激烈地讨论着，
讨论着红军是否应该继续北进，
按照原定计划与贺龙萧克会合？
伟大的战士毛泽东戴着破旧的军帽，
昂着头在会议上说出如雷的飞翔话语：
"同志们，请你们倾听我的苦口良言，
我们应该放弃与贺龙会师的打算，
若想同贺龙和萧克领导的队伍会合，
就要与二十万或者更多的敌人作战，
我们北上湖南就如同扑火的飞蛾。
中央红军应该改变既定的路线，
不向布满杀阵的湖南西北挺进，
而是挥师向西，而后向北挥戈。
那样子中央红军就可以进入贵州，
贵州敌军的力量如同虚弱的病人，
在那里我们可能获得喘息的时间，
以便把疲惫零乱的部队重新整顿，
并把今后的计划仔细推敲打磨。
亲爱的战友们请仔细考虑我的建议，
不要带着怒气做出轻率的判断，
请你们做出正确的决定，于心境的平和。"　128

伟大的战士朱德发出如雷的话语，
对他亲密战友的建议表示赞同，
其他红军军事指挥官也点头同意，
深思熟虑的周恩来听了毛泽东的发言，
双眼闪现许久不见的烁烁光华，
如同看到阳光穿过浓厚云层，
拨开黑色的阴霾带来明朗的晴天。
王稼祥李德和博古也点头表示同意，

领导人终于对问题取得了一致的看法，
毛泽东有力的话语震撼了他们的心田，
使他们清楚，如果按照既定的路线，
红军几乎肯定会导致全军覆灭，
141　革命的理想可能化为缥缈的尘烟。

通道会议做出的改变路线的决定，
把红色的铁流带向了一个新的方向。
十二月十二日上午红军重踏征途，
向着贵州东南部的黎平县城挺进，
红色的勇士们翻山越岭，百折不挠，
灰色的军装虽然已经破烂不堪，
148　但是个个豪情在胸依然雄壮。

黎平位于贵州，紧挨湖南边境，
这是一座比较繁华的普通小城。
当时全县人口约有二十万左右，
穷人听说红军要来欢欣鼓舞，
欺压百姓的恶霸却是胆跳心惊。
十二月中旬的一天，天空万里无云，
红军几乎没打一仗就占领了黎平。
一军团二师六团、三团首先进攻，
主力部队和中央军委随后跟进，
到达时间是十二月十五和十六日清晨，
159　许多老百姓走上街头把红军相迎。

伟大的战士毛泽东曾找过王稼祥和洛甫，
他们一致同意如遇到合适的机会
就召开会议讨论军事计划和方针，
就在几天前匆匆召开的通道会议上，
红军领袖们默认了这个重要决定。
走过了贵州最为艰险的高山激流，
来到了给养比较充足的黎平县城，
红军终于得到了暂时喘息的机会，
168　可以召开会议决定新的路径。

十二月十八日当金色的黄昏降临大地，
黑色的夜神寂然展开无垠的巨翅，
中央政治局会议也在悄然召开。
会议是在红军临时总部举行，

总部设在市中心一个漂亮的店房里，
店的老板听说红军要进黎平，
在黎明时分已经逃得不见踪影，
大概是做了太多恶事心中恐惧，
177　就如胆小的盗贼害怕惊天的巨雷。

会议是由伟大的战士周恩来主持，
179　共产国际顾问李德未参加这个会议①。

参加会议的都是红军重要的领导人，
有翼飞翔的话语在会上激烈地碰撞，
仿佛东风把海水卷起向西奔涌，
正好迎面撞上西风吹来的海浪，
两排海浪轰鸣咆哮着汇在一起，
喷薄起巨大浪花直冲酒蓝色的天顶，
186　声响回荡在辽阔的海面与天宇之间。

周恩来几次大声公开批评李德，
毛泽东也说出飞翔的话语，声音洪亮，
他这样进一步阐述在通道发表的意见：
"我们应该放弃北进与贺龙会合，
红军可以西进贵州袭占遵义，
在那里建立一个新的革命根据地。
如今湖南的敌人暂时不是威胁，
贵州的敌人烟瘾成疾毫无战斗力，
这就为我们英勇的红军创造了机会，
可以于遵义再开一次正式会议，
为开创新的局面做好战略准备。"
如同隆隆巨雷从黄铜色的天顶降落，
击落宽广的大地引起强烈的震动，
毛泽东飞翔的话语也这样震动了听者，
201　许多人仔细在内心琢磨着听到的每个字。

───────────────

① 　因当年没有留下参加黎平会议的人员的明确记录，李
　　德是否参加过黎平会议很难考证。2006 年本书首版
　　出版，此前，党史研究者一般认为李德未参加过黎
　　平会议，这一看法多依据李德回忆录。李德在回忆录
　　《中国纪事》中说自己当年因发高烧未参加黎平会议。
　　2009 年，蒋兴珍在《李德参加过"黎平会议"吗?》（见
　　《贵阳文史》杂志 2009 年第二期）一文中提出一个折
　　中观点，推测李德参加了黎平会议，但因发高烧没有
　　出席完这个会议。

共产国际的顾问李德没有参会，
据称是得了重病只能卧床不起，
他在会前向周恩来说起自己的想法，
认为如果能把国民党的部队引开，
红军还是可以北进与贺龙会合。
他也建议红军避开重镇贵阳，
因为敌人的机械化部队正在运动，
像乌云一般朝着那里聚拢集结，
在那里战斗会令红军的锐气消磨。
他极力主张红军渡过滔滔的乌江，
把遵义作为寻求战机的临时基地，
以便和敌人进行战斗开创局面，
不至于老是被动让岁月无谓蹉跎。
他的计划似乎与毛泽东的分歧不大，
然而仍然坚持阵地战的固执想法，
看不上灵活机动的主动游击战略，
脱不开一直以来束缚思想的臼窠。
黑色面容的博古直着消瘦的身体，
也在会议上说出有翼的飞扬话语，
进行了一番没有说服力的简短争辩，
并没有妨碍会议通过毛泽东的方案，
223　这就是鲜为人知的黎平会议的经过。

在这二十万人的贵州边界小城黎平，
红军对两支部队进行了全面整编。
红八军团的残部编入了后卫五军团，
艰难的征途中这两个军团都大量减员。
大部分原来属于中央纵队的后备队
以及后勤部队的许多年轻士兵，
被派去补充减员严重的红三军团，
他们在前卫的位置总是不畏牺牲，
和红军第一军团一同勇往直前。

会议召开的第二天也就是十二月十九日，
中央向二军团、六军团和第四方面军
发了紧急的电报通报了两项决议。
告知他们中央将改变行军路线，
准备袭占贵州遵义召开会议，
争取在贵州开创新的革命根据地。　238

中央要求各军团做出相应的配合，
红军二军团、六军团向湖南南部挺进，
意在牵制湘军对主力红军的压力，
湘军如同饥饿的猎犬尾随猎物，
只是暂时畏惧狮子的勇猛与力量。
红四方面军正在向着四川出击，
吸引强大的四川敌人向北应对，
削弱敌人在贵州西北作战的实力，
这正好从侧面给中央红军策应帮忙。
中央还给在江西的陈毅发了电报，
坚定的革命战士陈毅领导的部队，
是没有跟随中央转移的红军余部，
正在瑞金附近进行着卓绝的斗争，
他们的命运正如小草经历着寒霜。　252

十二月十九日玫瑰色的黎明悄然来临时，
中央红军按照新战略踏上了征途，
红色的铁流离开黎平涌向乌江，
战士们心中重新充满勇气和力量，
随时准备着穿越更多的险峰与恶浪。
这个时候冷酷的寒冬已经降临，
养育万物的宽广大地披上了冬装。
长长的行军队列中跳跃着点点红色，
那是红军的军旗在寒风中招展飘扬。　261

第十一卷

抢渡乌江

贵州高原和云南高原山岭相连，
宽广的大地上奔腾着数条滔滔的江河，
江河如同巨刀闪着锐利的锋芒，
把整个高原切割得地形破碎险恶，
层峦叠嶂间错杂着无数激流险滩，
6　暗藏着无数可夺取生命的凶险与灾难。

黎平通往遵义的山路稍显平缓，
8　红色勇士们迈开捷足向乌江进发。

当一个玫瑰色的黎明悄然降临大地时，
隆隆的水流声从远方若隐若现地传来，
战士们仿佛听到了巨兽在山林中呼啸。
那是乌江流域的一条宽阔河流，
当地的百姓给它豪壮的名字叫龙安，
在一九三四年这个寒冷冬日的清晨，
15　初升的太阳正给它披上金鳞闪耀。

龙安河在乌江之前圈出一片土地，
犹如一条金色小龙蜿蜒曲折，
守护着母亲，将巨龙般的乌江依傍。
红三军团第四师的勇士们接到命令：
"龙安河一定要牢牢控制在我军手中，
抢渡乌江需要以它作为屏障。"
十二团的年轻儿郎们首先来到河边，
但见河水飞速涌动奔流不绝，
暗青色水面让人难料它的深浅，
河水仿佛从地心飞溅起可怕的水浪。
红色勇士们所在的一边河坪开阔，
对岸却是向着天边连绵的小山坡，
如果这些山坡敌人先机占据，
29　他们将把夺人性命的杀机暗藏。

暗青色河水飞速涌动奔流不绝，
河面上只有木船一只在风浪中飘荡。　31

勇敢的渡河先锋是十二团的年轻儿郎，
他们把重机关枪架在船头冲着对岸，
随时准备将可怕的子弹射向敌人，
给每个猖狂的敌人带去可怕的灭亡。
红色的儿郎手中的枪也都子弹上膛，
个个睁大双眼紧张地注视着对岸，
提防有敌人暗中射出致命的子弹，
给渡者制造可怖的创伤于河岸的近旁。　39

暗青色河水飞速涌动奔流不绝，
河面上木船载着战士乘风破浪。
红色儿郎们一排一排地渡过大河，
飞溅的冰冷河水溅湿了众人的衣裳。
当最先过河的第七连刚刚渡完的时候，
对岸敌人也恰好赶到，气焰猖狂。
敌人一群群从对岸山坡背后涌来，
如同突然嗅到猎物气息的群狼。
七连的政治指导员喊出飞翔的话语：
"英勇的红军战士们！鼓起你们的勇气，
我们背后是滔滔的河水没有退路，
如果后退就等于放弃生的希望。
英勇的红军战士们鼓起你们的勇气，
保护我们的战友继续渡过大河，
让敌人看看我们红军的英勇顽强。"
指导员的话语激起每人心中的勇气，
迅速给疲惫的躯体输入无穷的力量。
"让我们一起坚决勇敢地打坍敌人，
让敌人看看我们红军英勇的顽强。"
全连的战士高声呼喊着冲向敌人，
声浪直冲铁色的天空如鹰般飞翔。

红军战士们奔跑中装上雪亮的刺刀，
把把刺刀反射着令人战栗的寒光。
有的战士拽出颗颗土制的手榴弹，
扔向敌人，制造令人胆寒的伤亡。
敌人的子弹也发着疯狂可怕的呼啸声，
穿透许多红军战士的胸膛和头颅，
有人来不及喊一声便跌倒在宽广的大地，
把脸埋在土中坠入黑色的死亡。
红色勇士们来不及去扶跌倒的伙伴，
只能迈过伙伴的躯体冲向敌人，
他们当中的许多人很快中枪跌倒，
倒在刚刚牺牲的伙伴的不远前方。
第七连的勇士毫无畏惧地孤军冲锋，
给后来渡河的战友争取着宝贵的时间，
毫不吝啬地献出自己年轻的生命，
永远长眠在大地伴着岁岁寒霜。
红军的冲锋军号声停了又迅速响起，
那是战友接着死去的号手吹响；
红军褪色的军旗倒了又重新立起，
80　那是一个个牺牲战士的生命在飞扬。

红军战士们的心中涌动勇气和力量，
交战阵线上的敌人却感到心惊胆寒。
先头的敌人突然开始丧失了勇气，
如同久斗的豺狼在勇敢的狮子面前，
斗志崩溃掉头狼狈得仓皇奔逃，
后续还未展开的队伍跟着退却，
如同潮水一波一波开始退去，
88　使后来的潮水无力涌上宽广的沙滩。

红军战士们就是这样子击垮了敌人，
凭着令人难以置信的勇气和力量。
红军渡过龙安河占据对面的山地，
缴获的胜利品漫山遍野四处都是，
93　除了铁灰色的步枪还有害人的烟枪。

红色铁流继续向着乌江奔涌，
快到乌江之时猎猎寒风骤起，
犹如把把冰冷尖刀切肤刺骨。
贵州境内最大的河流乌江在奔流，

奔流在两岸铁灰色的坚硬山岩之间，
它的江底躺卧大块板状岩石，
江水又深且急仿佛无法逾越。　　　　100

滚滚乌江沿岸几乎没有渡口，
也根本没有可供涉水过江的浅滩。
面对青灰色的滚滚乌江呼啸奔流，
即使是无敌的勇士看到也觉得心寒。
红军勇敢的先锋队沿江飞速推进，
路上几乎没有再遇到敌人的阻击，
乌江沿途县城里驻防的小股民团，
经常不发一枪一弹就逃之夭夭，
他们的怯懦节省了红军宝贵的子弹。　　109

如箭的光阴转眼到了阳历新年，
红军右路军① 抵达乌江附近的猴场。
据说近旁的山林中常有猴子出没，
大概古时这地方还是它们的天堂。
此时大雪降临贵州的层峦叠嶂，
漫山遍野开始披上银色的冬装。　　　　115

新年之夜中央政治局召开会议，
伟大的战士毛泽东冒雪前往参加。
红军领袖们在会上说着话语飞翔，
激烈的讨论导致会议许久不散，
毛泽东的四个警卫员不禁心急如麻。
他们早已为毛泽东准备好了"年夜饭"，
犹如孩子等待他们的父亲回家。　　　　122

毛泽东在猴场住的是某个家族的祠堂，
这是一所很大的四方旧式院落，
院子四周分列着几间宽敞的厢房。
大雪纷纷扬扬从灰色的天穹飘落，
一群孩童在院门快乐地嬉戏玩耍，
几个年轻的红军战士也一块耍闹，
他们共同在院门两侧堆起雪人，
两个雪人威风凛凛气宇轩昂。

————————————

① 当时的红军一、原九军团作为右路军，负责攻占猴
　　场；左路军为四、五、六师，负责攻占翁安。

堆雪人

大雪很快覆盖了院内的砖石地面，
仿佛为新年备好了一张巨大的白方桌，
133　等待着主人摆开"年夜饭"欢乐登场。

伟大的战士毛泽东住的是朝南的屋子，
正屋中央挂着一盏老旧的煤油灯，
屋子一侧靠墙放着一张八仙桌，
墙上挂着弥勒佛的画像笑容满面，
双手搭在袒露的大肚上笑看人间。
警卫员们今天开心地领到了丰盛的食物，
他们大展身手做好了美味的饭菜，
期待着领袖们来同主席一起进餐，
142　共享艰苦长征路上难得的空闲。

正在警卫员苦苦等待主席之时，
政治局会议再次发生了激烈的争执，
激烈的话语如同西风遇上东风，
两者激起猛烈的气流直冲高空。
这次争执是因为李德提出的新意见，
他满脸怒色说出有翼的如雷话语：
"根据情报部门最新的消息报告，
三支敌军正在朝着我们迫近，
红军现在应该停止往前挺进，
打上一仗粉碎敌人的围追进攻。"
毛泽东紧皱双眉大口吸着香烟，
眼帘低垂只是沉默着一言不发，
会场顿时如同无人的荒野山谷，
寂静中瞬间笼罩了浓浓的黑色迷雾。
就是这样子沉寂了不知多长时间，
毛泽东忽然缓缓举起巨大的手掌，
重重拍在身边老旧的八仙方桌上，
如同千钧巨石从山顶呼啸飞落，
猛地砸在大地上发出巨响隆隆。
"红军应该抓紧时间全速前进，
无谓的恋战将会遭受可怕的命运，
红军如果不能设法摆脱追击，
必将以全军覆没在此悲惨地告终。"
如雷的话语震动着会议中众人的心灵，
会议同意毛泽东的意见反驳了李德，
那天给部队下达了清楚坚决的命令：

"红军一定要全速达到贵州北部，
抓住战机夺取重镇遵义与桐梓，
发动群众点燃革命的烈火熊熊。"　171

争论激烈的政治局会议结束的时候，
阴沉的天空中雪花飘舞地纷纷扬扬。
来接毛泽东回去的警卫员们兴高采烈，
一路上诉说着今夜如何吃"年饭"的打算，
仿佛路上已经闻到了饭菜飘香。　176

伟大的战士毛泽东凝望着漫天大雪，
心绪却没有在吃"年饭"的轻松话题上停留，
他用铜嗓音大声说出飞翔的话语：
"同志们！今晚可是不能大吃大喝呀，
我们必须和那冷酷的时间赛跑，
要抢在敌人三个师之前赶到乌江。"　182

顶着漫天大雪警卫员们迈开捷足，
和毛泽东一同赶回住处走过道路悠长。
他们的脚印迅速被飞扬的雪花埋没，
悠长的道路转眼间又是一片白茫茫。　186

毛泽东告诉警卫员们他已经吃过晚饭，
就在政治局会议开会休息的时间。
主席的话语让警卫员不禁大失所望，
他们本想用"年饭"让主席忙中偷闲。　190

毛泽东看出了几个年轻人失望的心情，
仔细看了一眼桌上的简单饭菜，
微笑着说出有翼飞翔的亲切话语：
"不错，不错！真是像个过新年的样子哩。"　194

他说完话披着破旧的大衣拿起文件，
皱起眉抽着香烟又陷入沉沉的思考。
一个心直口快的年轻警卫员忍不住说：
"我们还特意准备了您最爱吃的酒酿呢！
我们真的担心您老是工作会累倒。"　199

毛泽东听到了他的说话舒展了眉头，
严肃的面容变得温和露出微笑。

他放下手中的文件和警卫员一起坐下，
203　吃了一点东西后又去处理机要。

玫瑰的黎明还未露脸的清晨四点，
消息传来说先头部队已到达乌江。
毛泽东和司令部人员迅速收拾起行装，
迈开捷足直奔滚滚乌江而去，
此时大雪依然从昏暗的天穹飘落，
209　窸窸窣窣轻洒在人已离去的寒窗。

红色的儿郎们心中充满热切的期盼，
期盼着能够成功渡过滚滚的乌江，
在阳历元旦为红军带来新年的吉祥。
一军团二师四团的勇士们领受了任务，
奉命强渡乌江征服飞涌的沧浪。
216　红军第二师政委刘亚楼重担在肩，
筹划着黎明强行渡江计划周详。

元旦凌晨玫瑰色的黎明还未露脸，
先锋部队红四团已经直抵江边。
团长耿飚① 和政委杨成武心情焦急，
恶劣的地形在将他俩的内心熬煎。
披坚执锐的政委杨成武刚刚康复，
他在之前的战斗中曾被死神纠缠。
如今在他和英勇的团长耿飚面前，
是通向江边陡峭难行的嶙峋山坡，
顺着山坡往下是山石盘错间的小路，
足足十余里一直向着水边蜿蜒。
小路的尽头便是乌江水咆哮奔流，
河面约宽二百五十米流水溅溅。
青褐色的江水流速每秒将近两米，
犹如闪亮的锯刀将那高山锯穿。
大江对面的山坡也是险峻陡峭，
仿佛无数天狗的牙齿错杂相连。
乌江两岸悬崖峭壁森然林立，
234　一条孤独的渡船在水上飘荡回旋。

遵义是贵州北部的重镇地位显赫，

---
①　此时四团团长为耿飚，后来王开湘任四团团长。

桐梓则是贵州烟鬼王家烈的老巢。
王家烈的部属侯之担驻守着桐梓要塞，
南面是乌江天险犹如守卫的龙蛟。
乌江北岸板桥附近有个娄山关，
地势雄奇连鬼神也不敢随意去敲。　240

英勇的红军如想攻占遵义桐梓，
乌江与娄山关是必须飞越的两道天险。
仿佛命运故意给红军安排考验，
要许多勇士把宽广的大地用鲜血遍染。　244

先锋团悄悄逼近离江边三里的地方，
对岸敌人还在沉睡丝毫未察觉。
团长耿飚化装成当地的普通百姓，
于乌江陡峭的南岸侦察乘着风雪。　248

敌人在对岸已经筑起备战的工事，
渡口的大道处配备了火力强劲的岗哨。
渡口上游五百米的地方是条横路，
与渡口大道相连勉强可以走人，
两岸没有沙滩都是山石陡峭。　253

当红色的勇士们推进到了江边百米处，
对岸敌人开始发觉，射出了枪弹。
子弹呼啸着划过灰色飘雪的天空，
使很多红军战士牺牲在乌江的南岸。　257

红军先锋团的指挥员们决心佯攻大道，
同时在渡口上游一里处进行突击。　259

年轻的红军战士们搬来了架桥材料，
假装准备在渡口架桥开始强攻。
果然巧妙的行动吸引了敌人的注意，
敌人在渡口对岸开始赶修工事，
不断向乌江南岸射出邪恶的子弹，
子弹呼啸着划过灰色飘雪的天空。　265

红军队伍中选出擅长游水的十八人，
准备游水过江铲除敌人的警戒，
掩护后续队伍通过浮桥强渡。

二师政治部的指挥员说出飞翔的话语，
在十八勇士的心中输入勇气和力量，
激励他们向激流涌动的战场奔赴。
十八勇士感到战斗的热血沸腾，
他们用大手拍打着宽广坚实的胸膛，
说出如雷的话语震荡着灰色的苍穹：
"严冬冰雪无法阻挡英勇的红军，
为了突破乌江完成光荣的使命，
277　我们愿把热血在寒冬的激流中喷吐。"

次日灰色的天空密集起青黑的乌云，
漫天的大雪不知何时变成了微雨，
凛冽的冷风穿过峡谷呼啸轰鸣。
早晨九点钟左右渡口处开始佯攻，
怯懦的敌人慌忙躲入牢固的工事，
不断向南岸射击喊出恐惧的呼声。
红军的机关枪迫击炮也发出愤怒的吼叫，
向着对岸敌人的阵地射出枪弹，
286　打得岩石破碎，四处呼啸纵横。

突袭点第一批游水过江的有八个勇士，
他们在凛冽刺骨的寒风中赤着身子，
每人携带了一支驳壳枪跃入江水。
他们还拉着一根长长的粗大绳索，
红军的工兵需要依靠它将浮桥架起。
冰冷的江水滚滚奔流卷起浪花，
激流如箭仿佛要刺穿勇士们的躯体，
泅水的勇士们感到寒冷直入骨髓。
手中的绳索在激流的冲击下产生拉力，
296　挣脱了勇士们的大手消失于滚滚的江水。

过了许久八个勇士到达了对岸，
隐蔽在敌人警戒森然的石崖下边。
敌人见到红军勇士泅水过江，
300　个个发出惊惧的呼声恐慌如癫。

可惜勇士们未能把绳索拉过江面，
渡江需要的浮桥已经无法架起。
红军只得派人继续以竹筏强渡，
勇敢的战士们登上竹筏往对岸行驶。

第一个筏子艰难地撑到江面中间，
突然一发炮弹击中了竹筏正中，
红色的血光中竹筏破裂碎片飞溅，
几个战士坠入吞食生命的江水。　　308

先前已经登上彼岸的八个勇士，
不得不一直潜伏在冰冷的岩壁之间。
寒冷的大风不停呼啸夹带着冷雨，
仿佛要乘机把勇士冻死在冰冷的大山。　　312

南岸的指挥员见第一次渡江已经失败，
只得命令八个勇士泅水回营。
八个勇士聚起尚存的微弱力量，
重新跃入寒冬冰冷刺骨的江水，
开始了江中更为艰难卓绝的回程。
其中一个战士已经冻僵了躯体，
奋起力量勉力游到大江的中间，
当又一个冰冷的浪花无情拍打过来，
死神无情地缚住他的双手和双脚，
黑色的死亡和江水笼罩了他的四周，
猛地把他拉入无边无际的寒冷，
只留下江面暗青色滚滚的波浪轰鸣。　　324

几个年轻的战士在第一次强渡中牺牲，
但是勇士们完成任务的决心依旧。
指挥员们思索再三决定夜晚偷渡，
趁着夜色可以减少战士的死伤，
那时夜神将会张开黑色巨翅，
来把心志豪壮的红色儿郎们护佑。　　330

红军的工兵们迅速赶制双层竹筏，
用绳索和藤条把巨大的竹子根根捆扎。　　332

当黄昏过后夜色悄悄降临大地，
担任偷渡的第四团第一营开始集结。
他们个个沉着肃静不发出声响，
夜色中除了滚滚的乌江水汨汨作响，
就是那凛冽的寒风如同恶鬼般呜咽。
敌人在对岸向着南岸稀疏地打冷枪，
根本没有想到红军会乘夜渡江，

340　随时可能给他们带去迅速的毁灭。

第一营第一连的五个战士首先登筏，
约定靠岸后以手电打光联络，
并且等齐一排人上岸才进行突袭。
竹筏撑手悄然无声地撑动竹筏，
345　偷偷往江中划去，顶着风高浪急。

对岸的敌人打着零枪并未知觉，
江面上第一筏的黑影渐渐移向北岸。
第三连连长毛正华带着一个传令员，
配上三名英勇的轻机枪手和一挺机枪，
登上了第二只竹筏跟着向江中划去，
351　希望能征服滚滚的江水到达对岸。

第三、第四只竹筏原本有着打算，
只等前两只竹筏登岸后再随后前往。
但是二十多分钟时间悄然流逝，
对岸竟然仍旧没有电光忽闪，
只有大风在黑沉沉的江面上呼啸作响。
因为不知前两只竹筏是否靠岸，
第三、第四只竹筏不敢贸然划出，
359　战士们心如大火烧燎充满了迷惘。

红色勇士们就是这样焦急地等待，
一个多钟头后突见南岸黑影摇晃，
竟然是第一筏的五个战士沿岸回来。
五个战士急切地说出有翼的话语，
诉说他们江中遇险的前后经过，
365　激起了战友们对于第二筏命运的疑猜。

原来第一只竹筏在江中遇到了激流，
被滚滚江水沿江冲下两里多地，
费尽心力方才顺水靠回南岸，
战士们弃了竹筏沿水边摸索回营。
心志豪壮的战友们听了第一筏经过，
不禁担心起已然出发的第二筏的勇士，
毛连长的第二只竹筏是否已靠彼岸，
还是被急流冲走，情况难以弄明。
第三只竹筏决心再次尝试偷渡，

悄然往那风高浪急的江中划去，
竹筏很快遇上狂暴风浪的撕扯，
仿佛一群饥饿的狮子争夺猎物，
即使扯成碎片也不愿放弃斗争。
猛烈的风浪就是这样撕扯着竹筏，
使得它不得不放弃这次无谓的努力，
一点一点艰难地掉头开始了回程。
此时第二只竹筏依然毫无音讯，
无边无际的寒冷笼罩着风雨的乌江，
江面上只有黑色的波浪滚滚轰鸣。　　　　284

正当英勇的红军强渡乌江之时，
薛岳的精锐部队已经从后逼近。
红军领袖们接连发出紧急电报，
给渡江勇士送去热情的激励和慰问。　　　　288

领袖们的激励为勇士们注入了勇气和力量，
先锋部队的指挥员经过苦思冥想，
决定在第三日进行用火力掩护的强渡。　　　　391

两天来红军的猛攻让敌人心惊胆战，
敌人的团长向其旅长发出了报告：
"红军水马过江火力非常猛烈，
请求派出部队火速前来支援。"
一个装备精良的独立团被派往江边，
在红军强渡点对面的山上增加了哨篷，
加修了工事形成更为坚固的阵地，
还用迫击炮向南岸的红军射击频繁。　　　　399

第三日青灰色的清晨悄然降临大地，
寒风卷着细雨与微雪，漫天飞舞，
红军再次开始了强渡乌江的行动。
佯攻仍然在大渡口展开牵制着敌人，
渡口上游五百米处才是真正的攻击点，
在那里红军向对岸射去密集的子弹，
把江面敌人的火力完全压制和掌控。　　　　406

在射向敌人的密集火力掩护之下，
心志豪壮的红色勇士们轻装登筏，
三只双层竹筏一齐向敌岸划去。

强渡乌江

敌人虽然尽力向着竹筏射击，
但在红军猛烈的火力威胁之下，
犹如残暴的豺狼遇到凶猛的雄狮，
也只好缩起狰狞的头颅有所顾虑。 413

红军的三个竹筏拼命划往北岸，
可怖的子弹在渡者的身旁穿梭呼啸。
二师四团的战士王有才撑着竹篙，
忽然感到手中竹篙猛烈地一震，
竟被敌人射中，"喀嚓"一声断裂，
他于是重新换上备用的竹篙前划，
竹篙竟然接连又是两次被射中，
令那旁边的战友紧张得心如火烧。 421

竹筏在密集的火力网中继续前进，
南岸新的一批竹筏跟着下水，
对岸防守的敌人陷入极度的恐慌。
他们犹如囚禁在牢笼中受伤的野兽，
发出疯狂的吼叫拒绝驯兽人靠近，
但在驯兽人面前只能是无谓地逞强。 427

敌人向着正在靠岸的强渡者猛射，
炽热的枪弹呼啸着穿过寒冷的空气，
射中几个刚刚踏上北岸的战士，
他们跌倒在岸边灰色冰冷的岩石上，
岩石贪婪地吮吸着他们红色的热血。
在密集的枪雨中登岸的行动面临着威胁，
谁知就在敌人防守线脚下的石崖里，
突然冒出蠕蠕而动的黑色身影，
悄悄接近了敌人坚固的哨所阵地，
猛地端起机枪喷射出愤怒的子弹，
连南岸也能看见他们枪口的火舌。
敌人的士哨在突然的打击下迅速溃败，
如同大坝决了口引起大水奔泻。
敌人就是这样突然被彻底击垮，
三个竹筏上的红军战士乘机登岸，
飞快地向山坡推进顶着寒风凛冽。 443

这时南岸的红军和刚刚登陆的战士，
心里都不禁冒出一个好奇的问题，

那从石崖下发起突击的究竟是谁？ 446

当登陆的战士和那神秘的突击者会合时，
众人心中的疑问马上揭开了面纱。
原来那神秘的突击者是昨夜偷渡的勇士，
他们撑着竹筏由毛正华连长率领，
一共五人在昨夜渡过了滚滚乌江，
仿佛陷身于荒无人烟的海角天涯。 452

毛连长热烈地拥抱着刚刚登陆的战友，
心潮翻滚说出有翼飞翔的话语：
"昨晚我们五人撑着双层竹筏，
悄悄划向黑色波涛滚滚的乌江，
江面寒风猛烈如同山鹰掠过，
巨大的翅膀可以把人掀翻扑倒。
江流奔涌制造了可怕的巨大冲击，
恶浪犹如从江底冒出的多臂怪物，
它们挥舞着变化无形的黑色手臂，
凶恶地将我们的双层竹筏拍击推搡，
同时发出尖利刺耳、可怕的嚎叫，
威胁我们休想挣脱它死亡的怀抱。 464

"巨大的风浪使我心中充满了恐惧，
但是完成任务的决心如同火焰，
在我情绪涌动的胸膛熊熊燃烧。
凛冽的寒风中内心的火焰给我力量，
恶魔般的激流中内心的火焰给我勇气，
使我战胜恐惧把任务勇敢来挑。
在我旁边的战士也是信心坚定，
我们共同坚持奋力地划着竹筏，
希望战胜奔涌的激流和寒冷的狂飙。 473

"也许是我们的努力真的感动了上苍，
竹筏不知怎么竟然靠了北岸。
我们登上彼岸踏上了冰冷的岩石，
落在岩石上的雨雪在寒冷中早已结冰，
我们脚上的草鞋在渡江时也早已湿透，
寒气透过了草鞋，似乎把脚冻断。
我们苦苦等待后续的竹筏到来，
可是江面上只有黑色的波涛漫漫。

因为我们藏身的岩石离敌太近，
不能打出刺眼的手电过于现光，
所以只划了一根未湿的火柴示意，
微弱的火光肯定没有被指挥部看见，
我们只能静静潜伏在寒冷的江岸。
我们坚信乌江挡不住英勇的红军，
心志豪壮的战友们一定能够渡江，
那时我们将配合战友一同战斗，
490 把凶恶的守江敌军彻底地击溃打散。

"我们藏身的岩石离敌人哨所很近，
黑夜中敌人的说话听得清清楚楚，
寒风不时把敌人的句句话语吹来，
话语透着紧张，在凄冷的黑夜中飞翔：
'弟兄们赶快加紧修补未完的工事呀，
今天晚上无论如何需要做好，
红军明天必定又要展开强渡，
工事做得厚一点而且一定要夯实，
他们的炮火如雷实在让人心惊。'
不多时好像一个排长前来查巡，
对赶修工事的下属一阵大声呼喝：
'三班长！看看你们修的是什么破烂，
这样的东西怎能抵挡炮火的猛攻，
你们这些笨蛋还要仔细提防，
红军的'水马'随时可能踏水而行。'
我们听到敌人惊惶不定的话语，
心中不禁暗暗取笑敌人的愚蠢，
我们已经到了他们的眼皮底下，
他们却犹如猫头鹰改在了白天捕食，
510 看不见眼前的东西如同完全眼盲。"

五勇士之中的一个插了毛连长的话，
心潮翻滚说出有翼的话语飞翔：
"在当时的情况下毛连长命令实行潜伏，
为了等待战机把自己的身躯隐藏。
那时天上雪花还在不停地飘落，
江边的冷风裹挟着水气和冰霜。
寒冷侵袭入我的身躯夺走了热量，
我忍耐不住对着毛连长悄声地请示：
'可怕的寒冷可能夺去我们的生命，

不如冲上去和敌人拼个你死我活，
即使牺牲了性命也可以给敌人重创。'
我们英勇坚韧的毛连长坚定地回答：
'我们现在冲锋那是胆怯的鲁莽，
五个人没有后援等于是以卵击石，
给自己带来没有价值的无谓死亡。
我们并不怕将宝贵的生命交给大地，
为了国家的独立富强和人民的幸福，
献出生命是我们男儿无上的荣光。
可是现在我们不能行动莽撞，
英勇的红军是光荣的集体不屈不挠，
我们将以另一种战斗贡献力量。
我们需在夜晚的冰天雪地中潜伏，
可以夺去生命的寒冷会考验我们，
冻伤我们的肢体，削弱我们的体力，
唯有坚强的意志守护我们的内心，
帮助我们的躯体迎接明天的太阳。
我们也要相信我们自己的部队，
他们今晚不到，明天必然会来，
那时我们将配合战友袭击敌人，
让光荣的红旗在敌人阵地上高高飘扬。'
毛连长说话的声音说得又低又轻，
可是却如同春雷震动我的心房。
火焰在心中升腾抵制着可怕的寒冷，
因为飞翔的话语激起了勇气和力量。" 544

五勇士中的又一个叙述了接下去的故事，
让所有听到这个故事的战友心惊：
后来毛连长招呼着战士聚在一起，
身上只有破旧的军衣抵御着严寒，
冷风袭袭掠过了山岩响着呼啸声。
过了许久一个战士忽然不见，
毛连长和剩下的三个不禁心头疑惑，
那个战士是个俘虏，刚加入红军，
难道是恶劣的环境击垮了他的意志，
死亡的恐惧诱使他革命的信念变更？
由于心里担心那位战士投敌，
毛连长急忙告诉其余三个战士：
"万一敌人发觉我们在这里潜伏，
我们就要待敌走近后以手榴弹对之，

直到用尽打完最后一颗子弹，
我们那时可以跳入滚滚的大江，
二十年后我们还可作为好汉重生。"
过了一会儿那个战士摸转回来，
连长问他刚才神秘地去了何方，
那个战士的回答不禁令人好笑，
原来他是为了方便跑到远处，
害怕臭气熏了战友、引来了敌兵。
一场虚惊更加坚定了大家的信念，
五个英勇的战士围成紧紧的一堆，
听着江水浩浩、凛冽的大风呼啸，
570 在乌江边冰冷的石崖下等待着次日天明。

五个勇士就是这样子战胜了严寒，
配合后来的战友攻克了敌人的岗哨。
第一批强渡的十几个战士与五勇士会合后，
继续向着乌江北岸的山头仰攻，
他们接连向上掷出几个手榴弹，
山顶的岩石上顿时火光剧烈地闪耀。
冲在前面的战士端着轻机枪掩护，
后面的装上雪亮的刺刀不断前行，
579 山顶的敌人面对进攻惊恐地呼叫。

当强渡的战士进击到陡立的峭壁之下，
侯之担的亲信林秀生带着援军赶到，
敌人的兵力在山顶阵地达到三个团，
约有一个营的士兵居高临下地反攻。
红军十几个战士一时无法推进，
躲藏在山岩背后准备再次前冲。
反攻的敌人想由陡壁的小路下来，
却由于南岸红军架起重机关枪射击，
密集的子弹阻挡了他们下来的企图，
589 如同燃烧的篱笆挡住了疯狂的蝗虫。

南岸红军操着机枪的是防空排排长，
他在湖南道州曾打下敌人的飞机，
如今用那重机关枪扫射北岸山顶，
想反扑的敌人如同麦子纷纷倒地，
又像山上滑落的石头滚入了乌江。
同时大渡口旁边的红军赶制着竹筏，

做好了派出更多战士强渡的准备，
准备着飞越眼前这乌江流水泷泷。 597

心志豪壮的红军登上双层竹筏，
很快又渡过去一排年轻的勇士。
这一排勇士会合了前面强渡的战友，
吹响嘹亮的冲锋号装上了雪亮的枪刺。
从山顶反扑下来的敌人也射出子弹，
铁的枪口喷出可怕的炽热火焰，
子弹穿过几个红军的头颅和胸膛，
年轻的生命仆倒在山石嶙峋的大地。
交战的阵线红色的血光夹杂着火光，
如同黑色的大地裂开了巨大的伤口，
往灰色无垠的天穹飞溅出红色的血泪。
雪亮的刺刀彼此交错碰撞在一起，
发出尖锐刺耳的声音哐啷啷作响，
很多刺刀使对方的生命往死亡跌坠。
红军和敌人就是这样激烈交战，
双方彼此冲锋掀起次次高潮，
犹如大地震动，巨大的板块相撞，
不论凡人和天神即使事后想起，
也会同样地手心冒汗心有余悸。 616

在糟糕的地形限制下，战斗出现胶着，
红军后续部队还在继续筏渡，
不断有勇敢的战士踏上乌江北岸。
正当红军和敌人相持不下之时，
机智的指挥员察觉到左侧有一处石壁，
石壁笔直陡峭，然而裂缝盘错，
指挥员当即做出攀登上去的决断。
于是派出一个班的爬山高手，
如同灵巧的猿猴迅速攀岩而上，
随后机敏迅速地爬过巍峨的峭壁，
占领了敌人右前方一个高耸的石峰，
集中火力向着旁边的山顶猛射，
给那里防守的敌人带去了可怕的灾难。
在那双方残酷僵持的正面阵地，
红军也抓住时机开始了新的猛攻，
高低同时夹击使敌人瞬时溃乱。
大道渡口的守敌听见这边的冲锋号，

知道滚滚的乌江已经被红军突破，
于是阵地动摇开始了狼狈的撤退，
如同一群豺狼无法挡住狮子，
勇猛的狮子惊得它们四处逃散。

恶浪滚滚的敌人，所谓的乌江天险，
就是这样被无坚不摧的红军突破，
此时猎猎寒风裹挟着雪花飘飞，
无垠天地之间尽是白雪漫漫。

641

第十二卷

智取遵义

寒冬降临贵州层峦叠嶂的大地，
风雪交加中红色铁流奔流到乌江。
红军一军团二师在江界渡口突击，
战胜了凶悍的敌人渡过了激流泷泷。
在二师于江界渡口进行强渡的同时，
一军团一师也在回龙坝① 渡口强渡，
7 经过激战强渡成功使好事成双。

中央纵队跟在二师后面迅速推进，
穿过长长的浮桥踏上新的征程。
浮桥的架设，在战斗的同时已经开始，
一个工兵营的英勇战士冒着弹雨，
用竹子在江界渡口搭了一座浮桥，
浮桥是由几百根竹子连在一起，
14 通过这座浮桥，红军将奔赴遵义城。

乌江滚滚奔流在贵州多山的高原，
流水如同飞射的羽箭湍急奔涌。
敌人的炮火呼啸着射向架桥的工兵，
红军工兵们毫无退缩把浮桥架设，
很多心志豪壮的工兵被猛烈的炮火击中，
躯体飞溅出炽热的鲜血弥漫入水雾，
21 红色血光中弥漫着他们对理想的忠勇。

飞流的江水也仿佛要做敌人的帮凶，
翻滚着黑色的恶浪发出可怕的怒号。
江水无情地冲击竹子连成的浮桥，
一节竹子忽然"喀嚓嚓"崩离被冲走，

---

① 《万里长征亲历记》（中共中央党校出版社，2005 年版）
一书的选文《从黎平到遵义》（选自《聂荣臻回忆录》，
解放军出版社，1984 年第 2 版）中，红一师渡江的渡
口名为"回龙坝"；同书中的一篇选文《冲破乌江天险》
（选自杨得志《横戈马上》，解放军文艺出版社，1984
年版）中红一师渡江的渡口名为"回龙场"。

如同羽毛消失于茫茫大江的怒涛。
长长的浮桥顿时面临崩散的厄运，
红军可能重新受阻于江水滔滔。
一个叫石长阶的红军战士跃入水中，
用他那宽广胸膛顶住崩离的部分，
直到战友重新用绳索将竹节扎牢。
寒冷的江水已经冻僵了石长阶的躯体，
当长长的浮桥快要重新扎牢之时，
一个巨大的恶浪无情地飞速冲来，
将他猛然卷走带往黑色的死亡，
战友们痛苦地放声呼唤着他的名字，
可是天地间只有回声在悲伤地游遨。
在这抚育众生的宽广大地之上，
有着各种各样的英雄层出不穷，
不论他们的出身高贵或者低贱，
他们的精神使他们在众生中卓然绝越，
大地长河将永远铭记他们的壮豪。   42

一月三日灰色的黎明悄然降临，
红军大部队跨过浮桥奔向前方。   44

遵义是地方军阀柏辉章司令部的驻地，
柏辉章是那贵州军阀王家烈的走卒，
严厉地统管着这个历代的军事重镇。
在这个被称为贵州"西北王国"的地方，
许多人种植着色彩绚丽的毒花罂粟，
也盛产四方闻名的神奇美酒茅台，
这里是贵州高原层峦叠嶂中的福地，
敌人也企图在此阻止红军的推进。   52

二师政委刘亚楼渡江后发出命令，
要求二师六团立即夺取遵义。
六团由团长朱水秋和政委王集成率领，
发誓夺取遵义，哪怕不眠不睡。   56

玫瑰色的清晨悄然把光亮带给大地，
团长朱水秋骑着马，打开一个皮挎包，
这个老旧的挎包是他行军的宝贝，
团长终日里带着它一刻也舍不得离身。
此时团长从包中取出军用地图，
将那地图摊在马颈上开始了办公，
这种鞍上办公可以说是常事，
64　如今他陷入沉思，在这个马鞍上的早晨。

二师六团的指挥员们经过仔细的研究，
决定派出一营二营作为突击营，
从遵义东面、南面突击进入城池。
另外安排顽强的三营作为预备队，
随时根据战情的需要灵活运动，
70　六团就是这样布好了进攻的好棋。

当天晚上捷足的六团靠近了遵义，
宿营在那离遵义九十余里的团溪镇。
翌日玫瑰色的黎明还未悄然降临时，
团长朱水秋和政委王集成接到了快讯。
年轻的警卫员带来了令人振奋的消息：
76　直属纵队的刘伯承司令员已来到前阵。

朱水秋团长匆匆前去集合部队，
王集成政委立刻赶往刘司令员那里，
希望听到司令员关于战斗的指示。
捷足的王集成很快来到司令员的驻地，
一跨进门槛，见到司令员正在洗脸，
操劳过度的司令员面孔异常消瘦，
83　原来在半夜时分刚刚从总部赶至。

足智多谋的刘伯承说出亲切的话语：
"长途奔袭的战士们一定非常疲劳，
我们红军的日子如此困苦艰难，
这就要求我们不仅仗要打得好，
又要减少伤亡和节省宝贵的子弹。
作为指挥员定要多用点智慧与谋划，
一味强攻硬打只能事倍功半。"
王集成把战斗方案作了详细汇报，
足智多谋的刘伯承静静思考了一阵，

点头同意了六团制定的战斗方案。　　93

捷足的六团疾步向着遵义挺进，
在午后时分侦察员带回了重要报告。
在距离遵义三十里的地方发现敌情，
敌人在那里把外围据点牢固打造。
那里驻有敌人一个多营的兵力，
六团赶紧把紧急情况往总部禀报。　　99

足智多谋的刘伯承很快发出指令，
要求六团要全歼遵义外围的守敌，
以避免走漏风声影响进军遵义。
六团立刻兵分两路飞速挺进，
犹如一把钳子迅速钳住了敌人，
此时敌人还在梦乡沉沉酣睡。　　105

夜神巨大的翅膀笼罩着宽广大地，
半夜三点多，天上忽然大雨飘飞。
冰冷的雨水无情地向红军战士泼落，
淋湿心志豪壮的战士们单薄的冬衣。

英勇的红军战士趁着大雨进攻，
如同天兵天将给敌人带去灾难。
敌人愚蠢地迷信乌江天险的障碍，
又认为红军不会出战于大雨严寒。
因此当敌人听到枪声仓皇迎战，
他们已经是瓮中之鳖、汤中的肉丸。　　115

磅礴的大雨夹杂着锐利繁密的枪声，
没有多久勇猛的红军攻入了村庄，
敌人营长带着一股残兵逃窜，
如同困兽在盲目凶暴地东冲西撞，
费尽气力也未能逃出坚固的铁笼。
敌人就是这样子全部被红军包围，
红军二师六团实现了司令员的指示，
一部分敌人在激烈的战斗中丧失了性命，
凡是活着的全都当了红军的俘虏，
通往遵义的道路已被完全打通。　　125

六团的红色勇士们就这样赢得了战斗，

将敌军全部俘虏并且缴获了装备。
心志机敏的指挥员心中暗暗琢磨，
129　准备用奇谋袭取前方的战略要地。

红军从俘虏中找了一个连长和排长，
还有十几个出身同样贫寒的士兵，
向着他们说出有翼的话语飞翔：
"光荣的红军是人民自己的伟大军队，
不会像军阀征收残酷的苛捐杂税，
不会像军阀那样杀害战败的俘虏，
我们都出身贫苦，同是大地的儿女，
你们如愿意，也可加入光荣的红军，
为着你们的乡亲父老而进行战斗，
那才是男儿本色，才能把美名传扬。
你们好像有很多痛苦深藏在内心，
如同那大海即使表面平静像镜子，
下面却仍有股股巨大的汹涌洋流；
如同那绿色湿地露出一块块斑驳，
暴露了下面日久经年的可怕泥沼，
假如你们愿意敞开久闭的心扉，
我们将乐意将你们的痛苦仔细聆听。"
俘虏中贫苦的士兵听到这些话语，
感到汹涌的暖流在周身与内心流淌，
他们答起话来也不再结结巴巴，
红军的善待使他们愿意倾吐衷肠。
那位被俘的连长画出遵义的地图，
把遵义的工事与守敌的实力一一诉说，
153　拍着胸脯要加入红军效命沙场。

有些俘虏要求返乡侍奉父母，
红军给他们每人发了三块银元，
那时红军自己的生活也很困难，
对俘虏却是仁至义尽宽大为怀。
有几个贫苦的士兵从未见过银元，
在军阀部队卖命多年却一贫如洗，
没想到今日得到红军如此的善待，
161　顿时泪如雨下冲走了心头的阴霾。

他们捧着银元说出话语飞翔：
"我们当官的说红军个个红鼻子绿眼珠，

一路上杀人放火如同野兽般凶悍，
抓住了俘虏挖眼剖腹百般折磨，
原来都是谎言让我们心头恐惧，
是愚昧如同乌云遮挡了我们的双眼，
让我们没有看到拯救人民的光明。
没想到你们竟是天下最好的好人，
是我们穷苦百姓真正的救命恩人，
如同火红的太阳从青色的长河中升起，
光线刺破满天的乌云普照大地，
173　给众生带来生生不息的伟大希望。"

许多俘虏毅然放下闪亮的银元，
要求加入红军誓死效命沙场，
希望把进攻遵义作为第一次任务，
个个跃跃欲试犹如欲飞的大鹏。
新的红军战士使奇谋有了可能，
心智机敏的王集成和朱水秋制定了计划，
迅速把报告发给了足智多谋的刘伯承。
消瘦的刘伯承看后紧锁的眉头舒展，
扶扶黑色边框的眼镜微笑着说道：
"我们六团的指挥员真是有勇有谋，
就让敌人看看红军的战斗智慧，
185　看看红军将怎样在遵义靠奇谋取胜！"

当夜神再次用黑色的巨翅笼罩天地，
飞舞的雨丝中忽然夹入飘飞的雪花，
一支神秘的队伍穿行在漫漫雨雪中。
这支队伍个个都是黔军打扮，
队列七零八落却是奔走如风。
此时夜如泼墨，伸手不见五指，
192　路面泥泞溜滑只因雨雪交融。

队伍中不时地响起"噗通"或"啪唧"的声音，
那是行军的士兵中有人重重跌倒。
跌倒的士兵马上变成了雨雪中的泥人，
196　队伍却丝毫不停，如同江流浩浩。

这些奇怪的士兵很多穿着草鞋，
草鞋陷入黑色黏稠的烂泥被拔掉。
有几个士兵想要将草鞋重新拣起，

可那鞋就如用胶水牢牢粘在泥里，
匆忙之中竟然一时无法拽出，
只能光脚向前顶着寒风呼啸。
他们的赤脚踏在碎石烂泥和荆棘中，
大风刮着雪雨如同尖刀掠过，
205　可是没有人因为痛苦发出呼叫。

这支奇怪的队伍就是这样急行着，
艰难地行了大约两个多小时以后，
雨雪竟然不知不觉地悄悄停了，
黑色的天穹只是偶尔洒落雨滴，
210　滴在这群士兵早已湿透的身上。

远处的夜幕突然出现一点灯光，
灿灿然闪耀，吊在半空发出光芒。
队伍中有人悄然发出有翼的话语，
在黑色的夜中如同无形的精灵飞翔：
"到了，到了！快看远处那点星火，
216　那就是遵义城头高高岗楼的灯光。"

奇怪的队伍一时变得更加凌乱，
慌慌忙忙往城墙根拔足飞快地奔行。
当这支七零八落的队伍来到城下，
城楼上发出凶狠的问话态度张狂，
只听声音从高耸的城楼飞翔而下：
"下面是哪来的部队为何如此慌张，
请赶快说明番号和你们所属的兵营。"
楼下的一个士兵也说出飞翔的话语：
"上面的弟兄听着，我们可是自己人，
我们在遵义外围负责艰难的守卫，
刚才'共匪'冒雨包围了我们的营地，
营长奋勇作战在战斗中中弹身亡，
我是一连连长带着弟兄们突围，
现在'共匪'还在后头将我们紧追，
231　请快开城门救救你们落难的弟兄。"

楼上的声音又大声询问营长的名字，
楼下的声音毫不犹豫地做出了回应。
城楼上不再发出言语只是沉默，
235　显然是在心存疑虑难以做出判定。

楼下的兵士们显得已经急不可耐，
乱糟糟发出巨大轰叫掀起了声浪：
"楼上的弟兄快快开门救救我们，
否则'共匪'追来大家都把命丧。"
城楼上一个凶暴的家伙大喝一声：
"残兵败将吵吵什么，慌慌张张，
吃了败仗怎么还敢如此气盛！"
城楼下似乎理屈顿时不再哄吵，
只听得城头许多枪栓哗哗做声。　244

突然从城楼上射下几道闪亮的手电，
亮光在楼下士兵的身上照来照去，
如同黑色的巨人心中充满疑虑，
把闪烁的目光投向养育众生的大地。
过了许久城楼上传来话语飞翔：
"别吵，别吵，马上给你们下来开门，
算是你们走运，有我们在此守备。"　251

只听一会儿城内卸下了巨大的门闩，
透过高大的城门传来哐啷啷的巨响。
紧跟着吱吱两声城门开始移动，
又高又厚的遵义城门终于大敞。
里面出来的士兵满脸恐慌地问询：
"哎呀！'共匪'何时过了天险乌江？
你们怎么这么快就吃了败仗？"　258

话音未落他们已经发觉不对，
冰冷的枪口已经顶上了他们的太阳穴。
刚刚进来的士兵说出如雷的话语：
"是啊，红军现在已经进了遵义，
因为我们就是中国工农红军！
再要抵抗，我们就将你们消灭。"　264

两个敌兵一时吓得失去了魂魄，
犹如两根柔弱的面条瘫倒在地。
化装成敌人的一营长曾宝堂身先士卒，
发出如雷的呼声激励众人的意志。
于是红军的勇士们如同怒潮翻滚，
迅速涌进城门直杀高高的城楼，
把那毁灭的命运迅速给敌人送至。　271

红色勇士机敏地割断长长的电话线，
犹如雄鹰扇动钢铁般巨大的翅膀，
扫灭城楼上的敌人如同荡去浮尘。
二三十个司号员一齐吹响冲锋号，
后续部队犹如北风飞速地移动，
迅速刮吹着城里的每一个黑暗角落，
敌人犹如苍蝇慌乱得四处乱撞，
279　把那红军当成从天而降的天神。

遵义城刹那之间成为沸腾的战场，
激越的军号夹杂着惊心动魄的枪声。
红军勇士们发出英勇杀敌的呼喊，
声浪穿越云层往黑色的天穹飞扬。
此时玫瑰色的黎明还没有来临人间，
大多数敌人未及穿衣就成了俘虏，
少数敌人如同逃离巢穴的老鼠，
287　从北门窜出，狼狈不堪魂飞胆丧。

当橘黄的清晨于一月七日降临大地，
勇敢机智的红军顺利占领了遵义城。
金色的朝霞把大地笼上橘黄的轻纱，
山野之间响起了雄鸡嘹亮的啼声。
老百姓纷纷走出家门拥上长街，
有些人家大放爆竹把红军欢迎。
耿飚、杨成武率领着红军一师四团，
也于这个橘黄色的清晨进入遵义，
296　看到了这个西南古城街市的繁盛。

遵义城里楼房错落、鳞次栉比，
宽阔的街道两旁店铺比邻相连，
店主们听了宣传不再感到慌张，
纷纷卸下门板开始了一天的生意。
鲜红的橘子垒成了红色诱人的橘子堆，
著名的云烟装潢华丽如同锦缎，
茅台的酒瓶古色古香琼浆内藏，
刚出炉的蛋糕又松又软香气扑鼻。
整日在大山打仗的战士们倍感兴奋，
同时严守纪律没有丝毫放肆。
许多当地的百姓也同样兴高采烈，
纷纷围着战士要看神奇的"水马"，

原来是敌人为了掩饰自己的无能，
对当地百姓制造了许多夸张的谎言，
他们把红军的竹筏说得神乎其神，
据说能过江不沉、上城不用架梯，
是可怕的子弹也无法损伤皮毛的神骑。　313

英勇的四团在乌江战斗后连夜进军，
已经在严寒的冬日中奔走三天三夜，
可恶的大雨加剧了战士们行军的苦难，
战士们不眠不睡已经极度的疲惫。　317

运筹帷幄的军委纵队司令员刘伯承
偕同政委聂荣臻一起来到了四团。
此时耿飚和杨成武正准备让战士休息，
几天来他们和战士一样行军艰难。　321

运筹帷幄的刘伯承见众人准备休息，
感慨万千地说出有翼的话语飞翔：
"红军勇士们，你们经过连续奋战，
疲惫和伤痛已经侵蚀了你们的躯体，
有些人还要忍受巨大可怕的创伤。
然而敌人仍然威胁着现在的遵义，
豪壮的勇士们呀，你们能否再担重任，
继续前进，攻克天险娄山关和桐梓，
用光荣的胜利保卫即将进城的党中央？"
司令员的话语激起了战士们的勇气和力量，
耿飚和杨成武对望了一眼，目光坚定，
一同说出如雷的话语有翼飞翔：
"请首长下达命令进军娄山关和桐梓，
我们定让红旗在高高的山头飘扬。"
他们的声音犹如巨雷翻滚在天穹，
震荡着黄铜的天空一直飘向远方。　337

英勇的四团不等在城内吃过早饭，
便人马汹涌穿城而过，直奔娄山关。
智取遵义的六团也随着四团行动，
继续北进的征程，踏上山路弯弯。　341

第十三卷

攻克娄山关

从遵义到娄山关大约一百二十里路程，
沿途是一条崎岖的公路弯曲悠长。
公路从娄山关继续通向桐梓县城，
4　那里转眼将会成为新的战场。

严酷的寒冬已经降临西南的大地，
凛冽的大风从北面吹来寒冷的气流，
无情穿透红色勇士们单薄的冬衣。
铜色太阳的光芒穿过灰色云层，
如同利箭穿透几层厚厚的牛皮，
10　到达大地剩下的热量已经依稀。

红军勇士们的热情却是来自内心，
即使经过寒冷的大雨、冰冷的雪霜，
依然如同熔岩滚滚掀起热浪。
几天几夜没有休息的四团勇士，
就是凭借内心火烫的热情与信念，
重新振作起精神，个个斗志昂扬。
不论凡人和天神见到这样的勇士，
心中都会感到无比的震惊与诧异，
他们很难明白是什么如此神奇，
令这群凡人的意志能够坚硬如钢。
如果红色勇士们听到这样的疑问，
他们会说出有翼的话语响亮飞翔：
"因为我们是人民的军队革命的勇士，
我们的理想是人民的幸福、国家的富强。
为了实现心中伟大的理想寻找幸福，
我们愿意闯荡天涯把头颅抛却，
27　愿意把鲜血洒在长征的道路漫长。"

四团的团长耿飚看着行军的战士，
向着杨成武政委说出话语飞翔：
"你看我们的战士们还是很有精神，

没有休息却斗志激昂，真不简单。"
杨成武政委哈哈大笑这样应答：
"这就是英勇的红军，总有神奇的力量，
没有这两下怎能闯过万水千滩。"
两位心志豪壮的勇士言罢大笑，
笑声翻滚热浪驱逐着冬日的严寒。　　36

捷足的四团勇士们就是这样疾行，
顺着蜿蜒的公路迅速往北推进。
脚步不停地走了大约八十里路程，
红色勇士们到达娄山关附近的板桥镇。
捷足的前卫连派人带来重要报告，
告知前方两里处发现敌人的一个排，
先锋战士们已经投入了激烈的战阵。
四团主力接到报告加快了脚步，
以迅雷不及掩耳之势投入战斗，
犹如迅猛砍向惊惶猎物的大刀，
呼啸而去闪现着可怕的锋利刀刃；
激烈的战斗大约持续了二十多分钟，
红色勇士们犹如群狮围攻野牛，
迅速结束战斗俘虏了惊恐的猎物，
稍稍停下脚步往北纵目望去，
只见天际夕阳如血，山峦万仞。　　52

在红色的勇士飞快行军到来之前，
板桥镇的敌人早早集中在镇子的西北面，
犹如惊惶的野牛嗅到狮子的气息，
紧张地绷紧神经随时准备远逃。
当板桥镇南的枪声如炸雷般隆隆响起，
那些胆怯的士兵便马上向娄山关逃奔，
一路惊慌失措丢下无数辎重，
由于心中恐惧发出狼狈的呼号。　　60

— 57 —

金色的黄昏降临养育众生的大地，
红军四团接到上级的紧急命令。
命令要求四团在板桥休息一夜，
64　明日继续向着天险娄山关出征。

红军占领的板桥是一个不大的市镇，
镇内大约有着数百户人家居住。
四团严守纪律迅速进入驻地，
很多战士一倒地便将梦乡奔赴。
连日的行军已经令他们极度疲惫，
休息的命令迅速放松了他们的肌体，
睡眠之神悄然潜入夜神的巨翅，
开始将那睡意在勇士们心头散布。
黑夜之神把黑色的巨翅慢慢展开，
可是四团的一部分战士仍未休息，
这些战士按照红军制定的老规矩，
开始向群众宣传共产党的主张和政策，
介绍英勇红军伟大光荣的任务。
他们也揭露军阀残暴无情的统治，
揭露地主豪绅们对百姓的欺骗和剥削；
他们说明了人民贫穷和痛苦的来源，
81　令许多百姓从懵懂困惑中猛然醒悟。

人们听了这些道理心情激动，
个个争先恐后地纷纷诉说着苦情。
他们的声音如同黑夜中江河的流水，
滚动着波涛，有的哀怨、有的轰鸣。
许多受苦的百姓发出巨大的呼声，
请求红军用胜利带来人间清明。
许多心志豪壮的年轻人步出人群，
89　要求参加红军与残酷的命运抗争。

在百姓当中有一个头发花白的老年人，
拉着红军战士说出话语飞翔：
"心志豪壮的勇士们，请听老朽诉说，
天险娄山关山高路陡山山相望。
从这里到关隘大约还有四十里路程，
沿途公路陡峭崎岖弯曲悠长。
公路从娄山关继续通向桐梓县城，
那里转眼将会成为新的战场。

如具你们只是正面进攻娄山关，
敌人将给你们造成可怕的伤亡。
我要告诉你们东面有一条小道，
可以躲过关隘，绕到桐梓县城，
可以悄然潜行消灭守关的豺狼。
不过小路弯若鸡肠路途更远，
而且乱石错杂毒蛇野兽暗藏。
因为自从这里有了公路以后，
小路已经多年荒芜被人遗忘。
如今苍天有眼将你们带到此处，
注定是给那些豺狼制造灭亡。"
红色勇士们听了老人飞翔的话语，
心情激动跃跃欲试，斗志高昂。　　110

第二天早晨天边露出玫瑰色的手指，
指挥员正在指令部队潜行小道，
忽然得到师部急电发来的命令，
要求英勇的四团原地休息一天。
原来红军领袖们明天进驻遵义，
为了确保对遵义接管局面的稳定，
师部要求四团做到防卫的安全。
团长耿飚和政委杨成武当即决定，
要让辛苦的战士们原地补过新年。
同时下达命令加紧战斗准备，
随时准备迂回敌后冲锋向前。　　121

于是勇士们亲自动手做起饭菜，
从地主恶霸那里得到的粮食和菜肴，
除了分给当地称为"干人"的穷人，
还剩下少许的菜蔬、肥猪、腊肉和鸡鸭，
在手巧的战士手中成了丰美的年货。
心志豪壮的勇士们就是这样说笑着，
敞开肚子享受着难得的美味佳肴，
彼此用欢畅美好的语言将新年庆贺。　　129

四团的红色勇士们就这样吃过了午饭，
让美味的食物为自己补充了勇气和力量。
机敏的侦察部队午饭后提前行动，
展开实地侦察获得了情报周详。　　133

原来娄山关位于娄山山脉的最高峰，
四周山峰环立地势陡峭险峻，
山脉中间两座山峰逶迤相连，
鬼斧神工般形成一道狭窄的隘口。
这个隘口犹如把守通道的勇士，
使得关隘"一夫当关，万人莫过"，
娄山关因此成为兵家必争之地，
141　红军的敌人自然也是重兵把守。

那条从遵义通往桐梓县城的公路，
沿着山峰一路弯弯曲曲而上，
从山脚底下仰望长长的灰色公路，
犹如一条长龙在青山之间腾翔。
长龙从山脚翻滚着身体腾空而起，
穿过层层云团奋然飞向苍穹，
身躯是如此巨大，尾巴还在山脚，
龙头已经在那隘口赫然高昂。
这条庞然巨龙的左面是悬崖峭壁，
右面却是直插天穹的高山峻岭，
长龙舞动仿佛要将大山缠绕，
153　还想把它搬移，直上长空徜徉。

红色勇士们如果要夺取这座天险，
就必须从正面沿着公路进行仰攻。
守关的敌人是红色勇士们手下的败将，
他们接受侯之担统率，兵力有三个团，
经过乌江之战已然丧魂落魄，
藏身于关隘的掩体犹如无用的狗熊。
红色勇士们并不惧怕这样的敌人，
只是险恶的地形令红军不敢妄动，
为了实现纵队司令员刘伯承的命令，
同时达到夺关快、伤亡少的作战目的，
耿飚和杨成武费尽心思做了部署，
决定既要从正面直接强攻关隘，
166　又要设法从侧面抄袭争取成功。

当夜神把黑色的静谧带到凡人的世界，
红色勇士们又找来十几个当地的山民，
耿飚和参谋长李英华再次问起那小道，
查询神秘小道更为详细的情况。

在调查清楚之后立即下达命令，
工程排星夜搜集竹竿、绳索和钩镰，
制作了用来爬山的各种工具与器械，
就如传说中为战士铸造兵器的巧匠。　174

午夜的星光闪烁，刺破漆黑的天穹，
空气死一般寂静令人黯然魂销。
四团红色的勇士们悄然准备行装，
这时关上的敌人仍在梦乡飘摇。
寒风阵阵袭来，穿透勇士们的单衣，
豪壮的身躯也不禁战抖于寒风的萧萧。
群星的光耀渐渐隐没在变亮的天空，
只有一个最亮的，高悬超出云霄。
玫瑰色的黎明还没有完全来临之时，
红色勇士们由板桥卷起进攻的怒潮。　184

当辽远的天边出现玫瑰色的灿烂手指，
四团红色的儿郎已经逼近山脚。
一营充当前队担任正面主攻，
营长季光顺率领全营沿着公路
向娄山关摆开梯队队形快速推进，
如同飞向山头的动作迅疾的群鸟。
二营充任第二梯队在山脚集结，
随时准备配合战情做出反应，
战士们犹如一群警惕的勇猛山豹，
在山岩的掩护下寂然潜伏等待着拂晓。　194

侦察队长潘梓年① 带领侦察队和工兵排，
隐蔽地向着右侧的高山峻岭运动，
根据白发老人和其他山民的情报，
攀登高山寻找那条神秘小道。
手脚敏捷强健的战士们攀上高山，
如同天兵天将向着敌后前进，
他们神不知鬼不觉潜行在林莽丛中，
将守关敌人毁灭的命运暗中打造。　202

山上敌人看到红军从正面进攻，
个个心中恐慌发出恐惧的呼声，

———————————

① 又名"潘峰"。

他们未等红军进攻部队靠近，
就匆忙射出许多可夺人性命的枪弹。
可是由于距离红军队伍太远，
这些枪弹犹如没有气力的怪兽，
又如一群群四处乱飞的盲眼苍蝇，
乱纷纷落入草莽或钻入岩石和泥土，
211 只是徒然表现着丝毫无用的凶悍。

一营的勇士们看出敌人心中的惊恐，
个个发出笑声，说着话语飞翔：
"我们的敌人肯定是一群怯懦的胆小鬼，
勇气和胆量已经从他们的内心消散，
如果不是因为恐惧扰乱心神，
他们不会隔着两千多米就开枪，
218 这就好比盲者无谓地将天涯眺望。"

巧手的通信班战士很快架好电话线，
通过它们可以连接重镇遵义，
在那里领袖们正期待打出新的胜仗。
心志豪壮的团长耿飚拿起听筒，
正要向师部报告战斗开始的情况，
不料却听到听筒中已经有通话的声响。
团长耿飚心中感到异常奇怪，
连忙向杨成武政委招手前来细听，
227 两人贴耳而听，很快不再迷惘。

话筒中的声音急促而又十分恐慌，
有翼的话语流露出对于红军的畏惧：
"红军兵强马壮如同天兵天将，
如今正有几个团在向关隘猛攻。
他们来势汹汹我们难以抵挡，
233 请求友军火速来将兵力补充！"

话筒中接着传来另一方命令的口吻，
声音严肃而又冷漠如同灰铁：
"军座已经命令一个师向松坎前进，
你们无论如何要坚守不准放松。
要注意警戒东边的那条荒废小道，
239 提防赤匪通过你们的侧后行动。"

团长耿飚和政委杨成武马上明白，
这是侯之担师部在与军部沟通。 241

两位心志豪壮的指挥员感到奇怪：
"通讯班已将通向敌方的电线剪断，
为什么敌人通话我们还能听清？"
于是马上派人仔细检查情况，
仔细琢磨才把其中的奥妙弄明。
原来四团通往遵义师部的电话线，
利用了敌人原来由遵义到娄山关的电线，
虽然通讯班事先已经做出行动，
早将通往娄山关方向的电线剪断，
但是由于被剪的那一端落在山间，
经过雨后地面的积水而发生传导，
重新接通了话路传导了通话之声。 253

团长耿飚和政委杨成武心中喜悦，
意识到这是有眼的苍天额外的馈赠。
他们原来不敢肯定真有条小道，
如今他们有了把握将敌人战胜。
情况被迅速传给了侦察队长潘梓年，
侦察队和工兵排听到消息心中高兴。
他们根据命令迅速找到了小道，
悄悄将那敌人毁灭的命运敲定。 261

两位心志豪壮的指挥员派出专人，
继续窃听敌人的电话获取情报。
同时命令正在攻击的正面部队，
暂时停止攻击，布置强大的火力，
随时等候全面总攻的嘹亮军号。
四团就是这样一边派出奇兵，
犹如雄鹰飞过高耸入云的大山，
悄悄将那敌人毁灭的命运制造；
一边犹如大战之前的勇猛雄狮，
默默低下头颅蜷曲着伟岸的肩背，
把那摧枯拉朽的力量耐心地持操。 272

时间犹如飞奔的骏马快速远去，
当那手表的时针移过一个区隔，
四团总攻的布置都已安排妥当。

正在这时四团监听的电话响起，
监听人员兴奋地向指挥员打出手势，
激动自内心涌起浮在脸上荡漾。
团长耿飚大步走拢接过听筒，
政委杨成武也急切走来一起倾听，
281　两人屏住呼吸心潮却如海浪。

他们听到了敌人军部的那个声音，
但是不再严肃冷漠如同那灰铁，
而是声调颤颤发抖流露着惊惶。
那人对着电话另一端大声发喊，
心中充满将被猎杀的悲哀与狂躁，
胡乱咆哮犹如受到惊吓的灰狼：
"对面可是侯师长在接这个电话？
在你们侧后发现大量'赤匪'运动，
军座要你们立即撤退前往桐梓，
一定要快，要快！不然就没了后路，
你们会在'赤匪'的手下悲惨灭亡。
我们不得不先行撤退以免被围，
希望你们尽快行动避免遭殃。"
另一方发出声音带着恐慌的声调，
电话线就这样传来有翼的话语飞翔：
"听到，听到，我……我——马上撤离，
请求你们派兵掩护前来帮忙。"
这些话语说完之后没了声响，
300　估计敌人已经开始逃离战场。

两位心志豪壮的指挥员马上命令，
部队向着娄山关发起全面进攻。
于是十多把军号一齐朝天吹响，
嘹亮雄壮的声音穿云直冲苍穹。
所有的轻重机枪随着号声开火，
枪口冒着火花喷射着可怕的子弹，
子弹呼啸划破灰色辽远的长空。
四团的红色勇士们犹如威猛的狮子，
浑身强健的肌肉和筋骨爆发出力量，
向着山顶冲去夹带着猎猎长风。
狮子褐色的鬃毛在风中根根喷张，
双眼睁得巨大仿佛燃烧火焰，
奔跑中看得见浑身肌肉剧烈抽动，

勇气和力量让他们在激烈的战阵中称雄。

敌人还在作着最后垂死挣扎，
一堆一堆躲在石头掩体的后面。
他们坚守两山之间狭窄的关口，
并以机枪、榴弹、石头射击投掷，
双方就是这样投入激烈的血战。
四团主力部队不断猛烈冲锋，
密集的子弹在空中呼啸着交织成网，
穿透很多躯体四处鲜血飞溅。　322

敌人犹如一群被围的凶暴豺狼，
发出恐怖凄厉的呼号顽强抵抗。
枪声炮声喊杀声混合连成一片，
如同风暴中的大海掀起无边巨浪。
巨浪仿佛从地心愤怒喷涌而出，
恐怖的惊雷伴随着闪电可怕的光亮。
光亮划破黑色的天穹照着巨浪，
如山的浪涛丝毫不能将狂暴收藏。
如同狂暴大海的喧嚣震撼着山谷，
铁灰色的天空中云涛跟着剧烈地荡漾。　332

双方就是这般激战了一个钟头，
忽然接连不断的手榴弹爆炸声响起，
隆隆从那山顶上传来犹如巨雷。
枪林弹雨中可怕的光辉森然跳跃，
那是一群红军勇士刺刀在闪光，
他们从东侧高山突然奔涌而来。
犹如神兵穿越密林的神秘小道，
终于在这关键时刻赶到战阵，
给关隘的守敌带来了难以抗拒的悲哀。　341

交战的阵线上，鲜血汩汩流淌在沟壑，
如同天神割裂大地黑色的肌肤，
刻意将惨烈的战斗的印记留在大地。
雪亮的刺刀彼此交错碰撞在一起，
发出尖锐刺耳的声音哐琅琅作响，
很多刺刀使对方的生命往死亡跌坠。
红军和敌人就是这样猛烈交战，
双方彼此冲锋掀起次次高潮，

犹如地壳震荡，高大的山峦崩塌，
不论凡人和天神即使事后想起，
352　也会同样大声喟叹、心有余悸。

可怕的战斗喧嚣渐渐地停了下来，
犹如大雁远去退隐在灰色长空。
关口顽固的守敌遭受了极大杀伤，
犹如群狼在狮子攻击下斗志消融。
守敌终于全部潮水般溃退下去，
358　红军勇士们跟踪溃敌一路猛冲。

娄山关口激烈的战斗结束之后，
团长耿飚和政委杨成武上到山头。
只见公路两旁敌人横尸满地，
许多红军在此也把生命驻留。
灰色道路上面黑色的血迹斑斑，
许多躯体的伤口还有鲜血淌流。
敌人许多伤兵悲惨地哀声嚎叫，
红军卫生员一并为他们包扎伤口，
对他们讲述道理安抚他们的心灵，
368　使许多蒙昧的心灵不禁感到愧羞。

在那雄险的关口错落茅屋数间，
一面铁灰色的巨大石碑傲然矗立，
其上"娄山关"三个大字苍然雄浑。
团长耿飚和政委杨成武俯瞰山下，

白云朵朵飘浮在寂然的群山之间，
一轮红日悄然升腾在无垠的乾坤。　374

敌人离开娄山关口仓皇逃窜，
红军勇士沿着公路迈开捷足，
向着桐梓跑步一路追击而去。
捷足的先锋迅速占领桐梓县城，
跟着出西北向牛栏关方向进行警戒，
等待部队随后进入桐梓各处。　380

当金色黄昏降临养育众生的大地，
红军二师师部进入桐梓驻营。
四团的勇士们受到师部热烈的表扬，
迅速休整很快重新踏上了征程。　384

攻城伐地的四团勇士们连夜行军，
在次日玫瑰色的黎明还未来临之前，
在新站地区与敌军两个团不期而遇。
战斗从黎明一直打到金色的黄昏，
红色勇士战胜了敌人进军松坎，
接着迅速占领松坎将阵地稳固。
四团浴血奋战不断挺进之时，
一次重要的会议在遵义正在召开，
会议把生机带给了重围之中的红军，
鼓舞着无数勇士向着胜利奔赴。　394

第十四卷

遵义会议

一九三五年一月九日是腊月初五，
细雨已飘飘洒洒下了大半个夜晚。
当黎明降临养育众生的宽广大地时，
4　雨丝悄然停歇，天空变得辽远。

一支满身污泥的队伍靠近遵义，
这是红军铁流的中央军委纵队。
他们离城两三里停下进行休整，
8　战士们洗脸洗手准备开进城内。

污泥从勇士的脸上、手上一点点洗去，
然而满身的污泥却无法很快清除，
它们仿佛舍不得离开破旧的军衣，
宁愿留下见证勇士们长征的艰难。
勇士们很快整队向着遵义开拔，
他们高唱着"三大纪律八项注意"①，
歌词是由朱德毛泽东亲自创作，
16　它们是红军对待百姓的行动标杆。

红军和百姓一起举行了入城仪式，
仪式隆重庄严，豪情气壮云霄。
宣传队员举着红旗张贴标语，
20　街道两边热情的人们欢声如潮。

红色勇士歌声飞翔激昂雄壮，
无数战士嘹亮高唱热情如涛。
战士们想起根据地点点滴滴的事物，
24　心潮翻滚如同大海波浪滔滔。

---

① 三大纪律：一切行动听指挥；不拿群众一针一线；一切缴获要归公。八项注意：说话和气；买卖公平；借东西要还；损坏东西要赔；不打人骂人；不损坏庄稼；不调戏妇女；不虐待俘虏。

遵义城内有座柏辉章的私人住宅，
铺张奢华的主人刚刚才把它修建。
柏辉章原是贵州的一个商贾和银行家，
在那当时五万人口的遵义周围，
许多有利可图的企业被他拥有，
如今他是二十五军第二师的师长，
效命于贵州省二十五军军长王家烈，
残酷统治着百姓，激起了巨大的民怨。　32

柏辉章的住宅豪华摩登风格独特，
灰色的砖石砌成，两层皆有柱廊，
四角屋檐微微突出，犹如鹰鹫
站立高高的悬崖探出高傲的头颅，
警惕地注视原野准备向猎物飞扑。
小楼的二层形成带有顶篷的阳台，
有棵巨大的槐树伫立小楼一侧，
犹如忠勇卫士将楼台默默守护，
枝叶探向阳台仿佛在问候主人，
夏天更是枝叶繁茂将主人拥簇。　42

小楼的周围筑有华美的围墙耸立，
考究的大门正对着一条主要街道。
青色砖石砌成住宅外院的地面，
能工巧匠费尽心神将它来铺造。　46

住宅里面精巧布置古色古香，
中式红木家具增添气氛的凝重。
房内雕花屏风经过巧妙摆放，
照应墙上轴幅，增色了贤人雅颂。　50

这座遵义最好的房子默然静立，
仿佛等待命中注定的尊贵客人。
腊月初五当红军中央纵队抵达，

这所房子很快成为红军司令部，
55　许多伟大的战士成为这里的嘉宾。

伟大的战士周恩来和他的妻子邓颖超，
就被安排在这房子二楼的一间屋子里。
几十年以后邓颖超还记得当年的情景，
那时她患着肺结核身体又疲又累；
经常站在二楼阳台望着槐树，
看着丈夫归来心中便会欢喜。
士兵的伟大统帅朱德和妻子康克清，
还有足智多谋的红军司令员刘伯承，
以及彭德怀、刘少奇、张云逸、彭雪枫等人，
65　都曾居住在此探讨革命的道理。

伟大的战士毛泽东没有住在这里，
而是被安排在另一个军阀的二层洋房。
这个住宅里面还有王稼祥和洛甫，
两人和毛泽东一起被称作红军的"中央队"，
70　他们即将为红军带来新的曙光。

身体消瘦的博古和身材高大的李德，
住进了城边一所漂亮的中式庭院，
他们的威信正如渐渐暗淡的火光。
院子对面是一座罗马天主教堂，
这里曾经回响着虔诚教徒的祈祷，
如今被紧急征用为医院和集会的会场。
一月十五日朱德在那里发表演说，
纪念被害的德国共产党伟大的英雄：
卡尔·李卜克内西，还有罗莎·卢森堡，
80　感人的话语在肃穆的厅堂中激越地飞翔。

一月十五日，夜色降临宽广的大地，
在柏辉章那所豪华住宅的二楼房间，
召开了中共中央政治局扩大会议。
会议室设在一间雅致的长方形屋内，
四面灰泥墙在那盏昏黄煤油灯的照耀下，
沉默着静谧地泛着淡淡的灰黄色光华，
屋子如今正成为重要会议的见证，
即使四面墙壁徒然不着一字。
房间中部摆着一张破旧桌子，

二十多把各色椅子围桌而放，
这里正在成为红军领袖的聚集地。　　　91

会议主持人是那消瘦憔悴的博古，
他戴着一副黑色镜框的高度近视镜。
博古是中国共产党总书记党的领袖，
此时他的威信犹如冬日的大树，
已经不再有着从前的茂密繁盛。
黑瘦消沉的博古坐在会议室的正中，
伟大的战士毛泽东和周恩来坐在两侧，
犹如两棵躯干挺拔的白杨伫立，
努力想把中间的一棵歪树扶正。
原灰气焰十足的军事顾问李德，
此时靠着门边默然无声地落座，
不断抽着浓烈的香烟垂头丧气，
犹如原本繁盛的植物招惹了大病。
士兵的伟大统帅朱德披着大衣，
犹如一座魁伟的大山坐在席间，
他有着劈山倒海的勇气和高尚的品行。
受伤未愈的王稼祥和聂荣臻坐着担架，
忍着伤病煎熬坚持出席会议，
以那坚强意志赢得战友们的尊敬。
参加会议的还有陈云、张闻天、刘伯承、
刘少奇、邓发、何克全、李富春、林彪、彭德怀；
红军第三军团的政治委员杨尚昆，
红军第五军团的政治委员李卓然，
还有中共中央年轻的秘书长邓小平，
屋内群英会聚足以令江河纵横①。　　　116

参会的众人都清楚这次会议的目的，
为的是讨论第五次反"围剿"失败的后果，

---

①　当时出席会议的政治局委员是：毛泽东、周恩来、朱
德、陈云、张闻天（洛甫）、秦邦宪（博古），候补
政治局委员为：王稼祥、刘少奇、邓发、何克全（凯
丰）。此外有红军总参谋长、中央军委纵队司令员刘
伯承，总政治部代主任李富春，红一军团团长林彪，
政治委员聂荣臻，红三军团团长彭德怀，红三军团的
政治委员杨尚昆，红五军团的政治委员李卓然，红军
报纸《红星报》编辑、中共中央秘书长邓小平，共产
国际军事顾问李德以及担任其翻译工作的伍修权等
二十人。

以及红军长征迄今失利的原因。
这些红军的领袖们也希望通过会议，
决定如何采取适当的军事行动，
122　尽快摆脱敌人四处设置的杀阵。

红军领袖们内部意见存在着分歧，
犹如一条大江分成主要的两条，
翻过大山、奔过平原、穿越丛林，
各自卷起滔滔浪花发出巨响。
赞成博古的主要是共青团领导人何克全，
之前他四处游说争取更多的支持，
但是却如大风吹过坚实的岩石，
130　没有在另一阵营中制造些微的摇晃。

英勇的红军占领重镇遵义之后，
没有把宝贵的时间用来进行开会，
最初主要的工作是巩固军事阵地，
负责保证整个遵义地区的安全。
一军团和三军团根据黎平会议的计划，
准备在这里建立一个新的根据地，
让世间的人们从此看到幸福的曙光，
138　让革命的火种在西南大地重新点燃。

然而乐观的情绪不久慢慢淡去，
犹如熊熊的火焰遇到瓢泼大雨，
闪耀的光华在那冷酷侵袭中消退。
红军情报部门离开黎平时报告说，
守卫贵州的敌人只有王家烈四个师，
部队士兵都是身体虚弱的大烟鬼，
英勇的红军轻易可以将其击溃。
然而就在红军进驻遵义的那天，
两支国民党的精兵气势汹汹地跟进，
他们由高级将领周浑元和吴奇伟统帅，
开入贵州迅速接管了首府贵阳，
150　红军在贵州建立根据地的希望被击碎。

贵州军队的统帅王家烈受到激励，
派遣他的第三师七个团进攻红军。
红军情报部门很快得到了消息，
犹如机敏的豹子很快嗅到气味，

知道残暴的猎人正在步步进逼，
无情地在山间丛林设置机关陷阱，
恐怖的杀阵如同悄悄聚拢的乌云。　　157

士兵的牧者蒋介石盘算着心机重重，
亲自坐镇重庆指挥着猎杀行动。
他同时迅速调动了湖南的四个师、
四川南部的两个旅还有云南的三个旅，
一共一百五十个团大约四十万士兵，
犹如狂风卷起天穹黑色的乌云，
团团乌云在大海上空翻滚涌动，
黑压压从四方向着风暴中心会聚，
形成仿佛要吞没一切的巨大黑洞。
黑洞之中狂暴的海浪沸腾喧嚣着，
犹如深海背叛了地心引力的掌控。
可怖的风暴把海浪卷起抛到天空，
和黑色乌云刺眼的闪电狂乱融合，
仿佛要带给凡人和天神巨大的伤痛。　　171

敌人四十多万士兵就是这样，
气势汹汹向着红军合围进攻。
他们如同无数乌鸦盘旋于天穹，
兵多将广如同原野草木葱葱。
腾腾杀气令千里山岭一片朦胧，
气焰嚣张如同穿越山谷的疾风。
这些兵力一起进攻三万红军，
红军在贵州扎根的希望面临合围，
犹如树木折断于狂暴肆虐的山洪。　　180

英勇的红军此时还面临新的问题，
遵义地区土地贫瘠经济落后，
盛产害人的鸦片却缺少足够的粮食，
很难维持一支不断扩大的红军。
如果在遵义扎根地理也很不利，
这个地区三面环水犹如死地，
乌江在东、赤水在西，蜿蜒曲折，
北边滔滔长江更是杀机纷纭。
红色的铁流应该向着何处奔涌？
领袖们心头悬起沉沉铅球重千斤。　　190

就是这样，一月十五日晚饭后七点钟，
红军的领袖们来到柏辉章豪宅的二楼。
此时屋内一个小小的铁火炉燃着火，
放出微弱的热量抵御着四周的寒气，
却不能轻易驱走领袖们心头的忧愁。
中间的桌子上摆着搪瓷茶杯和烟灰缸，
警卫员偶尔进来冲茶倒水时发觉，
198 会议气氛紧张，很多人面如寒秋。

王稼祥是在第四次反"围剿"之中负伤，
自从负伤以来一直躺在担架上。
那次他带着周恩来萧华诸位战友，
前往防御工事一同把敌人抵抗；
可是一颗可怖的炸弹在附近爆炸，
一块食肉的弹片穿过他的臀部，
充满贪婪进入肠子划破了内脏。
外科医生在没有麻药的情况之下，
为他做了八个小时的漫长手术，
远比三国的关公疗伤更为豪壮。
可是严重的伤口一直无法缝合，
只好塞进一根橡皮管勉强保障。
自此可怕的高烧困扰他的肌体，
只能经常依靠吗啡压制疼痛，
每当伤口掀起阵阵痛苦的波浪。
在漫漫征途之中，他躺在担架上面，
经常和毛泽东谈论党和红军的方向。
他察觉到了李德等人的军事错误，
对着毛泽东说出了忧虑毫无隐藏。
伟大的战士毛泽东赞成他的看法，
在他内心激励起新的勇气和希望。
参加遵义会议的红军领袖们知道，
221 王稼祥是要支持毛泽东出来领航。

脸色发黑的博古首先开始发言，
他这次没拿稿子说出话语飞翔：
"面对蒋介石发动的第五次残酷围剿，
我们红军的失败是因为兵力太少。
同时也是因为在中央苏区以外，
各路红军配合不灵协调太少。
如今英勇的红军再次面临合围，

遵义地区土地贫瘠粮食稀少。
如果在遵义扎根地理也很不利，
乌江赤水和长江把我们三面环绕。
由于红军兵力太少湘江战败，
233 红军何去何从总得有个分晓。"

席间众人听了博古飞翔的话语，
显然没有对他表示多少同情。
有人提出强调红军兵力太少，
是在为那指挥失败掩饰"罪名"。
红军的领袖们言辞激烈如同刀锋，
大多即席发言话语如雷轰鸣。
与会者几乎都没有进行会议记录，
241 除了《红星报》编辑、中央秘书长邓小平。

伟大的战士周恩来第二个作了发言，
如同白杨站立发出话语飞翔：
"面对蒋介石发动的第五次残酷围剿，
红军的失败不能归咎于军队数量。
关键的问题是我们采取了错误的策略，
利用短促突击和阵地战摆开了战场。
作为红军主要的军事负责人之一，
我负有主要的责任内心无比悲伤。
我们必须调整错误的军事策略，
给红军重新指明方向带来希望。"
伟大的战士态度坦率无比真诚，
犹如一棵枝干挺拔的高大白杨。
白杨伸出枝叶面向宽广天穹，
255 坦然展现自己的生命毫无隐藏。

周恩来的发言令那李德如坐针毡，
他坐在门口的椅子上不断大口抽烟。
他的内心完全是另外一种想法，
认为红军的军事策略没有错误，
260 只是敌人过于强大装备领先。

伟大的战士毛泽东也起立做了发言，
他挥着大手说着如雷的话语飞翔：
"李德同志和博古同志的对敌战略，
忽视了红军善打运动战的传统特长。

'短促突击'的战术等于与敌硬碰，
就如鸡卵妄图把那坚石击伤。
忘记诱敌深入围而歼之的战术，
使红军战斗失利无谓地损耗力量。
认为红军失败是由于数量上的劣势，
这种看法毫无根据十分荒唐。
我们只要想一想前四次反围剿的结果，
就该将失败归咎于数量的看法提防。
前四次反"围剿"红军数量处于劣势，
可是仍然战胜数倍于己的敌人，
连连取得丰硕的胜果战绩辉煌。
犹如勇猛的狮子只要讲究战略，
仍然可以战胜残暴可怕的群狼。
从第五次反围剿开始红军就不断失利，
这是因为军事路线指挥无方。
博古李德的政策是防守中的保守主义、
进攻中的冒险主义和退却中的逃跑主义，
继续下去红军可能全军覆亡。
目前最重要的任务是解决军事方针，
博古和李德在现实面前却如同眼盲。
每一个红军战士都是凡人肉身，
要用双脚走路也要吃饭睡觉，
合理的指挥才能决战残酷的战场。
假如指挥员不了解实际地形和地理，
只是根据地图布置作战的阵地，
290　肯定要打败仗招致可怕的祸殃。"

伟大的战士毛泽东话音刚刚落下，
热烈的掌声便如同春雷隆隆响起。
大多数与会者听了毛泽东的慷慨发言，
如同心头开出一扇明亮窗口，
又如一股郁气飘然飞出骨髓。
长久压抑在心头的话语被勇士说出，
297　犹如飓风吹倒重压萌芽的土垒。

坐在门边的李德被掌声深深地刺痛，
感到自己如同落单的孤独飞雁。
伍修权坐在他的旁边为他翻译，
入夜以来由于不安和疲劳的影响，
302　翻译越来越短说话也愈加缓慢。

李德平时总是喜欢不动声色，
开会常常端坐犹如灰色石头。
可是此时不安煎熬他的心灵，
令他狂躁地不住晃动，时左时右，
他的脸上一会儿变红一会儿变白，
一根又一根把分配给他的卷烟狂抽。
沮丧和抑郁犹如一团黑色的烟雾，
渐渐从心底升腾笼罩他的双眸。　　　　310

担架上的王稼祥接着毛泽东说出话语，
话语张着双翼在屋内盘旋飞翔：
"英勇的红军已经处在生死关头，
犹如大海的航船处在风暴的中央。
原先错误导航使它迷失方向，
遭遇重重险境难以摆脱恶浪。
水手们已经厌倦接受盲目的领导，
航船需要选择英明的舵手导航。
我主张毛泽东同志重新出来指挥，
把红军带出重围将新的局面开创。"　　　　320

李德听了关于指挥错误的指责，
心中怒气如同黑色的浓烟升腾。
他猛抽几口烟卷开始大声辩解，
激烈的言辞犹如坚实的石壁塌崩。
塌崩的石壁落下大小碎石飞滚，
碎石砸落地面激起泥土层层。　　　　326

李德就是这样子使劲为自己辩解，
情绪激动地说出有翼的话语飞翔：
"如果红军以前的军事策略有问题，
那也是你们中国红军领导人的错误，
我只是作为一个顾问提出意见，
执行的责任应该完全由你们来承担，
况且我深信总的路线从来没错，
是你们执行的时候辜负了大家的期望。"　　　　334

李德的辩解激起许多与会者的愤怒，
反驳的话语犹如海潮扑向堤岸。
巨大的浪花拍打在堤岸上溅起泡沫，
发出巨大的轰鸣仿佛大山折断。　　　　338

会议就是这样言辞激烈地进行，
紧张得接连开了整整三个晚上。
会议都是晚上七点左右开始，
342　持续四五个小时直到夜深星亮。

会议间歇的白天主要是处理军事，
在这期间部队正进行重大改编。
解散了中央纵队及其挑夫队伍，
他们庞大累赘常常令行军拖延。
剩下的重型设备如今被纷纷毁弃，
必须携带的东西都分散到各个部队，
从而使队伍行动更加快捷方便。
中央纵队的年轻战士和留下的挑夫，
尽可能被编进战斗部队弥补减员。
这些改编工作琐屑而又繁重，
353　如今都由女战士刘英安排周全。

新的一轮征兵工作正在展开，
许多心志豪壮的年轻勇士前来，
纷纷拍着宽广的胸膛发出豪言，
要求参加红军追求崇高的理想。
很快就有四千个勇士加入红军，
清点人数后证实红军只有三万，
之前浴血的奋战使很多战士牺牲，
361　在漫长的长征路上倒在那大地宽广。

随着会议进展与会者纷纷发言，
越来越多的与会者开始支持毛泽东。
洛甫和朱德坚决支持毛泽东的意见，
周恩来再次发言把重要的建议补充。
他认为毛泽东的批评完全正确公正，
提议毛泽东重新出任红军总指挥，
368　领导红军摆脱困境重新于大地称雄。

毛泽东的老友李富春也说出话语飞翔，
将李德错误的军事路线严厉批评。
心直口快的彭德怀也是充满怒气，
372　批评李德，引起许多战友的共鸣。

聂荣臻躺在担架上讲出气愤的话语，

言辞犹如子弹射出怒火飞扬：
"李德同志有时完全是在瞎指挥，
坐在指挥部里就对炮位做出布置，
还对哨兵地点进行死板地规定，
不顾红军的数量硬要正面作战，
这样子怎能不令红军遭受重创。
若非有时我们仍用传统的战术
诱敌深入把被动的敌人各个击破，
我恐怕早就不明不白命丧疆场。"　382

聂荣臻的发言令得伍修权深深感动，
大声同意聂荣臻对李德的尖锐批评。
因为他自己也曾经领教李德的顽固，
此时也感到必须将红军的前途力争。
之前他曾对一位上级领导说道：
"李德几乎是个帝国主义分子，
如果让我选择，我绝不给他当翻译，
既然组织需要我来充当此任，
我只好努力干好执行组织的命令。"　391

伟大的战士朱德和足智多谋的刘伯承，
强烈建议红军改变目前的状态，
打过长江在四川西北建立根据地。
他们认为那里的条件比贵州要好，
有着肥沃土地而交通极不通畅，
使得捷足机敏的红军生存反易。
而且那里的军阀个个暗藏鬼胎，
从来对那蒋介石的部队心怀敌意。　399

伟大的战士周恩来最后提出建议，
停止原来"三人团"的核心军事领导。
这个核心由博古、李德和他组成，
一直以来执行着军事的最高决策，
所以有了"三人团"这个响亮名号。　404

周恩来的建议得到与会者一致通过，
红军指挥员们同意由朱德和周恩来负责，
对红军的军事行动进行总体指挥。
随后会议中毛泽东被选为领导的核心，
成为中央政治局常务委员会委员，

410　犹如潜龙出水开始一展雄威。

一月十九日当玫瑰色的黎明降临大地，
412　毛泽东和司令部的人马开始离开遵义。

半月之后红军渡过赤水西行，
行进到达云南、贵州和四川的交界，
那地有个"鸡鸣三省"的有趣名字。
在那中央做出新的分工决定，

推举张闻天同志担任中央总负责人，
接着成立以伟大战士毛泽东为首，
有周恩来、王稼祥参加的三人军事小组，
作为最高统帅部负责指挥全军，
自此红军有了新的领航舵手，
犹如雄鹰看到阳光拨开云雾，
心中重新涌起无穷的勇气和力量，
向着宽广的天地飞翔，拍动起巨翅。　424

第十五卷

西进赤水　激战土城

遵义会议之后红军继续北上，
准备渡过长江与红四方面军会合。
蒋介石为堵截红色铁流北渡长江，
急调四川军阀刘湘沿江布防，
日夜赶修大小碉堡密密匝匝；
又令湖南军阀何健全力配合，
布防湖南、贵州之间形成隔断，
意图防止中央红军突然东进，
与红军第二、第六军团取得联系，
10　形成致命威胁直逼他的"卧榻"。

蒋介石的中央军主力则继续兼程北上，
士兵们由吴奇伟周浑元两人分别统领。
庞大的部队从湖南经贵阳沿乌江设防，
四处修建碉堡气势嚣张而凶猛。
这些部队派出主力北渡乌江，
与四川湖南的军队对红军形成合围，
17　妄图将红军扼杀于贵州北部的山岭。

中央红军撤离遵义迅速北进，
此时正值严冬笼罩宽广大地。
但是贵州北部靠近长江地区，
天气仿佛江西二三月降临的早春，
只是不时会有凛冽大风的刮吹。
部队沉闷的情绪因胜利渐渐消逝，
心志豪壮的勇士们重新获得力量，
短暂休息已经扫除了身躯的疲累。
欢快嘹亮的歌声重新飞翔于天穹，
闪亮的钢枪稳稳扛在宽广的肩臂。
钢枪偶尔沐浴着金色的太阳光芒，
29　闪烁耀眼光辉，犹如星辰的垂穗。

红色勇士们的胜利给"干人"带来福音，

这些受苦的人儿天天围绕着他们，
诉说心中的痛苦和对恶霸的愤恨。
每天都有成十成百的"干人"跑来，
要求加入红军一同踏上征途，
个个奋勇向前要把功勋创建。　　35

那些往日压迫百姓的土豪劣绅，
却是个个风声鹤唳草木皆兵。
侯之担的部队只要听到红军的风声，
无不陷入可怕的恐慌胆跳心惊。　　39

此时红军计划乘机进入四川，
跨过长江配合第四方面军行动。
部队于是离开遵义进驻松坎，
希望从贵州北部逃脱合围的牢笼。　　43

红一师在松坎附近休息整顿了四天，
这是长征以来较长的一次休整。
四天的休整时间短暂却又宝贵，
战士们再次料理行装补充给养，
准备突破长江翻越重重山岭。　　48

红军一师由李聚奎、黄甦率领，
经温水、东皇殿往西前进直逼土城。
侯之担集结三个团率先占领阵地，
企图在那里阻遏红军往北奔行。
红色勇士们望向土城附近的山坡，
只见敌人如蚁群不断涌出土坑。
土城之外的山坡很快布满士兵，
山坡上四处出现青天白日的旗旌。　　56

红军两个营向着敌人阵地突进，
心志豪壮的勇士们一路迈步飞奔。

渴望战斗的心灵在胸膛剧烈地跳动，
激情与豪气充溢天高地阔的乾坤。
红色勇士很快接近敌人的山脚，
钢枪很快安上光芒森然的刺刀，
63　号手把冲锋号吹响，敌人听了惊魂。

胆怯的敌人犹如大水冲刷的泥石，
从山坡纷纷滚下狼狈溃退奔逃。
西边的赤水河面早已架设了浮桥，
溃退的敌人分四路纵队退往西岸，
还未退完便慌忙把长长的浮桥炸断，
大约一个连的士兵来不及渡河逃跑，
被阻隔在东岸绝望地望着河水滔滔。
这群惊慌的士兵看见渡河无望，
只好沿河向着下游猿猴场逃窜，
溃不成军扔下许多枪支与头盔，
犹如山鸡仓皇挣脱猎人的追击，
75　顾不上漂亮外衣掉落满地鸡毛。

此时浮桥已被敌人炮火炸断，
红军一师的勇士们隔河望着敌人，
但见敌人奔逃在对岸陡峭的山坡上。
溃退的士兵凌乱不堪只顾逃命，
80　唯恐双腿不长奔跑落后把命丧。

红色勇士们把呼啸的子弹射向对岸，
满山敌人犹如茅厕里翻动的粪蛆，
83　努力躲避子弹带来可怕的创伤。

红军勇敢的工兵迅速抢修浮桥，
很快把浮桥重新架起跨过河道。
战士们争先恐后渡过湍急的赤水，
87　可惜已经来不及把溃敌彻底横扫。

这一仗红色勇士们缴获步枪数十支，
89　和那可夺人性命的弹药二十余箱。

红色铁流滚滚奔涌进入土城，
红军一师政治部主任谭政看见：
街上遍挂红旗到处张贴了标语，

人们欢迎着红军，四处热情飞扬。
街上一群一群的百姓踱来踱去，
许多眼睛注视着奔行千里的勇士，
眼光带着诧异扫射着战士的全身，
从头到脚、从脚到头看个不停，
仿佛在寻找王者之师神奇的荣光。
但是人们只看到一些普通的战士，
他们穿着破旧的军衣磨烂的草鞋，
于是人们心中暗暗觉得奇怪，
红军为何战无不胜如此刚强？
他们不知在勇士的心中珍藏着信仰，
激励生命不断谱写壮丽篇章。　　　104

红军一师迅速沿着赤水河北上，
于二十六日到达望龙场逼近赤水城。
侦察兵带来赤水城的消息让人欣喜，
原来城内只有一个团的兵力驻守，
城内有修械厂，又有很少见过的电灯，
大家听了眉飞色舞，心中高兴，
盼望打进赤水城看看那电灯的光明。　　　111

队伍很快经过七田坎到达黄陂洞，
一师第三团突然与强悍的敌人遭遇。
原来四川的章安平旅已经率先赶到，
占领了红军右翼高地封锁了去路。
在此高地的左翼敌人还有碉堡，
两边火力密集交织，强大而可怖。　　　117

红军一师人的兵力被困在窄狭山道，
敌人呼啸的子弹制造着可怕的创伤。
红军的勇士们努力冲击右翼高地，
力图压下敌人的火力于队伍的近旁。　　　121

子弹飞出击穿很多战士的胸膛，
勇士们低哼一声仰面倒下大地，
鲜血汩汩涌出染红大片尘埃。
他们再也无法说出如雷的话语，
眼睛却能依稀看到战友在冲杀，
生命迅速离开他们正冷却的身躯，
因为胜利勇士们没有丝毫悲哀。

他们再也无法归返遥远的家乡，
130　为了正义他们埋骨在荒野的土堆。

可怕的炸弹撕碎许多勇士的胸膛，
他们仆倒在泥尘，英勇无畏地战死。
勇士们怒吼着跃过死去战友的尸身，
134　前仆后继如同猛虎将敌驱驰。

从高地反扑下来的敌人射出子弹，
铁的枪口喷出可怕的炽热火焰，
子弹穿过许多红军的头颅和胸膛，
年轻的生命仆倒在山石嶙峋的大地。
敌人的士兵源源不断从高处冲下，
犹如山顶笼罩着一片降雨的乌云，
灰色的雨水无休无止地落在山巅，
然后訇訇然沿着山坡往下直泻，
无情地冲倒许多枝干挺拔的树苗，
不顾栽种人流下伤心悲痛的眼泪。
红军战士并没有在死亡面前退却，
他们迎向呼啸的子弹、冰冷的利刃；
胆怯的敌人被红军的气概深深震慑，
开始渐渐向着高地回缩，据险固守，
149　顽强阻击红军，凭借优势装备。

一师第三团排连干部大部分伤亡，
他们冲锋在前个个心志豪壮。
战士们也是奋勇向前毫无畏惧，
心中热血翻滚犹如咆哮的波浪。
英勇的第三团在激烈战斗中前仆后继，
很快不成建制，遭受惨烈的重创，
剩下的战士自动加入其他的班排，
有的自动代理临时的指挥员战斗，
158　坚定顽强地将敌人猛烈的反扑抵抗。

红军右翼的一个营向着敌人包抄，
冲破密集火力打到敌人的左后方。
不料敌人此时也是异常顽强，
把一部分炮火转向红军这个营队，
呼啸的炸弹如同制造了地狱的烈火，
黑色的泥土四处飞溅混合着弹片，

犹如怪兽挥舞利爪，暴怒如狂。
红军偷袭的营队只好迅速退回，
避免后路被断遭受可怕的伤亡。　　　167

正面的喧嚣杀阵重新紧张起来，
炮声手榴弹爆炸声机关枪声搅成一团，
许多战士的头颅和胸膛被枪弹撕碎，
青春的生命湮没在山石嶙峋的大地。
一个十六岁的战士犹如马驹，
跟随着勇敢的班长奋勇往前冲击，
忽然一颗手雷在班长身旁爆炸，
小战士感到脸上忽然又黏又热，
用手一抹竟全是满手鲜红的热血，
看到他自己的班长已经倒在旁边，
班长的一条腿离开了豪壮伟岸的躯干，
宽阔的胸膛也被撕去大块肌肉，
露出白色的肋骨，令人触目惊心，
"冲啊！"班长撑起半身，向他喊道，
小战士呆了呆，继续向前冲，噙着热泪。　　182

红军的勇士们尽管奋勇投入杀阵，
把鲜血不断浇灌在黑色的宽广土地，
可是吞饮血液的大地不知餍足，
这次并没有给红军带来任何机会。
心志豪壮的红军勇士们满怀勇气，
却总是无法杀出饮血的葫芦形隘口，
红军三个团麇集在一个低矮的山头，
看见远处天际升腾起黄昏的雾霭。　　　190

心志豪壮的红军勇士们心中焦急，
很多战士发出急切的话语飞翔：
"今天这个隘口地形如此不利，
我们应该如何打退可怕的豺狼？"
许多人主张以少数兵力钳制正面，
主力则从侧翼绕远袭击隘口的后方。
然而地形偏偏故意与人为难，
到处都如陡壁，阻断道路长长。　　　198

忽然通往赤水的马路上尘土飞扬，
犹如乌云翻卷，犹如波涛涌动，

黑色弥漫向着隘口飞速压来。
红军知道那是敌人援兵赶到，
足足有一个团装备精良的士兵，
正是他们制造了黑色的漫天尘埃。
红色勇士们清楚无法继续恋战，
206　迅速偃旗息鼓往七田坎方向撤回。

红军下了山回到了刚才进军的马路，
敌人沿着马路一线的山头延伸，
似乎要绕道阻截红军撤退的归途。
红色勇士迈开捷足加快脚步，
节节回撤快过强大敌人的追赶，
212　躲过了敌人企图制造的可怕杀屠。

一月二十七日正是农历腊月二十三，
距离春节恰好还有一周的时间。
人们按照传统在这天祭祀灶王爷，
打扫自己的屋子享受甜美的饴糖，
准备着送走旧的岁月迎接新年，
许多穷人也准备着祭品心意殷殷。
然而在土城一带却是战云密布，
红军的勇士们没有心思去祭祀灶王，
敌人正在从东、从北压将过来，
222　企图要把红军消灭在这个年关。

红军总司令的朱德这天异常繁忙，
在玫瑰色的黎明还未降临大地之时，
他电令一军团停止向赤水之敌进攻。
同时命令军团司令部及二师转移，
尽快在元厚①集结趁着夜色朦胧。
红军一师也接到朱德的紧急命令，
继续阻击敌人由赤水往南进逼，
230　不能让敌人南下如凶猛奔泻的山洪。

当东方的天际探出玫瑰色的温柔手指，
士兵的统帅朱德发布了当日的部署：
"我野战军主力需要做好准备，
四个团的敌人已追至大烂坝、石羔嘴一带，

_____

①　又叫"猿猴"。

明日清晨让我们发起猛烈的攻击，
让那些凶悍的敌人来了就休想离去；
集结在元厚地域的一军团及二师主力，
做好预备随时将三五军团相助。
军团长彭德怀同志负责明日的战役，
指挥第三、第五军团及第二师的主力，
勇士们，让我们勇敢地为红军赢取声誉。"　241

大约半个小时之后的清晨六时，
朱德又将敌人的行动通报给各军团。
最后的通报说明了敌人来犯的方向，
判断四川来敌将由三处进击，
从赤水、习水、温水卷来战斗的乌云，
土城猿猴地域即将布满杀阵，
战斗的烈火即将驱走冬日的严寒。
敌人三路分进合击来势凶猛，
犹如三股黑色洋流咆哮汹涌，
制造着可以吞噬生命的狂暴波澜。　251

这天下午红军司令部获得情报，
知悉一部敌人从温水尾追而来，
由四川名将郭勋祺率领，气焰嚣张。
情报告知敌人约有六千余人，
正孤军向着土城方向快速奔行。
红军的领袖们下定决心放手一战，
随即命令一军团二师继续北上，
会同先锋红一师相机夺取赤水城，
而命三军团、五军团占领土城镇以东，
埋伏在南北两侧高低起伏的山冈。
兵强马壮的红军干部团作为预备队，
驻扎在土城以东两公里之外的白马山，
随时听候命令投入血色的战场。
红军的勇士们就是这样布好了战阵，
准备从南北夹击歼灭郭勋祺的部队，
带给敌人毁败的命运可怕的伤亡。　267

为了打好这一仗打击强大的追敌，
红军总司令朱德亲临三军团指挥。
对着军团四师心志豪壮的指挥员们，
士兵的统帅朱德说出如雷的话语：

"土城战役对于红军异常重要，
如果能够消灭这股强大的追敌，
我们就可以突破四面敌人的合围，
跨过滔滔长江向北远走高飞。"
军团四师心志豪壮的指挥员们听罢，
心情激动，胸中涌起勇气与力量，
278　渴望着消灭敌人一展红军的军威。

黄昏半晴半阴，云团散布在天空，
夕阳偶尔把黄金的飞箭射向大地。
红军准备消灭刘湘部队的两个旅，
第三第五军团和第二师做好了准备，
283　渴望着战场杀敌亮出那刀锋锋利。

当夜神垂下它那巨大的黑色双翼，
把长河高山与那宽广的大地笼罩，
士兵的朱德再次致电各个军团：
"川敌潘文华昨日发出紧急电令，
命令郭勋祺、廖泽等部推进东黄场。
依此判断敌军正在迅速靠近，
马上将要到达枫村坝青岗坡① 地域，
我军需要迂回包围猛追之敌，
不能让敌人长追直进气焰猖狂。
第三第五军团及干部团马上行动，
明天拂晓前实现对敌的迂回包围，
295　力争让敌人追来的两个旅全部灭亡。"

296　一场恶战就是这样子悄悄酝酿。

次日玫瑰色的黎明降临宽广大地，
红三军团、红五军团及干部团开始行动。
心志豪壮的士兵们由彭德怀、杨尚昆指挥，
从南北两面向着枫村坝、青岗坡进攻，
来自四川的敌军由猛将郭勋祺率领，
刚刚把头伸入红军布好的阵地，
犹如一只巨兽闯入猎人的竹笼。
巨兽马上感到将被猎杀的危险，
浑身肌肉爆发出力量，恐怖惊人，

---

① 又叫"青杠坡"。

咆哮着左冲又突力图挣脱束缚，
挥舞着利爪欲图把竹笼扯出大洞。　307

敌人就是这样占据了几个山头，
拼死抵抗着红色勇士们猛烈的冲锋。
为了争夺青岗坡银盘顶等处的制高点，
红军勇士们鼓起巨大的勇气和力量，
向着敌人反复卷去进攻的浪潮，
犹如酒色大海的深处掀起波涛，
层层叠叠朝着黑色礁石冲涌，
深蓝的波涛撞击着岩石发出轰鸣，
声响刺穿天穹一重又是一重。　316

如果此时有位天神从高空俯视，
将会看到令他震惊的血色山岭。
黑色大地如同狂绽出一朵玫瑰，
每片巨大花瓣之上布满尸体，
当中有红军勇士，也有国民党的士兵，
其中一方为了国家的独立富强，
另一方则是为了扼杀正义的力量，
双方战士就是这样拼死厮杀，
枪弹撕裂身体汩汩流出鲜血，
鲜血冒着热气，尽管大地寒冷。　326

总司令朱德和足智多谋的总参谋长刘伯承，
分别前往第三、第五军团的前线，
不顾自己安危亲自指挥作战。　329

经过三小时激战双方伤亡巨大，
红军勇士们突破了郭勋祺部队的阵地，
敌人亦是非常顽固毫不退缩，
把其预备队也投入了吞噬生命的战场。　333

当金色太阳运行到天空正中之时，
英勇的红军打退了一部分正面之敌，
但是此时敌人后续部队到达，
装备精良的敌兵源源不断涌来，
杀入已经堆尸如山的血色战场。
呼啸的炮弹纷纷落向红军阵地，
援敌以炮击开道展开猛烈的反攻，

341　重夺高地带给红军巨大的伤亡。

正面的喧嚣杀阵重新紧张起来，
炮声手榴弹爆炸声机关枪声搅成一团，
犹如一台巨大的绞肉机重新启动，
正面战场的生死搏杀再次展开，
红军战士们个个愿为正义赴死，
愿为崇高信念将生命贡献给大地。
他们的斗志犹如莫邪宝剑的长刃，
决然劈向黑色恐怖的死亡阴云，
天下没有什么可以阻挡它的锋利，
勇敢的人总是拥有无尽的力量，
他们的意志仿佛高飞的骄傲雄鹰，
凌驾一切，从不将高贵的理想舍弃。
红色勇士们就这样无所畏惧地战斗，
巨大的呐喊声犹如熔岩直冲霄汉，
熊熊烈焰仿佛洪水漫过阵地，
357　红军勇士的鲜血染红了山岭的苍翠。

四川国民党军队支支武备精良，
战斗力也比贵州的军队强出许多，
加之敌军兵力比预计的多出一倍，
红军已经不能实现合围的战略。
实施作战计划的红军三五军团，
如今反而面临背水作战的困境，
364　许多战士的生命正向死亡滑落。

伟大的战士毛泽东此时焦急万分，
意识到情报有误红军面临着危机，
当即派人追赶红二师急速返回，
同时电令红一师火速南下增援。
此时敌人凭借装备和人数的优势，
向着红军北部阵地凶猛反攻，
红军勇士们奋勇抵抗毫不退缩，
372　一时之间山野大地血色昏昏。

双方战士就是这样奋力搏杀，
红五军团北侧高地终被突破，
敌人抢占制高点之后步步推进，
把剧烈的战斗一点一点卷向土城。

敌人就是这样进至城东白马川，
城东数里的小山上正是红军的指挥部，
山后赤水河波涛涌动声浪轰鸣。
伟大的战士毛泽东焦急地拿着望远镜，
看到红军战士不断扑倒在大地，
心中悲痛犹如沸腾的滚滚波涛，
383　掀动无边大海，怎么也难以抚平。

披坚执锐的红一军团正在北面，
可是要赶到战场至少还要半天。
二师主力正在返回战场支援，
387　可是一时还无法赶到血色的阵前。

此时前线若不能顶住敌人的进攻，
389　红军主力将面临难以预料的绝境。

在此紧急关头毛泽东做出决定，
急令干部团支援五军团发起反冲锋。
红军干部团在长征出发前临时组成，
战斗员来自公略、彭杨两个军校，
也有一部分是那红军大学学员，
他们都是富有战斗经验的干部，
396　人人斗志昂扬，犹如矫健的苍龙。

干部团作为预备队早已等候多时，
战斗命令为他们注入了勇气和力量，
这些杰出的战士由陈赓、宋任穷率领，
400　出其不意地向着敌人阵地猛冲。

子弹呼啸着穿透勇士的头颅和胸膛，
许多干部团的战士扑倒在宽广大地。
交战的阵线上，黑色泥土翻腾出血光，
犹如黑色大地裂开了巨大的伤口，
往灰色无垠的天穹抛洒出红色的血泪。
雪亮的刺刀彼此剧烈碰撞在一起，
飞溅出星星点点可怕的耀眼光芒，
发出尖锐刺耳的声音哐啷哐啷作响，
409　很多刺刀使对方的生命往死亡跌坠。

就这样冲杀声满山遍野雷霆般响起，

步枪声机枪声手榴弹声在那天地徘徊。
干部团的勇士们从白马山向着敌人猛扑，
犹如猛虎自高山将杀气如风般卷来。
被惊吓的猎物只能如疯如狂地逃窜，
不走运的便在猛虎利爪下扑倒尘埃。
干部团的勇士们激起许多战士的斗志，
激烈的厮杀原已使他们身躯疲惫，
如今他们再次振奋起精神与勇气，
犹如雄鹰盘旋，腾扑于草原的天空，
巨大的翅膀掠过猎物卷起惊雷。
敌人在突然的攻击下迅速狼狈溃退，
犹如变成惊慌失措的四脚野兽，
连滚带爬想要逃脱猎豹的跟随。

423

伟大的战士毛泽东用望远镜看到战场，
兴奋地说出有翼的话语在战火中飞翔：
"打得好，我们的干部团这次立了大功，

427
陈赓可以当军长！他是红军的荣光！"

此时红二师跑步返回刚刚赶到，
在陈光刘亚楼率领下迅速投入战场。
二师的勇士们与干部团并肩发起冲锋，
犹如两群猛虎打退了尾追的豺狼。

431

战斗中数千红军战士牺牲了生命，
指挥员身先士卒也是伤亡沉重。

433

就在前沿阵地激烈战斗的间隙，
红军领袖们召开了一次紧急会议，
会议根据敌情做出战略的调整。
红色铁流决定放弃沿赤水北上，
不再从泸州、宜宾之间北渡长江，
因为强大的敌人正在迅速集结，
犹如黑色的乌云从四处滚滚涌来，
汇聚于长江南北的平原与逶迤的山岭。
红军已经不可能从那里突出重围，
需要重整战略以摆脱穷追猛打。

443

第十六卷

西渡赤水 扎西整编

根据二十八日土城召开的紧急会议，
红军决定轻装渡过赤水西进。　2

几天前一军团为了追击西窜的敌军，
曾经在赤水之上修好浮桥一座，
如今那个浮桥依然完好如初，
仿佛是苍天有意拯救红军于危难。
周恩来负责在赤水河再架两座浮桥，
保证三万红军迅速抢渡赤水，
摆脱东面、北面的强敌到达对岸。　9

陈云负责把大量伤员仔细安置，
同时处理军委纵队的各种辎重。
叶剑英负责安排渡河的组织工作，
李富春负责思想工作把战士激励，
在人人心中把斗志和勇气的种子播种。　14

此时金色黄昏渐渐降临大地，
敌人仍然不断向红军阵地推进。
总司令朱德和刘伯承决定去往前线，
继续指挥着部队血战于惨烈杀阵。
知道亲密战友要亲自奔赴战场，
伟大的战士毛泽东不禁心如潮涌，
皱着眉头只是抽烟说不出话语，
可是心肠却如穿过万片刀刃。
豪情冲天的朱德仰头哈哈一笑，
把他那顶褪色的红军帽一手摘下，
说出如雷话语在天地之间飞翔：
"得啰，好伙计，不要考虑我个人安危，
只要咱们红军能够胜利北上，
区区一个朱德的性命有何足惜，
何况敌人子弹是打不中我朱德的，
老伙计你就放心带着部队渡河，

朱德我祝福红军此去一帆风顺。"　31

伟大的战士毛泽东不禁热泪盈眶，
紧紧握住老伙计长着老茧的大手，
说出如雷话语在天地之间飞翔：
"朱毛，朱毛，你我从来不曾分家，
我会在赤水岸边等着老总归来，
一同带着红军北上让红旗飞扬。"　37

言罢两位老友紧紧相拥告别，
士兵的统帅朱德把他大手一挥，
翻身骑上他那匹高大的白色战马，
带着一个排的勇士绝尘而去，
亲自给前线战士注入勇气和力量。
马儿仿佛知晓主人心情焦急，
迈开捷足如风一般往前飞奔，
在密集炮火中掀起层层尘土的波浪。　45

伟大的战士毛泽东望着朱德远去，
如同岩石默默伫立许久许久。　47

二十八日深夜红军总部气氛紧张，
指挥部的近旁已经涌起战斗的风云。
参谋吕黎平按照毛泽东的紧急指示，
拟定一份西渡赤水的行动部署，
经过朱德签名迅速向部队传达，
命令决定二十九日拂晓前开始撤退，
西渡赤水向着古蔺南部进军。　54

此时四川南岸也处处风云涌动，
国民党军队南岸总指挥潘文华以为，
红军动摇必向宜宾以南窜逃。
他们没有想到红军改变了战略，

77

59 正在恢复往日机动如鱼儿游遨。

赤水在土城一段宽达二三百米，
暗青色的河水奔腾湍急发出轰鸣。
要迅速架起能渡万人的两座浮桥，
才能使红军犹如苍龙把江河纵横。
身负重任的周恩来亲自指挥架桥，
彻夜未眠三次来到赤水河边，
66 激励工兵力争使浮桥出现于天明。

此时黑夜笼罩着养育众生的大地，
黑色夜空点缀着千百万闪烁星辰。
英勇的工兵战士一刻未曾停歇，
70 血汗流入河水，融入那波光粼粼。

当玫瑰色的黎明露出玫瑰色的温柔手指，
72 两座新架的浮桥显现在赤水河上。

拂晓时分中央红军轻装出发，
红色铁流涌过浮桥大步西行。
战士们按照命令尽量减轻行装，
多余的枪支印刷机等物资需被舍弃，
其中包括从江西带来的两门山炮，
眼看这些东西沉入滔滔江水，
红军勇士们依依不舍热泪盈眶，
许多战士说出有翼的话语飞翔：
"赤水河啊，赤水河！现在请你为我们帮忙，
帮助我们看护这些枪炮物资，
它们曾陪伴我们经历生生死死，
如今暂时寄在你的深深河底，
等到赢得胜利，我们一定来取，
因为它们披挂着牺牲战友的荣光！"
周恩来叶剑英在赤水两岸亲自指挥，
当金色太阳运行到宽广天空的正中，
红军几乎全部安然地渡过赤水河，
90 犹如蛟龙跃出池塘于天空飞翔。

士兵的统帅朱德负责掩护全军，
最后一批渡过赤水来到对岸。
他的老伙计毛泽东已经等候多时，

一直站在赤水岸边往来路察看。
当那个熟悉的身影在炮火尘烟中出现，
毛泽东兴奋得飞步相迎远离于河畔。
心志豪壮的朱德亦是飞步迎上，
握住战友的大手说出话语飞翔：
"老伙计，我说过敌人的子弹打不到我朱德，
朱毛朱毛怎能那么容易被拆散。"
言罢两位伟大的战士紧紧相拥，
赤水西岸红旗漫卷，一片灿烂。 102

红军一军团在土城北边猿猴场渡河，
渡过赤水河作为右纵队进入山区，
一路上，小道蜿蜒崎岖高山险峻，
沿途没有粮食补给只能喝粥，
于是致电总部改变往南的路线，
获得同意经古蔺之北向永宁挺进。 108

红军第三、第五军团和军委纵队，
于赤水土城段川流不息渡河西行。 110

刚刚渡过滔滔的赤水河没有几天，
厄运降临到毛泽东的妻子贺子珍身上。
这一天当黑色笼罩养育众生的大地，
行军中贺子珍生下一个苦命的女孩，
声声的啼哭把母亲的心重重震荡。 115

苦命的孩子在医生傅连暲的看护下出生，
当时敌人正在后面紧紧追赶，
根本没时间做出照料孩子的安排，
也无法带着可怜的孩子一起长征。
孩子母亲心如刀割做出决定，
用一块黑布把孩子全身紧紧包裹，
托付给一对当地农民夫妇抚养，
孩子抱走时母亲甚至来不及起名。
母亲因为心痛不忍心看孩子的脸蛋，
只是在包裹的黑布里塞了二十块银元，
泪流满面挥挥手让农民夫妇离去，
自己也随着红色铁流重新启程。 127

心碎的母亲再也没有女孩音讯。 128

长征中许多女性有着类似遭遇，
她们吃苦耐劳，意志坚硬如钢。
她们不得不痛苦地抉择抛弃子女，
不是因为不爱她们的亲生骨肉，
而是为了让天下更多的母子幸福，
134　她们宁愿走那征途艰险漫长。

红军撤离土城避开敌人的锋芒，
136　四川军队紧追不舍却减弱了攻势。

西渡赤水后红军沿着四川南部，
马不停蹄风雨兼程继续西行。
红军左纵队绕过四川南部的古蔺，
随后很快到达云南边界的扎西①，
红色勇士们在那得到喘息的机会，
142　随时准备踏上新的征途漫长。

红军先头部队到达扎西之时，
是农历正月初一公历二月四日，
毛泽东于二月六日到达云南扎西，
他们没有食品也没有会餐和庆祝，
147　就在阴冷潮湿的天气中度过新年。

时值严冬，大雪突然纷纷然飘落，
149　冰雪转眼笼罩养育众生的大地。

为了利于进行灵活机动的运动战，
红军在从遵义北进中开始了整编。
到达扎西之后整编紧张地继续，
红三军团由于土城之外的一战，
各师发生战斗人员严重减员。
于是由原来第四、第五、第六三个师，
整编成为第十、十一、十二和十三团，
使得战斗部队重新得到加强，
158　士气犹如火苗重新熊熊点燃。

———

① 即"威信"。

第十七卷

二渡赤水　再克娄山关

此时心如城府的蒋介石心机百转，
认为红军向西后定要北上渡江，
于是向西调动部队布置新陷阱，
打算在红军再次靠近时予以歼灭。
红军确实原计划西行后北上入川，
但是当情报显示敌人也在西调时，
运筹帷幄的毛泽东决定回师东进，
8　采用出其不意的战术堪称卓绝。

二月十一日红军领袖们在扎西开会，
10　通过毛泽东的决定全军挥戈东进。

此时为了堵截红军北渡长江，
敌人已经大批调往长江沿岸。
贵州境内敌人防务出现空虚，
14　犹如飓风过后四处一片凌乱。

二月十八日红一军团抵达赤水，
16　红二师当日下午从太平渡渡河东进。

三军团以整编后的十二团充当先锋，
迈开捷足当日也东进到赤水河附近，
贵州军阀王家烈闻讯心如火燎，
急调侯之担一部向着赤水河急进。
两边战士都是这样飞迈双足，
22　争取抢先赶到赤水尽量捷迅。

捷足的红军十二团抢先赶到赤水，
此段赤水河河水湍急名叫二郎滩。
为了争取先机占领对岸的阵地，
心志豪壮的红军开始搭建浮桥，
同时利用岸边仅有的三条小船，
28　每船十人艰难渡过那河水急湍。

许多战士等着上船心急如焚，
勇敢的心渴望飞跃河流到达对岸。
当红军刚刚只是渡过一个营的战士，
对岸的远方传来零碎尖利的枪声，
赶来的敌人已向岸边射来子弹。　33

渡过河去的红色勇士心中明白，
此刻是背水而战只能勇往直前。
二郎滩对岸是一片高山斜坡陡峭，
捷足的红色勇士飞步向前腾越，
犹如胫骨强健的豹子扑食猎物，
飞跃于岩石峭壁直上高耸山巅，
又如奔跑敏捷的羚羊左冲右突，
奔跑于宽广草原像是阵阵飞烟。　41

吞噬生命的可怕子弹呼啸而来，
掠过冲锋在前的红色勇士的耳旁。
炮弹一颗一颗地吼叫着划过长空，
落在勇士们的身前脑后制造着伤亡。　45

炮弹炸裂了岩石，也翻出黑色的泥土，
撕裂许多红军勇士宽广的胸膛。　47

红军勇士很快吹响嘹亮的冲锋号，
冒着炮火冲向敌人密布的山头。
犹如一只只胫骨强健的威猛雄狮，
发出令山谷振荡的吼声怒睁着双眸。　51

冲锋的喊杀声穿透云霄直达天穹，
激起震耳欲聋的巨响掀动山谷。
与红军冲锋部队还隔着几个山头，
敌人便胆怯地拔足掉头疯狂逃命，
犹如松垮的堤坝在可怕的震动中崩塌，

里面的蓄水顿时排山倒海般奔泻，
58　逃跑中跌死跌伤者片刻遍布山麓。

满山遍野丢满了背包、衣服和手榴弹，
敌人不仅没能挡住红军东渡，
反而留下无数军需供红军享用。
英勇的红军获得了回师中第一个胜利，
这胜利和他们将要获得大胜相比，
64　犹如一株小草在大树旁边植种。

此时金色黄昏降临宽广大地，
红军先锋就地宿营整顿装备。
他们吃了晚饭积蓄身体的力量，
68　准备第二日重上征途奔赴遵义。

遵义是最令红军想念的一个地方，
那里有着繁华的街市、热情的群众，
有着金色的橘子和油软新鲜的蛋糕，
可是敌人已经重新占据遵义，
73　青天白日的旗子正高高插在城上。

此时遵义是红军最为重要的目标，
勇士们心中渴望着与敌人进行战斗，
希望一举消灭王家烈和周浑元的部队，
77　为冲出重围寻找新的战机与天地。

这天天空下起微雨*丝丝缕缕*，
可是百姓的热情却未被雨水浇灭。
他们挤满大道两旁迎接红军，
把深情话语对着红色勇士们诉说。
深受军阀剥削的"干人"更是高兴，
他们忘记破裤子露出屁股半边，
追着红军长长的队伍舍不得告别。
许多心志豪壮的"干人"拍响胸膛，
愿意汇入红色铁流甘洒热血。
因为在这人民自己的伟大队伍中，
有了人的自由以及生命的尊严，
89　让他们感到从未有过的生命的喜悦。

行军道旁就是这样重重拥塞，

人们争相为红军带路挑担子抬担架；
村子里淳朴的老乡端茶捧烟送鸡蛋，
如同迎接远方归来的亲儿亲女，
说不尽的缕缕思念，道不完的深情唠叨话。　94

漫长的长征途中红军没有根据地，
轻伤的战士忍着伤痛随队而行。
重伤的战士只有寄留在老乡家里，
请求老乡帮助治疗可怕的创伤。
在红色铁流到达贵州北部的时候，
原来的战略是由川南强渡长江，
因此把许多伤员寄留给了老乡。
此时红军改变战略由原路折回，
许多伤好的战士纷纷回归部队，
重新踏上万里征途艰险悠长。　104

有个白发苍苍的老婆婆站在路旁，
说出有翼的话语在天地之间飞翔：
"没想到这么快就又看到你们归来，
你们这位哥子枪伤刚刚快好，
便喊着就要返回部队重踏征程，
老太婆没有什么可以相送你们，
这些苞谷粑粑和鸡蛋请带在路上。"
言罢抱着那个伤兵热泪纵横，
十多个苞谷粑粑和鸡蛋就在身旁，
犹如老母亲正把儿子向远方送往。　114

年轻的战士多日来在这位婆婆家养伤，
心中感激而又依恋说出话语飞翔：
"亲爱的大娘啊——，请你不要如此悲伤，
我们都是您的儿子不论在何方。
您的恩情我们都会在心间深藏，
假如哪天我牺牲在光荣的长征路上，
假如以后我再也不能回到您身旁；
您可以看看天空的白云、脚下的黑泥，
那里就有我英雄的魂魄在徜徉。"　123

年轻战士的战友送给老人几块钱，
老婆婆坚决推辞说出慷慨的话语：
"英勇的红军和我们'干人'亲如一家。

你们流血牺牲都是为了我们，
帮助你们就是帮助我们自己，
请不用客气赶紧收回这些银元，
130　我祝福你们一路顺利走好天涯。"

战士们告别老婆婆走了很远很远，
老婆婆还在站着依依望着远方，
133　苍苍白发在细细丝雨中迎风飞扬。

红色铁流于傍晚到达宿营地的时候，
寄在老乡家里的伤员一批批赶回，
很多人都是变胖变壮没穿军装，
为了躲避敌人穿着老百姓的衣服。
部队召开热闹的茶话会欢迎战友，
战友们询问着他们在老乡家里的境况，
140　引出感人的故事湿润了大家的双目。

其中一个战士说出有翼的话语：
"队伍离去的第二天民团就回到村庄。
他们到处搜索留下的红军战士，
犹如捕猎受伤羊羔的凶残饿狼。
老乡把我藏在一个放草的屋内，
结果很快被搜出眼看就要遭殃。
老乡全家跪在团总面前求饶，
说我是他们的儿子在战乱中无辜受伤。
团总起初不信硬是要把我砍杀，
没想到最终竟然难得软了心肠。
此后我公开在老乡家里吃住起来，
老乡对我犹如亲生儿子般对待，
说是一定能够再见红旗飘扬。
当我告别他们回归队伍的时候，
155　我们都流下泪水在那告别的当场。"

又一个年轻的战士接着这样说道：
"我们那家老乡对我也是很好。
因为我负重伤无法落地走动，
他们把我背入附近深深的大山，
藏身于一个巨大隐蔽的岩洞之中。
老乡派了他的一个儿子陪着我，
每天都派人送饭趁那夜色朦胧。

为了躲避凶恶民团的严密搜查，
他们派人把我从这山背到那山，
就是这样不知经过了多少辛劳，
使得民团无数次搜查都告落空。
他们还请医生替我医治枪伤，
医生人也很好，从没有开口要钱，
并且还送了我几块钱让我留用，
说是可以多买好菜把营养补充。
老乡很爱听我们红军战斗的故事，
天天总有很多人来听我细细讲述，
他们羡慕革命根据地的红旗飘扬，
174　很多人希望参加红军当一回英雄。"

归队的战士们就是这样热情诉说，
176　诉说着一个又一个感人肺腑的故事……

三军团十三团跟随十二团渡过赤水，
178　迈开健足直奔桐梓县城和娄山关。

红色勇士犹如猛虎呼啸飞奔，
红一军团一师一团由杨得志率领，
迅速攻占了桐梓向南虎视娄山。
如剑的山峰峰峰矗立插入云霄，
183　再次赫然出现，依然高不可攀。

抢夺娄山关的任务给了三军团十三团，
他们的名字与"英雄"的荣光紧紧相连。
他们曾经参加高虎脑惨烈的战役①，
鲜血洒满黑色的泥土、高高的山巅。
尽管那时战略思想严重的错误，
但是十三团顽强的精神犹如日月，
永远粲然高悬在宽广辽阔的长天。
那是一场空前残酷的浴血战斗：
敌人汤恩伯、樊崧甫两个纵队六个师，
配合着炮兵空军犹如雷霆轰鸣，
向着红军石城县驿前以北攻击，
高虎脑阵地顿时犹如烈火焚煎。
七架飞机犹如食人的黑色秃鹫，

---

①　发生在第五次反"围剿"之中。

发出恐怖的轰鸣在天空往来盘旋。
它们从空中投下炸弹落在阵地，
制造出一个一个可怕的黑色弹坑，
掀起大地黑色的泥土混合着浓烟。
几十门大炮一起向着阵地咆哮，
犹如怪兽喷出烈火把大地点燃。
十三团的红色勇士坚守阵地的堡垒，
等待冲锋的敌人接近阵地工事时，
便射出复仇的子弹把机枪举在那胸前。
接着奋力投出颗颗自制的手榴弹，
炸得敌人四处奔逃如狂似癫。
当敌人因为胆怯开始往后退却，
十三团的红色勇士装上雪亮的刺刀，
犹如愤怒的猛虎扑向残暴豺狼，
刺刀在烈火中闪烁可怕森然的光辉，
杀退敌人使阵地依旧稳若冰坚。
重新反扑的飞机一次次投掷炸弹，
铁的炮口喷出可怕的炽热火焰，
炮弹撕碎许多红军的头颅和胸膛，
年轻的生命扑倒在山石血涌如泉。
高虎脑阵地上红色血光夹杂着火焰，
如同黑色大地裂开了巨大的伤口，
往灰色无垠的天穹溅出血泪涟涟。
雪亮的刺刀彼此交错碰撞在一起，
发出尖锐刺耳的声音喤啷啷作响，
很多锋利的刺刀把对方的躯体刺穿。
十三团的勇士就是这样反复斯杀，
双方彼此冲锋掀起次次高潮，
犹如大地震动，巨大的板块相撞，
不论凡人和天神即使事后想起，
也会同样的手心冒汗心胆高悬。
就是这样敌人反复冲杀了六次，
只落得漫山遍野处处痛哭哀鸣，
死伤四千余名将那丘壑塞填。
英勇的十三团也是同样伤亡惨重，
阵地的沟壑到处流淌着鲜血涓涓。

夺取娄山关的任务如今摆在面前，
十三团的勇士回忆起当年慷慨激昂。
战士们唱起雄壮的"高虎脑战斗胜利歌"，

歌声生了翅膀飞在山谷间荡漾。
从桐梓县城到那娄山关有路程三十里，
娄山关到板桥还有四十里道路悠长。
板桥南下八十里就是重镇遵义，
勇士们加快脚步奔向娄山关方向。 240

共产党员和青年团员们活跃起来，
说出有翼的话语激起勇气和力量：
"为了夺取遵义必须占领娄山关，
不要忘了我们十三团最能打硬仗。
鸦片烟鬼王家烈我们已经领教，
大枪烟枪我们都要把它们埋葬。" 246

红色勇士们听见激励的话语飞翔，
哈哈大笑快乐的情绪在心间飞扬。 248

特别活泼的是青年团员机灵的小鬼，
说出短小锋利的话语激励心灵：
"潇水渡过去了！湘江闯过来了！
乌江飞过去了！苗岭爬过来了！
这个娄山关红色战士难道飞不过？
这个娄山关红色战士难道飞不过？"
锋利的话语激起许多豪壮的心灵，
红色勇士们说出有翼的话语回应：
"飞过去哟！闯过去哟！同志们前进！
攻克娄山关明天到那遵义城头坐！"
话语生了翅膀飞过一个个连队，
后面的战士一阵一阵大声应和。 260

宽广道路上就是这样响着"进行曲"，
红色铁流浩浩荡荡杀奔娄山关。
歌声笑声呼喝声鼎沸喧嚣奔腾着，
发出巨响盖过了山谷流水潺潺。 264

忽然娄山关方向来了几个老乡，
战士们急切上前问询前面的情况：
"娄山关那高高山口有无白军驻守？
他们人有多少装备又是怎样？"
老乡们连声回答说出有翼的话语：
"有，有，有！娄山关早有把守，

232

板桥也已住满白军密密麻麻，
听说还有一个师长将他们统帅，
273 不过哪有你们这般气势豪壮！"

红色勇士们听了不禁心中焦急，
告别老乡加快了速度飞迈开捷足。
心志豪壮的战士们听说接近敌人，
虽然没有命令也自动地互相催促：
"后面赶紧快走一个跟着一个，
不要拖拖拉拉使英雄的称号受辱。"
战士们彼此激励双腿变得轻快，
几千只眼睛远远望着远处的山，
山顶尖尖高耸戳入朵朵白云，
283 白色裹着山尖犹如头巾的围束。

不多时前队第二次传下正式命令，
命令战士们不要讲话保持肃静，
整个前进的队列瞬时安静下来，
原来巨大的声响一下消散如风。
红色铁流顿时变成无声的火车，
289 在寂静山谷之间风驰电掣地前冲。

距离娄山关将近十里路程的时候，
291 山上遥远地传来一声尖利的枪响。

子弹声接着一声又一声不断传来，
显然前面的尖兵已经和敌人接触，
正在发生预期之中的遭遇战斗；
敏捷捷足的第三营飞奔左翼高山，
很快抢占敌人企图占领的高地。
红色勇士们穿过轻重机枪的火网，
迅速到达敌人侧翼起伏的山坡，
数百刺刀闪着亮发出耀眼的光芒，
300 在阵前穿过，犹如利箭插上双翅。

山脚下十三团主力不顾一切地前进，
冲锋的号音给战士心田注入了勇气。
途中由俘虏口里知道新的敌情，
原来敌人主力昨夜赶到板桥，
派出两个团伸向娄山关作为前阵，

其中一个团又由娄山关开向桐梓，
另一个团留在关口巩固娄山关阵地。 307

此时已是午后三点黄昏还未降临，
敌人开向桐梓的那个团面对攻击，
渐渐丧失斗志掉头往关口撤退。
然而红色勇士若要抢夺关口，
只能由下而上进行艰难的仰攻，
关口敌人凭借地形居高临下，
气势依然嚣张决不会轻易败溃。 314

红军主力此刻还在桐梓未来，
情势对于红军先锋危机四伏。 316

心志豪壮的军团长彭德怀心中焦急，
要求部队黄昏前后夺取娄山关。
命令传达下去激起了勇气与力量，
红色勇士们发誓消灭关口的敌患。 320

马路右翼的大山处处悬崖绝壁，
中间的马路交织着吞噬生命的火力网，
左翼大山坡险无路却依然可爬，
激起红色勇士心中的一线希望。
指挥员派出一个机敏捷足的连队，
登上左翼高山迂回到关口的右后，
犹如一把锋利尖刀插到后方。
十三团主力部队受命夺取点金山，
点金山高耸陡峭可以俯瞰娄山关，
在那里敌人也有驻兵，气焰猖狂。 330

十三团第一营领受任务逼近点金山，
当金色黄昏降临逶迤的大地与高山，
第一营第一梯队进入冲锋的出发地，
第二梯队在不远的隐蔽地悄然集结，
火力队密集位于指挥阵地的正中，
对着点金山上的敌人射出呼啸的子弹。
司号员吹响冲锋号激励着勇士前冲，
山谷间顿时响起喊声轰鸣如雷，
红色勇士们犹如一群上山猛虎，
在手榴弹制造的烟尘烈焰中冲向敌阵，

雪亮的刺刀在夕阳映射下闪着光芒，
在黑色浓烟中反射出点点金光璀璨。
刺刀璀璨的金光令得敌人心寒，
344　杀声中红色勇士很快将敌人杀散。

登临点金山顶部可以四望群山，
娄山关口也清楚地在红军眼前展现。
红色勇士们可以望见关口敌人，
正在一堆一堆把工事加紧修造。
从点金山前去娄山关仍有两个山头，
两个山头仍然都被敌人占据，
机关枪还在疯狂向着红军扫射，
犹如两头野猪看着强大的猎人，
躲避在两个低矮山坳顽固抵抗，
鼻孔中喷出股股热气急躁不安，
355　如癫如狂发泄最后无奈的狂暴。

当金色的黄昏渐渐褪去夕阳的光华，
天空丝丝细雨忽然开始飞扬。
点金山上的红色英雄们没有休息，
迎着微雨冲向山头敌人的阵地，
发出震天的呼声足令懦夫胆丧。
整日的战斗已经消耗了勇士们的体力，
饥饿伤痛控制着他们疲惫的躯体，
363　然而胸中的勇气依然令斗志激昂。

十三团团长彭雪枫大声激励着冲锋，
同时配备火力向着敌人猛射，
子弹穿过长空发出嘶嘶的呼啸，
红色勇士冒着敌人的炮火前进，
许多战士扑倒在山石嶙峋的大地。
勇士们滚烫的鲜血犹如小溪流淌，
犹如他们家乡无数的小溪一样，
流在岩石罅隙之间，滋润着黑土，
这些鲜红的热血呀，带着魂魄，
渗入地表，汇入大河，融入海洋，
同样也拉扯着年轻的生命往死亡跌坠。
冲锋的红色勇士们知道面临着死亡，
可是勇敢的心不容他们退缩，
他们一个个仿佛复活的古代战士，

宽阔的胸膛中跳动着追求荣誉的火焰，
他们知道自己的亲人将会哭泣，
为他们尽情流淌骄傲而悲伤的眼泪。　380

红军就是这样反复冲杀了四次，
犹如酒色大海掀起重重波浪，
一次一次涌向灰色巨大的礁石，
又一次一次被那顽固的大石挡回。
敌人阵地后面有位督队的军官，
每次他的士兵泄气溃退下去，
他便异常坚决把那逃跑者射杀，
用如雷的话语把士兵往着杀阵逼催。　388

红色勇士们暂时停止了猛烈冲锋，
对着敌人说出有翼的话语飞翔：
"白军士兵们你们拼命为的哪个，
你们长官是在把你们当炮灰飞扬。"　392

红军指挥员随即集合起特等射手，
四五个射手同时瞄准向着那军官，
只见指挥员大手一挥一声令下，
几颗子弹激射而出犹如流星，
远处那位凶恶的军官应声而倒，
跌落在地犹如一根难看的干草。　398

嘹亮的冲锋号再次吹响激起勇气，
山谷间喊声轰鸣如惊雷滚落长天。
红色勇士们犹如胫骨强劲的猛虎，
在滚滚烟尘烈焰中再次冲向敌阵，
雪亮的刺刀在雨中闪着光芒森然，
犹如天际流星飞速划落山巅。　404

敌人顿时犹如竹竿拍打的鸭子，
拖泥带水惊慌失措地四处逃奔。
远处娄山关守敌犹如遭遇洪水，
顿时阵脚动摇吓得丢了心魂。
就这样，守敌各取捷径逃跑而去，
红色勇士一鼓作气占领娄山关，
此时微雨依旧，夕阳却忽然露脸，
灿烂金光弥漫了这个微雨的乾坤。　412

红军三军团主力此时一部在桐梓，
一部在桐梓前往娄山关之间的路上。
由于沿途电话线路早已被切断，
他们午夜才知娄山关已经攻克，
英勇的十三团再次打了漂亮的胜仗。
此时黑夜笼罩了养育众生的大地，
三军团主力行至娄山关下八九里处，
靠着桐梓方向宿了营积蓄力量，
421　准备明日经过关隘向遵义奔往。

整个夜晚雨点纷纷不停洒落，
因为关上没有房子而且落雨，
十三团留了第一营驻扎关口之上，
425　顶着大雨向着板桥方向警戒。

次日青灰色的黎明降临宽广大地，
大雾四处升腾把整个山谷弥漫，
景物隐隐绰绰犹如魑魅魍魉。
白色浓雾之中忽然响起枪声，
430　枪声密集而又飘渺来自关上。

附近的第三营刚刚传令开始吃早饭，
娄山关警戒部队的报告便已传到。
原来敌人以密集部队沿路反攻，
正在气势汹汹逼近娄山关口，
那里只有红军一营两个连驻守，
436　很难守住关口把那胜券稳操。

机敏捷足的第三营飞步前往增援，
争先恐后跑向娄山关口的战阵。
道路上响着红色勇士们急促的脚步，
刺刀在浓雾中发出惊人的哐啷啷巨响，
441　战士们大声喘气大步往前奔进。

此时关口的阵地已经笼罩着炮火，
第一营的红色勇士几乎筋疲力尽，
他们忽然看到第三营飞快赶来，
445　重新鼓起心中巨大的勇气和力量。

捷足的红军十三团第三营赶到阵地时，

刚刚看到反攻的敌人又将近关口，
于是两个营的红色勇士一阵高呼，
居高临下展开猛烈无比的冲锋。
刹那间大雾迷漫中刺刀寒光森然，
红色勇士们犹如天兵天将涌现，
手中的钢枪激射出愤怒呼啸的子弹，
从高高关口冲下，踏着白雾重重。　　453

刚刚逼近关口的敌人措手不及，
心中的胆气刹那间犹如大堤崩溃。
许多士兵扔掉钢枪拔脚狂奔，
犹如潮水发着隆隆巨响往回退。　　457

红色勇士们架起机关枪一阵扫射，
子弹愤怒呼啸着给敌人带去了毁灭。　　459

然而对手依仗着武器装备精良，
再次组织强大猛烈的第六次冲锋。
之前他们的五次凶恶猛烈的冲锋，
没到关口就被第三营早早打退，
第三营伤亡巨大却依然傲立如松。　　464

敌人第六次反攻变得更加猛烈，
犹如受伤的野兽冲着猎人咆哮，
发出恐怖的怒吼狂乱地四处撕咬，
却终究不能把它毁灭的命运回避。
然而此时红色勇士们并不占优势，
他们凭着勇气拼死力战，
用滚烫的热血捍卫炮火烧燎的阵地。
浓烈的烟尘熏黑了他们的衣裳和脸庞，
使他们像是古代武士披上了铁甲，
甲胄乌黑，披挂全身，只露出眼睛——
白色的眼睛自头盔中喷出愤怒的火焰，
犹如金星在黑色的夜空闪耀着光辉，
冲到近处的敌人看到这样的眼睛，
无不感到胆战心惊，松软了双臂。
红军抵抗着敌人的冲锋，呐喊声澎湃，
声音如此巨大，穿透重重浓雾，
直冲云霄震荡着浩茫辽远的长空，
惊动了冷血的天神，让他们无法安睡。

关口正面，红军和敌人胶着厮杀，
忽然翼侧的一批红军冲出浓雾。
震天动地的杀声中敌人终于败退，
486　留下死尸遍地枪支弹药无数。

正当娄山关关口展开激烈杀阵，
敌人主力三个团由板桥悄然出发，
试图迂回侧击娄山关左后侧背。
此时浓雾依然笼罩着娄山群峰，
军团长彭德怀在路边树林内摆开地图，
研究战况后毅然迅速做出决定：
以十二团接替十三团一、三两营的任务，
稳固娄山关口，配合左右侧的主力；
军团主力十三团、十团出击左右翼，
迈开捷足迎击板桥凶猛的来敌；
十一团受命从左翼远出迂回板桥，
498　切断敌人后路，合围将敌人击溃。①

第十二团根据命令直杀娄山关口，
500　十团十三团当即迎击板桥来敌。

此时浓雾消散黄昏悄然降临，
血色夕阳射出耀眼的金色光芒，
娄山关群峰巍峨伫立，沐浴着夕阳，
504　如同大海涌起无边的金色波涛。

十一团踏上点金山一条蜿蜒小路，
迈开捷足向着板桥飞步奔行。
夜神很快展开他的黑色巨翅，
把山林笼入沉沉黑色罩上寒霜。
黑夜中荆棘密布的小道崎岖不平，
黑影重重，显得格外的神秘悠长。

---

① 此段红军迎击敌人的战术根据不同人的回忆略有不同。根据彭雪枫的回忆文章，是"以十二团接替十三团第一、三两营的任务，配合左侧主力消灭板桥之敌。军团主力——十三团、十团，出左翼，出击板桥来敌，十一团冲出去"。根据张爱萍回忆文章，是"十二团接替十三团从正面进攻；十三团、十团从敌人左右两侧包围娄山关之敌；我们十一团从娄山关左翼远出迂回板桥敌人，并切断其退路"。

心志豪壮的红色勇士们喊出口号，
如雷轰鸣的声音在黑夜中雄壮飞扬。
时间分分秒秒在黑夜中悄然沉逝，
红色勇士的双脚穿着破烂的草鞋，
把长长的荆棘路当作与时间赛跑的竞技场。　515

娄山关那边枪声响起震破夜空，
十一团的勇士加快脚步奔赴板桥。
战士一个紧跟一个毫不松懈，
虽然寒风凛冽犹如刺骨钢刀，
但是每个军帽却都冒着热气，
汗水不断流淌下来滑过脸庞，
脚下从未停歇，奔走犹如狂飙。　522

半夜时分星月突然躲入浓云，
阵阵细雨在夜色之中飘然飞扬。
崎岖山路犹如擦了滑腻的油脂，
滑倒很多战士沾满乌黑的泥浆。
苍天仿佛有意安排多蹇的命运，
雨水越下越大，山路也越走越陡，
然而一切没能阻挡铁打的红军，
他们继续向着目标飞快地奔行。　530

勇士们就是这样经过杨柳弯一线，
翻越重重大山穿过密密丛林，
犹如神兵突然出现于板桥的黎明。
板桥外围的敌人惊诧中仓皇应战，
个个犹如吓破肝胆的可怜小鬼，
哪里可以抵挡从天而降的神兵。　536

十一团迅速抢占板桥镇外的山头，
犹如一群胫骨强劲的出山猛虎，
卷着山风冲下平原捕食猎物，
吓得猎物发足狂窜四处奔逃。
红军就是这样冲入板桥镇内，
扑向敌人又如大海卷来狂涛。　542

正当十一团向板桥趁夜迂回的同时，
十二团接替十三团从娄山关正面出击，
他们出了关口一路长驱猛进。

出自板桥的敌人主力未到关口，
便遭红军两翼合围迂回进攻，
548　很快土崩瓦解陷入红军的杀阵。

英勇的红军大举发起猛烈进攻，
犹如飓风卷过山野狂扫落叶，
在那板桥周围的山地追歼残敌，
同时乘机南下一路如江潮浩浩。
红三军团的部分勇士粒米未尝，
一天一夜行程一百五十余里，
忘却了饥饿忘却了疲劳浴血奋战，
556　终于扫清通往遵义的宽广大道。

十一团占领板桥继续充当前卫，
迈着捷足飞速南下直奔遵义。
沿路到处是敌人的散兵杂乱奔逃，
一些烟鬼兵耗尽体力迈不动双腿，
无力地躺在路旁流着鼻涕眼泪。
有的丢了钢枪，烟枪还没丢掉，
倒在路旁摆开烟灯过起烟瘾，
钢盔、弹药、粮食、装备抛扔满地。
有的敌兵举着枪支站在路边，
566　满脸沮丧等着缴枪心有余悸。

当金色太阳重临养育众生的大地，
道路前方忽然出现马鞍般的山坡。
此处名为十字铺① 距遵义三十余里，
是娄山关通往遵义的一个小型隘口。
敌人早已从城里派出士兵一个营，
572　凭山狂射吞噬生命的子弹坚守。

十一团的先锋连迈开捷足直接冲锋，
敌人一个营叫嚣着疯狂反扑过来。
有个战士与他的哥哥一起前冲，
忽然哥哥被一颗呼啸的子弹射中，
大喊一声猛地跌倒在兄弟的身旁，
子弹穿过了胸膛鲜血汩汩涌出，
灰色军衣犹如绽出耀眼的腊梅。

───────────
① 又作"石字铺"。

年轻的弟弟心中悲痛翻起怒潮，
来不及抱住兄长的躯体却继续前冲，
想要杀死凶恶的敌人给兄长作陪。
可是先锋连寡不敌众也不占地利，
许多年轻勇士被子弹穿透躯体，
英勇的魂魄沉沉坠入黑色的尘埃。
红色勇士们不得不暂时迅速撤退，
直到主力来到才再次展开进攻，
他们发出如雷的呼声冲向山坡，
很快将敌人如同朽木般迅速拉摧。　　　589

此时敌人薛岳所部已渡乌江，
由周浑元、吴奇伟统帅分路进逼遵义。
红色勇士们受命定要抢夺先机，
在敌人到达遵义之前占领该地。　　　593

第十八卷

遵义大捷

当金色太阳移过高远天穹的正中，
十一团追击十字铺之敌靠近了遵义，
3　　战士们接近城墙埋伏着观察敌情。

此时太阳在天穹俯瞰宽广大地，
5　　向着人间射出支支金色的利箭。

为了逼近城墙观察地形与敌情，
以便安排夜间展开攻城行动，
一军团的勇士由军团参谋长邓萍率领，
沿着城北马路绕过小坡与田垄，
利用一条小河畔低矮的斜坡，
11　　隐蔽踪影迅速逼近遵义老城。

老城之外大约四百米远近的地方，
地形开阔完全被敌人火力钳制。
城上守敌零落地射出可怕的子弹，
15　　子弹呼啸着渴望把凡人的生命吞噬。

十一团的主力被迫在河畔隐蔽处停下，
派出机敏的侦察排努力逼近城墙。
他们很快跃进距城墙几十米的近处，
悄然藏身在那小河对岸的河沟，
20　　一动不动只是把身体静静隐藏。

十一团政治委员张爱萍心中焦急，
与邓萍参谋长商量如何实现攻城。
心志豪壮的参谋长今年正好二十九岁，
温和坚定地说出有翼的话语飞翔：
"不能就是这样盲目布置阵地，
26　　让我们到前面把敌人情况仔细看明。"

言罢邓萍参谋长开始向敌方移动，

政治委员张爱萍和十一团参谋长蓝国清，
跟着邓萍参谋长一同往前移位。
十一团暂时交给政治处主任王平，
由他负责指挥稳住当前的阵地。　　31

三个英勇的指挥员沿着侦察排的道路，
隐蔽在河沟旁边一个小土墩的草丛中。
军团年轻的参谋长邓萍匍匐在中间，
张爱萍匍匐在左，蓝国清匍匐在右，
各自举着望远镜对着目标注视，
头顶闪着阳光，吹过温和的长风。　　37

沉静坚忍的邓萍静静观察片刻，
首先发现便利队伍行动的小道。
他于是轻声说出有翼飞翔的话语：
"小河侧前方的跳墩火力无法顾及，
可以派出第三营由那里抢过河去，
沿着独立树的小坡就可接近城墙，
悄悄把守城敌人毁灭的命运打造。"　　44

太阳依然在天穹俯瞰宽广大地，
向着人间射出支支金色的利箭。　　46

过了许久张爱萍轻声说出话语：
"现在第三营暂时还没有赶到河边，
我想派侦察排马上过河把大桥警戒，
因为此桥将老城与那新城连接，
只要控制大桥就可掩护渡河点，
保证部队顺利渡河推进城边。"
沉静坚忍的邓萍同意了这个提议，
侦察排接到命令跳过小河的跳墩，
犹如只只机敏的猿猴摸至桥头，
向着新城方向设置简单的障碍，

89

三个指战员

57 然后迅速潜伏草间消失如烟。

阳光之下三位指挥员静静潜伏，
望远镜一刻不离，犹如火眼金睛
60 观察着城墙上敌人的一举一动。

此时第三营一个连麻利地渡过小河，
62 犹如钻地的鼹鼠突然出现在城下。

沉静坚忍的邓萍静静用望远镜望着，
过了许久轻声说出话语飞翔：
"城墙上似乎没有一个敌人的影子，
这些狡猾的敌人究竟躲在了何方？"
片刻之后邓萍忽然自言自语：
68 "哪一个要他们去爬遵义的高高城墙？"

张爱萍透过望远镜往城边仔细望去，
只见第三营的战士潜伏在城墙之下，
搭起人梯一个挨一个攀上城墙，
72 然后一个一个翻身进入墙内。

外面数千只眼睛盯着豪胆的战友，
心脏犹如小鹿不停蹦腾跳跃，
75 彼此听得见心跳突突不断的响声。

张爱萍和许多人一样心中焦急如火：
"没有哪个要他们去爬那城城墙，
真是没有纪律，行动胡乱鲁莽。
那个带头爬城的是第七连的指导员蔡爱卿，
这家伙胆子大得很，打仗异常勇敢，
每次都是冲杀在前敢打硬仗。
这次定然是见城墙上没有动静，
83 心中着急才有翻墙这样的狂想。"

说话间蓝国清插嘴说出话语飞翔：
85 "奇怪！奇怪！怎么一个个又爬了出来？"

沉静坚忍的邓萍把望远镜挂在胸前，
稍稍前倾了胸腔露高了一点身子，
说出有翼的话语在战友耳际飞翔：

"你们第三营一定是把任务弄错了，
需要提醒他们任务是接近城墙，
隐蔽起来配合晚上军团的总攻，
92 而不是如此冒险急躁地去爬那城墙。"

这时黄昏渐渐降临辽阔的大地，
太阳从西天射出锐利的金色箭芒。
邓萍又把望远镜在自己的眼前举起，
头部被他的两臂撑得比先前要高昂。
太阳的金色箭芒掠过他的头顶，
望远镜偶尔反射出点点耀眼强光。
忽然一个年轻活泼的战士跑来，
急匆匆说出这样的话语有翼飞翔：
"报告政治委员，营长传过话来，
说是城墙里面还有一堵城墙。"
原来年轻活泼的战士是三营的通讯员，
受了三营营长的命令前来报告，
由于情报重要所以急急忙忙。
沉静坚忍的邓萍这样回答通讯员：
"告诉你们营长，队伍不要撤回，
108 潜伏城下准备晚上突破城防。"

那个活泼的通讯员行了一个军礼，
110 转身猫着腰犹如野兔飞蹿而去。

城墙垛上的敌人看见这个通讯员，
射出一棱连发的子弹飕飕直响。
子弹呼啸着渴望把凡人的生命吞噬，
却没有射中通讯员，落入了灰色的尘埃，
115 没入了那片养育众生的大地宽广。

忽然连发的子弹飕飕转变了目标，
射向三位红军指挥员潜伏的小土墩，
噗噗地飞溅起黑色泥土四处飞扬。
一颗飞弹击中邓萍前额的中间，
子弹穿过头颅从后脑飞蹿出去，
心满意足地啜饮了勇士的鲜血和脑浆。
邓萍来不及发出呼喊便一头栽倒，
头部正好落在张爱萍政委的臂弯，
鲜红滚烫的血液不停从伤口涌出，

125　瞬时染红了自己和战友打补丁的军装。

　　张爱萍和蓝国清被突如其来的厄运震惊，
　　无限的悲伤涌上心头充塞了咽喉。
　　此时天空也渐渐地如同墨色沉沉，
129　仿佛因为勇士的牺牲无限地哀愁。

　　几个英勇的红军战士抬来担架，
　　抬着牺牲的红色英雄急奔而去，
　　蓄势待发的红军勇士们知道了噩耗，
　　悲愤顿时充塞一个个豪壮的心房。
　　"坚决勇敢地杀敌呀，誓为参谋长报仇！"
　　声浪有如暴风卷过大海汪洋。
　　暴风卷起叠叠骇浪跌宕回旋，
137　就连高处的天空也仿佛一同发狂。

　　"坚决勇敢地杀敌呀，誓为参谋长报仇！"
　　声浪又如愤怒的天神于大海奔走。
　　掀起层层骇浪惊涛跌宕回旋，
141　如同从高空泼下祭奠英雄的烈酒。

　　张爱萍政治委员拨通军团的电话，
　　向彭德怀汇报邓萍牺牲的情形，
　　言罢电话那头一阵长长的沉默，
　　许久才传来哽咽如雷的话语一句：
146　"拿下遵义祭奠邓萍同志的英魂！"

　　夜幕下的遵义新旧两城无光又无声，
　　犹如一座荒城间或响起冷枪。
　　攻城部队决定为三军团十三团和十二团，
　　两团各派出两个连作为爬城的突击队，
　　黑夜中犹如一条巨蛇游向城墙。
　　不一会响起猛烈的枪声和震天的吼声，
　　爬城的勇士们已经翻过高高的城墙，
　　趁着夜色给敌人带去黑色的灭亡。
　　城内的敌人于黑夜之中乱作一团，
　　犹如一群受惊的麻雀四处乱飞，
　　敌人就是这样各自忙着逃命，
158　有的换了便衣，有的往暗处躲藏。

　　震天的喊杀声和喧嚣声整整响了一夜，
　　当黎明在东方探出玫瑰色的温柔手指，
　　大队红军开进城内把红旗飞扬，
162　这天是三五年二月二十八日令人难忘。

　　这天当夕阳西下大地沐浴金光，
　　伟大的战士毛泽东跟随军委纵队，
　　正好穿越群峰如剑的天险娄山关，
　　站在山巅遥望群山缅怀着英烈。
　　望着血色的阳光洒遍磅礴的山峦，
　　毛泽东心头涌起万千汹涌的波涛，
　　激情化作诗词在心间句句陈列：
　　"西风烈，长空雁叫霜晨月。
　　霜晨月，马蹄声碎，喇叭声咽。
　　雄关漫道真如铁，而今迈步从头越。
　　从头越，苍山如海，残阳如血。①"
　　昨夜喧嚣的夜晚带来全新的黎明，
　　许多百姓喜气洋洋张灯结彩，
　　庆祝红色铁流重新赶走了豺狼。
　　遵义城内的街头巷尾都是人群，
　　戴着红色五角星军帽的战士更多，
179　红旗沐浴阳光，在风中四处飞扬。

　　不多时红军开始一队队开出城外，
　　兴奋的人们追着红军欢笑着奔走，
　　簇拥着从这一道长街走到那一道长街，
183　穿过整个城区从北门走到南门。

　　在英勇的红军再次攻克遵义的同时，
185　国民党吴奇伟的两师已经逼近遵义。

　　敌人众多如同乌鸦天空盘旋，
　　密密匝匝淹没原野草木葱葱。
　　灰白色军衣犹如漫天卷来尘埃，
　　杀气腾腾令千里山岭一片蒙蒙。
　　吴奇伟统领两个师的兵士压向遵义，
191　气焰嚣张如同穿越山谷的疾风。

_____

① 毛泽东词：《忆秦娥.娄山关》。

红军沿着南门外的道路迎击敌军，
一军团第三团向着烂板凳方向前进，
三军团十一团迈开捷足奔往鸭溪。
林密山高的红花岗转眼布满红军，
红色五角星点点星星点缀山林，
一堆一堆地聚集，小心把声音压低。
备战的勇士们有的擦着钢枪雪亮，
有的细声开着战前五分钟的会议，
有的从潺潺的小溪提来清澈的水，
准备等到战斗中机关枪发射时使用。
一切都在山野密林间秘密进行，
大战之前的寂静弥漫丛林高地，
只有阵后报信用的几匹战马，
偶尔沉沉发出隐隐的鸣声嘶嘶。
205

鸭溪方向的十一团很快与敌接触，
英勇的第二营一个猛冲杀向敌阵。
敌人先头部队马上轰然溃退，
犹如一群蝎子突然想要蜇人，
却被烈火烧燎，拥簇着乱成一团，
密密匝匝调过了首尾往后逃跑，
唯恐慢了便被烈火烧成灰烬。
212

但是敌人援兵不断赶到阵地，
很快利用一条小溪沟与第二营对峙。
忽然枪炮声更加密集地响了起来，
犹如繁密的惊雷落向红军阵地，
敌军约有一个营突然赶到前线，
沿着小溪岸边风驰电掣而来，
猛烈无比地向十一团第二营左侧攻击，
犹如凶猛的怪兽露出可怕的牙齿。
这部分援敌企图配合其正面队伍，
从侧面打压第二营，夺取红军高地，
进而占领红花岗钳制遵义两城，
编织重重杀阵将宿敌红军围裹。
224

看到战友们的阵地处于两面夹击，
第三营政治委员高高举起驳壳枪，
振臂发出如雷的呼声于空中飞翔：
"勇敢的红色战士们，不要离敌人远站，

让我们杀向敌阵给第二营的战友帮忙。
只要刺刀雪亮，子弹还在枪膛，
只要我们的臂膀和双腿还有力量，
我们就要让红色的军旗在阵地飞扬。"
232

如雷的呼声激起战士的勇气和力量，
昨日爬过城墙的第七连冲锋在前，
犹如闪电击向密密麻麻的敌人。
235

"坚决勇敢地冲锋啊，誓为参谋长报仇！"
只要刺刀雪亮，子弹还在枪膛，
只要我们的臂膀和双腿还有力量，
我们就要让红色的军旗在阵地飞扬。
呼应声在第三营的各个连队回旋激荡，
声浪有如暴风卷过大海汪洋。
暴风卷起叠叠骇浪跌宕回旋，
就连高处的天空也仿佛一同发狂。
243

双方互相冲锋，喊声震天而响。
244

赤黑的厚土在战斗中剧烈地隆隆震动，
仿佛在地心沉睡的巨人突然惊醒，
愤怒地掀动压在他脊背之上的大地。
在可怕的震动中，山岭上树木哗啦啦作响，
浓烈的烟火犹如咆哮的浪花翻滚，
漫无边际地淹没无数士兵的躯体，
许多红军在冲锋中也往死亡跌坠。
红军十一团的勇士们暴露在战线正面，
像是金黄的麦子迎着狂吹的飓风，
金灿灿的麦穗失去生命散落黑土，
令培育他们的农夫悲伤地落泪。
然而所有的麦子不愿放弃田野，
躯干倒下了，根却仍然扎在土地，
任凭无情的飓风猛烈持续地刮吹。
258

暴露在正面的十一团与敌人艰难厮杀，
双方人数相当，在血战中胶着对峙，
敌人后面的人马一队一队增加，
预备队渐渐从一团变为两团以上。
高大宽广的土坡密密的树林之中，

很快挤满灰色军服的白军士兵，
犹如无数白蚁漫天盖地簇涌，
266　喧嚣着想要涌上高地打场大仗。

忽然发出惊天动地的隆隆巨响，
无数炮弹从空中飞落黑色大地。
敌人炮兵开始发射可怕的炮弹，
炸出黑色泥土混合着炮烟弥漫，
肢体碎片恐怖地在阵地四处跌坠。
滚滚烟尘随着炮击形成黑云，
阎王看到整个阵地也会心悸。
炮声如此巨大震撼着宽广大地，
淹没了步枪的声音和双方战士的喊声。
过了片刻当炮轰刚刚沉默消失，
277　震地的冲杀声重又如雷般隆隆轰鸣。

十一团各营的勇士坚守红花岗的高地，
等待冲锋的敌人接近阵地工事，
便射出复仇的子弹把机枪举在那胸前。
接着奋力投出颗颗自制的手榴弹，
炸得敌人四处奔逃如狂似癫。
当敌人因为胆怯开始往后退却，
豪壮的红色勇士装上雪亮刺刀，
犹如愤怒的猛虎扑向残暴豺狼，
刺刀在烈火中闪烁可怕森然的光辉，
杀退敌人使阵地依旧稳若冰坚。
敌人大炮一次次发射如雷的炸弹，
铁的炮口喷出可怕的炽热火焰，
炮弹撕碎许多红军的头颅和胸膛，
年轻的生命扑倒在山坡血涌如泉。
红花岗阵地红色血光夹杂着火焰，
如同黑色大地裂开了巨大的伤口，
往灰色无垠的天穹溅出血泪涟涟。
雪亮的刺刀彼此交错碰撞在一起，
发出尖锐刺耳的声音喤琅琅作响，
很多锋利刺刀把对方的躯体刺穿。
十一团的勇士就是这样反复厮杀，
双方彼此冲锋掀起次次高潮，
犹如大地震动，巨大的板块相撞，
不论凡人和天神即使事后想起，

也会同样的手心冒汗心胆高悬。
就是这样，敌人反复冲杀了数次，
只落得漫山遍野处处痛哭哀鸣，
死伤四千余名将那丘壑塞填。
英勇的十一团也是同样伤亡惨重，
阵地的沟壑到处流淌着鲜血涓涓。　307

"勇敢的红色战士们，不要放松精神，
咱们个个臂膀宽阔、意志坚强。
臂膀和双腿的力量还未曾完全离去，
让我们重新鼓起心中的勇气和力量，
只要我们滚烫的心脏还在跳动，
就让我们看那红旗高高地飘扬。
我们军团增援部队很快就到，
战士们啊！坚守我们的阵地不要发慌。"
十一团的各个连队中到处发出呼喊，
那是政治指导员在鼓舞士气激昂。　317

敌人犹如挨饿多时的疯狂野狼，
把红军十一团团团围困在杀阵中间。
野狼围住一群勇敢顽强的猎人，
猎人人数不多无法打退狼群，
野狼不停嚎叫睁着恐怖的红眼，
呲着雪白锋利的牙齿咄咄逼人，
可是猎人依然精神保持集中，
坚强的臂膀举着刀刃雪亮的砍刀，
有的挥舞着一根根结实粗壮的树枝，
一次次把野狼打退不屈不挠地坚持，
凭着坚强的意志闯过多次鬼门关。　328

敌人就是这样围困红军十一团，
冲锋几次始终未能打破僵局，
战斗一时之间仿佛忽然停止，
阵地如同一片荒漠悄然死寂。　332

敌人与红军十一团胶着厮杀之际，
红军十团控制了右侧老鸦山主峰。
敌人嚣张的大炮复又发出轰鸣，
无数炮弹飞向老鸦山的红军阵地，
呼啸着划过天空带来可怕的死亡，

猛烈的炮火打得山石爆裂横飞，
树木纷纷断折燃起巨大的火焰，
山坡杂草也全在燃烧着，火浪汹涌。
黑色泥土混合着浓烈的炮烟弥漫，
肢体碎片恐怖地在阵地四处跌落，
滚滚烟尘随着炮击形成黑云，
鬼神看到整个阵地也会哭泣，
炮声如此巨大震撼着宽广大地，
淹没了步枪的声音和双方战士的呐喊，
过了片刻当炮轰渐渐沉默消失，
348　　震地的呐喊声复又涌起声浪重重。

当金色的太阳渐渐移过天穹的正中，
敌人把主攻方向转向高高的老鸦山，
发起攻击猛烈，犹如暴风不断，
暴风掀起黑色海浪砸向礁石，
礁石纹丝不动把海浪震成泡沫，
敌人也是这样犹如翻卷的海浪，
355　　不断进攻但是只留下无数尸体。

守卫阵地的十团同样伤亡巨大，
十团参谋长钟维剑献出了年轻生命。
当时身先士卒的钟维剑在战壕里投弹，
他扬起手臂扔出手榴弹的短暂瞬间，
一颗子弹怀着吞噬生命的渴望，
猛地穿透他的右肺从肩部穿出，
心满意足吮吸了勇士滚烫的鲜血，
飞入烟尘，带血钻入深深的地底；
钟维剑没有马上松软自己的臂膀，
但是身躯的力量已经渐渐飞离，
他扑倒在泥土焦黑炽热的膝前阵地，
吃力扶起另一位牺牲的战友的机关枪，
对着敌人射出愤怒火烫的子弹，
机关枪巨大的后坐力震荡着他的胸膛，
灰色军装不断绽出鲜红的梅花，
生命的力量犹如一缕飞烟飘离，
心脏沉睡了，宽广的胸膛渐渐冷冰，
373　　但是那胸前红梅却开得更加繁盛。

战斗的激烈如同烈焰不断升腾，

敌人出动了飞机四处狂轰滥炸。
当太阳俯视宽广大地继续西行，
时间到了下午三点多钟的时候，
敌人凭借优势的火力、疯狂的炮轰，
终于涌上山头占据了老鸦山主峰，
直接威胁了不远处遵义两城的安全。
攻城伐地的军团长彭德怀发出命令，
要求十一团固守阵地牵制敌军，
同时急调干部团夺回老鸦山主峰。　　　　383

就这样老鸦山主峰杀声震天响起，
战士的呐喊声和枪炮声在那天地徘徊。
干部团的勇士们从低处向着山峰猛扑，
犹如狮子看到群狗占据高处，
激起心中的愤怒要把狗群驱落，
高处的狗群凭借地势疯狂地腾越，
不走运的便在狮子利爪下扑倒尘埃。
干部团的勇士们激起许多战士的斗志，
激烈的战斗原已减损了他们的力量，
如今他们再次振奋起精神与勇气，
犹如大雕展开长长的翅膀飞翔，
巨大的翅膀掠过猎物卷起惊雷。
敌人在突然的攻击下终于狼狈溃退，
犹如变成惊慌失措的四脚野兽，
慌忙想要逃脱躲避命运的悲哀。
干部团很快登上老鸦山高耸的主峰，
飘扬起鲜艳的红旗重新把阵地夺回。　　　　400

旁边敌人仍在向十一团掀起攻势，
阵地前面的敌人层层叠叠积聚，
有如一群苍蝇看到新鲜的伤口，
从四处聚拢想要吮吸红色的血液，
苍蝇成群结队飞来发出声音，
细小的嗡嗡之声聚成恐怖的轰鸣。
十一团决心坚定要与阵地共存亡，
发出巨大的呐喊抵抗强大的冲击，
密集的子弹穿透很多勇士的躯体，
没有战士不身处于四散的弹片之中，
也没有战士完好无伤不流出鲜血，
死神缠住许多红军勇士的魂魄，

在他们周围笼罩死亡的恐怖黑云，
那些战士很快跌倒在宽广大地，
有的仰天朝着白色耀眼的长天，
有的扑地倒向灰色沉沉的大地，
当魂魄游离他们残损流血的躯体，
浓重的黑色渐渐弥漫他们的双眼，
他们仍然坚信阵地能够坚守，
420　英勇的战友总有一天带回光明。

当鲜美的食物快乐的生活宽慰着灵魂，
422　后人可能不明白他们为何战斗。

这些红色的勇士不是喜欢战争，
有谁不愿享受食物、睡眠与爱情。
这些红色的勇士不是厌倦生活，
有谁不愿拥有和平、宁静与光明。
那么他们为何投入激烈的战斗，
不惜舍却年轻的生命停止呼吸，
因为他们知道家国不能沦丧，
正义永远应对邪恶大声轰鸣。
黑暗掩盖光明，邪恶蔓延滋长，
432　往往是因为正义沉默，太多逢迎。

因为心怀信念，红军奋勇战斗，
不断鼓起心中巨大的勇气与力量。
敌人看见正面进攻无法得逞，
436　向着右侧移动掀起进攻的波浪。

正在这时红军一军团前来支援，
从右侧烂板凳阵地前来，飞奔如风。
两股红军渐渐会合积聚起力量，
犹如两条河流浪花各自奔涌，
终于在一个山口融合成为大江，
江水变得雄浑壮阔涛声隆隆。
敌人于是开始稍稍转变方向，
444　朝向十一团右侧与援军的接合部的当中。

密密匝匝的敌人慢慢涌上半山，
山头阵地的红军一枪不发地静候。
当敌人前进到了二三十米的近处，

红色勇士们居高临下开始还击，
枪弹犹如大雨倾盆洒向敌人，
敌人顿时犹如山坡上松浮的泥石，
稀里哗啦向着山下纷纷滚落，
又如一座冠冕堂皇的豆腐大楼，
瞬间在大雨猛烈冲刷中完全倾覆。　　453

当金色黄昏降临养育众生的大地，
从遵义通往贵阳公路两侧的山区，
战火飞扬于二十里方圆宽广的地域，
红军一军团、三军团以及干部团的战士，
此时已经完全控制了战场主动。
十三团开始向着敌阵发射迫击炮，
十二团沿着马路右侧包围敌人，
十一团从阵地排山倒海冲出了围笼。　　461

干部团也从老鸦山主峰开始冲下，
配合着其他部队犹如万马奔腾，
呼啸着居高临下冲向溃败的敌军。
遵义城外的红军很快全面反攻，
敌人兵败如山直向乌江溃退，
两个师的士兵满山遍野乱作纷纷。　　467

红军嘹亮的号角犹如万马齐鸣，
心志豪壮的战士展开了冲锋比赛，
抢着追敌比着谁缴获更多的枪支。　　470

夜神渐渐张开巨大的黑色翅膀，
黑色翅膀笼罩灿烂繁密的星辰。
红色勇士们奔行在大地与繁星之间，
就是这样连夜追击奔逃的敌人。　　474

红色勇士们从早到晚颗粒未进，
但是饥饿与伤痛已经忘在一旁。
他们脚踏草鞋飞奔在山野大道，
夜风在耳边呼呼作响吹来寒霜。
黑色夜神翅膀沉沉笼盖四野，
敌人散乱的士兵有的迷失方向，
混杂在红军队伍里跟着忽忽飞跑，
有人气喘喘说出有翼的话语飞翔：

"你们是哪个师的，怎么也如此败了？"
红军年轻的战士听了心中好笑，
说出如雷的话语这样把他回答：
"不要乱管我们属于哪个师团，
我们都是红军要将你们拿将。"
旁边的听了心中发颤脚下发软，
有的跌倒一旁，有的跑进黑暗，
还有的啊啊乱叫仿佛吓断了肚肠。
年轻的红色勇士许多生就捷足，
飞快追到刀靶水敌人驻营的后方。
他们看到敌人的伙夫正在做饭，
于是跑去猛得拍拍伙夫的肩膀，
伙夫还不知前线起了什么变化，
以为饥饿的伙伴着急把饭菜品尝。
有个伙夫把头一摇，肩膀一撇，
不耐烦大声说出有翼的话语飞翔：
"不要捣蛋，等会儿才能闻到饭香。"
转过头来看到红军从天而降，

这才露出惊诧，满脸神情紧张。　501

吴奇伟本人如同一只丧家恶狗，
带着两个团的残兵逃窜，恐惧而仓皇。
红军一军团迈开捷足直追而下，
一直追击来到滚滚乌江的近旁。
吴奇伟心中充满恐惧铁了心肠，
不等残兵过江便斩断江上的浮桥，
一千多人被丢在北岸做了俘虏，
把那大量枪支和弹药为红军送将。
吴奇伟两个师转眼之间全部覆灭，
红军取得了长征以来首次大捷，
巨大的喜悦激动着红色勇士们的心房。　512

玫瑰色的黎明降临养育众生的大地，
遵义城池内外万面红旗招展，
迎着朝阳灿烂飞卷着长风猎猎。　515

第十九卷

三渡赤水

红军取得遵义大捷威震敌胆，
心如城府的蒋介石改变了应对战略，
采取了防御攻势等待红军行动①。
运筹帷幄的毛泽东识破对手的心机，
5　陈兵鸭溪一带把局面沉静掌控。

蒋介石继续调兵遣将积极布阵，
不久电令吴奇伟再次率领两个师，
北渡乌江向着左翼伸展防线。
由于贵州军队从娄山关一路残败，
丢失遵义又将薛岳、吴奇伟牵连，
致使吴奇伟两师覆灭在遵义大战。
此次吴奇伟再次率兵北渡乌江，
伸展防线左接国民党贵州军队，
14　心中存着芥蒂，只求静候观变。

黔军第三旅刚刚被红军三军团击溃，
残敌连夜向着打鼓新场退却。
吴奇伟纵队此时只是按兵不动，
心中对于遵义的惨败心有余悸，
19　不敢援助黔军，犹如受惊的山雀。

因此红军长干山伏击未能如愿，
21　他们原想再次把吴奇伟纵队围猎。

红军各军团于是遵照军委的命令，
分别向西移至鲁班场附近陈兵。
披坚执锐的一军团捷足赶至坛厂，
第五、第九军团飞速抵达分水岭；
攻城伐地的三军团一部由永安寺出发，
抵达鲁班场稳固阵地有若磐石；

另一部从鸭溪前往鲁班场以东地区，
那里高山耸立，有名呼作摩天岭；
当夜神渐渐张开巨大的黑色翅膀，
黑色翅膀笼罩灿烂繁密的星辰，
勇士们就在大地与繁星之间宿营。
红色铁流各个军团就是这样，
布好了战阵准备将新的战斗相迎。　34

在伏击吴奇伟纵队两个师未果之后，
红军领袖们决定在鲁班场展开战阵。
此时春意弥漫着养育众生的大地，
气候湿润温和正将万物滋润。
鲁班场是贵州仁怀西南的一个小镇，
东面、西面、北面山岭逶迤起伏，
南面是十多里开阔舒展的苍翠大地，
犹如地毯偎依着背后山峦险峻。
周浑元三个师抢占着三面高高山地，
修筑了大量碉堡来把该地守镇。　44

红军三军团士兵的统帅彭德怀和杨尚昆
此时心思有如波涛无法安宁。
他们知道鲁班场一带地形险要，
易守难攻三面高山有若弧形。
虽然红军兵力集中稍占优势，
却很难攻克高地即便有万钧雷霆。　50

两位统帅于是向前敌指挥部提议——
建议认为鲁班场工事坚固异常，
加之地形对于红军非常不利，
因此几乎没有攻破防御的可能，
似乎应该迅速脱离当前之敌，
挥师北上控制仁怀、茅台地区，
西渡赤水吸引云南四川之敌，

---

① 此处"动"取去声。

58　然后伺机寻求机动摆脱包围。

多智的毛泽东看到提议微微一笑，
对其他领袖说出有翼的话语飞翔：
"我们彭老总不愧为攻城伐地之上将，
对于地势战局果然是了若指掌。
鲁班场敌人工事的确坚固异常，
地形也确实对于红军非常不利，
然而如果我军不予猛烈攻击，
极有可能无法吸引东敌西进，
敌人防御攻势就可能无隙可寻，
攻打鲁班场不仅意在消灭敌军，
更欲促使东敌西调匆忙奔往。
如若我军调敌的目的一旦达到，
即可挥师北上控制仁怀、茅台，
西渡赤水吸引云南四川之敌，
73　那时伺机脱围的机会将会大长。"

多智的毛泽东一番话语如雷发响，
75　红军的其他领袖们心中升起了希望。

当黑夜降临养育众生的宽广大地，
黑色天穹缀满灿烂繁密的星辰，
红军前敌指挥部电告各个军团：
"我野战军决心，发起攻击于明日①，
决不动摇地坚决消灭鲁班场之敌，
粉碎敌人围攻将新的局面相迎。"
当那黑色如墨的子夜来临之时，
士兵的伟大统帅朱德再次命令，
要求红军野战军各军团做好准备，
85　发起全面总攻于明日玫瑰色的黎明。

在伟大的士兵统帅发出命令之前，
军委纵队干部团指挥员萧劲光与莫文骅——
一个是干部团上级干部大队队长，
一个是干部团上级干部大队政委，
两人领受秘密任务悄悄行动，
带着一个工兵连先行占领仁怀，

_____
①　1935 年 3 月 15 日。

前去茅台架设三座浮桥长长。　92

当三月十五日的东方露出玫瑰色手指，
红军集中兵力向鲁班场发起猛攻。
坚忍卓绝的五军团三十七团的一个营，
向着三元洞的国民党守军首先攻击，
红色勇士们发出震地的呐喊冲锋，
犹如吹过宽广平原的猛烈长风。
红军各军团陆续投入宽广的战场，
敌人守军占据了高高山地险峻，
躲在牢固的工事后面拼命抵抗，
红军勇士们反复冲杀气贯长空。
犹如酒色海洋掀起多重波浪，
不知疲倦一次一次拍打礁石，
礁石就是岿然不动迎击着波浪，
红军就是这样鼓起勇气与力量，
巨大的声响穿破云层直刺天穹。
整个鲁班场周围的山坡枪声大作，
几架铁灰色的敌机也远远赶来助战，
犹如巨大的山雕展开黑色双翼，
瞪大眼睛寻找地面奔跑的猎物，
飞机就是这样在阵地上空盘旋，
穿越云层发出隆隆剧烈的声浪，
投下许多可怕的炸弹落到大地，
炸起黑色泥土燃起烈火熊熊。
飞机同时射出吞噬生命的子弹，
子弹带着吮吸鲜血的残忍渴望，
穿透很多红军战士宽广的胸膛，
年轻的战士扑倒大地停止呼吸，
鲜血汩汩涌出伤口把泥土染红。　120

战斗就是这样异常激烈地进行，
双方指挥员时刻关注着战局的发展。　122

此时心如城府的蒋介石正在重庆，
向着各支部队发出紧急电令。
他要求周浑元就地在鲁班场附近截击，
吴奇伟从后追赶，王家烈在前封堵，
要求孙渡由西自东进行阻拦，
要求郭勋祺绕出怀仁以西追击，

129 蒋介石满以为此次可以功德圆满。

正当蒋介石发出合围电令之时，
红军扫清了鲁班场外围散布的敌军，
向着周浑元纵队发起全面的总攻。
震地的巨大喊杀声吓得敌人胆寒，
守敌坚持按兵不出藏身于掩体，
135 凭借地形抵挡攻击顽若铁铜。

当金色太阳移过高远天顶的正中，
红军的领袖们按照计划做出决定，
要求红军主力撤出鲁班场战斗，
连夜向着茅台、仁怀一带转移，
限时明日午时到达不得有误。
同时命令坚忍的九军团负责殿后，
陈兵倒流水、长干山、桑树湾一带阻敌，
143 完成掩护主力转移的艰巨任务。

黄昏降临的时候下起倾盆大雨，
夜神也渐渐张开巨大的黑色翅膀，
黑色翅膀笼罩了山地、平原与河流，
中央红军主力撤出鲁班场的战斗，
向着茅台、仁怀、坛厂地区转移，
红色勇士们脚踏草鞋迈开捷足，
150 犹如长风在密雨林莽之间穿行。

敌军周浑元所部忽见红军撤离，
犹如神龙忽然于云中隐去形迹，
不知对手究竟真撤还是假撤，
154 龟缩于碉堡之中犹如迟钝的蜗牛。

心如城府的蒋介石本来心里盘算，
利用吴奇伟、周浑元东西夹击红军，
如今红军要比吴奇伟快上一步，
158 已经开始向着茅台捷足而行。

寝食难安的蒋介石心中一刻难平，
在二十四小时之内发出了电报五封。
可是他没有想到自己总是落后，
162 红军犹如鬼神莫测的云中飞龙。

捷足的红一军团此刻已经转移，
当黑夜悄然降临养育众生的大地时，
军团前卫部队迅速前往茅台。
之前，萧劲光领导的部队也早已出发，
在那茅台、珠沙堡、观音寺三个渡口，
开始架设三座浮桥横跨赤水，
静静等待着主力红军各部的到来。 169

在红一军团往茅台转移的过程之中，
一军团教导营的战士承担了艰巨的任务。
他们对仁怀及茅台的两条大路警戒，
保证军团主力顺利往茅台奔赴。
在鲁班场激战当日落雨的黄昏时分，
教导营收到军团一封急送文件，
顶头画着三个"十"字三个圆圈，
表明了这是重要命令不得有误。
命令告知茅台村发现了敌人一个连，
要求教导营带领一军团二师侦察连，
即刻出发限明日拂晓前占领茅台村，
并且协同工兵连把浮桥修架与稳固。 181

倾盆大雨很快弥漫了莽莽山野，
夜神已经张开巨大的黑色翅膀，
黑色翅膀笼罩了山地、平原与河流。
战士们就在这个黑色雨夜里奔行，
红色的战士们不时在泥路中滑倒跌跤，
可是坚持勇往直前毫不停留。
一旦看到有人摔倒滚满泥浆，
勇敢可爱的战友常常用玩笑激励：
"翻几个筋斗摔几根骨头根本不要紧，
明天买几瓶茅台来滋补好得快悠悠！"
急行三十里左右忽然传来命令，
要求关掉电筒不得说话再吹牛。
大雨的黑夜中，一时之间没了说话声，
只听见雨水稀稀刷刷落在地上，
脚步声嚓啪、嚓啪融在雨声里头。 196

教导营和侦察连所有的战士绷紧神经，
个个迈着捷足飞快往前奔行，
终于在拂晓之前赶到了茅台村附近。

忽然远远传来几声枪声清脆，
汪汪狗叫声此起彼伏隐约可闻。

不一会跑来一个年轻的侦察战士，
向着侦察连长行了军礼说道：
"报告连长！前面发现敌人步哨，
我们排长带人已将他们驱逐，
现在已经猛追敌人奔向远方。"
侦察连长这样回答这个战士：
"快去告诉排长继续猛追敌人，
我将带着这两排战士随后赶到，
一定抓住敌人不管道路多长。"
连长于是亲率着两个排捷足的战士，
沿着河边急奔而下消失在远方。
连长另派一班人占领茅台的阵地，
剩下的连同教导营突入茅台村内，
仔细搜索是否有敌人暗中隐藏。
过了许久连长带着战士们凯旋回归，
俘获了人数十和榴弹筒一具，
而且缴到茅台酒数十瓶一同带回，
英勇的侦察连战士却是并无伤亡。
红色勇士们清除了残敌布置了警戒，
很快协同工兵连架起了浮桥长长。

这天拂晓来临时大雨变成小雨，
细雨丝丝缕缕，天地一片朦胧。
三军团军团长彭德怀跟着十一团转移，
率直严厉的彭德怀出发前下达命令，
对着十一团的将士们大声铿锵说道：
"红色勇士们我们可要快步而行，
让我们至少一口气走上六十里行程，
到那时再停下来休息快乐地把午饭享用，
因为敌机随时可能出现在天空。"

于是十一团的将士们鼓起勇气出发，
冒雨踏上泥泞的道路赶往茅台。

红色勇士们脚上穿着磨烂的草鞋，
草鞋陷入黑色黏稠的烂泥被拔掉。
许多战士想要将草鞋重新捡起，

可那鞋就如用胶水牢牢粘在泥里，
匆忙之中竟然一时无法搜出，
惹得旁边的战友不禁哈哈取笑：
"你的草鞋已经发脾气开始怠工，
早已磨破你不要舍不得就此扔掉，
我这里还有一双只要伙计你想要。"
许多战士这样乐观地互相嬉闹，
还有草鞋的慷慨掏出送给战友，
可是很多战士还是打了赤脚，
只能光脚向前顶着风雨呼啸。
他们的赤脚踏在碎石烂泥和荆棘中，
可是勇敢可爱的战士这样说道：
"没了草鞋没有什么事情大不了，
洗脚不用脱鞋你说是不是很妙。"
勇士们就是这样嘲弄着艰难与困苦，
互相激励着前进没有痛苦地呼叫。

十一团的勇士们这样急行军行了四十里，
团里的指挥员看到战士们极度疲劳，
心中不忍，便命令提前休息吃饭。
军团长彭德怀突然见到前面停滞，
从伤员那里暂时要回了战马前行，
飞马来至团部勃然大怒说道：
"是谁允许停下休息开始吃饭，
简直是把整支部队当作儿戏，
红色勇士们！我们可要快步而行，
让我们至少再走上二三十里路程，
那时再停下休息安心把午饭享用，
因为敌机随时可能出现在天空，
要激励战士前进，哪怕极度疲困。"

十一团的指挥员们知道确实违反了军令，
赶紧命令部队把饭收好继续前行。
于是红色勇士们忍着饥饿和疲累，
迈开捷足又走出三十里路途悠长。
这时脾气火暴的彭德怀才传令休息，
战士们这才用食物满足空空的饥肠。

挨了批评的十一团领导们满脸愧色，
吃饭之时也不敢与军团长彭德怀搭腔。

沉默的气氛憋得彭德怀软了心肠，
主动走过去笑着说出风趣的话语：
"你们吃什么好东西躲着缩在一旁，
难道是什么美酒琼浆刚刚才出缸？"
军团长的逗趣抚慰了几个愧疚者的神经，
大家一下子不好意思地涨红了脸庞。
于是军团长彭德怀和众人聊起了美酒，
众人心中高兴恨不得飞往茅台，
281　尝一口那美酒看看它为何名满国邦。

各部红军陆续赶到了酒乡茅台，
村里的百姓捧着美酒慰问红军，
红军也取出缴获的茅台酒和百姓同饮。
心志豪壮的红色战士们个个高兴，
用芳香四溢的美酒快慰豪壮的心怀，
美酒使得战士的疲惫身体舒畅，
使得受伤者暂时忘记了彻骨的痛伤，
289　美酒就是这样把快乐的人们沉浸。

敌人的飞机开始出现在赤水上空，
投下几颗炸弹炸毁了几座房屋。
一颗炸弹落在周恩来办公处的近旁，
警卫员们赶紧要求周恩来转移躲藏。
周恩来微笑着摆手说出话语飞翔：
"敌人的飞机这是瞎子乱投肉包，

只是试探骚扰没有什么可怕，
我们红军正是要牵着他们的鼻子，
飞机的侦察正好说明敌人着慌。"
言罢哈哈大笑继续手头的工作，
他的话语宽慰了身边战士的心房。　300

英勇的红军战士们马上又要出发，
他们没有留恋那美酒沁人的芳香。
黄昏降临之后朱德发出命令，
做出三渡赤水的战略部署周详。　304

敌人飞机侦察的情报很快上报，
在英勇的红军三渡赤水的这个夜晚，
蒋介石再次下达了新的作战指令。
这位统帅要求他的军队布起阵，
在四川南部古蔺地区消灭红军，
紧急调整部署差遣着各路兵马，
频繁在电令上签下他的名字——"中正"。　311

当夜神渐渐张开巨大的黑色翅膀，
黑色翅膀笼罩灿烂繁密的星辰，
勇士们就在大地与繁星之间渡江。
十七日的白天，队伍继续穿过浮桥，
第三次飞速跨过脚下的赤水泷泷。　316

第二十卷

四渡赤水

中央红军主力各军团根据计划，
从天空缀满点点灿烂繁星的夜晚，
直到次日金色太阳当空的白天，
陆续渡过赤水河向着古蔺进军。
最先渡过赤水的红一军团在前，
6 于当日兵逼古蔺制造着西进的气氛。

这天机敏的红军击落一架敌机，
军委警卫营防空排是这次行动的英雄。
长征以来红军第二次击落了飞机，
犹如雄师飞身扑下一只大雕，
当时大雕低低掠过肥美的草原，
想要寻找合适的猎物来满足食欲，
但是这次大雕没能逮住猎物，
它那尖嘴利爪只能遗憾地落空。
一只威猛的狮子正好蹲踞在附近，
当它看到大雕灰色的翅膀张开，
低低略过长草卷起强劲的冷风，
心中便决定给大雕一个沉重的打击，
警告大雕它的猖狂并不可怕，
于是狮子先是静静隐伏于草中，
等着大雕再次低低飞过来之时，
猛然跃出爆发惊人的巨大力量，
一下便把大雕从空中扑落大地，
灰色的羽毛顿时飘飞于猛烈的长风。
红军的防空排就是这样击落敌机，
没有让敌机猖狂的轰击获得成功。
上一次红军击落敌人猖狂的飞机，
是在经过道州时三军团战士的杰作，
他们也是同样机敏地击落了攻击者，
同时活捉了敌人的两名飞机驾驶员，
31 使敌人提心吊胆，即使在高高的天穹。

最新的空中侦察使得蒋介石断定，
红军主力正向古蔺方向移动，
且有可能在泸州宜宾间北渡长江，
这位三军统帅连夜拟定新的计划，
调兵于江门、叙永、赤水河镇以东地区，
以及赤水河流域以西长条地带，
准备构筑新的包围再设杀场。 38

此时红军各军团进至预定地区，
严密注意着敌人新的调动情况。
红一军团主力进抵镇龙山一带，
隐蔽在那深深密林等待时机，
积聚着力量准备奔往进攻的方向。 43

这天五军团布兵于茅台河西岸一线，
赤水对岸敌军正在渐渐逼近，
犹如黑色云团从东面滚滚卷来，
逐渐在赤水东岸、茅台附近会聚。 47

当玫瑰色的黎明降临养育众生的大地，
红一军团第二师一个团佯装主力，
摆开阵势朝着古蔺方向推进，
到达镇龙山之时迎面遇上敌军。
敌人是国民党川军边防第四路的一个团，
红军犹如猛虎出山扑向对手，
对手毫无准备顿时乱作一团，
犹如一群山猪乱哄哄退往古蔺，
红军趁势奔袭镇龙山气势千钧。 56

红军的行动使得蒋介石更加深信，
他的对手将再次西进或北渡长江。 58

运筹帷幄的毛泽东此时双眉渐展，

太平渡、二郎滩两地开始突显在眼前。
红军正是于这两个渡口二渡赤水，
长途奔袭翻越娄山再取遵义城，
63　如今这两处再次和红军的命运相连。

运筹帷幄的毛泽东和刘伯承交换了意见，
于是秘密派出捷足机敏的勇士，
命令他们迅速赶往太平渡、二郎滩，
看看浮桥是否依然还在河面。
军委纵队工兵连连长接受了任务，
这位名叫王耀南的连长带了几个人，
犹如山豹隐秘地奔行于深深林莽，
71　行动之快又如划破长空的飞箭。

几位捷足勇士很快赶回总部，
向着多智的刘伯承说出话语飞翔：
"国民党军队还没有到达那儿的渡口，
老百姓看护着浮桥竟然完好如初，
犹若蛟龙跨过那弯曲的赤水长长。"
多智的刘伯承闻言扶了扶黑边眼镜，
瘦削的脸上露出舒心的淡淡笑容，
于是嘱咐王耀南带上工兵行动，
飞速前往渡口检修并保护浮桥，
81　随时等候红军主力向渡口奔往。

同时红军得知茅台人马涌动，
83　川军三旅准备渡过赤水追击。

茅台西岸此时是红军三十九团两个营，
85　他们负责扼守阻击与吸引敌人。

一时之间赤水地区风起云生，
红军已经准备再次东渡赤水，
渡口选为茅台西北的太平渡和二郎滩。
而敌军却准备于茅台渡赤水西进，
更多的敌人陈兵四川南部地区
以及北进长江必经的赤水北部，
认定红军将要西进或北渡长江，
犹如笨牛被牵着鼻子东奔西跑，
煞费心力跑断双腿坐卧不安。

在弯弯的赤水河东面直到遵义之间，
追击者正在推进至茅台、仁怀一线，
其余的则是守备于遵义、桐梓地带，
而乌江的敌军已经转向湖南西部，
把对付红军二、六军团作为目标。
从赤水二郎滩到乌江刀靶水西面之间，
一条斜贯西北东南的狭窄缝隙，
正在不知不觉渐渐呈现出来，
红军即将四渡赤水突破重围，
经过这条数十万敌人让出的缝隙，
南进乌江踏上新的征途迢迢。
不过在红军三渡赤水之后的一天，
107　红军主力确实与追击者咫尺之遥。

当时红军军委纵队正在转移，
一部敌军已经渡过赤水追击，
毛泽东和其他红军领袖跟随纵队，
悄悄往着太平渡方向秘密推进，
而在几乎平行的近处山路之上，
追击的敌军正在急匆匆飞步西行。
红军军委纵队和敌军近在咫尺，
追击者随时可能侧击他们的猎物，
犹如恶狼如若发现近处的羚羊，
117　定然会疯狂扑击制造可怕的伤亡。

正巧红军三军团十一团出现在前方，
原来他们为了抄近路走错路线，
岔入军委纵队行进道路的近旁。
运筹帷幄的毛泽东闻讯不禁大喜，
当即命令十一团阻击近旁的敌军，
因为敌人随时可能发现军委，
制造可怕的后果谁也无法估量。
运筹帷幄的毛泽东对着十一团的领导，
挥着大手坚定地说出话语飞翔：
"你们先去执行这个紧急任务，
由我负责通知你们军团的总部，
你们要坚决阻击侧面的敌人跟进，
直到后卫红五军团上来接替，
他们将会把敌人进一步迟滞与吸引，
132　令得敌人继续西进，一路白忙。"

十一团当即捷足赶往指定地点，
刚刚爬上山顶便遇到敌人追至，
十一团的指挥员说出话语有翼飞翔，
他们这样给战士注入勇气和力量：
"我们阻敌的任务事关党中央的安全，
勇士们拿起你们手中闪亮的钢枪，
让敌人看看我们红军如何地顽强。
我们将在这里捍卫长长的阵地，
凭借坚强的意志、宽广的臂膀与胸膛。
我们要坚决阻击侧面敌人跟进，
直到后卫红五军团上来接替，
他们将会把敌人进一步迟滞与吸引，
令得敌人继续西进一路白忙。"
飞翔的话语给战士注入勇气和力量，
全团指战员拼命抵抗敌人的进攻，
从金色的黄昏战到繁星灿烂的黑夜，
直到次日红五军团上来接替，
十一团才去追赶红三军团的主力，
151　重新踏上突围的征途曲折悠长。

当玫瑰色黎明降临宽广的大地之时，
国民党"剿匪"军第二路前敌总指挥薛岳
154　向下属发令"截剿"西渡的红军主力。

这天"剿匪"军第二路总司令、云南王龙云
却对蒋介石提出了心中的疑虑与建议，
他担心各地部队之间空隙过大，
有应援不易被红军各个击破的可能；
他建议赤水河右岸各部适度推进，
凭赤水河沿岸择要配备连环封锁，
这样必要之时既可西进追击，
162　也可防止红军回窜东南突围。

心如城府的蒋介石此时踌躇满怀，
认为中央红军已是囊中之物，
165　把那龙云的建议当作了耳边的长风。

当天傍晚金色夕阳笼罩了大地，
蒋介石于重庆行营发出了紧急电令，
电令要求各路兵马收拢包围，

在古蔺东南地区消灭中央红军，
根据命令各路兵马加速了行动，
四川军队刘湘各部防堵于西，
人数众多犹如群鸦盘旋于天空。
周浑元、吴奇伟各部堵防赤水河东南，
同时等待贵州军队靠近接防，
然后迅速渡过赤水西进追击，
他们的统帅军队由东向西急进，
兵多将广如同原野草木葱葱。
孙渡统帅的云南军队逼近赤水河镇，
杀气腾腾令千里山岭一片蒙蒙。
猛将郭勋祺率部继续由茅台渡河，
气焰嚣张如同穿越山谷的疾风。
国民党的各路兵马就是这样分布，
向着古蔺东南压缩着他们的包围圈，
184　如同黑云聚拢在四川东南的苍穹。

心如城府的统帅蒋介石发完电令，
静静站在巨大的军事地图前面，
得意地看着自己布下的天罗地网。
深深确信宝贵的时机正在来到，
他是这样为电令做了自信的收尾：
"剿匪成功，在此一举，勉之勉之"，
心中并不知道自己已经被迷惑，
192　中央红军正要将新的征途奔往。

就在蒋介石发出电令的两小时之前，
士兵统帅朱德向红军各军团下令：
出敌不备秘密四渡赤水东进，
限于二十一日夜晚由二郎滩地段东渡，
跨越赤水寻求机动突出重围。
根据部署红五军团担任后卫，
迟滞并吸引川军郭勋祺部向古蔺进军，
红军一军团的一个团仍把主力伪装，
大张旗鼓向着古蔺方向佯进，
分散敌人注意掩护主力东渡，
主力红军则秘密急速奔往渡口，
204　犹如鸟儿脱笼马上就要高飞。

一九三五年三月二十一日天空阴沉，

仿佛天公也有意帮助红军保密，
偷偷隐藏了太阳布满灰色云团。
在这阴沉的天空与宽广的大地之间，
中央红军各军团陆续渡过赤水河，
随后迈开捷足迅速挥师南下，
211　红色铁流再度掀起涌动的波澜。

中央红军已经秘密东渡赤水河，
敌人的指挥部却犹如反应愚笨的盲犬，
一时之间没有做出任何反应。
赤水河的东岸敌军仍在忙着西进，
整个地区人马杂沓乱作一团，
局部地带敌军西进红军南下，
218　有时彼此前后经过同样的路径。

这天夜晚，黑夜沉沉犹如浓墨，
红军三军团十一团受命连夜急进。
心志豪壮的战士穿上敌人的军装，
穿插于敌军，却让敌人无法辨认。
司号员赵国泰是个脑袋机灵的小鬼，
弄到一顶国民党军的帽子戴在头上，
偷偷混到敌人的兵营享用了晚餐，
226　然后回到部队竟然一帆风顺。

二十二日这天，在下午黄昏来临之前，
后卫红五军团也全部渡过赤水，
跟随主力乘虚向着东南方奔往。
直到此时蒋介石方才如梦初醒，
犹如一头被愚弄的猛兽暴跳如雷，
眼睁睁看着红军有若游龙飞翔。
这位三军统帅不得不重新下令，
把在赤水河以西消灭红军的命令，
变为在赤水河以东防堵红军窜逃，
他的各路兵马一时晕头转向，
237　犹如无头苍蝇又是四处奔忙。

红色铁流此时方向冲着东南，
蒋介石认为红军会再次进攻遵义。
于是急令预备军固守遵义、桐梓，
同时命令周浑元和吴奇伟两个纵队，

星夜向着仁怀、茅台一带集结，
又要求周浑元一路兼程继续往东，
于鸭溪、白腊坎、枫香坝、长干山一带固守，
企图在围住中央红军于遵义地区，
用那长长封锁线重置红军于死地。　　246

倒流水位于长干山与那枫香坝之间，
西距长干山二十五里，东距枫香坝十八里；
站在倒流水地区的高山东西遥望，
可看见两边山头布满敌人的碉堡。
就在长干山、倒流水、枫香坝的弧形地带，
敌人已把长长封锁线东西向打造。
三个师于此横向排开驻守要害，
企图拦阻红军南进的铁流浩浩。　　254

这一日当玫瑰色的黎明降临逶迤群山，
红军教导营及第二师工作连领受了命令，
受命秘密袭占倒流水向两翼延伸，
扰乱敌人的判断并保障主力南进。　　258

于是早饭后红色尖兵整装出发，
刺刀在金色阳光照耀下光辉闪耀，
点点星星森然闪烁在群山之间，
犹如游龙脊背的鳞甲显耀光芒。
红色尖兵迈开捷足翻山过岭，
说说笑笑向着倒流水地区奔往。
刚刚突出重围的勇士们心中欢畅，
个个心志豪壮胸中的斗志高昂。　　266

一路之上老百姓听说红军到来，
成群结队跑来瞻仰传奇中的英雄。
老乡有的带路有的报告消息，
有的送茶送水，有的送粮送食，
只有平日欺压百姓的地主恶霸，
早已闻风丧胆转眼一跑而空。　　272

机敏的红军尖兵为了迷惑敌人，
一路弯曲绕行犹如水田里的泥鳅。　　274

当金色的黄昏降临养育众生的大地，

红色尖兵来到一个村庄旁边，
他们在浓密的树阴下停下疲惫的双脚，
让膝腿得到放松，力量迅速回归。
一个战士这样询问村里的老乡：
"这里前去倒流水还有路途多远？
我们已经走了七十里山路漫长，
如今夕阳正在落往西边的山头，
不知今日我们能否赶到倒流水，
在那里告别落日金色温暖的光辉？"
那个热情的老乡回答战士说道：
"红军先生！你们真是神行太保，
今日能够看到你们我真是有幸，
这里距离倒流水还有二十五里山路，
大山高耸，即使鸟儿也害怕攀飞。"
红色战士听罢笑着这样回答：
"我们已经翻过比这更高的大山，
脚下神奇的草鞋好过鸟儿的翅膀，
今天再走十五、二十里就够了一百，
我们准备继续翻越大山前进，
即使太阳西沉还有那灿烂星辰，
黑色的夜晚它们会将群山偎依。"

言罢心志豪壮的勇士们吃起干粮，
享用了简单的晚餐满足了饥饿的肚肠。
战士们说说笑笑谈论着赤水四渡，
个个说得眉飞色舞神采飞扬。
忽然零碎的枪声从远处山坡传来，
那里是教导营的尖兵前往警戒的地方。
红色勇士们心中一紧拿起钢枪，
迈开捷足飞步向着那边奔行。
原来刚才远远传来的零碎枪声，
是敌人由倒流水出来抢粮的几个散兵，
他们撞上教导营尖兵正在警戒，
零零落落射了几枪便开始退却，
往着倒流水方向逃命，一路仓皇。
红色尖兵们迈着捷足长驱追赶，
跑过崎岖的山坡，翻过高耸的山岭，
跨过淙淙的山涧，穿过深深的林莽，
一直追到夜神张开巨大的翅膀，
翅膀黑色如墨缀满璀璨的星辰，

星辰点点星星闪烁灿烂的光芒。

在宽广的大地和繁星璀璨的天穹之间，
红色勇士们安上刺刀继续前进，
飞步奔行之中刺刀寒光森然，
刀锋锋利，劈开夜风飕飕作响。
奔跑了许久他们踏上一条小路，
石头小路弯弯曲曲直通下山，
山下不远火光影影绰绰地摇晃。
难道前边敌人布下了天罗与地网？
战士们攥紧了手中钢枪加快脚步，
体内血液沸腾激荡起勇气和力量，
并不害怕硬碰硬和敌人打场硬仗。

红军教导营指挥员却是心藏谋略，
首先把几个胆大机智的战士派出，
沿着路边低矮的树林悄悄向前。
再令其余的在后面抢占各处要点，
随时准备面对强敌与之周旋。
那几个胆大机智的战士悄然潜行，
犹若狸猫穿过杂草灌木与田垄，
神不知鬼不觉迅速摸到光亮的旁边。
原来光亮出自一间破陋的茅棚，
里面铺上两个老人正在吸大烟。
红色尖兵轻声说出话语飞翔，
未因没见敌人而轻易放松心弦：
"我们是工农红军，两位不用害怕！
请问这里是否有过白军出入，
有着多少人马驻扎在丛林与山巅？"
其中的老婆婆这样回答红军的询问：
"前去半里便是长干山下来的大路，
白军这几天到此何止几百几千。
这群豺狼整天不断地抢掠钱粮，
害得我们的生活有若烈火熬煎。
倒流水昨天刚刚驻了兵到处拉夫，
我的儿子也被捉去真是可怜。
只求红军先生赶紧把他们打败，
好让我们可怜的人呀母子团圆。"
言罢低声啜泣一时老泪纵横，
泪水顺着干瘦的脸颊滑落泥尘，

296

315

326

涟涟不息地流淌犹如潺潺山泉。
心志豪壮的红军战士听了心酸，
这样回答伤心的老人带着安慰：
"这位老婆婆请你不要如此悲伤，
没想到我们的战斗把你们母子牵连。
我们已经把你的话语记在心间，
一定很快打败那群作恶的白军，
360　找到你的儿子让你们母子团圆。"

红色勇士们告别老人继续前进，
途中捉到白军四名掉队的士兵，
其中一个俘虏班长这样说告：
"我们五师二十七团驻防倒流水一带，
今天下午听到山上很远的枪响，
官长就带着部队朝着枫香坝前行。
我们师部以及直属队另加一个团，
与四师全部都在不远的长干山驻扎，
八十七师和五师一部驻在东边枫香坝，
370　下午二十七团刚刚赶去把力量加强。"

夜神展开翅膀笼罩宽广的大地，
翅膀黑色如墨缀满璀璨的星辰，
星辰点点、星星，闪烁灿烂的光辉，
红色尖兵们穿行在大地与星辰之间。
当黎明在东方露出玫瑰色的温柔手指，
红色尖兵们赶到倒流水布下埋伏，
就如勤快的农夫不愿在清晨偷闲。
天亮时分由长干山方向走来白军，
正把粮食与弹药向着枫香坝送往，
他们个个大摇大摆稀稀拉拉，
彼此间隔老远走在山路弯弯。
红色尖兵把他们一群一群捕获，
犹如富有经验的渔夫在湖口捕鱼，
落雨之前在湖口张起大网牢牢，
当雨水不断抬高宽广湖泊的水位，
大鱼小鱼便纷纷向着湖口游窜，
于是被那渔夫的陷阱网个正着，

网眼密密编织，只放过流水潺潺。
机智的红军就是这样捉拿着白军，
半天工夫就有五十余人落网，
外加步枪五十支，子弹两千余发，
还有新式驳壳枪一支，子弹百发，
兵不血刃取得如此丰硕的战果，
使得红军心中喜悦，绽放了笑颜。　　394

俘虏之中有个挑担的年轻壮汉，
正巧就是茅棚中那位老人的儿子，
红军发给了钱粮让他回家团聚，
心志豪壮的汉子却想参加红军，
拍着宽广的胸膛就是舍不得离开。
红色尖兵们见了心中很是欢喜，
要他先行回家告别，然后再归来。　　401

当金色太阳稍稍移过天顶正中，
由长干山方向开来敌人一队人马，
杀气腾腾令逶迤山岭一片蒙蒙，
不料红军勇士们刚刚把冲锋号吹响，
气势嚣张的敌军竟然不战而逃，
跌跌撞撞地溃退犹如蠢笨的狗熊。
红色勇士们奋起向着西面直追，
跑过崎岖的山坡，翻过高耸的山岭，
跨过淙淙的山涧，穿过深深的林莽，
一直追到长干山下犹如猛烈的飓风。
红军的尖兵很快向着两翼伸展，
就是这样在几日之内扫清了道路，
将长干山、枫香坝一线的封锁一荡而空。　　414

红军主力军团很快全速地推进，
穿过枫香坝以东与才溪之间的空当，
犹如飞龙刚刚腾跃出坚壁的牢笼，
便又挟着飓风穿越悠长的山谷，
遍身鳞甲闪烁耀眼璀璨的光辉，
向着南部滚滚乌江呼啸着奔往。　　420

第二十一卷

南渡乌江

滚滚乌江发源在贵州西部的山岭，
贵州高原和云南高原在那里相连。
从小小源头开始，乌江蜿蜒曲折，
由西向东奔腾着把险峻的峡谷横穿。
在安顺北面它折向东北继续奔流，
江水常常在阳光下闪耀灰铁的光辉，
如同巨刀锐利，锋芒逼入云霄，
仿佛天神将它从高空砍向大地，
刀锋割裂群山，升起了奔涌的山巅。
沿东北向，它远远绕过贵阳川流不息，
然后就在贵州东北角折向了西北，
很快在重庆东面的涪陵汇入长江，
从高空俯瞰养育众生的宽广大地，
它又如一道闪电闪着锯齿的光芒，
15 深深嵌入黑色山脉，环绕过农田。

一九三五年三月底红色铁流继续南下，
浩浩涌向遵义西南的乌江河段，
先遣部队是披坚执锐的红军一军团。
军团一师三团领受艰巨的命令，
跑过崎岖的山坡，翻过高耸的山岭，
跨过淙淙的山涧，穿过深深的林莽，
在灰色阴雨连绵乌云翻滚的雨天，
在金色太阳发出耀眼光辉的白日，
在黑色天穹点点繁星闪烁的黑夜，
25 迈开了捷足奔往乌江北岸的险滩。

乌江北岸的灰色大山高耸百丈，
绿色植物斑驳覆盖着铜铁的山岩，
犹如从远古残留至今的巨大城垣。
红色勇士们到达靠近江边的山背后，
悄然隐蔽下来对附近进行了警戒，
同时派人侦察敌人江防的情况，

筹划如何闯过水铸的天险之门。 32

坚忍刚勇的军团工兵连挥起臂膀，
强壮的大手握着刃口锋利的砍刀，
在附近山林深处紧张地砍伐竹子，
砍刀划过道道森然冷峻的光芒，
高大的青色竹子发出巨大声响，
喀啦啦轰然翻倒在养育众生的大地。
工兵战士用砍刀砍去多余的枝叶，
把众多青色大竹截成丈余长的竹段，
然后用那粗粗的绳索或者山藤，
把许多修葺好的竹段牢固地捆绑，
仔细捆扎成牢固宽大的双层竹排，
为将要渡江的勇士准备着水上的战骑。 44

这天天空中阴云密布缓缓移动，
深邃的峡谷之中只有波涛的轰鸣。
心胸勇壮的红色战士潜伏在江边，
团营指挥员亲自于险滩考察地形，
但见对岸峭壁几乎笔直而立，
江水轰鸣着滚滚向着东北向奔流，
黑色江水混杂着一些赤红色泥土，
犹如黑赤色的蛟龙呼啸翻卷着远去，
从远方峡谷之中又传回隐隐雷霆。
此处峡谷间的江面并不算是很宽，
然而水流湍急到处布满着旋涡，
大大小小的礁石错落在江水之中，
对岸石壁被江水掏空了下部岩层，
犹如一只只丑陋无比的怪兽蹲踞，
它们个个张开黑色幽暗的大嘴，
露出凹凸不平恐怖狰狞的石牙，
吞吐着飞速流过的赤黑色的乌江流水，
暗藏险恶欲把生命带往幽冥。

人和船如果陷进怪兽一般的旋涡，
肯定会被吞没或被撕成碎片，
满足怪兽那残忍的欲望充满血腥。
红色勇士们经过侦察另外发现，
对面岸上渡口的守敌足有一营，
他们是那薛岳所部九十一师的士兵，
一个月之前他们领受命令来此，
在对面岩壁修筑起异常坚固的堡垒，
把可以用来渡江的船只全都损毁，
将可以登陆的道路全部破坏封锁，
73 防备红军取道乌江在此途经。

正当红色勇士们一筹莫展之时，
来了一个身体干瘦的当地渔民，
这是位五十多岁头发花白的老人，
老人对着红军战士这样说道：
"在那对岸石壁上有着一条小路，
小路犹如锁链从悬崖上高挂而下，
以前我们下江捕鱼时常常行走，
道路崎岖险恶布满滑溜的青苔，
稍不小心就容易朝着江中跌倒。
从下面沿着小路攀上高高的峭壁，
高约大概一百尺的地方有座悬桥，
悬桥是用两根巨大的古木搭造。
在悬桥那边的桥头是一个石洞，
石洞犹如怪兽巨大深邃的眼睛，
多年来从不厌倦地盯着江水浩浩。
白军已经派人在石洞里面驻守，
大约一个班的人马配备了凶猛的火力，
扼守着石壁通向山顶的唯一孔道。
这里的地形险要，处处藏着杀机，
只要守桥的白军投下手榴弹和石头，
你们就很难突破这个天险的咽喉，
硬攻也会导致很多人性命难保。
白军若是再把悬桥的木头抽掉，
97 就更难冲过那个天生的石洞碉堡。"

听那老渔民说完有翼的话语飞翔，
心胸勇壮的红军战士心中沉重，
但是却并没有感到消沉沮丧。

红色勇士仔细筹备悄悄渡江，
不被敌人发觉渡过那滔滔波浪。 102

三团团长派出一营为前卫分队，
捷足豪勇的尖兵悄然摸往江边，
怔是隐秘的行动很快被敌人发现，
红色勇士们不得不改偷袭为强攻。 106

对面石崖一片绝壁漠然仁立，
狂暴的江水犹如怪兽发出嘶鸣。
豪壮的红色勇士们到江边看见此景，
勇敢的心灵也不禁感到暗暗吃惊。 110

察觉到几个年轻战士脸上的恐惧，
政治指导员说出有翼的话语飞翔：
"年轻的勇士们，我们已经来到乌江，
滚滚江水中已经流淌着勇士的英魂，
三个月之前当我们在下游北渡乌江，
许多英勇的战友献出了宝贵的生命，
鲜血流入江水身躯淹没于沧浪。
可能没有人能够记得他们的名字，
但是当后世的人们来到这条江边，
看着这江水滚滚流淌奔向远方，
他们会说有群英雄曾在此战斗，
山河大地会收留英雄们高贵的魂魄。
即使哪天江水干枯石壁倾颓，
英雄的魂魄也会犹如永恒的骄阳。
今天我们很多人也会失去生命，
追随我们英勇的战友死在乌江，
鲜血流入江水身躯淹没于沧浪。
可能没有人能够记得我们的名字，
因为任何名字总是容易被遗忘。
但是当后世的人们来到这条江边，
看着这江水滚滚流淌奔向远方，
他们会说有群英雄曾在此战斗，
山河大地会记住英雄们不朽的荣光。
即使哪天江水干枯石壁倾颓，
英雄的魂魄也会像那日月悠长。
经过侦察知道沿江有几个渡口，
各处分布守敌足足有一营的人马，

他们是那薛岳所部九十一师的士兵，
一个月之前他们领受命令来此，
在对面岩壁修筑起堡垒气焰猖狂。
如今对面的石壁就有敌人的堡垒，
在那对岸石壁上有着一条小路，
小路犹如锁链从悬崖上垂到下方。
以前渔夫下江捕鱼时常常行走，
道路崎岖险恶布满滑溜的青苔，
稍不小心就容易跌倒把性命丢丧。
从下面沿着小路攀上高高的峭壁，
高约大概一百尺的地方有座悬桥，
那桥是由巨木搭造犹如悬梁。
在悬桥那边的桥头有个天生的石洞，
石洞犹如怪兽巨大深邃的眼睛，
多年来从不厌倦地盯着江水如常。
白军已经派人在石洞里面驻守，
大约一个班的人马配备了凶猛的火力，
扼守着石壁通向山顶的唯一孔道，
犹如护宝的怪物把险恶的杀机暗藏。
只要守桥的白军投下手榴弹和石头，
或是再把悬桥的两根木头抽掉，
我们就很难突破那个天生的石洞，
就很难闯过这个天险的狭窄咽喉，
今天我们会有人在这里失去生命，
追随我们英勇的战友死在乌江，
鲜血流入江水，身躯淹没于沧浪。
可能没有人能够记得我们的名字，
因为任何名字总是容易被遗忘。
但是当后世的人们来到这条江边，
看着江水滚滚流淌奔向远方，
他们会说有群英雄曾在此战斗，
山河大地会记住英雄们不朽的荣光。
年轻的勇士们！我们是不怕牺牲的红军，
为了胜利完成肩负的光荣使命，
今天就让我们实现勇敢的诺言，
今天就让我们把生命在此抛却，
174　　但让英雄的魂魄万世不朽地飞扬。"

飞翔的话语为战士注入勇气和力量，
战士们发出如雷的呼声直逼云霄：

"我们是英勇的红军，情愿战死在乌江！
今天就让我们把战士的荣誉捍卫，
渴望战斗的热血已经沸腾在胸腔。"　　179

心胸壮勇的红军战士有人提议：
"让我们实行比赛看谁最先强渡，
英勇的战友们你们是否愿意参加？"
听见的勇士齐声呼应发出巨响：
"当然赞成！让我们一同勇闯天涯！"　　184

于是第二、第三营全部动员起来，
协同工兵把双层的竹筏加紧制造。
一营负责首先展开强渡行动，
豪壮的战士们热血沸腾流淌在周身，
看峡谷之间的乌云笼罩着江水浩浩。　　189

远离黑色和赤铜色江水的宽广山野上，
红军主力正源源不断奔向乌江，
乌云翻滚天际，勇士仍在远征，
山冈原野之上，大旗猎猎飞扬。　　193

乌江岸边红色勇士们捆扎着竹筏，
很快就弄好了两个并把火力配备。
指挥员要挑选几个水性出色的勇士，
作为第一突击队踏上宽大的竹筏，
年轻的勇士们个个踊跃斗志昂扬，
并不惧怕双脚迈离坚实的大地。
被选中的一个战士掏出一张纸片，
上面歪歪斜斜写了些蝌蚪般的文字。
战士把字条递给旁边的同乡战友，
笑着说出有翼的话语于空中飞翔：
"如果可能，请代我将这字条保存，
等到哪天胜利了你能返回故乡，
请把它交到我那白发的妈妈手里，
告诉她我在长征的路上学会了认字，
我在纸上写了我们战斗的故事。"　　208

他的同乡战友也说出话语飞翔：
"如果我也牺牲在乌江不能回乡，
也会有人继续把它好好收藏，

212　我们的故事会有后人反复地颂扬。"

言罢红色勇士们撑出宽广的竹筏,
竹筏劈开滚滚江水靠往对岸。
敌人从石洞里射出吞噬生命的子弹,
投掷出响声恐怖的手榴弹连续不断。
手榴弹在竹筏周围的水面纷纷落下,
飞溅起巨大的浪花犹如怪物在狂欢。
密集的子弹穿透水面钻入江底,
也有的穿透红色勇士宽广的胸膛,
满足了啜饮勇士鲜血的残忍意愿,
222　把勇敢的生命往黑色的幽冥召唤。

红色勇士艰难地撑着竹筏前进,
冒着密集可怕的子弹躲过旋涡,
艰难行进在流水滔滔的乌江江面。
好几个水性卓越的勇士跌落江中,
呼啸的子弹给他们制造了可怕的创伤,
有人立即失去年轻宝贵的生命,
有的挥动坚实的臂膀挣扎着游动,
前进的方向却仍是喷射枪火的对岸,
231　并没有一个像是懦夫后退怯战。

在宽大的竹筏将要靠近岸边的时候,
那个递送纸条的战士跌落了激流,
子弹洞穿了他的胸膛鲜血飞溅,
他的魂魄追随着许多英勇的战友,
236　鲜血流入江水,身躯淹没于沧浪。

可是那个宽大的竹筏并没能靠岸,
石洞里的敌人继续疯狂向竹筏射击,
竹筏在惊涛骇浪中旋转着顺流而下,
巨大的旋涡使得竹筏失去了方向。
竹筏上心志豪勇的战士使足气力,
在枪林弹雨中控制着竹筏不被掀翻,
竹排在咆哮的激流来回撕扯冲击下,
沉沉浮浮在奔涌的江面剧烈荡漾。
北岸指挥员见到敌人火力太猛,
只得放声呼喊竹筏设法返回,
247　再图时机渡过这吞噬生命的波浪。

当昏暗如墨、乌云会聚的黄昏降临,
阴沉的天气忽然发生巨大的变化,
狂暴的大风犹如从地心突然吹出,
顺着黝黑的峡谷呼啸着隆隆轰鸣。
大雨犹如从九天飞落的无边瀑布,
滔滔不绝降落到养育众生的大地,
大雨在乌江江面上和浪花搅混在一起,
仿佛整条大江奔涌在昏暗的空中,
又仿佛大地震动激射出冲天的巨浪,
浪花的飞沫弥漫天穹让天神也心惊。
雨水落在贵州高原冲刷着大地,
大量泥土被雨水冲落纵横的河流,
江水河水卷着无数泥土奔涌,
高地上剩下千条沟壑,如伤口纵横。
隆隆的雷声在风雨中震撼着整个大地,
闪电犹如锯刀锯裂黑色的天空,
光芒森然闪耀发出惊人的光明。　264

如此恶劣的天气放松了守兵的心神,
他们愚蠢地以为乌江天险纵横,
再加上令人惊惧的狂风、大雨与雷霆,
足可以把红军挡在对岸无计可施。　268

然而心志豪勇的红军战士另有想法,
他们把恶劣的天气看作是偷渡的良机。
当夜色最黑最浓的夜晚十时左右,
在狂风暴雨制造的漫天迷雾之下,
勇士们拖着白天强渡用过的竹筏,
悄悄来到预计登岸点的上游河段,
他们放出竹筏斜着顺流而下,
借着水势把竹筏巧妙地撑往对岸,
穿越了狂风暴浪没有让敌人察知。　277

几个孤胆英雄渡过大江之后,
由于天色如墨南岸敌情不明,
北岸战友无法用火力将他们支援。
过江的勇士们静静隐蔽于对岸的险滩,
在一块巨大岩石之后会聚起来,
大雨狂浪已经把他们个个浇透,
三月底的夜晚寒气跟着狂风袭来,

285　勇士们冻得发抖慢慢失去了体温。

他们知道必须争取宝贵的时间，
于是派出三名战士展开了侦察，
三名战士犹如黑夜中敏捷的山猫，
很快寻到石壁上那条直立的小道。
机智勇敢的三个战士鼓起气力，
抓着石壁上的野藤往上慢慢攀登，
当凸出的岩石挡住道路制造出障碍，
多智的勇士便解下绑带用上了米袋，
那米袋长长，平时斜挎在宽广的肩膀，
如今也成了牢固的攀登用绳，上好。
三个孤胆英雄就是这样行动着，
一个一个顺着石壁悄然向上，
298　坚定不移地将守敌灭亡的命运打造。

狂暴的风雨呼啸着激荡在他们的周围，
成了他们孤胆行动的绝妙掩护，
三个勇士犹如山猫不停地攀缘，
终于悄无声息地摸到了悬桥旁边。
他们静静蹲踞在黑色岩石之下，
睁大眼睛等待攻击机会的出现，
在一道耀眼的闪电闪烁的瞬间，
蜷伏在洞口的敌人呈现在他们眼前。
三个红军战士迅速投出手榴弹，
308　飞向桥头洞口的敌人如箭离弦。

悬桥那边洞里的敌人发出惊呼，
顿时有几个丧生于从天而降的爆炸，
剩下的鬼哭狼嚎喊着"红军来了！"
312　拼命地连滚带爬向着山后奔逃。

险滩岩石之下的勇士们抓住时机，
飞步沿着那条小道往上攀登，
很快把通往山顶的必经之途控操。
勇士们站在风雨之中大声欢呼，
向着对岸呼告小路已经占领，
但是因为风雨的声音过于喧嚣，
319　对岸的战友无法听到他们的呼告。

过了许久对岸才知道障碍扫除，
于是迅速组织竹筏继续抢渡，
直到凌晨三时才渡过一个连队。
先锋连过江之后迅速分散行动，
在离敌人沿江主阵地附近隐蔽，
犹如一群捕食的狮子逼近敌人，
326　蹲踞在那巨大山岩的阴影之内。

此时黎明还未降临宽广大地，
天色依然昏暗如墨，藏匿着光明，
狂暴的大风犹如从地心不断吹出，
顺着黝黑的峡谷呼啸着隆隆轰鸣。
大雨犹如从九天飞落的无边瀑布，
还在不绝降落到养育众生的大地，
大雨在乌江江面上和浪花搅混在一起，
仿佛整条大江奔涌在昏暗的空中，
又仿佛大地震动激射出冲天的巨浪，
浪花的飞沫弥漫天穹，让天神也心惊。
雨水落在贵州高原冲刷着大地，
大量泥土被雨水冲落纵横的河流，
江水河水卷着无数泥土奔涌，
高地上剩下千条沟壑在将贫瘠纵横。
隆隆的雷声在风雨中震撼整个大地，
闪电犹如锯刀锯裂黑色的天空，
343　光芒森然闪耀发出惊人的光明。

乌江南岸的敌人遇到天降的神兵，
弄不清红军究竟有多少已经过江，
又知山头扼守险要的石洞已失，
黑暗之中惊慌失措更不敢妄进。
一连红色勇士们犹如潜伏的狮子，
当拂晓时分天光刚刚微明之时，
便爆发出强劲的力量扑向惊恐的猎物，
震地的巨吼吓得猎物的心胆狂跳，
红色勇士们就是这样发起袭击，
353　把整整一个营的守敌击垮于短短的一瞬。

坚忍勇悍的工兵于是马上行动，
很快架起可以奔驰人马的浮桥，
红军一师的主力乘胜渡过乌江，

飞速迂回到下游几个分散的渡口，
犹如猛烈的飓风扫过残垣颓壁，
359　迅速将南岸沿江守敌全部击溃。

当三团渡到乌江南岸长驱直进，
迈开捷足行出七八里地的时候，
捉到一个匆匆忙忙奔行的传令兵，
传令兵来自敌军息烽驻军的师部，
怀中带着一封十万火急的书信，
信中命令渡口的守敌以死坚守，
等待援军很快向着渡口奔往。
红军三团的勇士心中不禁高兴，
当即分兵一部守住南岸渡口，
主力沿公路向着通往息烽的婆场。
行至半路远远发现敌人的援兵，

援兵不知道南岸阵地已经丢失，
正在毫无防备飞快地跑步前行。
心志的豪壮红军勇士暗中埋伏，
犹如捕猎的狮子扑向飞奔的羚羊。
狮子迅猛地奔跑发出震地的吼声，
声音随着飓风直上高远的天穹，
惊吓了羚羊制造出四处逃窜的惊慌。
红军就这样打散驰援乌江的敌人，
在乱军之中从容活捉了援兵的营长。　　379

乌江南岸红色的铁流滚滚南下，
犹如猛烈的飓风向贵阳方向疾进，
江河纵横的高原上，低矮的乌云翻滚，
乌云与大地之间，勇士们继续远征。　　383

第二十二卷

北盘江前后

红军一面向着贵阳方向进军，
一面沿路发出传言有翼飞翔。
敌人以为红军打回贵州的目的，
是为了在贵州建立新的红色根据地，
5　所以才四渡赤水随后兵逼贵阳。

在红军主力直趋贵阳而去的同时，
红军九军团受命留在乌江以北，
迟滞与牵制敌人保证主力南进。
运筹帷幄的毛泽东另派一支小部队，
东向攻击瓮安、黄平，佯作东进，
红军犹如云中的游龙神出鬼没，
12　彻底打乱了敌人苦心布置的杀阵。

四川贵州的军阀和薛岳等部的军队，
如今已在红军身后空自奔忙。
蒋介石正在坐镇贵阳亲自督战，
主力都已调出城内只剩了一个团，
当红军渡过乌江的消息很快传来，
这位心如城府的统帅也不禁心慌。
为了防止红军的攻击或者东进，
他一面急令"云南王"龙云火速增援，
21　一面急调薛岳和湘军于东线布防。

红军主力则是迈开了捷足急进，
跑过崎岖的山坡，翻过高耸的山岭，
跨过淙淙的山涧，穿过深深的林莽，
从白日直到夜神张开巨大的翅膀，
翅膀黑色如墨缀满璀璨的星辰，
27　星辰点点星星闪烁灿烂的光芒。

乌江以南敌军已经主力甚少，
红军所向披靡如入无人之境。

捷足的勇士们很快逼近贵阳城下，
令得滇军驰援贵阳疲于奔命。　　　31

当运筹帷幄的毛泽东达到战略意图，
吸引云南的敌人驰援贵阳之后，
仅留一支小部队佯作进攻贵阳，
却命主力继续往南奔涌如浪。
毛泽东的脑中进军路线折向了西南，
穿越逶迤的山岭遥指云南的方向。　　37

红军主力这天通过贵阳附近，
派出捷足机敏的尖兵前头先行。
忽见前面一里之外的低缓山坡上，
蹲着一堆老乡往队伍遥遥相望。
尖兵们知道快到村庄心中高兴，
冲着山坡喊出话语有翼飞翔。
那些老乡以为官兵前来拉夫，
犹如一群绵羊以为豺狼要来，
顿时乱乱纷纷四处奔跑慌张。
红色尖兵赶紧飞步往前直追，
同时自报家门让老乡不用心慌。
红色尖兵这样喊出飞翔的话语：
"老乡们你们不用害怕如此惊慌，
我们是英勇的红军从不伤害百姓，
为了保护穷人我们征战远方。
我们不是前来拉夫只是路经，
想向你们把消息打听继续前往。"
一个老汉听到喊声停在山坡，
转过身子迎着山风白发苍苍。
红色尖兵心中欢喜飞步靠近，
问出许多问题在那风中飞扬。
开始白发老汉装聋不闻不语，
渐渐拉着红色尖兵倾诉衷肠。

那一大堆老乡站在半里之遥，
看着老汉与红军谈话兴致浓厚，
不禁有的心中好奇有的羡慕，
犹如幼小的羔羊刚刚认出母亲，
踟蹰着一个个逐渐慢慢走了回来，
听那红色尖兵说着话语激昂。
红军飞扬的话语拨动着人们心弦，
激起他们对理想和美好生活的向往。
谈话间人群中站出一个高大青年，
说出如雷的话语飞荡于四月的风中：
"红军先生，请你们把我收入部队，
72　跟着你们为理想踏上征途长长。"

心志豪壮的青年的话语引起了共鸣，
一个五十来岁的汉子跟着站出，
身上穿着破烂的衣服面色黑黄，
满脸布满皱纹，手脚黝黑粗壮，
气宇轩昂发出声音洪亮如雷。
这个汉子这样说出有翼的话语：
"凶恶的军阀随意征收苛捐杂税，
让我们庄稼汉的生活简直牛马不如，
红军先生请你们也把我收入部队，
我不想犹如可怜的牛马老死这里，
被那些豺狼拖入无人理会的土堆。"
接着，他说出了曾经经历的悲惨与痛苦，
故事从他心底涌出充满了悲哀。
红色尖兵们听了酸鼻，气愤填膺，
可是见他年岁已大不适合战斗，
便这样说出话语把他的请求回答：
"亲爱的老伯，我们不能让你参军，
虽然你依然气宇轩昂声音洪亮，
可是我们的征途如此的艰苦险恶，
已经并不适合你这样的年纪前往，
请你还是留下把你的家人相陪。"
最初停下的那个白发老汉听了，
便这样插入有翼的话语在人群中飞翔：
"若不是我也年纪大了，腿骨老了，
我也想参加红军好好活上一回。"
那个被拒绝的黑脸老汉满脸失望，
沉默了片刻之后忽然眼中一亮，

用那充满期盼的声音大声说道：
"我知道你们嫌我太老了腿慢脚软，
就让我这十八岁的小儿子跟着你们，
他身体强壮犹如腿骨健壮的耕牛，
坚实的臂膀可以撼动高大的桑槐。"
红色尖兵们听了个个心中欢喜，
高兴地点头表示同意他的要求，
黑脸老汉兴奋地大喊摇身一转，
向着家里飞跑去叫他的小儿子，
很快从一个茅棚里钻出人影，
二男一女笑呵呵由远而近跑来。
他们对身体健壮如牛的小儿子说道：
"你跟这些同志去当光荣的红军，
要听指挥有空时常捎信回来。"
儿子笑容满面地说出话语飞扬：
"父亲母亲请你们放心让我前往，
我会做个勇敢的战士奋勇杀敌，
如果你们想我，就看看门前的槐树，
那是我小的时候把它一手种栽，
胜利时我会回来和爹妈共同举杯。"
红色尖兵们听了个个心中欢喜，
取下背上的一袋米送给他的双亲，
一个战友马上脱下一件军服，
送给这健壮如牛心志豪壮的新战友，
他的父母看了也是心中高兴，
笑容满面地说出有翼的话语飞扬：
"红军真好，的确是咱干人的救星，
送咱的孩子去当红军真是应该。"　127

热情的百姓就是这样一个又一个，
有的送儿当红军，有的送郎上战场，
不到半日就有十数位健壮好儿郎，
跟着红色尖兵们踏上了征途长长。　131

这天红军勇士宿营在一片山地，
此处正好位于贵阳与龙里之间。
当玫瑰色的黎明还未降临宽广大地时，
红军一军团教导营的战士便肃静地起床，
飞快享用了早饭让食物填充了肚皮，
便在集合的号音中踏上了山路弯弯。

不久战士们接近一条宽广的马路，
忽然一个军团司令部的参谋大喊，
喊声如雷震荡着每个战士的耳膜：
"飞机快要来了，部队快过马路，
让我们尽快找到地方把队伍隐蔽！"
这时贵阳方向步枪声机关枪声正响，
巨大的声音大概传自几里之外，
那里正有很多生命被子弹吞噬，
许多豪壮的红军战士扑倒尘泥。
教导营的来路很快被敌人从后截断，
148 但捷足的教导营丝毫未被敌人迟滞。

就在教导营的战士们刚刚隐蔽身形后，
天空传来了飞机巨大的嗡嗡轰鸣。
灰白的天穹此时竟没有一丝云彩，
突显出七架敌机犹如凶恶的秃鹰，
秃鹰瞪着黑色的眼睛寻找猎物，
154 巨大的翅膀投下阴影令人心惊。

过了片刻飞机飞临马路上空，
盲目投下灰铁的炸弹钻入大地，
发出震地巨响掀起了赤黑的泥土，
高高飞溅起来犹如黑色的浪花。
黑色浪花在天空四散出可怕的泡沫，
犹如雨点纷纷落向隐蔽者的头顶，
又如疯狂捕食猎物的怪兽巨爪。
坚忍的红色勇士沉着坚定地隐蔽，
有的战士被疯狂乱投的炸弹炸中，
身体被撕成碎片鲜血染红了泥沙。
有的战士被粉碎的弹片伤残了肢体，
还有的战士被炸弹引起的烈火焚烧，
他们为了整队的行踪不被暴露，
168 忍着巨大的伤痛咬碎了颗颗钢牙。

等到飞机满足了欲望渐渐地远离，
红色勇士们抖落头顶肩头的泥土，
怀着悲愤将牺牲的战友匆匆掩埋，
172 扶着受伤的战友继续踏上了征程。

在一军团教导营东边不远的龙里地区，

第一师的掩护部队正在和敌人激战。
在西南方向的一军团教导营的右前侧翼，
红三军团的部队也正在推进战线。
逶迤的山冈上，火红的战火熊熊燃烧，
赤黑的烟尘冲天，镀染天穹一片。 178

红军一军团教导营抓住宝贵的时机，
在贵阳与龙里之间的空当飞步前行。
越过那崎岖的山坡，跨过高耸的山岭，
涉过那淙淙的山涧，摸过深深的林莽，
从白日直跑到夜神张开巨大的翅膀，
那翅膀黑色如墨缀满了璀璨的星辰，
那星辰点点星星闪烁出灿烂的光芒。 185

一军团教导营就这样翻越了两座大山，
把敌人远远抛到后面没了踪影。
战士们行在广阔的山脊上放眼四望，
两面都是极陡的石崖不能下行，
附近根本没有村庄也无房屋，
只有黑魆魆的溶积山岩凹凹凸凸，
大山犹如一块巨冰寂静清冷。 192

为了能让伤病员舒服地把身躯卧躺，
让所有战士能够把力量好好恢复，
指挥员命令继续走了三十里路途，
终于找到几个破旧荒废的房子，
等到走近一看却发现早有人宿营。
宿营的部队是军委直属纵队的战士，
就连房屋外面也是躺满了休息者，
草坪树下到处挤得密密匝匝，
四处起伏着熟睡者各色甜蜜的鼾声。
没有睡着的战士有的还在开铺，
有的还在烧水为伤者洗脚擦身，
小心地不弄出大声把熟睡的战友扰惊。
除了无线电充电机的声音不断响着，
整个屋内屋外都在把睡梦相迎。 206

附近一个低矮的房子内亮着灯光，
教导营营长陈士榘进入那个房子，
看到了毛泽东、周恩来和红军总司令朱德，

三位红军的领袖正在连夜商议，
准备确定次日主力行动的方向。
教导营营长陈士榘领受了新的任务，
领袖们要求教导营继续前进数里，
尽量靠近明天重要战斗的目标，
同时找到更多可供宿营的房子，
因为部队正在源源不断地赶到，
为了避免战士们露营过于疲劳，
也为了更加容易找到食物补给，
红军今晚需要更多房屋做营帐。
于是陈士榘带着战士们继续前进，
在大地与星辰之间又走了大约八里，
才终于找到几间小房子静卧在山冈，
疲惫的战士于是赶紧进入营地，
很快在四周要害配备好了警戒，
然后一个一个地迅速进入梦乡，
226　于月光之下让身体在甜美睡眠中荡漾。

四月时节的月亮在拂晓时才亮起，
这时教导营的战士才刚刚倒地安睡，
夜神翅膀之下移动着浓厚的乌云，
乌云遮盖了很多星辰灿烂的星光。
一个年少的通讯员躺在屋内的地上，
卷着薄毯身子紧紧靠着墙角，
月光不时穿过乌云漏出的空隙，
穿越遥远太空溜过对墙的窗棂，
温柔地照射在通讯员略带稚气的脸上，
年少的熟睡者于是就在月华呵护下，
渐渐步入座梦乡，思绪飘往远方。
他梦见自家养的老母鸡在悠闲地踱步，
不时低头啄食地上蠕动的小虫；
他梦见自己骑坐在高高的树干上面，
正举着弹弓瞄准一只呆头的麻雀，
忽然他听见母亲招呼他吃饭的声音，
于是放下弹弓回头向家门张望，
只见母亲正站在门前的青石台阶上，
向他轻轻招手，笑容熟悉而温暖，
她的腰间，系着一条蓝布围裙……
小通讯员嘴角动了动，回应着梦中的召唤，
248　四月的月光轻轻笼罩着他的梦乡。

当黎明在东方露出手掌挥别月亮，
熟睡的战士在梦乡中听到嘹亮的军号。
战士们很快告别睡梦迎接朝阳，
几乎一夜未睡的炊事员备好早饭，
俾得战士们能够用食物满足肚肠，
食物为肉体注入力量消减了疲劳。
教导营接到总司令部送来的紧急命令：
"一军团教导营马上出发经过赤城镇，
向着定番①前进于今日占领该城，
定番北距贵阳六十余里路途，
应该注意朝着该向布置警戒，
防止敌人从侧后偷袭将危险打造。"　260

教导营领受了命令，迈开捷足前进，
战斗的任务激发起心中的勇气和力量。
沿着下山道路战士们飞快奔行，
并未由于昨日的疲累放慢脚步，
他们这样如风一般走了四十里，
很快来到了赤城镇附近的开阔地带，
捷足的勇士们继续沿着小河行走，
唱起胜利的歌声阵阵嘹亮而雄壮。
清澈的河水在队伍一旁欢快奔流，
水车喳呀喳呀应和着勇士的高唱。
麦秧铺盖着大地绿色清新入眼，
温煦的风微微吹着河边柳树，
柳条轻快摆动，犹如婀娜少女，
青春的身体随着乐曲欢快舞动，
激起人们心中快乐层层荡漾。　275

忽然急碎的马蹄声远远破空而去，
一匹白马如箭飞跑经过赤城，
向着西北卷起一缕淡淡飞烟。
红色勇士放眼朝着那边望去，
只见赤城区公所门口立着旗帜，
旗帜上面的青底衬出一轮白日，
红色勇士顿时个个绷紧心弦。　282

天空忽然传来飞机嗡嗡的轰鸣，

_____
①　即"惠水"。

绿色田野上空出现了灰铁的飞机，
三架敌机犹如凶恶的秃鹰盘旋，
秃鹰瞪着黑色的眼睛寻找猎物，
巨大的翅膀投下阴影令人心惊。
红色勇士赶紧飞快隐蔽在路边，
河边草丛繁密，来把战士们遮掩，
密密匝匝使得秃鹰无法看明。
凶恶的秃鹰没有能够找到猎物，
在宽广天空中盘旋了几圈灰心丧气，
很快隆隆向着西方的天边飞去，
294　又留下头顶一片天空宽广澄清。

教导营的红军勇士于是重新前进，
很快迈开捷足轻松占领区公所，
机敏的红军取下"青天白日"旗帜，
高高举起向着定番城昂首奔行。
红色战士们换上很多缴获的军服，
可是仍然不够进行全面的伪装。
队伍服装混杂、排成双列前进，
引来一路之上百姓好奇地张望，
有的老乡以为真是白军开到，
不禁心慌后退远远不敢靠拢，
红色勇士们赶紧做出一些解释，
话语飞翔很快消除了人们的惊慌。
红军很快行至距定番城二十里之处，
路边到处是人头攒聚远远站立，
前来把这支雄壮奇怪的队伍打量，
望远镜中可见城门还是大大敞开，
311　城头上面密密麻麻，人头如浪。

红色战士们刚刚靠近城墙脚的桥边，
城头哨兵已经意识到来者不善。
惊恐的哨兵仓皇向着红军射击，
同时手忙脚乱来将城门关闭。
红色战士知道伪装已经失效，
决心通过爬城而上实施强攻，
于是飞快迅捷奔近墙脚蹲伏，
一个个犹如壁虎攀着城墙向上，
320　并不畏惧子弹会将生命来吞噬。

城下的红军战士迅速抢占要点，
向着城头射出炽热呼啸的子弹。
结果城下勇士们刚刚打了十多枪，
臂膀强壮的爬城勇士已上了城楼，
守城敌人顿时犹如麻雀四散。
敌人百十余人呼啦啦出了西门，
狼狈向着长寨方向仓皇逃去，
犹如一个酒罐被打出一个破洞，
残酒汩汩向着另一个酒罐流灌。
红军就是这样迅速占领了定番，
331　把红旗插在城头犹如春花灿烂。

当晚教导营的红色战士宿营城内，
心志豪壮的战士们召集人们开会，
说出飞翔的话语揭露军阀的罪恶，
告诉人们红军是人民自己的队伍，
为了解放穷人捍卫国家的独立，
英勇的红军不畏牺牲征战远方。
豪迈无私的红军说罢飞翔的话语，
将缴获的财物粮食分给穷苦百姓，
平日受苦的人们个个欢天喜地，
彼此相告只有共产党领导的红军，
342　才是真正能够救百姓救中国的希望。

次日当玫瑰色的黎明降临宽广大地，
教导营的勇士们受命暂时留守定番城。
红军一军团其余部队则继续进发，
犹如一柄锋利的长剑辉煌闪耀，
347　向着长寨、紫云挥出锐利的锋芒。

当金色太阳刚刚移过天顶中央，
一军团第二师第四团乘胜占领长寨；
捷足的第一师第二团更是长驱直进，
在金色黄昏降临养育众生的大地时，
他们击溃敌军一个营占领紫云城，
披坚执锐的一军团两天攻克三城，
354　为红色铁流向西挺进消除了阻碍。

此时在红军一军团右翼是三军团的勇士，
在披坚执锐的一军团连克长寨紫云时，

攻城伐地的三军团也是挥戈长进，
两个红军的主力军团几乎是平行着，
一起向西南朝着北盘江快速进军。
犹如两条巨大的蛟龙穿行于群山间，
看到西南方向有条蜿蜒的大河，
于是急速向着大河的方向飞往，
一路之上彼此竞比着前进的力量，
发出雷霆般的响声震荡起云水的波纹。 364

北盘江位于贵州西南山岭之中，
源头始自贵州云南交界处的高山。
青赤的江水穿越曲折幽深的峡谷，
向着东南方向奔涌一路弯弯。
当它穿过无数高山峡谷之后，
和那南盘江在蔗香地区汇流一处，
两股江水交汇在一起发出轰鸣，
响声巨大回荡在深山峡谷中间。
交汇的洪流继续向前滔滔不息，
经过漫长道路流向遥远的东南，
为那大海带去无尽的流水潺潺。 375

红军三军团十一团占领广顺之后，
第二天夜晚接到军团的直接命令，
命令由军团统帅彭德怀、杨尚昆发出，
要求十一团作为先遣团进抵北盘江，
控制白层河渡河点掩护全军西渡。
心机缜密的统帅同时提醒十一团，
沿途一百八十里没有正规敌军，
但是有兄弟民族的民兵沿路分布。 383

当玫瑰色的黎明降临养育众生的大地，
红军十一团的勇士开始从宿营地出发。
他们呼吸着早晨清冷潮湿的空气，
走上那弯曲狭窄的羊肠小道悠长。
此时交夏时节的晨雾笼罩着大地，
凉风微微吹着沁入战士们的肌肤，
很多心胸勇壮的战士行进中感到，
微风带来了丝丝冷气如沐寒霜。 391

温煦的太阳渐渐露出东方的山头，

赤黑的土地在阳光之下连绵起伏。
可是红色勇士们心中感到奇怪，
农田之中竟然看不见有人在耕种，
只有田地油绿和泥土的赤黑满目。 396

心志豪壮的勇士们幸好早有了向导，
才没有在错杂的山岭之中迷失方向。 398

一百八十里路途一天半就要赶到！
为了完成任务勇士们毫不停歇，
跑过崎岖的山坡，翻过高耸的山岭，
跨过淙淙的山涧，穿过深深的林莽，
从白日直到黄昏为天空铸上黄铜，
金色夕阳镀染黄铜璀璨的天空，
天空一片辉煌闪烁灿烂的光芒。 405

勇士们就是这样翻过了两座大山，
越过无数条山沟，脚下不停地奔走，
没有勉强的神情，没有疲劳的抱怨，
只有雄壮的歌唱不时把勇气激荡。
勇士们互相呼喊掀起拉歌的竞赛，
歌声震动山谷把疲惫从肉体流放。 411

当夕阳渐渐从西山落下隐去身形，
白日的灼热也悄无声息慢慢消退。
从拂晓出发没有休息的捷足勇士，
感到咽喉充满了饮水的急切渴望，
于是沿着村子路边休息下来，
派出几个善言的战士进入村内，
其他战士安静整齐地在村口等候，
期盼着战友能够寻来清凉的饮水，
赶紧把不断进攻咽喉的干渴击溃。 420

几个机敏善言的战士进入村内，
好不容易见到一个彝族老人，
于是通过向导友善地说出话语，
说明红军的使命揭露军阀的罪恶，
告诉老人红军是人民自己的队伍，
为了解放穷人、捍卫国家的独立，
英勇的红军不畏牺牲征战远方。

彝族老人听了话语恍然大悟，
激动地这样回答心志豪壮的勇士：
"原来你们都是这样好的儿郎呀，
先前的谣言把你们说成了吃人的魔鬼，
哄得我们的妇女娃娃个个都怕，
男人们带着他们躲进了深深大山，
没有想到老儿今生却是有幸，
亲眼看到你们这些豪壮的男儿，
看到了真正能够救我们穷人的希望。
明儿我一定要告诉那些娃儿真相，
让他们也能瞻仰咱们救星的荣光。"
言罢满足了心志豪壮的战士的请求，
带着战士们来到村中小溪的近旁。
心志豪壮的战士个个心中欢喜，
又问距离北盘江还有多少路长。
彝族老人的回答催促了战士的心灵，
444　原来前往北盘江还有百里羊肠。

十一团的勇士们很快告别彝族老人，
又迈开捷足向着北盘江飞快前进。
在没有走出这个彝族村庄的时候，
头戴青布的彝族向导这样说道：
"前面就是民团王司令管辖的区域，
王司令是我们彝家之中的豪壮勇士，
率领着年轻儿郎对抗凶恶的军阀，
就连王家烈的部队也惧怕他的刀刃。
到时让我喊话，千万不要开枪，
否则畅通的坦途可能变成杀阵。"
于是红色勇士们检查了手中钢枪，
456　避免上膛的枪支走火——由于不慎。

此时黑色夜神张开巨大的翅膀，
翅膀黑色如墨缀满璀璨的星辰，
星辰点点星星闪烁灿烂的光芒，
460　犹如深邃的黑暗中无数猫的眼睛。

忽然前方幽暗树林中人影晃动，
隐约看见一人冲天开了两枪，
枪声划破黑夜的寂静悠悠回荡。
带路的向导对着树林"呜呜"呼啸，

接着沉着地喊出有翼飞翔的话语：
"心志豪壮的兄弟们请不要让子弹飞射，
这是拯救穷人的红军，我们的兄弟，
大家都是一家人同样的胸怀宽广，
我们的情谊将会让长天日月共仰。"
对面树林里的人影同样发出呼啸，
这样说出友善的话语把向导回答：
"心志豪壮的兄弟请听我的解释，
刚才的子弹出膛完全是出于误会，
因为几天前白军的代表曾经来过，
那人是受了周浑元委派前来游说，
想让王司令带领弟兄们堵截红军，
我们的英雄没有答应那帮恶人，
他说红军才是我们穷人的朋友，
自家兄弟怎能彼此胡乱地打仗。
刚才是我以为白军回来报复，
所以射出食人的子弹，实在是鲁莽。
心志豪壮的兄弟我相信你的话语，
也请你相信刚才我的诚心的解释，
我们都是一家人同样的胸怀宽广，
我们的情谊将可邀长天日月共享。"　　　485

头戴青布头巾的向导听了高兴，
红色战士们闻言也是心中欢喜，
于是部队跟着树林中的那位前进，
很快走出山沟通过了长长的田垄。
不久又有一老一少迎面走来，
两人都戴了瓜皮缎子帽身材魁梧，
年轻的向着十一团政委敬了举手礼，
然后说出有翼飞翔的如雷话语：
"我俩是司令派来的弟兄前来欢迎，
我们的头人让我们带来真挚的问候，
高高的山寨早就听说了大军的英勇。"　　496

红色勇士们闻言心中很是欢喜，
跟着使者迈开捷足前往山寨，
在那高高山寨进行了短暂休息，
让力量重新注入疲惫的四肢与胸膛。　　500

王司令是一个三十来岁的豪壮勇士，

见到红军十一团的王平时仍有不安。
但是经过在灿烂星辰之下的谈心，
这位心志豪壮的勇士捧出了心丸。
他这样说出有翼飞翔的如雷话语：
"军阀王家烈的人常常把我们掠抢，
我们原来也担心红军经过山寨，
以借路为名抢劫我们宝贵的财物，
杀害男人妇女，吞食人的心肝。
原来你们都是这样好的儿郎呀，
可恨的谣言把你们说成是吃人的魔鬼，
哄得我们的妇女娃娃个个都怕，
男人们带着他们躲进了深深大山，
如若不是收到一位老人的飞报，
我也不敢邀请你们前来用餐。
如今我才知道红军是穷人的希望，
明儿我一定要告诉所有弟兄真相，
518　让他们也能瞻仰穷人自己的军团。"

言罢这位豪壮的头人叫人捧出茶，
并派了他的副官作为红军的向导，
负责前去北盘江沿途的联络与安排。
红军十一团派出几个豪壮的勇士，
留在高高山寨内等待后续的部队，
又送给头人几条汉阳造的步枪，
525　作为礼物表达兄弟般友好的情怀。

在养育众生的大地与璀璨的星辰之间，
红色勇士们很快重新踏上征程。
点点星光之下，山冈逶迤起伏，
529　头人看着红军肃静地走向远方。

捷足的红军勇士在王司令副官的引导下，
前去北盘江一路畅通毫无阻拦。
又经过一个整夜和半天的急速行军，
在金色太阳还未移到天顶的正中时，
534　终于看到北盘江在眼前翻卷着波澜。

这段北盘江江面不宽水流不快，
然而水面赤黑难以判断深浅。
河的对岸高耸的大山连绵矗立，

太阳从天穹射出金箭飞向大地，
可是有一半被空中的云团挡在半路，
低低的云团被微风缓缓推着移动，
把巨大阴影在起伏的山坡上舒卷。　　541

由这里向着下游走出大约五十里，
便是十一团需要控制的白层河渡口，
就在十一团到达之处的下游五里，
有个地方名叫孔明坟令人浮想。
相传当年诸葛亮死后在那埋葬，
鞠躬尽瘁的事迹千百年如月朗朗。　　547

口舌干燥的红军战士们散布河滩，
犹如一群疲惫的战马奔走在天涯。
长久奔跑的战马浑身大汗淋漓，
半夜以来没有沾一滴水的咽喉，
早已干渴得犹如久旱龟裂的荒漠，
干渴的战马看到滔滔奔流的江水，
立即纷纷把高贵的头颅低下啜饮，
根本顾不上那水掺着赤黑的泥沙。
红军战士们就是这样拼命喝水，
有的你一碗我一碗，有的低头入江，
仿佛浑浊的江水胜过清冽的香茶。　　558

望着红军战士如此狂饮江水，
王司令派来驻守北盘江的连长说道：
"冬日腊月这里可以踩水而过，
可是现在却不知江水究竟的深浅，
在那白层渡口倒是备有渡船，
但却水流深急一片江潮浩浩。"　　564

十一团的政治委员张爱萍低头踌躇，
片刻之后毅然说出话语飞翔：
"浮水浮得好的，试试能不能徒涉，
强大的敌人随时可能赶到对岸，
每一分钟都不该把它白白浪费，
勇猛的狮子不会坐等吃人的豺狼。"　　570

身先士卒的蓝国清参谋长首先站出来，
跟着是七连指导员心志豪勇的蔡爱卿，

他，曾在遵义带头翻爬那城墙，
两人将身上的衣服裤子全都脱下，
顿时露出伤痕累累的强壮身躯，
犹如经历了风霜雨雪的铜铁的山岩，
战友们不禁惊叹眼前神样的勇士。
身先士卒的蓝国清手里拿了根木棍，
首先走入赤黑色滚滚涌动的江水；
心志豪勇的蔡爱卿一点也不示弱，
空着双手迈开两只粗壮的腿脚，
一步一步向着赤黑色的江心迈进，
583　江水淹没他们的双足，不见步履。

战士迅速架好机枪在江的此岸，
绷紧神经盯着对岸的高山顶部，
准备一发现敌人就把子弹喷射，
587　将那两个试水的勇士全力掩护。

其他的红军战士站在岸上观望，
瞪大了双眼屏住呼吸一片静默，
看着两个勇士冒险的涉水竞比。
身先士卒的蓝国清很快走到江心，
离他不到咫尺紧跟大胆的蔡爱卿，
刹那间江水忽然逼近两人的下巴，
只剩头颅和两手露出食人的江水。
岸上的战友不禁发出低声惊呼，
忽然两人往上一冒又露出肩膀，
接着江水慢慢回落到两人的膝盖，
598　两个勇士犹如宝塔在水中耸峙。

红色勇士们见到大江可以徒涉，
顿时响起一片惊天震地的欢呼声。
十一团当即派出侦察排和三营的高个者，
首先涉水渡江前往抢占高地，
603　防备对岸高山到达挡道的敌兵。

锐勇的七连和侦察排首先脱衣下水，
第八、第九连的高个战士紧跟其后，
一个一个嘻嘻笑笑、欢欢喜喜，
犹如一群战马欢快跃入大江，
刹那之间溅起一片水雾飞腾。

个个勇士一手举着枪、弹药和行李，
一手互相拉着行进在滔滔的江水，
江水奔流如缎衬托出人的长绳。　　　611

迅捷的侦察排渡江之后迅速前冲，
第三营跟在侦察排后面紧紧跟随，
侦察排很快将到对岸高山顶部，
江中的后续部队还在继续徒涉。　　　615

忽然山头几声清脆的枪声响起，
对岸高坡那边赶到了敌人众多，
红军侦察排登上山顶还未立足，
敌人已经犹如蚂蚁般成群涌来。
锐勇的侦察排丝毫没有往后退缩，
勇士们端起轻机枪射出子弹咆哮，
犹如刹那之间抛掷出隆隆巨雷。
此时第三营距离山顶十五余米，
霹雳的枪响激励了爬山的捷足勇士，
犹如猛虎刹那间爆发巨大力量，
一个猛扑冲上了山顶卷起尘埃。
第三营就是这样迅速支援了侦察排，
很快将来敌像死狗一样打坍下去，
红色勇士们接着拔足一路猛追，
追过宽阔的山脊，翻过高耸的山巅，
跃过淙淙的涧流，闯过深深的林莽，
从白日追到黄昏为天空铸上黄铜，
金色夕阳镀染黄铜璀璨的天空，
就这样追出二十余里才收兵扎营，
给丧胆的敌人带去了黑色的命运悲哀。　　　635

一个俘虏兵告诉追击的红色勇士们，
他们一个团是从贞丰城开到江边，
正打算扼阻渡河点阻滞红军过江。
红色勇士们听了暗暗感到庆幸，
庆幸早了片刻赶到了北盘江东岸，
没有被云南来敌阻挡于江水泷泷。　　　641

正当三营和侦察排长追敌人的时候，
心志豪壮的蓝参谋长涉水回到东岸，
率领十一团第一营经孔明坟沿江而下，

捷足奔赴五十里外的白层河渡口，
646　以便军事委员会直属队等部队过河。

白层是重要渡口，贞丰、兴仁的门户，
红色勇士们迈开捷足一路猛跑，
一直跑到黄昏为天空铸上黄铜，
金色夕阳镀染黄铜璀璨的天空。
第一营到达白层已是夜色渐临，
勇士们张目四望只见东岸无船，
所有渡船与商船都被泊于彼岸，
白军犹国才部一个营把那渡口守护，
心惊胆跳地防备着红军前来进攻。
大江之中水流如箭，深不可测，
657　江水赤黑滚滚涌流，水声隆隆。

十一团一营的勇士马上架起机关枪，
向着对岸的阵地射出呼啸的子弹。
对岸并没有还枪只是熄了灯火，
没有了什么动静余下夜色漫漫。
红色勇士们于是沿河布置警戒，
到处寻找架桥过江的各种材料，
664　准备拂晓时分强攻渡往对岸。

夜神渐渐展开巨大的黑色翅膀，
黑色翅膀之下云团浓浓如墨。
白层渡口在黑色无边笼罩中沉寂，
668　只有水声不知疲倦地骚扰着静默。

忽然河中间悄无声息出现一只船，
红色勇士们不禁心中暗暗吃惊，
布置了警戒静候孤船慢慢驶来。
那船穿过水面很快靠到了岸边，
从船中竟然走出一位白军军官，
原来据守的敌军慑于红军的声威，
不敢出战，派了副官来办交涉，
676　红色勇士们不禁心中花儿乐开。

心志豪壮的红军战士这样答复：
"我们只要过河，其他什么也不要。"
红军英勇的战绩早已震慑敌胆，

面对龙虎一般心胸壮勇的战士，
敌军副官神色惊惧而又倾慕，
这样说出话语将勇敢的对手答复：
"我们同意把船借给你们渡河，
只是我们上级有那命令严格……"
话说一半，吞吞吐吐缩着舌头，
耽搁许久方才说出所有真言：
"只是我们上级有那命令严格，
就是这样过去，似乎不大合适，
不如你们假打一下把弟兄们关照。"　　689

心志豪壮的红军战士心中好笑，
赶紧放了敌军副官回去复命。　　691

夜神已经展开巨大的黑色翅膀，
黑色翅膀之下云团浓浓如墨。
白层渡口在黑色无边笼罩中沉寂，
只有水声不知疲倦地骚扰着静默。
半夜时分渡船从对岸只只摇来，
对岸阵地灯光也点点燃亮起来，
红色勇士于是驾上船飞快渡河，
依约假打几枪算是关照"弟兄们"，
子弹冲天而放，飞入夜空漆黑。　　700

第一营渡过白层乘胜占领了贞丰。　　701

红军三军团十一团渡过北盘江当天，
一军团先遣队二团也离开紫云南进，
迅速通过了彝族的村庄进抵罗炎渡。
心志豪壮的二团勇士顶着酷热，
从东岸五里之外砍伐粗大的青竹，
在捷足的十一团渡江后的那天黄昏，
当金色夕阳镀染黄铜璀璨的天空时，
他们架起了长长的浮桥横跨渡口，
一军团主力各部随后陆续赶到，
迎着微微晚风，听着大地的虫鸣，
高声唱起雄壮高昂的胜利歌谣，
跨过北盘江向着兴仁、安龙奔赴。　　713

当一营胜利控制白层渡口之时，

徒涉过江的十一团其他勇士奉令，
封锁上游铁索桥以便迟滞追兵，
因为追兵正从安顺、关岭逼至。
十一团沿着北盘江西岸向北而行，
一路山岭峻峭道路险恶崎岖，
荒山之中树木丛生，杳无人烟，
除了长征的勇士或是捕兽的猎人，
恐怕不会再有他人踏足此地。
行了半日忽见石山巍然耸立，
红色勇士抬头仰望倒抽冷气，
他们看到了前所未见的重重石山，
犹如错杂的天柱顶着无边的天穹，
727　即使是大雕恐怕也不敢飞振铁翅。

身先士卒的指挥员说出飞翔的话语，
为胫骨强健的战士注入勇气和力量，
勇士们低头飞迈出双双粗壮的铁足，
踏上险峻山路，飞渡那石海沧浪。
从白日直到黄昏为天空铸上黄铜，
金色夕阳镀染黄铜璀璨的天空；
意志坚韧的战士们走了六个多钟头，
才越过四十多里的石山走出了蛮荒。
当黑色夜神张开巨大的黑色翅膀，
十一团的勇士到达者相宿营如常。
第二日当太阳不为人知地移过天顶①，
十一团的勇士击溃敌人占领坪街，
随后乘夜朝着铁索桥飞速进军，
一连夺取布防铁索桥的两个阵地，
与敌人相峙一个整天及两个整夜，
直到红军主力全部渡过北盘江，
方才迈开捷足取小路急奔兴仁城，
在那，他们会合了第一营勇敢的战友，
以及留下掩护的英勇的军委干部团，
747　然后沐浴着星光又踏上征途漫长。

---

① 　这一天是一个阴天。

威胁昆明　抢渡金沙江

英勇的红军渡过北盘江挥戈西进，
连克贞丰、兴仁、安龙、兴义等县，
3　　有若雷霆击开了进入云南的大门。

随后红色铁流继续分兵两路，
犹如两条蛟龙穿行群山之间，
她们刚刚越过了一条大河蜿蜒，
来到可以更加自由飞腾的天地。
一路之上双龙竞比着前进的力量，
声若雷霆隆隆，震荡起云水的波纹，
猛烈地挟着飓风穿越悠长的山谷，
遍身的鳞甲闪烁耀眼璀璨的光辉，
12　　就这样西向奔行，令那云翻滚、风疾吹。

红军三军团十一团尾随着军团主力，
在四月下旬的一个黎明占领白水城。
敌军尾追而来正在小心靠近，
犹如鳄鱼张开巨嘴缓缓爬行。
十一团奉命向着东面推进十里，
18　　面对平彝方向阻击后面的追兵。

这天太阳刚刚爬上东边山头，
十一团的勇士已经布好长长阵地，
高旷的天空传来巨大的嗡嗡轰鸣。
浅黄的天穹低低飘浮着几朵云团，
数架敌机犹如凶恶的秃鹰盘旋，
秃鹰瞪着黑色的眼睛寻找猎物，
25　　巨大的翅膀投下阴影令人心惊。

由于十一团勇士们布置阵地于山地，
铁翅的飞机不敢低飞只是盘旋，
盲目投下灰铁的炸弹钻入大地，
发出震地巨响掀起了赤黑色的泥土，

高高飞溅起来犹如黑色的浪花。
黑色浪花在天空四散出可怕的泡沫，
犹如雨点纷纷落向隐蔽者的头顶，
又如疯狂捕食猎物的怪兽巨爪。
坚忍的红色勇士沉着坚定地隐蔽，
铁翅的飞机从高处不断投射炸弹，
犹如那秃鹰飞得过高就无法看清，
37　　飞机炸弹也大多落空，空喂了泥沙。

这天从平彝而来敌军没有赶到，
红军十一团的勇士彻夜把阵地严防。
当夜晚来临夜神张开了巨大的翅膀，
那翅膀黑色如墨缀满了璀璨的星辰，
那星辰点点星星闪烁出灿烂的光芒。
在养育众生的大地与璀璨星辰之间，
意志坚忍的红军埋伏在起伏的山冈，
45　　强大的敌人也已迫近十里外的圩场。

次日玫瑰色的黎明降临宽广大地，
从贵阳追来的敌军开始压向红军。
犹如一股强大的寒流穿行千里，
从一片高原压向一片起伏的山地，
山地的暖流没有那股寒流强大，
却凭借地势起伏阻挡寒流推进，
52　　冷暖气流交汇处不断升起氤氲。

敌人就是这样犹如强大的寒流，
以他五倍于对手的兵力发起进攻。
他们采用步步推进的谨慎战术，
先用疯狂炮火轰击红军阵地，
然后利用轻重机枪猛烈扫射，
随后派出尖兵展开全面搜索，
最后才是步兵主力前进集结，

60　如此小心只因畏惧对手的豪雄。

面对一个整师强大凶悍的敌军，
多智有谋的十一团没有丝毫畏惧，
他们采用了正面的运动防御战术，
将四道防御阵地布置在宽广山野，
阵地正面宽度长达三至四里，
纵深长达十里，一直延展至白水城。
当敌人利用大炮猛烈狂轰之时，
红色勇士们坚忍地隐蔽于野战工事，
等到敌军主力步兵往前集结，
红色勇士们冲出工事奋勇出击，
71　凶猛的近身厮杀使得敌人心惊。

在十一团勇士身后十里之遥的白水，
红军三军团主力正在快速行军。
为了掩护主力穿过白水西进，
75　十一团勇士的宽广阵地上，战火如焚。

豪壮的十一团勇士和敌人反复冲杀，
每一道阵地都和敌人胶着恶战，
然后主动转移阵地再次埋伏，
就是这样从早晨一直战到傍晚。
直到看见黄昏为天空铸上黄铜，
金色夕阳镀染黄铜璀璨的天空，
当红军三军团主力穿过白水之时，
机智豪勇的十一团才撤出阻敌阵地，
84　迈开捷足迅速向主力军团归返。

强大的追兵苦战一天前进了十三里，
却只是占得一座人去楼空的白水城。
红军三军团主力继续顺利西行，
和一军团齐头并进向着昆明逼近，
89　红旗猎猎飞扬，点缀山岭纵横。

披坚执锐的红军一军团作为左路军，
攻城拔地的红军三军团充当右路军，
两支前锋就这样蛟龙般西行而去，
势不可挡地又连克马龙、嵩明等城，
令得昆明震慑于红军烈烈军威。

看到红军飞快进军兵临城下，
云南军阀龙云心中不禁着慌，
他的主力早被调去增援贵阳，
不料如今自己老巢即将被围。
为了保护昆明不被红军攻击，
龙云匆匆四处调兵飞速驰援，
金沙一带顿时变得人马松稀。　101

红军兵逼昆明使得云南震动，
各路敌军受命赶回昆明支援，
犹如蜜蜂纷纷飞往巢穴集聚。
红军一军团在昆明北部虚晃一枪，
制造了空隙乘虚继续往西急进，
连克禄劝、武定、元谋向龙街奔袭。　107

龙街是昆明通向四川的主要渡口，
红色勇士如今虎踞金沙江的南岸。
心如火燎的蒋介石亲赴昆明督战，
同时急调薛岳、周浑元等部长追，
准备于元谋地区再次围猎红军，
犹如几条巨鳄没能满足食欲，
继续死死紧追着猎物，依然强悍。　114

四月下旬春风正掠过云南大地，
水田之中禾苗棵棵摇摆在风中，
仿佛欢迎红色勇士把手在挥。
小山舒坦起伏树木花草繁盛，
蝴蝶、蜜蜂飞来飞去热闹地嬉戏，
万物正在享受着金色太阳的光辉。
然而高原之上的热气已然渐起，
红色勇士们长途奔袭汗湿军衣。
虽然后面的敌人犹如凶狠鳄鱼，
红色勇士的内心却是充满快乐，
连日胜利不断激起心中的勇气，
脚步轻松，心情犹如春日的芳菲。　126

这天晚上夜神张开了巨大的翅膀，
那翅膀黑色如墨缀满了璀璨的星辰，
红军主力此刻集结在昆明北部，
英勇的干部团宿营在一个偏僻的村庄。

半夜时分萧应棠未睡正在查哨，
他是红军干部团二营五连连长，
手下战士生机勃勃勇猛顽强。
这位连长行至指挥部的院子门前，
只见里面黑暗中一盏灯火闪动，
于是他向着门前哨兵这样问道：
"这是哪位首长还在彻夜工作，
点着灯火不眠在这黑夜漫长？"
说话之间屋门打开走出人来，
那人慢慢走来靠近了连长萧应棠。
这位连长这才看清那个来人，
142 正是多智的周恩来，静静站在夜未央。

伟大的战士周恩来邀请这位连长，
144 一起步回临时的办公间坐下交谈。

这是一间紧急征用的地主的屋子，
屋内摆着古式椅子和古式的桌案。
桌上一盏油灯发出火光摇晃，
墙上挂着一张地图线条布满，
149 其中数根线条直指金沙北岸。

伟大战士周恩来的脸庞又黄又瘦，
眼睛深深凹陷收敛了奕奕的神采。
他等那位尽忠职守的连长坐下，
温和地说出有翼飞翔的话语询问：
"你们五连还有多少学员①战士？
长途奔袭可曾令战士情绪倦怠？"
尽忠职守的连长于是这样回答：
"遵义、土城之战牺牲了许多战士，
现在连队还有一百二十多人，
心志豪壮的勇士个个生龙活虎，
160 满怀斗志在将艰巨的任务等待。"

伟大的战士周恩来听了心中高兴，
又把连队各种情况一一询问，
问完情况打开了桌上的一个纸包，
纸包里面是几块饼干，他的夜餐。

---

① 干部团包括红军大学的学员。

周恩来把纸包推到连长萧应棠面前，
请他多吃几块战斗中缴获的饼干。 166

连长萧应棠心中感动这样回答：
"我是晚饭吃多了，现在肚子还胀呢。" 168

周恩来笑笑，知道这位连长在说谎，
再三坚持连长分享他的饼干。
连长萧应棠喉头哽咽红了眼眶，
只好吃了小半块，分享了周恩来的夜餐。 172

连长萧应棠一边嚼着口里的饼干，
一边静静地坐着等着周恩来问话，
可是周恩来陷入沉默，若有所思，
没再开口向这位连长询问什么，
只叮嘱早些休息代为问候战士。 177

连长萧应棠出了门心中猜疑不定，
这样自言自语说着有翼的话语：
"首长这样详细地了解我连情况，
只是偶尔碰到进行一般的调查，
还是在挑选执行重要任务的对象？
可惜当时我只是记得吃着饼干，
如果大胆地问个明白那该多好，
说不定那时首长心中那么一动，
当即给我们指派重要艰巨的任务，
我们就可以为胜利好好打上一仗。"
心志豪壮的连长萧应棠想到这里，
内心怦怦直跳心情如潮水激荡。 189

次日干部团没有接到出发的命令，
战士们于是抓紧时间做些清洁，
同时四处筹集粮食为行军做准备；
干部团二营五连宿营处人声喧杂，
战士们围着院子中央的一口大锅，
大锅下烈焰熊熊，大锅中开水沸腾，
几个战士把衣物投入冒气的开水，
用这办法把可恶的虱子彻底灭除；
有的战士把粒粒稻谷倒入了磨盘，
粗壮的胳膊推着磨盘起劲地碾米；

还有的战士拿着针线蹲在地上，
一针一针为磨破的军衣打上补丁；
还有的用心擦着钢枪磨着刺刀，
使很多磨钝的刀刃重新焕发光芒。
连长萧应棠和几个战士坐在房檐下，
非常麻利地用苎麻草绳打着草鞋；
萧应棠听到战士们叽叽咕咕地谈论，
你一句我一句说着有翼的话语飞翔。
有个年轻的战士这样抬头说道：
"后面万千敌军追得那么猴急，
咱们倒是停下不走原地休息，
你们说说这事究竟奇怪不奇怪，
要我猜呀，肯定要有大的任务，
很快咱们就可让红旗猎猎飞扬。"
这个刚刚说完，马上就有人说道：
"这有什么奇怪，还要用你来猜，
我说咱们应该好好把任务争抢。"
这个战士说罢大家轰然赞同，
纷纷都拿眼睛盯着他们的连长，
要求连长别把什么好消息收藏。
他们的连长萧应棠只好这样说道：
"上级没有指示，谁知道将要干啥？
我也希望有光荣的任务让我们担当。"
萧应棠言罢心中也不禁感到焦急，
224　便跑出院子打听消息四处奔忙。

宿营的村子大约有二三百户人家，
碧绿的水田围着一所所竹篱茅舍，
看样子百姓的生活稍稍好过贵州。
如今村子里几乎不见年轻的男女，
每家只是留了羸弱的老人和幼童，
敌人散布的谣言吓跑了恐惧的百姓，
很少有年轻的男女敢把家舍来停留。
萧应棠走到一所无人的小学门前，
看到有一张云南地图在风中飘悠。
萧应棠一见地图心里不禁喜欢，
捡起地图仔细观看舍不得放手，
过去打仗他总是靠上级指示方向，
或者依靠向导的带路进行行军，
往往连个东西南北也摸不大清，

如今捡到地图自然当作宝贝，
奕奕神采一时之间充满双眸。
看了地图这位连长心中明了，
红军想要北上抗击日本侵略者，
金沙江江水滔滔是当前最大难关，
它是水铸的天险阻挡着红色铁流。　244

晚上夜神张开了巨大的黑色翅膀，
翅膀黑色如墨缀满了璀璨的星辰，
有消息传来说敌人追兵已经迫近，
红色战士们的心情越来越是不安。　248

当玫瑰色的黎明再次降临宽广大地，
连长萧应棠发现今日有点特别，
宿营地到处人来人往一片匆忙。
金色太阳刚刚移过天顶正中时，
萧应棠看到团部传令兵匆匆走来，
于是赶紧迎上去说出话语飞翔：
"团长是叫我们前去接受任务吧？
这次我们五连一定有任务担当。"
传令兵闻言不禁惊讶这样说道：
"我这还没把开会的命令给你传达，
你怎么就已经猜到了咱们团长的肚肠？"
萧应棠一听就知这回猜个正着，
欢喜地拉上指导员奔往团部的营房。　261

干部团团部的屋子里面已经坐满，
旱烟的味道浓浓弥漫在整个屋内，
团长陈赓一只脚踩在板凳上面，
正在挥手说着有翼飞翔的话语，
他看到萧应棠进门马上这样说道：
"中央决定我军近日北渡金沙，
并决定我团负责抢夺绞平① 渡口，
我团决定以二营作为先遣支队，
并以你们五连作为前卫连突前。
此次五连的任务关系我军存亡，
需不惜一切代价迅速抢夺渡口，
确保我军渡过那金沙江水浩浩。"　273

---

① 有的回忆录和地图中写作"皎平"。

说着陈赓又指着一旁的几个同志，
那是中央派来的特别行动工作组，
他们将和五连一同执行任务，
不惜代价将抢夺渡口的行动确保。

工作组和五连的勇士们很快轻装出发，
沿着通往金沙江最近的小路疾行。
队伍最前是前卫一排机敏的侦察组，
连长萧应棠、副营长霍海元① 紧跟其后，
不断用话语为战士们注入勇气与力量，
队后是工作组和指导员负责殿后压阵，
也是不停说出激励的话语飞翔。
学员战士们征途中个个士气高涨，
两天的休整刚刚使身体恢复体力，
这次担任了渡江先遣支队的前卫连，
更是兴高采烈士气尤其高昂。
红色勇士们就这样迈开捷足疾走，
跑过崎岖的山坡，翻过高耸的山岭，
跨过淙淙的山涧，穿过深深的林莽，
从白日直到夜神张开巨大的翅膀，
翅膀黑色如墨缀满璀璨的星辰，
星辰点点星星闪烁灿烂的光芒。
白天勇士们被晒得汗水不住流淌，
夜晚行军中汗水依然是湿透军装。
当玫瑰色的黎明降临养育众生的大地，
捷足的红色勇士们休息了短短十分钟，
匆匆把带在身上的冷饭大口吞食，
接着将几口冷水灌下干渴的肚肠。
在率性的肚肠满足吞食喝水的欲望后，
勇士们重新迈开捷足意气飞扬。

红军勇士的急行军害苦了找来的向导，
这些向导生在长在这片山地，
他们胫骨强健，素以脚力著称，
但是跟着红色勇士一起行军，
却是累得双脚酸痛腰背发麻。
红色勇士们犹如山豹迈足疾进，
为了不耽搁行军连换几位向导，

每个向导都累得上气不接下气，
走到后来全都是变得东倒西斜。
捷足的勇士们最后找到一个瘦老头，
对通往金沙江渡口的山路十分熟悉，
不料这个瘦老头是个鸦片烟鬼，
烟瘾一上来马上变得连连呵欠，
口水鼻涕直流犹如垂涎的蛤蟆。
红色勇士们只得掏出缴获的大烟，
给他一两块由他一点一点掰着吃，
又用两个人轮流架着他往前行进，
犹如两只飞鹰合力叼衔起麻雀，
一刻不停飞往惊涛拍岸的天涯。

当大阳从西边黄铜的天空落下山头，
天色渐趋朦胧隐没辉煌的时候，
捷足的红色勇士们终于靠近江边。
他们远远望向前方，心中惊叹，
只见远处一排大山乌黑横呈，
朦胧的天空衬出巨大连绵的轮廓，
黑沉沉犹如大地长天之间的黑洞，
黑洞前金沙江犹如一匹灰色锦缎，
那锦缎长长向着两头延伸舒展着，
把无数巨山连绵的黑色影子相连。
巨大的山体轮廓吞没了山石和树影，
让人无法将石头与树木加以分辨，
山影子长长由西向东投射过来，
有若庄子头脑之中的九天巨鹏，
栖息于夕阳之下张开遮天大翅，
影子覆盖了江面和那宽阔的沙滩，
迷糊了江水沙滩彼此相连的边缘。

不多时巨大的黑色中间出现了亮点，
那是大江对岸初亮的灯光在闪烁，
闪烁的灯光犹如黑夜中狼的眼睛，
森然静默地窥伺着勇敢无畏的猎人。

连长萧应棠和副营长霍海元走在前面，
说出话语飞翔为战士们注入勇气与力量：
"不管敌人是否已经发觉了我们，
就让我们鼓起勇气做好准备，

277

302

321

338

342

———

① 萧应棠回忆录为"霍海源"，莫休回忆录为"霍海元"。

让他们拿着钢枪和刺刀等待我们，
像个勇敢的战士和我们一见高低，
看一看哪个更勇，比一比哪个更壮！"

349

忽然黑暗中前卫排一排长飞跑过来，
胸口剧烈起伏气喘吁吁地说道：
"敌人已经料到我军要抢渡金沙，
最近几日里已经陆续调兵遣将，
在金沙江对岸百里之内陈兵驻防。
他们已经控制了所有大小渡口，
只只渡船都已被拉到江的对岸，
百里之内的江面已经无法通行。
这个渡口显然不是要害之处，
对岸的敌人偶尔派出便衣侦探，
这些便衣一般清晨都会过江，
然后傍晚回到渡船返回对岸，
对岸的船只定时过来接他们返航。
方才我们一排赶到江边之时，
只见两只渡船正在苦苦等待，
可是那些探子们却是不见踪影，
不知是去了哪里偷偷抽那大烟，
还是跑到哪里为敲诈百姓而奔忙。
当时一排前卫侦察组靠近了渡船，
有几个船夫正躺在船舷昏昏欲睡，
以为是那几个探子照例回来搭船，
毫无戒备无精打采地把船舷依傍。
我们的战士没有等他们反应过来，
便是几个箭步飞蹿上了船去，
乌黑的枪口马上对准敌人的船夫，
我们就是这样控制了渡船和船夫，
那船现在正停泊在一块岸石之旁。"

376

连长萧应棠听罢心中一阵狂喜，
迈开捷足跟着一排长赶到江边。
勇士先用温和的话语将船夫安慰，
他们刚刚被乌黑的铁枪吓得发抖，
接着勇士们就向船夫询问情况，
请他们说说对岸有多少士兵和渡船。
船夫们心神稍定七口八舌地说道：
"滚滚大江的对岸有个不大的镇子，

镇子里有一个厘金局负责管理税收，
他们原有保安队员三四十名，
在今日黎明时分刚刚赶到一个连。
这个连是支正规军，住在了镇子右边，
镇子中央正好依着江水溅溅。
临江处有一个青色巨石砌成的码头，
平日码头上只有一名保安队员，
最近情势紧张于是又添了一名，
因为听说红军可能从龙街渡江，
所以这个渡口防守也不太注意，
不如龙街对岸处处严防得周全。"

395

萧应棠、霍海元和战士们闻言心中高兴，
仔细商谈研究后决定马上抢渡。
心志豪壮的勇士于是拉着船夫们，
说出飞翔的话语揭露军阀的罪恶，
告诉他们红军是人民自己的队伍，
为了解放穷人捍卫国家的独立，
英勇的红军不畏牺牲将战场奔赴。
船夫们听完红军的话语心中雪亮，
胸膛中热血沸腾涌起对敌人的愤怒。
他们于是豪壮地拍着宽广胸膛，
说出这样有翼飞翔的如雷话语：
"原来红军都是这样的英雄好汉，
纷传的谣言把你们说成食人的魔鬼，
吓得我们的妇女娃娃个个都怕，
男人们于是带着他们躲进大山，
没有想到我们今生却是有幸，
亲眼看到你们这些神样的英雄，
看到了真正能够救我们穷人的希望，
我们平常也是受够了他们的欺压，
现在你们就放心乘我们船儿过江，
今日俺们也做回好汉上一回战场，
你们且看俺们在江上把身手显露。"

417

听了船夫的话语勇士们心中高兴，
当即将渡江的任务一一做了分配：
机敏的一排、二排跟随着连长做先锋，
副营长连同指导员、工作组暂留江边，
指挥三排在江的此岸做好警戒，

提防过江的船只出现意外变化，
准备着随时进行紧急火力支援。
于是三排沿着灰色的沙滩散开，
乌黑的枪口对准了灯光闪烁的对岸，
此刻黑夜降临，天地一片昏昏。
充当先锋的勇士们飞快登上了渡船，
两条大木船一先一后解缆离岸，
融入正与黑夜融合的大山轮廓，
431　犹如消失在无垠无际的黑色乾坤。

金沙江的这段江面宽达三百多米，
两条大木船犹如两片黑色的树叶，
在夜晚的微风中孤单地飘荡在黑色的江上。
同样黑色的波浪不停向下游涌去，
浪头拍击着木船发出"嘭嘭"的响声，
木船渐渐划到滚滚大江的中间，
渐大的水浪颠簸得木船不停荡漾。
船上的战士有的帮着船夫摇橹，
有的紧紧靠在一起把对岸张望。
为避免被那飞溅四散的浪花打湿，
支支钢枪在战士怀中被紧紧抱着，
443　它们在战士心中胜过无价的宝藏。

木船向着对岸渐渐越来越近，
镇子的轮廓也慢慢开始显现出来，
犹如狼眼的灯光也慢慢越张越大，
似乎感觉到勇敢的猎人即将到来。
很快又看得见幢幢人影在镇子里晃动，
听得见人的吆喝隐隐地声声传来，
木船就这样驶过滔滔奔流的大江，
451　慢慢地靠近石头砌成的码头岸台。

船上的战士们心情紧张攥紧了钢枪，
并没有丧失勇气因畏怯而心神不安。
连长萧应棠胸膛中的心脏也飞快跳动，
希望尽快到岸投入激烈的战斗，
将敌人杀败控制渡口完成任务，
457　然后等待主力来渡这江水漫漫。

萧应棠握紧驳壳枪，双眼盯着前方，

心里不禁这样对苍天发出了祈祷：
"苍天在上，千万保佑我们能过江，
虽然平日我从不迷信将你请求，
但是今天请你为了红军的胜利，
来将过江的水上坦途好好打造。"　　463

勇士心中这样发出虔诚的祈祷，
苍天仿佛接受了他的要求，欣然。
两只木船推开江边的涓涓流水，
码头青石的台阶"嘭嘭"触上了船舷。　　467

两条木船就是这样靠上了码头，
仿佛穿越黑色隧道久历了时光。
第一条船上的连长萧应棠沉住呼吸，
轻轻碰碰身边两个战士的肩膀，
于是三个人迅速登岸不慌不忙。
三个机敏的战士端枪率先上岸，
顺着石级往上行走手持着钢枪。
一个云南口音的哑嗓子黑暗中问道：
"你们怎么现在才回来不像往常？"
三个机敏的战士没有立刻作答，
黑暗中加快步伐迎着声音前行，
他们很快靠近两个哨兵的身边，
发出低沉短促的喝声有翼飞翔：
"不准动！我们是红军就在你们身旁。"
两个敌人的哨兵不禁大惊失色，
慌忙交出枪械满脸恐惧与慌张。
其余的战士听到这一短促的喝声，
迈开箭步犹如豹子飞扑猎物，
转瞬便将整个码头控制在手，
没有射出枪弹也无丝毫伤亡。　　487

充满恐惧的俘虏吞吐着说着话语，
说的情况和船夫说的几乎一样。
于是连长萧应棠果断做出决定，
命令一排上街往右去打正规军，
二排往左去打三四十人的保安队，
为接应后续部队他亲自留在码头上。　　493

两只木船调转船头驶回对岸，

回渡江面去把后续部队接应。
连长萧应棠带人收集了一些茅草，
点起小小火焰快活地在码头跳跃，
这是报告尖兵已经渡江的信号；
江风吹拂着火苗很快烈焰熊熊，
化作火龙飞扬辉煌闪耀的身躯，
照得江面泛起一片荡漾的红光，
犹如在黑色浪花上面铺了红地毯，
迎接光明之神高贵辉煌的车乘。　503

信号已经发出，萧应棠焦急地等待，
心中希望各排的行动一切顺利。
正当他那颗勇敢的心不安地跳动，
第一、第二排的通讯员飞快跑了过来，
一前一后把令人欣慰的好消息送至。　508

一排的通讯员首先这样把情况汇报：
"当我们到达敌人连部门口的时候，
哨兵用尖厉的声音询问我们的身份，
先前抓到的俘虏按照我们的吩咐，
告诉他们，我们都是保安队的弟兄。
哨兵有点疑虑张口准备再问，
我们机敏的前卫班迅速冲上前去，
乌黑的枪口吓得哨兵胆跳心惊。
我们迅速问清了敌人连部的情况，
全排冲入院子分头跑向几处，
踢开房门发出大喊：'缴枪不杀！'
谁知那些房门开了却没有动静，
几个屋子全都烟雾腾腾缭绕，
所有敌人正在陶醉地吞云吐雾，
犹如一些瘫软面条满地纵横。
面条般的敌人听到我们的喊声，
一瞬间个个只是直起脑袋发愣，
接着才慢慢举起双手发出哀声。
只有两个敌人的长官匆忙逃跑，
我们打了几枪没有继续追赶，
因为夜色漆黑镇内情况不明。"　529

听着一排战友眉飞色舞地说完，
二排的通讯员跟着说出话语飞翔：

"当时俘虏的哨兵带着我们向西，
很快来到这个镇子厘金局的门口，
哨兵知道保安队正在里面驻扎，
不敢把任何情况隐瞒满脸仓皇。
我们让那哨兵急急地叫着'开门'，
里面竟然传出很不高兴的回答，
那个声音这样发泄着心中的不满，
'见鬼！半夜前来打门有什么屁事？'
说完不再理会敲门也不说话，
只听又有几个声音大呼小叫，
'白板''三索'地喊着麻将的牌面正忙。
我们透过门隙往里悄悄窥看，
果见一群人正自铺开几桌麻将，
其余一些人东倒西斜喝酒抽烟，
烟味随着微风袅袅飘出屋外，
钻入我们的鼻孔果然触鼻生香。
我们于是开始拍门大声说道：
'我们几个是过路，特地前来纳税，
请官长打开大门我们好好相商。'
里面听到'纳税'二字马上动心，
有人急忙出来开门探头张望。
我们犹如猛虎猛然冲进屋内，
吓得里面所有人举手忙着缴枪。
我们很快数了数屋内敌人的数目，
一共六十多人三十多条枪支，
保安队员都在其中，全都在场。"　557

连长萧应棠听了汇报心中高兴，
兴奋地把那驳壳枪往皮套里面一装，
命令通信员在码头烧起又一堆大火，
发出第二个信号通报一切顺利。　561

火苗很快变成了又一团熊熊烈焰，
化作火龙舞动金甲闪耀的身躯，
红光跳跃抛洒在黑色宽广的江面，
犹如在黑色浪花上铺就地毯辉煌，
等候着光明之神隆隆轰鸣的车乘。　566

红光也照耀着红色尖兵们兴奋的脸庞，
连长萧应棠带着战士们走入镇子，

心中满怀喜悦稍稍松弛了神经。
犹如狮子奔跑过宽广无垠的荒野，
终于来到一个可以捕猎的草原，
长途奔跑后狮子开始觉得饥饿，
黑夜中自己肚肠的鸣叫清晰可听。
当战士们踏上镇子里石板铺的街道，
他们也如草原上的狮子感到疲惫，
喉咙的干渴开始显现它的力量，
腿脚和膝盖的酸痛慢慢弥漫全身，
饥饿的肚肠期待着食物肥美香甜，
579 肉体盼望着有个地方舒适温馨。

然而如同狮子嗅着草原上的长风，
闻到不远处飘来野狼杀戮的血腥，
干部团也察觉到附近强大敌人的威胁。
五连的勇士们很快领受了新的命令，
为了巩固渡口扩大防区的纵深，
他们需要立即迈开捷足上路，
沿着通向会理的山道推进十五里，
587 在那里严密警戒，扼守险要的山峡。

勇士们迅速集结在青石板的宁静街道上，
来不及满足饥饿的肚肠、干渴的喉咙。
这些勇士已经连续奔走了二百里，
肚中只是填入过少许的冷饭和稀粥，
592 如今又鼓起勇气走上征途悠悠。

他们就是这样穿行于黑色的街市，
犹如饥饿的狮子行走在夜晚的草原。
忽然连长萧应棠看见一块招牌，
上面刻着"点心铺"几个模糊红字，
店门开着，里面却无一点灯光，
估计是方才的枪声吓跑了害怕的主人，
所以剩下空荡的点心铺来不及关门。
饥饿的肚肠催促战士们期盼的心灵，
有个战士推门走进黑洞洞的店铺，
连喊几声"老板"果然没人答应，
于是战士们点着油灯驱走黑暗，
希望看到桌上鲜美的菜肴满盆。
不过他们没有看见什么菜肴，

只是看见架子上摆着许多土点心，
馋口的饥饿战士拿起香甜的糕点，
放到鼻下边闻闻却还是忍痛放下，
心中谨记着纪律，只好把口水猛吞。
连长萧应棠四下找不到点心铺的主人，
只好决定自己来完成这个买卖，
为着战士们能够稍稍吃点东西，
好使肉体的力量来把心力支援。
战士们于是根据命令开始行动，
很快把饼干糕点、糖果收集起来，
上了磅秤才知只有三十多斤，
全连一百多人每人只分了二三两，
有的拿到手里两三口就吞入肚中，
犹如饥饿的狮子吞食一只野鼠，
食物还没尝出味儿就没了踪影，
只好舔舔嘴巴怅怅然将余味重温。
战士们就是这样勉强吃了点东西，
吃完后事务长写了一张说明字条，
小心翼翼摆放在记账的柜台上面，
又好好压上包好的一二十块银元。
就这样勇士们吹熄油灯关好店门，
继续迈开双脚往着警戒地急奔。 627

五连的勇士们迈着捷足走出镇子，
爬上一条向左的石头山路悠长。
他们很快走了二十里崎岖山路，
看到一片山脊平坦宽广地舒展，
于是决定就地宿营休息在夜未央。
勇士们就这样睡在星辰之下的大地，
头顶是夜神张开的巨大黑色的翅膀，
翅膀黑色如墨点缀稀疏的星辰，
星辰点点星星闪烁宁静的光芒。 636

不过炊事班的战士并没有躺地安睡，
他们分班捡柴打水烧水做饭，
烧起堆堆篝火与星辰交相辉映。 639

睡眠使战士们的思想跳到遥远的边界，
许多熟悉的和陌生的影像在闪烁跳跃，
故乡家园的院子里挂着红色的辣椒，

绿色的山岭开出簇簇鲜艳的玫瑰，
思绪飘忽穿越静穆旷远的山脉，
年迈母亲慈祥的笑脸浮现眼前。
忽然连长萧应棠感到猛烈摇晃，
睁开眼睛看到副营长熟悉的脸庞，
霍海元这样说出了有翼飞翔的话语：
"萧连长赶快起来，赶紧继续前进，
你看前面那一座高山巍然耸立，
如果敌人占领那个高高的山巅，
将给我们渡江带来巨大的威胁，
为了巩固渡口、保证部队安全，
需要扩大纵深直到远离大江，
团长命令我们尽快占领山头，
不要等到黎明红日照耀长天。"

656

连长萧应棠心中奇怪不禁问道：
"我们团加上中央机关首长渡江，
时间再长一天时间肯定足够，
为何需要如此纵深将渡口巩固？"
副营长霍海元笑着这样将他回答：
"现在可不是仅仅我们在此过江，
还有主力部队第一、第三军团，
他们很快就会如同铁流涌来，
从东从西向这小小的渡口奔赴。"
连长萧应棠闻言心中顿时雪亮，
艰巨的任务激起心中的勇气和力量，
驱走了沉沉睡意，拨开心灵的迷雾。
于是心志豪壮的连长赶紧命令，
五连战士紧急集合领受了任务，

671 迈开捷足踏上黑夜中陡峭的山路。

山路漆黑陡峭长达四十多里，
蜿蜒曲折一直通向高耸的山顶，
犹如一条巨蛇潜伏，无声无息。
红色勇士们就这样踩着巨蛇脊背，
心里想着要保证主力部队渡江。
当玫瑰色的黎明还未降临宽广的大地，
红军干部团五连的勇士们到达了山顶，
他们站在山顶往北远远眺望，
青灰的小山犹如海涛连绵奔涌，

晨风呜咽仿佛激流的水声泷泷。 681

一条通向会理的小路弯弯曲曲，
犹如小蛇离开大蛇游向远方，
转眼消失在连绵不绝的青灰色群山。
在不远前方有两座小山分立东西，
形成一个不大不小的险要山峡，
五连的勇士们决定立即把它控制，
于是继续拔足没有丝毫偷闲。
队伍刚刚爬上东西两座小山，
大队敌人便从北面乌云般压来，
喧嚣的声音顿时充满黎明的山间。 691

南下的敌人不知红军军力的情况，
慢慢潜伏在山头阵地不敢进攻。
红军干部团五连因为主力未到，
只是坚守阵地处处固若青铜。
双方就这样对峙，彼此侦察军情，
士兵们汗湿军衣顶着烈日当空。
当太阳移向西山，天色将近黄昏，
金色光芒铺砌黄铜布满了天穹。
红军干部团四连和重机枪连赶到阵地，
萧应棠看到团长和政委也在当中。 701

胆气豪壮的团长陈赓勘察了阵地，
很快将五连、四连、重机枪连的指挥员召集，
对着这些心志豪壮的勇士说道：
"现在我们占据着高地士气高昂，
就让我们和敌人兵对兵、将对将地战斗，
这里不是三国时期马谡的街亭，
而是我们英勇红军坚强的阵地，
让我们用猛烈攻击摧毁敌人的营盘，
五连负责在东边向着敌人攻击，
四连负责从西侧山头发起冲锋，
重机枪连四挺机枪要分置两个山头，
用密集火力掩护冲锋打击敌人，
让我们迅速打垮敌人乘胜追击，
直到把敌人从前方道路完全清扫。" 715

干部团的红色勇士装上了雪亮刺刀，

犹如愤怒的猛虎扑向凶恶豺狼，
刺刀在烈焰中闪耀雪亮森然的光辉，
犹如飞箭破空激射，哪管冰坚。
敌人的枪口喷出可怕的炽热火焰，
子弹撕碎许多红军的头颅和胸膛，
年轻的生命仆倒在山坡血涌如泉。
东西山头红色血光夹杂着火焰，
如同黑色大地裂开了巨大的伤口，
往傍晚黄铜的天穹溅出血泪涟涟。
雪亮的刺刀彼此交错碰撞在一起，
发出尖锐刺耳的声音哐啷啷作响，
很多锋利刺刀把对方的躯体刺穿。
干部团的勇士就是这样往前冲杀，
猛烈冲锋掀起震地的巨大响声，
犹如积雪滑落山坡隆隆轰鸣，
不论凡人和天神即使事后想起，
也会同样得手心冒汗、心胆高悬。
就是这样，敌人很快从阵地溃退，
只落得漫山遍野处处痛哭哀鸣，
有的跑不动干脆趴在地上装死，
有的跑急了从陡坡滚下高高的山头，
许多死伤的士兵将那丘壑塞填。
英勇的干部团也有许多战士牺牲，
740 阵地的沟壑到处流淌着鲜血涓涓。

连长萧应棠带领全连往前冲去，

一口气追了二十里，脚下没有停歇，
当他们追到一个村子的后山之时，
骑兵通讯员送来团长陈赓的命令，
要求部队停止追击就地宿营。
萧应棠把队伍带到村后舒缓的山坡，
勇士们放松躯体仰面躺倒在大地，
冉冉升起的黑夜依旧如此自然，
勇士们却精疲力尽无力将它相迎。
力量仿佛把红色勇士们的躯体遗忘，
只有胜利喜悦的心灵还在跳动，
752 虔诚等待天空最亮一颗星的照明。

夜神缓缓张开巨大黑色的翅膀，
翅膀黑色如墨点缀稀疏的星辰，
星辰点点星星闪烁宁静的光芒。
山坡上面忽然发出一声大喊，
惊起所有战士发出巨大喧嚣，
众人欢呼乱嚷跑上高高的山冈，
将那日夜奔袭的疲劳全都遗忘。
只见一支巨大的队伍蜿蜒而来，
先头部队接近山下小小的村庄。
部队连绵不断难以望见尽头，
犹如巨龙奔腾穿越山谷悠长。
队伍之中火把有若星辰闪耀，
765 映射红军军旗于风中猎猎飞扬。

第二十四卷

金沙江江畔

红色的铁流自昆明附近分兵之后，
三军团作为右纵队直奔金沙江洪门渡，
多智的刘伯承亲率干部团猛扑绞平渡。
披坚执锐的一军团早已兵临龙街，
红五军团则负责殿后将大军掩护。
原来留在乌江以北活动的九军团，
完成了牵制敌人的任务进入云南，
也已逼近会泽飞快往金沙江奔赴。

红三军团以十三团为前卫直杀洪门，
迅速地抢夺了渡口架设起浮桥长长。
后卫十一团跟随着三军团主力行动，
当他们渡过普渡河正向洪门行进时，
军团长彭德怀接到了军委急电告知；
英勇的干部团已完全控制绞平渡口，
猎猎红旗已在对岸的山头飞扬。
此时十三团也从洪门渡渡过了金沙，
可惜湍急的水流冲垮了长长的浮桥，
于是三军团根据命令改变计划，
即刻命令十一团后卫改为前卫，
调头奔往绞平渡进行紧急抢渡，
就这样十一团的勇士开始了艰苦的急行军，
迈开双脚犹如飓风穿越山岭，
即使虎豹遇见也会感到心慌。

从太阳还未到达天宇正中之时，
直到傍晚慢慢为天空铸上黄铜，
十一团的勇士经过半天不停的行军，
爬上了金沙江南岸巍峨高耸的大山，
望见江水滚滚东流穿越了千秋。
此时夕阳镀染黄铜璀璨的天空，
天空一片辉煌闪烁灿烂的光芒，
光芒射向大地照射江边的沙滩，

沙滩跳跃起点点金光闪耀不休。
大江两边陡峭的高山犹如天门，
夹着金沙江滚滚不息往东奔流。
江涛之上七只大渡船穿梭往返，
仿佛大鱼畅快地南北不停遨游。
两岸山坡布满士兵、马匹和行李，
惊跑江边许多很少见人的猿猴。

十一团的当中有个战士这样说道：
"古今的事情充满巧合真是有趣，
三国时期诸葛亮五月渡过泸水，
如今红军也是五月来渡这金沙，
神机妙算的孔明降服了大王孟获，
英勇无敌的红军甩掉了敌人万千。"
于是又有战士这样说笑着发问：
"我们渡过了金沙，敌军甩到了后边，
不知他们为何还跟着苦苦纠缠？"
又有一个战士用飞翔的话语回答：
"因为我们红军的烂草鞋香气扑鼻，
捡到者鼻下一闻个个往返流连。"
红色的战士们就是这样大声说笑，
胜利连连把他们心底的快乐点燃。

十一团根据安排，很快开始抢渡，
政委张爱萍受令先行渡过大江，
带着第二营、侦察排和电台作为先锋。
七只船全都让出给了这些勇士，
犹如大鱼飞快穿梭于滚滚江面，
很快将他们载过金沙江的浪花重重。

在北岸渡江司令部张爱萍见到周恩来，
伟大的战士周恩来说出了话语飞翔：
"你们需要沿着大江北岸西进，

迅速到达江驿①以南的龙街渡口，
在那里阻击敌人北上渡江追击，
掩护主力渡过金沙江进军会理，
在会理附近主力将进行短暂休整，
那时你们再迅速跟进一同北上。
英勇的战士们，你们还要同时注意，
务必沿路联络南岸一军团的部队，
转达命令改变从龙街渡口过江，
火速赶到绞平渡抢渡这滔滔波浪。
因为军委已经和他们失去了联络，
他们的无线电台肯定发生了状况。"
周恩来说完话语两眼炯炯有神，
74　注视着政委张爱萍寄予深切的期望。

张爱萍看到周恩来眼眶深深陷落，
铁黑的浓眉威严坚定地紧紧攒着，
闪烁的目光从他那黑色眼眶射出，
仿佛已经穿越寂静悠远的时光。
那目光把勇气和力量从神秘的隧道带来，
80　注入到许多战士宽广豪壮的心房。

十一团第二营营长萧桂出发前说道：
"二营的勇士们，我们能够完成任务吗？"
"能够完成！"战士们喊声如雷震地，
又如暴风卷过紫蓝色的大海汪洋。
暴风卷起叠叠骇浪跌宕回旋，
86　就连高处的天空也仿佛一同发狂。

傍晚已经镀染了黄铜璀璨的天空，
天空一片辉煌闪烁灿烂的光芒，
十一团的尖兵们顺着金沙江北岸行军，
90　沿江而上前往龙街对岸的江驿。

半夜时分忽然下起倾盆大雨，
夜神收拢了点缀星辰的黑色翅膀，
骤然换上了无边无垠的黑色大幕，
笼罩了万物，大地、高山，还有凡人。
天地之间混沌无光只有黑暗，

_____
①　有的回忆录和地图写作"姜驿"。

红色尖兵们的四周也是漆黑一团，
伸手不见五指，除非是火眼的天神。　　97

十一团的尖兵们艰难行走在黑色大雨中，
雨水浇透全身，泥浆混入了血水，
坚硬锋利的石头仗着雨夜的掩护，
凶恶地刺破草鞋品尝鲜血的滋味。
可石头并不知鲜血渴望光荣的胜利，
犹如葡萄汁也会向往葡萄酒的高贵。
红色勇士顶着肆虐的漫天大雨，
穿越苦难铸造的命运英勇无畏。　　105

大雨之后山路更加泥滑难行，
勇士们一个紧随一个毫不落后。
有人说出有翼的话语把心灵激励：
"勇敢的战友们！敢不敢来场爬山比赛，
看看谁的双脚更快更擅长奔走！"
喊声过后一时没有人做出应答，
众人都在忙着爬山个个低首。
先前那个声音再次这样喊道：
"勇敢的战友们！有哪个敢来场爬山比赛，
看看谁的双脚更快更擅长奔走！"
这时两个心志豪壮的战友喊道：
"来吧！让我们看看谁的脚板更厚！"
"来吧！大家都来，不来的就是小狗！"
勇士的话语激起了许多心灵的斗志，
于是尖兵们犹如一窝兴奋的蜜蜂，
拍着翅膀争先飞向那甜美的花冠。
红色尖兵们也是就这样展开比赛，
宽阔胸膛剧烈起伏急促地呼吸，
飞快向着岩石盘错的山上爬去，
双脚不够用就加上关节有力的大手。　　125

十一团的勇士们就是这样飞步急进，
跑过崎岖的山坡翻过高耸的山岭，
在欢笑喧嚣中转眼翻过八座山。　　128

忽然前方骤然出现一座雄峰，
灰铁的峭壁陡然直立刺入云霄。
犹如一个巨人仰面质问天穹，

是什么把它牢牢固定在大江之旁，
千百个春秋只能面对滚滚的江涛；
又是什么在高高飞翔俯瞰大地，
任意左右着飞灰烟灭黯然魂销。
红色尖兵们来到石山之下仰望，
也不禁头晕目眩心脏突突狂跳。
在他们的一侧是雨后紫黑色的滚滚大江，
浪花仿佛无数水母柔软的手臂，
向着天空疯狂挥舞恐怖地招摇。
如果有人从陡峭的石壁往下滑落，
那些可怕的手臂会高兴地揽入怀抱，
143　然后吞噬这些生命，继续着喧嚣。

前卫尖兵把情况一个个往后传去，
队伍于是慢慢缩紧聚拢起来。
心志豪壮的战士们纷纷说着对策，
有人说还是绕道，有人说硬爬上去，
大家议论纷纷喧嚣声如雷震地，
混合着旁边浪花的声音在山谷徘徊。
最后意志坚忍的张爱萍这样说道：
"为了在预定时间赶到我们的目的地，
我们必须硬爬上这个高旷的石崖，
轻机枪背在身上，步枪一律大背起，
必要的行李和无线电用绳子吊上去，
笨重的骡马只好丢掉由它们任行，
战士们！让强壮的手臂和勇气紧相衔接，
我们一定能翻过这座可怕的大山，
158　哪怕它是神仙铸造的天门的石台！"

铁臂铜足的人间勇士们心怀勇气，
于是就这样开始了艰难卓绝的攀登，
161　翻越艰险铸造的命运英勇无畏。

残留的雨水跌落在古老的岩石上面，
滴滴点点发出滴答孤寂的响声，
脚下紫黑色浪花的喧嚣已变得缥缈。
十一团的勇士们已经攀登了两个钟头，
双脚踩着岩石，手指抠着石棱，
用鲜血标注出一条穿越时光的隧道，
因为他们脚下其实是盘错的山岩，

在他们到来之前它根本不是山路，
它从洪荒远古一直沉寂至今，
除了上空偶尔飞过孤独的飞鸟。
如今这群勇士使远古的岩石复活，
用鲜血滋润不知生命气息的山岩，
让它们见证红军长征的英雄故事，
穿越时空直到未来的分分秒秒。　175

当时间之城移到天上午夜的轨道，
十一团的勇士们终于到达一个村庄。
低矮的烟囱立在黑夜的暗影里面，
仿佛已经久久将红军翘首张望。
嘈杂的行军脚步很快打破宁静，
许多村民从梦中惊醒推门出来，
吃惊地看到一群纪律严整的士兵，
这些士兵个个满身沾满污泥，
穿着草鞋在泥泞的道路中奔行如常。
村民很快知道这是传说中的红军，
带着诧异与敬慕把心中的英雄相迎，
十一团的勇士们从村民口中打听消息，
知道有个鲁车渡就在不远的身旁。　188

十一团的勇士们顾不上休息继续前进，
穿过肃穆的黑夜很快到了渡口，
到达鲁车渡不过十分多钟时间，
大江对岸忽然出现火把的长龙，
长龙鳞甲闪烁沿江蜿蜒而下，
亮光点缀着金沙南岸数里的天穹。
十一团估计对岸一定是一军团的队伍，
吹起小号用号音和对岸的战友联络，
号音呜咽着流淌在江面的浪涛与风中。
可是事情出乎十一团战士们的意料，
号音一响对岸的火把便迅速熄灭了，
犹如火花隐没在黑色幽暗的夜空。
十一团只好立即调头跟着东行，
心中担心再次失去友军的踪迹，
脚下飞奔犹如虎豹卷起山风。　203

过了许久他们行至较窄的江面，
再次吹出号音与对岸友军联络，

这次对岸终于传来号音的回应，
穿过隆隆的风浪声显得格外缥缈。
原来先前的号音几乎被风浪声掩盖，
对岸的一军团没有听清心中疑惑，
由于担心对岸是敌人前来挡路，
所以火速传令部队把火把熄掉。
可是金沙江的流水发出巨大轰鸣，
依然使两岸无法隔江把情况通报，
南岸的于是点起火把继续东行，
北岸的也只好跟着沿江而下东去，
于是两支火把的长队夹着大江，
217　犹如两条长龙依恋着江水的浩渺。

捷足的红军勇士就这样沿江而下，
很快来到一个更加狭窄的江面，
十一团的指挥员赶紧集合起大群战士，
一起冲着对岸的友军大声高呼，
如雷的喊声滚过滔滔江水的风浪，
又如飓风卷过紫蓝色的大海汪洋。
飓风卷起声浪叠叠，跌宕回旋，
把远方的消息带回岸边水手的村庄。
十一团就这样发出响亮的集体高喊，
把军委命令传达给对岸一军团的主力，
告诉他们火速赶往绞平渡过江，
在那里三军团主力正在渡过沧浪。
一军团的战友听了紧急传达的命令，
231　立即加快脚步继续奔向东方。

十一团的勇士为了执行阻敌任务，
再次调头沿着北岸向西南行去，
但是去江驿之前又多了一项任务，
等着这些捷足的勇士们前去完成，
尽管他们已经历无数凶险与苦难。
因为一军团一批伤兵无法疾行，
正随野战医院行至鲁车渡附近，
为了接应这些行走缓慢的人马，
十一团决定先行赶回鲁车渡口，
尝试在那找到可以渡江的办法，
242　把受伤的战友接到滔滔大江的北岸。

当玫瑰色的黎明降临养育众生的大地，
十一团的勇士到了金沙北岸的鲁车渡。
就在前两天这里还有士兵把守，
他们是四川军阀刘文辉部下的士兵，
整天提心吊胆担心红军的赶赴。
这些士兵为了防止红军渡江，
已经将渡船纷纷打毁沉入水底，
只剩一叶扁舟藏在悬崖的石壁下，
隐没在黑色阴影中犹如灰色的蝙蝠，
252　在阳光灿烂的白日不敢把身形显露。

此时天空中大片的云彩缓缓移动，
宽阔的峡谷之中波涛隆隆地轰鸣。
心胸勇壮的十一团的战士在江边搜索，
团营指挥员亲自察看江边的地形，
但见两岸灰铁的大山笔直而立，
早晨玫瑰色的阳光穿过云彩缝隙，
把那灰铁的山岩照亮成金色的黄铜，
在庞大云团形成的阴影之间错落，
犹如黄金闪耀辉煌得令人吃惊。
江水轰鸣着滚滚向着东北向奔流，
紫色江水混杂着一些赤红色泥土，
犹如赤紫色的蛟龙呼啸翻卷着远去，
从远方峡谷之中又传回隐隐雷霆。
此处峡谷中的江面相对平缓开阔，
然而近岸处水流湍急布满了旋涡，
石壁有几处被江水掏空下部岩层，
犹如一只只丑陋无比的怪兽蹲踞，
它们个个张开黑色幽暗的大嘴，
露出凹凸不平恐怖狰狞的石牙，
吞吐着飞速流过的赤紫色的金沙流水，
暗藏险恶欲把生命带往幽冥。
人和船如果陷进怪兽一般的旋涡，
肯定会被吞没或被撕成碎片，
满足怪兽那残忍的欲望充满血腥。
那只孤独的扁舟就藏在一块石壁下，
隐没在黑色阴影中犹如灰色的蝙蝠，
279　依赖着怪兽的庇护不敢把阳光相迎。

十一团的勇士发现了石壁之下的小船，

犹如鱼鹰盯着水面寻找猎物，
心中琢磨着如何把它捕获入口。
原来当时敌人乘着另外一条船，
将这小船从江中拉到石壁下绑好，
再把乘的那条船打毁弄沉江底，
以为这样就可以保留一条船儿，
287　留着自用，等到红军离去之后。

这个难题如今果然困扰了红军，
然而红色英雄们却不就此后退。
这群儿郎有颗永不言败的红心，
291　随时准备将艰难困苦一一击碎。

292　此时一军团的伤员已经到达了对岸。

十一团的勇士本来打算结出长绳，
将人从峭壁之上吊入下面的小船，
然而入云的高山和那锋利的石棱，
很快令他们不得不将这想法放弃，
297　因为它过于危险也过于大胆出奇。

最后十一团的指挥员派出擅泅的勇士，
决定泅水过去拉出石壁下的小船。
十多个擅长泅水的勇士站出队列，
一个接着一个跃入滚滚波涛，
挥动强壮的手臂拍打咆哮的浪花，
逆着流水往上游的石壁奋力游去，
然而激流仿佛故意与他们作对，
并不允许他们靠近小船的旁边。
时间不知不觉流逝了两个钟头，
勇士们一次一次都被激流冲回，
许多人累得手臂疲惫双脚抽筋，
可是双手仍然无法触到那船舷。
随着时间的流逝勇士们越来越焦急，
机敏的侦察排王班长突然想出办法，
他用一根绳子把刺刀束在了头上，
奋力泅到距船还有一丈远的地方，
然后取下头顶那把雪亮的刺刀，
挥舞强壮的手臂把刺刀戳向石崖，
雪亮的刺刀闪过一道森然的光芒，

就在一瞬间深深扎入岩石的缝隙，
意志坚忍的王班长立即贴近石壁，
另一只手的手指犹如鹰爪钩住石棱，
身体刹那间被激流冲得横在水面，
攀着石棱的手臂筋骨顿时收紧，
聚集巨大力量抵抗急流的冲击，
扎入岩石缝隙的刺刀同时被拔出，
划过光弧一道飞快戳向前方，
再次扎入另一处岩石微小的罅隙，
意志坚忍的王班长就这样艰难前进，
锋利的石棱凶恶地咬破他的手指，
满足着吮吸凡人鲜血的贪婪欲望，
滚烫的鲜血就这样点染黄铜的山岩，
一朵又是一朵犹如红色的杜鹃。
战友们敬慕地看着这位神一般的勇士，
用血肉的躯体对抗着整条凶暴的长川。
当那血淋淋的五指攀上小船的边沿，
沿江两岸的欢呼不禁如火山喷发，
巨大的呼声冲上天穹于云霄盘旋。　　335

十一团的勇士们就是这样弄到了小船，
小船一趟、一趟把一军团的战友运送，
将他们从滚滚金沙江的南岸渡到了北岸。　338

十一团的侦察排和第二营很快告别战友，
继续沿江向着江驿城方向前进。
江驿是会理的分县，南岸就是龙街，
如今江驿城内只有一部分民团，
根本无法摆开对抗红军的战阵。
机敏的十一团战士乔装成敌人的正规军，
很快混入城内俘获了一百多团丁，
随后活捉了县长控制了整个城镇。
他们从俘房口中知道了会理的消息，
原来四川军阀刘元塘师属的一个团，
两天前刚刚从江驿和江边撤回会理，
一心去会理会合主力防守谨慎。　　　350

江驿县城是前去会理的必经之道，
十一团的尖兵们为了警戒后方安全，
留下了一个连驻守江驿作为接应。

其余的勇士顶着金色太阳的照射，
355　向着龙街进发，不等坐热板凳。

这天是农历四月初五① 刚过立夏，
金色太阳从天穹炙烤宽广大地，
向着人间射出支支炽热的利箭。
江驿前去龙街行程大约六十里，
中间隔着一座山脊宽广的大山，
这山名叫"火焰山"，四处炽热如火，
坚硬如铜的红黄色山岩触眼可见。
江驿城外的一个老人遇到战士们，
带着悲哀的表情出说飞翔的话语：
"这片大山从来就是很少下雨，
如今已经立夏就更是雨水稀少，
附近田里的禾粟经常缺少雨水，
犹如婴儿失去母亲乳汁的滋润，
老天仿佛故意铸造这片大山，
用炽热带给凡人干枯、凋谢与悲哀，
好让苍生把双手高高举过头顶，
乞求他开恩用那怜悯之心施善。
可是上天如若真有伟大的神灵，
他肯定对这里的人间没有些许眷恋。
看看那些可怜的禾粟正在干枯，
火焰山的山火烤干蒸发了它们的汁液，
377　如同把人类也一样晒得脱水疲倦。"

红色勇士们仔细听着老人说完，
有人说出有翼的话语在天空飞翔：
"如果上天有那伟大的神灵存在，
但愿他们也不愿看到枯萎的山林。
我们宁愿做那齐天大圣孙悟空，
383　飞过这火焰山去把胜利与自由追寻！"

老人听了露出惊讶的神情说道：
"原来你们也晓得孙悟空与火焰山的故事，
可是孙猴子也没有逃脱如来的手掌。
他过火焰山之时烧光了全身毛发，
所以看看今天他的猴子猴孙，

_____
① 1935 年 5 月 7 日。

个个只能露着红屁股光着红脚板，
依然在这附近的山林中四处游荡。"　　390

红色勇士们听了老人这样说着，
不禁一起哈哈大笑着高声回答：
"我们红军可比那孙悟空还要厉害，
为了国家与人民我们征战于四方，
我们从江西出发已经转战了万里，
跑过无数的山坡，翻过更险的山岭，
跨过险恶的山涧，穿过幽深的林莽，
逶迤的五岭早已被我们抛在身后，
湘江、乌江、北盘与金沙也一一突破。
这个几十里的高山，即使炽热如火，
我们也一定能够穿着烂草鞋翻过。"　　401

那个老人看着这群神样的战士，
双眼露出奇异的光芒充满了景仰。
他从来没有想到会有这样的勇士，
凭着如此的勇气走遍天地宽广。
老人的心灵忽然之间打开一扇门，
思绪从此向着美好的世界飞往。　　407

十一团的尖兵们告别老人奔向火焰山，
循着一条之字形的道路曲折而上。
沿路没有一棵树只有赤灰色的岩石，
太阳从天穹高高照射着宽广大地，
也向山头射出无数炽热的利箭，
没入了岩石化为升腾摇荡的热浪。
烂草鞋磨破了，锋利的石棱把脚板割裂，
滚烫的岩石粘下流淌着鲜血的皮肤，
满足着吞噬英雄皮肉的残忍欲望。　　416

然而转战万里的勇士们脚下不停，
坚定的脚步带着血印迈向山顶。
山顶上有一间小店，在热浪中静寂沉默，
店中只有一个女人和她的女儿，
两人坐在屋檐下把过往的客商苦等。
自从军阀刘文辉烧光龙街的渡船，
已有十余天没有客商从这里经过，
店铺的男主人已被拉夫去了会理，

425　小店的一家成了失去一只脚的三足鼎。

女人开始时双眼流露惊恐的眼光，
畏怯地看着这群服装奇怪的战士，
犹如一只受过惊吓的可怜的羊羔，
429　看到驱赶豺狼的猎狗也感到畏惧。

红军勇士们看出了女人眼中的担心，
对着她说出和蔼的话语有翼飞翔，
说明红军的使命，揭露军阀的罪恶，
告诉女人红军是人民自己的子弟兵，
为了解放穷人，捍卫国家的独立，
英勇的红军不畏牺牲征战远方。
小店的女主人听了话语恍然大悟，
激动地这样回答心志豪壮的勇士：
"原来你们都是这样好的儿郎呀，
白军的谣言把你们说成是吃人的魔鬼，
哄得我们的妇女娃娃个个都怕，
男人们带着他们躲进了深深大山，
没有想到小女子今生却是有幸，
亲眼看到你们这些豪壮的男儿，
看到了真正能够救我们穷人的希望。
可惜我家男人被白军抓去了会理，
否则他也可一睹红军先生的荣光。"
红色勇士们听了心中感到高兴，
送给她一些白糖食盐和其他食品，
吃了冷水也一律给了钱作为补偿。
小店的女主人眼中开始涌上泪光，
哽咽着对红军这样说出话语飞翔：
"好心人呀，为何喝了冷水还要给钱，
等你们回来时我一定给你们烧好开水，
红军真好呀，可是白军却狠如豺狼。
就是前几天他们见了我的闺女，
个个露出狰狞的面目如野兽发狂。
咱这闺女吓得跳下了一块山岩，
你们看她脸上、脚上至今还留着创伤。"
女人说着说着，流出眼泪涟涟，
460　站在旁边的闺女羞愤地躲到了一旁。

这时黄昏渐渐为天空铸上黄铜，

火热的夕阳燃烧着黄铜璀璨的天空，
天空一片辉煌闪烁火红的光辉。
十一团的勇士们告别那位小店的主人，
朝着下山的道路个个奔跑如飞。　　　　465

他们迈开捷足很快下了火焰山，
沿着一条久干无水的河沟行进。
河沟狭长，两边是直入云霄的石壁，
犹如两道高墙夹着中间的小巷，
河沟的地表裂纹密布犹如龟背，
宽约四五十米，蜿蜒曲折着往前，
穿行于石壁之间，两边高山万仞。　　　472

傍晚并没有消减干热河沟的热浪，
反而变本加厉增加了空气的闷热，
淋漓的汗水湿透了红色勇士的衣裳，
如同勤劳的农夫辛勤耕作于田地，
炽热的太阳并不因辛劳而流露怜悯。　　477

这群战士之中很多人曾经是农夫，
从前就未曾向着酷热与辛劳屈服，
如今他们成了光荣的红军战士，
心中的信念更使意志如铁似钢，
犹如烈火淬铁铸造的坚硬器皿。　　　482

虽然热浪使得战士们身体脱水，
但是坚忍的意志不断生发力量，
激励他们乐观面对路途的艰辛。
一个绰号叫作"调皮骡子"的小鬼，
擦拭着汗水说出这样嬉笑的话语：
"哎呀呀！这个火焰山果然火焰腾腾，
难怪孙猴子的屁股毛统统都被烧光，
不过你们那，确实比孙猴子还要厉害，
你们的胡子还没有抛弃你们的嘴唇。"
说着大笑着指向长着胡须的战友，
惹起一片笑声振奋起众人的精神。　　　493

在夜幕降临养育众生的大地之前，
十一团的尖兵们赶到了龙街渡口的北岸。
他们很快沿江构筑了野战工事，

犹如守护幼仔的雄狮盯着对岸，
准备随时给来敌制造毁灭的命运，
把敌人过江追击的计划彻底打乱。
直到第三天下午敌人才赶到龙街，
警惕防卫的勇士很快打散了敌人，
就用从北岸射出的许多愤怒的子弹。
四天之后当红军全部渡过金沙江，
十一团的勇士们才迅速撤退北上会理，
505 犹如一只大雁响应头雁的呼唤。

就在十一团的尖兵们于龙街阻敌的时候，
507 东边的绞平渡继续进行着大规模的抢渡。

周恩来给十一团布置完阻敌任务之后，
立即亲自回到了滚滚金沙江的岸边，
和他在岸边的还有运筹帷幄的毛泽东、
士兵的统帅朱德、坚忍谨慎的陈云、
机智多谋的刘伯承、心胸豪壮的彭德怀，
以及众多英勇善战的红军将领。
他们五月五日渡江来到北岸，
一直住在石壁之上的岩洞之中，
不分日夜地组织大军抢渡过江，
517 尽管敌机疯狂轰炸，秃鹰般凶猛。

绞平渡自古就是金沙的渡口之一，
千百年以来四川的车队进入云南，
经过这个渡口穿过滔滔的江流，
不断输送着食盐、粮食、皮革或白银。
从西藏运出的神奇藏药、金银丝与饰品，
也通过这里向着东边散布流传，
而那些令人迷醉的鸦片、闪烁的黄金，
斑斓璀璨的丝绣品则北上进入四川，
然后穿越蜀道去满足无数的凡人。
如今这里的木船没有承载物品，
却把成千上万的红军战士摆渡，
529 夜以继日穿越金沙江的波光粼粼。

艄公尹梦之和张朝满此时正在船上，
几天前他们载着红军干部团的尖兵，
趁着夜色渡过大江偷袭了北岸。

他们四处寻找弄到了五条木船，
次日又从稍远的地方找到两条，
又有三十四位心志豪壮的艄公，
先后加入了他们摆渡红军的行列，
开始了他们一生中最大的冒险行动，
并非为了报酬或是赢得称赞。
张朝满当时摇橹时突然激动地想到，
也许有一天他可以告诉自己的子孙，
他曾经把英勇的红军摆渡到北边的江畔。 541

这天毛泽东默默立在北岸的岩洞中，
头发长长，脸颊消瘦眼窝深陷。
他此刻眉头紧锁望向滔滔江面，
看到艄公张朝满用力摇着船橹，
战士们犹如青铜的雕塑在船中镶嵌。
一天前的子夜毛泽东就是乘着那条船，
渡过了大江，如同刚过生命中的驿站。 548

那晚夜神张起星辰稀疏的大幕，
笼罩了万物——大地、高山，还有凡人，
天地之间混沌无光，漆黑一片。
毛泽东等人趁着夜色渡到对岸，
走上石滩沿着狭窄的岸边爬去，
上了一个高坡，又踏上一条羊肠道，
顺江岸来到峭壁之上的一个石坡，
石坡上分布着大大小小十一个砂石洞，
他们于是把红军总部设在洞里，
犹如在屋檐之下构筑巢穴的飞燕。
这些洞穴远比燕子的巢穴奇特，
它们是由几代船工拿着凿子，
一点一点费尽艰辛地敲打出来，
经历了无数风雨的洗礼，依然完好，
犹如神赐的高台俯瞰着滚滚的江面。
毛泽东和周恩来各自分到一个石洞，
石洞阴森黑暗三面是潮湿的砂石壁，
毛泽东的警卫员陈昌奉当时心中焦急，
因为无法找到可当作桌子的木板，
而毛泽东睡觉的床铺，是地上的一块油布，
上面铺着一条毯子，倒也方便。 569

当这天毛泽东默默看着艄公之时，
他的两手叉在腰间，一动不动，
木船三分钟一趟在他眼前穿梭，
可是这个岩洞中伫立的伟大战士，
思绪正穿越时光，进入历史的隧道。
他想起太平天国的石达开，豪勇的将帅，
那位翼王就在长宁兵败之后，
回师贵州北部攻击长江防线，
随后声东击西将对手骆秉章迷惑，
亲自统率主力四万人渡过金沙江，
进入西昌地区将自己的命运打造。
"石达开在哪里渡过金沙？北边的米粮坝，"
毛泽东心中自言自语连缀着思绪，
"不错，不错，就在北去四百里的巧家，
只可惜一代英豪随后走向了毁败，
悲惨地被困于天险大渡河的江潮浩浩！
当年石达开命令李福酉迷惑了骆秉章，
如今我们红军的罗炳辉率领九军团
机智巧妙地把蒋介石的大军成功牵制，
算起来他们现在应该到了巧家，
很快也可渡过大江和主力会合，
留下数十万敌人后面空自懊恼。"

591

思想着的毛泽东眉头舒展又再皱起，
忽然轰然一声巨响，震撼着石洞，
一颗可以吞噬生命的飞机炸弹，
带着吮吸英雄鲜血的残忍欲望，
坠落在石洞附近一块突出的山岩上，
炸裂了岩石飞溅起碎石与漫天烟尘，
烟尘随着江风飘落到毛泽东的头顶，
惊醒了那个陷入沉思的伟大战士，
毛泽东微微一愣，拍了拍头上的泥尘，
急切地把目光投向对岸的一块巨石。

601

那块巨石之上正站着多智的刘伯承，
高达数米的巨石距离江水有十来丈，
它的后面是云南一侧高耸的峭壁，
一条山路长达十里延伸下来，
蜿蜒来到碎石密布的狭窄沙滩。
这时总参谋长刘伯承正在指挥过江，

渡江指挥部的政委叶剑英也在一旁，
秃鹰一般的飞机刚刚从头顶飞过，
恶毒地瞪着黑色的眼睛寻找猎物，
巨大的翅膀投下阴影令人心寒。
由于大江两边都是峭壁耸立，
飞机只能盲目投下灰铁的炸弹，
炸弹大多跌落在两岸的山岩之上，
发出震地巨响崩碎了黄铜的山岩，
漫天飞溅起无数碎石与泥尘的浪花，
奇特的浪花从高处四散出可怕的泡沫，
好像雨点纷纷落向过江者的头顶，
又像疯狂捕食猎物的怪兽的巨爪，
期盼着扎入温暖的皮肉制造伤残。
有几颗炸弹也落在渡船附近的水面，
抛掷出咆哮的浪花涌入木船的中间，
但是恐怖的炸弹并没有击中木船，
虽然许多战士被炸弹碎片击中，
鲜血染红了沙滩或汇入流水湍湍。
毛泽东欣慰地看到江边硝烟之中，
总参谋长刘伯承站在巨石上安然无损，
刚才的轰炸只是掀动了附近的波澜。

628

敌人的飞机数次飞过胡乱地轰炸，
不能吓住战士却令马儿惊惧。
马儿不敢上船，尽管它们在平原上
能够奔跑如飞，犹如呼啸的长风，
在蹄下掀起云团一般的滚滚烟尘，
让勇敢骑士的心脏也不禁突突跳动——
当他感到马儿的鬃毛往后飞扬，
顺着疾风流动，穿越烟尘如雾。
可是现在骑士只能牵着马儿，
带着这些风之子随船游过大江，
焦急地盼望尽快把这流水横渡。

639

当夜晚来临夜神张开了巨大的翅膀，
那翅膀黑色如墨缀满了璀璨的星辰，
星辰点点星星闪烁出灿烂的光芒。
在养育众生的大地与璀璨星辰之间，
红军的勇士们燃起数堆篝火熊熊，
夜以继日地渡江借着明亮的火光。

所有妇女和伤员被安排专门的渡船，
一起抢渡星辰之下的滔滔沧浪。

647

第三、第一军团的主力先后到达，
第三军团至五月七日已全部渡完，
五月八日第一军团也渡过了大江。
第九军团于五月六日抵达树节渡，
并迅速于五月九日渡过那里的江面，
不久在西昌北面的泸沽与主力会合，
第五军团三千名坚忍的红军勇士，
坚持在皎平渡以南的禄劝阻击敌人，
直至五月九日才渡江撤离南岸，
甩下吴奇伟率领的一万国民党部队，
面对着一片人去船毁的江水泷泷。

658

云南王龙云此时心绪纷乱盘错，
一边暗暗庆幸红军离开了云南，
自己没有像王家烈那样消耗实力
去和红军展开正面战斗硬碰硬，

一边又为红军的安然脱困无奈，
因为他已不可能在金沙江阻击红军，
他的主力早已被调去支援了昆明，
不是被他自己，而是被那个毛泽东。

666

红军的先头尖兵，捷足勇猛的干部团，
此时已经攻克怪石嶙峋的"狮子山"，
随后乘胜占领了北面的小城通安，
红色的铁流如今横渡了天险金沙江，
犹如苍龙再次把束缚的链锁挣断。

671

运筹帷幄的毛泽东实现了自己的战略，
于五月八日晚离开北岸前往通安。
红军三军团此时已逼近会理城下，
犹如奔腾的战马卷起战斗的波澜。
毛泽东希望他们能乘胜攻占会理，
那样红军就可以得到较长的休息，
然而事情并非如预想的那样顺利，
似乎苍天故意要铸造额外的艰难。

679

第二十五卷

会理城下

会理地处四川通云南的交通要道，
四五月的时节大地色彩鲜艳斑斓，
田畴、阡陌与山坡犹如多彩的织锦，
油菜花的金黄交织着小麦的灰绿或翠绿，
北面的西昌地区，石榴花开遍山野，
鲜红似火给大地披上了艳丽的红装。　　　6

云南的布匹和纸烟不断运来会理，
四川经过会理也对云南输出
甘甜的蔗糖和满足凡人的各种物品。
因此会理城有了比较发达的商业，
大街两边店铺一个挨着一个，
富人家中也有比较充实的仓廪。　　　12

然而会理附近的农民却依旧贫穷，
军阀刘文辉的苛捐杂税盘剥着他们，
让他们辛苦的劳动果实所剩无几。
当红军各部依次逼近会理附近，
贫苦的百姓热烈报告城内的情形，
期盼着红色的勇士尽快攻破城池，
犹如干涸的大地热切地期盼雨水。　　　19

此刻会理城由军阀刘元璋的第六师把守，
这个古城经历了三百年的风霜雨雪，
两道高大坚实的城墙苔藓斑驳，
围绕着外墙还有宽宽的护城河一道。
为了防止红军前来进攻城池，
防守者烧毁了城墙附近的所有建筑，
因为他们害怕红军贴着城墙
挖掘深深的坑道把毁灭暗中打造。　　　27

这天当黄昏渐渐为天空铸上黄铜，
火红夕阳镀染着黄铜璀璨的天空，

天空一片辉煌闪烁着火红的光芒。
红军总政治部的李一氓[1]趴在附近山头，
通过望远镜向着会理城内观望。
只见城池北面，火焰熊熊燃烧，
红色的火、黑色的烟撕咬着直向空中升腾，
仿佛烧着北边的云团又烧向西边，
和火红的夕阳与火烧云一同翻卷起火浪。
长方的城垣默默趴在火光之下，
雉堞一串，整齐地排列在城墙的上方。
无数的瓦片密密遮着满城的房屋，
看不清街道在城内到底如何分布，
只看见几个稍稍探头高起的楼房。
最显眼的建筑物要数天主堂高耸的钟楼，
但是它像一个无奈的干瘦老人呆立，
看着大火肆虐却不发出呵斥，
只用寂静回应火焰与黑烟的猖狂。
在那城池南面有一片开阔地带，
一些黑色的人影飞快地跑来跑去，
那是红军侦察员正在勘察敌情，
引来城头射出很多呼啸的子弹，
于是雉堞处便飞溅火星，点缀了城墙。　　　50

突然空中传来隆隆的巨大轰鸣，
东边灰红的云彩中窜出几架飞机，
犹如凶恶的秃鹰掠过低低的云彩，
秃鹰瞪着黑色的眼睛寻找猎物，
巨大的翅膀投下阴影令人心惊。　　　55

过了片刻飞机飞临到城池上空，
向着城内投下只只灰色的包裹，
随后沿着外边的城墙来回盘旋，

---

① 长征时李一氓任红军总政治部宣传部宣传科长。

向着红军阵地投下灰铁的炸弹，
发出震地巨响掀起赤黑的泥尘，
高高飞溅起来犹如黑色的浪花。
黑色浪花在天空四散出可怕的泡沫，
好像雨点纷纷落向隐蔽者的头顶，
又像疯狂捕食猎物的怪兽的巨爪。
坚忍的红色勇士沉着坚定地隐蔽，
有的战士被疯狂乱投的炸弹炸中，
身体被撕成碎片，鲜血染红了泥沙。
有的战士被粉碎的弹片伤残了肢体，
还有的战士被炸弹引起的烈火焚烧，
他们为了战友们的形迹不被暴露，
71　忍着巨大的伤痛咬碎了颗颗钢牙。

72　来回盘旋的飞机让李一氓想起了苍蝇。

四川五月的时节天气开始渐热，
嗜血的蚊子还没有叮咬凡人的肌肤，
可是太阳一出来苍蝇就密密匝匝，
在红色勇士们的宿营地到处嗡嗡盘旋。
李一氓看着飞机，想起了讨厌的苍蝇，
78　希望战友能尽快摆脱它们的纠缠。

不久灼热的太阳沉落遥远的西山后，
在另一边遥远的天际升起一钩弯月，
黑夜展开缀着稀疏星辰的大幕，
笼罩了大地、万物也包括所有的凡人。
会理城北的大火依然在熊熊燃烧，
84　仿佛在祭奠战神布置了残酷的杀阵。

火光烧红了半边的夜空，犹如怪物
探出夜神黑色的大幕，吞吐长舌，
87　预告即将到来的惨烈战斗的血腥。

红色的勇士们没有畏惧眼前的战斗，
喧嚣着催促赶紧趁早开始吃晚饭，
然后奔赴火热的战场投入激战，
与敌人面对面比比到底哪个更强。
他们就这样如同往常嬉笑着吃饭，
用简单的食物满足了饥饿肚肠的欲望，

然后整装待命，刺刀闪耀着光芒。　　94

红军三军团的勇士们很快逼向城池，
十一团进攻东城门，十二团进攻西城门，
枪声猛烈地响起，犹如呼啸的风暴。
风暴从东面和西面形成强劲的气流，
带着干热河谷的热气吹向城池，
然而城池高大厚实的城墙矗立，
挡住了两股气流从低处形成的冲击，
使气流的力量很快在冲击中大量消耗。　　102

李一氓和几个指挥员心中不禁焦急，
迈着飞快的脚步穿过长长的田埂，
田埂四面的秧苗在火光中忽忽摇晃，
仿佛也被激烈的战斗扰乱了心神。　　106

李一氓很快奔到一个山头的隐蔽所，
这里就是夜晚攻城的指挥阵地。
晚风呼呼吹来，带来硝烟的味道，
也带来了初夏的夜凉，这夜无人安睡。
会理城北面的房子还在猛烈燃烧，
红光勾勒出东西城垣雉堞间的黑影，
黑影犹如折了翅膀的苍蝇一样，
四处乱撞想要抵御城下的攻击，
看上去如同上演一出滑稽的皮影戏。
火光也照红了在夜风中摇摆不定的树枝，
照红了遮满会理城的千万房屋的瓦片，
城池犹如一只巨兽从地狱中浮现，
脊背的鳞甲在烈焰中闪耀着可怕的辉煌，
让周围所有的、能够看到的凡人心悸。　　120

西城门的战事正在变得更加激烈，
十二团的勇士们穿越枪雨靠近城门，
城头射出密集的子弹呼啸着穿梭，
很多勇敢的战士来不及冲到城下，
便被子弹穿透头颅、腿脚或胸膛，
鲜血马上从他们的身体中汩汩涌出，
年轻的躯体一个个扑倒在宽广的大地，
迷雾笼罩着那些将要死去的勇士。　　128

"那是火焰吗？或者是烂漫的山花？
130　好像春天花朵开遍山冈的家乡……"

"那是战友在笑？这帮神气的家伙，
132　一定是我们胜利了，听，有爆竹在响……"

被击中要害的勇士渐渐朦胧了双眼，
134　黑色的死亡很快笼罩了他们的躯体。

十二团的勇士们继续向着西城门攻击，
架起迫击炮轰击城楼防守的敌人。
炮声猛烈地响起，犹如震地的雷霆，
雷霆仿佛由天神从高空投掷在地面，
剧烈震撼着宽广的大地卷起烟尘。
厚实的城门也在雷霆般的炮轰中震动，
141　巨大的铆钉喤啷啷作响，却无法脱身。

迫击炮不断隆隆轰向会理城头，
仿佛愤怒的天神想要惩罚罪恶，
不断把雷霆投掷，显示着他的震怒。
夹杂着巨大的炮声，响着繁密的枪声，
城上城下的战士彼此猛烈地射击，
子弹嘶嘶响着穿透浓浓的烟雾。
城下的红军战士个个勇敢坚定，
城上的敌人中也有胆气豪壮的战士，
只不过红军战士为了正义与自由，
勇敢无畏地向着伟大的命运奔赴；
而城上的敌人，即使是那同样勇敢的凡人，
153　却是在将罪恶与丑陋愚蠢地守护。

李一泯站在指挥阵地观望战场，
只见城头火光一片，人影摇晃。
炮声不断犹如沉沉的雷霆传来，
夹着啪啪的步枪声还有更加繁密的
每秒几十发的轻机关枪声突突作响。
东西两个城门附近火网密布，
炽热的枪流弹穿过空气犹如流星，
161　又如地狱的火蛇窜到人间游荡。

大火在熊熊燃烧，火光直冲夜空，

勇士们依然战斗在养育众生的大地。　163

一九二七年武昌夜战的幕幕场景，
犹如电影画面飞掠过李一泯的心头。
忽然近旁响起一声剧烈的爆炸，
震碎了李一泯的回忆把他拉回当场，
方才短暂的回忆仿佛是神意的预谋。　168

会理城头沿着城垣雉堞的一圈，
亮着珍珠项链一般的闪烁光亮，
那是敌人为了防红军架设云梯，
点亮一圈灯火把雉堞严加防备。
整个城头之上人影杂乱地晃动，
千百人的喊杀声、哭嚷声犹如海浪呼啸，
与枪声、炮声搅和成纷乱喧嚣的一片，
仿佛一条巨大的轮船行驶在海洋，
海洋无边无际掀动着黑色波浪，
忽然震怒的天神抛掷出耀眼的闪电，
闪电击中那条载着罪恶的航船，
使它在喧嚣狂乱中往黑色的深渊跌坠。　180

十二团的勇士们慢慢接近城池的西南，
那里厚重的城墙已经被炮火崩裂，
在一声巨大的爆炸中城墙坍塌了一块，
重重拍落地面掀起浓浓的烟尘，
火星和木头的碎片顿时四散飞腾。
红军的勇士们穿过黑红色的烟尘烈火，
发出震地的喊声冲向会理城内，
信号兵根据约定打出了两个信号，
一红一绿发着光芒迅速地飞升。　189

埋伏在城外的红军战士们看见信号，
个个心中高兴，发出震地的呼声。
心志豪壮的萧劲光于是对战士说道：
"英勇的先头部队已经攻破城门，
让我们现在马上穿过长长的田垄，
跟着战友前进的道路迅速奔行。
这位勇敢的老乡愿意为我们带路，
现在大家赶紧迈开飞快的脚步，
小心躲开天空中那些飞射的子弹，

攥紧手中的钢枪去支援先头的战友，
200　我们将攻占城池不用等到天明。"

他这样说完把手高高挥起一招，
202　带着一百名勇士跟着向导前进。

那个向导是一个头发花白的老人，
两天前就已经跑来要为红军带路，
跟着战士们一起吃住了两天两夜，
如今终于可以实现自己的使命。
他迈着飞快灵活的步子跑在前面，
城外的道路就像他手掌上每条纹路，
即使闭着眼睛他也不会走错，
他们犹如狸猫一般在田野穿过，
211　熊熊大火闪着光芒将他们辉映。

当这群捷足的勇士前进到西门附近时，
西门内高高的城头射来了密集的子弹。
子弹穿透了那个白发向导的胸膛，
同时也击中许多心志豪壮的战士。
带路的老人痛苦地仰面倒在大地，
旁边的战士抢上前去扶住老人，
听见老人说出微弱的话语飞翔：
"我已无法再带你们进入城池，
这辈子有这两天，我算是没有白活，
现在我可以像你们一样光荣赴死。
我相信你们总有一天会赢得胜利，
223　将黑暗的旧世界完完全全彻底地摧毁。"

老人这样说着，渐渐朦胧了双眼，
225　黑色的死亡很快笼罩了他的躯体。

活着的勇士们眼中噙着伤心的泪花，
却来不及为死去的老人和可爱的战友哭泣。
他们只能迅速地向前飞快奔去，
在一列房屋的残垣断壁后隐蔽身形，
心中不禁为先头攻城的战友着急。
"攻入城墙的红绿信号已经闪过，
可是城头依然射出敌人的子弹，
很显然前锋攻城进展并不顺利，

他们并没有攻克城楼在那里站立。"
心志豪壮的萧劲光心中这样想着，
胸膛剧烈起伏鼻翼一张一翕。　　　236

此时十二团已冲入西南城墙的缺口，
战士们发现仿佛进入了烈火的地狱。
他们刚刚突破了一道厚实的城墙，
可是里面还立着一座高高的内城，
两道城墙之间是一片开阔的空地，
空地上面堆满燃烧的房子和草棚，
把通往内城和外城墙头的通路堵塞。
城防部队早已经把居民全部撤走，
放火制造了一片燃烧的断壁残垣。
大火正卷动火舌慢慢把废墟吞食。
英勇的十一团此时也已经突破东门，
但是同样被空地上的大火挡住去路，
被阻塞于残垣之间，就在十二团左翼。　　　249

坚韧的十团还在苦苦围攻外城，
勇敢的战士架起竹梯爬向城楼，
使得城头守备的敌军惊恐战栗。
顽固的敌人用大锅煮起滚烫的沸水，
从雉堞的口子倒向攀爬竹梯的红军，
滚烫的沸水浇到红军战士的身体，
烫伤了他们的脸颊双眼双手和肩背，
年轻的勇士发出声声痛苦的呼叫，
纷纷从竹梯摔落，重重砸在地面，
死亡很快放松了很多战士的双膝。　　　259

由于外城与内城之间一片大火，
十一团、十二团的勇士们只好撤回城外。　　　261

此时玫瑰色的黎明已悄悄降临大地，
天光渐渐隐去半空中的那轮明月。
红色勇士们战斗了整整一个夜晚，
却仍然无法攻克会理将城墙翻越。
冒着浓烟的房子还在剧烈燃烧，
火光依旧在黎明中映照着古老的城阙。　　　267

红军三军团被迫改变强攻的策略，

269 开始进行坑道作业准备炸城。

在远处的山冈，敌人的援兵正在逼近，
红军五军团负责向东、向北警戒，
同时配合一军团打击来援的敌军。
在更加遥远的北面，天险大渡河的北岸，
一座座高大的碉堡正在被飞快地筑起，
敌人又再次从四面聚齐强大的力量，
276 犹如大地重新积聚黑色的乌云。

太阳照例从东边天空移落到西山，
会理城外在这天没有大的战事，
夜神按时张开了巨大黑色的翅膀，
翅膀黑色如墨点缀稀疏的星辰，
281 星辰点点星星闪烁宁静的光芒。

当五月十二日夜神再次降临大地时，
红军的领袖们从四处悄悄聚集起来，
在会理城外的铁场召开了重要会议，
这次会议是一次政治局的扩大会议，
一共有十八人赶到开会的地点铁场。
出席会议的包括雄才大略的毛泽东、
士兵的统帅朱德、坚忍卓绝的周恩来、
坚忍谨慎的陈云、脸颊黑瘦的博古、
勇于决断的王稼祥、果敢有谋的刘少奇、
心志豪壮的杨尚昆、言语率直的何克全、
多谋多智的刘伯承、一军团军团长林彪、
一军团政委聂荣臻、心有谋略的洛甫、
三军团军团长彭德怀、五军团政委李卓然、
胸怀大略的邓小平、心胸豪壮的邓发，
以及坚韧卓绝的五军团的军团长董振堂。
九军团军团长罗炳辉、政治委员何长工
298 两人来不及参会因为那悠悠路长。

会议聚集了红军英勇善战的将帅，
众人各抒己见把彼此的意见交换。
红军第一军团团长林彪心怀不满，
在会议之前写了一封信交给毛泽东，
抱怨机动灵活的游击战跑了弯路，
让许多红军战士白白地流血流汗。

他擅自要求毛泽东应该作出决定，
把战场指挥权交给三十七岁的彭德怀，
然而林彪并没有征得彭德怀的同意，
308 这封信只不过是他自己个人的决断。

会议上一军团团长林彪这样说道：
"假如把我们的行军路线比作一张弓，
我们经常行军的路线是弓背弯弯，
而不是沿着弓弦走那更快的捷径。
如今部队的精力已经消耗殆尽，
许多战士的心中困惑发出抱怨，
毛泽东同志这样的指挥并不成功，
我想彭德怀是更好的军事指挥人选，
317 大家能否把我的意见好好来听。"

一军团的政治委员聂荣臻当场反对，
拍着桌子激动地讲出气愤的话语，
言词犹如子弹射出怒火飞扬：
"我们红军是在敌人的口袋里活动，
如果我们不是那样走着弓弦，
出其不意、声东击西地迂回行动，
我们又怎么可能突破敌人的重围，
325 踏上北上抗击日寇的征途悠长？"

三军团的团长彭德怀并不知道那封信，
在会上看了那封写给毛泽东的书信、
听完了林彪的发言，说出如雷的话语：
"我并不同意林彪同志提出的意见，
我们红军的确在敌人的包围中运动，
如果我们不是那样多走些弯路，
我们又怎能牢牢牵着敌人的鼻子，
又怎能突破重围渡过滔滔的金沙江，
让猎猎红旗飘扬于北方广阔的天穹？
至于目前的战场指挥也无须更换，
一军团和三军团本来就常常统一行动，
我的意见是红军应该立即北上，
放弃会理尽快渡过天险大渡河，
在大地的北方，有我们更为广阔的天空。
红军的确疲劳，我们的敌人也一样，
因此我们也许还可以按照原计划，

去和贺龙率领的第二方面军会合，
积聚更大的力量犹如会聚的长风。"
这位心志豪壮的勇士大声说着，
345　两眼又黑又亮，脸庞微微涨红。

彭德怀膀阔腰圆犹如倔强的猛牛，
有着一张憨厚敦实的农民的脸庞，
黑亮的两眼充满力量和不屈的精神。
年幼时他跟着七十岁的祖母一起讨饭，
还带着他那三个更小的、可怜的弟弟，
过年的那天他们仍走在家乡的街头，
顶着漫天的雪花沿街苦苦乞讨，
年迈的祖母裹着小脚一瘸一拐，
四处飞扬的雪花落满他们的全身。
他最小的弟弟不久饿死在寒冷的街头，
心志豪壮的彭德怀不再向人乞求，
宁肯上山光着脚板在雪地里砍柴，
尽管雪里的荆棘令他伤口粼粼。
他后来也在高高的山坡放过牛羊，
每天挣取五文钱却付出无数的辛劳，
年幼的他也在煤窑拉过煤车糊口，
就这样度过他那艰苦的童年岁月，
如同世间许多生活贫苦的凡人。
他的一位伯祖父经常给他讲故事，
讲得最多的是那太平天国的传奇，
这些故事在他的心中播下了种子，
使得他最终参加了红军征战四方，
368　为了争取自由，拯救国家与人民。

彭德怀苦难的经历铸就他的性格，
他从来说话直率，心怀丹心一片，
这个会议上言词照例如同雷霆，
隆隆砸落在大地震起尘土飞扬。
又如白杨伸出枝叶面向天穹，
374　坦然展现自己的生命毫无隐藏。

战友们的不同意见仿佛刺痛了林彪，
令他感到如同落单的孤独飞雁。
他于是这样说出话语为自己辩解：
"可是如今我们部队疲惫不堪，

许多战士的确将明确的方向期盼。"
言罢身材瘦小的他不再说出话语，
浅黑色椭圆形的脸庞开始陷入沉默，
眼皮微微垂下犹如缺水的花瓣。　382

伟大的战士毛泽东此时淡然一笑，
对着林彪说出这样的话语飞翔：
"你知道什么，你不过还是个娃娃，
部队绕道前进是必要的克敌良方。
我们接下去的计划是北进天险大渡河，
带着我们伟大的红军走向北方。"
雄才伟略的毛泽东继续往下说着，
挥着大手讲出那如雷的话语飞扬。　390

雄才伟略的毛泽东说得一点儿没错，
在他眼里林彪确是个孩子和晚辈。
林彪一九二七年参加了"南昌起义"，
一九三二年成为第一军团的军团长，
在召开会理会议时他只有二十七岁。
不过他确实是位优秀卓绝的战将，
善用疑兵和埋伏，常常披坚执锐。　397

伟大的战士毛泽东话音刚刚落下，
热烈的掌声便如同春雷隆隆响起。
多数与会者听完毛泽东慷慨发言，
如同心头开出一扇明亮的窗口，
又如一股郁气飘然飞出了骨髓。
长久压抑在心头的疑虑被一一澄清，
犹如飓风吹倒重压萌芽的土垒。　404

由于红军战斗人员大量减少，
会议决定再次进行一次整编。
第一军团由原来三个师减为两个师，
第三军团则大力精编强化成四个团，
第五和第九军团取消了师级的编制，
英勇的红军就这样变得更加精干，
犹如狮子抖动了一下健壮的身躯，
威武的鬃毛顺着长风舒畅地飞扬，
狮子顿时精神焕发绷紧了肌肉，
积蓄着力量准备再次奋勇向前。　414

中央直属纵队也裁减了大量人员，
许多年轻力壮者调往战斗部队，
雄才伟略的邓小平就是其中之一，
他告别了原来中央委员会秘书长的职务，
419　调往了披坚执锐的红军第一军团。

新的中央委员会秘书长是瘦小的刘英，
她还兼做中央机关的机要书记，
洛甫教她学会了如何整理记录，
如何查找档案和如何起草命令，
原来不想结婚的刘英改变了主意，
425　她和洛甫深深相爱结为了夫妻。

会理会议消除了很多的不满情绪，
犹如清朗的长风吹散山谷的氤氲，
令高大挺拔的树木再现出英姿飒爽。
雄才伟略的毛泽东阐明了自己的战略，
这些战略注入将领和战士们的心中，
勇士们打算向北穿过莽莽大山，
迈开捷足奔向激流飞涌的天险，
433　渡河北上寻求和第四方面军的汇合。

然而红军在离开会理北上之前，
还想进行最后一次大胆尝试，
他们希望能够最终攻克会理，
437　以便为大军北上争取更多的主动。

就在两日之后，五月十四日的夜晚，
夜神悄悄张开了巨大黑色的翅膀，
翅膀黑色如墨点缀着稀疏的星辰，
星辰点点星星闪烁着宁静的光芒。
会理城池内外一片出奇的静谧，
443　仿佛世间万物全都将声音收藏。

444　红军大胆的尝试就在这个晚上。

这几天第三军团一直不停忙碌，
忙着在东西城外挖筑地道深深，
同时费心地收集炸药，有黄有黑。
在会理附近硝磺并非容易得到，

不用说质量即使数量也很难凑足，
抗日先遣队在福建缴获的上好炸药，
从瑞金踏上征途后一直搬运到湖南，
可是由于运输困难终于被丢弃，
如今红军工程兵的炸药并非充足，
但是依靠炸会昌、炸沙县的丰富经验，
仍然希望能炸塌城墙将会理城攻克。　455

这晚夜神巨大的翅膀已经张开，
晚风呵着热气轻轻吹拂着军旗。
微圆的上弦月发出浅白柔和的光芒，
稀疏的星辰闪烁在浩渺宁静的夜空，
在宽广起伏的大地和闪耀的星月之间，
红军的勇士们再次静悄悄地逼近城池。　461

迫击炮阵地最先发射出呼啸的炮弹，
用密集火力对会理城池发动了仰攻。
步枪轻机枪接着对着雉堞开火，
射去炽热的子弹，颗颗带着疾风。　465

烟火弥漫的会理城头呼声顿起，
犹如正在黑色汪洋中颠簸的航船，
忽然遇到一场罕见的陨石风暴，
无数的陨石闪着火焰带着呼啸，
纷纷疾落向海面引起大海咆哮。
受惊的大海在黑暗中惊恐地飞腾跌宕，
把巨大的浪花劈天盖地往航船上掷抛。
烟火闪亮的航船上一片惊恐呼叫，
担心航船会在陨石的打击下沉没，
城头的敌人也这样担心要失去老巢。　475

恐惧的敌人也向城下射出子弹，
用密集火力阻止红军逼近城池，
无数子弹于是就这样在空中穿梭。
城头的呼号也变得更加惨厉嘈杂，
慌乱的人影映着火光忽忽晃动，
整个城楼犹如一个喷火的妖魔。　481

李一氓此时站在指挥阵地的上面，
宽广的胸膛中心脏突突地剧烈跳动，

犹如一只小鹿欢快地飞奔在平原，
期待很快能跑到树绿水清的森林。
和李一氓一样，许多战士都在期待，
期待着听到一声惊天震地的巨响，
期待着炸弹把喷火的妖魔掀翻在地，
489 期待着有长缨在手将鬼怪统统收擒。

这一刻晚风忽停，军旗仿佛凝固。
稀疏的星辰闪烁在浩渺宁静的夜空，
492 微圆的上弦月忽然躲入灰色的迷雾。

轰然一声惊天绝响震地而起，
仿佛宽广大地发生巨大的地震。
然而当浓浓烟尘散去，飞尘落定，
高大的城楼竟然丝毫没见损伤，
497 依然犹如峭壁高耸暗藏着杀阵。

第二次爆炸微弱地把城墙轻轻摇撼，
499 但是古老的城墙依然没有坍塌。

红色勇士几天的努力并没有成效，
仿佛无情的命运刻意把艰难铸造，

使红军无法攻克会理将城墙翻越。
那冒着浓烟的房子还在剧烈燃烧，
熊熊火光依旧映照着古老的城阙。 504

当玫瑰色的黎明再次降临宽广大地，
红军的勇士们离开会理城向北而行。
此时会理已经不再是战略性的目标，
红色铁流向往着天高地阔的北方。 508

他们迈开了捷足向着西昌行去，
四川第二大平原在他们脚下舒展，
安宁河淙淙穿过犹如织锦的田野，
石榴花火红，将那起伏的山冈渲染。
慷慨的太阳神向着人间射出金箭，
碧蓝的邛海暗暗依恋着宽广的长天，
这里的土地是丰裕富足的天下粮仓，
然而红色的勇士们却没有丝毫停留，
也没有多少心情欣赏那秀美的风景，
因为在他们前方，正横着一道天险。 518

第二十六卷

通过大凉山

红军离开会理犹如疾风北进，
迅速经过德昌、邛海和西昌等地。
四川地区的军阀部队一路阻挠，
却全都一触即溃犹如堤坝崩塌，
5　　大多恨不得早早就将红军躲避。

然而一条大渡河滚滚挡在了前方，
河的源头深藏于青海东部的雪山，
涓涓雪水从皑皑雪山流淌到峡谷，
渐渐汇聚成滚滚咆哮的激流奔涌。
激流穿过金川、丹巴一线的峡谷，
发出震地的响声往南奔流而去，
当它流到安顺场便猛然折向东方，
穿越巍峨的峨眉山脉北趋乐山，
在那里注入岷江一齐奔向宜宾，
随后汇入金沙改名为长江东去，
千秋不停地涌向宽广无垠的海洋，
涓涓细流就是这样完成了愿望，
18　　激起凡人思量生命价值的轻重。

挡路的大渡河就是这样一条河流，
从源头至岷江暗藏无数激流险滩。
尾追红军的敌人已经进至金沙江，
前头截击的敌人正向大渡河急进，
如果红军错失抢渡大渡河的时机，
就可能被迫转向四川西康的交界，
25　　那里将会有更多难以预料的艰难。

红军捷足的勇士们自西昌连夜疾进，
在暗淡的月光下穿行在西昌坝子的平地。
在广袤的大地和无垠的黑色天穹之间，
一支大军犹如飓风般飞快移动，
此时千万人早已在甜梦中静静安睡。

红军先遣队在半夜时分到了礼州，
方才停下脚步让睡眠驱赶劳累。　　32

当玫瑰色的黎明降临养育众生的大地，
红色的勇士们从梦中醒来继续前行。
五月的太阳慷慨地向人间射出金箭，
勇士们就在金箭的光芒中走向远方。
他们在崎岖不平的道路上不断行走，
不知经过了多少山岭和多少村庄。
很多百姓老远赶来看神样的勇士，
沿路的老乡们摆出水果、点心和蔗糖。
当火红的太阳移过高远的天顶正中，
红色铁流捷足的先遣团抵达了泸沽，
看到街上开着店铺摆开了物品，
"欢迎红军"的标语在满街四处张贴，
各种欢迎的旗帜在风中猎猎飞扬。　　45

为了迅速抢渡前方的天险大渡河，
红军第一师第一团和工兵连作为先遣队，
由多智的刘伯承、聂荣臻两人共同率领，
决定继续向冕宁方向悄悄进军，
前去抢占大渡河边的安顺场渡口，
以便保证红军的主力顺利抢渡。
多智豪勇的左权则另率一部人马，
他们是一军团的侦察连和第二师五团一部，
需经过越嶲① 朝着大树堡快速挺进，
这些红色勇士的任务是大胆佯动，
钳制和吸引富林的敌人将主力掩护。　　56

两支红军的捷足尖兵几乎是平行着，
一齐向北朝着大渡河方向进军。

---

①　嶲字音"xī"，平声，越嶲即今四川越西。

犹如两条机敏的蛟龙穿行于群山间，
看到前面有条蜿蜒奔涌的大河，
便急切地飞腾向着大河的方向飞往，
两条龙一左一右、一暗一明地前进，
63 发出雷霆般的响声震荡起云水的波纹。

当夜神悄悄张开巨大的黑色翅膀，
翅膀黑色如墨缀满了璀璨的星辰，
星辰点点星星闪烁起灿烂的光辉。
红军第一团的勇士就在星光下集合，
连夜向着冕宁城迈开捷足疾行，
足踩广袤大地，头顶璀璨星辰，
一夜之间奔出九十里的悠远路程，
在东方露出玫瑰色温柔手指的时候，
捷足的勇士们在晨雾中赶到了冕宁，
听到了爆竹声噼噼啪啪欢快大响，
爆竹的飞烟和碎屑犹如春日繁花，
在蒙蒙晨雾中缥缥缈缈四处纷飞。
百姓们将转战万里的勇士热烈欢迎，
77 仿佛看到久别的亲人把故乡回归。

心志豪壮的勇士们高兴地把人们召集，
说出飞翔的话语揭露军阀的罪恶，
告诉人们红军是人民自己的队伍，
为了解放人民、捍卫国家的独立，
英勇的红军不畏牺牲征战远方。
豪迈无私的红军说罢飞翔的话语，
将缴获的财物粮食分给穷苦百姓，
平日受苦的人们个个欢天喜地，
彼此相告只有共产党领导的红军，
87 才是真正拯救百姓、拯救中国的希望。

忽然几个打扮奇怪的人跑了过来，
蓬乱的头发在他们头顶随意散着，
麻布破毯子在他们身上层层披挂，
他们的耳垂上挂着小小红条彩石，
92 一个个面色黑黄、骨骼却异常高大。

他们见到红军立即笑嘻嘻地下跪，
红色的勇士们慌忙扶起邀来共坐，

原来这里已经接近了荒野的彝区，
他们就是在那里世代生活的彝人①。
这几个彝人似乎知道红军的来历，
把红军当作救他们逃离苦难的天神。
诧异的勇士们此时方才慢慢想起，
尖兵进城之后打开了城内的监狱，
释放了许多沉冤落狱的穷苦百姓，
其中就包括一些奇装异服的彝民。　　102

从冕宁前往大渡河，中间隔着大凉山。
桀骜不驯的彝族人民在这里聚居，
当时他们由各自部落中的英雄统领，
在幽深的森林中过着艰苦原始的生活，
为了争夺养育众生的丰腴土地，
以及那些能干的奴隶和肥美的牲畜，
各个部落之间常常激烈地战斗，
大凉山森林中古老的树木和坚硬的岩石，
常常沾满战斗者留下的血迹斑斑。
彝族人民凶猛强悍却诚恳朴实，
狡黠的商人经常利用他们的质朴，
骗取他们宝贵的财物和肥美的牲畜，
残酷的军阀也经常对他们进行征讨，
疯狂地抢掠比凶残的野兽还要野蛮。
周围一切让强悍的彝族人心怀疑惧，
他们反对汉人进入他们的家园，
提防外来者威胁林莽深深的大凉山，
他们将所有外来者当作猎物围攻，
抢夺不速之客的金钱、粮食和衣物，
使得大凉山处处暗藏凶险和杀戮，
令人惊悚，却并非因为它高不可攀。　　123

红色勇士们别无选择必须前进，
而且要和时间赛跑赶往大渡河，
他们也被禁止对彝族人动用武力，
哪怕自己的生命受到死亡的威胁，
红军的政策把少数民族当成兄弟，
他们又怎能对着兄弟举起钢枪？　　129

――――――――

① 当时称"倮倮"。

如今只有一个办法可以通过，

131　那就是和平地说服彝民借道而行。

刘伯承、聂荣臻随捷足的一团进入冕宁，

将司令部设在城内的一座天主教堂，

聂荣臻亲自与教堂的神职人员会见，

135　亲切地说明红军保护宗教自由。

红军在城内贴出了朱德签署的布告，

布告上这样写着有翼的话语飞翔：

中国工农红军，解放弱小民族；

一切彝汉平民，都是兄弟骨肉。

可恨四川军阀，压迫彝人太狠；

苛捐杂税重重，又复妄加杀戮。

红军万里长征，所向势如破竹；

今已来到川西，尊重彝人风俗。

军纪十分严明，不动一丝一粟；

粮食公平购买，价钱交付十足；

凡我彝人群众，切莫怀疑畏缩；

赶快团结起来，共把军阀驱逐，

设立彝人政府，彝族管理彝族；

真正平等自由，再不受人欺辱，

150　希望努力宣传，将此广播西蜀。①

这天上午先遣队终于联系上了主力，

先遣队司令员刘伯承汇报了沿路情况，

153　红军正式决定经冕宁在安顺场渡河。

红军很快调查了彝民的风俗习惯，

让战士们将严格的民族政策牢记心头，

机敏的红色勇士请到了一位通司，

157　希望很快能够和彝人的首领谈判。

在五月二十二日黎明降临宽广大地时，

红军右路先遣队进入了神秘的彝民区。

幽暗的山谷中古老的林木鬼影般伫立，

道路崎岖仿佛几十年都无人出没，

---

① 此处布告内容引用的是当时的《中国工农红军布告》的
原文，只是把当时的"夷"字改写为现在惯用的"彝"字。

勇士们也不禁担心走入这样的荒林，

恐怕永远不可能再回到宽广的街衢。

在红色尖兵们的身旁野草肆意丛生，

腐烂的叶子在地面淤积着厚达数寸，

千奇百怪的虫豸在杂草腐叶中穿梭，

叮咬着光脚和穿着草鞋的红军勇士，

许多人的双脚红肿，令人可怕地变粗。

在深深的林莽中间奔流着很多山涧，

狂野的激流上往往只有一根独木桥，

有些战士不小心滑落摔下激流，

转眼便被咆哮奔涌的水流吞没，

有的身体被砸在棱角盘错的乱石上，

血肉的身躯被撕开裂口涌出鲜血，

无情的流水继续卷着牺牲者奔流，

毫不理会水中的勇士已血肉模糊。

牺牲者的勇敢战友们往往来不及相救，

凡人的手脚很少能快过那狂野的激流，

他们的战友只能噙着伤心的泪光，

继续前进在前途难测的漫漫征途。

可是心志豪壮的战士没有胆怯，

为了胜利勇士们不惜抛却身躯。　　　182

在红军经过的路上有一处叫作孔明寨，

传说三国时期的诸葛亮曾在此扎营。

神机妙算的诸葛武侯为收降孟获，

巧设计谋对桀骜的孟获七擒七纵，

终于赢得那位豪壮勇士的满腔真情。

诸葛武侯鞠躬尽瘁魂销五丈原，

只是这山中的氤氲雾霭弥漫了千年，

恍若旧日武侯当年征战的故景，

令人不禁暗想山林也许有心，

依然记挂着武侯千年之前的恩德，

不舍得改变旧貌，等着把英魂相迎。　　　193

如今红军就走在诸葛亮走过的山林。　　　194

当金色太阳升起在东山背后不久，

天空忽然翻滚起团团黑色乌云，

耀眼的闪电仿佛不断把天空劈裂，

震地的雷霆隆隆滚过低矮长空，

似乎猛烈砸落不远处大山的背后，
暴雨很快铺天盖地纷纷落下，
犹如九天的银河大水一起倾倒。
可是过不多久暴雨忽然停歇，
203　广袤的天穹转眼又变得一片晴好。

在金色太阳刚刚移过天顶正中时，
红军左路的尖兵们来到彝区的大桥镇。
刚刚进入镇内便听到巨大的喧嚣。
只见几百名彝人飞奔在镇子街头，
乱哄哄沿街哄抢摊上的食物和物品，
店主们和哄抢者打斗成纷乱嘈杂的一团，
红色的勇士们迅速分开了打斗的人们，
彝人见到红军，便很快四散奔逃。
跑得慢的彝人被红色的勇士们捉住，
213　一个个露出惊惧的眼神眼光飘摇。

红军安抚了沿街惊慌恼怒的店主，
对着他们和彝人说出话语飞翔：
"心志豪壮的彝人兄弟们请不要慌张，
我们是英勇的红军从不伤害百姓，
为了保护穷人我们征战远方。
这里的彝人和汉人都是穷苦的百姓，
怎能彼此争斗互相向自己人开枪。
大家应像一家人共同和睦地共处，
这样的情谊将可与长天日月争光。"
说完释放了所有被捉的彝人兄弟，
224　犹如诸葛亮把孟获放回他的故乡。

当温柔的黎明再次降临宽广大地，
红军的勇士们向着彝区中心进发，
犹如胫骨强健的豹子脚下迅捷。
他们又爬上一座大山走向密林，
前面的路上忽然来了一群男女，
这些人个个赤身裸体脸色惶恐，
女人们一定是由于长期抽吸大烟，
瘦得犹如一具具白日行走的骷髅，
眼神迷离、脸色蜡黄干瘪着双颊。
他们低着头从红色尖兵的队旁走过，
235　红军递去衣物他们也不敢来接。

红色的儿郎们不禁心中觉得奇怪，
于是询问向导这群怪人的来历。
向导一脸幸灾乐祸地这样说道：
"看样子这些人是哪个军阀官长的僚属，
还有那些平时作威作福的姨太太，
他们肯定是躲避红军经过倮倮区，
结果被那些倮倮抢了衣服和财物，
如今侥幸被释放出来还算幸运，
这些人平日可是处处与倮倮为敌。
军阀刘文辉年年都要倮倮进贡，
侵吞他们的牛羊、骡子马匹与产物，
军阀常常捕捉倮倮各族的首领，
把他们关入监狱胁迫他们的族人，
如今红军一来军阀纷纷逃命，
250　　这可是老天赏给他们的当头霹雳。"

正当红军的勇士们听着向导的话语，
前方树林中忽然传出了尖利的呼声，
"喔——喔——喔——"
声音犹如月夜野狼的凄厉吼叫，
即使是豪胆的勇士听见也感到心惊，
不久红色尖兵们看见几百名彝人，
犹如机敏灵活的猿猴隐现于林莽，
他们手中挥舞着土枪、长矛和棍棒，
巨大的弯弓斜背过强壮的胸膛与肩膀，
有些凶悍的彝人猛士弓箭在手，
尖利的竹箭已经搭上了牛筋的弓弦，
在古树老藤之间暗暗布好杀阵。
还有的彝人猛士举着锋利的砍刀，
264　　点点森然的寒光隐隐闪烁于刀刃。

红色的勇士们为了防止遭受攻击，
266　　不得不缩短行军距离加紧了防备。

许多彝人从未见过这样的阵容，
268　　不禁也是个个心中感到惊惧。

红军的尖兵们保持着沉默继续前进，
不久来到一个山坳的树林之前，
迎面两个山头形成一个隘口。

两面的山头密密匝匝站满了彝人，
犹如一群急急准备捕食的猛兽，
麇集在高高的山冈等待着猎物前来，
猛兽心中焦急来回不停走动，
不时发出令人惊悚的声声怒吼。
山上的彝人猛士也这样大声喧嚣，
挥舞着刀枪急躁地来回呼啸奔走。 278

尖利的呼叫和喧嚣的话语混成一片，
红军的战士们根本无法听懂含义。
于是请出通司把红军的意图讲述，
通司用彝语大声喊出飞翔的话语：
"兄弟们你们不用害怕如此惊慌，
我们是英勇的红军从不伤害百姓，
为了保护穷人我们征战远方。
我们不是前来掠抢只是路经，
想要向你们借道将前路继续奔往。" 287

有个手拿梭镖的彝人听了话语，
对着通司用彝语这样大声回答：
"这里是我们彝家的高山、树林与道路，
如果你们真想从彝家山林通过，
就请留给咱家的娃娃们①一些过路钱。" 292

红军政治部的冯文彬于是这样问道：
"要给你们多少过路钱才能通过？"
那个手拿梭镖的彝人这样回答：
"留下二百块或者与此相等的财货。" 296

心志机敏的冯文彬事前早有准备，
立即掏出二百元交给那个彝人。
那人接了钱满脸笑嘻嘻，心中高兴，
带着一边山头的彝人一哄而散，
飞快奔向嵯峨嶙峋的山岩背后，
仿佛敏捷灵活的山猿瞬间绝尘。 302

红色勇士们以为可以就此通过，
不料被另一边山头的彝人再次挡住，

麇集的人群会聚路口犹如群鸦。
仔细一问方才知道其中的缘由，
原来刚才拿钱的只是张洪家的彝人，
这边山头的彝人却是属于沽鸡家。 308

红军照旧给了他们二百块大洋，
可是沽鸡家的一些人照旧不愿让路。
正当红色的尖兵们和沽鸡家的彝人在交涉，
后面忽然传来零碎的几声枪响，
有个通讯员急匆匆迈着捷足跑来，
这样急急说出有翼飞翔的话语：
"很多罗洪家的彝人袭击后面的工兵连，
战士们朝天开枪也无法把他们吓跑，
有几个战士被抢了枪支、脱去了衣服，
我们无法将零星掉队的战士保护。" 318

红色尖兵们听了心中很是焦急，
这时有个年轻的彝人这样说道：
"你们在这里等着，我去找爷爷来决定。"
说罢那人迈开赤足飞快跑开，
奔向身后一条弯弯曲曲的山径。 323

过了许久远处来了一个大汉，
身材高大打着赤膊袒露胸背，
腰间围着一块半旧的厚大麻布，
头发蓬蓬披散在宽阔强壮的肩膀，
踩着宽广大地的是巨大的一双赤足。
大汉身后左右跟着十多个青年，
个个背着梭镖一身相似的装束。
来人走来见了红军政治部的冯文彬，
说出如雷的有翼话语在山谷飞翔：
"我是沽鸡家的小姚大②，要见你们的司令，
我们沽鸡家愿意和红军讲和不打，
请把我的话向你们的司令赶紧通告。" 335

红色尖兵们听了心中兴奋不已，
一面派人赶紧向司令员刘伯承通报，
一面带着沽鸡家的小姚大赶往司令部。 338

---

① 即当时彝人对黑彝奴隶——白彝的称呼。

② 即"小叶丹"。

沽鸡家的小姚大于是带着众多族人，
跟着红色的勇士们翻过一个山坳，
又穿过一片深深的林莽来到营地，
沽鸡家的小姚大见了军容雄壮的红军，
看见支支枪上刺刀闪烁着光芒，
脸上露出疑惧的神情停住了脚步。
红色的勇士们经过通司慌忙解释，
用飞翔的话语让他不用担心恐惧。
于是小姚大靠着山边小心地前进，
周围桀骜强悍的族人将他围护。
他们一直坚持贴着山边行走，
不肯走上相对平坦开阔的道路。 350

先遣队司令员刘伯承见到小姚大来了，
立即热情迎上前去向他施礼。
沽鸡家的小姚大也是双手鞠躬行礼，
向着刘伯承说出有翼飞翔的话语：
"今天后面袭击你们的不是我沽鸡家，
而是罗洪家一些性情凶悍的族人，
我是沽鸡家的小姚大，来见尊贵的司令，
我们沽鸡家愿意和红军讲和不打，
我愿同尊贵的司令结义为生死的兄弟。" 359

心志豪壮的刘伯承闻言不禁大喜，
当即说出这样有翼飞翔的话语：
"我们是人民的红军从不伤害百姓，
为了保护人民我们征战远方。
彝人和汉人本应是肝胆相照的兄弟，
怎能彼此争斗互相向自己人开枪。
就让我和您马上在此结义金兰，
我们的情谊将会让长天日月共仰。" 367

两位心志豪壮的勇士心中高兴，
决定立刻歃血为盟结义金兰。 369

此时黄昏正为天空铸上黄铜，
火红的夕阳镀染着黄铜璀璨的天空，
天空舒展着火烧云闪烁灿烂的光芒。
两位勇士携手走到海子边上，
海子的水犹如铜镜倒映着周围的树林，

晚风吹起波纹金光闪耀起辉煌。 375

一个健壮的彝人勇士拿来一只鸡，
从清澈的海子中满满舀起一碗清水，
然后举起一把刃口雪亮的尖刀，
对着海子说出如雷的话语飞翔：
"今日司令员与小姚大在海子边结义为兄弟，
如有反悔就同此鸡一样死去。"
说罢尖刀光芒森然一闪而过，
割破了鸡的咽喉流淌出滴滴鲜血，
鲜血滴入那碗清澈的海子水中，
清水中鲜红的血液顿时弥散开来，
那个彝人勇士把清水分作两碗，
递给了两位将要结拜的豪壮勇士，
等着他们宣誓捍卫各自的荣誉。
心志豪壮的刘伯承接过那碗血水，
说出如雷的话语在海子上空飞翔：
"我刘伯承同小姚大今天在此义结金兰，
今后如有反悔必将天诛地灭！"
说罢仰头将那血水一饮而尽。 393

心胸勇壮的小姚大哈哈大笑着叫好，
同样拿起一碗血水高声说道：
"我小姚大今日同尊贵的司令员结为弟兄，
愿同生死，如不守信就如此鸡。" 397

心胸勇壮的小姚大就这样大声宣誓，
说罢仰头也将那血水喝得见底。 399

这个横断山脉谷麻子附近的海子，
就这样见证了两位勇士的友谊天长。 401

当夜晚来临夜神张开巨大的翅膀，
那翅膀黑色如墨缀满了璀璨的星辰，
星辰的光芒闪耀在黑色的天穹宽广。
在养育众生的大地与璀璨星辰之间，
红军的勇士们特意去大桥买了酒菜，
摆出丰盛的晚宴将彝族的兄弟招待，
豪壮的勇士们一个个心中无比高兴，
高声欢笑着将丰富的美酒佳肴共享。 409

彝海结拜

次日玫瑰色的黎明降临宽广的大地，
小姚大陪同红色的勇士们踏上征程。
捷足的勇士们不久爬上了一个山坳，
见到十几个沽鸡家的族人飞快迎来，
他们拿着红旗，个个背着梭镖，
口里喊着"呜呼"把红军热情地欢迎。 415

红军很快经过了沽鸡家的山寨和村庄，
小姚大停住了脚步不再往前行走，
因为前面已经不是沽鸡家的山林，
他派出四个"娃娃"送红军到前面的村庄，
并要挑选二十个"娃娃"参加红军，
希望他们能够学习行军作战，

日后回来可以保卫他们的家园。
红军送给小姚大一支闪亮的手枪，
还送了十支步枪，支支崭新闪亮，
小姚大心中感激，以自己的黑骡子回赠，
作为他给刚刚结拜的兄弟的礼物，
当红色的勇士们终于挥手和他作别，
他离情依依不得说出告别的语言。 428

在太阳悄悄移到天顶正中之时，
红军告别了小姚大继续踏上征程。
金色阳光之下，山冈逶迤起伏，
小姚大默默地看着红军走向远方。 432

第二十七卷

奔袭安顺场

时间不会因为凡人停止脚步，
她总有自己的精打细算，充满神秘。
红色勇士们知道时间脾气的乖戾，
凭着不服气的精神与她展开赛跑，
迈着飞快的脚步跑过溪涧与巉岩，
磨破了脚下的草鞋，不顾极度的劳累。
他们很快经过了卡纳、阿尔等地，
这些地方聚居着桀骜不驯的彝人，
小姚大派出的"娃娃"一路帮助交涉，
一个村庄交换一个彝人来带路，
许多彝人夹着队伍一起奔走，
向着这些神样的战士乞讨物品，
一半是因为贫苦，他们食不果腹，
一半也因为他们景仰红军的勇士，
15 相信红军馈赠的物品是神意的恩赐。

太阳的光线渐渐隐没于西方的天际，
红色的勇士们走出了彝区脚下不停。
他们眼前是群山间一片起伏的高原，
走了许久也没有见到一间房房，
看不出距离大渡河究竟还有多远，
也找不到村民询问哪里会有捷径。
红色勇士们的心中不禁万分焦急，
此时黄铜铸造的天空忽响雷霆。
乌黑的云仿佛从地下喷薄涌起，
狂野的大风犹如来自无底的幽冥。
勇士们戴起青青竹篾编制的斗篷，
撑起几把黄黄的油布伞，继续前行，
繁密的雨丝被大风吹得斜斜飘飞，
很快淋透了战士的全身毫不留情，
路上湿滑的淤泥把飞奔的双脚羁绊，
拽倒很多疲惫的勇士，在凹陷的泥坑，
直到暮色渐渐垂向乌黑的大地，

红色的勇士们才发现前面出现了草屋，
十几间孤独破旧的草屋又小又低，
犹如片片浮萍在黑色汪洋中伶仃。 35

司令员命令前面的队伍停止宿营，
后面队伍随后很快到达了村庄。
草屋狭小潮湿，不一会就被挤满，
许多战士不得不在雨下休息过夜，
仍由大风卷着丝丝细雨飞扬。 40

冯文彬宿营的草屋里住着一位老人，
老人年过八十，一人伶俜独居，
见到这么许多神样的红军儿郎，
心中欢喜，打开话匣说个不休。
老人告诉战士们此地名叫筲箕坳，
几天之前刘家军队开来了二三百，
抢掠了财物，匆匆忙忙奔向了西康，
村民正盼着红军能早日为他们报仇。 48

后来老人脸色神秘地这样说道：
"听说七十多年前太平天国的时候，
翼王石达开曾经率部来过此处，
他们在附近扎下了满山遍野的营盘①。
在他们前面就是江面开阔的大渡河，
后面是清朝名帅曾国藩手下的精兵，
石达开先是率领部队渡过了大江，
为了等候后面的部队又渡了回来，
在这个时候翼王生了个虎头太子，
于是三十三岁的石达开大办酒席，
到处张灯结彩，敲响震天的锣鼓，

---

① 1863 年 5 月中旬，石达开到达大渡河边，在安顺场
下约两里处的紫打地驻扎。

他们就这样把时间耽搁在热闹的狂欢。
可是就在这几天下起了倾盆大雨，
大渡河涨起了滔滔洪水将他们阻拦。
为了保全手下千万将士的性命，
翼王石达开，这个心胸勇壮的大帅，
孤身前往清兵的营盘慷慨受死，
竟然落得凌迟处死的悲惨结局，
可是余下被俘的七千英勇的将士，
照旧被背信弃义的清兵统统屠戮，
69　红色的鲜血染尽了大渡河的急流湍湍。"

红色勇士们静静听着老人的诉说，
心中热血激荡，直到疲惫袭来，
72　将他们不知不觉带入沉沉的梦乡。

在次日天空云翳霏霏的青灰色黎明，
红色勇士们从梦乡醒来奔往大渡河，
他们穿过繁密的森林和幽深的山涧，
锃亮的钢枪早已上了膛，刺刀雪亮。
勇士豪壮的心灵怀着必胜的信念，
争先恐后恨不得马上跑到河边，
79　征服大渡河布满旋涡的滔滔波浪。

勇士们很快又奔走了五十多里路途，
然后爬上一坐巉岩盘错的大山，
这时前面一个山头传来呼喊：
"你们什么人？从哪里来到又去向何方？"
多智的刘伯承举起望远镜，仔细观望，
依稀见对面山头出现几个哨兵，
于是他挥了挥手，示意队伍隐蔽，
接着往前面派出几个便衣侦察兵，
又派出一个连跟在后面慢慢推进，
犹如机敏的野兔飞蹿在乱石的山冈。
前面敌人的哨兵仍在不停地喊问：
"你们究竟是什么人？想要去往何方？"
机智的红色勇士们于是这样回答：
"我们是中央军来自冕宁，前往大渡河
94　堵截'赤匪'走过了艰难的道路悠长。"

机智的红色勇士们就这样骗过哨兵，

在敌人的眼皮底下来到了岔罗镇的街上。
红色勇士们从天而降后四处奔走，
说出话语飞翔将自己的主张说告，
百姓们见了红军公买公卖的标语，
个个心中高兴，连饭菜都端上街头，
卖给这些心志豪壮的年轻勇士，
好奇的孩子们倾慕地将英雄远远张望。
红军高兴地发现有个刘文辉的兵站，
几百包白米没有搬走还在库藏。
于是红色的勇士们马上派人清查，
106　一部分分给百姓，一部分充当军饷。

一个宣传员带着一人找到冯文彬，
那人年约三四十岁身着长衫，
头顶戴着秋帽，脚上穿着软底鞋，
见到冯文彬之时脸色还有些惶恐。
冯文彬说出温和的话语向他询问，
才知这人竟是岔罗区公所的所长，
于是当即用飞翔的话语将他安慰，
告诉他红军只是向他打听消息，
115　只请他把河边的情况相告，用不着惊悚。

那人听了红军温和的话语飞翔，
很快平静下来这样把红军回答：
"在大河对岸驻扎着刘文辉一个团的兵力，
团的主力在渡口下游十五里的地方，
上游的泸定城另外驻扎了三个骨干团，
下游也有杨森的两个团严密防备，
这里的官长土生土长在这片土地，
自信地认为你们无法这么早赶到，
所以还在吃吃喝喝没有警惕。
他们经常晚上照旧回到这边，
因为这边住着他们的老婆与亲戚。
如今河边仅有一条木船停泊，
有时夜晚载着他们来到这边，
到了白天又把他们送回到对岸，
你们若是无法夺得那条木船，
131　就无法渡过大河爬上对岸的峭壁。"

红色勇士们闻言心中不禁狂喜，

心想只要有船就有渡江的希望。
于是放走区公所的所长，下令部队
立即整装出发火速前往安顺场。
此时黄昏正忙着为天空铸上黄铜，
金色夕阳镀染着黄铜璀璨的天空，
138　天空一片辉煌，闪烁灿烂的光芒。

先遣队司令员刘伯承行进在队伍中间，
骑着那匹一路陪伴的他的老白马。
白马的蹄儿"踏踏"踩着碎石山路，
灰白的鬃毛顺着晚风往后飘动，
143　载着主人行进在奔赴安顺场的山野。

刘伯承肩上披着一件方格灰大衣，
心头犹如压着千斤铅球沉沉。
他一边纵马前行，一边喃喃自语：
147　"有船就有办法！即使江水再深。"

红军的尖兵们飞快迈着双脚急进，
跑过崎岖的山坡翻过高耸的山岭，
跨过泠泠的山涧，穿过深深的林莽，
从黄昏走到夜神张开巨大的翅膀，
翅膀黑色如墨遮盖了整个大地，
153　这个夜晚没有星辰，也没有月亮。

浓厚的云雾弥漫在浩渺宁静的夜空，
在宽广起伏的大地和无垠的夜空之间，
156　红军的勇士们静悄悄隐秘地逼近大渡河。

此刻夜神青睐如墨的云烟，黑夜
笼罩了万物——大地、高山，还有凡人，
天地之间混沌无光，漆黑一片。
红色尖兵们趁着夜色靠近大河，
走上一条弯弯曲曲的石子小路，
关灭了所有手电，也没有一声咳嗽，
上了一个高坡，又踏上一条羊肠道，
悄悄登上大渡河边的一个山顶，
只见云雾霏霏，山下灯光数点，
166　隐隐听到了黑暗中远处的流水飞溅。

红色尖兵的先头团由团长杨得志率领，
披坚执锐的一营负责夺取安顺场，
约好成功后发出信号弹迅速通报，
二营前往安顺场渡口的下游佯攻，
坚忍的三营负责接应后面的部队。
于是根据安排勇士们开始下山，
脚下仍然是蜿蜒崎岖的碎石山路，
山路还积着雨后的泥泞又滑又斜，
战士们只好慢慢地一脚一脚地下爬，
强壮的手臂一只拉着后面的树枝，
另一只拽着前方的树干，前脚踏实后，
后脚才能跟进，就这样悄悄下行，
一点一点靠近大渡河的渡口安顺场，
而在心中，希望却一丝一丝增长，
每个人都相信一定能将敌人击溃。　181

一营的尖兵排很快下山到了安顺场，
当他们进入街头时遇到了敌人哨兵，
敌人哨兵在黑暗中这样大声问道：
"你们是哪一部分的？赶紧给我停下！"　185

红军勇士们发出了怒吼犹如春雷：
"我们是中国工农红军！缴枪不杀！"　187

惊恐的敌人吓得射出呼啸的子弹，
于是红色勇士们也立即给予了回击，
黑暗中敌人发出慌乱的呼叫和哀啼。
炽热的子弹在黑暗中划出闪亮光芒，
枪声像无数冰雹砸落在坚硬的冰面，
发出巨大的声响响彻黑暗中的河谷，
几乎湮没了大渡河水的咆哮与嘶鸣，
也几乎湮没了敌人恐慌凄厉的哭号，
很多敌人被子弹击中立即丧命，
红色的勇士也有被子弹穿透胸膛，
被死亡笼罩了双眼，身躯跌入尘泥。　198

身先士卒的杨得志闯入一间屋子，
后面跟着同样心志豪壮的战士，
漆黑屋内忽然发出一声惊呼，
犹如一只老鼠突然被车子倾轧。

杨得志身旁，机敏的战士将枪栓一拉，
冲着声音传来的方向大吼一声：
205 "我们是中国工农红军！缴枪不杀！"

角落里胆怯的敌人吓得肝胆俱裂，
乖乖举起双手，走出黑暗缴了枪。
杨得志立刻用飞翔的话语将他们询问，
才知这几人正好负责将渡船看管。
听到渡船有了着落，红色勇士们
211 不禁发出欢呼个个心喜如狂。

不到一个小时敌人已经被击垮，
一营的兵力犹如树倒之后的猢狲，
没有丧命的很多都当了红军的俘虏，
215 还有的没命地四散逃跑隐入黑暗。

安顺场的百姓见了红军个个欢喜，
对着红军说出有翼的话语飞翔：
"刘家军已知你们红军要来渡河，
他们的主力在河对岸守着渡口，
这几天他们强迫我们赶紧搬家，
说要把咱这一条安顺场统统烧光。
今天下午听说你们已到了岔罗，
他们预料你们明日才能到安顺场。
今晚他们刚好准备好了洋油，
各屋周围也都已经堆着柴薪，
若非你们红军这时神兵天降，
他们肯定会烧掉我们所有的住房。"
百姓们一边纷纷说着飞翔的话语，
229 一边将家具重新搬回各自的厅堂。

团长命令通讯员将管船的送往一营，
由充当尖兵的一营想法把船弄到，
一营营长受命迅速前往江边，
此时大雨又降，江边大水泛滥。
伶俜的一条渡船已飘荡在风浪中间，
剧烈颠簸着似乎随时要扯断绳缆。
心志豪勇的营长孙继先亲自下水，
奋起巨大的力量将木船推回岸边，
由于忙于弄到江上唯一的渡船，

孙继先早已将发射信号弹忘到了脑后，
即使之前刘伯承亲自叮嘱再三。
240

由于没有看到通报成功的信号弹，
刘伯承亲自冒着大雨赶到安顺场。
重任在肩的刘伯承见到营长孙继先，
勃然大怒说出如雷的话语飞翔：
"孙继先啊——你该死！为什么不发信号？
你可知安顺场关系着红军的生死存亡？"
当他知道孙继先已经弄到了渡船，
不禁转怒为喜又这样把话说道：
"孙继先啊——这回你是功过相抵，
今后打仗一定不能鲁莽慌张。"
心志豪勇的营长孙继先满脸愧色，
于是说出这样如雷的话语飞扬：
"请首长一定让我孙继先戴罪立功，
我发誓一定渡过大渡河滚滚沧浪！"
心志豪壮的刘伯承听了很是高兴，
因为看到有这样的勇士士气高昂。
256

正当刘伯承、聂荣臻率兵前往安顺场时，
红军一军团五团已经占领了大树堡，
这些红色勇士由一军团参谋长左权
和一军团二师政委刘亚楼亲自率领，
大张旗鼓收集起木材、竹子等材料，
佯装造船扎筏，以渡江进攻富林。
红军的敌人不禁暗暗感到心惊，
因为红军一旦渡江攻占了富林，
就可能直攻雅安然后再取成都，
这天心如城府的蒋介石下达命令，
要求各军沿着富林雅安一线，
四处加筑碉堡构成防线深深。
可是心如城府的蒋介石并没想到，
对手这次又在令他白费着苦心。
270

此时大渡河水云滚滚如墨，黑夜
笼罩了万物——大地、高山，还有凡人，
天地之间混沌无光，漆黑一片。
红军一团团长杨得志立在河边，
看着两岸高山连绵，黑影重重，

犹如无数黑色巨人把身形万变。
黑暗中看不出呼啸的大河究竟多宽，
只能听见湍急的河水疯狂地咆哮，
碰上河中的礁石发出骇人的声音，
溅起了无数飞沫混入飘飞的大雨，
不分是雨是水顺着大风扑面。

团长杨得志心绪也如河水翻滚，
惆怅地回到安顺场街头的一间小屋内，
一会儿焦急踱着步，一会儿坐到油灯旁。
杨得志在心中自言自语这样说道：
"现在一无船工，二无充分准备，
究竟如何能够渡过这河水如狂。
凫水泅渡？可是老乡早已说告，
大渡河此段河面宽度大约三百米，
水流处处湍急，深达四丈有余，
可怕的旋涡甚至可吸入鹅毛轻轻，
犹如巨大的竹筒直通深深的河底，
河底又是乱石嵯峨将凶险暗藏。
这是可以吞噬生命的狂野激流，
水性再好恐怕也不能在此逞强。

架桥渡河？这里每秒四米的流速，
足以冲走巨石，又怎能安插桥桩？
乘舟过河恐怕是唯一可行的办法，
不过如出意外，木船撞上礁石，
结果也无法避免可怕的船毁人亡。"
心志豪壮的杨得志焦虑地左思右想，
桌上油灯的火苗在风中忽忽晃动，
于沉沉黑夜中发散出一星暗淡的光芒。
最后这位豪壮的勇士还是决定，
依靠渡船去征服可吞噬生命的沧浪。

于是杨得志命令连夜准备渡江，
一营营长孙继先受命寻找船工，
他们迈开捷足走访周围的村庄，
说着飞翔的话语将当地的船工激励，
为许多凡人的内心注入勇气与力量。
当温柔的黎明降临养育英雄的大地时，
战士们已找到十几个心志豪勇的船工，
他们个个愿意冒死送红军过江，
用一条孤独的小小木船去征服波浪。

281

305

314

第二十八卷

强渡大渡河

五月二十五日的早晨，太阳重现，
大雨滂沱一夜焕然了乾坤世界。
雨水也盥洗悬崖峭壁，冲掉泥尘，
灰铁或黄铜的山岩裸露，金刚不坏。
墨绿的树木与草丛斑驳地覆盖峭壁，
红白相间的杜鹃点缀，恍若图画。
两岸峭壁默然耸立刺破云霄，
8　　夹着大渡河滚滚奔涌，汹涌澎湃。

团长杨得志率领一团一营的勇士，
来到大渡河安顺场渡口准备强渡。
杨得志通过望远镜将对岸仔细察看，
只见几个碉堡突兀在渡口的山上，
犹如怪兽盘踞，模样凶恶可怖。
碉堡四周黝黑的岩石凹凸嵯峨，
犹如魑魅魍魉将高大的碉堡依附。
旁边有个小村庄，里面人影绰绰，
17　　估计是敌人主力将渡口从侧翼看护。

此时碧蓝的天空中白云在风中移动，
大渡河深邃的峡谷中回荡着波涛的轰鸣。
心胸勇壮的红色战士潜伏在江边，
宽广的胸膛中血液犹如江水翻腾，
他们面对笔直的峭壁看着大河，
大河喧嚣轰鸣着滚滚向南奔流，
藏青的江水混杂着一些赭褐色泥土，
犹如青黑的蛟龙呼啸翻卷着远去，
从远方峡谷之中又传回隐隐雷霆。
此处峡谷间的江面宽度大约三百米，
水流湍急处处密布可怕的旋涡，
大大小小的礁石凸现在江水之中，
人和船如果陷进江中竹筒般的旋涡，
定然会被吞没或被撕成碎片，

满足大河那残忍的欲望充满血腥。
对岸石壁仿佛从水中突兀而起，
近水的河滩上岩石犹如犬牙交错，
又像无数丑陋狰狞的蛤蟆蹲踞，
它们个个张开黑色幽暗的大嘴，
露出凹凸不平恐怖狰狞的石牙，
凶恶地盯着激流回旋的大渡河流水，
仿佛随时要咬住生命拖往幽冥。　　　　39

红色的勇士们没有选择，只能强渡，
每颗跳动的心里都清楚，强渡过河，
还要冒着枪弹，可谓九死一生。
团长决定组织"奋勇队"突击过江，
具体人选由战士们自动报名确定，
然而当一营营长孙继先接受报名时，
年轻的红色勇士们团团将他围住，
这些宽广胸膛中颗颗勇敢的红心，
早已将自己的生死抛却九霄云外，
宁愿献出生命来换取明日的光明。　　　49

看着这些英勇豪壮的年轻勇士，
孙继先热泪盈眶根本无法决定。
战士们个个奋勇争先喊声轰鸣，
惊动了先遣队政委聂荣臻这样说道：
"勇敢的战士们请你们不要苦苦争抢，
就由你们营长下令，叫到谁去谁就去，
有你们这样的战士，红军将无往不胜。"　　56

孙继先看着张张充满期盼的年轻的脸，
难禁的热泪默默往面颊蜿蜒流淌，
这些战士和他一起征战万里，
张张年轻的面庞他都是如此地熟悉，
如今这些勇敢的战士面对死亡，

个个奋勇争先没有丝毫怯懦，
随时准备献出生命在他的眼前，
64　充满豪壮，这怎能不叫他心潮激荡。

于是他这样说出有翼的话语飞翔：
"今天我们会有人在这里失去生命，
追随我们英勇的战友死在战场，
鲜血流入江水身躯淹没于沧浪。
可能没有人能够记得我们的名字，
因为任何名字总是容易被遗忘。
但是当后世的人们来到这条河边，
看着河水滚滚流淌奔向远方，
他们会说有群英雄曾在此战斗，
山河大地会记住英雄们不朽的荣光。
年轻的勇士们！我们是不怕牺牲的红军，
为了胜利完成肩负的光荣使命，
今天就让我们实现勇敢的诺言，
今天就让我们把生命在此抛却，
79　但让英雄的魂魄万世不朽地飞扬。"

飞翔的话语为战士注入勇气和力量，
战士们发出如雷的呼声直逼云霄：
"我们是英勇的红军，情愿战死在战场！
今天就让我们把战士的荣誉捍卫，
84　渴望战斗的热血已经沸腾在胸腔。"

孙继先与团长杨得志细细交换意见后，
决定从二连中抽出十七名豪壮的勇士，
被选中的勇士是：一营二连连长熊尚林、
二排长曾会明①、三班长刘长发、副班长张克表，
光荣的三班选中了六名英勇的战士：
张桂成、萧汉尧②、王华亭、廖洪山、
赖秋发、曾先吉，
奋勇队还选了四班长郭世苍、副班长张成球，
四班的战士萧桂兰、朱祥云、谢良明、丁流名。
营长孙继先念完了最后确定的名字，
十六个勇士依次昂首跨出队列，

---

① 有的书中记作"罗会明"，应为同一人。
② 杨得志回忆录记作"肖汉尧"，应为同一人。

脚步犹如巨锤次次击落铁砧，
铿锵坚定，发出干脆利落的响声。
突然一个小战士从后面的队伍冲出，
"还有我，我一定要去！"一边哭，一边嚷，
飞步直接奔向营长苦苦相争。
心中激动的营长抱住年轻的战士，
认出他是二连四班的小通讯员陈万清。
孙继先向着团长投去请示的目光，
团长默默点了点头，热泪盈盈。
营长孙继先于是大声说道："去吧！"
通讯员破涕为笑跑入突击者的队列，
红扑扑的小脸犹如雨天马上放晴。
一支渡河奋勇队就这样组成了，
十七勇士每人肩背起一把大刀，
手持一支冲锋枪以及一支短枪，
腰间捆悬着五六个灰铁黝黑的手榴弹，
在水声轰鸣中迅速登上了唯一的木船，
只等一声令下，就去赢取光荣。　112

早晨的太阳此时慷慨射出金箭，
把充足的光热赐给养育英雄的人间。
九点整的时候刘伯承下达了渡江的命令，
红军的轻重机枪一起朝向碉堡，
发着怒吼射出许多炽热的子弹，
在江面编织出了一片密密的火力网，
一时之间使对岸敌人无法抬头，
只能龟缩脑袋躲在碉堡里边。　120

几个红军司号员挺起宽广的胸膛，
同时吹响了冲锋号，声音嘹亮而高亢，
号声犹如飞鹰展翅直冲上云霄。
嘹亮激昂的冲锋号激荡起勇士的热血，
勇敢的船工们也发出声声沉雄的号子，
黝黑强壮的脊背与臂膀使足臂力，
向着激流跌宕的河面撑出了木船，
号子声不断涌出船工们粗犷的胸膛，
仿佛千年来就一直这样不息地回荡。
木船就这样载着十七名红军勇士，
艰难地驶向江中，船头劈开了浪潮。　131

木船劈开滚滚江水驶向对岸。
敌人从碉堡射出可吞噬生命的子弹，
投掷出响声恐怖的手雷也连续不断。
手雷在木船周围的水面纷纷落下，
飞溅巨大的浪花犹如怪物在狂欢。
敌人的子弹穿透水面钻入了江底，
也妄想穿透红色勇士宽广的胸膛，
139　诱惑勇敢的生命听从幽冥的召唤。

这时，刘伯承、聂荣臻故意走出工事，
将豪壮的胸膛暴露在对岸的火力之下，
他们想用自己吸引敌人的注意，
掩护江面那艘唯一的渡船中的勇士。
英勇无畏的将领激起了战士们的情绪，
他们纷纷抢着朝着岸边站去，
把他们的将领拼命挤到自己的身后，
勇士们就是这样把血肉的长城筑起。
这时所有人心中都是这样思想：
"打吧，向我们打吧，只要别打中那船，
为了伟大的红军能够渡河北上，
151　我们现在就愿意在这里光荣赴死。"

对岸密集的子弹呼啸着飞射过来，
岸上不少战士被食人的子弹击中，
子弹穿透他们的头颅、腿脚或胸膛，
鲜血马上从他们的身体中汩汩涌出，
年轻的躯体一个个倒向宽广的大地，
157　迷雾笼罩着那些将要死去的英雄。

被击中要害的勇士渐渐闭上了双眼，
159　黑色的死亡将他们拽入了黑暗蒙蒙。

英雄的心灵并非不清楚什么是死亡，
只是信念与勇气使他们变得强大。
英雄的心灵超越了自我，犹如溪流
汇入无边无际的大洋，牺牲了小我，
164　却让天地万物将自己的魂魄携带。

对岸的守敌看着乘船过河的红军，
犹如一群豺狼看着河对岸的狮子，

豺狼开始时还奢望激流能挡住狮子，
可是当狮子移动胫骨强健的身躯，
慢慢涉着河水一步步艰难靠近，
豺狼已经在狮子的怒目中看到了厄运。
大渡河对岸的敌人现在也是这样，
原来的猖狂自信已经渐渐消退，
看着红军越来越近就越来越心惊。　　173

敌人不断射出可吞噬生命的子弹，
连续投掷出响声恐怖的手雷不断。
手雷在木船前后左右纷纷落下，
飞溅巨大的浪花犹如怪物在狂欢。
敌人的子弹穿透水面钻入了江底，
也妄想穿透红色勇士宽广的胸膛，
诱惑勇敢的生命听从幽冥的召唤。　　180

不久敌人开始用火炮轰击木船，
灰铁的炸弹呼啸着寻觅自己的猎物，
发出隆隆巨响落在藏青色的水中，
高高飞溅起来无数咆哮的浪花。
浪花犹如泼妇彼此拉扯撕咬，
又如乖戾的顽童将木船拍打摇撼，
浪花在天空四散出白色的泡沫无数，
犹如雨点纷纷落向战士们的头顶，
又如疯狂捕食猎物的怪兽巨爪。　　189

一团团长杨得志看到情况危急，
赶紧对团里的神炮手赵章成这样说道：
"我们现在只剩有四发迫击炮弹，
现在赶紧用两发摧毁对面的大炮。"
神炮手赵章成早已将炮口对准了碉堡，
听到命令立即小心地瞄准目标，
很快胸有成竹地发射出一颗炮弹，
炮弹在空中划出一道美妙的弧线，
无比精妙地给敌人制造了毁败的命运，
只听轰然一声巨响，炮弹中的，
敌人的一个碉堡在硝烟中飞上半空，
就这样被红军的神炮手只用一炮打爆。
敌人的大炮也顿时被埋在碎石下面，
不能再向刚才那样猖狂地喧闹。

神炮手赵章成接着打出第二颗炮弹，
炮弹在空中划出一道美妙的弧线，
无比精妙地再次铸造毁灭的命运。
在震地的巨响中炮弹击中又一个碉堡，
208　神炮手赵章成再次给敌人沉重的教训。

两个碉堡被神炮手赵章成炸飞之后，
红色勇士们的机枪顿时威力倍增。
机枪更加猛烈地喷射出呼啸的子弹，
犹如飙风刮过翻腾的江面直扑对岸，
飙风中夹带了无数粗粝的碎石与沙尘，
吹刮得所有人无法抬头也无法睁眼，
只能埋头躲藏到可以避风的地方，
祈祷着风暴停歇天空可重新清澄。
红军勇士们射出的机枪子弹密集，
就像飙风使得敌人无法抬头，
219　一个个吓得躲进工事战战兢兢。

趁着对岸敌人的火力稍稍减弱，
肩膀宽阔船工们拼命划动着船桨，
黝黑强壮的脊背流淌出淋漓汗水，
紧张的肌肉条条绷紧，犹如虬枝
错杂盘绕着大树粗壮结实的躯干，
他们强壮的肩背与臂膀使足膂力，
船桨横推着急速奔往下游的波涛，
227　一桨一桨地将木船不断划向对岸。

在跌宕的木船艰难地划到河中间的时候，
忽然一发敌人的炮弹落在船边，
木船剧烈地一晃险些翻落大江，
风浪中木船随着波涛起伏跌落，
犹如一片褐色树叶漂浮在池塘，
忽然一颗石子投落在它的旁边，
池塘的水面猛地激荡层层涟漪，
褐色树叶也是随着涟漪浮动，
当涟漪消失，水面又很快恢复如常，
零丁的树叶于是依然漂浮水面，
木船在大渡河激荡的江面也是这样，
239　在炮弹落在旁边后剧烈地跌宕起伏。

团长杨得志看到木船没有被打翻，
稍稍喘了口气，放松了紧绷的心弦。
正在这时只听船上发出惊呼，
敌人的一梭子弹突然扫到船上，
可吞噬生命的子弹怀着吸血的欲望，
猛然钻进了一个年轻的战士的手臂，
炽热的子弹穿过战士胳膊的肌肉，
带着鲜血"砰"一声嵌入了木船的船舷。　247

团长杨得志心中一紧，从望远镜里看去，
只见那个战士急忙捂住手臂，
鲜血汩汩从他的指缝中淋漓流淌。　250

忽然又有一个船工手臂中弹，
一只木桨脱手飞出落入漩涡，
转眼之间被激流吞没不见了踪影。　253

渡船在这一瞬间犹如脱缰野马，
飞快地往下游滑出几十米，无比迅疾。　255

对岸的敌人继续疯狂向木船射击，
木船在惊涛骇浪中旋转着顺流而下，
巨大的漩涡使得木船失去了方向。
木船上心志豪勇的战士使足气力，
在枪林弹雨中控制着木船不被掀翻，
木船被咆哮的激流来回撕扯冲击，
沉沉浮浮在奔涌的江面剧烈荡漾。　262

再强壮的臂膀也不能划动失控的木船，
木船猛然一下撞上一块礁石。　264

岸上的红军勇士们不禁屏住呼吸，
恨不得马上冲入江内将木船拯救。
团长杨得志脑中一阵巨大轰鸣，
仿佛整个世界的声音顿时消失，
就连空气好像也在这一瞬间凝固，
他把拳头紧紧猛攥，瞪大了双目，
犹如一只狮子突然被厄运包围，
激起了骇人的力量不畏惧任何诅咒。　272

心志豪勇的团长杨得志就是这样，
像是一只雄狮面对眼前的险境。
他也像雄狮张嘴发出惊天的吼叫：
"撑啊！撑啊！别让那船像野马驰骋！"
岸上的红军勇士们也跟着发出大喊：
"撑啊！撑啊！别让敌人的攻击得逞！"
呼喊声顿时惊天动地响彻云霄，
280 犹如季风从西南卷来风暴迅猛。

震地的呼喊为勇士灌输了勇气和力量，
几个船工奋力用手撑着岩石，
激流仍然如箭，不断冲向渡船，
浪花冲击在船舷喷薄起咆哮的白浪。
船下游数米之处，有一个巨大的漩涡，
286 正怀着吞噬新鲜生命的残忍欲望。

岸上的红军勇士们发疯一般大喊：
"撑啊！撑啊！不能让敌人的攻击得逞！"
呼喊声压过大渡河滚滚急流的咆哮，
290 犹如季风从西南卷来飓风迅猛。

这时有四个神样的船工从船上跳下，
站在礁石边滚滚的急流里，脊背如铜。
四个神样的船工用脊背顶着木船，
犹如四个膂力强大的金刚屹立，
水浪冲击在他们身上飞溅起白沫，
把青铜的躯干笼入一团水雾蒙蒙。
船上另外的船工也尽力撑着竹篙，
298 抵抗着激流连续不断地无情进攻。

仿佛冥冥神意铸造的一个奇迹，
在激流艰难的搏斗中木船脱离险境，
重新又一尺一尺艰难地划向对岸。
终于在一声恍若雷霆的欢呼声中，
303 木船到达了天险大渡河对面的河畔。

十七勇士不顾子弹密集攒射，
犹如猛虎一齐跳上对岸河滩，
迈开捷足飞快往岸的高处飞奔。
正在这个时候响起一片呼喊，

侧翼的村子里冲出一股后备的守敌，
犹如密密匝匝的蚁群漫过山坡，
向着刚刚登岸的十七勇士涌来，
犹如一群豺狼在暗处埋伏已久，
终于找到机会要把猎物撕吞。 312

眼看十七勇士要身陷险恶的包围，
神炮手赵章成射出了剩余的两发炮弹。
炮弹在空中划出了两道美妙的弧线，
无比精妙地给敌人带去毁败的命运，
两发炮弹精准地落在敌群之中，
发出震地巨响盖过咆哮的波澜。
重机枪手李得才的机枪也突突射出子弹，
子弹掠过波澜向着对岸飞去，
刚刚翻过山头的敌人纷纷中枪，
犹如田里的一片菜苗遭遇风暴，
风暴夹着无数粗粝的碎石与沙尘，
脆弱的菜苗经不起击打纷纷倾倒，
东倒西歪、枝残叶缺地翻落入泥土，
敌人也像这样遭受重机枪的射击，
纷纷中弹跌倒，顿时乱作一团。
恐惧摧毁怯懦者的斗志，消减了勇气，
敌人在一阵攻击下很快调头逃窜，
远远看去仿佛一堆乱滚的泥丸。 330

李得才那挺重机枪开始延伸射击，
子弹掠过波澜向着对岸飞去，
犹如长了锐利眼睛追着敌人，
一直把前头的敌人赶回山坡背后，
恐惧摧毁怯懦者的斗志，消减了勇气，
敌人迈开双腿急于躲避灾祸。
十七勇士乘机发出震地的吼声，
冲锋枪一起向着敌人喷出怒火。 338

十七勇士就这样将渡口的工事占领。 339

然而山坡背后的敌人并未罢休，
很快对渡口的工事进行了一次反扑，
企图趁十七勇士立足未稳时偷袭。
十七勇士背后的红军再次开火，

重机枪的子弹又一次飞向对岸的敌人，
敌人纷纷被炽热的子弹击中倒地，
犹如一片果园突然遭遇冰雹，
冰雹从天而降带着锐利的呼啸，
枝头的果实经不起击打纷纷坠落，
敌人也像这样遭受重机枪的射击，
350　纷纷狼狈溃逃，一个比一个心急。

在枪弹硝烟中十七勇士直杀敌阵，
强壮的手臂挥舞起宽口厚刃的鬼头刀，
大刀起落着闪烁森然骇人的光芒，
刀把上的红缨犹如火龙盘旋飞腾。
敌人被神样的勇士吓得胆战心惊，
再也没有勇气展开白刃的肉搏，
357　个个拼命奔逃，犹如堤溃山崩。

于是红色勇士们就这样控制了渡口，
将一船又一船的战士运往大河对岸，
犹如西南风不断向东北吹去风云。
当黄昏渐渐为天空铸上黄铜之时，
红军又在几里之外找到一只船，
老乡们帮着战士将船拖到渡口，
364　继续加快速度往对岸抢渡红军。

次日当黎明在东方露出玫瑰的手指，
红色勇士们找到了一批巧手的木匠，
很快又修好一只坏船加入了抢渡。
帮助撑船的船工从附近纷纷赶来，
犹如勤劳的蜜蜂闻到香味芬芳，
370　从四面八方纷纷向着花朵飞赴。

大渡河宽广，藏青的激流奔涌不息，
滔滔水流的速度超过了每秒四米，
可怕的漩涡甚至可吸入鹅毛轻轻，
犹如巨大的竹筒直通深深的河底，
那河底乱石嵯峨将无数凶险暗藏。
船夫们异常吃力地划着木船渡江，
一只船须有十多人频繁轮换划撑，
378　他们就这样把红军不断运过沧浪。

红军士兵的统帅这天赶到河边，
亲切和蔼地将强渡的经过细细询问。
当他听说每渡一个来回的时间，
两条浓眉不禁不知不觉地靠近。

382

满怀心事的朱德在战士中间坐下，
给战士们讲起了自己童年常听的故事：
"今天我要讲述发生在大渡河的传奇，
这些故事小时候我曾听过了无数遍，
如今我就把我所听的说给你们分享。
在我们现在脚踏的这片神秘土地上，
千百年来曾上演无数悲壮的传奇，
古代的英雄们曾在这里被利剑砍杀，
或者把雪亮的长矛刺进对手的胸膛，
胜利者和失败者的鲜血同样抛洒向大地，
浇灌黑色的土地，汇入奔流的大河，
留下了无数的英魂在这无边的林莽。
这片传奇的土地曾是蜀国的领土——
一个二千年以前三国鼎立时的战场，
诸葛孔明曾经统帅数十万大军，
在这片神奇的土地上不断南征北战，
无数次渡过瘴气弥漫的泸水和金沙，
老人们说，大渡河淹没了无数蜀国的英雄，
所以千百年来涛声悲壮地涌荡。
更加惨烈的故事发生在七十多年前，
太平天国的勇士们就在此最后失败，
石达开的四万将士全军覆灭在河边，
一代名将石达开遭受了凌迟的酷刑，
千万勇士的鲜血染红大渡河的流水，
只有人们的记忆中英雄的故影摇晃。
我小的时候见过一个神秘老人，
每年的冬天他都来到我家帮忙，
将我母亲纺的粗棉线织成毯子，
这位老人说他曾是翼王的士兵，
每年他都给我讲述翼王的故事，
老人身旁的炭炉总是烟气缭绕，
陪伴那老人安静出神地将往事回想。
老人总说，石达开其实没有死去，
一个替身代替他上了成都的刑场，
那个勇士和翼王的确惊人的相像。

这就要从翼王的四姑娘开始说起，
翼王的四姑娘是他救后收留的养女，
善良的姑娘深深爱上了英雄的翼王，
曾经一心想嫁给心中的英雄做妾，
但是豪壮磊落的翼王拒绝了请求，
于是姑娘嫁给了一位勇敢的战士，
那个心志豪壮的勇士竟酷似翼王，
当太平军受困滚滚天险大渡河的近旁，
英雄的四姑娘说服翼王保留性命，
今后可以东山再起为将士们报仇，
她那英雄的丈夫也甘愿替翼王赴死，
豪壮地说道，那样也算一生不枉。
据说石达开在这片林莽中漂泊多年，
有位岷江的船工在狂风暴雨中落水，
幸遇石达开把他救起，用长长的木桨。
那个老人说，在沉沉的黑夜仔细倾听，
可以在大渡河听到将士英魂的哀号，
只有等到有英雄为他们报了血仇，
436 他们才会停止悲鸣将天国奔往。"

士兵的统帅就这样娓娓说着故事，
忽然一位战士用有翼的话语问道：
439 "我们红军比起太平军到底谁强？"

心志豪壮的朱德不禁哈哈一笑，
说出如雷的话语在战士们耳边飞翔：
"你们看看我们不是正在过江吗？

我们红军是人民自己的伟大部队，
为了解放人民捍卫国家的独立，
我们红军不畏牺牲浴血奋战，
为了能够争取民主、自由和正义，
我们红军辗转万里征战远方。
我们心中的信念与意志如此坚定，
使我们不逊于任何古代伟大的英雄，
一定能够渡过大渡河挺进北方。"   450

战士们听完总司令的话语心中雪亮，
胸腔中热血沸腾，涌起了无限的自豪。
这时一个红军小战士拿来一个猪肚，
笑呵呵用飞翔的话语这样大声地问：
"谁知道这些东西怎么做才能好吃，
我可从来没吃过，不知如何动刀？"   456

平易近人的朱德于是这样笑道：
"切一切，等会儿我来炒给你们吃，
下次你要再能搞到新鲜的猪肚，
一定找点醋和辣椒，我帮你炒。"
言罢收住了话头前去帮忙炒菜，
不久便端来一碗香气扑鼻的佳肴，
战士们这回可享了口福吃个大饱。   463

不过士兵的统帅朱德在炒菜之时，
心中却把一个大难题来回地思索。   465

第二十九卷

飞夺泸定桥

五月里的野花开满了大渡河河边的山崖，
有红，有白，或蓝，或黄，四处点缀，
就如同它们开放在以前无数个春秋。
然而红色的勇士们却没有时间欣赏，
他们正匆匆抢渡大渡河的湍湍急流。
湍急的水流使红军无法架起渡桥，
  只能摆渡过江，依赖那三条木舟。

7

士兵的统帅朱德在心中计算着时间，
如果三条船按照目前的过江速度，
摆渡数万红军至少要几个星期。
朱德想起小时候听过无数遍的故事，
  对红军命运的忧虑也不禁渐上双眉。

12

安顺场有一位年逾九十的清末秀才，
老人名叫宋大顺，曾见证石达开的失败，
红军总政治部的李富春①亲自拜访了老人，
用飞翔的话语询问石达开兵败的原因。
老人于是这样用有翼的话语回答：
"因为石达开贻误时机陷入重围，
大渡河涨水挡住他们前进的去路，
彝人烧毁了左边松林河上的木桥，
而在他们的南面则是清兵的追击，
红军若想避免石达开第二的命运，
  千万不能过长地停留在江水之滨。"

23

运筹帷幄的毛泽东和周恩来赶到了江边，
于是红军领袖们在一起将问题商榷，
毛泽东发誓红军决不会再像石达开，
在大渡河边将宝贵的时机白白延误。
他们最终决定改变原来的安排，

---

① 李富春当时任总政治部代主任。

派出突击队往安顺场北面的泸定桥赶赴。
红军的领袖们希望能够夺取泸定桥，
使红军主力能够在那里渡过大河，
  然后迅速北进踏上抗日的道路。 32

一条险恶的道路摆在勇士们的前方，
它沿着大渡河西岸沿河蜿蜒北上。
也许更加准确地说，那不是一条道路，
因为，从前几乎没有人这样途经，
因为，其实那是临江的重峦叠嶂。
人们总是从东边遥远的成都出发，
沿着大渡河东岸向北经泸定桥西行，
然后继续一直前往神秘的西藏。
或者他们也从西藏的拉萨东来，
沿着相同的路线反向前往成都，
却很少有人选择走在大渡河的西岸，
  因为那里的险恶容易使人命丧。 44

红军二师四团被指定为光荣的突击队，
由政委杨成武和团长王开湘率领行动。
他们将沿着大渡河西岸迅速北进，
突袭泸定桥保证红军飞出囚笼。
第一师配合四团的行动沿东岸北上，
由多智的刘伯承和一军团政委聂荣臻指挥，
他们须突破东岸敌军的重重布防，
  犹如一条游龙在敌人的阵地穿孔。 52

红色铁流的命运如今悬挂在泸定，
  那一道横跨滚滚流水的铁索桥头。 54

右路军一师前进的道路左边临河，
右边是连绵不绝、直插云霄的高峰，
捷足的一师勇士们踏着崎岖小路，

犹如肌肉强健的豹子快速奔行。
他们很快翻越着一座一座大山，
经过一些毒蛇虫豸出没的地方。
他们看到人们将茅屋架在树上，
好像鸟窝一样有着高高的厅堂；
屋旁搭着很高的架子挂着苞谷，
大狗好像狮子一样睡在那近旁。
捷足的一师勇士们不停往北疾进，
来不及在那静谧的高屋树下休息，
他们很快遇到了敌人修筑的碉堡，
68　与敌人展开战斗在那多山的战场。

红军二师四团出发于二十七日清晨，
当太阳正用玫瑰色的手指轻抚大地。
四团的勇士有三天时间将泸定赶往，
三百二十里的路程足以让凡人心悸。
这群勇士的右边是激流汹涌的流水，
左边是斧劈刀削的峭壁与山头连绵，
在这些大山的山腰上积雪终年不化，
熠熠闪耀出银光，寒气森然袭人，
犹如天神打造出无数白银的座位。
这些银色的座位面临着咆哮的流水，
仿佛天神故意选择了这样的地点，
80　好让所有凡人惊叹于造化的奇异。

有着两岸高耸大山峭壁的护卫，
江水轰鸣着滚滚向着南面奔流，
青色江水混杂着一些红色泥土，
犹如青赤色的蛟龙呼啸飞腾远去，
从远方峡谷之中又传回隐隐雷霆。
峡谷间的水流湍急布满漩涡，
大大小小的礁石错落在江水之中，
近岸岩石被江水冲刷得奇形怪状，
犹如一只只丑陋无比的怪兽蹲踞，
它们一个个张开黑色幽暗的大嘴，
露出那凹凸不平恐怖狰狞的石牙，
吞吐着大渡河飞速奔流的青褐色流水，
暗藏着险恶，想把生命带往幽冥。
假如飞奔的勇士滑落滚滚大河，
定然会被吞没，或被撕成碎片，

满足激流那残忍的欲望充满血腥。　96

然而四团的勇士们并不惧怕危险，
脑中只想着尽快赶到，夺取泸定桥。
勇士们刚刚走了三十多里山路，
大河对岸的敌军便发现他们的行踪，
向着他们射来可吞噬生命的子弹，
那子弹带着食肉吮血的欲望飞来，
穿透很多红军战士的胸膛和手脚，
没有射中的也纷纷密集地落在山腰。
中弹的红色勇士汩汩流出鲜血，
不少跌落在崎岖的山坡，英雄魂销。
红军为了避免行进中无谓的伤亡，
只得绕到天神白银座椅的背后，
行进在更加崎岖的山道，犹如风飙。　109

四团就这样又跑了大约六十里山路，
忽然一座大山隆起在他们的前方。
山顶上驻扎的敌人突突飞射出冷枪，
将四团先头连的几位捷足战士击伤。
凶险的情势刺激了勇士的力量与胆气，
红色的勇士们犹如猛虎飞快出击，
猛虎在奔跑中看到豺狼胆怯的目光，
于是浑身的肌肉爆出骇人的力量，
力量灌输入千百根猛力伸缩的筋骨，
推动着这个强健的身躯飞奔如狂。
红色的勇士们就好像猛虎这样猛冲，
雪亮的刺刀闪烁出雪白森然的光辉，
吓得山头的敌人个个逃命匆忙。
红色的勇士们翻过这座十里的高山，
发现山下是一条小河赫然横挡，
河上的木桥已被敌人彻底烧毁，
留下徒涉不能过去的深深沧浪。
四团一营立刻组织人员架桥，
坚忍刚勇的工兵战士挥动起臂膀，
强壮的大手握着刃口锋利的砍刀，
就在附近山林紧张地砍伐起树木，
他们的砍刀闪烁雪亮森然的光辉，
粗壮的大树随之发出巨大声响，
喀啦啦轰然翻倒在养育众生的大地，

一根根粗壮巨大，皆是上好的栋梁。
工兵战士用砍刀砍去多余的枝叶，
把几根褐色的树干搬到小河边上，
然后将这些粗壮的树干轰然卧倒，
一头留在此岸，一头落在彼岸，
接着又用粗大的绳索和铁链捆扎，
将那几根树干紧紧牢固地并联，
141　于是一座木桥就这样出现在当场。

四团捷足的勇士们渡过汹涌的小河，
继续脚步不停地往前越岭翻山。
突然侦察员飞奔回来将敌情报告，
喘着气说出这样有翼飞翔的言语：
"就在不远的左前方有一个山坳当道，
一个营的敌人在那里把守阵地弯弯。"
政委杨成武和团长王开湘听了话语，
率领身先士卒的指挥员们跑步前进，
悄悄来到山坳近旁侦察地形，
他们发现山坳背后有小路一条，
犹如天梯突然从云端往下垂落，
在山顶和山坳隘口已经筑了碉堡，
右边则是大渡河汹涌的河水滔天。
在山坳左边立着灰铁的峭壁悬崖，
小树和荆棘稀疏生长在陡峭的巉岩上，
犹如怪物身上长出皮癣斑斑。
经过仔细侦察后指挥员们下定决心，
爬上左面的悬崖登上更高的山峰，
然后自那里悄然迂回敌人的侧背，
从敌阵背后袭取这个必经的隘口，
三营长曾庆林带着一个连迅速行动，
其他两个连同时从正面展开了佯攻，
勇士们就这样机智地战斗在大山的中间。
山坳的敌人对正面的进攻感到惊恐，
疯狂地打着机枪喷射着食人的子弹，
飞射的子弹编织出密密的火力大网，
严密地封锁了隘口犹如凶神把关。
然而愚蠢的守敌并没有想到背后，
一股神兵正在陡峭的悬崖上飞攀。
当太阳刚移过天穹的二十四分之一，
奇袭的红色勇士就开始了侧后的攻击，

守敌顿时处在前后的夹攻之下，
犹如一群豺狼以为占据了山口，
就能轻松抵抗正面狮子的进攻，
却突然发现另有一群狮子在背后，
成为它们无法抵挡的致命忧患。　　　177

红军四团的勇士就像聪明的狮子，
很快将一营敌人消灭在山崖脚下，
并且活捉了敌军的营长、连长各一，
以及缴枪投降的俘虏二百多人，
红色勇士们对俘虏说出话语飞翔，
告诉他们红军是人民自己的队伍，
为了解放穷人捍卫国家的独立，
英勇的红军不畏牺牲征战远方。
很多俘虏听了有翼飞翔的话语，
要求加入红军不怕走征途漫长。
有些俘虏也想回家陪伴亲人，
红军便发了盘缠让他们归返故乡。　　189

四团的勇士们迈着捷足继续前行，
跑过崎岖的山坡，翻过高耸的山岭，
跨过淙淙的山涧，穿过深深的林莽，
一直行到夜神张开巨大的翅膀，
翅膀黑色如墨缀满璀璨的星辰，
星辰点点星星闪烁灿烂的光芒。　　195

在养育众生的大地与璀璨的星辰之间，
红色勇士们停住了脚步在露天宿营。
点点星光之下，山峰如剑入云，
远方泸定桥下汹涌的波涛在黑暗中轰鸣。　199

当次日玫瑰色的黎明还没有降临的时候，
四团的红色勇士们从沉沉梦乡中苏醒。
他们比原先的时间提前一小时吃饭，
在凌晨五点就踏上了陡峭崎岖的山径。　　203

他们刚刚走出几里，便接到命令，
新的命令限时二十九日晨夺下泸定！　　205

预定的三天赶路时间突然被缩减，

二百四十里路程必须在一天走完！
困难总是能将懦夫和弱者吓退，
却从来不能让真正的勇士胆战心寒。
四团的勇士们知道时间决定着命运，
意志可以帮助双脚战胜艰难。
于是四团的勇士加快了行军的速度，
犹如狮子为了拯救自己的幼仔，
振奋全身力量奔行在逶迤的山岭，
215 脚下每分每秒都掀起风云的波澜。

此时泸定桥已有敌人一个团防守，
另有两个旅正向泸定桥急速增援，
敌人以一部兵力阻止红军第一师，
主力则沿着大渡河东岸飞快北上，
隔着大渡河与红军四团齐头并进。
如果四团能够比敌人早到泸定桥，
夺取铁索桥飞渡大渡河就有希望，
223 否则那里将成为敌人布下的杀阵。

这是一场大渡河两岸的生死赛跑，
225 快者拥有希望，慢者将要败亡。

在养育众生的大地与宽广的天穹之间，
227 红色勇士们犹如飓风刮过山岭。

杨成武和罗华生① 飞跑到队伍的最前，
站在一个土坡上说出话语飞翔：
"这是一场关系红军生死的赛跑，
快者拥有希望，慢者将要败亡。
我们四团从来就有光荣的传统，
如今就让我们把传统壮大发扬。
前面的泸定桥就是这场比赛的目标，
我们一定要夺得胜利拿下泸定，
渡过大河让红旗飞扬在北方的山冈。"
飞翔的言语激起了战士的勇气和力量，
长着飞毛腿的战士一个个加快了脚步，
队伍像疾风卷到杨成武和罗华生的身旁；
又像疾风一样呼呼地从旁边刮过，

————————
① 罗华生是当时四团的党总支书记。

渴望战斗的神情洋溢在每张脸庞。
在这支飞奔的红色铁流所经之处，
响亮激越的口号声犹如波澜起伏，
声音如此巨大，震撼了九天的云霄，
压过了大河中疯狂咆哮的滚滚波浪。 245

长长的铁流中忽然一簇簇人在行进中凑拢，
他们一边飞跑着，一边讨论着问题，
原来是各个连队的党支部、党小组在开会，
为了节省时间连会议中也在飞奔。
于是行进的队列各处聚拢又散开，
犹如一条长绳结起了移动的疙瘩，
就在那长绳不断往前运动的当中，
疙瘩也在长绳上快速移动往前跟。 253

四团的勇士就这样飞快地捷足而行，
跑过崎岖的山坡，翻过高耸的山岭，
跨过淙淙的山涧，穿过深深的林莽，
很快接近了敌人据险扼守的猛虎岗。 257

猛虎岗右边是大渡河滔滔不息的波浪，
左面也是直入云霄的陡峭山峰。
在山冈和左面高峰之间有条小道，
仿佛是一条乳沟窄窄隐现于丰胸。 261

在猛虎岗的山顶驻有一营的敌人扼守，
就像一把铁锥抵着人质的咽喉。
此时大雾蒙蒙笼罩着宽广的大地，
犹如羞涩的女神用白纱挡住双眸。
大地升腾的白雾也迷惑了敌人的眼睛，
仿佛女神有意帮助勇敢的红军，
利用她那飘渺如雾的致命温柔。 268

红色的勇士们就在白色迷雾中前进，
敌人看不清正在逼近的豪勇的儿郎。
但是恐慌在怯懦者的心中慢慢加剧，
敌人开始朝着浓雾疯狂地放枪。
红色的勇士们在雾中悄悄爬上山岗，
坚忍地不放一枪，匍匐着接近猎物，
只用刺刀和手雷给敌人带去了灭亡。

过不多时石破天惊的爆炸声响起，
蒙蒙雾霭中震地的杀声于山顶飞翔。
恐惧的守敌于是很快放弃了山头，
犹如一群乌鸦鼓噪着拍动翅膀，
纷纷向后飞逃带着无比的惊惶。
红军四团的先头营立即猛追而下，
一直追击到山下摩西面村的近旁。
村里另有敌人一个营将阵地驻守，
当他们看到败兵时心中已然慌张。
红色勇士们脚下不停乘胜攻击，
雪亮的刺刀犹如支支锐利的锋镝，
在白雾中带着森然寒气飞向敌阵，
很快将胜利拓展到整个雾霭中的村庄。
惊恐的敌人拆毁了村东河上的大桥，
红军花费了两小时才把桥梁架起，
继续向着泸定桥迈开捷足奔行。 291

在养育众生的大地与宽广的天穹之间，
红色勇士们犹如飓风刮过山岭。
他们出了摩西面村一口气跑了五十里，
赶到大渡河岸边另一个静谧的小村庄，
此去泸定桥还有一百一十里的距离，
而夜神也正悄然给大地笼上了黑影。 297

时间不会因为凡人把脚步停止，
她总有自己的精打细算，充满神秘。
红色勇士们气愤于时间脾气乖戾，
凭着不服气的精神与她展开赛跑，
迈着飞快的脚步跑过溪涧与巉岩，
磨破了脚下的草鞋，不顾极度的劳累。 303

这时天空忽然下起倾盆大雨，
闪电犹如狂舞的银蛇游动在夜空，
偶尔在黑色混沌中投掷光辉如剑。
红色勇士们已经一天没有进食，
肚肠开始喧嚣，施展着饥饿的魔法，
使得勇士也会将米饭与热汤想念。
雨中的道路变得处处泥泞难行，
牲口、行李都开始渐渐难以跟上，
然而红色勇士们的双脚飞奔不停，

胸中燃着争取胜利的熊熊火焰。 313

夜神今晚没有了点缀星辰的翅膀，
已然换上了无边无垠的黑色大幕，
笼罩着万物——大地、高山，还有凡人。
天地之间黑暗蒙蒙烟雨混沌，
红色勇士们的四周也是一团漆黑，
伸手不见五指，除非是火眼的天神。 319

四团的勇士们艰难行进在黑色大雨中，
雨水浇透全身，泥浆混入了血水，
坚硬锋利的石头仗着雨夜的遮掩，
凶恶地刺破草鞋品尝鲜血的滋味。
可石头并不知鲜血渴望胜利的荣光，
犹如葡萄汁也会向往葡萄酒的高贵。
红色勇士顶着肆虐的大雨漫天，
穿越苦难铸造的命运英勇无畏。 327

四团的指挥员告诉战士们面临的困难，
说明了必须明天早晨六时前赶到。
指挥员们号召每人准备一根拐杖，
走不动时就扶着拐杖继续咬牙坚持；
他们告诉战士们已经来不及做饭，
要大家嚼食生米，喝点凉水充饥，
无论如何也要战胜命运的强暴。 334

飞翔的话语像是猛烈刮来的季风，
将战士内心渴望战斗的烈火吹旺。
然而黑暗的道路给前进制造了困难，
指挥员们不禁心中暗暗自言自语：
"如此的黑夜怎能走完泥泞的路途，
如何能一夜翻过百里的层峦叠嶂？" 340

忽然对岸山路上出现几点火光，
很快变成一串火炬闪耀在黑夜。
那是敌人为连夜赶路点着了火把，
他们此时正为红军而担惊受怕。 344

看到对岸敌人点起闪耀的火把，
一个主意在杨成武心中骤然浮现。 346

红色勇士们决定也点燃火把行军，
同时利用被消灭的敌人的番号来伪装。
他们买下了附近村庄的全部篱笆，
每个战士都绑扎起一个松油火把，
一班点着一个燃起了火龙长长。
红色勇士们为了加快行军速度，
将牲口、行李和重武器留在后面跟进，
管理处长何敬之带着一个排掩护，
355　其余战士则轻装在黑夜中飞奔如狂。

当时杨成武腿上的伤口还未痊愈，
战士们纷纷劝他还是乘马行军。
心志豪壮的杨成武于是这样说道：
"如果乘马行走必将拖累全队，
现在正需要我们干部披荆斩棘，
我哪能再骑马因为腿上的这点儿伤痛，
勇敢的战士们！就让咱们一起前行，
看看谁走得更快，看看谁又能先到，
364　就让我们像勇士一样将胜负来分。"

就这样部队士气高昂地举着火把，
犹如一群勇猛的豹子穿行在大山。
红军和敌人的火把如今闪耀在两岸，
有若两条火龙飞腾在山路弯弯。
火把的光芒映照着大渡河滔滔河水，
370　红色的波光闪现在黑魆魆的峡谷中间。

不久对岸果然传来清脆的军号声，
中间还夹杂微弱的喊声穿过波浪。
敌人在对岸这样问着自己的对手：
"那边是啥子部队将要赶去何方？"
机智的红军于是按照敌人的信号，
回应着对岸的联络将嘹亮的军号吹响；
刚刚加入的新战士也吊起嗓子作答，
用四川方言大声呼喊在黑色的夜未央。
红军于是就这样和敌人齐头并进，
愚蠢的敌人竟然没有丝毫怀疑，
381　照旧不紧不慢地在对岸行军如常。

当子夜来临时大雨竟然越下越大，

红军对岸的那条火龙渐渐落后，
最后竟然隐没在黑黢黢的雨夜茫茫。
于是红色的勇士这样互相说道：
"艰苦的行军已经拖垮对岸的敌人，
就让我们乘机往泸定桥快速赶赴，
快者将拥有希望，慢者将要败亡。"　　388

此时猛烈的暴雨从山坡冲下急流，
泥泞了羊肠小道，往大河泻入了土石。
长着飞毛腿的红色勇士艰难奔走，
不断跌倒在陡峭崎岖的泥泞山路，
有些战士滚落了山崖不见了影踪，
险恶的命运将他们年轻的躯体捕获。
战友们只能含着泪水继续奔行，
拜托身边的大渡河祭奠英雄的魂魄。　　396

在养育众生的大地与黑色的天穹之间，
红色勇士们就是这样奔走不停。
极度的疲惫拉扯着每个战士的神经，
有的人走着走着就站住打起瞌睡，
直到后面的推着他方才恍然惊醒。
后来勇士们干脆解下长长的绑腿，
一条一条地连接起来前后拉着，
彼此互相催促去征服艰难的路径。　　404

二十九日凌晨两点勇士们赶到了泸定桥，
并且一鼓作气占领了铁索桥的西岸。
这一天勇士们整整走了二百四十里，
犹如神兵战胜了敌人和环境的凶悍。　　408

四团占领的地方是桥西的几座建筑物，
其中有一座宽敞高大的天主教堂。
年轻的战士们忙着进行战斗准备，
指挥员们亲自前往泸定桥西头侦察，
他们悄悄潜伏将铁索桥仔细张望，
不禁个个倒抽了一口气感到心凉。　　414

只见十三根碗口粗的铁索横跨东西，
长铁索是由一个套一个的铁环相连，
底下并排的九根铁索成为桥面，

两边各两根铁索就是大桥的护栏。
原来桥面横铺着一排排坚实的木板，
如今早已被敌人拆下搬回到城中，
421　只剩下空悬的铁索让凡人个个心寒。

桥头的一块石碑上刻着两行诗句：
"泸定桥边万重山，高峰入云千里长。"
据说一位卢姓工程师将铁索桥修建，
在康熙年间靠此桥连通了遥远边疆。
当年数百工匠在炭火上将铁环淬炼，
又把长铁索浇筑入两头坚实的石墩，
428　终于建成了铁索桥犹如巨大的吊床。

铁索桥下黑黝黝的流水咆哮汹涌，
犹如一条巨大的瀑布从天穹飞泻。
滚滚急流冲击着河底巨大的礁石，
溅起丈高的浪花犹如怪兽在鸣咽。
这样的一条大河满怀食人的欲望，
随时可以将任何落水的生命吞灭。
这样的一条大河隔断了东西两岸，
436　要说徒涉和船渡那真是白绕口舌。

泸定桥东端就是依山而建的泸定城，
这座城一半在山上，一半贴着大河。
城池的城墙巍峨高耸约有两丈，
西城门堵住桥头犹如挡道妖魔。
要过铁索桥必须占领桥头的城门，
除此再没有其他的道路可以通过。
然而城里已经驻守着两团的敌人，
444　山坡修筑了严密的工事机枪众多。

敌人此时已发现红军兵临城下，
于是开始盲目地扫射如疯似狂。
敌人凭借着占据天险气势汹汹，
得意地向着红军这样大声呼喊：
"你们飞过来呀！过来我们就缴枪！"
红色的勇士于是这样大声回答：
451　"不要你的烂枪，只要你们的桥梁！"

红军四团很快布置了一个营的火力，

封锁了河东岸敌人可能增援的通途，
因为东岸也只有一条傍水的小道，
只有经过那条路才能到达泸定桥。　　455

此时太阳将近高远天顶的正中，
英勇的四团开始了夺桥的战斗动员。
渴望战斗的热情燃烧在战士的心头，
各个连队争当突击队纷纷抢先。
指挥员们在天主教堂召开了干部会议，
决定到底由哪个连队突击在前。　　461

会议才刚刚开始对岸便开始了炮击，
呼啸的迫击炮弹划出了邪恶的弧线，
给开会的红色勇士带来致命的威胁。
巨大的窟窿炸开在天主教堂的屋顶，
碎弹片和瓦片犹如雨点纷纷然飞扬，
教堂内的红色勇士们却无丝毫胆怯。　　467

在炮弹轰击制造的漫漫飞尘碎瓦中，
杨成武笑着说出有翼的话语飞翔：
"瞧瞧！敌人着急来给我们动员了，
我们必须立即打过那个铁索桥。
现在大家说说该让哪个连突击，
去闯横跨东西的两岸铁索摇摇。"　　473

他的话音未落，有个勇士已站起，
那是平时不爱说话的二连长廖大珠。
胆气豪壮的连长因激动微微发抖，
在勇士面前挺直了矮壮结实的身躯。
他那黝黑的脸庞骤然红到耳根，
一字一句吃力而坚定地这样说道：
"勇敢的一连过乌江已经立了功勋，
我们要向一连学习争当英雄，
请让我连突击在前奋勇前驱。"　　482

二连长廖大珠话音还未完全落下，
另一个心志豪壮的连长已站了起来。
那是脾气急躁的三连连长王有才，
他挺立着铁塔般的身躯这样说道：
"夺桥的任务非给我们三连不可，

我们三连哪一次战斗都没落后，
这次我们保证会把铁索桥拿下，
给对岸的敌人带去可怕的致命悲哀。
如果这次不把夺桥的任务交代，
我这个连长可要被战士们驱赶下台。"　492

心志豪壮的勇士们展开了激烈的争论，
雄壮的言辞犹如轰击得石壁塌崩。
塌崩的石壁落下大小碎石飞滚，
碎石砸落地面激起泥土层层。　496

勇士们哪个也不甘退让地轰轰然相争，
最后不得不由团部来作决定。
多智的指挥员经过一番熟虑深思，
由团长说出这样有翼飞翔的话语：
"这次先头夺桥的任务交给二连，
你们务必不惜代价将敌人战胜。"
杨成武接着站起来这样补充说道：
"艰苦的硬仗有的是，咱们各连轮着来，
上次一连打了头阵强渡了乌江，
这次轮到二连驾御先锋的车乘。
突击队由二连二十二名党员组成，
廖大珠任突击队长。大家是否答应？"　508

心志豪壮的杨成武话音刚刚落下，
热烈的掌声便如同春雷隆隆响起。
连长廖大珠高兴地骤然跳将起来，
众人都羡慕可以充当先锋的勇士。
只有王有才耷拉着脑袋嘴里嘀咕，
因为没能够充当先锋而情绪低迷。　514

心志豪壮的杨成武察觉到王有才的情绪，
于是这样说出如雷的话语隆隆：
"三连这次的战斗任务也很艰巨，
三连担任二梯队跟着突击队前冲。
同时三连还要负责铺设好桥面，
以保证后续部队能够迅速地进攻。"　520

三连连长王有才听了这样的话语，
郁郁的脸上方才露出高兴的笑容。

于是勇士们分头前去享受午饭，
用简单的食物满足肚肠，准备着冲锋。　524

这时黄昏渐渐为天空铸上黄金，
火热的夕阳燃烧着黄金璀璨的天空，
天空之下大渡河闪烁火红的光辉。
四团的勇士们已经做好进攻的准备，
他们要像天兵去把那铁索桥横飞。　529

黄金的天穹啊，总攻的一刻终于来临，
四团所有的司号员一起吹响冲锋号，
所有的枪支一齐向着对岸开火，
冲锋号声清脆嘹亮回响在苍莽的山林，
炽热的子弹嘶鸣着去打破敌人的强暴；
号声和火焰互相交融彼此包裹，
犹如火焰的风暴猛烈地刮向对岸，
给敌人带去毁败的命运和悲惨的灭亡。
火焰的风暴啊，发出惊天动地的声音，
仿佛宽广的大地将千年的苦难说告，
在向长天质问人间为何多坎坷，
仿佛从铁索的牢笼中传出愤怒的龙吟，
激烈地宣告要将那所有的压迫者打倒；
喊杀声中勇士看到丰收的硕果，
看到家乡山野中春天的山花烂漫，
愿意为了那美好的明天去奋战沙场。　545

就在这样巨大的号声、枪声、杀声中，
二十二位勇士热血沸腾流淌在周身，
看峡谷之间的金光跳跃在江水浩浩。　548

二十二位突击英雄鼓起勇气和力量，
手持锃亮的冲锋枪和短枪，背挂马刀，
每人腰间捆扎着十二颗黝黑的手榴弹，
在连长廖大珠的率领下开始了勇敢的冲锋。
在密集的枪弹中他们攀着铁索的桥栏，
踏着同样是铁索的桥面向对岸冲去，
在他们的脚底大渡河的急流疯狂嘶吼，
怀着食人的欲望掀起恶浪重重。　556

二十二位勇士脚下踩着悬空的铁索，

一步一步艰难地靠向对岸。
吞噬生命的子弹从敌人的桥头堡射出，
响声恐怖的手榴弹连续爆炸不断。
手榴弹在勇士们的身边纷纷落下江面，
飞溅起巨大的浪花犹如怪物在狂欢。
密集的子弹很多钻入深深的江底，
但是终于有一颗子弹击中目标，
穿透了一个过桥勇士年轻的身躯，
满足了啜饮勇士鲜血的残忍意愿，
567　把勇敢的生命往黑色的幽冥召唤。

那颗子弹怀着吞噬生命的渴望，
猛地穿透战士的左肺从肩部穿出，
心满意足地吮吸了勇士滚烫的鲜血，
571　飞入了空气，带着血钻入深深的江底。

那战士没有马上松软自己的臂膀，
但是身躯的力量已经渐渐飞离。
他扑倒在脚下冰冷坚硬的长长铁索上，
吃力地抬起不屈的头颅举起了冲锋枪，
继续朝敌人射出愤怒火烫的子弹，
冲锋枪巨大的后坐力震荡他的胸膛，
胸口的疼痛渐渐使他的臂膀低垂。
灰色军装不断绽出鲜红的梅花，
生命的力量犹如一缕飞烟再难追。
心脏沉睡了，宽广的胸膛渐渐冷冰，
但是那胸前红梅却变得更加繁盛，
比那天山的雪莲开得还要出奇。
那个战士终于翻身坠入大江，
年轻勇敢的生命转眼消失于漩涡，
586　只留一顶灰色的红星帽在江面漂移。

不多时又有两个突击的勇士中枪，
子弹洞穿了他们的身躯鲜血飞溅，
他们的魂魄追随着许多英勇的战友，
590　鲜血流入江水，身躯淹没于沧浪。

他们的战友没有可能去将他们拯救，
只能将深切的悲痛永在心底收藏。
剩下的十九位没有停下前进的脚步，

眼睛向着敌人射去复仇的目光。　594

对岸的敌人胆怯了、恐惧了，甚至是敬佩了，
他们端枪的双手已经开始颤抖，
他们的子弹仿佛在半空中就开始发霉，
只能纷纷乱飞，沉入深深的江底。
他们有的心中这样发出疑问：
"这些穿着草鞋的红军到底是发疯了，
还是老天派来了不死的天将天兵，
这些红军为什么愿意牺牲性命，
难道当兵不是仅仅为了一口米？"　603

敌人并不知红色勇士心中的梦想，
并不知他们为了捍卫国家的独立，
甘愿流血牺牲苦苦征战于四方。
敌人并不知红色勇士心中的理想，
并不知他们为了天下苍生的幸福，
甘愿抛却生命换来胜利的希望。　609

敌人并不知红色勇士心中的梦想，
犹如胆小的麻雀不知勇敢的雄鹰，
不知雄鹰为何要翱翔在险恶的巅峰。　612

对岸的敌人就这样吃惊了，甚至是敬佩了，
有些心志豪壮的暗暗打定主意，
只等这些天兵天将过了铁索桥，
就跟着他们一起前去征战远方，
光荣地战斗，就像这些勇士一样。　617

当十九位勇士慢慢接近对岸的桥头堡，
三连长王有才开始率领着第三连行动。
他们每人扛着一块坚实的木板，
携带着冲锋枪一边铺桥一边进攻。　621

十九位勇士眼看将冲到对面的桥头，
桥头堡忽然燃起了冲天的熊熊大火。
恐惧的敌人企图用火焰挡住红军，
大火猛烈地燃起迅速将桥头包裹。　625

桥头堡犹如一只怪兽把守桥头，

怪兽吐着火舌扇动火焰的巨翅。
屋顶鳞甲般的瓦片闪耀着可怕的辉煌，
629　即使不死的天神看到也会心悸。

十九位勇士看到大火也不禁一愣，
此时身后响起激励呼声飞翔。
飞翔的呼声为英雄们注入勇气和力量，
洪亮的号声中十九位勇士扑入了火焰，
犹如只只猛虎奔向火焰的森林，
为了要去驱逐那些凶暴的豺狼。
浓重的黑烟和红色的火焰燃烧在周围，
猛虎腾跃着斑斓的身躯毫无畏惧，
不屈的灵魂呼啦啦在火光中响亮飞扬。
十九位勇士就这样猛虎般飞速前进，
心志豪勇的连长廖大珠冲在前面，
火舌卷着他的帽子燃起火苗，
他一把扔掉帽子继续冲向前方。
其余的突击队员们也是毫不示弱，
644　冲进凶猛的大火沐浴着熊熊火光。

穿越大火后勇士们和敌人展开了巷战，
敌人聚拢起兵力进行了疯狂的反扑，
十九位勇士的枪弹很快就要用完。
这时王有才连长带着三连跟进，
后续的部队也纷纷冲过了铁索的天险，
650　顿时卷起了摧枯拉朽的进攻狂澜。

黄金的傍晚，红军占领了整个泸定城。
652　浴血的波澜，仿佛传出英魂的欢呼声。

这时黄昏已经为天空铸上黄金，
血红的夕阳渲染着黄金璀璨的天空，
655　天空之下大渡河闪烁火焰般的光辉。

四团随后安排了部队展开了警戒，
配属四团指挥的军团教导营向西，

防备康定方向几个团的敌人来援。
另外又派了一个营沿河东岸向南，
阻截前来泸定桥增援的两旅敌军，
侦察兵也被派往东边逶迤的山峦。　661

当黑夜笼罩了养育众生的宽广大地，
四团南行的尖兵听到了激烈的枪声。
红色的勇士们身体内立刻热血沸腾，
准备着用激烈的战斗来把敌人相迎。　665

敌人很快接近了四团尖兵们的阵地，
红色尖兵们坚忍地抵御敌人的进攻。
然而北来的敌人似乎慌乱不堪，
很快乌鸦一般向东面奔逃如风。
原来敌人已经被红军一师赶上，
刚刚已在竹林坪地区打了一仗，
由于害怕被南北红军两面夹攻，
只能赶快逃窜做一回胆怯的狗熊。　673

多智的刘伯承和聂荣臻随一师进了泸定城，
二师四团和一师的勇士们尽皆欢欣。　675

黑色的凌晨两点，大渡河在黑夜中轰鸣，
杨成武提着马灯陪着刘伯承和聂荣臻，
一起走上铁索横江的天险泸定桥。
刘伯承抚摸着每根铁索冰冷的铁环，
在眼镜片后面眯起眼睛细细察看，
胸膛激荡起如江奔涌的滚滚心潮。
这位总参谋长在铁索桥中间停住了脚步，
扶着桥栏俯视着大渡河汹涌的急流，
铿铿然在桥板上连蹬三脚这样说道：
"泸定桥！泸定桥！我们已为你将心血煎熬，
现在我们胜利了！现在我们胜利了！
以后某一天我们还要回来这里，
我们会将牺牲的烈士好好祭奠，
和那些英魂一起听江山的风雨潇潇。"　689

第三十卷

翻越夹金山

在一九三五年五月的最后几天之中，
红军的千军万马渡过了天险大渡河。
五月的最后一天，太阳普照大地，
这天，朱德和周恩来从铁索桥上面经过。
多智的毛主席也在这天傍晚赶到，
6　当时金色夕阳正镀染着群山巍峨。

毛泽东走到摇摇晃晃的铁索桥的中央，
停住了脚步看着周围夕照中的江山，
看那黄昏正在为天空浇铸上黄金，
看那夕阳渲染着黄金璀璨的天空，
天空之下大渡河闪烁火焰般的光芒。
心志豪壮的毛泽东两眼遥望东方，
沉沉地说出有翼的话语如雷飞翔：
"我们应该在这里竖起一个纪念碑，
15　让那英雄的魂魄同日月共享荣光。"

红军渡过大渡河终于甩掉了追兵，
然而敌军又在东边飞快地逼近。
红色的铁流分兵三路继续前行，
19　迅速攻占了天全宝兴令三军振奋。

如今中央红军来到了夹金山的附近，
却并不知道第四方面军准确的位置。
第四方面军五月中旬已经南下，
为了迎接中央红军而攻城拔地。
他们从摩天岭急速向西南挥戈进军，
九军和三十军一部攻占了北川河谷，
随后又攻克茂县、汶川、理番各处，
犹如一只大鹏鸟急切将伙伴觅寻，
从东北方向向着西南拍动着巨翅。
九军的先锋二十五师遵照命令，
于六月初先后攻克两河口和懋功，

然后乘胜向着达维快速推进，
热盼着见到中央红军的战士与将帅。　　32

两支红军就是这样渐渐地接近，
中间只是横着一座连绵的雪山。
他们彼此不知道何时才能够相遇，
各自准备着登上雪山的山路弯弯。　　36

中央红军在天全附近停留了几天，
这支红色铁流面临着艰难的选择。
如沿马帮常走的雪山西边的山路，
他们需要穿过藏民聚居的地区，
只有那样才能绕过积雪的山脉。
他们也可以走雪山以东经过邛崃，
然而却极易遭受攻击损兵折戟。
他们最终决定走中路翻越雪山，
这是一条偏僻艰难的雪山之路，
一路冰雪覆盖着群山，罕有人迹。　　46

这支红色铁流翻过了大山无数，
可是却从来没人曾经爬过雪山。
红色的勇士多数来自华南地区，
他们的故乡在亚热带或在更热的地方，
那里的夏天不仅炎热而且潮湿，
夏日的山岭绿色满目流水潺潺。
很多战士几乎从来没有见过雪，
更别提见过大雪山冰清神秘的容颜。
如今他们马上就要看到雪山，
然而很多人却将长眠于冰雪的中间。　　56

红军第二师四团奉命担任先锋，
从宝兴开往大硗碛做翻越夹金山的准备。
他们于六月十一日黄昏到达山下，

那可以食人的雪山美丽得令人心醉。
当地的百姓将很多名字送给夹金山，
有人将它叫作神仙山奉若神明，
有人将它叫作仙姑山充满神秘。
这座仙山位于宝兴县城的西北，
或说位于懋功之南、理县的西南，
66　海拔四千九百多米，是人间的绝地。

惊诧的红色勇士站在山下仰望，
只见夹金山山顶隐隐插入云霄。
飘渺的云团缓缓浮动环绕在山顶，
犹如孤傲的战士擎着旗帜在飘摇。
此时夕阳金色的余晖将雪山斜照，
白皑皑的冰雪高贵的辉煌令人魂销。
雪山犹如一个风姿妖娆的仙女，
浑身穿着雪白飘逸的迷人长裙，
头顶戴着一尊金冠辉煌灿烂，
76　光辉仿佛火焰在冷峭的冰雪中燃烧。

此时夏天正渐渐走近宽广的大地，
红色勇士几日来汗流浃背地行军。
可是在雪山之下却竟然寒气袭人，
80　到处升腾着冰冷刺骨的云霭氤氲。

四团的勇士们派出了尖兵展开调查，
向当地百姓将雪山的情况细细询问，
于是勇士们听到了有翼的话语飞扬。
有人这样对着这群勇士说道：
"我们虽然祖祖辈辈在此居住，
可是很少有人往那雪山奔行。
那山在千万年前就已经耸然伫立，
犹如不朽的神灵插下的锐利长枪。
那山山顶终年积雪从来不化，
只因神灵要将他的秘密收藏；
或者是那神灵不想凡人打搅，
只想寂静安然来将人间张望。
每当太阳落下东方，月光来笼罩，
山顶的统治者是寒冷残酷的冰雪之神，
这些冷酷的神灵舞动冰刀雪剑，
带给所有活的生命冰冷的死亡。

这座雪山在夜里生灵无法逾越，
即使翅膀强健的鸟儿也不敢飞翔。"
也有人对红色的勇士这样好心相告：
"年轻的儿郎呀，劝你们不要去爬那雪山，
因为那是不朽的神灵居住的地方。
所有登山的凡人将把神灵冒犯，
神灵会暴怒在他那白银砌造的厅堂。
他将抛掷无数恐怖的寒冰与飞雪，
把所有冒犯者埋葬在汹涌呼啸的雪浪。
听说有人曾经爬上夹金山的山腰，
却因突然飞落的冰雹悲惨地遭殃。
有人曾经爬到了高高如云的山顶，
却忽然丧失视力得了严重的雪盲。
因为他们愚蠢地将高贵的神灵冒犯，
神灵生气地冷冻了他们血肉的心肠。
你们看看那山上升起的云烟飘渺，
那就是神仙在白银的厅堂点起柴桑。
他们在自己的国度俯视凡人的世界，
嬉笑着将各种惩罚凡人的办法相商。
他们在自己的国度享受不朽的乐趣，
不愿凡人去触摸那冰雪雕砌的围墙。
年轻的儿郎呀，劝你们不要去爬那雪山，
所有的爬山者不是累死就是冻死，
更何况你们只有破烂单薄的衣裳。"　　　　　120

他们说话时眼睛带着虔诚与敬畏，
看着云团飘渺盘旋在高耸的山顶，
犹如不朽的神灵雪白的长发在飘摇。
此时夕阳金色的余晖将雪峰斜照，
白皑皑的冰雪高贵的辉煌闪耀在云霄。　　　　125

红色勇士们听了话语不禁心惊，
但是他们心中有惊人的勇气与力量，
他们是这样用如雷豪壮的话语回答：
"我们是英勇的红军经历过无数苦难，
为了解放人民捍卫国家的独立，
我们个个不畏牺牲征战于四方。
如今我们已经来到大雪山的脚下，
许多英勇的战友已经光荣牺牲，
他们的身躯有的埋在宽广大地，

再也不能归返他们思念的家乡；
有的英勇的战友牺牲在滔滔的江河，
鲜血流入江水，身躯淹没于沧浪。
我们又怎会在这雪山之前畏惧，
神灵无法挡住我们的队伍长长。
我们宁愿追随那些牺牲的战友，
为了胜利的旗帜能在大地飞扬。
可能没有人能够记得我们的名字，
但是当后世的人们来到这座山下，
看着这雪山峰顶的白云，如旗帜飘飘，
他们会说有群英雄曾在此战斗，
山河大地会留住英雄们魂魄的芬芳。
即使哪天雪峰变成了盆地凹陷，
英雄的魂魄也会犹如骄阳如常。
也许我们很多人将会失去生命，
追随我们英勇的战友埋骨他乡，
躯体埋入寒冰，身躯淹没于雪浪。
可能没有人能够记得我们的名字，
因为任何名字总是容易被遗忘。
但是当后世的人们来到这座山下，
看那太阳的火焰在冷峭的冰雪中燃烧，
他们会说有群英雄曾在此战斗，
山河大地将记住英雄们不朽的荣光。
即使哪天雪峰变为海洋或深谷，
159　英雄的魂魄也会像那日月悠长。"

当地的百姓从未听过这样的话语，
它们如此雄壮掀动着人们的心潮。
于是他们对穿着单衣的勇士们说道：
"勇敢的儿郎呀，如果你们一定要去，
尽量在太阳升起以后开始出发，
然后赶在那太阳落山之前到达，
光明之神将会提醒山上的神灵，
警告他们不要过于乖戾和任性，
否则他将用火焰使山上的冰雪燃烧。
勇敢的儿郎呀，如果你们一定要去，
就请尽量多穿衣服裹好腿脚，
带上一些烈酒和那火红的辣椒。
它们都是光明之神慷慨的恩赐，
凡人借助它们抵御冰雪的飘摇。

你们最好再砍些枝干坚实的树木，
做成拐棍来支撑容易疲惫的身躯，
凡人爬山时有根拐棍拿在手里，
才能顶住山顶狂猛肆虐的风飙。
勇敢的儿郎呀，如果你们一定要去，
我们将向永生的天神为你们祈祷，
请求神灵保佑，让所有灾祸弭消。"　　180

红色的尖兵们于是把情况向上级报告，
同时按照老乡的劝告积极地准备。
可是附近人烟稀少百姓贫穷，
红军只能买到少许的辣椒和烈酒，
他们只能依靠干粮抵御饥寒，
但是勇敢的心灵没有将前途躲避。
他们很快向荒野借取了坚实的树枝，
每人准备了一根木棍牢牢攥紧，
这些拐棍将帮助他们抵御风吹。
他们无法找到很多的破布或棕叶，
很多战士只能穿着草鞋或光脚，
身着单衣前去攀登人间的绝地。　　192

五月十二日玫瑰色的黎明刚刚降临，
洪亮的集合号声响起在雪山脚下，
红色的勇士们从邻近的几个小村落出发，
一起飞快向着硗碛村集结汇聚，
像是泉水汩汩穿流于岩石罅隙，
涓涓细流汇聚成数条蜿蜒小溪，
小溪汇成大河纷纷奔涌向着大海。
红色的勇士们就这样飞快集结起来，
身穿单薄的军衣手中拿着木棍，
如同一片无叶的森林将命令等待。　　202

心志豪壮的四团指挥员面对着战士，
这样说出有翼的话语如雷飞翔：
"如今我们四团来到大雪山的脚下，
许多英勇的战友已经光荣牺牲，
他们的身躯有的埋在宽广大地，
再也不能归返他们梦中的家乡；
有些英勇的战友牺牲在滔滔的江河，
鲜血流入江水，身躯淹没于沧浪。

聚集

我们又怎能在这雪山之前畏惧，
神灵无法挡住我们的队伍长长。
我们宁愿追随那些牺牲的战友，
为了红色的旗帜能在大地飞扬。
可能没有人能够记得我们的名字，
但是当后世的人们来到这座山下，
看着这雪山峰顶的云，如旗帜飘飘，
他们会说有群英雄曾在此战斗，
山河大地会记住英雄们不朽的荣光。
即使哪天雪峰变成了盆地凹陷，
英雄的魂魄也会犹如日月悠长。
也许我们很多人将会失去生命，
追随我们英勇的战友埋骨他乡，
躯体埋入寒冰，身躯淹没于雪浪。
可能没有人能够记得我们的名字，
因为任何名字总是容易被遗忘。
但是当后世的人们来到这座山下，
看那太阳的火焰在冷峭的冰雪中燃烧，
他们会说有群英雄曾在此战斗，
山河大地将记住英雄们不朽的荣光。
即使哪天雪峰变为海洋或深谷，
英雄的魂魄也会像那日月悠长。
豪壮的勇士们呀，我们要做好牺牲的准备，
然而我们也要争取不落下一个人，
不掉一匹战马翻越前方的雪山，
236　我们要让雪山见证红军的刚强！"

指挥员的话音如雷飞翔刚刚落下，
战士们震地的呼声已如海浪涌起：
"我们最先强渡了乌江夺下了泸定，
我们现在也一定能够将雪山征服！
让我们强帮弱，大助小，走不动的互相扶助，
扶不动的抬着来将这雪山步步攀登，
没有什么能将勇敢的战士阻挡，
244　我们一定能够征服冰封的山麓。"

千百个豪壮的战士一起振臂高呼，
声浪胜过捷足的风神于大海奔走。
呼声犹如骇浪惊涛般跌宕回旋，
又如高空泼下激励豪情的烈酒。

战士手中无数根木棍齐指向天穹，
仿佛平地升起了无叶的森林一片，
木棍又如古代战士舞动着朝天戟，
质问天地神灵凭什么将命运主宰。　　　252

就在这样石破天惊的震地呼声中，
队伍浩浩荡荡地沿着河旁的小路，
向着那白雪皑皑的夹金山麓进发。　　　255

最初一段还没有冰雪积在路面，
但是冰冻的泥土已冻得硬似钢铁。
木棍拄到土地发出咔咔的响声，
犹如敲击着一块厚实坚硬的石碣。　　　259

捷足的红色勇士们很快爬到山腰，
脚下的冰雪开始变得越来越厚，
二营六连作为前卫连走在前头，
战士们个个手执拐棍在雪中探路。
他们用刺刀、木棍挖着一个个脚坑，
后面的战士便沿着前面的脚印迈步。
一支灰色的队伍渐渐越拉越长，
犹如长龙在向白色的天梯赶赴。
已经褪色的红旗映着一片雪白，
显得格外鲜艳犹如燃烧的火焰，
火焰的光芒从冰雪中升起猎猎腾飞，
向着碧蓝清澈的天穹将激情喷吐。
行在队伍中间的勇士伫立观望，
仰头可见头顶上队伍蜿蜒直上，
低头看去，脚底下英勇的战士无数。
战马喷着白雾在队中衔尾相随，
旁边的战士将它们小心仔细地看护。
宣传队就在队伍近旁上下奔跑，
说着有翼飞翔的话语，高唱歌谣，
给勇士们的心灵和躯体灌输着勇气和力量，
使他们忘记疲劳战胜迷茫和恐惧。　　　280

队伍最初就是这样顺利地前进，
歌声呼喊声马嘶声喧嚣着在山谷盘旋。
战士们个个信心十足意气飞扬，
以为很快就可以到达那积雪的山巅。　　　284

心志豪壮的杨成武行进在队伍中间，
边走边举目细细观看四周的一切。
只见队伍左边积雪堆积在山坡，
白茫茫一片犹如海浪汹涌跌宕，
队伍右边晶莹的雪壁层层叠叠，
犹如无数奇形怪状的巨大玉块。
太阳的光芒投射在这冰雪的空间，
仿佛瞬间失去了所有温暖与光热；
巨大的白色雪壁反射着耀眼蓝光，
带着冷飕飕的寒气欲把世界冻结。
碧蓝辽远的天穹之下，勇士们在远征，
仿佛行进在巨大无垠的冰雪洞穴。

296

这是怎样的一个壮美瑰丽的世界，
令人舍不得瞬间闭上自己的双眼！
这是怎样的一个险峻冷峭的乾坤，
寂冷地触目惊心却又是美丽无限！
红色的勇士们就这样行进在冰雪世界，
茫茫白色的积雪变得越来越深，
脚下的路也渐渐变得越来越陡，
冰冷的寒气也已消弭太阳的光芒。
山上气温似乎一瞬间骤然下降，
冰冷的空气也开始变得越来越稀薄，
海拔的高度已经将无情的杀机暗藏。

307

白雪反射的光芒开始刺伤双眼，
许多战士开始看不清前方的道路。
摔倒跌跤的战士开始越来越多，
但是战士们的士气仍然高昂如故。
他们踩着没膝的积雪奋勇前行，
没有人抱怨，没有人喊苦，也没有人叫累，
如果有人摔倒，战友便去相扶，
互相帮忙重新迈开前进的脚步。
有的战士不幸掉入雪坑深深，
成群的战友便递过去木棍或者绑腿，
将那跌落雪坑的战士或拽或拉，
帮助他摆脱冰雪制造的死亡迷雾。

319

稀薄的空气逐渐让勇士们呼吸困难，
每迈出一步都必须聚集全身的力量。

战士们的双腿仿佛坠上沉重的铅球，
战士们的胸口仿佛压上了巨石成筐。
长长的灰色队伍前进得越来越缓慢，
高高的山巅仍然在飘渺的云雾躲藏。

325

嘹亮的歌声也开始变得越来越少，
犹如飞翔的鸟儿疲惫地合上了翅膀，
栖息到某片森林或某个寂静的山顶。
宣传人员虽然已经筋疲力尽，
却仍然用手势激励勇士们奋勇向前，
他们已经无力大声响亮地呼喊，
但是每个人的双眼仍然是目光炯炯。

332

这时四团的团长王开湘回望来路，
但见山峦犹如凝固的白色大海。
仿佛整个海洋遭受了寒冷的袭击，
那股可怕的寒冷来自遥远的天外，
如此迅疾地掠过一望无际的海洋，
只在一瞬间就将水面变成了冰雪，
跌宕汹涌的海洋来不及平息波涛，
于是波涛的底部变成了冰雪谷地，
波涛的顶部变成无数积雪的山坡，
而那些风暴的中心原来海浪冲天，
如今都变成直插云霄的绝世雪峰，
整个汹涌的海洋就是这样被冷冻，
仿佛一直要冰雪封冻到千年万载。

345

心志豪壮的团长看看身旁的杨成武，
于是说出这样有翼的话语飞翔：
"回望茫茫白雪覆盖的逶迤群山，
我们恐怕只走了二十里冰雪的山路。
翻过整个雪山共有七十里路途，
看样子前面我们还有艰难无数。"

351

同样心志豪壮的杨成武这样说道：
"我们在那太阳升起时开始出发，
要争取赶在那太阳落山之前到达，
现在雪山已开始显示自己的淫威，
让我们赶紧用飞翔的话语将战士们激励。
因为长着翅膀的话语无比神奇，

它可以在凡人心田注入力量与勇气，
它没有色彩斑斓的花瓣和多蕊的花心，
却可以灿烂夺目比那鲜花还美丽。
它没有闪烁森然光芒的利刃锋芒，
却可以比那鱼肠宝剑还要更尖锐。
它没有大树繁茂苍翠的枝叶舒展，
却可以在那炎炎夏日制造荫翳。
它没有太阳普照宽广大地的光辉，
366　却可以激励勇敢的战士前仆后继。"

两个心志豪壮的指挥员这样说着，
于是登上一块路边的高高的雪岩，
向着战士们说出这样飞翔的话语：
"老乡都说这山是神仙居住的地方，
高高峰顶之上升起的云烟飘渺，
那就是神仙在白银的厅堂点起柴桑。
每当太阳落下东方，月光来笼罩，
山顶的统治者是寒冷残酷的冰雪之神，
这些冷酷的神灵舞动冰刀雪剑，
带给所有活的生命冰冷的死亡。
这座雪山在夜里生灵无法逾越，
即使翅膀强健的鸟儿也不敢飞翔。
因此我们在太阳升起时开始出发，
要争取翻过大山早过落山的太阳。
如果我们能将脚下的雪山翻越，
我们红军就比有翅的鸟儿还强。
如果我们能将茫茫的雪山翻越，
我们红军岂不成了活着的神仙，
不过神仙恐怕也需要休息睡觉，
那样我们可要尝试在山顶安床。
如果我们真的变成了神仙在世，
388　我们可要享受那白银砌造的厅堂。"

心志豪壮的战士们听着飞翔的话语，
不禁全都乐得哈哈大笑起来，
一个红军小战士跟着这样说道：
"山下的老乡个个都说爬雪山很难，
393　我看怎么也难不过我们红军的两条腿！"

同样心志豪壮的杨成武这样说道：

"说得好，我们就是要靠我们的两条腿，
我们曾经靠两条腿翻越逶迤的五岭，
我们曾经靠两条腿飞夺了天险泸定，
我们一定能够靠两条腿再翻过雪山。
不过大家一定要小心雪山有嘴，
到处藏着吞噬凡人生命的隐患。"　　　　440

红军小战士听了又是哈哈大笑，
对着杨成武这样说出质问的话语：
"茫茫雪山怎么可能长出嘴巴，
它又怎能将我们凡人吃到肚内？"　　　404

心志豪壮的杨成武故作满脸神秘，
抓起一把白雪说出话语的飞翔：
"你这个小鬼可要认真听我说话，
雪山确实到处长着嘴巴和肚肠。
你们看看这里满眼的茫茫白雪，
它们都把吃人的残忍欲望暗藏。
这里的山头到处都是吃人的大嘴，
不过嘴上没有艳丽的红粉和胭脂，
而是处处冰雪晶莹和成堆的白雪，
但是下面的大嘴胜过凶恶的豺狼。
我们现在看不出那嘴是何种模样，
可是你们千万不能麻痹逞强。
哪里的白雪越厚嘴张得就会越大，
它们会将凡人吞噬如疯似狂。"
战士们听了指挥员有翼飞翔的话语，
一边哈哈大笑一边点头称是，
稀薄空气中低迷的情绪重新激昂。　　　421

此时又站出一位心胸勇壮的英雄，
他是泸定桥带头铺桥板的连长王有才。
这位三连连长王友才高举起木棍，
铜嗓子呼出如雷的话语在天空徘徊：
"翻过雪山，坚持到底，就是胜利！
勇敢的战士们！让我们一起将天门打开。
以后的人们如把这巍巍雪山经过，
他们会说有群英雄曾在此战斗，
那旗帜一般的云彩就是由英雄们带来。"　　430

如雷的话语激起了战士们心中的豪迈，
众人一齐大声呼应手臂高举，
雪山之上瞬时出现一道林木，
无叶的枝干一根根直刺碧蓝的长天。
声浪巨大冲上雪峰悠悠荡漾，
436　犹如层层骇浪惊涛跌宕回旋。

红色铁流碧蓝的天穹下继续流动，
浮云缓缓飘移如同冷凝的冰霜。
脚下的积雪深深浅浅杀机四伏，
战士的双脚上上下下意志如钢。
草鞋踩着白雪发出吱喳的脚步声，
442　显出雪山的寂静、行军的道路漫长。

前方的道路仿佛渐渐直立起来，
红色的铁流开始向着巅峰迈进。
每个人的呼吸开始变得更加艰难，
犹如一群狮子行进在冰天雪地，
遇到气温骤降寒冷统治了周围，
狮子每走一步便喷吐一口热气，
449　热气白色一闪在空气消散于一瞬。

忽然寒风不知从哪里呼啸而来，
乌云滚滚转眼遮蔽碧蓝的天穹。
仿佛真有冰雪之神寒冷而残酷，
驾着乌云开始带来冰雪的山洪。
已经冷峭微弱的阳光也倏然不见，
455　整个雪峰被裹入一片雪雾蒙蒙。

在蒙蒙雪雾中寒风狂乱地横冲直撞，
带着巨大无比的力量逞着豪强。
雪峰上千年的积雪在风中纷纷乱舞，
犹如无数条银蛇四处掠食疯狂。
晶莹巨大的雪堆与雪岩被寒风吹击，
一块块倾斜倒塌卷起飞泻的雪浪。
许多雪浪在勇士们身边一泻千丈，
犹如巨大的玉龙腾云驾雾地飞翔。
有些玉龙直接朝坚硬的冰山撞去，
仿佛要把擎天的玉柱截断在中央。
当那玉龙撞击在雪山冰冻的坚壁，

立刻溅起细碎的雪屑与无数的冰团，
雪屑与冰团立即被寒风裹挟飞卷，
激起大大小小的玉粉漫天飞扬。　　　469

凛冽的寒风就这样夹卷着雪屑与冰团，
犹如酩酊的玉龙四处卷起雪浪。
寒冷的雪屑不断呼啸着冲向战士们，
扑打在他们裸露在外的脸上、手上。
那些冰冷飞扬的雪屑犹如飞刀，
尖利的刀刃闪烁着冷冷的细碎光亮。
寒风阵阵袭来穿透勇士们的单衣，
仿佛神灵将冷酷的杀机暗暗酝酿。　　477

勇士们只能捂着刀割似的脸庞，
顶着风雪踉踉跄跄地奋勇前进。
狂暴的风雪使他们的呼吸无比沉重，
犹如一群狮子行进在冰天雪地，
遇到狂暴的风雪茫茫弥漫在四周，
狮子每走一步便喷吐一口热气，
热气白色还未闪现便消散于一瞬。　　484

红色铁流在蒙蒙的雪浪中继续流动，
勇士们一步一停、一步一喘地前行。
脚下的积雪深深浅浅杀机四伏，
战士的双脚上上下下意志如钢。
呼啸的狂风已经淹没所有声响，
雪山行军的道路仿佛无限漫长。　　　490

红色的勇士们就这样渐渐接近山顶，
突然黑暗的乌云中坠落冰雹无数。
山核桃般大的冰雹劈头盖脑飞来，
战士们无处躲藏只好将脑袋捂着，
埋头顶着风雪继续朝前奔赴。　　　　495

这群穿着单薄衣裳的红色勇士，
就这样不顾一切奋勇坚定地前行。
狂暴的冰雹不一会儿忽然不再落下，
仿佛乖戾的神灵也被他们震惊。　　　499

走在前头的捷足勇士四周环视，

过雪山

惊喜地发现自己已经站在山巅。
但见天空一片湛蓝高远寥廓，
火红的太阳在更高的白色云团上高悬。
耀眼金色阳光穿过白云的裂缝，
505　射向下面如涛的山岭与似龙的长川。

勇士们四周仿佛是千里冰雪的国度，
座座银峰带着金冠傲然环立。
犹如一个个带着金冠的白衣神女，
509　为了竞比绝世风华在天堂聚集。

在这群心比天高的捷足勇士的脚下，
爬山的队伍犹如一条灰龙长长。
红色勇士们已经置身云烟缥缈，
云烟犹如神仙在仙境点起柴桑。
若真有神仙的国度俯视凡人的世界，
515　勇士们定然正翻越那冰雪雕砌的围墙。

此时行进在队伍中间的杨成武看见，
前方的一个山顶突然火光隐隐。
火光中升起一道蓝烟袅袅上升，
在空气稀薄的天穹那烟蓝得出奇，
520　犹如一条蓝色的游龙向天顶飞近。

杨成武跟着队伍走近山坡细看，
才发现那里点燃了一人高的柴棍堆。
柴棍堆就在一座孤单的小庙前伫立，
524　在它旁边还有一堆柴棍堆相陪。

原来那火是由捷足的前卫连燃起，
为的是能让寒冷中的部队烤火取暖。
小庙庙门上隐隐现出寒婆庙三个字，
墨迹模糊不清显然年代久远，
文字是用汉藏两种文字写刻，
笔画遒劲有力依稀雄浑饱满。
小庙里面立有一尊寒婆塑像，
装束与藏族妇女的传统服装相仿，
寒婆雕像上面挂着几条哈达，
颜色发灰看来已多年与雕像相伴。
那门前的柴棍应该也是堆积多年，

定是敬神的人上山时拄着的拐棍，
到达山顶后留下献给了寒婆取暖，
由于山上终年寒冷冰雪难化，
所以柴棍从不朽烂累积不断。　　　　539

此时太阳已经移过天顶正中，
在前头的捷足勇士已经开下山。
下山过程中有时根本没有山路，
勇士们于是坐在雪地上滑下山坡。
他们纷纷大笑着把这叫作"坐汽车"，
还说这样少绕了许多山路弯弯。　　　　545

当黄昏开始渐渐为西天铸上黄铜，
火热的夕阳燃烧着黄铜璀璨的天空，
天空紫蓝交融，闪烁奇异的光辉。
四团的勇士们翻过夹金山积雪的山麓，
走向山脚仿佛向着家园回归。
嘹亮的歌声重新在山谷起伏荡漾，
犹如鸟儿展开双翼再次高飞。
他们走到一个终年朝阳的山谷，
仿佛从冬天忽然闯入温暖的春晖。
两边石壁上不见了厚厚的白雪，
青苔小草将那绿葱葱的青松偎依。
一二寸长的野草中淡黄的野花点缀，
迎着风儿摇曳散逸幽幽的芳菲。
半山路边的山坡上许多牦牛在漫步，
看到浩浩荡荡的战士沿山而下，
不禁吓得三五成群四处乱奔，
仿佛震慑于红色勇士凛凛军威。　　　　562

若真有神仙的国度俯视凡人的世界，
勇士们定然已翻越那冰雪雕砌的围墙。
四团的勇士就是这样将夹金山翻越，
在此后几天之内红军不断行来，
然而后面的部队并非如此顺利，
有许多战士埋骨在这片冰雪的他乡。　　　　568

这座令人敬畏的夹金山呀，静立于天地间，
在短短几天之内将许多战士埋葬。
从远处看那白皑皑的山坡似乎平缓，

积雪的山顶仿佛真的咫尺在望。
山脚的海拔给人造成高度的错觉，
很多豪勇的战士没有想到会死，
575　却永远倒下了，淹没于山上风雪的波浪。

随着英勇的四团，红军大批跟进，
很多战士无法再找到裹脚的物品，
有些战士甚至找不到木头的拐棍，
但是他们仍然义无反顾地前行。
一军团主力于六月十四日抵达山下，
开始了一段最为艰难险恶的征程。
童小鹏一路跟着队伍上山行去，
见到许多战士已经冻死在雪中，
勇士们将死去的战友用白雪匆匆掩盖，
继续将冰雪铸造的命运勇敢相迎。
萧峰亲眼看到有些体弱的战士，
走着走着便一头栽倒无法起来，
旁边的战友将他们艰难扶起于雪地，
却发现他们已在怀中停止了呼吸；
山顶空气稀薄令勇士们浑身无力，
有人稍稍停留便摔倒于无声无息；
很多战士从山顶坐在冰雪上滑下，
有人摔断了骨头有人滑下了悬崖；
炊事员为了给战士将御寒的热汤烧制，
坚持停留在空气稀薄的寒冷山巅，
几个炊事员在把热汤递给别人时，
自己却无声倒下了再也没有醒来；
有的战士因只穿草鞋冻伤了双脚，
599　还有的战士在冰天雪地患了雪盲。

随后三军团和其他队伍翻越了雪山，
凭着如钢的意志闯过冰雪的杀阵。
豪壮的毛泽东过雪山也走得艰难万分，
他的棉布裤子和布鞋在雪中湿透，
犹如冰冷的灰铁将他的双脚拖拉，
使他无法像往常那样大步地迈进。
好几次毛泽东站在雪里喘气难行，
他的警卫员陈昌奉帮他重迈脚步；
有几次陈昌奉自己也是力尽筋疲，
609　又是毛泽东帮他将疲软的脚步重振。

周恩来在下雪山之时开始频频咳嗽，
他在雪山之巅的刺骨寒风中着凉。
这个伟大的战士接着生了大病，
这场大病几乎给他带来了死亡。
他们都遇到弥漫天地蒙蒙的雪雾，
也遇到巨大冰雹几乎被砸晕在山头，
他们随着铁流在雪浪中缓缓移动，
埋头一步一停、一步一喘地前行。
脚下的积雪深深浅浅杀机四伏，
他们的双脚上上下下意志如钢。
他们就是这样闯过神灵的圣地，
翻过夹金山继续走向前路漫长。　　　　621

几天之前六月十二日的昏黄时分，
英勇的四团翻过雪山刚到山下，
忽然尖兵前沿响起枪声尖锐，
枪声零零碎碎回荡在寥廓的天宇。
四团的战士一个个警惕地向前方注视，
犹如一只只羚羊静静立在风中，
机敏地竖起耳朵辨别四周的动静，
防止密密的草丛中蹿出捕食的猛虎。
四团的战士们就是这样充满警惕，
手中攒紧武器准备着将枪火喷吐。　　　　631

王开湘和杨成武于是飞快跑到前卫班，
听到营长曾庆林说出有翼的话语：
"前面出现了一支不明身份的部队，
呼啸的大风使得问话无法听清。
至今他们同样也不知我们的身份，
双方都在试探着发出零星的枪鸣。
二营已经展开队形准备战斗，
由六连掩护，四连正等待出击命令。"　　　　639

王开湘和杨成武一边听着营长的报告，
一边透过望远镜仔细望向远方。
只见不远处是一个不大不小的村落，
在村落周围的树林中人形影影绰绰，
每个人头上戴着大檐帽背着长枪。　　　　644

说话不多的团长王开湘沉吟片刻，

看着前方说出有翼的话语飞翔：
"前面村子中显然驻扎着一支部队，
我们必须派出侦察员前去探明。
我们同时可以尝试用号音联络，
650　看看前面村子里的部队能否听清。"

于是前卫的战士执行了团长的命令，
可是对方的回答和号音仍是模糊。
四团只得做好战斗准备推进，
654　战士们犹如狸猫向着村落前趋。

忽然一阵山风吹来喊声微弱，
依稀听到村里的士兵这样大喊：
"我们是红军——我们是红军——"
一师四团的勇士们心中猛然一震，
团长王开湘自言自语这样说道：
"红军，真的是红军？我们可是前卫团，
再往前怎么还会有红军在此出现；
难道他们是红四方面军英雄的部队，
663　还是敌人有意布置的烟雾疑云？"

中央红军并不知友军的准确位置，
仍以为第四方面军战斗在茂县附近。
正当团长王开湘半信半疑地踟蹰，
一个侦察员飞奔而来边跑边喊，
668　带来了前面就是红四方面军的喜讯。

刹那之间山上山下、村里村外，
欢呼犹如一股疾风吹过大海。　　　　　670

千百个豪壮的战士一起振臂高呼，
声浪胜过捷足的风神于大海奔走。
呼声犹如骇浪惊涛般跌宕回旋，
又如高空泼下庆祝会师的烈酒。
海浪般的欢呼声震得仿佛山谷抖动，
战士们紧紧拥抱着亲人、自己的战友。
无数双坚实的大手在一起紧紧相握，
无数行热泪欢乐地流淌着良久良久。　　678

中央红军的勇士们已经征战万里，
一路遇到的都是敌军的紧紧追击，
或是数倍于己的敌军的重重堵截，
可是却从未遇过或看到兄弟部伍，
他们也曾盼望与二、六军团会合，
但却因敌人的围追堵截无法实现，
此刻突然与红四方面军意外会合，
又怎能不令勇士们个个欢喜若狂！
会师犹如掀起了巨大的欢乐风暴，
激动充塞红色战士们豪壮的心房。
欢呼声有如疾风卷过辽阔的大海，
卷起了层层叠叠的浪花喷涌跌宕，
仿佛高处的天空也一同笑容飞扬。　　　691

第三十一卷

胜利会师

夹金山下的那个村庄叫作达维，
因为两支红军的会师天下名扬。
这个村庄里只有将近百户人家，
居民大都是藏族百姓生活贫困，
村中有座喇嘛庙倒是金瓦红墙。
金色夕阳照射着金瓦光辉闪耀，
7　显得格外雄伟仿佛沐浴着佛光。

喇嘛庙四周搭建了许多木头房子，
有的两层、有的三层大都很简陋，
房子顶部有的用片片石块遮挡，
有的也用树皮或者木板来覆盖。
喇嘛庙前面是个大坪开阔宽广，
大坪周围开了几家很小的店铺，
店铺里面供应的东西少得可怜，
战士们在这里几乎买不到什么东西，
16　如果盐巴、蚕豆和劣质的茶砖除外。

红四方面军的战士们就驻这个村内，
这些心志豪壮的战士见到了战友，
纷纷把自己的营房腾出给战友居住。
他们一个个快乐地忙碌四处奔走，
有的做了大饼将新到的战友慰劳，
有的做了面葫芦一连一营地递送；
村头村尾的每一个角落每个路口，
都有一群群兴奋的战士快乐交谈，
25　相互将那战斗的友情与见闻倾吐。

当夜神渐渐张开巨大的黑色翅膀，
翅膀黑色如墨缀满璀璨的星辰，
28　星辰点点星星闪烁灿烂的光芒。

在养育众生的大地与璀璨的星辰之间，

红色勇士们点起篝火制造着光明。
点点星光之下，火焰熊熊燃烧，
红色勇士们围着篝火将战友欢迎。　32

四团在红四方面军的热情安排之下，
吃了很久以来难得的一顿好饭，
饭菜虽然不算是什么海味山珍，
却是仿佛比海味山珍还要甜香。
当晚红色勇士们碗中的饭菜包括：
放在大锅内大火炖煮的牦牛肉和羊肉，
冒着热气、香喷喷的烤的或煮的马铃薯，
还有热腾腾的青稞饭以及玉米面糊糊，
勇士们就用这些食物满足着肚肠。
他们一边享用简单但香甜的饭菜，
一边欢唱刚谱写的"两大主力会合歌"，
欢乐的歌声在村庄上空高高飞扬。
开阔的大坪上篝火喷薄着欢乐的火焰，
火焰映红了每个战士兴奋的脸庞。　46

这天夜里战士们高兴得无法入眠，
王开湘和杨成武两人也同样未能入睡。
两个心胸豪壮的勇士心潮起伏，
难得有闲打开了话匣聊了半夜，
两人一同回忆着征途中的艰难险阻，
路上的经历一幕幕在他们眼前回现，
犹如大海的潮水一浪叠着一浪，
将不远的战斗往事从记忆中一一送至。　54

六月十七日下午的达维村四处是欢呼，
毛泽东主席、周恩来副主席、朱德总司令，
以及刘伯承等人这天到达了达维。　57

二十五师师长韩东山激动地前去迎接，

这位豪迈的勇士并不认识首长，
所以直率豪莽地一一行礼致敬。
正当他焦急地不知如何开口之时，
一张熟悉的脸庞在他眼前出现，
直率豪莽的韩东山看到了他的老师长
——同样直率豪莽的干部团团长陈赓，
两人的大手顿时彼此紧紧相握，
66　接着用紧紧的热烈拥抱将重逢相庆。

陈赓在鄂豫皖根据地担任十二师师长时，
二十五师师长韩东山当时是三十六团副团长。
韩东山以前听说陈赓在上海被捕，
还担心老师长已经被害于敌人的魔掌。
如今两人夹金山下再次意外重逢，
72　心中的激动犹如那熔岩喷涌激荡。

于是陈赓当即将众人一一介绍，
74　消除了老部下韩东山手足无措的尴尬。

这时红军领袖们的周围欢呼四起，
红色儿郎们仿佛与亲人久别重逢，
77　紧紧地握手，热烈地拥抱，欢畅地流泪。

韩东山领着众人进了一座喇嘛庙，
毛泽东没等休息就问起部队的情况。
雄才大略的毛泽东问得非常周详，
从军队建制、思想状况、干部成分，
一直问到战士的生活、训练和学习，
还问起师团的近况、士气是否高亢。
不善言辞的韩东山紧张而又激动，
85　将问题一一作答紧张得赛过打仗。

首长们看出这位师长的紧张情绪，
于是和蔼地让他慢慢讲不用紧张，
周恩来和蔼地给韩东山递过一碗茶水，
爽朗地笑着说出这样的话语飞翔：
"师长同志能否再讲讲会师的经历，
91　刚才讲得很是不错嘛，别慌，别慌！"

师长韩东山看着周恩来亲切的目光，

于是继续说出有翼飞翔的话语：
"六月之初我们在汶川一带活动，
一天我接到紧急通知去见总指挥，
我从徐向前总指挥那里接了任务，
负责寻求与中央红军尽早地会师。
总指挥说我们正迎来一个伟大时刻，
说不定因为这事还给我韩东山上书，
我听了不禁满心高兴喜上双眉。
于是我率领部队立即开始急行军，
三天内走了三百多里向懋功挺进，
这一路大大小小打了二十余仗，
我们无心恋战，敌人却一直穷追。
当我们到达懋功东北附近的抚边时，
遭遇到四川军阀邓锡侯部队的拦阻，
此地南靠逶迤群山北临着大河，
为了消灭敌人必须将大河强渡，
于是我们在夜里发动了猛烈的总攻，
战士们冒着密集的炮火将浮桥搭建，
犹如狮子冲过大河向懋功猛扑，
杀得敌人鬼哭狼嚎处处堆尸。
在黎明还未降临宽广大地的时候，
我们结束战斗占领了整个城池。
我命令两个营小心将懋功县城据守，
其余部队则星夜兼程奔赴达维。
捷足的战士们在北风呼啸中度过了一夜，
次日拂晓继续轻装往达维前行，
七四团团长杨树华率三营向夹金山进发，
当他们行进到巴朗地区时遭遇到强敌，
勇敢的战士们奋不顾身冲向敌阵，
强大的敌人向着他们猛烈地开火，
铁的枪口喷出可怕的炽热火焰，
子弹穿过许多战士的头颅和胸膛，
年轻的生命仆倒在山石嶙峋的大地，
任由夹金山的寒风将冷却的身躯刮吹。
交战的阵线红色的血光夹杂着火光，
如同黑色的大地裂开了巨大的伤口，
往灰色无垠的天穹飞溅红色的血泪，
雪亮的刺刀彼此交错碰撞在一起，
发出尖锐刺耳的声音哐琅琅作响，
很多刺刀使对方的生命往黑暗跌坠，

死亡拖曳着许多魂魄往幽冥飞驰。
三营和敌人就是这样激烈交战，
双方彼此冲锋掀起了次次高潮，
犹如大地震动巨大的板块相撞，
不论凡人和天神即使事后想起，
也会同样地手心冒汗心有余悸，
但是阵地最终飘起了我们的红旗。
三营用许多年轻生命换来了胜利，
营长陈玉清等六十多个战士牺牲，
这是会师前我们部队的最后一仗，
这些勇士没能看见中央红军，
144　就是那样牺牲在主力会师的前期。"

伟大的战士毛泽东听了这样的诉说，
从座位上站起来挥着大手这样说道：
"是啊！战士们用宝贵生命赢得了会师，
追随他们英勇的战友埋骨他乡，
躯体埋入大地，鲜血染红波浪。
可能没有人能够记得他们的名字，
因为任何名字总是容易被遗忘。
但是当后世的人们将这段故事说起，
他们会说有群英雄曾勇敢地战斗，
山河大地将记住英雄们不朽的荣光。"
众人听了无不个个心情激荡，
156　深深怀念死去的战友，思绪悠长。

傍晚韩东山带着干部去看望首长，
返回的路上遇到他的老师长陈赓。
爽朗的陈赓一把拉住韩东山的胳膊，
半认真半玩笑地说出有翼飞翔的话语：
"我说老韩啊，中央首长都到这儿了，
不弄点好吃的慰劳你如何说得过去嘛，
我说老伙计，怎么官儿越大越小气，
164　哈哈，你难道要让首长饿着再出征？"

率直豪迈的韩东山赶忙急着说道：
"哎呀！老师长你这话可就冤枉了我，
为了这事我们还专门开了一个会，
七嘴八舌地谋划要准备一餐好饭。
我们派出两个排进入深山寻食，

还算运气不错很快将猎物围困。
现在两头牦牛正在那锅里烧煮，
大块骨头大块肉，炖熟之后香喷喷，
只等那联欢会前让首长好好吃一顿。"　173

乐观爽朗的陈赓听了立即呵呵笑，
对着率直豪迈的韩东山这样说道：
"这还差不多，我说老韩，真有你的！"　176

这天当黄昏渐渐为天空铸上黄铜，
火红夕阳渲染着黄铜璀璨的天空，
天空一片辉煌闪烁着火红的光芒。
在养育众生的大地与辉煌的天穹之间，
红军领袖们和战士们一起将晚餐分享。　181

当夜神渐渐张开巨大的黑色翅膀，
翅膀黑色如墨缀满璀璨的星辰，
星辰点点星星闪烁灿烂的光辉。　184

红色儿郎们在达维村外山脚之下，
搭起一个简易的主席台准备开会。
台子周围悬吊数盏明晃晃的油灯，
为了挡风四周挂起了军用的篷布，
周恩来亲自登台将联欢会议主持，
还亲自点燃一盏明亮的汽灯巨大。　190

韩东山首先代表红四方面军发言，
讲述了红四方面军走过的战斗道路。
当他刚刚讲完还没有来得及敬礼，
台下便响起如涛翻滚的掌声无数。　194

伟大的战士毛泽东接着作了讲话，
说出如雷的话语在整个会场飞翔：
"这次会师具有伟大的历史意义，
是我们红军战斗史上的重要篇章。
我们红军是打不垮、拖不烂的英雄部队，
为了人民的解放我们征战于远方。
中央红军自从离开江西根据地，
每天都在敌人的杀阵之间奔行。
数万英勇的战士浴血闯过湘江，

翻越逶迤的五岭踏着冬日寒霜。
之后中央红军两度占领了遵义，
四渡赤水摆脱重围让红旗飞扬。
南渡乌江之后我们进入云南，
兵临昆明强渡了金沙江滚滚沧浪。
十七勇士随后为红军将大渡河强渡，
四团也飞夺泸定桥闯过了铁索悠长。
如今中央红军翻过巍巍雪山，
和同样英勇的红四方面军欢聚一堂。
敌人的围追堵截没能消灭我们，
反而使得我们更加地坚定顽强。
在那充满艰难险阻的长长征途，
革命的种子已在山河大地播扬，
今天两支主力红军胜利会师，
就是一家人重聚必可共赴辉煌。"
伟大的战士毛泽东有力地挥着大手，
220　　对着全场激动说讲，情绪高昂。

士兵的伟大统帅朱德随后发言，
谈到各地红军伟大的历史作用，
也将这次会师的意义再次说讲，
同样引起了掌声犹如松涛激荡。
红四方面军许多指战员心情激动，
他们大都是第一次聆听领袖讲话，
几乎是屏住呼吸全神贯注地听着，
千百双眼一同向主席台投去目光，
229　　听到精彩之处无不激动地鼓起掌。

讲话结束之后举行了联欢会演，
战士剧团团长李伯钊指挥了演出，
红色儿郎们欢唱支支战斗的歌谣，
欢乐的歌声直冲云霄高高飞扬。
开阔的山脚点起了篝火喷薄出火焰，
235　　火焰映红了每个战士兴奋的脸庞。

次日当雪山峰顶探出玫瑰色的手指，
二十五师全体指战员早已列队整齐，
以严整军容欢送毛泽东等前往懋功。
伟大的战士毛泽东握着韩东山的手，
语重心长地说出有翼的话语飞翔：

"我们走后，部队还得几天才走完，
你们的任务是做好附近的警戒工作，
掩护后续部队完全通过达维，
提高警惕坚决打退敌人的进攻。
现在将第五军团三七团交给你指挥，
他们也一样都是坚忍不拔的英雄。
等中央红军离开懋功继续北上，
你们再前去懋功，行动要快捷如风。"　　248

二十五师师长韩东山豪迈地行了个军礼，
说出坚定的话语这样将主席回答：
"明白！徐总指挥也指示我们坚守七天，
请主席放心！我坚决完成掩护任务！"　　252

于是毛泽东向列队的勇士们挥了挥大手，
率领着部队踏上前去懋功的道路。
几千人的告别声顿时在山谷轰然响起，
几千只大手在空中挥舞起军帽无数。
几千双眼睛涌出了离别的伤感泪珠，
几千颗心脏激荡着想将战友们留住。　　258

这天下午毛泽东等人到达了懋功，
宿营在城内一座法式的天主教堂。
当晚召开了一个盛大的会师联欢，
会后红军领袖们和战士将晚餐分享。
战士剧团再次上演文艺节目，
精彩的演出引起欢笑声阵阵飞扬。
一个叫作《烂草鞋》的节目大受欢迎，
讽刺了敌人只能跟在红军背后，
拣些烂草鞋当作战功白白奔忙。
战士剧团还表演了刚健多姿的舞蹈，
许多质朴有趣的节目一演再演，
热烈的掌声久久回荡在演出的会场。　　270

就在这个欢乐弥漫懋功的夜晚，
毛泽东、周恩来、朱德等人会见了李先念。
李先念当时担任三十军政治委员，
刚刚率领着队伍攻下四川西南，
所向披靡犹如锋芒锐利的亮剑。　　275

毛泽东摊开一张地图仔细地观看，
问起岷江和嘉陵江地区的气候与地形，
以及当地老百姓的生活条件状况。
运筹帷幄的毛泽东此时心事重重，
想着昨日张国焘和陈昌浩发来的电报，
心头不禁掀起了不安的层层波浪。 281

他清楚记得那封电报这样说道：
"北川一带的条件不利于大部队行动，
沿岷江北打松潘，地形与粮食绝无。"
这封电报等于反对中央北上，
认为向东、向北发展难有通途。 286

这封电报怎能不令毛泽东犯愁，
当他看着地图时心中又怎能平静。
于是毛泽东问起李先念对形势的看法，
询问如今能否重新打回川北，
在川北一带寻找继续北上的前景。 291

心志豪壮的李先念于是这样回答：
"岷江、嘉陵江之间大平坝子很多，
宽广的大地孕育了较为丰富的物产，
那里是汉族居住的地区人烟稠密，
部队的给养和兵源都会不成问题。
从战略上看，那里东连川陕根据地，
北靠陕西甘肃，南接成都平原，
部队运动可攻可守、可进可退，
如果红军能够进入这一地区，
立足之后可以很快补充休整，
红军需要恢复体力再图发展，
犹如马儿有时也需重修马蹄。
而且这时茂县、北川还在我手，
如果错失战机就很难打过岷江，
犹如激流也难冲过筑好的大堤。
前来懋功的路上只有藏族牧民，
筹粮很难大部队久驻难以供给，
大小金川和邛崃山脉地形险峻，
大部队很难运动长期停留其间，
险峻贫瘠的高原也不容我们向西。
无论是地理条件还是群众基础，

还是从红军急需休整的情况来看，
会师后着向东北方向迅速发展，
首先是向岷嘉地区发展比较有利，
在那里红军休整后可以走出低迷。" 316

胸有谋略的毛泽东听罢连连点头，
随后听取各方的意见制定了战略，
决定红军会师后继续向东北发展。
同时电告四方面军力求突破平武，
派有关部队经过马塘绕攻松潘，
以配合掩护中央红军继续北进，
尽快使革命的力量在川北地区席卷。 323

由于敌人很快占领茂县和北川，
红军原有的行动计划被迫放弃，
红军的领袖们于是决定北上两河口，
在那里召开会议制定新的部署。 327

几天之后毛泽东等人继续北进，
红五军团滞留在夹金山另一侧休整；
韩东山率领二十五师仍然留在达维，
严密地警戒以防御东面来敌的进攻。
四方面军另派部队沿着小金川河西进，
到达丹巴后再沿大金川河北向行军，
以护卫中央红军沿抚边河北上的左翼，
这批红色的勇士们行军在高原峡谷，
大金川的江水切割着山岭，景色奇雄。
他们脚下经过的大金川河的沿途山岭，
三月时节曾经开遍了雪白的梨花，
仿佛大地知道勇士们要从此经过，
早早奉上了梨花儿漫山玉树临风。
然而六月的风雨里没有梨花满树，
在战士的眼中只有灰铁黄铜般的高原，
连绵的阴雨从山坡高岭冲下了泥沙，
几乎要将大金川河的滚滚江水变红。 344

大金川河谷与抚边河谷几乎平行着，
六月二十二日在大金川东边的抚边河谷中，
毛泽东、朱德和周恩来正策马走向北方。
几天以来这里一直阴雨连绵，

雨中的道路四处泥泞翻滚着泥浪。
高山隘口的草原上依然点缀着残雪，
山坡上丁香色的杜鹃花也照样披着银装。
沿途的山谷并不很宽耕地也不多，
四处零星地分布着当地百姓的住房。
虽然一路马蹄拖沓着飞溅的泥泞，
355　但比起积雪的夹金山简直是行在天堂。

颠簸在马背的毛泽东想着李先念的言语，
回顾着红四方面军近来的战斗历程：
这年三月四方面军离开川陕根据地，
迅速进军嘉陵江和涪江之间的地区，
然后又如飓风突进，继续西征。
这时蒋介石已调胡宗南部进入甘南，
企图从北面堵截中央红军北行。
为了打破敌人堵截攻击的意图，
三十军和八十九师从剑阁开赴青川、平武，
很快抢占摩天岭堵击胡宗南南下，
从而确保了四方面军西进的右侧安全，
四方面军因而能够由北而西地纵横。
摩天岭是甘南进入四川的天然屏障，
易守难攻处处是险峻的山岭峥嵘。
历史上这片山岭被称为阴平古道，
三国时期诸葛亮为防御曹魏进攻，
曾经派出将士在岭上屯兵扎营。
只可惜蜀国后来在此武备荒废，
使得邓艾偷渡阴平攻取了江油，
随后进入成都迅速灭掉了蜀汉，
空留下山岭上诸葛旧日军营的残垣，
377　千百年以来将卧龙未酬的壮志哀鸣。

当中央红军进入川西大凉山区时，
三十军已从摩天岭急速向西南挺进。
与此同时在北川河谷正发生激战，
许世友率领九军，程世才率三十军一部，
突破了敌人防线，打碎了敌人的杀阵。
他们打开了门户进入了岷江地区，
随后很快攻占了茂县、汶川和理番，
在汶川一带所向披靡军威大振。
五月中旬三十军八十八师西进懋功，

会同九军二十五师、二十七师寻求会师；
四军、三十一军仍然驻留在松潘南部，
在镇江关、松平沟地区抵御北面的胡宗南，
另一部则在北川、片口一线驻扎，
抵御东面的川军从侧面进行的攻击；
五月底九军二十七师一部继续西行，
从汶川出发阻击敌人由巴郎山西进；
同时九军二十五师会同三十军八十八师，
分别从汶川、理番出发直取懋功，
红色的勇士翻越四千多米高的红桥山，
六月初前锋二十五师首先攻占两河口，
随后攻克了懋功迅速进军夹金山，
正好遇到中央红军来到了达维镇。　　399

"四方面军抢占摩天岭真是好棋一步，
这就使敌人无法南北夹击红军，
在两河口我们必须决定今后的方向，
但愿能够说服张国焘共同北进。"
毛泽东默默在心中让有翼话语飞翔。
颠簸在马背的毛泽东继续着自己的思绪，
眼睛向着两河口方向出神地凝望。　　406

六月二十四日毛泽东等人抵达两河口，
他们宿营在一座壮观的喇嘛庙的底层。
六月二十五日上午，天空一直落着雨，
梦笔山和红桥山山麓的积雪在雨季融化，
分别从西北和东北方卷来两股溪流，
夹带着沙石滚滚向着两河口奔腾。
两条咆哮的溪流都由冰雪融汇，
使得六月的山谷之间寒气骤增。　　414

为了欢迎四方面军首长前来开会，
两河口镇外东溪的南岸搭起会场，
数十个红色勇士整整忙碌了半天。
他们整饬了一个坡度平缓的山坡
砍去盘错丛生的大小灌木和荆棘，
使得一个平坦的会场出现在溪边。
会场的上首就着山岩堆起了主席台，
旁边小树上欢迎的标语醒目地张挂，
许多期盼的眼睛在冷雨中盯着东面，

424 那里是绵绵大山正伫立于风雨如烟。

下午毛泽东和朱德等人赶到会场，
在油布雨篷下苦苦等待，满怀焦虑。
突然天空翻滚起巨大的黑色云团，
闪电破空犹如进射出寒光的电锯。
震地的雷霆隆隆地滚过低矮长空，
似乎轰轰砸落在附近的大山背后，
暴雨很快劈天盖地纷纷飞扬，
432 狂风横吹着雨柱猖獗地自由来去。

狂暴的大风犹如从地心突然吹出，
顺着黝黑的溪谷呼啸着隆隆轰鸣。
雨水犹如从九天飞落的无边瀑布，
滔滔不绝降落到养育众生的大地，
急流冲刷着两边大山险峻的山坡，
将断枝败叶、碎石泥沙猛烈地冲刷，
然后统统冲落入激浪奔涌的溪流，
溅起了飞沫弥漫着山谷令人心惊。
雨水落在巍巍的群山冲刷着大地，
大量泥土被雨水冲落纵横的河流，
江水、河水卷着无数的泥石奔涌，
高原的千条沟壑中闪亮的激流纵横。
隆隆雷声在风雨中震撼着整个大地，
闪电犹如锯刀锯裂黑色的天空，
447 光芒森然闪耀发出惊人的光明。

暴雨中的红色勇士们唱起了战斗歌谣，
震地的歌声在漫漫风雨中热烈而高昂。
落雨的苍天仿佛被勇士的热情感动，
451 不多时暴雨渐小只剩下了雨丝飞扬。

当黄昏在雨中渐渐降临宽广大地，
十来匹骏马终于从理番方向驰来。
张国焘骑着一匹白色骏马在前，
十来名骑兵纵马在他的周围环护，
马儿踏着泥路飞溅着泥水奔驰，
457 很快接近两河口东溪南岸的欢迎台。

毛泽东和朱德等人纷纷迎了出去，

马队也呼啸着很快来到他们跟前。
张国焘翻身下马和毛泽东紧紧拥抱，
两个老相识就这样重聚在溪水的旁边。　　461

两位红军领导人看起来差别很大，
张国焘面容丰满红润，身躯粗壮，
脸上几乎看不出丝毫疾苦之色。
伟大的战士毛泽东却是面色憔悴，
征途令他皱纹深深，脸色黝黑。
张国焘的灰色军装十分合身得体；
毛泽东却穿着破旧的老军服补丁满缀，
大风吹着他的军服紧贴了身体，
隐隐约约凸显出干瘦无肉的两肋。　　470

看到红军领袖们一起热烈地拥抱，
会场上心志豪壮的战士们齐声欢呼。
两个红军领袖登上简陋的讲台，
伟大的战士毛泽东首先致了欢迎词，
张国焘作了答词，却说到西进蓝图。　　475

之后红军领袖们肩并肩走进城内，
就在喇嘛庙举行了宴会庆祝会师。
他们一起将简单却丰盛的饭菜享用，
毛泽东却已感到来自老相识的猜疑。　　479

心存私念的张国焘这样询问周恩来：
"不知中央红军目前还有战士几多？"　　481

伟大的战士周恩来机智从容地反问：
"不知四方面军现在还有多少人马？"
张国焘回答说有十万，周恩来的回答是三万，
双方都没有将真实情况轻易地漏泄。　　485

此时第一方面军其实大概不超过两万，
而第四方面军实际也只有八万将士。
然而不久以后由于张国焘的错误，
第四方面军的将士大量战死征途，
许多年轻的勇士仆倒在宽广大地，
没有能够迈出北上抗日的步履。　　491

次日当玫瑰色的黎明降临宽广大地，
红军领袖们齐聚两河口召开了会议。
会议决定红军的主力向北进攻，
争取在运动战中将敌人大量消灭，
首先谋求在甘肃南部站住脚跟，
然后努力开创川陕甘革命根据地，
498　进而争取西北乃至全中国的胜利。

张国焘非常勉强地接受了会议决定，

暗中却仍然坚持南下和西进的战略，
不时流露对会议决定的反对与怨言。
伟大的红军即将面临着严重的危机，
犹如初春的湖面虽然冰坚依旧，
冰面之下却已经出现了危险的裂痕。　504

六月三十日上午毛泽东离开了两河口，
向北翻越着一座又一座的巍巍雪山，
进入了人迹罕至的西北荒野之地。　507

第三十二卷

在川西北

梦笔山伫立在两河口的北边，梭磨河的南面，
山高四千四百多米稍逊于夹金山。
伟大的战士毛泽东越过积雪的山隘，
沿着雪线以下朝马尔康方向前行，
5　一路上偶尔看见牧场分布于山间。

然而他们却很少看到有藏民放牧，
敌人已经在藏区散布恶毒的谣言。
谣言吓跑了大多当地淳朴的藏民，
空留下茫茫雪山和一望无际的荒原。
一路之上房屋很少，炊烟难见，
灰褐色的牦牛偶尔出现在视线远方，
有时犹如灰铁的岩石僵立不动，
有时又如一些缓缓移动的烂布堆，
14　寂然神秘地点缀着荒野无际的乾坤。

红色勇士们难以找到当地的居民，
随军携带的粮食也已经越来越少，
战士们只能吃着偶尔找到的青稞，
勉强满足凡人的肚肠对食物的欲望。
他们已进入一片陌生的雪域高原，
翻越连绵的雪山走过重重的隘口，
犹如迷惘的孩童闯入神秘的梦境，
22　梦境里不像他们魂牵梦萦的故乡。

在毛泽东等人翻越积雪的梦笔山之前，
披坚执锐的一军团已翻越长坂雪山[①]，
前卫二师抵达将近刷经寺的康猫寺[②]。
二师六团向左出壤口入草地侦察，
结果遇到了骑兵突袭出战不利。

———————
① 长坂雪山（长板雪山）即今亚克夏雪山。
② 康猫寺位于卓克基西偏北。

遇挫的六团于是从壤口折回右路，
经过长坂雪山时勇士们弹尽粮绝，
只好敲开山坡表面已冷冻的冰雪，
挖出下面的积雪和一些残留的草根，
勉强在冰天雪地维持着残存的体力，
很多体弱和受伤的战士饿死冻死，
无声无息地倒向冰雪覆盖的大地。
勇士们还不得不在雪山之中宿营，
其中有个班夜晚宿营在雪山垭口，
当次日黎明探出玫瑰色的温柔手指，
全班十二名战士没有一个能醒来，
寒冷和稀薄的空气使他们永远地沉睡；
悲伤的战友们将十二名战士并排放置[③]，
双脚朝着南面，头部朝向北方，
北方，在那雪线之外遥远的北方啊！
是这些牺牲的勇士想要飞往的地方，
可是冰冷的死亡已折断他们北飞的翅。
战友们只能用白雪覆盖牺牲者的身躯，
然后又踏上征程战斗在各自的岗位。　46

面临绝境的六团不得不发出急电，
请求附近的部队给予粮食的支援。
在六团东边是行至芦花的四团、五团，
他们自己携带的粮食也已经吃尽，
只能在田里自割未熟的青稞作食；
在接到六团急电后他们迅速行动，
收集起用血汗换来的牛羊、麦子和馍馍粉，
派出运输队紧急去将六团救助；

———————
③ 1952 年 7 月，解放军黑水剿匪的西线部队轻骑师 137
团驻扎亚克夏雪山垭口，发现 12 具遗骸，全部头北
脚南。根据附近的遗留物品分析，他们一致认为是长
征时牺牲的红军战士。

运输队由二师政治部主任舒同① 率领，
由芦花向西朝奥太基雪山② 方向飞奔。
奥太基雪山位于长坂雪山东面，
运输队估计能在那里遇到六团，
59　现在疲累的六团正等着急救的饕餮。

舒同带着一排的武装护送着运输队，
于收到急电当日的午后一时出发，
长蛇般的队伍在山间行了没有多久，
天空便涌起低低的黑色乌云团团，
明亮的白日仿佛突然进入了黑夜；
乌云之间闪电闪烁着可怕的光辉，
犹如破空裂地迸射出寒光的电锯。
震地的雷霆隆隆地滚过雪山顶峰，
似乎轰轰砸落在附近雪山的背后，
很快暴雨倾盆而来纷纷飞扬，
70　狂风横吹着雨丝猖獗地自由来去。

幸好不多时倾盆暴雨便渐渐变小，
于是运输队继续冒着雨丝西行。
不出五里路运输队来到一个桥边，
在那桥头右边深深林莽之中，
有守河的一班战士宿营在临时的草棚。
这一班战士接到命令加入运输队，
77　来不及吃晚饭便一同踏上救命的征程。

夜晚很快张开了无垠的黑色大幕，
笼罩了万物，大地、高山，还有凡人。
天地之间混沌无光只有黑暗，
红色勇士们的四周也是漆黑一团，
82　伸手不见五指，除非是火眼的天神。

运输队在这个夜晚进入了一片森林，
森林中找不到一个土窟或者石洞，
在勇士们周围只有合抱的参天老树，
脚下是淹没胫骨的各种无名荒草。

————————————
①　舒同时任二师宣传科长、政治部主任。
②　奥太基雪山位于亚克夏雪山东面，"三奥"雪山群中
　　的一个雪山。"奥太基"，汉文意为"群山之父"。

漫漫黑夜中森林仿佛无边无际，
心志豪壮的勇士们只好就地宿营，
他们将粮食包好，将羊牛马匹拢聚，
然后一个个靠着大树无声地睡倒。　　90

半夜时分忽然下起了倾盆大雨，
刹那之间风雨排山倒海地卷来。
黑色林中的勇士仿佛置身汪洋，
风雨犹如惊涛在他们身边徘徊。　　94

呼啸的大风犹如从幽冥挟带来寒气，
穿梭在黑黢黢的密林发出尖利轰鸣。
大雨犹如从九天飞泻的无边瀑布，
滔滔不绝降落到养育众生的大地，
急流冲刷着森林两边高峻的山崖，
将断枝败叶、碎石泥沙猛烈地冲刷，
然后统统冲落入激浪奔涌的溪流，
溅起了飞沫弥漫着山谷令人心惊。
雨水落在巍巍的群山冲刷着大地，
大量泥土被雨水冲落纵横的河流，
江水、河水卷着无数的泥石奔涌，
雪域高原上无数激流在黑暗中纵横。
隆隆雷声在风雨中震撼着整个大地，
闪电犹如锯刀锯裂黑色的天空，
光芒森然闪耀发出惊人的光明。　　109

森林中红色勇士们抵御着风雨的侵袭，
挡雨的雨伞和油布却早已失去了功效。
心志豪壮的勇士们坐在冰冷的泥地，
双脚和臀部被川流不息的泥水冲刷，
全身也早已湿透仿佛落入了冰窖。　　114

舒同和两个青年干事挤坐成一堆，
死死抱紧雨伞，裹紧了头顶的油布。
他们几个为了省点粮没吃晚饭，
如今又饿又寒的肚肠终于发怒。
只听每人的肚子叽里咕噜乱叫，
然后个个放出臭屁熏得人想吐。
不过即使臭屁扑鼻恶臭难闻，
他们也不愿意稍稍打开油布，

只因舍不得放走臭气丝毫的温度。
舒同旁边的干事摸出一把炒麦子，
递送到两个战友冰冷的嘴巴面前，
于是他们便在臭气里咀嚼着炒麦，
127　任由那风雨狂吼犹如厉鬼般恐怖。

次日当玫瑰色的黎明降临逶迤群山，
狂暴肆虐的风雨在晨光中倏然停歇。
红色勇士们在半梦半醒中重新站起，
经历了一夜风雨真好像是脱胎换骨。
战士们于是撤去包裹着粮食的油布，
挑起了行李担子谈笑着继续前行，
134　雨后高原的山野显露出生机勃勃。

当时间接近中午时太阳破云而出，
运输队放下担子在高高的山坡上扎营。
他们很快布好警戒烧起开水，
匆匆泡了点熟粉满足了饥寒的肚肠；
饭后他们继续沿着黑水西行，
旁边滚滚的黑水河这时竟骤然高涨，
冰冷的大水泛滥到两岸的山谷之中，
运输队脚下的一条山路布满了水坑。
捷足的运粮勇士没有因泥泞而停步，
144　个个盼着能尽快将东进的六团相迎。

当黄昏渐渐为东方的天空铸上黄铜，
运输队行至离奥太基雪山五里的山坳。
这时六团的尖兵突然出现在山前，
欢呼的声浪顿时犹如大河般咆哮。
西出壤口侦察的六团就是这样，
150　回归到二师的右路犹如鸟儿归巢。

几天后毛泽东翻过梦笔山到达卓克基，
152　他们看到了群山之中的卓克基官寨。

清朝的时候这里曾是血腥的战场，
大小金川的土司们相互厮杀挑衅，
清高宗花费了数年时间加以征讨，
死伤无数才最终扑灭叛军的杀阵。
官寨是一座城堡般巍峨高耸的土司宫，

披挂着岁月风尘坐落在河道的汇流处，
湍湍的急流在它不远的前方奔涌，
巨大的山岭仁立于背后倍显高峻。　160

整个官寨由石块砌成，四方而立，
高达超过八丈，宽广约有十丈；
前栋两层，后栋、左栋、右栋均四层，
犹如一个石头的巨人倚山箕踞，
寂然仰望着碧天之上层云涌荡。　165

历经风雨的土司宫似乎坚不可摧，
不过它的现任主人已经弃城而逃。
毛泽东和红色勇士们进入宫内驻扎，
小战士们环视周围不禁惊叹地呼号。
土司宫在这群跋山涉水的勇士眼中，
几乎是奇观乍现于万里的征途迢迢，
这里的柱子漆成红色、黑色或绿色，
层层的阳台布满了繁密细致的壁雕。
山墙上处处镶着色彩斑斓的宝石，
不知有多少巧匠曾经为它们辛劳。　175

建筑的下层前栋是一个厨房宽敞，
屋子里面砌着几十口巨大的炉灶，
四处搁置着许多铁铜铸造的锅盘。
铜铁的器皿显然都已经年代久远，
一个个发出凝重浑然的幽幽光泽，
仿佛时光透过那铜铁涌动着波澜。
下层左右都是马厩和下人的住房，
中间是一个大坪可用来停马摞鞍。　183

第二层大概也是供给下人的居所，
有的屋里仁立着高大的木头橱柜，
橱柜里面收藏着金属器具和衣被。
有的屋里放着贮存用的大木桶，
桶内竟然还剩着一些粮食米面，
恐怕是土司弃城而走时匆忙丢弃。
木头柜橱里有的打了盐糖的隔架，
还有用来放置宰好的牛羊的搁板，
可惜此时却没有牛羊为红军准备。
木架上还有一些土制的各色陶罐，

里面剩了少许豆子和见底的食油，
对于红军简直可算是命运的恩赐。
这层还有几个宽大破旧的枪械库，
197　不过里面已经看不见储藏的武器。

第三层大概是卧室，土司自己使用，
坚厚的木门与木壁处处精美雕镂。
右栋的数间屋子陈设更是精美，
贴墙的木制陈列架格子典雅别致，
格内陈设着玉如意、玉佛等各色古玩；
长方形的无架木床仿佛一个木池，
204　旁边还放着坚木制作的精致书案。

住房壁上挂着斑斓的装饰挂毯，
还有精美的藏文条幅将主人保佑。
屋里还摆着雕花家具和缎面靠椅，
缎面闪烁着金银繁密的手工藏绣。
室内摆了几本《三国演义》的线装书，
还高高挂着一幅写着"蜀锦楼"的题字，
看来这个一方土皇帝倒也讲究。
毛泽东就是下榻在三层有书案的屋里，
不过他只是稍事休息没有久住；
这个伟大的战士此时心事重重，
215　正思虑如何展开攻取松潘的战斗。

土司宫的第四层都是装潢肃穆的佛堂，
前栋是个大佛堂藏着很多经书。
佛堂里面还有几面巨大的铜鼓，
鼓面敲磨出来的痕迹有密有疏。
藏经黑底白字犹如裱装的字帖，
墨色熠熠发光，纸质坚实致密；
佛像周围外围有很多可转的木轴，
可是此时没有藏经卷在轴上；
佛堂中四处张挂着绸质的佛幛，
壁画因年久烟熏已经发黑变虚。
左栋、右栋都是用作较小的佛堂，
左栋的佛堂好像刚刚重新装饰，
228　绚丽斑斓的满墙壁画色彩如初。

土司宫旁边建着一座高高的石碉楼，

石砌的雕楼下大上小内有多层。
各层的石壁露出高约尺许的炮眼，
岁月的风雨已经磨损了炮眼的石棱。　　232

毛泽东没有丝毫留恋这里的安逸，
很快和他的伙伴们沿着梭磨河奔行。
红军的大部队留在卓克基补充给养，
同时寻找藏民回家进行着宣传，
心志豪壮的战士们召集人们开会，
说出飞翔的话语揭露军阀的罪恶，
告诉人们红军是人民自己的队伍，
为了解放穷人捍卫国家的独立，
英勇的红军不畏牺牲征战远方。　　241

战士们费尽苦心找回的几个藏民，
听了飞翔的话语请通司帮助说道：
"原来你们都是这样好的儿郎呀，
先前的谣言把你们说成了吃人的魔鬼，
哄得我们的妇女娃娃个个都怕，
男人们带着他们躲进荒野的雪山，
没有想到我们今生却是有幸，
亲眼看到你们这些豪壮的男儿，
看到了真正能够救我们穷人的希望。"　　250

然而行军在这荒野的雪域高原，
勇士们很少找到藏民留在家中。
被敌人欺骗的藏民经常袭击红军，
使许多年轻的生命倒在荒野大地，
滚烫的鲜血将远离故乡的泥土染红。　　255

恶劣的境遇使许多勇士变得焦躁，
毛泽东的警卫陈昌奉心情也陷入烦闷。
这天偏偏不巧陈昌奉患了腹泻，
情急之中将粪便溅到战友身上，
于是两个人破口大骂争吵起来，
正当急躁的警卫们掀起重重声浪，
毛泽东大步走了过来这样说道：
"看看你们两个像个什么样子，
生死与共的战友间有什么可以怨恨！
我们从江西出发时有那么多亲密战友，

如今很多人已经牺牲在长长的征途，
你们这样争吵难道真的值得吗？
难道这样对得起死去的战友千千万？"
有翼飞翔的话语让警卫员们惭愧万分，
陈昌奉主动提出帮战友清洗裤子，
那个年轻警卫惭愧地说什么也不让，
于是两个人一起动手拾掇干净，
273　继续共同踏上了征途无悔无怨。

彭德怀率领的三军团行军在一军团之后，
他们此时也已经翻越了昌德雪山①。
红色勇士们对道路地形既不熟悉，
也很少有当地向导随同带路指引；
他们只能凭着简陋的军用地图，
279　艰难迂回地穿行于雪山和荒原之间。

攻城伐地的三军团很快行至黑水，
他们负责维护着黑水一带的交通，
以保证四方面军主力前来共图松潘。
彭德怀亲率十一团从黑水、芦花出发，
284　翻山越岭于四天之后逼近了维古村。

维古距离石雕楼尚有九十里路途，
十一团预期在那里与四方面军主力回合。
与此同时心志豪壮的徐向前总指挥，
正率领着四方面军主力沿着黑水河西行，
289　黑水河沿岸一时变得人马杂沓。

维古是一个背靠大山的临河小村庄，
蜿蜒的维古河大致由西南流向东北，
穿越过山谷汇入波浪汹涌的黑水河。
十一团捷足的尖兵们首先进占村庄，
发现维古河的木桥早已被敌人破坏；
捷足的红色尖兵们在河边踟蹰徘徊，
忽然远远望见河对面有背枪的士兵，
举着鲜艳的红旗在风中猎猎飘扬，

① 昌德（仓德）雪山是一个小雪山群，和打鼓雪山群紧
挨在一起，加之红军在翻越这两座雪山时，由于很多
人马来回穿梭，因此在许多日记和回忆录中，记录和
回忆翻越昌德雪山和打鼓雪山的先后顺序有所出入。

十一团捷足的尖兵们不禁心中欢喜，
隐隐约约又听到那群士兵唱着歌。　299

渐渐对岸几面红旗越来越近，
白色的镰刀锤头开始变得清晰。
对岸人们的眉目慢慢显露出来，
蓝布的军服也仿佛跃然跳出石壁。　303

河水两边的战士都发现了对岸的战友，
于是一个个张大口冲着对方呼唤。
可是滔滔的维古河水翻卷着浪花，
发出巨大响声回荡在悠长的峡谷，
完全将战士的呼喊阻隔在河水的两岸。
两边的战士只能见到对方张大口，
可是所有的呼喊都如不响的炮弹。　310

机敏的十一团战士取出白纸一张，
写上简短的话语包在了石头之上。
此时队伍中走出一位豪迈的勇士，
宽广厚实的胸膛显出躯体的强壮。
勇士沉着地拿起包着信纸的石头，
轰然大呼一声爆发出惊人的膂力，
只见那信包从勇士手中急速飞出，
在空中画出一道精妙绝伦的曲线，
犹如一只疾飞的山鹰掠过了水浪。
河对岸的战士捡起信包看了短信，
照样写了短信由一个勇士来掷抛，
两岸的勇士就是这样子彼此通话，
知道了各自的后续部队正在赶来，
于是约好次日至以念②地区会合，
然后协同作战将新的局面开创。
同时两边各留下了战士架设悬桥，
希望能够尽快消除维古河的阻障。　327

豪迈勇壮的彭德怀亲率十一团一部，
沿着维古河向西往上游的以念行军。
他们听说在那里还有一座悬桥，
于是连夜迈开捷足穿行在山谷，

② "以念"也叫作"亦念"。

犹如猛虎夜行卷起一路的风云。
当玫瑰色的黎明降临养育众生的大地，
勇士们已走过四十里山路绕过了高山，
犹如神兵出现在维古河岸边的以念；
然而勇士们发现已没有可用的悬桥，
原有的上下两条绳桥一条被割断，
剩下的一条也已沉没在滔滔流水，
横在眼前的是比维古还宽的河面；
勇士们不禁心中感到有些懊恼，
341　失望地看着激流飞溅起浪花纷纷。

当太阳刚刚移过天顶正中的时候，
对岸来了红四方面军主力的一部，
两岸的战士于是彼此将对方呼唤。
可是滔滔的河水依旧翻卷起浪花，
掀起震地巨响激荡在悠长的峡谷，
完全将战士的呼喊阻隔在河水的两岸。
两边的战士只能见到对方张大口，
349　可是所有的呼喊都如不响的炮弹。

红色勇士们于是采用在维古的联络法，
351　用写字的纸条包着石头往对岸抛掷。

十一团战士照旧取出了白纸一张，
写上询问的话语包在了石头之上。
此时队伍中走出那位豪迈的勇士，
宽广厚实的胸膛显出躯体的强壮。
勇士沉着地拿起包着信纸的石头，
轰然大呼一声爆发出惊人的膂力，
只见那信包从勇士手中急速飞出，
在空中画出一道精妙绝伦的曲线，
360　犹如一只疾飞的山鹰掠过了水浪。

河对岸的战士捡起信包看了短信，
照样写了短信由一个勇士来掷抛，
他们的队中也走出一位豪迈勇士，
同样宽广，同样脸膛发亮。
那勇士拿起包纸的石头走到河边，
轰然大呼一声爆发出惊人的膂力；
只见那信包从他的手中急速飞出，

在空中画出一道精妙绝伦的曲线，
犹如一只疾飞的山鹰在河面飞掠，
可是这次山鹰在半空变成了鸬鹚，
一下子钻入河面隐没在滚滚水浪。
浪花在宽阔的河面咆哮着发出巨响，
仿佛在叫嚣："还有哪个更有力量！"　373

那个失望的勇士重新又试了几次，
其他几个勇士也站出来尝试再三。
可十多分钟过去了依然无法成功，
勇士们只能看着河水无比地遗憾。　377

这时对岸的队伍中站出一个人来，
那是一个为红军带路的藏族勇士。
年轻勇士憨厚的脸庞黝黑发亮，
仿佛岩石在紫外线下伫立了几个世纪。
他的一边臂膀和胸部裸露在外边，
破旧的藏袍裹着健壮伟岸的躯干；
胫骨强健的双腿沉着平稳地迈开，
犹如藏羚羊悠闲地在雪原迈动着步履。
心志豪壮的藏族勇士站到了河边，
犹如一尊古铜色的小铁塔傲然地耸峙。　387

神样的藏族勇士沉稳地拿起信包，
轰然大呼一声爆发出惊人的膂力；
只见那信包从勇士手中急速飞出，
在空中画出一道精妙绝伦的曲线，
犹如一只疾飞的山鹰掠过了水浪。
十一团的战士捡起信包展开纸条，
只见纸条上写着这样的几个文字：
"我是徐向前，已率红四方面军到达。"
心志豪壮的彭德怀看了心中大喜，
找了纸条飞快将简单的言语写上：
"我是三军团之一部，在此迎接你们。"
然后他署上自己的名字包好了石头，
将信包在那个擅投的勇士手中摆放。
两岸的勇士们就是这样子彼此通话，
他们准备重新拉起铁索的悬桥，
通过眼前这条滚滚河流的阻障。　403

红四方面军的战士拿来一个筐子，
他们刚刚从河岸的树林中将它找到。
筐子是用细小柔软的树藤编成，
407 显然是为了用来渡人才这样打造。

于是两岸的勇士扯出水中的铁索，
把铁索两端牢牢固定在两岸的岩石上。
接着他们把筐子用铁钩钩上铁索，
对岸一勇士首先坐入悬空的筐子，
412 由后面人一推便往对岸忽忽地飞荡。

当悬空的筐子载着勇士一到岸边，
那个勇士便倏然跃出了晃悠悠的大筐。
心志豪壮的彭德怀仔细定睛一看，
认出来人是威震敌胆的总指挥徐向前；
于是军团长彭德怀豪迈地哈哈大笑，
对着总指挥说出有翼的话语飞扬：
"总指挥，想不到你还有这种渡河的本领，
真如猛虎插翅能在天空飞翔。"
威震敌胆的总指挥徐向前这样回答：
"哈哈，我这也是大姑娘坐轿子头一回。"
说罢两个将军相拥昂首大笑，
424 豪迈的笑声仿佛盖过了咆哮的沧浪。

于是四方面军的战士就这样坐在筐内，
从河对岸一个又一个飞荡过激流。
那个载人的大筐子也是忙个不停，
428 一直悬挂在铁索上来回晃晃悠悠。

过了两天，维古的木桥也重新架好。
四方面军的队伍就这样一队接着一队，
连续不断地渡到西岸与一方面军会合，
432 山谷间到处可见快乐挥舞的红军帽。

数万红军就这样进军黑水一带，
千军万马纷纷在高山峡谷间经过。
在这片山高林密的川西北山地高原，
从山脚到山坡犹如从温带进入寒带，
鳞皮冷杉、紫果云杉等断续分布，
在更高的山坡，高山草甸延向雪峰；

红色勇士们在葱郁的林中行军和驻扎，
周围的冷杉林挂满了黄松萝和浅绿的长松萝。 440

现在，筹粮成了红军的第一件大事，
为了筹粮红军专门成立了委员会。
此时红军先头部队已到了毛尔盖，
在毛尔盖和芦花都有筹粮委员会设立；
设在芦花的筹粮委员会任务艰巨，
他们要负责收集六十万斤粮食，
以备战士们吃用，或者随军携带。 447

这天贾拓夫① 奉命从芦花出发去筹粮，
他带着一个班前往东边的瓦布梁子；
捷足的红色勇士就这样沿黑水东下，
一路行走在那悬崖绝壁之间的河谷。
一天之后的黄昏他们先到了以念，
贾拓夫见到彭德怀不觉心中高兴，
于是畅谈到半夜，彼此推心置腹。 454

当玫瑰色的黎明再次降临荒野的高原，
贾拓夫告别了彭德怀又循着黑水前进，
行不多时见到四方面军正在渡河，
"绳桥"之上有人正坐在篮筐中飞渡。
一根长长的铁绳横贯在大河两岸，
铁绳上悬挂着一个筐子晃晃悠悠，
筐子两边各系着一根长长的细绳，
两岸的战士们一边放绳，一边抽拉，
绳拉一下，筐进一节，节节地推进，
"绳桥"之下河水万马奔腾般咆哮，
浪花扑打在岩石上发出了巨声恐怖。
筹粮队的勇士们从未见过这种绳桥，
不禁呆呆看了许久停住了脚步。 467

---

① 贾拓夫（1912—1967），陕西人。1934 年当选为中华苏维埃共和国中央候补执行委员。时任中央党校白区班主任等职。1935 年 9 月 27 日在榜罗镇列席政治局会议。中央红军与陕北红军会师后，和陆定一合作创作了《长征歌》。新中国成立后任西北局常委兼职工运动委员会书记、政务院财经委员会副主任、国家计委副主任、轻工业部部长等职。

筹粮的勇士很快又迈开捷足急进，
跑过崎岖的山坡，翻过高耸的山岭，
跨过淙淙的山涧，穿过深深的林莽，
从白日走到夜神张开巨大的翅膀，
翅膀黑色如墨缀满璀璨的星辰，
星辰点点星星闪烁灿烂的光芒。
这天夜晚他们宿营在四军政治部，
每人吃了一碗鲜美无比的牛肉面，
476　满足了凡人渴望美味佳肴的肚肠。

第三天筹粮的勇士离开维古东行，
行不多久离开黑水河转向了南面。
他们爬上了高约二三十里的大山，
山腰上林木遮天，寒风扑面如箭。
于是骑马的战士不得不下马步行，
482　一路上子弹不离枪膛唯恐有变。

筹粮的勇士很快登上宽阔的山脊，
继续又逶迤走了大约三十余里路，
到达了瓦布梁子那片高高的山岭。
心志豪壮的勇士们站在山顶四望，
但见黑水河如银穿过北边的山谷，
群山纵横间黄绿的田野错杂分布，
山野田畴上缓缓移动着巨大云影。
心志豪壮的勇士们肃然立于山头，
491　惊叹于天地造化奇伟壮丽的风景。

瓦布梁子周围分布着十几个村庄，
数百户藏民在这深山谷地间居住。
如果大雕从天穹俯瞰宽广大地，
它将发现许多方形长方形的"小盒"，
496　那是藏民的石头房屋在田间散布。

这里土地肥沃有较为富庶的住民，
大麦、小麦和荞麦种植在肥沃的田地，
勤劳的藏民也将牛羊放养在山野；
这里的土地也盛产芋头、萝卜等蔬菜，
充足的日晒也使该地出产白盐。
因为该地距离汉地比较接近，
所以能通汉话的藏民为数颇多，

也有汉民居住在和藏民相邻的屋檐。　504

四方面军一部经杂谷脑进入芦花的时候，
曾经路过瓦布梁子一路行进。
当时这里的藏民被可怕的谣言恐吓，
避入隐秘的林莽，藏于深山万仞。　508

筹粮的勇士很快找来一个通司，
通司绰号叫作"七十三"，游历过成都，
也算是见多识广，走过旅程长长。
红色的儿郎们告诉这个多智的通司，
英勇的红军是广大人民自己的队伍，
为了解放人民捍卫国家的独立，
英勇的红军不畏牺牲征战远方。
多智的通司于是走遍周围的山林，
四处向藏民说出有翼的话语飞翔。
许多淳朴的藏民听了飞翔的话语，
心中感到欢喜，纷纷返回到村庄。　519

他们请通司帮忙向着红军说道：
"原来你们都是这样好的儿郎呀，
先前的谣言把你们说成吃小孩的魔鬼，
哄得我们的妇女娃娃个个都怕，
男人们带着他们躲进荒野的雪山，
没有想到我们今生却是有幸，
亲眼看到你们这些豪壮的儿郎，
看到了真正能够救我们穷人的希望。"　527

红色儿郎们听了感到心中高兴，
给回来的藏民每家田里插上保证牌，
责令一切部队不得任意侵犯。　530

心志豪壮的战士们又召集藏民开会，
说出飞翔的话语揭露军阀的罪恶，
告诉他们红军是人民自己的队伍，
为了解放穷人捍卫国家的独立，
英勇的红军不畏牺牲征战远方。
多智的通司将红军飞翔的话语翻译，
越来越多的藏民回到了自己的村庄，
许多豪壮的藏民勇士还喜欢上红军，

经常跑来找红色的儿郎们问短问长。
手巧的藏族姑娘也倾慕勇敢的战士，
有的送来自制的食物情谊殷殷，
542　有的帮忙修补破旧的鞋子和军装。

红色的战士还号召藏民反抗压迫，
成立了藏民自己的人民革命政府。
许多年轻的藏民勇士还提出要求，
希望加入光荣的红军眉扬气吐。
一时之间瓦布梁子红旗遍地，
548　映着藏民淳朴的脸庞猎猎飞舞。

村里有些是平时藏民痛恨的恶霸，
红色勇士没收了这些恶霸的粮食，
又发动藏民去割恶霸田里的稞麦，
藏民留下了一半，红军买下另一半。
许多豪壮的藏民勇士加入割麦队，
554　为了帮助红军不辞辛劳地流着汗。

勇士们不到半月就完成了筹粮计划，
同时还在三个地方将食盐熬制，
虽然每天只能熬制出食盐五六斤，
558　却使很多部队未断过盐的滋味。

为了给前方部队不断输送去粮食，
红色的勇士动员藏民组成了运粮队。
许多心志豪壮的藏民踊跃报名，
很快组成了人数过百的运粮队伍，
运粮队中有男有女、有老也有少，
很多藏民全家都赶来帮助运粮，
扛起粮包在一个个坚实或羸弱的后背。
他们个个热情积极，不辞劳苦，
567　不计报酬还自将充饥的糌粑携带。

当红色勇士们将要离开瓦布梁子时，
许多藏民不愿意这些儿郎离去，
有的藏民拿着酒壶赶来送行，
拉着红色的儿郎说出话语飞翔：
"你们真好，为什么这么快就要远离？
你们走了，我们不晓得将来怎样；

不过我们也算前世修来了福分，
能亲眼看到你们这些豪壮的儿郎，
看到了真正能够救我们穷人的希望。"
红色勇士们含着热泪和藏民们告别，
走出好远还看见有藏民站在山头，
高高擎着红旗依恋地将红军远望。　　　　579

七月十日，毛泽东跟随着军委纵队，
穿过了马塘、马河坝来到黑水附近。
打鼓雪山山麓的积雪在夏季融化，
从西北方向形成黑水冰冷的溪流，
黑水滚滚咆哮往东南汇入了岷江，
一路上犹如锯刀切割出山岭高峻。　　　　585

毛泽东和他的伙伴们继续往毛儿盖前行，
一路上不时停下来收割田野中的青稞。　　587

士兵的统帅朱德收割时总是打头阵，
手中的镰刀熟练地飞动割下稞麦，
不比任何年轻力壮的战士逊色。
他的妻子康克清也是毫不示弱，
挥舞着镰刀忙碌在英雄丈夫的身侧。
当朱德将四五十斤的粮食挑上肩头时，
他这样和一旁的年轻战士快乐地说笑：
"我这个红军的老总可不比你们落后，
照样挑得动粮食，一点也不吃白食。
哈哈，瞧你们几个小伙子挑不动担子，
还算什么年轻人又怎么出力报国。"
旁边几个年轻的战士羞愧地傻笑，
振作起精神挑着担子把腰背挺直。　　　　600

英勇的红色干部团这天由仓德① 出发，
向着海拔约五千公尺的高山爬去。
近来短缺的给养疲弱了战士的身躯，
一个个手脚松软不听从心灵的驾驭。
心志豪壮的勇士们身体已变得干瘦，
本已瘦削的脸颊也变得更加尖小，
黑色的眸子虽然依然闪亮着光芒，

───────────
① "仓德"即今"昌德"。

608 眼睛却已都深深躲入眼眶的深处。

虽然这时正好是一年中最热的夏季，
可是打鼓山上的寒风依旧猛烈。
干部团的勇士们已经穿上所有衣服，
却仍然挡不住寒风铺天盖地的凛冽。
寒风犹如无数条彼此厮打的蟠龙，
在冰山与天空之间翻滚、呼啸和呜咽。
那寒风又如无数隐形的怪物逞狂，

616 不断向红色勇士们喷吐着无形的冰舌。

打鼓山上的空气是变得越来稀薄，
红色勇士们一步一步往山上爬行。
每一次呼吸都仿佛在和虚空争夺，

620 争夺那一点可怜的氧气将肺部充盈。

生命仿佛与每个人的躯体若即若离，
随时可能听从死亡诱惑的召唤。
"是啊，听说过了这山就是打鼓，
那里有麦子，有救命的粮食如黄金璀璨!"
许多红色勇士正在这样想着，
身体便已经不知不觉地扑倒山坡，

627 生命的力量于是在冰雪中迅速消散。

若真有神仙的国度俯视凡人的世界，
勇士们定然正翻越那冰雪雕砌的围墙。
干部团的勇士就是这样将打鼓山攀登，

631 有许多战士埋骨在这片冰雪的他乡。

这片令人敬畏的打鼓山呀，静立于天地间，
在短短几天之内将许多战士埋葬。
从远处看那白皑皑的山坡似乎平缓，
积雪的山顶仿佛真的咫尺在望。
山脚的海拔给人造成高度的错觉，
很多豪勇的战士没有想到会死，

638 却永远倒下了，淹没于山上风雪的波浪。

莫文骅一路跟着队伍上山行去，
见到许多战士已经冻死在雪中，
勇士们将死去的战友用白雪匆匆掩盖，

继续将冰雪铸造的命运勇敢相迎。
一个又一个体弱的或有伤的年轻战士，
走着走着便一头栽倒无法起来，
旁边的战友将他们艰难扶起于雪地，
却发现他们已在怀中停止了呼吸；
还有的战士彼此搀扶着往上攀登，
不知不觉中身旁的一个便僵住了脚步，
再也听不到耳边战友呼唤的声音。
山顶空气稀薄令勇士们浑身无力，
有人稍稍停留便摔倒于无声无息；
很多战士犹如炮弹一样滑下，
有人摔断了骨头，有人消失在悬崖；
炊事员为了给战士将御寒的热汤烧制，
坚持停留在空气稀薄的寒冷山巅，
许多炊事员在把热汤递给别人时，
自己却无声倒下了再也没有醒来；
有的战士因只穿草鞋冻伤了双脚，
还有的战士在冰天雪地患了雪盲。
勇士们眼花了，头晕了，脸白了，嘴唇黑紫了，
许多战士眼睁睁看着战友倒下，
却无力将他扶起与可怕的命运抗争。 662

这片令人敬畏的打鼓山呀，静立于天地间，
将多少年轻勇敢的勇士悄然埋葬。
很多豪勇的战士没有想到会死，
却永远倒下了，淹没于山上风雪的波浪。 666

若真有神仙的国度俯视凡人的世界，
勇士们定然正翻越那冰雪雕砌的围墙。
干部团的勇士就是这样将打鼓山征服，
有许多战士埋骨在这片冰雪的他乡。 670

红色铁流就是这样在死亡中前进，
异常缓慢地爬上积雪千年的山顶。
山顶除了坚冰白雪与乌云静对，
其他什么也没有犹如广寒宫般寂冷；
勇士们开始下山走在山路盘旋，
增多的氧气使呼吸慢慢变得顺畅，
力量重新注入勇士们的肌肉与胫骨，
勇士们犹如渐渐从酩酊大醉中清醒。 678

勇士们翻过雪山后到达打鼓附近，
心中对粮食的满腔期盼却顿时落空。
打鼓的满山遍野只有麦子青青，
却是看不见一粒金黄闪烁其中。
大风吹过卷起青色的麦浪重重，
684　犹如大海的波涛荡漾于水雾蒙蒙。

然而勇士们并非游山玩水的旅人，
而是希望能看到麦黄得到粮食。
早到的友军告诉刚来的干部团勇士，
前面的部队早就割完了成熟的麦子，
而且民屋内也再找不到粮食藏匿。
如今这些之前到达的红色勇士们，
自己也数麦而炊，被可怕的饥饿威逼。
干部团的战士原本以为打鼓麦熟，
693　听了说告不禁个个失望已极。

于是牢骚声在失望的队伍中嘈杂而起，
许多性子急躁的勇士这样说道：
"前面的部队怎么能够如此无情，
粮食已被吃光让我们如何能坚持。"
有翼的话语在队伍中就这样四处飞翔，
699　激起喧嚣声一圈一圈如涟漪跟随。

许多心志豪壮的勇士听到议论，
大声说出这样有翼飞翔的话语：
"在冰天雪地中缺食少粮没什么意外，
所谓有粮食一定也是非常有限，
我们怎能如此抱怨前边的战友，
他们都和我们一样是肉胎凡人，
都需要用那食物来满足肚肠的欲望。
我们是中国共产党领导的英勇红军，
是人民自己的队伍为自由征战远方，
我们从江西出发已闯过了千难万险，
很多人已经牺牲在那长长的征途，
如今我们又怎能这般胡乱地抱怨，
难道这样对得起死去的战友千千万！
难道我们就不能用意志将困难抵抗？
714　难道无谓的抱怨也能算勇士的豪壮？"

那些性子急躁发出抱怨的勇士，
听了飞翔的话语个个羞愧难当。
于是他们说出这样有翼的话语：
"飞翔的话语让我们感到无地自容，
我们怎能忘记自己是英勇的红军，
现在让我们赶紧去找老乡们回家，
不能让谣言这样将他们骗离村庄。
让我们现在就去山上寻找些野菜，
它们将帮助我们对付饥饿的肚肠。"　　723

干部团的指挥员们听了建议心中欢喜，
于是下令各营各连分别行动，
前往附近的山野去寻找野菜摘采。　　726

当金色黄昏降临宽广高原的时候，
勇士们就用野豆苗、野芹菜做成晚饭，
用它们勉强填充凡人那辘辘的饥肠。　　729

莫文骅由于疲劳和饥饿沉沉睡去，
傍晚时分被勤务员从睡梦之中叫醒。
在他面前摆了一碗青黑色的野菜，
整碗野菜里面看不见一点油星。
他看着每个人吃时都是皱着眉头，
知道晚饭的滋味恐怕并不很妙，
于是将碗拿起慢慢地夹了一口，
不觉心中作呕几乎难以下咽，
野菜除了腥气竟没有一点香馨。　　738

勇士们就是这样吃着野豆苗、野芹菜，
晚上在宽旷的高原与星辰之间宿营。
沉寂在冰雪之中的山岭千里逶迤，
寂冷萧然几乎听不到一声虫鸣。　　742

红色干部团在打鼓宿营驻扎了几天，
在一个玫瑰色的黎明出发前往沙窝。
他们出了中打鼓的村子往北而行，
迎面又是一座荒无人烟的雪山，
勇士们看到在山前立着一块木牌，
木牌上写着"上午九时后，不准前进"，
显然这雪山需整整一天才能经过。　　749

红色勇士们看到木牌心中明白，
前面的雪山又将险恶的杀机暗藏。
然而他们已经征服了狂暴的夹金山，
如今自然不会将前面的凶险畏惧，
他们怀着巨大的勇气向雪山爬去，
彼此笑着说出有翼的话语飞扬：
"记得过夹金山时百姓曾经向我们提醒，
雪山在千万年前就已经耸然伫立，
都是不朽的神灵插下的锐利长枪。
雪山山顶终年积雪亘古不化，
只因神灵要将他的秘密收藏；
或者是那神灵不想凡人打搅，
只想寂静安然来将人间张望。
每当太阳落下东方，月光来笼罩，
山顶的统治者是寒冷残酷的冰雪之神，
这些冷酷的神灵舞动冰刀雪剑，
带给所有活的生命冰冷的死亡。
巍峨的雪山在夜里生灵无法逾越，
即使翅膀强健的鸟儿也不敢飞翔。
就让我们鼓足勇气迈开捷足，
前去拜访不朽的神灵居住的地方。
如果这世上真有什么神仙灵怪，
但愿他们不会暴怒在白雪的厅堂。
哈哈，看那雪山上升起的云烟飘渺，
据说是神仙在白银的厅堂点起柴桑。
他们在自己的国度俯视凡人的世界，
嬉笑着将各种惩罚凡人的办法相商。
他们想偷偷享受神仙不朽的乐趣，
778　而我们却是偏要去翻越他冰雪的围墙。"

红色勇士们就是这样往山上行去，
犹如一队灰色的蜗牛越爬越慢。
爬到距离山顶还有二十里的时候，
稀薄的空气开始夺取勇士们的生命，
云雾一团一团地飘过积雪的山坡，
寂冷的雪山顿时变得如梦如幻。
犹如一个风华绝代的冷傲仙女，
786　冷酷地带给许多生命巨大的祸患。

意志坚强的红色勇士们穿越云团，

慢慢登上冰雪闪亮的蜿蜒的山脊。
红色太阳在碧蓝的天穹寂然高悬，
冷冷的光芒照在千年积雪的峰顶，
犹如天地间巨大的碧玉寒光熠熠。　　791

红色勇士们没有心情留恋风景，
很快从千年积雪的峰顶往山下奔走。
陈赓带着宋任穷、毕士梯、莫文骅等人，
下到一个低矮的山头坐下休息，
周士第、萧劲光等人也随后来到山头，
于是几个豪壮的勇士就这样聚首。
萧劲光笑着提议大伙一起吃"冰激凌"，
赞成的声音顿时犹如春雷炸起，
众人纷纷哄闹着又鼓掌又是举手。　　800

红色英雄们于是个个取出漱口杯，
争先恐后地向雪堆之下深深挖去。
李一氓突然兴奋地大声笑着叫道：
"谁有糖精，赶快拿出让大家共享，
白雪要变冰激凌可少不了糖精来相助。"　　805

毕士梯乐呵呵地从怀中取出胃锁药瓶子，
郭化若跟着拿出清道丸瓶子一个，
萧劲光也小心翼翼摸出一个小纸包，
众人就这样制作起天下最奇特的冰激凌。
周士第从漱口杯中抓出一块白雪，
咂着嘴得意扬扬地这样大声说道：
"我这杯冰激凌可比南京路冠生园的还美，
尝上一口犹如神仙将云雾驾乘。"
豪迈率直的陈赓丝毫也不示弱，
仰着脑袋吃了口自己调制的白雪，
闭上眼睛万分陶醉地悠悠然说道：
"喂喂喂！我的更美，是纯正安乐园口味，
尝上一口舌尖芳香涌起层层。"
周士第于是笑着这样将陈赓回敬：
"安乐园究竟暗中给你多少宣传费，
令你如此这般天花乱坠地奉承？"
陈赓哈哈一笑瞪着眼这样说道：
"听说冠生园的广告费每年也花的不少，
不知何时雪山顶上也会有霓虹灯。"

心志豪壮的勇士们就这样闹哄哄说笑，
826　热情仿佛可以融化千年的寒冰。

此前红军先头部队早已到毛儿盖，
很快和驻守该地区的敌人发生遭遇。
红军的尖兵二师四团捷足挺进，
830　攻克哈龙扼守了松潘援军的来路。

毛儿盖地区是一片平坦开阔的高原，
一条毛儿盖河由北向南滔滔奔流。
周围的大山和雪山相比异常矮小，
834　平地和山坡上到处是稞麦穗浪悠悠。

毛儿盖村内居住着藏民数百户人家，
房子大多用石头砌成屋顶平平。
祈祷用的白幡悬挂在农舍的四周，
村口的路旁立着几个守护神像，
839　狰狞地站立着降魔驱贼，令人心惊。

在毛儿盖西边百里的地方就是松潘，
再向西两百里便是红军要去的甘肃。
目标有时看起来似乎近在咫尺，
843　却往往犹如夜空的星辰难以追逐。

红军已经来到接近天空的土地，
置身于一片荒芜神秘的大草地的边缘，
在毛儿盖的周围，山岭大河错杂分布，
四处都是滚滚大河的发源地和分水岭。
雪山梁巍峨耸立于松潘东面四十里处，
雨水和雪水从山梁的西坡流入岷江，
沿岷江南下就是肥沃的成都平原，
东坡的流水则形成涪江滔滔东去，
这里扼守着东进平武、广元的脖颈。
在松潘东北面六十里是弓杠岭巍峨的山脊，
包座河从山脊发源滚滚流向北方，
沿河而下很快可领略甘南的风景。
在毛儿盖和松潘之间还有高广的尕里台，
岷江和黄河的分水岭就在这里耸立，
在这片高广山岭的两面，是黄河和岷江，
859　犹如野马一般在各自的领地驰骋。

汹涌的黄河发源在青海西部的高山，
在青海与四川交界之处拐了个大弯，
白河、黑河在尕里台西部穿越大草地，
就在黄河的大弯处带来各自的浪涛。
黄河就是这样奔流在世界的屋脊，
接纳着来自崇山峻岭的江河与溪流，
然后曲折蜿蜒地继续一路奔涌，
穿越宽广的黄土高坡流向平原，
犹如一条巨龙腾跃在中国北部，
常常在辽阔的土地上掀起洪水滔滔。
是啊，这片高广伟大的世界屋脊，
孕育了长江、黄河和无数的大小河流，
如今英勇的红军走过半个中国，
正从长江流域跨入黄河流域，
874　一路上从来没有畏惧水恶与山高。

红军早已意识到松潘的战略价值，
早在两河口就将攻占松潘来筹备。
然而由于张国焘的拖延贻误了战机，
红军捷足的先锋得不到后续的支援，
会攻松潘的战役最终不得不放弃。
如今在红色铁流营地的西面和北面，
881　荒野的草地是犹如巨大陷阱的绝地。

驻守松潘的守军原来人数不多，
指挥官胡宗南曾经这样暗自寻思：
"如果红军围攻松潘将我捉拿，
我想我应该可以寻求周恩来的保护。
他在黄埔军校时可是我的老师，
一定会念及师生情谊将我照顾。"
不过胡宗南现在已经不需要帮忙，
他的援兵很快赶来解除了困境，
张国焘想要向西、向南进军的意图，
891　无意中将他驻守的松潘城池稳固。

胡宗南旧日的老师周恩来正在病中，
自从翻过夹金山他就经常咳嗽，
尽管这位坚忍的战士自己不说，
警卫员们却都知道他已相当虚弱。
他颌下的胡须如今长得又密又长，

本已黑瘦的脸庞显得更加的瘦削。
他也经常不顾旁人苦心的劝告，
总是按习惯照常工作到凌晨两点，
并且常常不上床去睡个安稳好觉，
而是趴在桌上草草打个盹儿，
902　醒来又继续忙着千头万绪的工作。

翻过夹金山以来周恩来病情渐重，
体温一度上升到摄氏四十度以上，
死神已经悄悄徘徊在他的身旁。
毛泽东着急地派人去请傅连暲大夫，
但是傅连暲当时还在四方面军行医，
908　距离太远根本无法赶到当场。

于是毛泽东又赶紧派人去另请医生，
外号叫"戴胡子"的医生很快赶来相救，
把周恩来从死神手里重新拉回到人间。
然而周恩来仍然被持续高烧困扰，
于是战士们轮番从山上取来冰雪，
914　帮助这个坚忍的战士闯过鬼门关。

周恩来的妻子邓颖超陪伴在他的身旁，
此时她自己的身体也是相当虚弱，
看着丈夫在病床上一天比一天消瘦，
自己却无能为力，不禁心如刀绞。
然而坚强的战士心中意志坚定，
920　终于慢慢恢复摆脱了病魔的魔爪。

周恩来的这场大病从七月持续到九月初，
922　他未能出席八月二十日的毛儿盖会议。

病中的周恩来在担架上随着部队北进，
毛泽东将照顾周恩来的任务给了三军团。
当时三军团一共只剩下八门迫击炮，
由一百六十多位战士轮流拖拉，
攻城伐地的彭德怀下令扔掉两门炮，
腾出了四十名战士轮流抬那担架，
这些战士由干部团的陈赓亲自领导，
930　他们一路看护，确保着周恩来的平安。

周恩来昏昏沉沉在那担架上醒来，
看到身旁的陈赓焦急地将他守护，
于是笑着说出有翼的话语飞翔：
"陈赓呀，你在孙先生初战广东军阀时，
救了蒋介石，现在要救我的命了。"　　935

陈赓见到周恩来醒来心中欢喜，
于是用这样有翼飞翔的话语回答：
"哈哈，您还记得我的英雄往事呀，
那时蒋介石一师人马被军阀击溃，
面对军阀的部队步步进逼围困，
蒋介石情急中就想扣动扳机自杀，
枪膛里随时可能射出致命的子弹。
我当时二话不说背起他脱离险境，
没想到今天他把我们如此地威逼，
不过周副主席请您安心养病，
有我陈赓在，就一定保您一路平安。"　　946

周恩来和陈赓就这样说笑着前进，
一个躺在担架上，一个走在担架旁。
红军不断缓缓向着毛儿盖会聚，
然而情势一天比一天变得紧张。
张国焘一直企图带红军西进青海，
希望在不毛之地统兵独占一方。
雄才大略的毛泽东却是坚决反对，
认为那里不仅缺乏足够的粮食，
也无法将兵源补充以保证士气的高昂。
毛泽东认为往西红军无处立足，
全军迟早将会遭受可怕的灭亡。
正当红军内部争论进军的战略时，
胡宗南已经统领重兵加紧布防。
敌人密布于镇江关、漳腊、包座一线，
与东面北面形成了千里的防线长长。　　961

八月四日至六日红军在沙窝开会，
沙窝位于毛儿盖以南的群山之中。
这是一个典型的藏民居住的村寨，
四周高山上树木繁密郁郁葱葱；
清澈透亮的小溪从村寨中静静穿过，
一切依旧都在静谧的自然中休憩，

并没有感到红军内部正进行着争论，
意见碰撞着犹如巨浪咆哮的山洪。
会议进一步明确向北进攻的战略，
号召一、四方面军加强会合后的团结，
972　共同向着北方开展坚决的进攻。

沙窝会议后红军制定了新的计划，
决定分编成左右两路军向北进发，
北进后在班佑集结组织夏洮战役。
左右两路军由两个方面军混编而成，
由朱德担任总司令，刘伯承担任总参谋长，
负责统领部队将新的战局开辟。
最高司令部随左路军西经班佑北进，
右路军则朝北挺进班佑、岷县方向，
两军都需穿越茫茫的草地泽国，
才能实现进入甘肃南部的战略，
红军就是这样决定向北进军，
984　打算像两支长戟穿过敌人的缝隙。

按照两个方面军联合混编的计划，

红一方面军的五、九军团编入了左路军。
右路军也同样是两个方面军混编而成，
披坚执锐的一军团仍旧充当着先锋，
其后是攻城伐地、坚忍卓绝的三军团；
红四方面军的三十军和四军也分在右路，
他们同样都是英勇善战的雄师，
很快就会在包座掀起战斗的风云。
挺进班佑的右路军设立了前敌总指挥部，
由心志豪壮的徐向前担任了总指挥统领，
参谋长的重任交给了睿智多谋的叶剑英，
四方面军的陈昌浩担任右路军的政治委员；
毛泽东和重病之中的周恩来编入了右路军，
王稼祥、洛甫、博古和李德也分在此路，
朱德和刘伯承这次将不能随他们行动，
长征中共同战斗的伙伴即将分离，
却不知何时才能重聚共话欢欣。　　　1001

宽广的世界屋脊风云滚滚涌动，
茫茫的大草地之上，勇士们将继续远征。　1003

第三十三卷

筹粮待发

当红军领袖们在沙窝召开会议之时，
披坚执锐的一军团已向波罗子开拔。
红色英雄们的粮食正在日渐短缺，
为了准备开始新的艰苦征程，
5 他们需要足够的粮食将饥饿摆脱。

出发的那天寂寥的天穹昏暗阴沉，
八月的时节竟让人感到浑身发冷。
战士们由于最近几天没有吃盐，
双脚已经不能向快马那般驰骋。
他们艰难缓慢地翻过几座荒山，
来到一片人烟绝迹的草地边缘，
前方渺渺茫茫看不见前进道路，
13 除了他们自己再没有半个人影。

心志豪壮的勇士们走下荒野的山坡，
渐渐进入暗藏杀机的大草地边缘。
勇士们踩着草丛一步一步向前，
脚下的积水漫过脚掌混合了污泥，
犹如地下无数鬼怪伸出双手，
将所有经过草地的凡人可怕地纠缠。
队伍越走越慢渐渐失去了队形，
变成前前后后、三五成群地走着，
22 但是仍然坚定不移地勇猛向前。

他们随后顺着一条河沟直下，
不久进入一个阴森沉寂的密林。
密林之中树木的枝叶遮蔽了天空，
看不见什么动物也没有什么飞禽。
小小的一条道路随着溪流蜿蜒，
在那黑黢黢的恐怖密林中穿来插去，
29 队伍就仿佛行走在世界黑暗的中心。

黑夜渐渐地伸展巨大的黑色双翼，
把长河高山与那深深的林莽笼罩，
有许多年轻战士感到了睡意袭来，
走着走着便安息在野藤腐草的中间。
也有许多战士几日来忍受着饥饿，
辘辘饥肠终于放松了他们的膝盖，
生命气息偷偷游走出他们的咽喉，
他们无声无息扑倒在那征途弯弯。 37

意志坚忍的勇士们就这样穿行在密林，
摸黑向前又走了一二十里的路程。
当黑夜完全降临宽广的大地之时，
一军团的勇士到达了临时的宿营地卡英。 41

夜神照例展开巨大的黑翅膀，
黑色翅膀笼罩灿烂繁密的星辰，
勇士们就在大地与繁星之间宿营。
披坚执锐的一军团就是这样驻扎，
积蓄着力量准备将新的征途相迎。
当玫瑰色的黎明降临养育众生的大地，
沉睡的勇士们被嘹亮的军号从梦中唤醒。 48

白日的光芒为勇士注入勇气和力量，
他们继续迈着疲惫的步伐行进，
整整一天都走在辽远无边的原野上。
多粮富足的波罗子似乎只是个传说，
仿佛永远不愿让凡人看到模样。
在这片荒芜的土地上没有人可以询问，
不知道波罗子究竟还有多少路程，
但是战士们想到那里可能有粮食，
都把双脚坚定地迈向那目标的方向。 57

当第三个黎明降临养育众生的大地，

勇士们行军的沿途终于出现了村庄。
这些村庄有的坐落在平坦的原野，
有的坐落在坡度平缓的宽阔山冈。
勇士们欣喜地看到田野里作物丰饶，
鲜嫩的青菜、豆角、豌豆竟出现在近旁。
自懋功以来很久未曾看过的汉文，
竟然也出现在贴在门楹的对联之上，
勇士们万分兴奋地看着那些文字，
67　犹如回到了自己熟悉的遥远家乡。

在太阳刚刚移过天顶正中之时，
红色勇士们终于到达了波罗子地区。
这里位于两条大河的汇流之处，
三面大山上房屋分布得有密有疏，
犹如一幅精心布局的山水画图。
房屋都是盖成平顶的上下两层，
屋前屋后大多支着一些木架，
木架上挂着层层叠叠金黄的麦穗，
它们在战士的眼中胜过最璀璨的珍珠。
在那山麓与河边织锦一般的田野中，
78　菜蔬、玉蜀黍、麦子显示着大地的丰腴。

捷足的尖兵首先来到河边的一侧，
发现村里的居民迷惑于敌人的谣言，
早就已经跑得几乎一干二净。
由于找不到当地的村民进行交易，
勇士们只得留下等值的铜板或银圆，
或者将借取粮食的欠条书写留置，
85　然后收集起粮食，遵照统一的命令。

童小鹏跟着尖兵准备渡河到对岸，
可是河面的桥梁早已被破坏损毁。
红色尖兵们花费三天时间来架桥，
却竟然依然无法在水中立起桥桩，
最后只得决定徒涉前往对岸，
91　就靠双脚走过那迅猛奔流的河水。

河面并非很宽，也不是深不可测，
可是水流刚刚从那高峡流下，
94　正如脱缰野马不顾一切地狂奔。

河水轰鸣着滚滚向着西北向奔流，
太阳下青色的水流反闪着明亮的光芒，
犹如青色的蛟龙呼啸翻卷着远去，
鳞甲光辉闪耀，身躯震动起雷霆。
湍急的水流到处有大小旋涡密布，
暗藏险恶欲把生命带往幽冥。
如果凡人陷入怪兽一般的涡流，
肯定会被吞没或被撕成碎片，
满足怪兽那残忍的欲望充满血腥。　103

一队英勇的尖兵们首先向河中走去，
河水没上了他们的膝盖，不见步履。　105

后面的红军战士站在岸上观望，
瞪大了双眼屏住呼吸一片静默，
看着英勇的尖兵向对岸步步走去。
其中有三个勇士很快走到河心，
可是刹那间激流将三人全部掀翻，
三个勇士来不及呼喊便被吞没，
头颅和手臂在十几丈外露了两下，
就再也看不见他们一丝半点的踪影，
战友们眼睁睁看着却根本无力相助。　114

指挥员赶紧命令尖兵停止徒涉，
改用借助随队的骡子与马匹涉渡。
于是尖兵们拉出仅有的几匹骡马，
每只背上骑上两个，头上拴一个，
尾巴上再扯着两个一起向河心迈步。
红色尖兵们就是用这种办法渡河，
从午后一直不停直到昏晦的日暮。　121

童小鹏随着尖兵一起渡河到对岸，
后面的队伍则留在河流那边宿营。
过河的人中没有一个炊事班的战士，
所以他们只得自己挑水、煮饭，
闹哄哄一直忙到星辰在天宇飞行。　126

当次日玫瑰色的黎明降临大地的时候，
司令部给一军团传来了紧急筹粮的命令。
命令要求每个人准备三十斤麦子，

130　并且要求打点好行装随时待命。

尖兵们知道马上就会有新的行动，
于是纷纷争先恐后地奔向麦场。
红色的英雄们如今放下手中的钢枪，
134　又为曾经熟悉的农活流汗奔忙。

他们有的割麦，有的负责打筛，
还有的就把割下的麦子耙开来晾晒。
有些麦子还是青青的不曾成熟，
但是战士们已经不可能再等上半个月，
他们只能将那已饱硬的麦穗割取，
然后放在火上小心翼翼地焙焦，
接着经过一番耐心地磨搓簸扬，
最后方才可以得到一堆青稞麦，
混杂着麦秆、糠秕，能吃就算没失败。
这样的青稞麦和水煮一煮就可以入肚，
145　吃起来满口芒刺，味道也是有点怪。

战士们烘焙麦子开始时并不熟练，
常常火候不到麦粒难以采下，
有时又将麦子焙老令麦粒枯焦。
慢慢地巧手的战士们很快焙出了学问，
就是采麦也揣摩了一套高明的技巧，
他们知道了用力少，麦粒就很难脱，
用力大了，麦粒采扁浆子流出，
剩下的就只有一点糠秕入肚难消。
由于有着这样一些操作的麻烦，
战士们每人尽力忙碌整整一天，
也只能得到含糠的青稞麦子一两斤，
157　豪壮的勇士却因整日忙碌累弯了腰。

为了准备过草地筹备足够的粮食，
红色勇士们每天就这样艰苦地忙碌。
他们粗壮的两手忙着抽麦穗和烘焙，
整天都是墨黑从来未曾干净过，
辛苦的劳作更易饥饿他们的肚肠，
于是采下的麦粒便成把往口里递送，
164　一张张脸膛很快染得乌黑满目。

这个时候糌粑或面坨坨都成了美味，
即使是没有糠芒没有糊焦气的老青稞，
得到一小撮也能够满足那饥饿的肚肠。
勇士们已经多日没有食盐和肉类，
于是牛皮便成了难得的稀有佳肴，
他们将牛皮放在烈火上燎去牛毛，
只等到牛皮烧得发焦而腥臭难当，
然后才将它投入锅中用猛火长炖，
经过整整一天直到它能够被咀嚼，
勇士们舍不得将炖好的牛皮马上吃掉，
小心将它晾干留作过草地的干粮。
藏民重达四五斤的破皮靴也被烹制，
和那炖好的牛皮一起做干粮收藏。　　177

即使这样粮食仍然难以筹足，
红色勇士们于是想尽一切办法，
四处寻找藏民离去时藏匿的粮食。
过去的经验告诉这些机敏的战士，
藏民常常把粮食秘密埋在窖中，
然后用各种办法将那些窖口堵塞。　　183

这天童小鹏被战友叫去一同找窖，
他们在波罗子的村庄中四处寻迹摸索，
房前房后忙碌地寻找了将近半天，
可是竟然没有一星半点的收获。
正当童小鹏失望地坐在一团牛粪边，
战友老曹突然在牛栏里兴奋地狂叫，
仿佛他已发现了什么金银与玉帛。
童小鹏于是点起火把进去查看，
果见牛栏中间有扇新砌的石墙，
石墙上面的泥巴露出刚抹的痕迹。
两个心志豪壮的勇士心中狂喜，
手忙脚乱地赶紧将那新墙拆开，
果然见到里面埋满了东西无数，
仿佛传说的百宝箱突然现形于今昔。　　197

勇士们走入隔墙清点藏匿的物品，
发现一共有六口巨大的灰铁圆锅，
圆锅内盛着小麦、大麦、玉蜀黍和豌豆。
其中一口大锅中闪耀着火焰般的红色，

竟是战士们久违的红辣椒在锅内满覆。
除了粮食，里面有其他器具物品，
204　有打猎用的马枪长刀，还有精美的藏绣。

两个勇士高兴地将各种粮食收集，
同时按照规定写下借粮的欠条，
心中这样说着有翼的话语飞扬：
"那些藏民等我们离开后回到村里，
一定会寻找他们曾经藏匿的食粮。
当他们见到自己的粮食已经尽空，
必会将怨恨充溢在他们的心房。
然而他们都已经被谣言迷惑逃跑，
我们无法和他们接近进行交易，
这些借来的粮食都要等着救命，
只能等到胜利的时候回来赔偿。
但愿藏族的兄弟能够把我们原谅，
因为我们为了人民要征战于远方。"
勇士们对着藏族同胞默默地诉说，
219　赶回营地准备为新的一天奔忙。

八月十七日玫瑰色的黎明刚刚降临，
杨成武突然接到军团首长的通知，
命令他火速骑马赶到毛儿盖开会，
223　直接从中央军委毛主席处领受任务。

四团的政治委员杨成武心情激动，
从毛主席那里当面接受战斗的任务，
是他自从参加红军以来的第一次。
这位心志豪壮的勇士心中清楚，
此次将要领受的任务非同寻常，
多日来他们一直在准备进入大草地。
杨成武于是骑上一匹灰色骏马，
带上机敏迅捷的骑兵侦察排十多骑。
他们高高扬起马鞭，抖动着缰绳，
纵马从驻地波罗子附近飞奔毛儿盖，
十几匹健壮的骏马像股呼啸的狂风，
235　贴着逶迤起伏的高原猛烈地疾吹。

群马忽儿奔上高高耸立的山坡，
忽儿驰下低矮凹陷的幽幽山谷，

杂沓的马蹄声犹如惊雷震地轰鸣，
吓得树林中草丛中动物纷纷惊惧。
胫骨强健的马儿就这样奔跑如飞，
在蹄下掀起云团一般的滚滚烟尘，
让勇敢骑士的心脏个个突突跳动，
让他们感到马儿的鬃毛往后飞扬，
顺着疾风流动，穿越了烟尘如雾。　244

杨成武到了毛儿盖后直趋毛主席的住处，
来到一座上下两层的藏民房屋，
毛泽东主席和周恩来副主席正在此居住。
房子是用木头搭建的普通藏民居所，
藏族人民用房子的底层圈养牲口，
楼上用来住人四处楼壁牢固。
在屋外杨成武碰到保卫局局长邓发，
邓发热情地引着杨成武向二楼迈步。　252

两人一前一后登上小木梯的楼板，
首先经过邓发住的中间的屋子，
这屋子正中有块大石上支着三脚架，
三脚架下面吊了个烧水煮饭的铁锅，
此外除了一张铺再没有其他的物品。
邓发指着北面一间屋子说道：
"毛主席昨晚开会忙了整整一夜，
正在拟订计划现在还没有就寝。"　260

心志豪壮的杨成武内心犹如小鹿，
激动得突突直跳震荡着宽广的胸膛。
他尽力抑制住内心的激动整整军衣，
响亮地喊了声报告站立在主席的门旁。
房门大半开着飘出浓重的烟味，
一个高大的身影显露在烟雾的厢房。　266

伟大的战士毛泽东正俯身观看地图，
闻声转过头来看着杨成武微笑，
随即走了过来和年轻人亲切地握手，
并指指旁边的木头墩子要杨成武落座。　270

杨成武迫不及待地这样对主席说道：
"主席，军团长要我前来接受任务，

毛泽东

273 说是要派我们先去将草地闯过。"

毛泽东看着对面激动拘束的年轻人，
神情和蔼地说出有翼的话语飞翔：
"没错，这一次你们红四团还是先头团，
任务是在大草地中探出一条道路，
要确保部队不会迷失在大草地的中央。"
豪壮的杨成武听罢起立答了声："是！"
280 声音犹如铁锤打铁般有力铿锵。

毛泽东微笑着点点头一手叉在腰部，
一手指着身旁桌上摊开的地图，
继续说着长着翅膀的话语飞扬：
"之前六团曾经从壤口进入草地，
由于粮食短缺思想准备不充分，
同时加上遇到凶猛骑兵的伏击，
他们遭受了从未有过的可怕伤亡。
你们一定不能小看前面的大草地，
那是一片水草丛生的泽国茫茫。
草地上阴雾弥漫气候变化莫测，
有时大雨瓢泼，有时会降落寒霜。
置身草地中很难分清东南西北，
你们必须带好指南针指明方向，
红军现在需要一条北上的通途，
否则这片土地将成为全军的坟场。
北上抗日的路线是正确的前进路线，
是中央研究了当前形势慎重的抉择，
可是前面的大草地将我们前路挡住，
仿佛一堵无形的没有边际的迷墙。
如今胡宗南在松潘、漳腊、包座一带，
已经集结了几个师正在日渐猖狂。
东面的川军也已占领了岷江东岸，
其中一部已攻占岷江西岸的杂谷脑；
追击我们的刘文辉部也已赶到懋功，
正向抚边前进把可怕的杀机暗藏。
薛岳、周浑元部此时也已集结于雅州，
如果红军掉头南下就是逃跑，
就会断送革命，一路白白奔忙。"
说到这里毛泽东右手有力地抬起，
向着前方猛力一挥继续说道：

"现在我们只有前进穿越草地，
才能突破敌人的重围到达北方。
愚蠢的敌人会断定我们东出四川，
一定想不到我们会冒险横越草地，
只要我们征服茫茫的草地泽国，
我们就一定能够北出陕西、甘肃，
让红旗飞扬在黄土高坡壮美的山冈。
克服困难最根本的办法是统一思想，
你回去一定要把困难向战士们说明，
要把红军北上抗日的道理说讲，
我相信只要战士们明确了自己的使命，
没有什么困难挡得住英勇的红军，
因为我们的战士比钢铁还要坚强。"
毛泽东说罢又问起部队有什么困难，
战士们有没有信心，士气是否高昂。 325

心志豪壮的杨成武闻言热血澎湃，
于是用这样的话语将毛泽东主席回答：
"目前我们部队的战士情绪高昂，
大家一致坚决拥护北上的决定。
只要中央军委、毛主席一声令下，
我们就坚决向那茫茫草地进军，
战士们已经为了过草地准备多日，
都想走出一条北上抗日的路径。
前些日子省吃俭用剩下些粮食，
沿途再摘些野菜一定能挨过草地，
只是目前衣服方面有些问题，
每个战士只有两套单薄的军衣，
许多人心知难抵草地可怕的严寒，
但仍决定凭意志要去将草地战胜。" 339

毛泽东听罢说出如雷的话语飞翔：
"要尽量减少战士们草地行军的困难，
一定要尽量想办法多准备衣服和食粮。
我们从江西出发曾经有那么多战友，
可是许多人已经牺牲在征途长长。
那么许多可爱勇猛的年轻生命啊，
如今身躯已经扑倒在宽广的大地，
鲜血已经洒遍无数条滚滚的沧浪。
如今红军又要穿越茫茫的草地，

我们一定要想尽办法降低伤亡。
每一个战士的生命都是如此宝贵，
可是许多人又将牺牲在草地茫茫。
为了胜利一定要尽量防止减员，
真希望等胜利了他们能够回到家乡。"

心志豪壮的杨成武含着热泪回答：
"战士们都说我们是英勇无敌的红军，
可能没有人能够记得我们的名字，
但是当后世的人们走在祖国大地，
看着群山巍峨江水滔滔奔腾，
人们会说有群英雄曾为她战斗，
山河大地会记住英雄们不朽的荣光。
即使哪天江水干枯石壁倾颓，
英雄的魂魄也会犹如日月悠长。
勇敢坚强的战士们都是这样说道，
为了争取人民自由祖国的富强，
明天我们宁愿失去宝贵的生命，
追随那些英勇的战友牺牲在征途，
甘愿把身躯湮没在茫茫草地的中央。
可能没有人能够记得我们的名字，
因为任何名字总是容易被遗忘。
但是当后世的人们走在这片山河，
看着山冈逶迤草地辽阔宽广，
他们会说有群英雄曾在此战斗，
茫茫大草地永远将英雄的尸骨埋藏。
即使哪天黄河改道草地变高山，
英雄的魂魄也会在泥土山岩中飘香。"

毛泽东闻言心潮澎湃热血涌荡，
他抑制激动的心情接着这样说道：
"你一定要找到熟悉草地的藏族向导，
一定要将穿越大草地的胜利打造。"

心志豪壮的杨成武于是这样回答：
"我们已经找到一个藏族的通司，
他曾经经过草地对地形非常熟悉，
只是他是个老人已经上了年纪，
大约有六十多岁腿脚不怎么方便。
为了保证藏族老人的安全和健康，

我们准备了八人让老人乘坐担架，
藏族老人知道了我们红军的意图，
也把我们看作是佛祖派下的神兵，
他说这是天意派红军为天下行善。"

伟大的战士毛泽东听了心中高兴，
连连点头继续这样说着话语：
"这样好啊，要告诉抬担架的几个战士，
一定要尽量稳当，顾好藏族老人，
藏族的同胞一样是我们的父母兄弟。"

毛泽东沉默了片刻这样将杨成武叮嘱：
"不过一个向导还不能解决问题，
随后的大部队不能单靠向导行军。
你们必须多做一些有箭头的路标，
每逢岔路要将它们安插牢靠，
大部队跟着路标可以避免迷路，
清楚的路标到时就是救命的稻草，
可以帮助大部队穿越草地的氤氲。
还有一个很重要的事情将你通知，
四方面军的二九四团已经编入你们四团，
一定要团结新战友共同应对困难，
协力战胜大草地变幻莫测的风云。"

毛泽东接着让杨成武去找徐向前总指挥，
去指挥部接受过草地的具体指示和安排，
同时又要他领完具体任务后回来，
在前往草地之前做最后的重要交代。

杨成武遵照指示径直前往总指挥部，
听取了总指挥关于过草地的具体命令。
此后杨成武又赶去看望周恩来副主席，
可是周恩来病重正处于严重的昏迷，
于是他心中怀着对周恩来病情的担忧，
照指示匆忙返回毛泽东主席的住处，
以便在出发之前将最后的指示聆听。

这时黄昏渐渐为天空铸上黄铜，
火热的夕阳燃烧着黄铜璀璨的天空，
天空一片辉煌闪烁火红的光辉。

353

375

379

389

394

406

410

417

420

杨成武首先赶到邓发居住的前屋，
只见邓发刚好从主席房里出来，
一只手里小心地端着一个土盘子，
盘子里盛着六个鸡蛋般大的面馒头，
小小的馒头都是用那青稞面制成。
邓发一边把一盘子馒头递给杨成武，
一边微笑着这样对年轻的战士说道：
"毛主席说你一天没有吃饭休息，
还要连夜骑马赶回团部驻地，
所以特意留了他的晚饭给你吃，
还说人是铁、饭是钢，吃饱了好回去工作，
他相信你们定能完成草地的征程。"

432

杨成武听说毛主席为他省下晚饭，
一时心潮激动不知如何是好，
这位心志豪壮的年轻指挥员心想：
"眼前部队每个人都在勒紧裤带，
希望为穿越大草地多剩一点食粮。
邓发定是找不到晚饭才告诉毛主席，
所以毛主席才剩下晚饭来将我慰劳，
可是我又怎能咽得下这些馒头啊！
难道我能让主席为了我而饿着肚肠。
主席为了全军在日夜辛苦操劳，
一顿饭几个小馒头本来难以吃饱，
我怎能吃这馒头不顾主席的健康。"

杨成武于是望着六个乌黑的馒头，
一时之间呆呆出神愣在了当场。
邓发在一旁坚持要他吃下馒头，
对他说出这样有翼的话语飞翔：
"这些馒头是毛主席对你们的一片心啊！
如果你不吃他肯定心中会不高兴，
更何况凡人的肚子都会感到饥饿，
你也不是神仙可以不近柴桑。"

452

杨成武闻言只好吃了两个馒头，
之后任凭邓发怎么说也断然拒绝。
这时毛泽东从房里慢慢走了出来，
笑呵呵地向这个固执的年轻指挥员说道：
"怎么不吃了，不吃饱可是不好工作啊！
赶快多吃几个我们才好话别。"

458

杨成武斩钉截铁地这样回答："我吃饱了！"
毛泽东慈爱地望着眼前这个年轻人，
伸出大手紧紧地握住杨成武的手，
沉吟片刻说出如雷飞扬的话语：
"那好，我希望你们胜利完成任务！"
杨成武凝视着毛主席，坚定地敬了个军礼，
然后离开毛泽东的住处飞身上马，
率领骑兵侦察排纵马消失于夜幕。

466

第三十四卷

穿越大草地

红军的领袖们于八月二十日再次开会，
会议在毛儿盖召开没有产生分歧。
红军决定照原来计划分兵北上，
左路军经阿坝北进，右路军向班佑进发，
5　开始走出一步艰难卓绝的险棋。

当八月二十一日玫瑰色的黎明降临大地，
杨成武率领红四团开始向草地进军，
他们是作为右路军左翼先遣团行动。
三天之前叶剑英①、程世才②率定南三团，
已经作为右路军右翼先遣队出发，
先于四团进入了茫茫大草地边缘，
他们和四团一前一后左右并进，
13　犹如两条蛟龙探寻神秘的黑洞。

披坚执锐的四团从波罗子附近出发，
沿着通往松潘的大路向北前进。
大约走了二十里来到一个村庄，
村庄有个好听的名字叫作七星桥③，
这个名字仿佛告诉路过的旅人，
19　在草地中只有天上的北斗才可相信。

这个村子在路的左边不算很大，
村里有一溜牛粪垒成的矮小房屋。
过了"牛粪"小屋队伍转向西北，
23　进入草地的边缘一个无名山谷。

在这个青翠山谷的一片繁密树林中，
每个战士按照命令拣了些干柴，

---

① 叶剑英时任前敌总指挥部参谋长。
② 程世才时任三十军军长。
③ "七星桥"在有的回忆录里记作"七里桥"。

以备草地之中用来烧水和烤火。
战士们还背了一些木头做成的路标，
连同干粮柴火一起增加了负荷。　　　　28

坚忍的红色尖兵们艰难地攀过山岭，
穿过了山间腐叶满地的大片树林，
来到几座低矮的沙石山冈之前。
那些山冈上开着簇簇黄色的樱草花，
错杂着紫色的或者白色的山花绚烂，
接骨木的果实也已经颗颗饱满成熟，
变成了可以酿酒的浆果色泽新鲜。
眼前的一切仿佛是幻想的童话世界，
美丽璀璨却也有死亡隐伏在旁边。
勇士们无心欣赏这里绚丽的风景，
匆匆踏上了茫茫松潘草地的边缘。　　39

杨成武举起望运镜向着草地远望，
只感到一股凉气从心底骤然升腾。
只见前面的草地茫茫然不见边际，
草丛上面迷蒙蒙的浓雾阴森如蒸。
黝黑闪亮的蜿蜒河沟交错着密布，
丛丛青草点缀在泛滥的流水之间，
恐怕神仙也不敢将坐骑从此驾乘。　　46

草地之上淤水散发着腐臭的气息，
看不见一块石头也没有半棵树木。
密密麻麻几尺高的青草点缀泽国，
没有人烟只有那出奇的荒凉满目。　　50

年老的藏族通司看到杨成武发呆，
便从担架上下来拄着手中的拐杖，
晃晃悠悠慢慢走近到杨成武身旁，
用不太流利的汉语说着话语飞翔：

"往北，只能穿过这片草地泥水，
广阔无边的泽国犹如巨大的泥潭，
脚下到处是长年累月堆积的腐草，
如果踩不上草根就会陷落在淤泥，
可怕的淤泥犹如怪兽将杀机暗藏。
如果上面的行人脚踩时用力过猛，
身子同样会越陷越深被淤泥吞没，
62　人越挣扎食人的草地就愈加猖狂。"

杨成武闻言点点头心里暗暗思想：
"你这可以吞噬生命的茫茫泽国呀，
不知又要吞没多少年轻的生命。
你的北去的道路究竟又在哪里，
67　难道凶狠无情就是你天生的品行？"

年老的藏族通司两眼死盯着草地，
继续呐呐地说着有翼的话语飞翔：
"你们只能拣那些最密的草根行走，
一个跟着一个踏着前人的脚步，
在多年之前我就是这样跟着别人，
几天几夜走过了草地的路途长长。
你们也不能去喝草地之中的积水，
陈年腐草已经把它们泡成了瘀黑，
喝了水就会使肚子发胀甚至死亡。
如果双脚在草地积水中不小心划破，
淤黑的毒水马上会使伤口溃烂，
你们队伍之中许多体弱的伤员，
80　必然会有人永远无法再回到故乡。"

心志豪壮的杨成武听罢赶紧下令，
要求战士不得将草地的积水饮用，
83　也不得随意离队私自在草地行走。

杨成武接着对藏族老人坚定地说道：
"我们都是不怕牺牲的英勇红军，
为了人民的自由、国家富强独立，
我们甘愿抛洒热血征战在四方。
可能没有人能够记得我们的名字，
但是当后世的人们走在祖国大地，
看着群山巍峨，江水滔滔奔腾，

人们会说有群英雄曾为她战斗，
山河大地会记住英雄们不朽的荣光。
即使哪天江水干枯石壁倾颓，
英雄的魂魄也会犹如日月悠长。
我们的战士们个个都是这样说道，
为了争取人民自由、祖国的富强；
宁愿随时失去年轻宝贵的生命，
追随那些英勇的战友牺牲在征途，
甘愿把身躯湮没在茫茫草地的中央。
可能没有人能够记得我们的名字，
因为任何名字总是容易被遗忘。
但是当后世的人们走在这片山河，
看着山冈逶迤、草地辽阔宽广，
他们会说有群英雄曾在此战斗，
茫茫大草地永远将英雄的尸骨埋藏。
即使哪天黄河改道草地变高山，
107　英雄的魂魄也会在泥土山岩中飘香。"

藏族老人眯起两目闪动泪光，
合起手掌默默向天祷告了片刻，
110　没有再说什么，慢慢走回担架。

红色勇士们于是渐渐进入了草地，
按照通司的要求一个一个地跟随，
小心翼翼地踏着脚下密集的草根，
一步一步地往前深入泽国的中心。
勇士们周围渐渐布满阴沉的迷雾，
116　寒气已开始透过单薄的军衣入侵。

水银一样的积水升起团团雾气，
仿佛中间藏着无数狰狞的恶鬼。
草丛在雾气中影影绰绰四处点缀，
120　仿佛一些长不高的奇怪的芦苇。

草地上浓雾团团难以辨清南北，
红色勇士们只能借助指北针挺进。
将近中午时分突然刮起狂风，
狂风呼啸着吹开天上浓厚的积云，
金色阳光犹如支支闪亮的利箭，
126　刺破草地上浓雾制造的无边迷阵。

当金色太阳刚刚在天顶偏向西方，
如墨的乌云突然仿佛从地心涌起，
只是一眨眼的工夫已经将天空遮盖，
茫茫草地顿时陷入了黑雾漫漫。
草地的气温也仿佛一道要起性子，
在乌云涌起之后迅速制造着寒冷，
133 仿佛故意是要给红军铸造灾难。

大风开始发出恐怖凄厉的哀鸣，
犹如传说中的厉鬼令人惊骇。
黑墨一般的浓云渐渐压了下来，
137 草地上的天空变得难以置信的低矮。

不一会黑色的云团突然狂暴地翻滚，
间歇的闪电犹如迸射出寒光的电锯。
震地的雷霆隆隆地滚过低矮的长空，
似乎轰轰砸落在草地不远的近旁，
暴雨很快纷纷飞洒下黑暗的泽国，
143 狂风横吹着雨柱猖獗地自由来去。

狂暴的大风犹如无形的战车驰骋，
车轮碾过草地发出隆隆的轰鸣。
雨水犹如从九天飞落的无边瀑布，
滔滔不绝降落到积水横流的草地，
又仿佛不周山被撞倒，天庭出现漏洞，
无数豆大的雨滴从天空的缺口坠落，
溅起了飞沫弥漫在大地令人心惊。
草地的积水不现形迹地缓缓流动，
慢慢汇入蜿蜒曲折的白河与黑河，
然后流向汹涌澎湃的大河玛曲，
玛曲河还有个响亮名字叫作黄河，
它正在草地的西边将它的河道纵横。
雨水就这样落在腐草沉积的草地，
流水在草丛之间形成纵横的河流，
卷着无数的烂草淤泥狂乱地奔涌，
草地之上顿时出现了无数河沟，
河沟之间密布着可吞噬生命的泥坑。
隆隆雷声在风雨中震撼无边草地，
闪电犹如锯刀锯裂了黑色的天空，
光芒闪耀着不断迸出惊人的光明。

红色勇士们冒着风雨继续前行，
黄昏渐渐降临养育众生的大地，
一条骤然暴涨的河沟将前路阻挡，
英勇的四团只好走上一个土坡，
就在风雨之中停下脚步露营。 168

杨成武亲自安排了藏族通司的休息，
他拿出一块带来的油布扯上绳子，
支上木棍又将油布的四个角固定，
就这样很快搭起一个简易的帐篷。
藏族的老通司就睡在这个帐篷里面，
外边却依旧还是一片烟雨蒙蒙。
心志豪壮的杨成武与战士待在一起，
他们把背包当作凳子相互靠着，
以彼此的体温取暖抵抗着飕飕的冷风。 177

冷酷无情的寒气一阵阵向战士袭来，
犹如暴虐的天神要逼着凡人就范。
饥寒交迫的战士体温渐渐下降，
生命力在寒夜之中一点一滴地消减。 181

不一会大雨骤然停歇，风却更冷，
杨成武于是命令燃起取暖的火堆，
可是从七星桥带来的柴火已经淋湿，
根本无法再点起温暖的烈火熊熊。 185

正在这时宣传队站出一个战士，
战士名叫郑金煜今年只有十七岁，
只见他得意扬扬地取出四根小树枝，
树枝贴身而藏还包了一块油布，
因此取出之时丝毫没有淋湿。
战士们有了这些干树枝作为引火柴，
于是赶紧将一些稍干的柴火收集。
他们急急地又点又吹忙活了许久，
终于让草地上亮起点点的火光熠熠。 194

风中的战士们于是紧紧围着火堆，
烧了一脸盆开水每人分喝了一小杯。
有的战士还用这水拌了点青稞面，
却又像品尝山珍一般舍不得多吃，

好像这一点就足以赶跑疲劳与饥饿；
战士就是这样在草地的夜晚宿营，
201　任由那草地的风雨犹如幽灵般徘徊。

这个夜晚天空没有点缀星辰，
只有夜神无边无垠的黑色大幕，
笼罩了万物——草原、长河还有凡人。
草地远处混沌无光只有黑暗，
火堆的光芒行不远便被黑色吞没，
207　仿佛是无边的幽冥困住了火眼的天神。

正当战士们刚刚进入沉沉的梦乡，
天空突然又骤然落下倾盆大雨，
雨中夹杂一颗颗豆粒大小的冰雹，
油布、树棚、油纸伞此刻都失去功效。
战士们四周都是漆黑无边的荒野，
没有地方躲藏也没有地方奔走，
所以只能一个个直直坐在雨中，
215　任凭雨水浇淋寒冷将身躯笼罩。

这片白日繁花缤纷绚烂的原野，
全年里大约只有五天没有寒霜。
年平均温度刚刚超过摄氏零度，
219　寒冷的雨夜几乎可以冻断肚肠。

四团的勇士们此时个个冻得发抖，
但是谁也没有做声发出怨言，
"北上抗日，走出草地"的坚定信念，
犹如火炬在每个勇士心中燃烧。
年轻的勇士们就这样静静坐在雨中，
半梦半醒地坐着，一个靠着一个，
犹如一尊尊伫立了千年的青铜雕塑，
227　任凭茫茫草地上冰冷的风雨潇潇。

艰难的坚持和等待是对勇气的考验，
这种勇气总是默默无声地存在，
有时人们意识不到它的高贵，
就如我们常常看不见小草的坚韧。
这种勇气甚至常常被人误解，
被人可笑地看成是怯懦或者愚笨，

然而它与怯懦或愚笨从来就不同，
因为它永远不会向困难与丑恶归顺。　　235

大雨在第二天黎明到来之前停歇，
嘹亮的集合号声响起在草地的早晨。
红色的勇士们揉了揉半梦半醒的双眼，
收拾了行装重新迈开沉重的双腿，
继续前行去征服茫茫的草地无垠。　　240

中午时分天上雪花忽然飘落，
横吹的冷风裹挟着水气和冰霜。
猎猎寒风中战士们埋头艰难行进，
雪花飘落草地，落到水中和草中，
落在水里的慢慢融入黑色淤泥，
落在草上的为草丛披上白色的衣装。　　246

这天下午勇士们走上一座山背，
藏族老人在担架上遥遥指着前方，
在他手指的方向出现了一片山丘。
藏族老人喃喃地说出话语飞翔：
"快看，那边就是岷江与玛曲河的分水岭，
这片山岭已经伫立了无数个春秋。
在它的南边河水向南汇流入岷江，
在它的北面河水向北朝玛曲河奔流。
汹涌的玛曲河发源在西部遥远的高山，
在青海与四川交界之处拐了个大弯，
白河、黑河在尕里台西部穿越大草地，
缓缓向着玛曲河的大弯处带去流水，
玛曲河犹如巨龙飞腾于世界的屋脊，
高山的雪水与溪流向她奔流不休。
她接纳后曲折蜿蜒地继续一路奔涌，
浩浩然穿越黄土高坡流向平原，
常常在辽阔的土地上掀起洪水滔滔，
给许多凡人带去无尽的灾难与忧愁。
然而她又是多么伟大的一条母亲河呀，
滋养了这片神圣的土地，千载悠悠。"　　266

红色勇士们听了老人飞翔的话语，
加快脚步又走了几里泥泞的草地，
方才爬上了那个光秃荒芜的山岭。

勇士们一边将木头路标牢靠地安插，
一边纷纷向着北面极目眺望，
只见辽阔的草地上布满闪亮的河沟，
大小河沟点缀着绿色积雪的草丛，
274　水面之上晃动着天空碧蓝的倒影。

这片草地的水域千年来都这样沉寂，
汇聚了川康高原、青藏高原上的雪水。
广阔肥沃的草地地势舒缓平坦，
雨水雪水常年不息地流来汇聚，
终于形成一片茫茫神秘的泽国；
泽国之中的水流移动异常缓慢，
如果人们不将那水面仔细观看，
282　常常会以为漫漫积水终年静止。

草地之上四处分布着可怕的泥潭，
它们杀机暗藏，犹如泽国的宫禁。
仿佛泽国的君主想要阻隔尘寰，
286　使得自己能够在无边沉寂中安枕。

四团的勇士很快在分水岭插上路标，
然后下了山坡向北继续前行。
分水岭附近的地势高出周围的草地，
地面相对干燥也没有很多的泥浆。
战士们趁着坚硬的路面加快脚步，
292　期盼着早日穿越草地冲出包围网。

一条条闪亮的河水从队伍旁边流过，
在缓缓的草地中冲刷出蜿蜒多曲的水道。
这时纷纷扬扬的大雪已经停歇，
太阳犹如红盘悬挂在长空浩浩。
碧蓝的天空之下草地绮丽多彩，
寂静的水流碧蓝的倒影衬托着绿草。
年轻勇士们的心情也顿时好了起来，
很多人没有想到在这美景之下，
301　草地已经悄悄将凶险与悲惨在打造。

没有多久草地就开始呈露出淫威，
战士们跨出的每一脚都深深往水中陷落，
绿茸茸的水草仿佛是可怕的鲜亮诱饵，

一脚下去积水可以直没到膝盖。
所谓的道路已经全部浸没在污水，
污水下面藏匿着多年的衰草与腐叶，
犹如阴谋酝酿了千年要将人谋害。　　　308

许多战士双脚踏入了浮生的绿草，
脚掌在水下继续陷进松软的腐土。
当他们将脚再次抬出水面之时，
常常已经没有了草鞋只能光脚，
那些破烂的草鞋早被泥巴吞没，
落入泥潭那怪兽一般无底的肚腹。　　　314

这时金色太阳犹如鬼魅般消失，
如墨的乌云仿佛怪兽从地心涌起，
怪兽翻滚着身体很快将天空遮盖，
绮丽的草地顷刻笼罩了黑雾漫漫。
草地的气温也仿佛一起要起性子，
在乌云翻滚之后迅速制造着寒冷，
仿佛故意是要给红军铸造灾难。　　　321

黑色的云团中犹如藏着巨大的怪蟒，
怪蟒纠缠着云团狂暴地漫天翻滚，
巨大的闪电犹如迸射出寒光的电锯。
震地的雷霆隆隆地滚过阴沉的长空，
仿佛轰轰砸落向草地不远的近旁，
暴雨很快纷纷飞洒下黑暗的泽国，
狂风横吹着雨柱猖獗地自由来去。　　　328

在狂风暴雨中战士们变得更加警惕，
一个个小心翼翼踏着前人的足迹，
慎重地抬脚，慎重地踏下，缓慢前行，
尽管勇士们这样子小心地往前行进，
草地却仍然将生命吞入它的肚肠。
许多战士不小心双脚陷落泥潭，
在挣扎中身躯迅速往淤泥深处沉坠，
身边的战友抢着前去将他们拉扯，
往往也一同淹没于深深淤泥的中央。　　　337

小战士谢德全一不小心也陷入泥潭，
没有多久黑色的泥水便没到胸前。

慌乱之中他拼命抓住了一把草叶，
剩下一只手向着使劲伸向长天。
他那圆圆的眼睛流露出无限的惊恐，
可是仍然倔强地没有向战友呼救，
幸亏杨成武和几个战士就在近旁，
345　赶紧把长长的木棍伸到他的身边。

许多战士没有像谢德全那样被救，
他们在草地中失去年轻宝贵的生命，
追随那些英勇的战友牺牲在征途，
他们的身躯湮没在茫茫草地的中央。
他们曾经那样鲜活地和战友说笑，
可是转眼身躯已被大草地埋藏。
心志豪壮的红色勇士们忍受着悲痛，
353　继续在寒风冷雨的草地中走向远方。

当这天黄昏降临养育众生的大地时，
勇士们赶到一个难得的小山坡宿营。
暴雨在昏黑的夜晚转变成霏霏细雨，
毫无怜悯地一直整夜下个不停；
红色勇士们连着淋了两天的大雨，
身上的衣服早已经湿透贴着身体；
他们的脚下雨水在土地表面积聚，
坐下来简直比站着还要感到寒冷，
全团的战士只好在风雨中直直站立，
363　咬着牙在寒冷中眼睁睁盼着赶紧天明。

霏霏细雨在拂晓来临之前停歇，
可是稀稀落落的枪声却突然传来，
前卫营的侦察员很快来向指挥员报告，
说是前方发现敌人骑兵的骚扰。
沉着的四团指挥员立即派出前卫营，
迅速向前来偷袭的骑兵发起攻击，
红色尖兵们犹如一群草原上的雄狮，
371　很快摆脱了小股豺狼疯狂的撕咬。

就在英勇的四团走过分水岭的这一天，
毛泽东也随四军、三十军进入了草地。
他们同样遭遇了暴雨、飞雪和冰雹，
许多年轻的生命在饥寒中向死亡跌坠。

在危难的时刻红军领袖们领唱起《国际歌》，
雄壮的歌声激励着无坚不摧的意志。　　377

毛泽东的老师徐特立也走在队伍之中，
这位教书先生已是五十八岁的高龄。
他此时手中拄着一根长长的红缨枪，
身上还穿着那旧式的长袍打满了补丁。
老人上半身的皮袄也早已破烂不堪，
这皮袄和主人一起经历了风雨雷霆。
老人身后牵着一头黑色的毛驴，
毛驴驮着一个伤员半睡半醒。　　385

很多伤员没有驴子或骡马骑乘，
他们躺在担架上由战友抬着前行。
许多伤员为了不连累疲惫的战友，
硬是从担架上滚落，扑倒在泥泞的大地，
以惊人的意志面对慢慢降临的死亡。　　390

打退敌人后英勇的四团继续前进，
他们已顶着风雨冰雹走了两天。
当进入草地后第三个黎明降临大地时，
勇士们已经全都处于死亡的边缘。　　394

他们在淤泥积水中摇摇晃晃地前进，
狂风暴雨已吹裂湿透了他们的军衣，
饥饿寒冷煎熬着他们疲弱的身躯。
战士们一个个脸色变得苍白或蜡黄，
胫骨强健的两腿也已经酸软无力，
但是没有人屈服于这艰难悲惨的征途。　　400

抬着通司的战士轮换得更加频繁，
迈出的步子也开始变得跌跌撞撞。
可是每个战士都挺着铮铮铁骨，
坚强意志的火焰温度从未曾下降。　　404

担架上的藏族老人几次想要下来，
都被坚忍卓绝的战士们坚决阻止。
藏族老人不禁合起了双手祷告，
祈求着活佛能够保佑这群勇士。
老人的心中又是诧异又是钦佩，

他相信自己这次看到真神的力量，
这种力量从内心涌出弥天盖地，
412　超越了茫茫的草地，超越了凡人的生死。

红色的铁流在草地上慢慢向前奔流，
414　一个个年轻的生命不断扑倒在大地。

"告诉我的亲人，我——死——了——"
又一个英勇的魂魄离开了血肉的躯体，
躯体跌倒在吞食生命的黑色泥沼。
他的嘴边，伸着旁边战友的一只手，
手心里是一把炒青稞，他已不能再咀嚼，
420　他的魂魄，已开始在风中徘徊飘渺。

他的双手依然把那步枪紧紧攥牢，
心里默默念叨故乡和亲人的名字：
"离开光荣的红都，十个月的时光飞逝，
我是一个转战万里的红军战士，
怀着理想和英勇无畏的战友远征，
我们翻过了大山，闯过了江潮浩浩。
如今我来到这片茫茫的绿色大草地，
428　告诉我的亲人，我倒在了光荣的长征道。"

伤心的指挥员看着战士不断跌倒，
含着泪光说着激励的话语飞翔：
"我们个个是不怕牺牲的英勇红军，
为了人民的自由、国家富强独立，
我们甘愿抛洒热血征战在四方。
可能没有人能够记得我们的名字，
但是当后世的人们走在祖国大地，
看着群山巍峨，江水滔滔奔腾，
人们会说有群英雄曾为她战斗，
山河大地会记住英雄们不朽的荣光。
即使哪天江水干枯石壁倾颓，
英雄的魂魄也会犹如日月悠长。
为了争取人民自由、祖国的富强，
就让我们随时准备献出生命，
因为我们是战士要履行战士的诺言，
就让勇敢的心灵勇敢去面对死亡，
准备着追随英勇的战友牺牲在征途，

将英雄的身躯湮没在茫茫草地的中央。
可能没有人能够记得我们的名字，
因为任何名字总是容易被遗忘。
但是当后世的人们走在这片大地上，
看着山冈逶迤，草地辽阔宽广，
他们会说有群英雄曾在此战斗，
茫茫大草地永远将英雄的尸骨埋藏。
即使哪天黄河改道草地变高山，
英雄的魂魄也会在泥土山岩中飘香。"　　454

飞翔的话语为战士们注入勇气和力量，
他们迈着摇晃的步伐坚定地前进。
藏族老人喃喃的祈祷声不断响起，
老人如今心里已经清楚地知道，
已没有什么能够挡住勇士们的脚步，
即使再有草地千里群山万仞。　　460

这天聂荣臻率一军① 一师和直属队出发，
紧随陈光率领的二师进入了草地，
跟着先遣团行军在荒芜的泽国宽广。
军委纵队、红军大学和殿后的三军，
也在八月二十三日这天向草地进发，
病重的周恩来躺在担架上随军行动，
干部团团长陈赓担任了担架队的队长。
兵站部部长杨立三也坚持加入担架队，
抬着周恩来行走在食人的草地莽莽。　　469

这时叶剑英、程世才进入草地已六天，
战士们携带的干粮已经全部吃完。
于是红色的勇士们四处挖食野菜，
很多战士吃了有毒的野菜死去，
再也无法看到北方巍峨的山峦。　　474

殿后的红色勇士们行军得更加艰难，
他们常常无法再找到木柴生火，
只有未磨过的麦粒还在他们的行囊。
很多战士染上了可怕的痢疾和拉血，
因为粗糙的麦粒磨破了他们的肚肠。

————————————
① "一军"即原来的红军第一军团。

————————232————————

草地中生长着许多陌生的野生植物，
可是战士们并不熟悉它们的品性，
有些人吃了有毒的蘑菇发生晕厥，
也有许多战士严重中毒而死亡。
很多战士开始煮自己的皮带和马具，
只要能找到水和木柴在这无边的草场。
还有的战士从粪便中拣出未消化的麦粒，
洗净后用来满足凡人肚肠的欲望。
先头部队标出的小路也渐渐模糊，
大队军团的踩踏使草地更加可怕，
茫茫草地已经变成了泥泞的汪洋。
后卫部队常常在无边的泥泞中迷失，
他们眼前全是灰蒙蒙无边的荒凉；
只有当惨白的太阳露出乌云的缝隙，
他们才能重新找到前进的方向，
犹如航船迷失在无边无际的大海，
496 离不开指引正确方向的灯塔的亮光。

先遣四团熬过了又一个下雨的寒夜，
当玫瑰色的黎明再次降临大地，
499 他们忍着极度的疲惫继续远征。

杨成武走在队伍的前面鼓舞着士气，
突然后面的队伍中传来了一个消息，
说是小战士郑金煜请他们稍稍等候，
他正期盼着尽快见一下团长和政委。
杨成武听到消息心中突突地一跳，
505 不祥的预感在内心刹那间如乌云升起。

郑金煜就是那贡献干燥柴火的小战士，
活蹦乱跳的小伙子前天傍晚时病倒了，
杨成武昨天还前去卫生队将他看望。
心脏突突直跳的杨成武停下了脚步，
回望来路只见军旗猎猎飞扬。
已经变得灰红的军旗被草地映衬，
依然显得比最红的火焰还要辉煌。
天空之下，茫茫大草地一望无际，
514 队伍犹如一条灰色的巨龙长长。

昨日杨成武曾去看望小战士郑金煜，

这位一直生龙活虎的年轻战士，
那时已病得身体瘫软呼吸困难。
小战士郑金煜的家乡在那江西石城，
他在几年之前便已参加了红军，
打起仗来从来没有畏惧过枪弹，
小战士个子不高但是聪明机灵，
常常唱起好听的山歌激励战友，
行军途中前前后后不停地走奔。
刚进入草地行军时小战士精神抖擞，
柴火拣重的来背，工作拣难的来做，
长长的队伍中不时飘荡着他的山歌，
歌声使好多战士仿佛回到了家园。
可是寒冷与饥饿侵蚀了他的身躯，
病情很快恶化使得他无法再行走，
于是这个坚强的勇士这样说道：
"我的意志与信念像块钢铁般坚强，
可是我双腿的气力已被病魔侵吞。
我就要在这片草地向亲爱的战友告别，
勇敢可爱的战友呀！我多么舍不得你们！
多想和你们一起去打开胜利的大门。"
杨成武听到不幸的消息心中焦急，
命令饲养员老谢把自己的战马牵上，
一起前去看望，把郑金煜扶上了战马，
可是他如此衰弱，连腰也无法直起，
只能用背包在前后将他的身子支撑，
再用绳子把身子在马背上面捆绑，
战友们轮流将他扶着继续行军，
543 心中都在期盼着奇迹能令他复原。

"坚强的小鬼，你可一定要坚持下去，"
杨成武回望着来路脑海思潮汹涌，
心情渐渐变得如同铅球般沉重。
不一会儿他终于望见老谢远远地走来，
那匹战马被老谢牵着缓慢地行进，
549 驮着小战士郑金煜犹如青铜高耸。

没等战马走近，杨成武便飞奔过去，
扶着小战士郑金煜的身体轻轻呼唤。
仿佛很久郑金煜才听到杨成武的声音，
睁开双眼强打起精神微微一笑，

可是眼皮马上又无力地遮盖了双眼，
苍白如纸的瘦脸无声痛苦地抽搐，
556 他的额头不断沁出粒粒的虚汗。

死亡边缘的小战士片刻后又强睁双眼，
用颤抖的声音断续地说出话语飞翔：
"政治委员！感谢你对我的照顾，
我相信党的事业总有一天会胜利，
可我已不能继续和战友战斗在远方。
我是多么想要看到胜利的那一天，
那时这片草地也一定充满着阳光。
温暖的阳光会照着遍地灿烂的鲜花，
装扮起草地就像我那美丽的家乡。"
说着说着，他的眼角滚下了泪珠，
泪珠无声滑下跌落在灰色的军装。
战马旁边的几位战士也落下了热泪，
杨成武极力抑制着心头浓浓的悲伤。
他扶着小战士这样轻声地将他安慰：
"小郑，不要多想，一定要坚持下去，
我们很快就要走出这片大草地，
573 我们马上就快踏上北方的山冈。"

死亡边缘的小战士缓慢地摇了摇头，
胸口剧烈地起伏发出一阵急喘，
然后用微弱的声音异常坚定地说道：
"政治委员，希望党的事业胜利，
胜利后如果有可能，请告诉我的家里，
我是一个转战万里的红军战士，
怀着理想和英勇无畏的战友一起远征，
我们翻过了大山，闯过了江潮浩浩。
最后我踏上这片茫茫无边的草地，
和许多战友永远陪伴着这片绿草，
584 告诉我的亲人，我倒在了光荣的长征道。"

杨成武再也无法抑制住汹涌的悲伤，
滚烫的泪珠从眼眶犹如泉水般涌出，
这位心志豪壮的指挥员这样说道：
"郑金煜同志，你，一定能走过草地，
同志们一定帮助你战胜凶恶的病魔。"
说罢杨成武叫警卫员把水壶交给老谢，

叮嘱老谢好好照料小战士郑金煜，
然后他轻轻抚摸了一下小战士的额头，
抹了把眼泪重新走向队伍的前方，
594 心中期盼着能够再听到小战士的山歌。

这天的下午当太阳稍稍开始偏西，
草地上又刮起狂风，下起了霏霏冷雨。
就在这茫茫草地的狂风暴雨之中，
小战士郑金煜失去了年轻宝贵的生命，
追随着那些英勇的战友牺牲在征途，
他的躯体被战友埋入宽广的草地，
601 和许多英雄一起用血肉芬芳了泥土。

披坚执锐的四团随路掩埋了战友，
继续在饥寒交迫的折磨中慢慢前行，
草地在前方依然像是无边的汪洋，
红色的军旗犹如高高飘飞的风帆。
寒风依然毫无怜悯地呼啸吹来，
607 吹刮着战士们身上已经破烂的衣衫。

红色的勇士们很快来到一个岔路口，
往右可通往松潘，往左可通向班佑。
藏族老人出神地看着三岔路口，
双手合十向着长天虔诚地祈祷，
他在祈祷完毕后说出了飞翔的话语：
"感谢佛法无边的神灵将我们庇护，
如今我们已经走过最危险的区域，
这里是松潘通往阿坝的主要商道，
脚下已经不再是可吞噬生命的淤泥，
当年我也曾经经过茫茫的草地，
差一点无法活着踏上这块原野，
若非遇到商队正好将我相救。
红军这么多人居然走过了草地，
621 真是犹如神兵得到了天意相授。"

藏族老人用手向着东南方指去，
继续缓缓说出有翼飞翔的话语：
"那边的山口有条大路穿向这边，
与我们的来路犹如两条河流汇聚，
汇聚成了草原上一条高高的屋脊。

濒死小战士

我们藏民把这片高地叫作色既坝，
它隆起在茫茫草原纵达百里有余，
坚实的土地横向宽度也有数十里，
脊地犹如那黑色牦牛的肩背隆起，
在草地边缘形成一条雄奇的地脉。
沿着色既坝我们仿佛踏上了大道，
633　我们已经闯过了吞噬生命的沼泽。"

藏族老人的话语迅速在队伍传开，
极度疲惫的战士们顿时掀起欢呼，
欢呼的声浪有如天神于海面奔走，
卷起了层层白色的浪花跌宕回旋。
飞翔的话语就这样激起无比热情，
639　红色的勇士们精神大振快步向前。

在红色勇士的脚下色既坝向西北延伸，
路上遍布着许多骡马深深的蹄印，
这条高地是草地之中主要的商道，
春夏两季来往的商队常常途经。
旅人和牲畜积年累月地踩踏着高地，
645　终于形成了草原之中这天然的路径。

这条脊地之上的道路聚散无常，
有时会聚成一条大道开阔宽广，
有时并列成几条小路犹如束麻。
不过不论是大道还是细窄小路，
650　它们都一起伸向北方的遥遥天涯。

披坚执锐的四团加快了进军步伐，
疲惫的战士们重新开始活跃起来。
一个年轻的战士突然跑到队伍边，
振臂高呼前进的口号将大家激励，
战士个子矮小戴着灰色的八角帽，
656　喊出声声响亮的口号在天空徘徊。

心志豪壮的杨成武眼中忽然一热，
恍惚中仿佛又看见小战士郑金煜的身影。
他那宽广的胸腔中不禁热血澎湃，
660　思绪犹如翻滚的海浪难以平静。

心志豪壮的杨成武看着路边的战士，
热泪涌起在眼眶，心中这样思想：
"短短几天我们牺牲了那么多战士，
他们为了胜利失去了年轻的生命，
追随那些英勇的战友牺牲在征途，
甘愿把身躯湮没在茫茫草地的中央。
可能没有人能够记得他们的名字，
因为任何名字总是容易被遗忘。
但是当后世的人们走在这片大地上，
看着山冈逶迤，草地辽阔宽广，
他们会说有群英雄曾在此战斗，
茫茫大草地永远将英雄的尸骨埋藏。
即使哪天黄河改道草地变高山，
英雄的魂魄也会在泥土山岩中飘香。"
模糊的泪光中杨成武看到死去的战士，
仿佛依旧欢笑着行进在队伍之中，
依旧一个个恍然如生意气飞扬。　677

这时许久藏匿的阳光穿过云隙，
茫茫的草地之上，勇士们继续远征。　679

一个熟悉的声音打破了杨成武的遐想，
团长王开湘在旁边递过来军团的电报。
杨成武从遐想中乍醒，赶紧将电报接过，
只见那电报上面写着一些文字，
将最近的敌情一一做了详细的说告。　684

原来自从红军进入草地以来，
敌人薛岳部已经抵达天全、芦山。
胡宗南部获悉红军进入松潘草地，
也已调兵遣将火速赶往松潘；
其中一部从西安开往西北方向，
意图在北面给红军制造严峻的险关。
甘肃敌人鲁大昌的十四师从北压来，
马步芳部则从西北往南卷来了隐患。　692

心志豪壮的杨成武看完敌情通报，
朗朗大笑对着团长王开湘说道：
"看来敌人又想把'合围'的故技重演，
他们妄图将我们围堵在茫茫草地。

不过我们已经比敌人抢先了一步，
698 走上色既坝即将展开飞翔的巨翅。"

这天的黄昏之神为天空铸上黄铜，
金色的夕阳镀染黄铜璀璨的天空。
红色勇士们爬上一个隆起的山坡，
702 山坡沐浴着夕阳，火云翻涌在天穹。

战士们分成了几个分队挖起野菜，
准备在睡前满足一下饥饿的肚肠。
也有的战士开始用铁锹挖起土坑，
706 准备起可以用作战壕的天然睡床。

当夕阳沉落，天色渐渐昏暗之时，
战士们在各个土坑四边插上木棍，
然后将那防雨的油布往木棍上张挂，
很快搭起许多隐蔽的小小帐篷。
红色勇士们纷纷挤入奇妙的土坑，
一边喝着炊事员烧煮的珍贵的开水，
一边嚼着刚刚挖来的野葱和野韭菜，
714 个个土坑帐篷中充溢着暖意融融。

杨成武也和战士们挤在一个土坑里，
膝盖上铺着他那条单薄破旧的毯子，
咀嚼着野菜向战士说起战斗的往事。
他这样慢慢诉说着有翼飞翔的话语：
"我们在那闽西大森林打游击的时候，
每支部队往往只有几十个战士，
现在我们有了英勇的战士万千，
犹如小草生长在宽广的山河大地。
过去我们只有土枪、大刀和长矛，
现在我们有了党中央的英明领导，
有了步枪、机关枪，还有威武的迫击炮，
然而这个世界上所有强大的武器，
都不会比一样东西显得更为重要，
728 那就是我们红军永不言败的意志。"

正当勇士们出神地听着战斗故事，
外边的天空突然又下起倾盆大雨，
雨水落在茫茫的草原冲刷着大地，

草地之中弯曲的河沟纵横地奔流，
寒冷的水流卷着无数的腐草淤泥，
在大地切割出千条沟壑激流纵横。
雷声在风雨中隆隆震撼整个大地，
闪电犹如锯刀锯裂了黑色的天空，
光芒森然地闪耀发出惊人的光明。 737

雨水也一刻不断地流入各个土坑，
然而并没有浇灭战士们火热的激情。
各个土坑之中很快积起雨水，
勇士们干脆立起了身子唱起歌谣，
在漫漫风雨中飘荡起高昂震地的歌声。 742

艰难时刻心存对美好未来的向往，
总是能够激励起心灵奋进的力量。
正如美好时光中将艰难困苦回忆，
一样可以使疲弱的心灵变得坚强。 746

落雨的苍天仿佛被勇士的热情感动，
在黎明之前暴雨变成了雨丝飞扬。
雨停后玫瑰色的黎明降临宽广大地，
红色勇士们从泥浆水里拔出双腿，
背起被雨水浸湿的沉甸甸的背包和武器，
踏上了通向班佑的道路悠远漫长。 752

一夜的大雨使得河水四处横流，
昨天还是干燥的大路布满泥泞，
可恶的泥泞将红色勇士的双脚羁绊，
草鞋陷入了黑色黏稠的烂泥被拔掉。
许多战士想要将草鞋重新拣起，
可是草鞋粘在泥里犹如上胶，
匆忙之中竟然一时无法拽出，
只能光脚向前顶着寒风呼啸。
一双双赤脚就这样踏在烂泥之中，
顶着寒风摇摇晃晃地向前迈步，
草原的大风刮过如同锋利的尖刀，
可是没有人因为痛苦而发出呼叫。 764

几天几夜的行军使战士极度虚弱，
高原稀薄的空气令战士呼吸艰难。

有些战士轰然滑倒在黑色的泥沼，
想要躺着喘口气便再也无法爬起，
他们有时还能够听见战友的呼唤，
770　但是身躯已经坠入了死亡的严寒。

茫茫草地之上，勇士们继续远征，
他们一个个彼此搀扶面朝着北方。
战士们不断喊出口号彼此激励，
大家纷纷说着班佑充满着幻想，
775　盼着尽快重新看见炊烟与民房。

命运仿佛故意要与红军为难，
一条开阔的冰河突然横在了前面。
桥上那座简陋的木桥已被拆毁，
779　薄薄的碎冰在河水的表面四处可见。

先头营的队伍中站出几个神样的勇士，
脱掉外衣露出伤痕累累的肩背，
他们纷纷跳进冰冷刺骨的河水，
挥动着臂膀向着对岸奋力游去。
当其余的勇士见到他们登上对岸，
顿时响起一片惊天震地的欢呼，
欢呼声飘过冰河，直冲九天的云霄，
787　向长天宣告泅水勇士们巨大的荣誉。

泅水的勇士们在河面拖起一根大绳，
指挥员们首先下河徒涉，身先士卒。
在他们的脚底淤泥松软溜滑难行，
雪水没至胸口犹如冰刀刺骨。
战士们跟着下河，一手拉着绳子，
一手互相将胳膊挽成血肉的链锁。
有个战士忽然唱起战斗的歌谣：
"茫茫草地不可怕，雪水再冷跨过它，"
顿时勇士们纷纷异口同声地唱起来，
797　雄壮的歌声伴着勇士将冰河飞越。

当次日太阳将要朝着西方沉落时，
勇士们的双眼忽然看见了远方的炊烟。
黑色的烟柱直直树立在蓝紫色的天空，
801　寂静地陪伴在一轮火红夕阳的旁边。

望眼欲穿的战士们刹那间齐声欢呼，
欢呼的声浪有如季风在大洋吹过，
卷起了层层宝蓝色的波涛回旋跌宕。
壮美的景色就这样激起巨大的勇气，
红色的勇士们精神大振士气高亢。　　806

坐着担架的藏族老人也走了下来，
向着远方满心虔诚地合十祈祷，
祈祷完毕后老人激动地这样说道：
"班佑，班佑到了！我们到达了班佑。"
他那皱纹满布的沧桑脸庞之上，
展露出兴奋的笑容映着火红的夕阳，
就仿佛他正与某种伟大的天意邂逅。　　813

突然几个战士兴奋地高声惊叫，
原来他们发现了日久未见的石头。
那些小小的石头静静散落在路边，
却给勇士们带来极其巨大的振奋，
许多战士高兴得把石头揣在怀里，
唱着跳着，手舞足蹈地欢呼不休。
因为已经疲惫不堪的战士们知道，
六天六夜的行军已经将草地征服，
红色铁流将会继续向北方奔流。　　822

四团的勇士们高唱着激昂的战斗歌谣，
翻过了一个高地，又登上了一个山岭，
然后沿着山坡向着班佑前行，
在他们行进的路旁出现了丛丛的野花，
花丛里一串串金红色的小果闪着金光。
一个调皮的小战士上去摘下一串，
犹如一阵疾风跑回到队伍中间，
小战士兴奋地摘取一颗颗金色小果，
把它们分发给了周围的战友品尝。
杨成武把一颗金色小果捧在手心，
看了又看，欣喜之情充溢着心房。
他看了许久方才把果实放在嘴里，
顿时一股酸味凉凉地沁入心脾，
金色的小果子没有葡萄那般香甜，
却在勇士的心中留下永远的芬芳。
这时团长王湘开纵马飞奔而来，

一直跑到杨成武跟前才勒住马缰。
团长王湘开脸上闪着奇异的光彩，
大声说出如雷的话语有翼飞翔：
"我们终于胜利了！我们终于胜利了！
843　快看！前面的红旗已经在班佑飞扬。"

心志豪壮的杨成武抬头望向远方，
但见队伍浩浩荡荡往前奔涌。
几面红旗飞扬在高低起伏的地平线上，
夕阳将宽广的大地镀染成一片火红，
848　北方的大地正在将英雄的队伍相拥。

班佑是一个藏民定居的小小村庄，
没有高楼大厦，也没有柏油的马路。
村庄之中只是一二十间牛屎房，
852　犹如星辰一般在村里四处分布。

这些牛屎房墙体的里层用树条搭建，
外面则用那厚厚的牦牛屎堆垒糊贴。

房顶也是用坚韧的树干枝条铺就，
再糊上牛屎把整个屋子牢牢遮掩，
神奇的牛屎房没有窗口，通身黝黑，
远远地看去仿佛一个巨大的铁篓。　　　　858

牛屎房的主人热情地欢迎红色的勇士，
他们将穿越草地的红军看成是神兵，
淳朴豪壮的心灵充满对英雄的景仰。
刚刚穿越草地的勇士们进入牛屎房，
心神很快向着甜蜜的梦乡奔往。　　　　863

在班佑北面二十多里是集镇阿西，
阿西镇上和附近住着几百户人家；
从班佑东北行出十多里是集镇巴西，
也是粮食较多可以宿营的好地方。
为了给陆续而来的部队担任警戒，
四团连夜派出尖兵北行、东进，
向着阿西和巴西卷去铁流的波浪。　　　　870

第三十五卷

包座大战

一九三五年八月下旬的茫茫草地上，
数万心志豪壮的勇士继续远征。
红军三十军于八月二十五日走出草地，
迅速进驻藏民聚居的班佑扎营。
三十军的先头团作为右路右翼的先遣，
6 早左翼四团一步向班佑捷足而行。

此时胡宗南获悉红军已北出草地，
正如利剑直指甘南和他的侧后，
又如蛟龙出水卷来战斗的风云。
震惊的胡宗南匆忙派兵占领了包座，
同时急令驻扎漳腊的四十九师北上，
企图立即会同包座守军的一个团，
13 于包座和阿西一线堵击北上的红军。

敌人的四十九师由伍诚仁率领北进，
数不清的士兵在山道和公路上喧嚣着前行，
呼喝声脚步声、钢枪撞击声、零碎的枪声，
无数车轮滚动和大炮碾地的轧轧声，
种种声音混合在一起发出巨响，
滚滚声浪直达高远辽阔的天空。
士兵一个挨着一个密密匝匝，
犹如围向食物的千千万万蚂蚁，
许多枪刺在苍白的阳光下闪着寒光，
炫耀着摄人心魄、猎取生命的力量，
他们想要把红军绞杀在北进的征途，
25 阵阵杀气充溢着灰色无垠的苍穹。

红军的领袖们此时已经做出决定，
准备派兵迅速东进占领包座，
然后挺进甘南继续前往北方。
包座分为上、下包座两个部分，
位于四川松潘和漳腊地区以北，

在班佑东南一百多里包座河之旁。
这里是通往甘南的重要战略咽喉，
上、下包座相距数十里群山环抱，
周围密密的林莽遍布巍峨的山冈。
如果红军不能击溃包座之敌，
敌人就可能继续北上堵住红军，
37 重新把红军逼回茫茫草地的中央。

红军三十军受命立即向东行动，
以求迅速地强占包座、歼灭援敌。
刚刚走出草地的勇士们听了命令，
41 立即整装向着包座方向出击。

八十九师作为三十军的前卫走在前方，
八十八师随后跟进向着包座行军，
全军两个师八个团一万三千将士，
顿时布满了十数里的山道密密麻麻，
口号声、脚步声、钢枪撞击声震地而起，
犹如大海沸腾掀起巨大的声浪，
滚滚声浪直冲高远辽阔的天空。
勇士们一个挨着一个密密匝匝，
每个人心中都涌动着争夺胜利的渴望，
许多枪刺在苍白的阳光下闪耀辉煌，
酝酿着可以夺取敌人生命的力量，
红军勇士们唱起战歌于东进的征途，
54 雄壮的歌声直逼辽阔无垠的苍穹。

红军和敌人同样都在健足疾进，
犹如两股遮天蔽日的锐利锋镝，
带着巨大的呼啸射向同样的目标，
即将在宽广的大地发生可怕的碰撞。
红军和敌人就是这样进军包座，
又如两股无比巨大的滚烫熔岩，

漫过山梁与低谷携带着惊人的热量，
62　已没有什么可以令它们的热度下降。

三十军政治委员是足智多谋的李先念，
他和军长程世才很快安排好任务，
然后策马直奔党中央驻地巴西，
根据指示前往那里将情况汇报。
他们骑着战马奔跑在宽广高原，
速度之快犹如一股呼啸的长风，
那马蹄掀起了云团一般的滚滚烟尘，
使勇敢的骑士的心脏也不禁加速跳动，
大风顺着马儿的鬃毛往后疾吹，
他们不得不常常用手按住军帽。
两个心志豪壮的指挥员心中焦急，
74　期盼着尽快赶到巴西将情况说告。

他们到达巴西来到一座喇嘛庙，
在这里见到了毛泽东和其他红军首长。
心志豪壮的程世才是第一次见到毛泽东，
78　激动的心情犹如江潮奔腾涌荡。

伟大的战士毛泽东穿着灰布军服，
头上戴着一顶半旧的八角红星帽，
高大魁伟的身材已经变得消瘦。
毛泽东看到年轻的指挥员李先念和程世才，
高兴地迎上去和他俩握手，这样说道：
"两位都是心志豪壮的年轻儿郎啊！
这回可要派你们指挥重要的战斗。"
说话间他拿出一张三省交界的地图，
因为没有桌子就铺在了喇嘛庙的地上，
周恩来、张闻天、博古等人也在近旁，
红军的将帅们环绕着地图围成一圈，
有的蹲下，有的干脆席地而坐，
他们身上没有光辉的甲胄，
却个个都是威震敌胆的名帅猛将，
93　在百姓的心中就如夜空闪耀的星宿。

红军英雄的将帅们就这样围着地图，
听伟大的战士毛泽东说出话语飞翔：
"我们要力争建立川陕甘革命根据地，

这片土地交通便利，地域宽广，
养育众生的大地上人口比较稠密，
更有丰富的物产可以将红军补给，
敌人的力量在这里也是比较薄弱，
加上他们内部派系错综复杂，
难以形成对红军大规模作战的杀阵。
这些都是红军壮大的有利条件，
因此我们必须抓住机会行动，
尽快进击甘南向着东北方推进。"　　　　105

伟大的战士毛泽东接着说了许久，
最后他手中的红色铅笔指向地图，
在包座地区重重勾画了一个圆圈，
巨大的手掌猛然抬起向东一挥，
说出如雷轰鸣的话语飞翔在空中：
"为了实现我们北上抗战的计划，
第一步先要出击甘南向东发展。
我们必须迅速攻占上下包座，
同时打击前来增援的敌人四十九师，
赶走或消灭这只凶猛扑来的恶犬。"　　　115

病情稍稍好转的周恩来插话说道：
"目前我军各部现在还未靠拢，
一军只是刚刚全部出了草地。
坚忍的三军大部尚在草地之中，
无法立即前来参加这次战备。
目前时间对红军的命运生死攸关，
向前同志提议由三十军、四军出战，
中央经过研究同意了这个建议。"　　　　123

徐向前总指挥接着这样大声说道：
"指挥部决定在敌人援兵到来之前，
速战速决，迅速拿下上、下包座，
然后集中力量打击支援的敌人。
中央已经批准了指挥部的作战计划，
令你们三十军先以一部将包座占领，
尔后集中力量消灭敌人四十九师，
四军以一部攻占包座以北的求吉寺，
一军在巴西和班佑之间集结待机，
我和叶剑英同志的指挥所设在附近，

就在上包座以北高高的末巴山上，

135　在那里将能清楚看到战场的烟尘。"

李先念和程世才兴奋地领受了战斗任务，

告别了领袖们翻身骑上了战马神骏。

毛泽东手里拿着那支红色铅笔，

与众位将帅一起送两个年轻人出门，

140　看着他们随着队伍向东急进。

三十军的英雄们迈开捷足赶往包座，

跑过了起伏的山坡，翻过高峻的山岭，

涉过了险恶的山涧，穿过幽深的林莽，

犹如一群勇猛的狮子奔行在山野，

沿途卷起滚滚烟尘弥漫于山岳。

在行军途中三十军将紧急会议召开，

决定首先集中八十九师强攻包座，

前卫团二六四团负责歼灭包座守敌，

同时决定由八十八师担任打援主力，

集中至少五个团的兵力围攻四十九师，

做到与围攻求吉寺的四军互为犄角，

152　犹如猎人相互配合将猎物拿捉。

行军途中天空下起了倾盆大雨，

狂暴的大风犹如野牛奔腾在山谷，

庞大的牛群冲撞着沿途的树木枝叶，

无数巨大的蹄子铁锤般砸落在地面，

震落了无数碎石与断枝纷纷飞扬，

大地在狂奔牛群的踩踏下剧烈震颤，

山谷和森林发出可怕的隆隆轰鸣。

雨水犹如从九天飞落的无边瀑布，

滔滔不绝降落到养育众生的大地，

急流冲刷着两边大山险峻的山坡，

将断枝败叶、碎石泥沙猛烈地冲刷，

然后统统冲落入激浪奔涌的溪流，

溅起了飞沫弥漫在山谷令人心惊。

雨水落在巍巍的群山冲刷着大地，

大量泥土被雨水冲落纵横的河流，

江水、河水夹带着无数的泥石奔涌，

高原的千条沟壑中激流闪亮纵横。

隆隆雷声在风雨中震撼着整个大地，

闪电犹如锯刀锯裂黑色的天空，

光芒森然闪耀，发出惊人的光明。　172

雨水淋湿了每个红军战士的衣裳，

但是战士心中依然燃烧着烈火，

渴望胜利的心灵激发无尽的力量，

驱动着双脚在泥水横流的道路上飞奔。

八十九师前卫团率先抵达包座西北，

时间是八月二十九日下午傍晚时分，

红色的勇士们不顾长途跋涉的疲惫，

立即向敌人外围据点发起攻击，

犹如一群愤怒的狮子看到猎物，

猛然扑将过去令猎物骇然惊魂。　182

驻守包座的敌人是胡宗南独立旅的一个团，

他们几天之前从南坪来到包座，

将他们的团部驻扎在北靠大山的大戒寺。

包座河由南向北流过寺庙的西边，

一条小河从东向西汇入包座河，

这条支流在寺庙南边滚滚奔涌，

和包座河一起在西边、南边将寺庙围护，

犹如天然的护城河各自正得其位。　190

一天一夜的大雨之后，河水暴涨，

汹涌咆哮的流水变得又深又急，

一个团的敌人北靠巍峨高耸的大山，

西边南边凭借着河水将红军阻隔。

在寺后大山的山隘和树枝繁茂的丛林中，

防守的一方已经构筑了各种工事，

明堡由砖石垒筑而成坚若磐石，

暗堡深深藏于山林隐匿了行迹。

在各种工事内守军贮备了大批粮食，

一心准备和红军展开长期的对弈。　200

红军八十九师突破包座河进攻大戒寺，

犹如飓风从西边卷来大海的波涛，

波涛奔涌向着长长的海岸推进，

一次又一次发起巨大猛烈地冲击，

它们撞击着岸边灰色的山崖与礁石，

溅起四散的飞沫发出巨大的轰鸣。

红色勇士们的进攻就像这样猛烈，
但是依然无法攻破敌人的防守，
那些或明或暗的碉堡喷射着子弹，
犹如怪兽发出尖利恐怖的叫声。
可以吞噬生命的子弹四处飞射，
穿过很多红军战士的头颅和躯体，
河水、雨水之中流淌着殷红的鲜血，
山冈上、河流中倒下了众多红军的士兵。
雨水依然在不知疲惫地疯狂落下，
滔滔不绝降落到养育众生的大地，
急流冲刷着巍峨大山险峻的山坡，
卷起了断枝败叶和碎石泥沙奔泻，
牺牲勇士的鲜血流入奔涌的溪流，
重新化作了漫天飞降的无边血雨，
221　浓烈的血腥弥漫于山谷令人心惊。

陈世才和八十九师师长邵烈坤指挥着战斗，
他们站在包座河的西岸满心焦急；
对岸敌人的机枪声哒哒、哒哒地响着，
在渐渐降临的夜色中闪耀着枪火熠熠。
红军八十九师前卫二六四团一直猛攻，
从下午三时一直战到晚上九时，
方才向敌人防线的外围部分突入。
浴血奋战的尖兵冒着枪雨猛进，
艰难地占领了北山山脚的几个碉堡，
随即将西坡半山腰的一个暗堡攻破，
232　歼灭两连的敌人后继续向大戒寺突袭。

红军从俘虏的敌军军官口中获悉，
援敌四十九师将于明天到达包座，
已经准备全力支援包座守敌。
多谋善断的红军指挥员当即决定，
暂时不再对包座进行突击强攻，
只派二六四团将大戒寺守敌三面围住，
八十九师另外两个团被调往包座西南，
240　协同八十八师一同先将援敌打击。

此时大雨已经停歇，月华淡淡，
几个红军指挥员走在夜雾蒙蒙中，
亲自将包座附近的地形仔细查看。

在包座西南是一片连绵起伏的山冈，
山冈之上密布着无数常绿的松树，
夜色中这些松树犹如万千甲兵，
披挂着黑铁的盔甲静悄悄等候着敌人，
随时准备向来敌掀去战斗的波澜。　　248

红军指挥员们心里异常清楚地知道，
对手的一个师就有精锐的士兵近万。
红军三十军可以用于伏击的战士，
人数正好与前来支援的敌人相当，
然而红军的战士们刚刚走过草地，
长期以来只能吃野菜和树皮充饥，
整支队伍正处于极度的疲惫之中，
很多战士甚至从来没有吃饱过饭。　　256

正是这支饥寒交迫中的疲惫之师，
即将迎击敌人上万的精锐部队，
多谋善断的红军指挥员勘察完地形，
激励战士勇敢地将严酷的战斗面对。　　260

夜神在雨后已经张开巨大的翅膀，
大风卷着雾气，猛烈地吹拂着军旗。
月亮在浓浓夜雾中发出森然的光芒，
星辰几乎全部隐没于浩渺的夜空，
在宽广起伏的大地和朦胧的星月之间，
红军的勇士们悄悄地进入西南的山冈，
在松林山坳间筑起围敌的铁血城池。　　267

当次日橘黄色的黎明从辽远的天边升起，
红军两个师的大部兵力埋伏完毕，
在援敌必经之路的两边山冈之上，
已经密密麻麻隐伏了万名红军，
犹如一只只渴望战斗的威猛雄狮，
默默积蓄着力量，耐心等待战机。
另有一个精锐连登上了高耸的东山，
在那犹如巨人脊骨的巍巍山梁，
他们向西可以瞰制增援的来敌，
向北可以对大戒寺守敌形成包围。　　277

时间点点滴滴地慢慢流逝而去，

红色勇士们个个瞪大了疲劳的眼睛，
犹如狮子警惕地观察着猎物的来路。
连续急行军的红军战士们困顿疲劳，
沉重的眼皮常常不自觉地合在一起，
然而等候战斗的焦灼战胜了瞌睡，
任何一个战士都不想将战机贻误。 284

长久的埋伏最能考验一个人的意志，
怯懦者常常因恐惧而想要抽身躲避，
真正的勇士却从来不会犹豫和退缩。 287

红色的战士们一直静静将敌人等候，
直到黄昏渐渐为天空铸上黄铜，
火热的夕阳燃烧着黄铜璀璨的天空，
天空的云彩辉煌流溢着火红的光辉。
黄昏之后夜幕渐渐降临大地，
红色的战士们依然看不到敌人的踪影，
只能在黑夜中沉默等待战斗降临，
犹如勇猛的狮子为了伏击猎物，
必须在黑夜中抵抗沉沉睡意的侵袭，
不敢因疏忽放过稍纵即逝的战机。
在这个漫长的夜晚，大风掀动着松涛，
阵地沉寂，辽阔的夜空月朗星稀。 299

红色勇士就这样又等了一个夜晚，
直到次日中午太阳移近天顶，
他们才看见山野上敌人远远而来。
只见西南山口不远之处的道路上，
密密匝匝的士兵犹如移动的森林，
无数的脚步踩踏得大地隐隐震颤，
十数里山冈之间升腾起灰色尘埃。 306

狡猾的敌人并没有轻易往前挺进，
而是派出一只精锐的尖兵先行。
机智的红军犹如富有经验的狮子，
看到猎物的试探并没有盲目出击，
多智善断的红军指挥员当即决定，
山上的主力部队继续隐蔽埋伏，
而只以正面的二六三团一部出击诱敌，
以便将敌人主力引入伏击圈的中央。 314

红色尖兵领受了诱敌深入的命令，
从正面的山坡向敌人尖兵发出攻击，
一时之间密密的松林间枪声响起，
两支尖兵在高高的山冈短兵相接。
为了将敌人引诱到主力构筑的包围圈，
红色尖兵们一边战斗一边退却，
愚蠢的敌人犹如一群蛮笨的野牛，
只顾一路向着攻击的对象猛撞，
却丝毫不知自己马上就要被围猎。 323

为了吸引敌人加快进入包围圈，
十里以外二六四团加强了对大戒寺的围攻。
不远的包座战场顿时枪声大作，
喊杀声逼上云霄激荡在高旷的天穹。 327

从西南道路前来的援敌见包座危急，
主力部队跟随着尖兵迅速推进。
近万名的士兵犹如海潮漫入河口，
激起层层叠叠的浪花向内陆深入，
敌人的士兵就这样纷纷涌入包围圈，
进入了红军早已经布下的长长战阵。 333

多智善断的红军指挥员见时机成熟，
当即命令二六五团和二六三团主力出击。
红军两个主力团接令后立即行动，
战士们大喊着从两侧山冈的松林中杀出，
震地的呼声盖过了枪声炮声的轰鸣，
犹如天神从高空掷下无数的霹雳。
红色勇士们犹如狮子扑向猎物，
他们首先攻击了敌人主力的中段，
迅速将敌人长长的队伍分割成两半，
在敌人前卫团和敌师本队团之间的山冈上，
顿时出现了一道红军的铜墙铁壁。 344

随后红军二六三团包围了敌人前卫团，
二六五团则向南猛烈地围击敌师本队团。
红军就这样犹如挥出了一把尖刀，
将一条巨蟒从中间一刀切成两段，
然后迅速将巨蟒的两段残躯包围，
发起重重围攻，战斗在多树的山峦。 350

敌师长伍诚仁见主力被围恼羞成怒，
一边令本队团全力猛攻红军二六五团，
一边急令后卫团快速向本队团推进，
犹如不死的巨蟒扭动着三段身躯，
355　企图重新再合在一起挣脱包围。

三段不死的巨蟒就这样狂暴地扭动，
掀起恐怖的大风呼啸奔腾在山谷，
巨蟒的身躯到处闪烁着可怕的火光，
冲撞着沿途的树木，掀倒了许多猎人，
360　敌人就这样犹如巨蟒狂暴地逞威。

拥有重武器的敌人发射着隆隆的火炮，
犹如巨蟒身上飞出火焰的鳞甲，
炙热的鳞甲穿梭在密密松林之间，
犹如燃烧的陨石砸落在起伏的山冈。
炮火很快燃起松林密密的枝叶，
366　十数里的山地顿时变成火的战场。

当金色太阳渐渐偏向大地西方时，
敌人四十九师全部进入了红军的包围圈，
李先念和程世才立刻向总指挥部汇报情况，
当即获得批准发起了全面总攻。
红军所有的司号员一个个听了命令，
鼓足气吹响冲锋号响彻浩浩长空。
红军二六八团和二六七团在号声中杀出阵地，
374　犹如开闸的水坝泻出奔涌的山洪。

喊杀声、枪声、爆炸声响成狂乱的一片，
十几里的战场燃烧起熊熊的战火，
双方的士兵在交战的阵线彼此冲杀，
敌人不断发出许多致命的炮击，
带给许多英勇的红军可怕的死亡。
阵地浓烟滚滚升腾掩盖了天空，
红色火苗卷过松树、桦树和灌木，
仿佛把整个森林推入炼狱的中央。
年轻的红军战士一个接一个倒下，
永远安息在那养育万物的宽广大地，
385　战友迈过了他们的尸体冲向豺狼。

心志豪壮的红军就这样奋勇冲杀，
死亡很快笼罩了很多年轻的勇士。
红色勇士们渐渐冲入敌阵的中央，
将用完子弹的钢枪装上了雪亮的枪刺。
疯狂反扑的敌人纷纷射出子弹，
铁的枪口喷出可怕的炽热火焰，
子弹穿过许多红军的头颅和胸膛，
许多战士仆倒在山石嶙峋的大地。
交战的阵线红色的血光夹杂着火光，
如同黑色的大地裂开了巨大的伤口，
往黑烟弥漫的天穹飞溅出红色的血泪。
雪亮的刺刀彼此交错碰撞在一起，
发出尖锐刺耳的声音喤琅琅作响，
很多刺刀使对方的生命往死亡跌坠。
在浓浓黑烟中飘动着许多血色的红绸，
那是红军战士手中大刀的飘带，
许多战士由于没有足够的子弹，
只能直接挥着大刀向敌阵冲杀，
红军和敌人就是这样激烈交战，
双方彼此冲锋掀起次次高潮，
犹如大地震动、巨大的板块相撞，
不论凡人和天神即使事后想起，
也会同样地手心冒汗心有余悸。　408

激烈的战斗一直持续了七八个小时，
当夜幕降临养育众生的大地之时，
红军终于制服了截成三段的敌军，
敌人的战斗部队几乎全部被歼灭，
只有六百余人趁乱逃出了战团。
红军将敌人的后勤部队全部俘虏，
缴获了八百条牦牛和一千多只肥羊，
这些牛羊在粮草匮乏的红军眼中，
简直胜过传说中会产金银的聚宝盆。　417

敌人四十九师师长伍诚仁胳膊被打断，
垂头丧气地站在俘虏的队伍当中。
八十八师派人专门将伍诚仁押往军部，
可是这时天空下起了倾盆大雨，
大风在黑色的夜晚吹起弥漫的雨雾，
伍诚仁趁着天黑与混乱跳河而逃，

424　在狂暴的风雨中身影消失于夜色朦胧。

在围歼敌人四十九师的战斗即将结束时，
作为预备队的二六九团主力回返大戒寺，
协同二六四团再次强攻包座守敌。
当夜神渐渐步入子夜的殿堂之时，
大雨渐渐转小，夜雾开始弥漫，
半夜两点红军攻占了大戒寺的北山，
随后迅速由西南面强行攻入寺内，
432　守敌终于难抵红军锐利的锋镝。

惊慌的敌人放火烧起寺内的粮库，
四百名守敌趁着大雾从东南窜逃。
红军攻入寺院后歼灭了一部残敌，
同时迅速扑灭了寺内的火浪如潮。
大火熄灭后烧焦的粮垛冒着黑烟，
饥饿的红军战士们抓出烧焦的粮食，
大口吞嚼将饥饿的肚肠匆匆犒劳。
这群坚强的勇士是空着肚子战斗，
441　全凭意志忍受着饥饿的持久煎熬。

寺后东北高山上还有二百残敌，
他们见到援兵被消灭、寺院被攻占，
知道大势已去，纷纷下山缴械，
红色勇士们就这样胜利占领了包座。
在这场前后持续三天的包座大战中，
红军打死打伤敌人四千余人，
448　敌人从北部堵截的计划自此被打破。

正当红军三十军围歼敌人四十九师时，
红军四军也在求吉寺同守敌激战。
在午夜时分求吉寺守敌全部被歼，
至此上、下包座皆被红军占领，
但许多勇士却已无法将胜利看见。
红军十师师长王友钧也英勇牺牲，
455　高大的身躯跌倒在求吉寺阵地的前面。

战后红军立即就地进行了休整，
勇士们将牺牲的战友掩埋在高高的山冈，
并将牺牲者的姓名在坟前的木牌上刻写，

勇士们对着逝去的战友这样说道：
"可能没有人能够记得你们的名字，
但是当后世的人们来到这片土地，
看着这山冈上松林犹如战士无数，
他们会说有群英雄曾在此战斗，
山河大地会记住英雄们不朽的荣光。
即使哪天河水干枯石壁倾颓，
英雄的魂魄也会犹如日月悠长。
今天你们在这里失去年轻的生命，
追随许多英勇的战友死在战场，
鲜血流入大地，身躯淹没于沧浪。
可能没有人能够记得你们的名字，
因为任何名字总是容易被遗忘。
但是当后世的人们站在大河的旁边，
看着这河水滚滚流淌奔向远方，
他们会说有群英雄曾在此战斗，
滔滔的江河会将英雄们的故事传扬。
即使哪天江水干枯石壁倾颓，
英雄的魂魄也会像那日月如常。"　477

战斗中被击毙的敌人也同样给予掩埋，
敌人的伤员也被集中在大戒寺内治疗。　479

红色勇士们对俘虏说出话语飞翔，
告诉他们红军是人民自己的队伍，
为了解放穷人捍卫国家的独立，
英勇的红军不畏牺牲征战远方。
很多俘虏听了有翼飞翔的话语，
要求加入红军不怕走征途悠长。
有些俘虏也想回家陪伴亲人，
红军便发了盘缠让他们归返故乡。　487

包座大战使红军打开了甘南的大门，
红军因此得以从班佑继续北进，
迅速进入岷江源、白龙江的沿岸地区。
然而当红军右路军到达班佑、巴西时，
张国焘控制的左路军却在阿坝停滞，
并没有依照计划向右路军迅速靠拢，
一场危机正悄悄出现在红军的征途。　494

第三十六卷

从班佑到腊子口

茫茫大草地的积水不现形迹地流动,
慢慢地汇入蜿蜒曲折的白河与黑河,
北面的黑河还有个藏名叫作墨曲,
南面的白河则有个名字叫作噶曲,
这两条穿越草地的河流都西向而去,
滚滚流向汹涌澎湃的大河玛曲,
玛曲河还有个响亮名字叫作黄河,
它在大草地的西边将雄奇的河道纵横。
迟缓的流水流溢在腐草沉积的草地,
流水在草丛之间形成了弯曲的河道,
河流在雨季时卷着烂草与淤泥奔涌,
草地之上于是出现无数的河沟,
13　河沟之间密布着可吞噬生命的泥坑。

英勇的红军并没有被茫茫大草地困阻,
右路军在八月底过了草地到达班佑,
并且血战包座打开了甘南的通道。
然而一九三五年九月三日这天,
张国焘拍了一封电报告诉右路军,
说他被白河的洪水挡住北上的去路,
20　左路军无法渡过草地上的流水浩浩。

张国焘就这样命令左路军停止了北进,
擅自改变了部队与右路军会合的计划。
巨大的阴云顿时弥漫在红军的内部,
24　张国焘武断独行的阴谋渐露行迹。

红军右路军指挥部设在班佑村旁,
就在一片柳林的几座毡包之内。
毛泽东则是单独住在小河对岸,
28　与右路军指挥部隔着小河遥遥相对。

彭德怀的第三军团驻扎在十里外的巴西,

披坚执锐的第一军团继续向前,
刚刚进入甘肃地域到达了俄界。
毛泽东时而在巴西,时而又在班佑,
周恩来和王稼祥则是全都住在巴西,
两人的身体九月以来渐渐康复,
只是仍然不能下床将双脚飞迈。　　　　　35

张国焘的电报如大风吹来浓厚的乌云,
使得许多人的心情沉沉如坠黑夜。
中央委员会立即紧急将会议召开,
会议做出决定电令张国焘北上,
并提出可以派人帮助左路军渡河,
尽快将那正在涨水的噶曲河飞跨。　　　41

此时国民党军队正在四处集结,
很可能向红军发动一次大规模的进攻。
张国焘依然没有带领左路军北进,
反而坚持向西向南发展力量,
仿佛那里才有革命胜利的天空。　　　　46

身经百战的彭德怀犹如机敏的猎豹,
已经感觉到了空气中气氛紧张。
当他率领第三军团到达巴西后,
便将十一团隐蔽在毛泽东住处的附近,
负责保护毛泽东不受任何的损伤。　　　51

九月九日上午,张国焘发出了密电,
电报直接发给右路军指挥部的陈昌浩,
当时陈昌浩正在一个会议上发言,
参谋长叶剑英从译电员手中接过了电报。
叶剑英下意识地瞟了一眼电报内容,
不禁心中一跳,忧虑潮水般涌起,
仿佛无意中听到了一个巨大的噩耗。

原来密电命令右路军改变方向，
重新回头穿过草地与左路军会合，
如果有谁不服从可用武力解决，
62　密电措辞严厉直接向右路军发号。

多智善断的叶剑英马上借口离开，
匆匆来到近旁毛泽东临时的居室。
他把电报交给运筹帷幄的毛泽东，
毛泽东看了眼电报马上抄录了一份，
接着这样对叶剑英说出飞翔的话语：
"请暂时不要告诉别人我看了电报，
69　我相信英勇的红军能够逢凶化吉。"

叶剑英随后告别毛泽东回到指挥部，
陈昌浩还在台上继续他的发言。
叶剑英机智地将电报交给了陈昌浩的秘书，
73　内心仿佛奔驰着一辆颠簸的车辕。

攻城略地的彭德怀于是向毛泽东建议，
为了防止红军出现自相残杀，
可以扣留一些人质确保完全。
雄才大略的毛泽东拒绝了这个意见，
78　准备采用大胆的办法与张国焘周旋。

毛泽东命令彭德怀立即赶回巴西，
自己孤身一人去找陈昌浩开会。
陈昌浩于是向毛泽东转告了张国焘的命令，
毛泽东则劝陈昌浩按照计划北上，
83　说话之间神清气闲态度和蔼。

然而陈昌浩决定服从张国焘的命令，
毛泽东没有能够说服陈昌浩北上。
于是多智的毛泽东这样告诉陈昌浩：
"假如部队要改变路线将草地回返，
我必须先和其他几位同志商量。
如今周恩来和王稼祥正在三军团休养，
我需要偕同洛甫、博古前去开会，
91　共同探讨当前返回草地的情况。"

雄才大略的毛泽东就这样赶到了巴西，

召开了中央常务委员会紧急会议，
会议决定不改变北上抗日的方向。
他们又给张国焘发了一份电报，
要求他坚持执行原定的行军计划，
97　和右路军会合一同北进将日寇抵抗。

坚忍卓越的第三军团领受了命令，
准备于十日凌晨二时出发北行。
运筹帷幄的毛泽东同时通知陈昌浩，
如果部队要回头再过茫茫草地，
战士们需要更多的粮食作为干粮。
运筹帷幄的毛泽东又这样告知陈昌浩，
第三军团等到天亮就去割青稞，
105　要不了多久就可以再踏上征途长长。

这晚夜神巨大的翅膀渐渐张开，
107　夜风吹过高原轻轻吹拂着军旗。

那夜空黑色如墨点缀了稀疏的星辰，
月亮在高远的天顶发散出轻柔的光芒。
在养育众生的大地与清朗明月之间，
111　杨尚昆、叶剑英悄悄溜出指挥部的营房。

他们让警卫员牵着驮行李的骡马先走，
自己却悄悄隐在阴影中快步赶路。
下半夜的月亮悄然躲入浓厚的云层，
115　大地犹如升起了无边的黑色迷雾。

迷雾笼罩了万物，包括所有的凡人。
天地之间混沌无光只有黑暗，
夜色中的行者四周也是漆黑一团，
119　伸手不见五指，除非是火眼的天神。

杨尚昆、叶剑英一直走到天色大明，
才终于赶上第三军团的后卫部队，
毛泽东、周恩来等人已经等候多时，
123　见到两人赶到尽皆心中欢喜。

当橘黄色的黎明降临养育众生的大地，
陈昌浩发现了毛泽东已经率部北行。

匆匆打了几个电话核实情况，
然后拿着听筒回头对徐向前说道：
"出了一件怪事，一方面军已经开拔，
是不是派人追上去拉住他们的马缰？"
心志豪壮的徐向前这样将他回答：
"我不知道有谁见过有红军打击红军？
132 红军都是为了国家而征战远方。"

陈昌浩于是没有派出部队追击，
而派了红军大学的一个学生团前往。
四方面军参谋长李特也跟着前去追赶，
136 这个勇悍的战士脾气暴躁而鲁莽。

雄才大略的毛泽东等待着追来的说客，
对他们这样说出如雷的话语飞翔：
"我们都是光荣的红军、人民的军队，
为了国家我们一样征战在远方。
如今你们想要南下就请自便，
愿意北上的就和我们一同出发，
让我们一起走上抗日的烽火战场。
不过南下并非一条胜利的通途，
我相信一年之后你们会重新北上，
我们会等待你们来到我们的身旁。"
毛泽东说罢率领部队渡过了巴西河，
他们走过河上一座小小的木桥，
木桥的下面挂着一只巨大的牦牛头，
150 牦牛头保佑着木桥直面洪水的猖狂。

在雄才大略的毛泽东率部北上的同时，
四军和三十军回头重新走向草地，
那片色彩斑斓的茫茫无际的魔毯呀，
154 再次夺取了许多红军勇士的生命。

九月十二日毛泽东来到了甘肃的俄界，
中央政治局在那里召开了扩大会议。
会议决定将严重减员的部队缩编，
成立了红军抗日先遣队陕甘支队，
长征造就了这支革命力量的精髓。
这支英雄的部队由彭德怀担任司令，
雄才大略的毛泽东担任政治委员，

支队统辖着三支英勇善战的部队①：
前一军团由副司令林彪兼任指挥，
前三军团的指挥由彭德怀司令担任，
叶剑英接受了委任指挥前军委纵队，
聂荣臻、李富春、邓发分别担任了政委。 166

俄界会议批评了张国焘的错误决定，
重新整编的红军继续迈步前行。
他们沿着白龙江右岸向腊子口进发，
长长的队伍旁边，闪亮的大江在轰鸣。 170

白龙江从西向东滚滚奔流在高原，
沿途穿过梅花鹿成群的铁布森林。
红色勇士们不断翻越江边的大山，
听着耳旁的江水发出激越的龙吟。 174

当九月十四日玫瑰色的黎明降临大地，
捷足的红色勇士来到江边的莫牙。
莫牙有一座住有数百喇嘛的旺藏寺，
寺内洁净雅致，开满了绚烂的鲜花。
寄宿在白色、蓝色和紫色斑斓的院落，
红色勇士们恍若回到了遥远的老家。 180

次日当黄昏为东方的天空铸上黄铜时，
红军二师四团的勇士们接到了新任务。
命令要求他们迅速攻取腊子口，
在三天之内打通去甘南岷县的通路。 184

当夜晚来临夜神张开了巨大的翅膀，
那翅膀黑色如墨缀满了璀璨的星辰，
星辰点点星星闪烁出灿烂的光芒。
在养育众生的大地与璀璨星辰之间，
红军的勇士们集合在长长的白龙江旁。
他们沿着白龙江迈开捷足行军，
跑过崎岖的山坡，翻过高耸的山岭，
跨过淙淙的山涧，穿过深深的林莽，

---

① 中央红军整编工作在哈达铺才正式完成，因此笔者在
此处仍将红军抗日先遣队陕甘支队统辖的三支部队称
为"军团"和"纵队"。

夜神渐渐抛掷出团团厚厚的浓雾，
把山林笼入沉沉黑色，罩上了寒霜。
黑夜中荆棘密布的小道崎岖不平，
黑影重重显得格外的神秘悠长。
心志豪壮的红色勇士们喊起口号，
如雷轰鸣的声音在黑夜中雄壮飞扬。
时间分分秒秒在黑夜中悄然流逝，
红色勇士的双脚穿着破烂的草鞋，
201　把长长的荆棘路当作与时间赛跑的竞技场。

捷足的勇士们很快来到卡郎山下，
黑黢黢的山峰犹如巨人挡在路前，
胫骨强健的勇士们艰难地向上爬去，
一个紧随一个，人人不愿落后。
有个战士发出了挑战将心灵激励：
"勇敢的战友们！让我们来场爬山比赛，
看看谁的双脚更快更擅长奔走！"
喊声消失在风中没有获得应答，
战士们都在忙着爬山个个低首。
先前那个声音再次如雷般喊道：
"勇敢的战友们！有种的就来场爬山比赛，
看看谁的双脚更快更擅长奔走！"
这时两个心志豪壮的战友喊道：
"来吧！让我们看看谁的脚板更厚！"
"来吧！大家都来，不来的就是小狗！"
勇士的话语激起许多心灵的斗志，
于是勇士们犹如一窝兴奋的蜜蜂，
拍着翅膀争先飞向那甜美的花冠。
红色尖兵们就是这样展开比赛，
宽阔胸膛剧烈起伏急促地呼吸，
飞快向着岩石盘错的山上爬去，
223　双脚不够用就加上关节有力的大手。

当捷足的勇士爬上高耸入云的山顶时，
黑色的天空忽然飘落漫漫飞雪。
飞雪中夹杂着无数米粒大小的冰雹，
伴随着大风发出低沉悠长的呜咽。
乐观的战士们于是这样高声喊道：
"快看，快看，老天给我们送来了白糖，
大家好好品尝别辜负了老天的关切。"

战士们就这样喊着笑着快步前行，
迎面顶着夹杂风雪的大风凛冽。　　232

半夜时分天空又下起倾盆大雨，
夜神展开无边无垠的黑色大幕，
笼罩了万物——大地、高山，还有凡人。
天地之间混沌无光只有黑暗，
红色勇士们的四周也是漆黑一团，
伸手不见五指，除非是火眼的天神。　　238

四团的勇士们艰难行走在黑色大雨中，
雨水浇透全身，泥浆混入了血水，
坚硬锋利的石头仗着雨夜的掩护，
凶恶地刺破草鞋品尝鲜血的滋味。
可石头并不知鲜血渴望光荣的胜利，
犹如葡萄汁也会向往葡萄酒的高贵。
红色勇士顶着肆虐的漫天大雨，
穿越苦难铸造的命运英勇无畏。　　246

大雨之后山路更加泥滑难行，
四团的勇士们继续艰难地飞步急进，
跑过崎岖的山坡，踏过嵯峨的巨石，
在欢笑与喧嚣声中转眼翻过卡郎山。
下山之后勇士们继续走了十里，
他们在班藏五福附近驻扎宿营，
准备下半夜继续走上山路弯弯。　　253

疲惫的战士们很快进入沉沉的梦乡，
炊事员们却没有休息正为做饭忙碌。
他们准备让战士们个个能够吃饱，
用简单的美食去满足那些饥饿的肚腹。　　257

十六日凌晨两点战士从梦中醒来，
吃过了早饭向着腊子口卷去沧浪。
此时天空中毛毛细雨飘飘洒洒，
许多战士披着雨衣戴着斗篷，
拄着拐杖跋涉在满是黄泥的小路，
穿行在一片漆黑浓密的森林中央。　　263

当昏晦的黎明降临养育众生的大地，

给四团带路的向导突然迷失了方向。
在红色勇士的周围没有一个人影，
267　到处是盘枝错叶的老树密密如帐。

无所畏惧的勇士于是拿出指北针，
坚定不移地向着北面的大隘口行进。
在浓密的森林中行了大约一个钟头，
他们突然发现前方有敌人的形迹，
机敏的红色尖兵立即向前摸索，
他们看到一营的敌人正在左侧，
274　忙忙碌碌地构筑工事布置着杀阵。

四团于是派出一个营沿侧翼前进，
迂回到敌人阵地的侧后隐蔽集结。
随后派出两个连直杀敌人的正面，
隐蔽侧后的部队也同时全力出击，
红军前后两股力量就这样爆发，
犹如山洪隆隆地奔腾气势猛烈。
高高的山峰积聚了山洪飞泻的力量，
洪水卷起无数山间的巨石与断木，
呼啸着在大山丛林中抢夺着前进的道路，
激荡的山洪排山倒海地撞击着、撕扯着，
挡在前面的一切顷刻间变成了碎屑。
红军的勇士就像山洪一般进攻，
287　片刻之间就将一个营的敌人消灭。

捷足的红色勇士们于是向黑朵前进，
他们派出战士穿便装向前侦察，
很快捉到了敌人派出的三名侦探，
于是从俘虏口中探询了前方的敌情，
知道黑朵的前面有敌军埋伏在右侧。
机智的红色勇士派出了尖兵前行，
一个连的战士穿上缴获的敌人军装，
他们大摇大摆地靠近对手的阵地，
身上的军装显然已经将敌人迷惑。
豪勇的红色勇士就这样逼近猎物，
很快进入可以展开攻击的距离，
红色勇士们先是投掷出许多手榴弹，
然后像狮子一样展开凶猛的扑食。
在一阵阵惊天的爆炸中敌人四散奔逃，

犹如一群乌鸦受到猛禽的攻击，
满林子乱飞扑腾着翅膀四处藏匿。　303

红色勇士们迈开捷足往前突击，
向着敌人阵地发起猛烈的进攻。
司号员鼓起腮帮使劲把军号吹响，
嘹亮的声音穿透密林直逼苍穹。
勇士们手中的钢枪伴着号声开火，
枪口冒着火花喷射着可怕的子弹，
子弹呼啸着穿梭在幽暗的密林之中。
四团的红色勇士们犹如威猛的狮子，
浑身强健的肌肉和筋骨爆发出力量，
向着猎物扑去夹带着猎猎长风。
狮子褐色的鬃毛在风中根根喷张，
双眼睁得巨大仿佛燃烧起火焰，
奔跑中看得见浑身肌肉剧烈地抽动，
勇气和力量让他们在激烈的战阵中称雄。　317

红色勇士们就这样在密林中奋勇冲杀，
一直尾随溃退的敌人紧紧追击。
追击中红军俘虏了敌人十四师的副官，
知道了天险腊子口就在不远的前方，
攻击的目标，刹那间无须再苦苦地寻觅。　322

当宽广的天穹升腾起黄昏绚烂的雾霭，
英勇的四团兵临天险腊子口的附近。　324

四团一营首先向敌人发动了攻击，
可是腊子口犹如一座铁铸的城池，
任凭枪击与炮轰也无法将它摇撼。
杨成武、王开湘亲自来到交战的阵前，
隐蔽在一块山石之后将地形查看，
两个身经百战的勇士心中都清楚，
如果红军突破不了天险腊子口，
就可能被逼回那片茫茫的草地魔毯。　332

他们透过望远镜抬头往腊子口观察，
果然发现周围地形异常得险峻，
到处都是灰铁黄铜一般的石山，
犹如鬼神来将前进的道路拦阻。

嵯峨的大山展着一派亚热带风光，
铜铁的山石间生长着无数蕨类植物，
几株大树伫立在悬崖绝壁之间，
犹如许多擎天而立的巨大铁杵。
可是红色的勇士们无暇欣赏景色，
342　因为他们是战士而非悠闲的行旅。

白龙江的源头之一腊子河在这里流过，
激流的两岸都是岩石嵯峨的峭壁。
峭壁在河沟的两边彼此相距不远，
仿佛是天神在暴怒中挥起一把巨斧，
347　把一座大山劈成两半露出了缝隙。

山口的高处大约只有三十来米宽，
河沟的左岸有一条石壁构成的长廊，
穿过这条长廊就可以前往岷州。
在山口前沿，两山之间有座木桥，
木桥是由巨大的古木横架而起，
两端嵌入东西两头的黑色岩壁，
桥下腊子河犹如战马嘶鸣着奔流。
木桥东头的悬崖上筑着几个碉堡，
356　几挺重机枪对着进入山口的咽喉。

如果红军想要通过前方的木桥，
就必须首先经过一小片开阔的山地。
这片山地就在碉堡的枪口之下，
360　进攻的一方几乎不可能将枪弹躲避。

在那重兵把守的高高碉堡之下，
还有一个石堡犹如怪兽蹲踞。
透过两山之间三十米的窄窄空隙，
可以看到山口后是个三角形的谷地，
崎岖的山坡上防守的工事也早已筑起，
366　许多拿枪的人影在阵地上来来去去。

山口后面是那腊子山巍然耸立，
高高的山峰积着一层皑皑白雪。
敌人一个旅部率了三个团的重兵，
扼守着山口至后面高山之间的峡谷，
371　长长的一道防线似乎坚硬如铁。

四团的勇士经过仔细缜密的侦察，
终于找到了守敌两个致命的弱点。
一是山脚的石堡工事没有顶盖，
也没有任何树木或山岩将它遮掩；
二是口子上防守的兵力集中在正面，
旁边耸入云霄的石壁无人防守，
攻击者可以登上山崖进行冒险。　378

杨成武举着望远镜仔细看那石壁，
那高耸的石壁位于敌人石堡的旁边。
石壁从山脚到山顶大约七八十米，
峭壁之下就是蜡子河流水溅溅。
灰铁一般的石壁成仰角八九十度，
似乎连那猿猴也难爬上山巅。
峭壁的石缝里长着几株虬枝古松，
石壁犹如被锯刀切割出罅隙缠绵。
整堵石壁正好在敌人的视野之外，
从那里攀登将不会暴露在敌人眼前。　388

四团多智的指挥员们经过仔细商量，
决定组织迂回部队将石壁攀越。
然后自石壁顶部攻击敌人碉堡，
同时以正面进攻突入这天造的关阙。　392

然而究竟如何才能登上石壁，
红色勇士们讨论了许久却毫无办法，
正当众人抓耳挠腮一筹莫展时，
队伍里面站出一位年轻的勇士。
这是一个在贵州参军的苗族战士，
战友们给他取了外号叫作"云贵川"，
此时他从队伍中走出站上了土垒。　399

"云贵川"身材不高只有十六七岁，
赭黑色的脸上眉棱、颧骨高高突起，
他瞪着闪亮的眼睛说出了话语飞翔：
"就让我首先来将那高高的石壁攀登，
过去采药、打柴我常常在高山攀爬，
只要在一根长竿竿头将钩子绑上，
用钩子钩住峭壁的树根、崖缝和石棱，
我就能一段一段爬上那高高的山梁。"　407

四团的指挥员听了小战士飞翔的言语，
当即决定由他先进行尝试攀登。
于是"云贵川"便骑上一匹健壮的大马，
从湍急的腊子河涉水来到石壁的脚下，
腰间缠着一条绑腿接成的长绳，
413　光着脚板开始慢慢向上爬升。

四团的战士们隐蔽在对岸的密密树林里，
睁大眼睛看着小战士攀爬峭壁。
峭壁离敌人虽然只有二百来米，
但是向外突出的山体形成了死角，
418　敌人看不到爬山者也无法进行打击。

只见那个小战士手中举起长竿，
将竿头的铁钩搭住一个粗壮的树根，
接着拉了拉，一看树根很是牢固，
便用两手牢牢握住长长的竿子，
交替着双手一把一把地往上攀爬，
他用胫骨强劲的双脚蹬着石壁，
用脚趾抠住岩石的罅隙爬上了竿顶。
然后又像只猿猴趴在岩石上喘气，
过了片刻便又举起带钩的长竿，
428　身子往上一动，腰板猛地一挺。

小战士就是这样不断往上攀爬，
令得底下张望的战友个个心悸。
战友们全都屏住呼吸仰视山顶，
432　生怕小战士"云贵川"忽然受惊坠地。

当众人感到脖子仰得发僵之时，
小小的身影终于出现在高高的山巅。
小战士很快从峭壁爬下返回了营地，
436　开始挑选攀登石壁的突击队员。

此时黄昏已经渐渐降临高原，
英勇的四团开始准备分头出击：
迂回部队由侦察队及一连、二连组成，
440　通信主任潘锋带领的信号组随行。

二营负责从正面向山口进行强攻，

英勇的六连则将主攻的重任担当。　　442

团长王开湘亲自将迂回部队带领，
杨成武负责在正面进行统一指挥。
此时林彪、聂荣臻和陈光也已来到，
他们仔细观察地形，询问了敌情，
说出飞翔的话语为战士们注入力量，
激励红色的勇士们打出红军的军威。　　448

多智善断的杨成武和迂回部队约定，
到达预定地点后，信号弹一红一绿，
三颗红色的信号弹之后发起总攻。　　451

迂回部队很快开始准备行动，
他们集中了许多绑腿拧成长绳，
准备用来攀登对岸高高的石壁，
他们将闪亮的冲锋枪拷在宽阔的肩背，
又将颗颗乌黑的手榴弹缠在腰间，
在团长王开湘率领下开始抢渡腊子河。
由于河水太急根本无法徒涉，
他们只好依靠几头骡子与战马，
不断来来回回将咆哮的急流渡过。
为了和那冷酷的时间进行赛跑，
战士们又砍倒河边两棵擎天大树，
断裂的大树隆隆倒向腊子河的对岸，
形成了两根独木桥跨过流水滔滔，
使战士不用再等着骡马将时间耗磨。
等到几百个战士渡过腊子河之后，
太阳也已经沉入绕地的大海的水波。　　467

当迂回部队在对岸攀登石壁之时，
杨成武来到担任突击的六连的营地，
他向战士们这样说着话语飞翔：
"年轻的勇士们，我们面临着艰巨的任务，
如今在我们左边有土司凶猛的骑兵，
右边有胡宗南的主力部队狠如豺狼。
北上抗日的道路，只有腊子口一条，
只有突破腊子口才能走向北方。
英勇的红军已经闯过了千难万险，
茫茫的草地也没能阻挡我们的脚步，

难道我们能够驻足在腊子口之旁？
勇士们！我们许多战友为了胜利，
鲜血流入江水，身躯淹没于沧浪。
可能没有人能够记得他们的名字，
但是当后世的人们看到滚滚大江，
看着那江水滚滚流淌奔向远方，
他们会说有群英雄曾在此战斗，
山河大地会记住英雄们不朽的荣光。
即使哪天江水干枯石壁倾颓，
英雄的魂魄也会犹如日月悠长。
今天我们很多人也会失去生命，
追随我们英勇的战友走向死亡，
鲜血流入泥土，身躯仆倒在战场。
可能没有人能够记得我们的名字，
因为任何名字总是容易被遗忘。
但是当后世的人们来到这个山口，
看着这片巍巍的高山耸入云霄，
他们会说有群英雄曾在此战斗，
高山与白云会将英雄们的故事传扬。
即使哪天江水干枯石壁倾颓，
英雄的魂魄也会被那大地珍藏。
年轻的勇士们啊！你们即将杀向敌阵，
可怕的子弹可能会穿透你们的胸膛。
当你们仆倒在大地感到身躯飘渺，
当你们在恍惚之中仿佛回到家乡，
那时生命的力量将远离你们的躯体，
你们的身躯将会慢慢坠入死亡。
但是在那个时候你们将不会恐惧，
因为你们兑现了一个战士的诺言，
507　你们勇敢的精神将会万古流芳。"

飞翔的话语为战士们注入勇气和力量，
热血在他们豪壮的心胸汩汩地奔涌，
他们齐声高呼发出如雷的话语：
"坚决拿下腊子口，走上抗日的战场，
512　即使刀山、火海我们也愿意闯荡！"

战士发出的巨大呼声震动了山林，
声浪犹如威猛的天神于大海奔走；
他掀起层层的骇浪惊涛跌宕回旋，

如同从高空泼下祭奠英雄的烈酒。　　　516

二营六连原属第四方面军二九四团，
是由一个营缩编而成的光荣连队。
硬骨头的六连打仗总是勇往直前，
这次他们得到光荣的突击任务，
兴奋的激情鼓荡在每个战士的心内。　　　521

突击队由连长杨信义和指导员胡炳云指挥，
第一批二十人作为突击的尖兵进攻。
此时黄昏渐渐为天空铸上黄铜，
金色夕阳镀染黄铜璀璨的天空。　　　525

不久黑色的夜神张开巨大的翅膀，
翅膀黑色如墨缀满了稀疏的星辰，
星辰隐隐约约闪烁着微弱的光芒。
六连的突击队乘着朦胧夜色出发，
背上的鬼头大刀闪烁森然的寒光。　　　530

杨成武在微弱的天光中看那右边的陡壁，
依稀见到参谋长李英华正在指挥，
捷足的战士们犹如猿猴攀登着山峰。
峭壁之下的腊子河响着哗哗的水声，
水面上升起白色的水雾迷迷濛濛。　　　535

突突的枪声一直响着没有停歇，
正好掩护了迂回部队登山的行动。
过了许久几百个战士攀上了峭壁，
很快一个个慢慢消失在黑黢黢的山顶，
仿佛进入了天地之间无边的黑洞。　　　540

为了掩护迂回部队麻痹敌人，
六连按照计划开始了正面攻击。
二十个突击队员悄悄摸向独木桥，
敌人似乎没有发现，毫无动静，
只有红军掩护的火力照亮了石壁。　　　545

敌人眼见红军的战士来到桥边，
从石堡中突然纷纷扔出许多手雷。
手雷在嶙峋的山石间异常剧烈地爆炸，

549　巨响隆隆将许多岩石轰然炸开。

一个红军突击队员被手雷炸翻，
爆炸猛烈地撕开了他那宽阔的胸膛。
战士没有发出声响便扑倒在大地，
他的双手感觉到身下潮湿的青苔，
青苔软软的，渐渐变得温暖滑腻，
他开始感觉到体内的血液汩汩流出，
身体仿佛渐渐被笼罩冰冷的寒霜。
他慢慢翻过身子仰头看着天空，
好像有无数星星正在猛烈地闪光。
"啊，那不是星星，一定是战友们在冲锋，
一定是英勇的战友们在卷起进攻的沧浪。"
他又用力低头看看自己的前胸，
他看见红色的心脏依然在夜光中跳动，
563　幽蓝的岩石上，有几个战友躺在身旁。

"是啊，我们一定能够攻下腊子口，
没有什么能将英勇的战士阻挡，
今天我和战友们也会失去生命，
追随我们英勇的战友走向死亡，
鲜血流入泥土，身躯扑倒在战场。
可能没有人能够记得我们的名字，
因为任何名字总是容易被遗忘。
但是当后世的人们来到这个山口，
看着这片巍巍的高山耸入云霄，
他们会说有群英雄曾在此战斗，
山河大地会让英雄万古流芳。"
他感到抠着石棱的手指不再疼痛，
576　微笑僵硬在嘴角，眼望银河长长。

敌人凭着险要的地形和坚固的堡垒，
不断向着进攻者投下乌黑的手榴弹。
黑黢黢的山谷之间火光不停地喷薄，
580　仿佛是死亡之花狂野恐怖的璀璨。

红色勇士们接连往前冲锋了几次，
又有几个战士仆倒在黢黑的大地。
年轻的一排长心中不禁升起怒火，
端起机枪向着敌人的石堡狂射，

机枪喷出的长长的火舌映红了山口，
子弹打在石堡旁的岩石上冒着火星，
然而红军的火力并没有压住敌人，
石堡中不断飞出手雷满地乱坠。　　　588

敌人见攻击者始终无法靠近自己，
于是便开始得意地吹起牛皮叫道：
"你们就算一直打到明年的今天，
也别想通过我们鲁大昌司令的防区。
腊子口就连铁翅的大雕也难以飞越，
你们更休想从这里打开北上的通途。"
他们还不知自己已是笼中的豺狼，
依然愚蠢地向着愤怒的围猎者嘶吼，
骄傲的敌人就这样发出恶毒的谩骂，
不断掷出手榴弹想把红军来杀屠。　　　598

敌人的挑衅激怒了心志豪壮的进攻者，
红色的战士们纷纷要求再次冲锋。
他们对着死去的战友和长天立誓，
一定要在天明之前将前路打通。　　　602

时间的轨道渐渐移到了子夜时分，
鲁大昌在岷县的几个团随时可能赶来，
如果红军天明前无法攻占腊子口，
可能真的难以再将险关打开。　　　606

暗淡的星光冷冷洒在蓝色的山岩上，
鲜血已经湿润了许多黑绿的苔藓。
炸裂的弹片在通往桥头的崖路上铺遍，
犹如无数只从地下张开大嘴的恶犬。　　　610

受挫的六连战士退回到密林中休息，
炊事员用缴获的面粉、猪肉做好了饭菜，
饭菜虽然香气扑鼻无比诱人，
但是战士们心里却如铁块堆垒。
饭菜静静地摆着，勇士们个个沉默，
众人都没有心情将饭菜填入肚肠，
心中只是想着如何将敌人摧毁。
杨成武只好命令六连连长带头，
战士们才勉强吃了一些，喝了点汤水。　　　619

此时夜神彻底藏匿了稀疏的星辰，
巨大的乌黑云团缓缓在夜空飘浮，
笼罩了万物——大地、高山，还有凡人。
天地之间混沌无光只有黑暗，
对岸高耸的山崖也变得漆黑一团，
625 伸手不见五指，除非是火眼的天神。

经过商议，突击队改变了进攻策略，
他们把正面强攻变为轮番骚扰。
几个精干的小分队接二连三地攻击，
仿佛一只只机敏的猎狗将野牛追逐，
630 咬住庞大的野牛不停地蛮缠胡搅。

在前沿阵地后面的黝黑浓密的树林中，
休息待命的战士们焦急等待着总攻。
黑色的夜晚正是凡人睡觉的时候，
可是红色的战士没有人能够入眠，
635 战斗的渴望充溢着树林郁郁葱葱。

三点前后战士们进入了总攻位置，
漆黑如墨的夜中瞪大着无数双眼睛，
眼睛遥望河对岸同样黑色的悬崖，
期盼着那边升腾起信号弹灿烂的闪光。
杨成武手中攥着一只铜壳的怀表，
手心微微渗出汗水湿润了黄铜，
时间滴答滴答迈着枯燥的步伐，
643 迈向黑暗空间的无影无形的边疆。

激流野马般在黑暗中发出凄厉的嘶鸣，
六连的突击队组织了十五名擅水的勇士，
他们兵分两路摸下奔涌的急流。
其中在水中的一路贴着崖壁前进，
悄无声息地摸到独木桥的桥肚底下，
另一路涉水过河匍匐在嶙峋的山地，
犹如黑夜中的蜥蜴慢慢爬近桥头。
两路突击队员就在黑暗中潜伏，
652 只等总攻开始就为牺牲者报仇。

对岸黑魆魆的山头依然没有动静，
红军迂回部队至今不见踪影。

杨成武命令六连继续轮番攻击，
心中期盼着信号弹升腾在黑色的山岭。　　656

"难道迂回部队在黑暗中迷失了道路，
还是他们遇到了山后敌人的伏击？"
杨成武攥着怀表心中忐忑不安，
眼睛盯着山头将迂回部队寻觅。　　660

当东方渐渐露出微弱的玫瑰色晨曦时，
对岸高峰上面突然一声大响，
响声中一颗红色信号弹直飞高天。
接着又是一声巨响嘭然若霹雳，
绿色信号弹升起，刹那照亮了长川。　　665

等待着总攻的战士们顿时高声欢呼，
三发红色信号弹立即射向天空。
信号弹高高穿透碧蓝泛紫的晨雾，
犹如红色启明星悬挂在宽广的天穹。
在拂晓之前的茫茫晨雾中光辉熠熠，
红色的勇士们犹如海潮发起了总攻。　　671

顿时嘹亮的冲锋号犹如万马齐鸣，
战士们冲杀的呼喊震彻悠长的山谷。
悬崖顶上的红色勇士们扔下手榴弹，
一个接着一个地落向敌人的石堡，
石堡顿时被炸成四散的碎石与尘土。　　676

正面冲锋的红色勇士犹如海浪，
呼啸着冲向敌人险要的隘口阵地。
冲在前面的战士有的抢起大刀，
有的端着步枪奋勇往前冲杀，
大刀在血光中闪着寒光上下飞舞，
雪亮的刺刀在蓝色晨雾中熠熠生辉，
交战的阵地犹如大地撕裂的伤口，
许多生命向着黑色的死亡跌坠。　　684

溃败的敌人在长长的峡谷里燃起大火，
火舌疯狂地吞噬山中的荒草与树木，
无数参天古木在大火中哗啦啦地倾倒，
烈焰乘着风腾空而起直逼云霄。

红色的勇士在摇晃的火舌之间穿梭，
向着敌人展开更加猛烈的攻击，
691　怯懦的敌人被红军杀得胆破魂销。

红色勇士迅速攻占了山口后的腊子山，
又继续向敌人驻守的大剌山飞速挺进。
大剌山的敌人驻守在高高的山峰之上，
用密集猛烈的炮火向追来的红军轰击，

机智的红军立即分兵向大剌山包抄，
敌人的意志顿时犹如大堤崩溃，
不战而退放弃了苦心布置的杀阵。　　　698

捷足的红军继续向着大草滩追击，
在身后远远的山冈上，大火依然在烧，
红色的火焰与黑色的浓烟直冲天穹。　　　701

第三十七卷

走向陕北

初秋的大草滩到处是灰绿与灰黄的野草，
宽广的原野在天空下缓缓地向远方舒展。
西方和北方的地平线上山峦起伏，
犹如褐色的海浪在天边滔滔奔涌，
许多山头的雪线上积着皑皑白雪，
犹如为大山戴上了白色晶莹的冠冕。
当黄昏渐渐降临这片宽旷的大地，
巨大的夕阳红彤彤悬挂在远山的上空，
犹如一颗桀骜不驯的勇士的头颅，
10　沉默地望着火烧的天边云舒云卷。

红色勇士们在黄昏之后赶到大草滩，
以迅雷之势击溃了敌人后卫的一个营。
四团又派出侦察连连夜挺进岷州，
14　吓得岷州守敌个个胆战心惊。

远在岷州以北的兰州闻风震动，
平日作威作福的官商惊慌失措，
纷纷收拾金银细软带着女人，
准备逃往西安躲避红色的飓风。
正当敌人以为红军要北击岷州时，
20　红色的铁流已经挥戈向东进攻。

突破腊子口的次日清晨，太阳煦暖，
捷足的红军四团进入哈达铺的地界。
哈达铺是甘肃南部的一个宁静镇子，
回民占了镇中居民的一半以上，
25　他们遵守着自己宗教的严格律戒。

红色的勇士们尊重回民同胞的信仰，
在部队中临时颁发了《回民地区守则》。
守则规定战士不得擅入清真寺，
也不得随意借用回民同胞的器皿，

同时还规定不得在回民家将猪杀食。　　30

红军四团的战士们向着哈达铺走去，
头顶的天空犹如蓝色光洁的玻璃，
太阳慷慨地向大地射出金色的箭羽。
宽广的田野中到处都是黄橙橙的谷穗，
犹如金色的毛毯增添了阳光的和煦。
成群的绵羊在山坡啃着黄绿的野草，
庄稼汉三五成群地劳作在自己的园圃。
骑在牛背的牧童悠闲地向部队张望，
老牛一步一踱摇摆着自己的大肚。
战士们想起了此时正值秋分的时节，
想起了在家乡也应该很快粮食满釜。　　41

心志豪壮的勇士想起了一年的征战，
想起了两天之前还看到飘飞的雪花，
眼前和煦的世界虽然有点陌生，
却使个个豪壮的心灵欣喜满怀。　　45

四团的战士们在镇边一条河坝上集合，
许多当地的百姓纷纷赶来慰问，
熙攘的人群中有男、有女、有少、有老，
有自从懋功以来好久未见的汉人，
也有戴着白色圆帽的温和的回民。
很多老乡主动邀请战士们入住，
他们向战士问长问短相敬如宾。　　52

心志豪壮的红色战士心中高兴，
向着当地的百姓说出话语飞翔，
说明红军的使命，揭露军阀的罪恶，
告诉人们红军是人民自己的队伍，
为了解放穷人、捍卫国家的独立，
英勇的红军不畏牺牲征战远方。

大草滩

人们听了这些有翼飞翔的话语，
更是心中高兴将红军这样回答：
"原来你们都是这样好的儿郎呀，
先前的谣言把你们说成了吃人的魔鬼，
哄得我们的妇女娃娃个个都怕，
有的人万分惊惶躲进了深深大山，
没有想到我们今生却是有幸，
亲眼看到你们这些豪壮的男儿，
67　看到了真正能够救我们百姓的希望。"

许多当地的妇女看到红军的女兵，
看着女战士们剪着短发挎着手枪，
都不禁诧异地围在周围啧啧称奇。
她们仔细地端详女兵的服装与容貌，
又小心地试着摸摸女兵隆起的胸脯，
当确认了这些战士都是巾帼英雄，
便热情地拉着她们去自己家里居住，
75　让女战士讲述她们怎样战斗在天涯。

毛泽东周恩来等红军领袖随后赶到，
伟大的战士毛泽东住进一家药铺，
周恩来和司令部住入隔街的一幢楼房。
楼房有两层，是用木头搭建而成，
司令部的住房前面有个小小的院子，
81　周围是用黄土垒成的低矮围墙。

红军知道他们还要继续北上，
却依然不知究竟要在哪里扎根。
毛泽东也是大略知道前进的方向，
却无具体的目标可以向部队说告，
86　只能不断地激励战士们奋勇前奔。

但是就在哈达铺，毛泽东找到了目标，
战士们在哈达铺邮局发现了报纸一份，
红军领袖们仔细地读完了这份报纸，
90　在里面找到了要在哪里落脚的答案。

为了让长途奔袭的部队得到休整，
全军上到司令员，下到炊事员、挑夫，
每人都按规定发了一块银元。

这些银元是战士从江西一路背来，
和战士们一同经历了征途的千难万险，
许多年轻的勇士为了保护它们，
牺牲了生命，鲜血抛洒在朗朗乾坤。　97

交通不便的哈达铺物产难以运出，
丰富的物产导致物价异常的低廉。
战士们用一块银圆可买到许多东西：
五块银圆就可买到百来斤的肥猪，
一只肥羊的买价只是两块银圆，
一块银圆还可以买到五只鸡鸭，
十个鸡蛋只需支付区区的几毛钱；
他们还得到敌人丢下的数吨大米，
雪白的上好面粉也有数百斤，
还有近千斤可以赐予力量的食盐。　107

来自南方的战士久未闻到饭香，
香喷喷的米饭诱惑着充满渴望的肚肠。
他们这次终于可以放开胃口，
好好饱餐一顿再继续走向远方。
战士纷纷走上街头购买食物，
当地的商人一时之间生意兴隆，
摆出各种东西前后快乐地奔忙。　114

心胸豪壮的杨成武约了几个战友，
找了一户汉族老乡家来了个聚餐。
拿惯刀枪的大手拿起了锅碗瓢盆，
借了老乡的锅灶做起拿手的好菜，
他们将房东夫妇一起邀上了饭桌，
小小的屋内顿时掀起欢乐的波澜。　120

房东大爷是一个举止谦和的老头，
一张红色的脸膛上蓄着灰白短须，
老人扣好了领口拘谨地上了饭桌，
从古书上引经据典将红色的勇士称誉。
白发的老太太坚持不敢落座同吃，
王开湘劝了半天，她方才勉强应允，
坐在了长条板凳的一角怯怯地举箸。　127

红脸膛的房东老人坐在杨成武的旁边，

动筷时总要连称"红军先生,您请"。
酒过三巡之后,老人酒兴勃发,
对着红色勇士们打开了心中的话匣,
口中不断吐出话语摇动着脖颈。
当王开湘团长再次向他敬酒之时,
老人白须晃动,颤巍巍地潸然泪下,
老树根一样的手指解开了紧扣的衣领。
他慷慨激昂地站起来说出飞翔的话语:
"红色的儿郎呀,你们真乃仁义之师,
从古至今哪有几支这样的部队,
像你们这般如此尊敬普通百姓,
红色的儿郎呀,你们真乃天降神兵,
从古至今哪有几支这样的部队,
像你们这般英勇无畏所向披靡,
从古至今哪有几支这样的部队,
能一夜攻克天险,杀败敌人凶猛。
无用老朽今年已是六十有七,
愿意代表乡里向诸位英雄一拜,
能与你们共饮,老朽三生有幸!"
说罢拂袖离席,右腿屈膝下跪,
149 沸腾的热血犹如野马脱缰驰骋。

杨成武与王开湘慌忙起身将老人扶起,
心中同样热血澎湃地这样说道:
"红军是人民的队伍,与乡亲是鱼水之情!"
老人不断点头感叹,动情地说道:
"鱼水之情,说得好啊,说得好啊,
155 红军真乃苍天帮助百姓的神兵!"

说完老人回到席间摇头喟叹道:
"这个哈达铺自古就是兵家重镇,
历史上各种各样的部队都曾来过。
就说那个鲁大昌的部队,一住多年,
敲诈勒索,鱼肉百姓,万人可唾。
像你们这样对百姓赤诚相待的部队,
上下五千年以来真是没有几个。
像你们这样以人民为水的英雄部队,
164 天下又有什么天险关隘攻不破!"

他的白发老伴也凑上这样说道:

"红军先生,你们留下不走多好,
那样子我们百姓就再也不会受苦。"   167

红色的勇士们这样回答两位老人:
"为了解放人民捍卫国家的独立,
英勇的红军不畏牺牲征战远方。
我们只是从此地路过暂时借住,
很快就要继续走向抗日的战场。
不过等到胜利的一天我们会回来,
那时我们可以再次欢聚在一堂。"   174

红脸膛的老大爷连连跷起大拇指说道:
"好!有志气,中国有这样的英雄军队,
我们的国家就有独立富强的希望!
没有想到老朽今生如此有幸,
能够结识你们这些豪壮的儿郎!"   179

过了片刻老人突然激动地站起,
提高嗓门向老伴大声这样说道:
"快快去将我的那坛寿酒取来,
老朽的七十大寿今日提前庆祝!"
白发的大娘闻言不禁微微一愣,
老头见老伴坐在那里发呆不动,
再次提高了嗓门大声吵吵嚷嚷道:
"啊呀,妇道人家,你怎么就是不懂,
老儿我今日有幸结识红军先生,
哎呀,该说有幸结识红军同志,
想要和他们几位同饮寿酒千杯,
快去挖出那坛美酒替我取来,
能和英雄共饮就是最好的祝福!"
白发大娘这下方才明白过来,
迈着两只小脚乐颠颠地跑向里屋。
原来老人两年之前自酿了米酒,
用上好的当归泡了一坛埋在地下,
只等陈藏以后在七十那天开坛,
会同远方归来的儿孙同堂共饮,
今天老人和红色勇士们谈得投机,
因此动情地献出这坛特殊的美酒,
慷慨激昂地与英雄儿郎推心置腹。   201

红色勇士们于是和老人开怀畅饮，
老人家抖动着花白胡子，泪光盈盈，
最后对席间的年轻儿郎这样说道：
"老朽祝福红军北上旗开得胜，
不知哪天再能和英雄重聚一堂。"
说话间老人热泪潸然落下尘土，
众位年轻的勇士也不禁泫然动情，
209　默默流下男儿滚烫的热泪行行。

次日当橘黄色的黎明降临宽广的大地，
红军在一个关帝庙前召开会议，
全军团以上的干部齐聚在庙前的院内，
213　等待毛泽东主席发表重要的演讲。

毛泽东和其他红军领袖很快赶到，
当潮水一般的掌声渐渐安静下来，
伟大的战士毛泽东意气风发地说道：
"同志们，今天是阳历九月二十二日，
再过几天就是果实丰收的十月，
自从我们离开瑞金，过了于都河，
时间已经很快过去了将近一年。
一年以来，我们已走了两万多里，
冲破凶恶的敌人无数次围追堵截，
尽管天上还有飞机狂轰滥炸，
尽管蒋介石连做梦也想把我们消灭，
但是英勇的红军一直勇往直前。
我们经过了江西、湖南、广西、贵州，
经过了云南、四川，渡过了金沙江、大渡河，
我们翻过了雪山，穿越了茫茫草地，
我们闯过了天险腊子口来到这里，
现在坐在哈达铺的关帝庙安逸地开会，
这本身就是史无前例的伟大胜利，
232　我们从不会惧怕再有艰难万千！"

飞翔的话语使得听者热血沸腾，
掌声犹如春雷一般隆隆响起，
毛泽东用力挥了挥巨人一般的大手，
继续说出这样如雷飞翔的话语：
"但是我们不能低估前方的困难，
现在有三十多万敌人在北方集结，

我们若想继续北上抗击日寇，
还要走过艰难的征途千里长长。
张国焘同志也给红军造成了威胁，
我们坚持北上，他却执意南下；
要抗日只有北上的道路才能走通，
南下可能导致红军全军覆亡。
我在这里还要感谢国民党的报纸，
他们为我们提供了陕北红军的消息，
在那北方宽广壮丽的黄土高坡，
不但有刘志丹的红军，还有徐海东的红军，
千里之外的陕北，将是我们的新家园，
红军即将到达一个新的家乡！
在这胜利的时刻，在这丰收的季节，
我们惦念着朱德总司令、刘伯承参谋长，
我们也都惦念着四方面军英勇的战友，
我们也都惦念着五、九军团的同志，
我们相信他们一定赞成北上，
总有一天他们会沿着北上的道路，
穿过草地和我们在新家会聚一堂。"　257

激昂的话语再次引来掌声雷动，
毛泽东笑了笑将大手一挥这样说道：
"为了适应新的形势争取胜利，
中央决定对部队进行全面改编，
组成中国工农红军陕甘支队，
我们将分成三个纵队继续前进，
第一纵队由原来的红一军团改编，
第二纵队由原来的红三军团改编，
军委直属部队将整编为第三纵队。
虽然我们目前只剩八千多人，
但是我们作战的灵活性大大加强，
不管怎样，英勇的红军永不言退！"　269

话音一落震天的掌声轰然响起，
声浪犹如快乐的天神于大海奔走；
他掀起层层酒蓝色的浪花跌宕回旋，
如同从高空泼下激励勇气的烈酒。　273

当玫瑰色的黎明再次降临宽广大地，
宽广的高原上，红色勇士继续远征。　275

红色的勇士们随后渡过了滔滔的渭水，
于九月二十七日抵达通渭县境的榜罗镇。
这天，红军又发现了一些报纸杂志，
进一步确认陕北有红军存在的消息，
中央政治局在这里召开了一次会议，
正式把陕甘支队的落脚点定在陕北，
于是，红军坚定地向着陕北挺进。

红色铁流很快北上占领了陇西，
紧接着一纵队一大队急袭重镇通渭，
占领了这座人口万余的西北老城。
红军在这里进行了以休整恢复体力，
然后继续踏上前往陕北的征程。

红色铁流很快遭遇了敌人的骑兵，
不少战士在与骑兵战斗时牺牲，
就在敌人刀光霍霍的马刀之下，
红色勇士的鲜血洒遍了宽广的原野。
勇士们被砍落的头颅隐没在茫茫荒草，
用那喷薄的鲜血将悲壮的故事书写。

红色的勇士们一边和凶猛的骑兵作战，
一边继续向着西北方翻越六盘山。
十月七日红军来到了青石嘴扎营，
他们发现敌人的骑兵出现在山间。

此时初秋的高原一片灰黄苍茫，
远处的原野在天空下犹如大海舒展。
南面和西面的地平线上山峦起伏，
犹如褐色的海浪在天边滔滔奔涌，
许多山头的雪线上积着皑皑白雪，
犹如为大山戴上了白色晶莹的冠冕。
当黄昏渐渐降临这片逶迤的高原，
巨大的夕阳红彤彤悬挂在西方的天边，
犹如一颗桀骜不驯的勇士的头颅，
沉默地望着火烧的天边云舒云卷。

此处驻扎着东北军何柱国的一个骑兵军，
青石嘴的守敌是该军七师十三团的两个连。
左权在山上拿着望远镜向远处观望，

只见敌人正将马鞍卸下休息，
丝毫没有察觉红军就在身边。
运筹帷幄的毛泽东也来到山头观察，
他拿着望远镜静静向敌人凝望了片刻，
亲自命令立即将敌人消灭在山前。

一大队和五大队受命从两侧迂回兜击，
披坚执锐的四大队则从正面猛攻，
红军的十多把军号一齐朝天吹响，
嘹亮雄壮的声音穿云直冲苍穹。
所有的轻重机枪随着号声开火，
枪口冒着火花喷射着可怕的子弹，
子弹呼啸划破灰色辽远的长空。
三个大队的勇士们犹如威猛的狮子，
浑身强健的肌肉和筋骨爆发出力量，
向着猎物冲去夹带着猎猎长风。
狮子褐色的鬃毛在风中根根喷张，
双眼睁得巨大仿佛燃烧的火焰，
奔跑中看得见浑身肌肉剧烈抽动，
勇气和力量让他们在激烈的战阵中称雄。

惊恐之中的敌人根本来不及上马，
他们那冷酷的马刀还没有抽出刀鞘，
便已经被红军击毙或者被缴枪俘虏。

战斗结束后红军获得了百余匹战马，
缴获的马匹用来装备了纵队的侦察连，
红军开始有了自己威武的骑兵。
第一任骑兵侦察连连长是勇壮的梁兴初，
副连长由同样英勇善战的刘云彪担任，
红军的骑兵军从此开始驰骋沙场，
闪亮的长刀常令敌人胆战心惊。

红色铁流在灰黄的高原上继续奔涌，
高原上呼啸的大风卷着漫天的沙尘，
沙尘一刻不休地扑向远征者的脸庞，
远征者破旧军服的褶皱将沙尘收藏。
每个红军战士仿佛都成了泥人，
蓬头垢面地行进在大地走向北方。
在十月中旬的时候，红军离开了还县，

迈开了捷足走过一段羊肠小道，
渐渐看到沟壑万千的黄土高原，
红色铁流已经到达陕西的边界，
350　慢慢靠近了日思夜想的新的家乡。

十月十六日的这天，黄沙满天飞扬，
赭黄色的苍茫高原上，含沙的大风在吹拂。
毛泽东的警卫员陈昌奉突然惊奇地看见，
黄沙中五个人骑着马儿破尘而来，
长长的马鞭于黄沙中一上一下地飞扬，
356　五匹马儿的瘦脚也随着一伸一屈。

犹如疾风一般的五骑很快靠近，
他们个个肩宽体阔身强力壮，
头上缠着白头巾腰间挎着驳壳枪。
他们纵马一直奔驰到陈昌奉跟前，
然后猛然勒住马缰翻身下马，
开口便说要找毛泽东主席和党中央。
陈昌奉这时才看清几位骑士的面容，
364　原来个个都是年纪轻轻的儿郎。

五个年轻的骑士也是红军的战士，
他们是红军二十六军司令员刘志丹的代表。
伟大的战士毛泽东会见了五位年轻人，
看了他们送来的亲密战友的书信，
心中已然将陕北发生的故事知晓。
他随后走到正在扎营的红军队伍中，
大声说出如雷的话语在沙尘中飞翔，
毛泽东告诉风尘仆仆的红军战士们，
二十五军和二十六军的代表已经前来迎接，
新的故乡不像海市蜃楼般的缥渺。
走过万里征程的红色勇士们听罢，
千万颗狂跳的心脏刹那间仿佛静默，
喜悦造成了难以察觉的片刻沉寂，
瞬间的沉寂后，欢呼犹如惊天的炸雷，
在苍茫壮阔的高原上震动了万条沟壑，
八千颗狂喜跳跃的红色勇士的心脏，
381　化作了飞往黄土高坡的快乐的小鸟。

十月十九日傍晚，黄昏降临大地，

金色夕阳镀染黄金璀璨的天空，
天空一片辉煌闪烁灿烂的光芒。
高原上万千沟壑袒露着壮阔的胸腹，
经历千秋风霜的大地泛着金光。
墨绿的灌木与草丛点缀在山谷与沟壑，
沉默执拗地展现着生命的坚韧与刚强。
红军犹如长龙穿过褐色的头道川，
在这个金色的傍晚到达了小镇吴起，
这里是黄土高原的心脏，中国的北方。
如今红色铁流的北面是万里长城，
南面有着华夏祖先黄帝的陵墓，
就在黄河南面的这片黄土高原上，
伟大的中华民族从远古就开始发祥。　　　　395

十月十九日傍晚，黄昏降临大地，
金色夕阳镀染黄金璀璨的天空，
伟大的战士毛泽东和战士们望着天边，
巨大的夕阳红彤彤悬挂在远山的上空，
犹如一颗桀骜不驯的勇士的头颅。　　　　400

十月十九日，一个值得纪念的日子，
红军走过二万五千里找到了新家，
危难之中的中国在这天获得了重生。
红军在黄土的窑洞坚韧顽强地生存，
终于在未来带给了东方灿烂的光明。　　　　405

次日当玫瑰色的黎明降临宽广的大地，
长长的洛河河谷地带风起云荡。
红军一纵队和二纵队隐蔽于逶迤的山冈上，
等待马家军的骑兵进入半月形的包围圈，
红色勇士们正准备再打一场大仗。
二十一日凌晨，玫瑰色的雾霭升腾，
大马梁的山顶上一棵孤树在晨风中摇晃。
远方的山冈上渐渐飘起一团烟尘，
敌人凶悍的骑兵军慢慢进入了河谷，
当骑兵军有的休息，有的懒散前进时，
红军的冲锋号突然漫山遍野地响起，
数千名红军向着敌人一起开火，
宽阔的河谷中顿时枪炮震地而响。
无数的子弹犹如洪水般向敌人倾泻，

毛泽东

战马在枪弹中凄厉地嘶鸣拔足狂奔，
漫天的黄沙中敌人的骑兵军土崩瓦解，
422 马刀和枪支散落在数十里的高原宽广。

红色的铁流就这样击溃了敌人的骑兵军，
在黄土高坡上捍卫了自己新的家乡。
就在这片狂风怒号的黄土高原上，
426 他们将继续度过艰苦的岁月漫长。

伟大的战士毛泽东在吴起停留了三天，
随后前往瓦窑堡住进了黄土的窑洞。
在一个寂静的夜晚，朗月当空高悬，
430 毛泽东突然心潮澎湃，诗兴涌动。

雄才大略的毛泽东点起了一盏煤油灯，
这盏灯他从江西一直带到了陕北，
这个夜晚这盏灯安然地发出光芒。
毛泽东在松木桌上铺开一张宣纸，
静静从锡制的文具盒里取出砚台，
436 一边研墨，一边任凭思绪飞扬。

二万五千的征程在毛泽东心中重现，
他抑制着汹涌的激情拿起驼毫小楷，
饱蘸了墨汁在纸上写下壮丽的诗行：
"红军不怕远征难，万水千山只等闲。
五岭逶迤腾细浪，乌蒙磅礴走泥丸。
金沙水拍云崖暖，大渡桥横铁索寒。
443 更喜岷山千里雪，三军过后尽开颜。"①

一年之后，红二方面军到达了陕北，
他们由心志豪壮的贺龙与萧克率领。
历尽艰难的红四方面军也一同来到，
张国焘南下的错误终于被历史证明，
朱德和刘伯承也终于得以重新北上，
449 踏上了黄土高坡雄伟壮丽的山岭。

红色铁流终于会聚在中国的北方，
走过了二万五千里征途悠悠路长。

①　毛泽东：《七律·长征》。

无数英勇的战士献出了宝贵的生命，
鲜血流入大地，身躯淹没于沧浪。
可能没有人能够记得他们的名字，
但是当后世的人们走在这条长路上，
看着江水奔涌，群山逶迤高耸，
他们会说有群英雄曾无畏地战斗，
山河大地会记住英雄们不朽的荣光。
即使哪天江水干枯、石壁倾颓，
英雄不死的精神会依旧像日月如常。
可能没有人能够记得他们的名字，
因为任何名字总是容易被遗忘。
但是当后世的人们走在这条长路，
看着大河滚滚流淌奔向远方，
他们会说有群英雄曾在此战斗，
466 山河大地会让英雄们万古流芳。

如果问走这漫漫长征路究竟为何？
勇士们会用有翼飞翔的话语相告：
为了国家独立富强和人民的幸福，
为了让人人能够沐浴太阳的光辉，
英雄的儿郎不畏牺牲征战于远方。
这群勇士就这样怀抱必胜的信念，
一步一步走完了二万五千里长征。
他们创造了一段波澜壮阔的历史，
也在谱写着一部惊心动魄的史诗，
476 滚烫的鲜血一路抛洒在征途长长。

风雨沧桑很容易湮没他们的足迹，
后世的人们可能淡忘他们的名字，
479 然而大地山河却将是永远的丰碑。

如今我用文字把他们的事迹歌颂，
记述他们的故事让人们反复颂扬。
因为英雄们无私忘我勇敢而高贵，
483 令人类精神永不言败与日月争光。

何　辉

2006 年 3 月于北京东郊定福庄定稿

后　记

创作这部史诗，本身就犹如一次长征。

我记得，在小的时候就曾经写过一些关于红军的诗歌。当然，那时写的东西很幼稚。我想说的是，用诗歌的形式传诵红军的故事一直是我埋藏在心底的一个梦想。如今，经过日日夜夜的艰苦努力，这个梦想得以实现了。在这个时候，我想起了许多对我的创作产生深刻影响的人。

红军的故事，我最早是通过小人书知道的。我的父母在我小时候常常给我买小人书看。买书的钱是从他们微薄的工资中省下来的。从这些小人书中，我第一次知道了红军四渡赤水、飞夺泸定桥、翻雪山过草地等充满传奇的英雄故事。我的大伯也很喜欢给我讲革命战争时期的故事，其中也有关于红军长征的；他在几年前去世了，看不到这本他应该会很喜欢的书了。我小学在浙江省衢州市鹿鸣小学念书，当时有个名叫胡阿香的语文老师，她是一位慈祥和蔼的老人，语文课讲得很好。所以从小学开始，我就对语文非常感兴趣。初高中时期我就读浙江省衢州市第二中学，初中的语文老师叫汪少波，高中的语文老师叫胡勤。他们都是才华横溢、忠于职责的优秀教师。他们进一步激发了我对文学创作的热情。我在此也要感谢我以前的美术老师姜宁馨、张伟民。姜老师是我美术方面的启蒙老师。张老师是浙江美术学院毕业的，我在课余跟着他学画，一学就是六年。学习美术，使我充满了艺术创作的热情。

要写作一部真正的史诗，仅仅有文学和艺术的热情还不够，还需要对历史有比较深刻的理解。在历史方面，我要感谢我中学时代的两位历史老师。其中一位老教师，名叫徐寿昌，他上历史课旁征博引，能言善辩；另一位叫张苏法，当时还很年轻，讲历史课娓娓道来，生动有趣。他们在历史方面给予我的启蒙教育，使我对历史一直保持着浓厚的兴趣。（顺便说一句，现在很多年轻的大学生对历史很不感兴趣，没有热情和动力去了解国家和民族的历史，我觉得这不仅仅会造成知识体系的缺憾，也可能丧失了很多人生的乐趣。）对于红军历史的兴趣，自然也包容在我的历史兴趣之中。

文学、历史和艺术一直给我带来很多乐趣。我大学就读北京广播学院（现已更名为中国传媒大学），大学期间我在新闻系念书，专业方向是广告。专业学习之余，一直不曾改变对于文学、历史和艺术这些"老朋友"的喜爱。在大学时期，我最喜欢做的事就是看书。在业余时间，我看了很多书，其中就有关于长征的著作。关于长征，有两个人的著作对我产生了很大的影响，一是埃德加·斯诺的《西行漫记》，另一是哈里森·索尔兹伯里《长征——前所未闻的故事》。这些杰出的作品给了我很多感动，也使我孩提时的那个用写诗来歌颂英雄的梦想始终在思想深处跳动不息。

在这里，我也想简单说一下这部史诗的创作缘起和动机。

我想，创作这部《长征史诗》，一是因为心中一直未曾忘却上面已经提到过的孩提时的梦想，这恐怕是每一个孩子都会有的对英雄的崇拜之心所致。孩提时期单纯而崇高的梦想是宝贵的。许多时候，随着我们渐渐长大，那些单纯崇高的梦想会离我们远去，会被岁月不知不觉地尘封。如果我们每一个人都不因成长而放弃那些纯真的梦想，我想今日和未来的世界一定会更加美好。

更重要的是，我认为在今日的中国，迫切需要红军勇士们所拥有的"长征精神"。如今，我们的经济发展很快，人民的生活水平日益提高，社会物质产品越来越丰富了；然而，丰裕的社会常常更容易出现精神疲弱与萎靡的症疾。我们的国家、社会，我们的后代——未来的主人，需要一根强壮的"脊梁"，需要有意志、力量与勇气去面对未来的挑战。我想，用史诗的形式，歌颂红军长征的英勇事迹，为我们的时代、我们的国家和民族注入勇气和力量，不正是很有价值的事情吗？

我是一名平凡的教师。教师的职责在于教书育人。传授知识和塑造人的精神同样重要。现在，很多人认为学校重要的是传授知识、技能，至于塑造人的精神，那是整个社会的事。可是，难道我们能够否认，社会是由单个个体的人所组成的吗？如果每个人都把塑造人的精神的职责推卸给社会，那么社会难道能够自发产生这种功能吗？的确，我们的社会在快速发展，会遇到很多社会的问题。但是，如果家庭、学校、社会中的每一个人都能注重人的精神培养与塑造，许多社会问题是可以找到解决之道的。创作这部史诗作品的动机之一，也是希望作为一个普通人、一个普通的教师，在对人的精神、尤其是对年轻人的精神培养方面尽自己的绵薄之力。

这部史诗的创作，从开始收集相关历史资料，一直到动笔写作，最后经过反复修改，前后断断续续经历了五六年时间。一九九九年，我从北京广播学院硕士毕业后留校任教，开始带学生。九九级的新生军训按照惯例应是一九九九年九月；那次却改在了二〇〇〇年的暑假进行。顶着酷暑，我带着学生参加了军训。在军训期间和部队的一次联欢会上，我组织我们连队的学生排演了一部《四渡赤水》的小型舞蹈剧，学生们演出得很投入，感动了很多人。那次演出后，我写作诗歌歌颂红军长征的孩提梦想又重新在内心涌动。我决定继续以前已经开始的对于红军长征史料的收集工作。此后这种资料收集和阅读工作一直继续着，我也开始进行创作的酝酿，也开始创作一些片段。由于平时教学、科研任务很重，同时还要承担一部分的行政工作，因此，创作只能利用业余时间来进行，而且断断续续。但是，我相信滴水可以穿石，只要坚持就能完成。（当然，

创作中也有"急行军"的时候，这通常发生在假期。）的确，有些时候也确实曾经想要终止创作，每当遇到这种时候，正是红军的长征精神激励着我坚持下来。几年来，为了进行创作，我不得不牺牲大量的业余时间，很少参加娱乐活动，甚至很少进行体育锻炼。但是，如果和红军勇士们那种抛头颅洒热血的牺牲相比，我的这点牺牲又何足挂齿呢？

长篇的史诗创作是非常困难的。创作《长征史诗》时，我在诗句中运用了"顿"（也可近似理解为音步、拍或音组）的诗歌技巧，同时讲求在段落中的压韵，但是为了避免单调，句中并不刻板拘泥于轻重音节的位置。以往的长篇诗作一般要么讲求句中韵律（如"顿"），少有同时追求句末压韵（脚韵）的。荷马史诗《利里亚特》、《奥德赛》原作主要讲求音步而非韵脚。罗念生先生翻译的荷马史诗《利里亚特》、《奥德赛》就是运用了六音步，但是没有句末压韵。陈中梅先生最初翻译的荷马史诗运用了近于散文风格的自由诗体，后来又用多变的韵文体形式翻译，但是每句音步不讲求齐整。我在创作《长征史诗》中，采用了句中六"顿"或叫近似于英诗的六音步（当然，汉语是世界上最为灵活的语言之一，对于汉语句子中的"顿"或近似于英诗的"音步"的理解，不同的人可能略有不同），尽量尝试在追求每句音步的齐整的同时，还追求句末压韵，以加强作品的整体感和雄浑的整体表现力；我把这当作是长诗创作中的一种尝试和挑战。（关于中国诗中的"韵"，我是非常赞同朱光潜先生的观点的。朱先生曾在《诗论》中写道："中国诗的节奏有赖于韵，与法文诗的节奏有赖于韵，理由是相同的：轻重不分明，音节易散漫，必须借韵的回声来点明、呼应和贯串。"）这部《长征史诗》各韵的使用基本参照《诗韵合璧》。由于这部史诗长达近两万个诗行，因此用韵是非常多的，几乎涵盖了所有常用韵部。

此外，在这部史诗创作中也采用了一些诗歌创作常用的技巧。比如，我采用了长篇诗歌创作中常用的"程式化"技巧来表现一些在不同时刻出现却仍具有相似特征的场景（自然现象、战斗

场面就属于这种情况）。我认为，这种诗歌技巧有助增强如朱光潜先生所说的诗歌的情趣——"缠绵不尽"、"往而复返"的情趣。当然，这部史诗创作过程中还运用了很多其他的具体技巧，在此就不再赘述了。

我要特别感谢我亲爱的父母亲，正如天下许多平凡而又伟大的父母一样，他们几十年如一日地辛勤工作、省吃俭用，使自己的孩子能够接受教育，快乐成长；我的大伯何炳富和大娘洪秀兰也曾在小时候抚养过我一段时间，为我的成长花费很多心血。古人云：滴水之恩，当涌泉相报。可是，作为一名平凡的教师，如今我不能给他们什么物质方面的回报，甚至不能花很多时间陪伴在他们身旁，每每想起，心中总有歉意。唯有勉力奉献自己的微薄才智，多出优秀的作品和成果，作为对他们的报答，也同时表示对他们的敬意。

我也借这部史诗，向千千万万恪尽职守、辛勤工作、在困难与挫折面前不屈不挠的普通人表示尊敬。在他们身上，也有着不死的长征精神，有着我们国家民族的伟大魂魄。

何　辉
2006 年 7 月

主要参考文献

一般著作/文章文献类（以人名首字汉语拼音字母顺序排序）：

（美）埃德加·斯诺：《西行漫记》，董乐山译，解放军文艺出版社 2002 年版。

（美）斯诺录：《毛泽东自传》，汪衡译，解放军文艺出版社 2001 年版。

陈伯钧、童小鹏、伍云甫、张子意：《红军长征日记》，档案出版社 1986 年版。

陈虎：《长征日记》，中国长安出版社 2005 年版。

迪克·威尔逊：《周恩来传》，李维周等译，中共中央党校出版社 1989 年版。

（美）哈里森·索尔兹伯里：《长征——前所未闻的故事》，过家鼎、程镇球、张援远译，解放军出版社 2005 年版。

李维汉：《回忆与研究》，中共党史资料出版社 1986 年版。

李镜：《新写长征图文档案》（上、下），中国社会科学出版社 2000 年版。

李海文主编：《中国工农红军长征亲历记》，四川出版集团、四川人民出版社 2005 年版。

个人回忆录/日记文献类（以人名首字汉语拼音字母顺序排序）：

戴镜元：《长征回忆——从中央苏区到陕北革命根据地》，北京出版社 1960 年版。

《聂荣臻回忆录》，解放军出版社 1984 年版。

童小鹏：《军中日记》，解放军出版社 1986 年版。

萧华：《艰苦岁月》，上海文艺出版社 1983 年版。

杨成武：《忆长征》，解放军文艺出版社 1982 年版。

《杨成武回忆录》，解放军出版社 1986 年版。

杨得志：《横戈马上》，解放军文艺出版社 1984 年版。

一般汇编文献类（以出版时间排序）：

《万里长征亲历记》，中共中央党校出版社 2005 年版。

《红军不怕远征难》，人民出版社 2004 年版。

《中国工农红军第一方面军长征史事日志》，贵州人民出版社 1999 年版。

《周恩来年谱》，中央文献出版社 1998 年版。

《长征大典》（上、下），贵州人民出版社 1996 年版。

《中央红军长征史》，中共党史出版社 1996 年版。

《长征丰碑永存》，解放军出版社 1996 年版。

《蒋介石年谱》，中共党史出版社 1995 年版。

《毛泽东诗词全集全译全析》，柏桦译、析，成都出版社 1995 年版。

《红军长征文献》，解放军出版社 1995 年版。

《毛泽东年谱》，中央文献出版社 1993 年版。

《中国工农红军第一方面军史》，解放军出版社 1993 年版。

《中国工农红军第二方面军战史》，解放军出版社 1992 年版。

《红军长征参考资料》，解放军出版社 1992 年版。

《中国工农红军第二十五军战史资料选编》，解放军出版社 1991 年版。

《中国工农红军第四方面军战史》，解放军出版社 1991 年版。

《红军长征·回忆史料》（1），解放军出版社 1990 年版。

《红军长征大事纪略》，解放军出版社 1986 年版。

《中国工农红军长征大事月表》，军事科学出版社 1986 年版。

《刘伯承用兵录》，战士出版社 1982 年版。

《星火燎原》选编，战士出版社 1980 年版。

《中国工农红军第一方面军长征记》，人民出版社 1955 年版。

地图及其他文献：

《长征》专题，《中国国家地理》杂志，2005 年第 7 期。

《中国地图集》，中国地图出版社 2004 年版。

《中国现代史地图集》，中国地图出版社 1997 年版。

责任编辑：安新文
藏书票设计：舒　怡
彩色插图：林博文
黑白插图：舒　怡　张北南　邱　雯
封面设计：薛　宇

图书在版编目（CIP）数据

长征史诗：插图典藏版/何辉 著．—北京：人民出版社，2018.12
ISBN 978－7－01－020032－3

I.①长…　II.①何…　III.①叙事诗－中国－当代　IV.①I227.3

中国版本图书馆 CIP 数据核字（2018）第 252595 号

长征史诗（插图典藏版）
CHANGZHENG SHISHI

何辉 著

人民出版社 出版发行
（100706　北京市东城区隆福寺街 99 号）

北京华联印刷有限公司印刷　新华书店经销

2018 年 12 月第 1 版　2018 年 12 月北京第 1 次印刷
开本：787 毫米 ×1092 毫米 1/8　印张：36.5
字数：474 千字　插页：1

ISBN 978－7－01－020032－3　定价：298.00 元

邮购地址 100706　北京市东城区隆福寺街 99 号
人民东方图书销售中心　电话（010）65250042　65289539

何 辉

字缪瑞，学者、文学家，著述涉及文史政经哲诸多领域，主要学术代表作有：《宋代消费史：消费与一个王朝的盛衰》《龙影：西方世界中国观念的思想渊源》《创意思维：关于创造的思考》等，文学代表作有长篇历史小说《大宋王朝·沉重的黄袍》《大宋王朝·大地棋局》《大宋王朝·天下布武》《大宋王朝·鏖战潞泽》《大宋王朝·王国的命运》等，该系列长篇历史小说被读者誉为开创了当代历史小说中的"新史家小说流"；另有文集《缪瑞集》《缪瑞续集甲集》等。《长征史诗》亦是作者文学代表作之一，是中国第一部真正用史诗体裁写作长征的作品。现为北京外国语大学国际新闻与传播学院教授、博士生导师，北京外国语大学历史语言与战略传播研究所所长；中国作家协会会员。